鬼谷子的局

第4季·鏖战中原 1

寒川子　著

河南文艺出版社
·郑州·

目录

第一章

破纵局张仪相魏　阻横谋惠施恋巢

大梁魏都，惠王大朝，大夫以上朝臣分列左右。左列太子申，次席惠施，再次司徒白虎；右列上首庞涓，次席朱威，再次公子嗣。

公子嗣是惠王第五子，生母为燕姬，即燕文公次女。公子嗣无缘大位，是以淡泊政务，只是生而好勇，喜欢舞枪弄棒，与公子印颇有几分相似，在函谷之战后被庞涓发现，教以军事不说，这又荐入军中，用为副将，以代公子印之缺。

大殿静寂。殿中所有目光，包括惠王的，尽皆落在司徒白虎身上，只有武安君庞涓二目微闭，脸拉得很长。

白虎的几案前面一字排列六卷账册，其中一卷平摊着。

"……再就是赋役，"白虎看着账册，声音不急不缓，字字如锤，"各城邑共有人口三百三十九万，其中约五十万为仆僚隶台。剩余臣民，立户籍者不足五十万，其中又有十一万三千臣属于封君，司徒府所辖者不足四十万户，再减去近年殉国烈士五万余户，虎贲、武卒四万户，其他免赋役者约三万户，以律纳赋出役的仅剩不足三十万户。而这不足三十万户，却要供养如此巨大的粮草开支，百姓之苦，前所未有！"

众人面面相觑，庞涓面色紫涨。

"另有一笔细账，"白虎拿出另一卷册子，摊开来，缓缓说道，"就是甲胄与兵器。武卒身上披挂，皆为优质乌金甲胄。每套甲胄皆由铜盔、护项、护膊、战袍、护胸、铜镜、战裙、战靴共八部分组成，所用材料多是乌金、黄铜、皮革、硬木、兽筋，所有甲片由铜丝贯穿。单套甲胄平均重逾六十斤，身材高大者重逾八十斤，另有枪刀剑戟等物，皆要求优质乌金及黄铜。而优质乌金与黄铜多由韩、楚、赵等地商贸而来。天下动荡，乌金铜革等物价格日涨，一套铠甲之资，可供三户五口之家活命三年。如此穷兵，税赋加大，税源却在减少。自去岁以来，国库日竭，黎民日苦，民不聊生……"

白虎的声音越来越慢、越来越低，穿透力却越来越强。

朝堂之上，空气冷凝，连呼吸都似冻结。

军备与民生，似乎永远都是难解之结。

庞涓几乎是晕晕乎乎地回到府中。

这次朝会，庞涓万没想到向他发难的会是白虎。他这里"粮草"二字刚一出口，白虎那边就搬出一大摞竹简。这些竹简是他眼睁睁地看着白虎进朝堂时拎在手里的，只是没想到竟然是用来对付他的恩公。

然而，数字结实，国库已经竭尽。可这些与他庞涓有什么关系呢？身为将军，他庞涓的职分必须是，也只能是，从君之命，对外作战，为大魏开疆拓土。魏王要他收复河西，要他整顿军备，要他重振武卒，而所有这一切，都需要粮草物料、辎重保障。至于如何保障，只能是你们这帮具体执事要操心的。再说，伐秦更是硬仗，千军万马无不是舍生赴死。身为将军，总不能让他们饿着肚子、光着膀子上沙场吧。

庞涓清楚地知道，白虎不是孤单一人，站在他身后的是朱威，是惠施，是太子。尤其是太子申，前些年只是一个傀儡，但近日竟然强硬起来，处处拂他庞涓的意。

庞涓明白，这几个人中真正的主谋既不是太子，也不是朱威，更不是他白虎，而是惠施。几年下来，他彻底看透了，惠施是只老狐狸，藏而不露，不到关键时刻，在朝堂上绝不会多说一个字，更不会说错一个字。与这样的老狐狸对阵，庞涓简直是无计可施。

庞涓不无郁闷地回到府里，远远听到后花园的草坪上有噼里啪啦的击打声，时不时传来夫人瑞莲的叫好声，知是白虎的儿子白起在演枪法，轻叹一声，走过去，在树下站定。

仍在发育中的白起已经长高到他的耳朵边了，但体形精瘦，显得细长。手中之枪是庞涓不久前为他特别打制的，通身重约二十五斤，白起初时挥舞起来显得吃力，但习练多日之后，渐渐适应，这已舞得上下翻飞，让人眼花缭乱。

"好！好！好！"庞涓缓缓走过来，鼓着掌，连说三个好字。

白起这也望见他了，将枪朝草坪上一扎，单膝跪地，行个军礼："禀报义父，义子白起正在习练义父所教之吴起枪法！"

"呵呵呵，练得不错！"庞涓近前，拔下他的长枪，细细审视。

果然是一杆好枪。枪头为乌金、黄金、黄铜等合冶而成，有金刚之硬，寻常皮甲不经一刺，即使武卒所披的超重铠甲，刺中之后，只要枪尖稍稍一滑，进入甲片间隙，穿甲铜丝根本防它不住，必贯胸而过。枪身更是由坚硬的紫檀精削而成，外圈嵌入三根手指粗细的铜条，由五圈铜环紧紧箍定，铜条与铜环外包一层金皮，在阳光下闪烁金光，颈上红缨耀人眼目。

"白起，此枪如何？"庞涓笑问。

"精美绝伦！"白起朗声应道，"白起谢义父赏赐好枪！"

"与你先祖之枪相比，此枪如何？"

"无可比拟！"

"哦？"庞涓略吃一怔，紧盯住他。

"回禀义父，先祖之枪长约丈八，此枪仅长丈三；先祖之枪是银杆金枪头，此枪为木杆乌金枪头；先祖之枪柄上嵌宝石，此枪只有几道铜箍；先祖之枪重三十五斤，此枪仅重二十五……"白起一连列出几组对比，似乎余兴未尽，仍在抓耳挠腮。

"我的儿，"庞涓笑眯眯地望着他，"你可晓得此枪的好处？"

"请义父赐教！"

庞涓扎下架势，将枪耍得呼呼风响，看得白起目瞪口呆。

"我儿请听，"庞涓驻足，抚摸枪身，"枪是用来杀敌的，不是让人看的。是以枪尖要锋利，要无坚不摧；枪身要轻便，抗击打砍斩。至于枪支长短，各有利弊，使用起来，全看本领。枪长利击远，若一击不中，抽手就难；枪短利击近，可挥洒自如，但要求技击本领更高。为父特别为你打制一柄短枪，就是要你习好本领，放敌于身前，与敌搏击！"

"谢义父指教！"白起接过枪，拱手谢道。

"还有，我儿必须记住，沙场之上，武艺须好，但舞枪弄棒终不过是莽夫所为，匹夫之勇。真正的将军绝非这个！"

"敢问义父，什么才是真正的将军？"

"就是这儿，"庞涓指向心窝，"用你的心！只有用心，你才能运筹于帷幄之中，决胜于千里之外。"

"这么说来，"白起眨巴几下眼睛，"即使不能行走的孙义父，也仍然是真正的将军了！"

听白起冷不丁提到孙膑的名字，庞涓心里咯噔一沉，有顷，蹲下来，僵脸化作笑："是哩，你的孙义父仍旧是个真正的将军！告诉义父，孙义父现在何处，义父正在四处寻他呢。义父行将征伐秦国，若是有你孙义父在，定可击败秦人，收复河西！"

白起瞪起大眼，盯他一会儿，重重摇头，反问他道："义父是说，若是孙义父不在，义父就打不败秦人了吗？"

吃此一问，庞涓反倒噎住了，脸色阴起，正寻词儿解脱，一直候着他的瑞莲笑呵呵地走过来，伸过一只手。庞涓瞄一眼白起，捉住她手，头也不回地走回客堂。

在朝吃白虎一击，回家又吃白起一噎，这又提及孙膑的名字，哪一桩都是给庞涓添堵。庞涓越想越气，又不好多讲什么，回到客堂，说是心里有火，吩咐瑞莲下厨为他熬煮绿豆汤泻火，便脱身走进书房，关门闭户，祭出鬼谷功夫，刚要安神静心，门外传来脚步声。

敲门的是庞葱。

"何事？"庞涓勉强压住火气，沉声问道。

"有人求见！"

"不见！"

话音落处，门被推开，一人径走进来。

庞涓以为是庞葱擅自闯进，张口就要斥责，来人却呵呵笑出。

庞涓打个惊征，急睁眼睛，愕然道："张仪！"

来人正是张仪，一身士子服。

"庞兄，"张仪拱手，半是调侃，"观你脸色，似是有喜事喽！"

"去去去，"庞涓屁股已经抬起，这又扑通坐下，白他一眼，"再说一句，在下就拿扫帚了！"

"拿棍子也赶不走喽！"不待让位，张仪就在他对面的几案前撩衣坐下，"快叫嫂夫人上菜，摆酒，在下的肚子在谋反哩！"

"咦，只你一人呀！"庞涓这也灵醒过来，"香嫂子怎么没有来呢？在下早已馋涎欲滴，正在等着嫂子亲手杀的香猪吃呢！"

二人互相调侃几句，归入正题。

"我说张兄，"庞涓挠起头皮来，"堂堂相国来使，当是惊天动地，张兄哪能……神不知鬼不觉呢？"

"在下不是相国了。"张仪的语调恢复平淡。

"哦？"庞涓大征，不相信地望着他，"张兄，你……"

"不瞒庞兄，就在旬日之前，在下挂印辞官，驱车径出函谷关了。"张仪语气仍是淡然。

"敢问……"庞涓倾身过来，目光征询。

"唉，"张仪长叹一声，夸张地摇头，"说来难以启齿哩，庞兄且整酒来！"

庞涓吩咐整菜上酒，张仪遂由入蜀开始，将与秦宫结亲故事，一五一十向庞涓讲述起来，尤其将夫人大战巴女，讲得绘声绘色，说到关键处，顺手掏出巴女毒刀，要庞涓寻鼠一试。仆从一时之间寻不到鼠，捉鸡代替。庞涓试刀，不出一刻，鸡果中毒而死。

张仪得贤妻如此，且又如此通晓大义、武功精湛，庞涓对香女再无不屑，唏嘘再三，立即将她列入与鬼谷师姐玉蝉儿一般高度了。

"你是说，"当张仪讲至紫云公主，述及公子卬时，庞涓震惊，"安国君依然活着？"

"非但活着，且已成为秦国的安邦将军了！"张仪又将秦王如何念及妹夫，如何活擒公子卬，陈轸如何为公子卬更名，秦王如何待见公子印，紫云公主如何反感，秦国祖太后如何干预，公子华又是如何设计协助公主谋他张仪，他如何醉酒，紫云公主如何霸王硬上弓等一应旧事，无一遗漏地尽述一遍。其中不少堪称秦国机密、宫廷秘闻，听得庞涓如闻天书，对张仪这般掏心待己，敬服且感动。

"张兄如此坦诚相见，"庞涓拱手，"在下再无话说。鬼谷既往旧事，在下一笔勾销。张兄此来，想让在下作何帮忙，就请直言！"

"庞兄说反了，"张仪却不回礼，毫不客套，"在下此来，不是让庞兄帮忙，而是想帮忙庞兄。"

"哈哈哈哈，"庞涓先是一怔，继而大笑数声，再次拱手，"好好好，就算张兄帮在下了。说吧，张兄如何帮法，在下洗耳恭听。"

"第一步，助庞兄逐走惠施，压服朱威，除掉白虎；第二步，你我携手，以魏为轴，横扫列国，建不世功业。"张仪端起酒爵，端详一番，仰脖饮下。

庞涓长吸一口气，两眼死死盯住张仪，良久，将气嘘出，一字一顿："若是横扫列国，依张兄之见，从何处扫起？"

"赵国！"

"好！"庞涓一拳砸在几案上，"你我联手，打烂它！"

"不是打烂，是吞掉它！"

庞涓再吸一口气，几乎是下意识地摸起酒爵，缓缓闭眼。

御书房里，魏惠王坐在御案前，二目微闭，一动不动，就如一段木头。

不知过有多久，魏惠王仍旧保持这一姿势，在一边守护的毗人既怕惊动他，又怕出意外，就在近旁走来走去，先是脚步轻微，继而脚步放重，故意弄出些声响。

"毗人，晃啥哩？"魏惠王的声音从两片嘴皮里迸出，身子依旧未动。

"主子，"毗人不知何时已经改过称呼，不再叫他王上了，凑到跟前，"老奴在想事情，怎么也想不出，有点儿急了。"

"呵呵呵，你也会想事情了。说说，想什么呢？"

"老奴想的是，主子这辰光会在想什么呢？老奴想呀想呀想呀，想得头都大了。要是老奴也有淳于子修来的通心术，该有多好！"

"你呀，其实已经晓得寡人在想什么了。"

"老奴真的不晓得哩。"毗人给出个笑，"不过，主子这般讲了，老奴就想猜猜看。"瞥一眼惠王案面上的竹简，"主子在想国事哩。"

"废话，不想国事，还能想啥？说具体点儿。"

"是……想这竹简上的事儿？"

"真就让你猜对了。"惠王睁开眼，看向案面，上面一字摆着七册竹简，是白虎大朝报奏时用过的。

毗人脚步一转，移到他身后，动作麻利地为他揉捏颈椎，边揉捏边笑道："主子呀，老奴这儿也提个奏本。"

"哦？奏吧。"

"主子这已坐有几个时辰了，该到后花园中走走才是。流水不腐，多走路，活络松筋，好处多了去了。至于朝堂上的事情，就让那些臣子想去。主子这把头想大了，想疼了，不合算哪。"

"唉，"惠王长叹一声，"寡人也是不愿想呀，可……"顿住话头，用力起身。

毗人伸出援手，扶他站起。

主仆在屋子里小走几圈，缓步移向房门，刚要迈出，远远望到宫值内臣引带二人沿林荫道走过来。

魏宫臣子中，享有不通报而直接入见特权的仅有三人，太子申、惠施和庞涓。

"寡人眼花了，是哪一个？"惠王揉眼问道。

"是武安君！他还引来一人，老奴认不出哩！"

"看样子，"惠王苦笑一声，"寡人这筋是松不成了。"便趑回书房，复于案前坐定。

不消一时，宫值内臣进来通报。

惠王宣庞涓入见。

君臣礼毕，惠王指着外面："贤婿，门外好像还有个人呢！"

"父王，"庞涓吃一怔，"您怎么晓得？"

"呵呵呵，"惠王笑出几声，"贤婿既引此人来，想必不是俗客，让他觐见吧。"

庞涓出门，不一时，引张仪入见。

惠王上下打量张仪，显然记不起是谁了："你是……"

"鬼谷士子张仪叩见魏王！"张仪拱手。

"鬼谷士子张仪？"惠王震惊，"你不是……在秦为相吗？"

"回禀魏王，正是那个张仪。"

惠王嘘出一口气，盯张仪一时，问道："既为秦相，为何以布衣之身觐见寡人？"

"想与大王私聊。"

"这里没有外人。"惠王指着庞涓，"这是寡人贤婿，也是你的同门。"又指毗人，"这是寡人近侍，无碍私谈。寡人老朽，张子有何指教，请直言！"

"魏国危矣！"张仪再次拱手，一字一顿。

张仪劈头来此一句，魏惠王大怔，看看庞涓，又看看张仪，目光下意识地落在面前白虎的竹简上，良久，指向旁边客席："请张子入席详谈！"

张仪在客席正襟坐定，二目如炬，直射魏王。

"魏国朝野上下一切如常，"魏惠王倾身问道，"张子何出此言？"

"如果不出仪之所料，"张仪拱手胸前，侃侃言道，"魏国已经陷入外困内忧，如猛牛落井，亡无日矣。"

"这这这，"惠王蒙了，苦笑一下，看向庞涓，见他闭目不语，又回视张仪，"何以内困外忧，请张子指点！"

"是外困内忧。"

"对对对，请张子详言！"惠王急不可待了。

"先说外困，"张仪缓缓说道，"南向，魏楚毗邻，魏先将军吴起掠取大梁及周遭楚地二百里，现将军庞涓再掠陉山及周遭楚地一百里，旧怨不提，单是这两桩新案，于魏是喜，于楚却是截肢之痛；东南向，魏宋毗邻，先将军吴起夺占襄陵，襄陵乃宋先祖襄王寝陵，今为魏郡，宋人耿耿于怀；东向，与卫毗邻，卫之祖地，大片皆入魏境；东北向，魏齐接壤，前仇旧怨尽皆不提，想必齐王不会不惦念黄池之辱，将军田忌更不会忘记女装之羞；至于三晋，魏与赵、韩，国土犬牙交错，利害息息相关，百年来磕磕碰碰不提，单是恶战硬战，当不下三十次，边城旗帜交替变换，朝魏夕赵，亦不为惊奇；更慌急的是西向，魏与强秦之争……"

张仪顿住话头，微微闭目。

"这些陈年旧事无不是秃头上的虱子，人尽皆知，还请张子讲些新的。"惠王不耐烦了，欲听下文。

"我王好喻，仪方才所言，确为秃头伏虱。然而，凡人所见，无非外象，唯有大王，当该知痛知痒啊！"

"请张子详释！""知痛知痒"四字显然刺激了惠王，探身向前。

"六国伐秦而兵败函谷，大王想必不会认定是庞将军无谋、魏武卒无勇吧？"

想到虎牢关上四王信誓旦旦伐秦，两军对阵之时，楚兵却裹足不前，齐兵更是迟迟不到，惠王轻叹一声，不再吱声。

"再讲内忧。"张仪不再给他思考时间，"远且不提，单是近年仪之耳闻目见，魏居中而四战，兵革未歇，民无生息。函谷战后，庞将军痛定思痛，图谋东山再起，年年增扩武卒，日日练兵备战，欲雪前仇。然而，魏土不增反减，魏民时有逃离，税赋日少，府库日竭，苍生日苦，君臣互怨。敢问我王，凡此种种，想必不再是秃头之虱了吧？"

魏惠王额头汗出。

庞涓显然没料到这又扯到他身上了，略是诧异地看着张仪。

张仪似是讲完了，闭目静坐。

"张子既知魏国困境，"惠王拿毗人递过来的丝绢擦把细汗，"想必亦有摆脱之计了。寡人不才，敬请张子赐教！"

"两个字，连横！"

"连横？"许是第一次听闻此词，惠王一双老眼眨巴几下，"何为连横，还请张子详释！"

"苏秦不是在列国倡导合纵吗？纵即南北，三晋合纵，外加燕楚，构成南北一线。至于齐国入纵，不伦不类，别有用心，可以不计。纵亲六国会于孟津，旨在制秦，六君誓师，纵亲达到绝顶。圣者曰，月圆则缺，杯满则溢。苏秦身为约长，挂六印，令六君，堪称人臣之极；六师毕集于函谷关外，堪称纵亲之极。物极必反。六君会盟，却各怀其私，六师毕集，却不战而却，正应极、反之理。"

"甚是，甚是，"惠王连声应和，"张子说下去！"

"田有阡陌，道有纵横，纵势既衰，横路当行。魏国远策，当是去纵入横，与秦结盟！"

听到这里，惠王显然明白过来，方脸拉起，久不说话。

"连横长策有何不妥吗？"张仪忖透惠王心思，直追过来。

惠王二目如炬，直射张仪，一字一顿："只有一个不妥，河西！"

"敢问我王，河西有何不妥？"张仪似是不知趣了，紧追不放。

"秦人玩弄诡计，霸我河西，七百里江水，数十万臣民，一夜之间，尽为秦有，十几万勇士的尸骨，这还长眠于河西的地下呢！"

"唉，"张仪长叹一声，"我王只知河西，却忘了秦晋鱼水之谊啊。穆公之时，两度嫁女于晋公，缔结百年之好！"

"那是晋室，不是魏室！寡人此生，不收复河西，死不瞑目！"

"唉，"张仪又出一声长叹，"我王这是意气用事了。我王既然提到河西，身为河西之民，仪就说说河西。穆公之时，西河之南为大荔、辅氏、芮等封国所有，北为白翟所据，与晋并无瓜葛。穆公逞强，小国皆归秦制，白翟北缩，河西七百里始为秦土。之后秦晋失和，作为交接区，河西首当其冲，屡为战场。三家分晋，魏将吴起出征河西，赶走秦人，方将七百里河山并入魏境。再后就是秦魏之争，在河西你来我往，直至商君强图河西。"

"往事如烟，寡人只记近仇！"

"仪这就与王议此近仇。"张仪就势说道，"秦与魏皆争河西，情同势不同。所谓情同，河西于秦于魏，皆是先祖以力所得，臣民以血所换；所谓势不同，河西于秦为必得之地，于魏，则为聋子耳朵！"

"咦？"惠王气不匀了，"你这是明显偏秦！"

"仪不敢偏秦，"张仪坦然应道，"仪出生之时，河西属魏。作为魏民，仪之先祖，为河西流汗；仪之先父，为河西流血；仪之先母，死于秦人之手；仪之家产，皆被秦人夺去。仪与秦人血海深仇，仪是以不能也不愿偏秦！"

"既然如此，你且讲讲，河西为何于秦为必得，于寡人就是聋子耳朵了？"

"秦原都栎阳，仪与河西隔条洛水，商鞅时，秦移都咸阳，与河西也不过三百里，快马一日可至，且河西与咸阳，一马平川，除一条小小洛水之外，几乎无险可守。不得河西，叫秦王如何安枕？将心比心，假定我王是秦君，又该如何看待河西？"

惠王咂巴一下嘴唇。

"于魏，势完全不同。聋子耳朵，好看而无用。魏西有河水之险，南有崤函之固，河西在手，岂不成个聋子耳朵了吗？"

惠王再次咂巴一下嘴唇。

"秦得河西，魏占河东；秦得函谷，魏得崤塞；双方以山、河为界，各有仗恃，正可修好睦邻才是，不想我王却与秦君这般争来夺去，实为不智！"

"你……"惠王憋一会儿，总算想出词儿，"寡人若是放弃河西，如何对得起为河西捐躯的十数万英魂？"

"魏有英魂，秦也同样。以武卒之威，尚有十数万英魂，秦人为河西而死者，数目可想而知。"

"你绕来绕去，无非是为嬴驷那厮来当说客，好让寡人将河西拱手送给他，是不？"惠王面有愠色。

"非也，仪此来，是想与王做笔买卖。"

"是何买卖？"

"常言道，失之东隅，得之桑榆。我王若是就此让出河西，秦王也将有所表示！"

"作何表示？"

"我王请看！"张仪从怀中掏出一幅形势图，指太行以东的赵国大片国土，"从这里到这里，所有赵土尽归我王所有，如何？"

惠王目瞪口呆。

是夜，惠王辗转反侧，难以入眠。张仪的话犹如声声重锤，一下接一下地砸在他虽已老迈但仍壮志不已的雄心上。惠王左想右想，却怎么也想不出个所以然来，有点儿后悔自己为掩饰内中惊颤而过早下了逐客令，不由得在心中叹道："唉，真该让张仪把话说完才是。"

翌日晨起，惠王使人召来庞涓，不无狐疑道："张子昨日所言，也不是全无道理。只是……他把太行之东的肥沃赵土尽数划给寡人，未免太……托大了吧？"

昨日张仪觐见，直到被魏惠王赶走，庞涓都没有插一句话。对眼前这个渐入暮年的老岳丈，庞涓可谓了若指掌。

此时被问，庞涓晓得是时候了，沉声应道："当今乱世，恃力生存，没有大与不大的。再说，张仪谋事，向来是谋大不谋小。在楚，灭越；在秦，灭巴蜀。两地皆大数千里，相比之下，赵国反而小了！"

"是哩，"魏王急切应道，"可这……吞赵，寡人实在不敢想象。寡人召你来，是想问你一句话，假使伐赵，真能……"顿住话头，两道充满欲望的目光直射庞涓。

"父王，若是伐秦，儿臣可有五分把握，不敢狂言；若是伐赵，儿臣可有十成把握，万无一失。"

"十成？"惠王心里一动，旋即摇头，"两军交战，瞬息万变，胜负或系一念之间，贤婿不能轻敌呀。再说，赵人既非越人，亦非巴、蜀，徐徐图之或可，若是一口吞之，寡人怕就没有那么好的口福了呢！"

"儿臣所言，或为轻浅。此事既为张仪所言，父王有何疑虑，何不再召张仪，听听他是何说辞？"

"传旨，有请张子！"

庞涓回府传旨，张仪再次觐见，惠王迫不及待地将思虑一夜的种种忧虑一一道出，被张仪悉数化解。

惠王听得血脉贲张，正要认可张仪，猛又想起惠施、朱威他们："张子所言，好倒是好，只怕朝臣……"

"仪在秦室数年，就仪所察，秦王一旦决事，对朝野议论一概不计。"张仪淡淡一笑。

优柔寡断正是惠王的短板。张仪适时抬出做事利索、将秦治理得蒸蒸日上的秦王，让惠王颜面顿失。见张仪二目直射过来，颇含不屑之意，惠王脸面潮红，不假思索，当即拱手："烦请相国回奏秦王，此事可以定下，具体如何操作，由你与庞爱卿谋议。"

"回禀我王，"张仪亦拱手道，"仪只是一介草民，不是相国了！"

"哦？"惠王惊愕，扭头看向庞涓。

"父王，"庞涓应道，"张子已于旬日之前辞去秦相，挂印出关了。"

魏王长吸一口气，二目紧盯张仪："敢问张子，因何辞相？"

"不瞒我王，"张仪缓缓应道，"秦室祖太后恃强，强行拆散仪与夫人，迫仪与紫云公主成婚。祖太后已处弥留，仪无奈何，只得应允。夫人闻讯，以为是仪喜新厌旧，食言负她，一怒之下，星夜出走，不知所终。夫人于仪有救命之恩，夫人爱仪，仪亦深爱夫人。太后仙游之后，仪一路寻访到函谷关，听关守说，数日之前，有女子出关东去，过关时，暗香袭人。仪夫人天然体香，名唤香女，仪问过貌相，确认是夫人无疑，遂返回咸阳，无意朝政，封印辞别秦王。秦王勉强，仪横剑于项，不惜一死。一则见仪意决，二则有感于仪与夫人的私情，秦王不忍相逼，只得应允，但要仪答应一事。"

"答应何事？"惠王急切问道。

"无论何时，只要仪访到夫人，就须重返秦国。秦王为仪保留相府，封藏相印，自仪走后，决不置相！"

惠王听傻了。

"唉！"张仪长叹一声，"夫人为吴臣公孙蛭之女，楚越恶战，公孙蛭为报宿仇，与越王同归于尽，麾下勇士无一幸存，除仪之外，夫人亦是形单影只。仪在此世，除鬼谷诸友外，并无亲朋。鬼谷诸友，孙膑不知所终，苏秦与仪有隙，夫人尽知。夫人出关东行，仪前思后想，夫人别无他投，或至大梁寻庞兄倾诉。仪星夜兼程，赶至大梁，求见庞兄，不想却……"

张仪言及此处，悲伤欲绝，潸然泪下。

惠王看向庞涓。

"不瞒我王，"张仪以袖拭泪，"仪非但没有寻到夫人，却被庞兄扯到此地，与王议论天下！"

"敢问张子，"惠王倾身向前，心跳加速，"夫人既不在庞爱卿处，张子欲向何处寻访？"

"人海茫茫，仪实不知向何处寻访，"张仪面现绝望之色，轻轻摇头，迅即捏紧拳头，"不过，仪心已决，即便寻到天涯海角，仪也义无反顾！"

"若是张子并不知向何处寻访，"惠王现出一笑，"寡人倒有一个想法。"

"请王指点！"张仪拱手。

"张子可以暂留魏境，寡人这就安排人手，前往列国寻访。"

"如此甚好，只是，仪居此处，若是无所事事，倒也无聊！"

"呵呵呵，这个寡人想定了，"惠王笑出几声，乐得合不拢口，拱手，"寡人无知，愿以国相托，敬请张子不弃！"

"谢王知遇！"张仪再度拱手，"只是，王内有惠子，外有苏子，二人皆为绝世高才，仪不敢与二人并列！仪心已定，明日即别庞兄，往齐国一游！"

"齐国？"惠王惊呆，"张子去齐国何干？"

"仪别无他好，只好口舌，这往齐地，一来寻访夫人，二来在稷下一逞口舌之能，混口饭吃！"

闻听此言，魏王喜出望外，赶忙起身，朝张仪深鞠一躬，拱手，声如洪钟："齐国负海之地，安容大鹏展翅？寡人这就免去惠施相位，举国托于张子，敬请不弃！"

"我王……"张仪急急跪地，叩首涕泣，"仪何德何能，竟得我王如此厚爱！仪本为魏民，也该当为我王效力啊！"

"爱卿请起！"魏惠王疾步上前，扶起张仪，转对毗人，"摆宴！还有，请申儿作陪！"

相府客堂，气氛沉闷。

太子申、朱威、白虎三人面色严峻，唯有坐在主位的惠施神态恬淡，两眼闭合，但细心者看得出，他的左边嘴角在微微颤动，心境显然不宁。

"相国大人，"白虎打破沉寂，语气急切中带着恳切，"您得说句话呀，张仪是冲您来的，这已把火燎到您的眉头上了！"

惠施微微前探的躯体略略直了直，嘴角不颤了。

"相国大人，"朱威拱手道，"在下晓得您并不在乎这个相位，但眼下不是相位不相位的事，是事关魏国未来、事关纵亲大略啊！秦、魏仇怨，不是说解就能解的，张仪此来，名为强魏，实为离间三晋。苏子讲得好，三晋皆面西秦，若是互相仇杀，唯对西秦有利。"

惠施的身体又略略直些。

"先生，"太子申亦拱手了，"上卿讲得是，三晋虽有磕碰，但不可互为仇雠。这个相位，先生万万让不得！"

"唯有苏秦，可制张仪！"惠施总算挤出一句。

"大人所言甚是，"朱威应道，"只是，自函谷兵败，大王偏听武安君，武安君将伐秦失利归罪于赵国，对苏子颇有成见，我等怎么解释也是不听。这辰光又来了张仪，苏子只怕更难说话了！"

"另有一人，或可制张仪！"惠施又道。

"何人？"朱威、白虎异口同声。

"公孙衍！"

朱威、白虎互望一眼。

有顷，朱威点头："公孙衍倒是极好。听说他早已离秦，在下挂记他，四处打探，迄今未得音讯。"

"此人就在大梁。"

"啊？！"太子申、朱威、白虎皆是震骇。

大梁郊野，一辆马车疾驶而来，扬起一溜尘埃。

马车渐渐慢下来，拐向一处偏僻的农舍。

草扉洞开，朱威、白虎跳下车子，急急入内。

草舍无人，但正堂挂着一盏青灯，几案两端摞着几十卷竹简，一卷新简平摊在几案上，几支羽笔斜插于笔筒，旁有砚台，墨汁依在。

朱威坐到几案前，看向案上竹简，看字迹，是公孙衍无疑，这才松下一口气。

朱威努嘴，二人在案前坐下，一人拿过一册竹简，各自翻阅。

看不多时，一条黑狗飞奔过来，站在门外冲草舍狂吠。

不一时，公孙衍头戴斗笠，全身衣褐，荷锄走进柴扉。

狗仗人势，冲向草舍，站在草舍门口冲二人汪汪吠叫。

公孙衍将锄头放好，喝狗出去，大步入舍，又惊又喜："朱兄，虎弟！"

三人一别数年，今又相见，自有说不出的亲热。

"不瞒公孙兄，"寒暄过后，朱威指着案上竹简，由衷感叹，"从相国那儿得知你在此隐身，在下一直不解。刚才翻阅此册，方知公孙兄苦心哪！"

"唉，"公孙衍长叹一声，"不瞒二位，出函谷关后，在下苦思去向，仍旧选择回魏。非故土难舍，实为制秦。秦人若霸天下，势必东出，若是东出，势必争魏！"

"公孙兄所言极是，"朱威重重点头，"秦人这已来了。"

"哦？"公孙衍看过去。

朱威看向白虎，白虎将近日朝局、张仪至魏、张庞结好、魏王欲罢惠施相位改拜张仪等一应故事略述一遍，二目热切地望着公孙衍。

"改拜张仪？"公孙衍大怔，"他不做秦相了？"

"听殿下讲，"朱威应道，"张仪与秦室闹翻了，秦国祖太后逼他与紫云公主成婚，张仪夫人出走，张仪舍不下夫人，辞印东出函谷，说是寻访夫人，径直来魏了。"

"祖太后？逃婚？辞相？寻访夫人？"公孙衍显然未曾料到这些，闭目深思，口中喃喃自语，"以此小说之言，却来蒙我大魏？"

"是哩，"白虎急道，"眼下事急，如何应对，公孙兄得快快拿个主意才是！"

"张仪此来，只有一个目的，"公孙衍眍地睁眼，拳头连捏数捏，"连横魏国，分裂三晋，破解合纵。"

"公孙兄说得是，惠相国与朱上卿皆是这般讲的。"

"不瞒二位，"公孙衍的目光从白虎转向朱威，"在下在此隐居两年，非为躬耕，是在观察列国，寻思应对、封杀虎狼之秦。在下左思右想，唯一的应对，仍旧是苏子所倡的列国纵亲。张仪连横，正是为破六国纵亲而来。"

"公孙兄，"朱威环顾草舍，看看日影，拱手，"此舍非议事之所，此地更非大鹏所栖，你这就与我等回归大梁，共商大计，阻击张仪。"

"呵呵呵，看来朱兄是饿了。"公孙衍笑笑，挽起袖子，走向侧室，拿出一堆青菜，又从梁上割下一块腊肉，"来来来，二位搭把手，草舍寒酸，却也是有好酒好菜哟！"

二人皆笑，一个择菜，一个烧灶，各自忙活起来。

"至于阻击张仪，无须商议，在下已有对策了。"公孙衍在案上一边切腊肉，一边说话。

朱威、白虎望过来。

"劝阻君上，力保惠相。"

"只怕大王深信张仪，劝他不动。"朱威应道。

"有一个人，或能劝他。"

"何人？"

"太子！"

二人辞别回来，直入东宫，将公孙衍的话悉数转告太子申。

送走朱威与白虎，太子申回到书房，一身书童打扮的天香迎上来，为他宽衣解带。

"申哥，"天香轻轻掩上房门，扶他坐下，偎他身边，柔声呢喃，"观你眉头不展，有什么难为之事了？"

"唉，"太子申揽住天香，长叹一声，"秦相张仪辞相来梁，密结庞涓，欲夺惠相之位，朱上卿与白司徒认定张仪来意不善，要申劝说父王，阻止张仪，力保惠子相位。"

"哦？"天香故作一惊，"申哥答应他们了？"

"嗯，答应了。张仪若是为相，必结秦脱纵，秦人不可靠。再说，我如果脱纵结秦，就将失义于天下。庞涓好战，再有张仪在侧，国必危矣。"

"申哥，"天香给他个香吻，盯住他，"你真的这么认定吗？"

太子申点头。

"小女子可以问申哥一句话吗？"

"问吧。"

"申哥想不想让魏国强大？"

"想呀。"

"申哥，惠子为相已经十年，他让魏国强大了吗？他为魏国开拓一寸疆土了吗？他让魏国的仓库充盈了吗？他让魏国的户籍增加了吗？"

"这……"

"再看人家张子，在楚国，灭越，为楚增地数千里，增人口逾百万，使楚粮米充实；在秦国，灭巴蜀，为秦增地数千里，增人口逾百万，巴蜀的粮、盐源源输秦。此人来魏，当是魏国之幸啊，身为太子，申哥难道……"天香故意顿住。

"咦，"太子申盯住她，"你怎么知道这些？"

"申哥，"天香吻他一口，"小女子在外这几年，别的没有学到，只是耳朵灵了，心不迷了。再说，魏国未来是申哥的，小女子还要靠申哥吃个饱饭呢，怎能不用心？"

"好吧，"太子申闭目良久，点头，"申听你的！"

"申哥……"天香嘤咛一声，软作一瘫绒，一头拱进他怀里。

次日散朝，魏惠王果然留住太子申，二人前往御花园里散步。

"申儿，"惠王顿住步子，盯住他，"惠子为相不少年了，魏国并未大治。为父在想，也许是惠子为人谦和，魄力不够。方今天下，列国皆王，彼此狼窥虎视，非强力不足以应对。张子辞却秦相，来投我邦，为父以为，张子与武安君同出于鬼谷一门，出山即助楚灭越，至秦又助秦灭巴蜀，才智远胜惠子。为父想免去惠子相位，赐他金银珠宝、府宅财帛，让他在魏颐养天年，畅聊名实，而将治国重担卸与张子，你意下如何？"

"父王，"太子申应道，"相邦，国之栋梁。立相换相，父王定夺即可。"

"呵呵呵，"惠王笑出几声，"申儿呀，如你所言，相辅为国之栋梁，何人为相，举足轻重。为父老了，魏宫这副担子，终将落到你的肩上，相辅之才，也终将为你所用，你是何想法，为父必须看重呀！"

"儿臣以为，父王换相有三不妥。"太子申应道。

"哦？"惠王吃了一惊，"你这讲讲，是何三不妥？"

"一不妥，惠相德才兼备，朝野认可；二不妥，惠相为人公正，不偏不倚，可以平衡各方利害；三不妥，惠相主政以来，无论是远策还是近略，皆无明显失误，至于六国伐秦，惠相并不主张，是武安君……"

惠王显然不想听到这个回复，略一闭目，转身前面走去。

"不过，"太子申迟疑一下，紧紧跟上，"也有一妥。"

"哦？"惠王停住，扭头，看向他，"说说这个妥！"

"正如父王所说，张仪为鬼谷高才，治国理政，与惠相国迥异。父王既已试过惠相国多年，自然也可试一试张仪。"

"呵呵呵，"惠王乐了，"你说得是。"转对毗人，"传惠施！"

当惠施来到御花园时，太子申回避了。

惠王笑吟吟地挽着惠施的手，在柳荫下的小径上漫步。

走有一程，惠施只顾走路，没有提防脚下，左脚磕在路边一块石头上，打个趔趄，摔了个结实。

惠王赶前一步，扶起他。

"谢王扶持。"惠施扑打几下身上的灰土，朝惠王拱手道谢。

"伤到没？"惠王关切地问。

"还好。"惠施又是一拱。

"呵呵呵，"惠王笑过几声，言语关切，却弦外有音，"爱卿这腿脚……"

"老矣！"惠施顺势苦笑一下，摇头。

"若是寡人没有记错，爱卿年过五旬了吧？"

"我王圣明，到流火之月，臣即苟活第五十春秋。"

"咦，"惠王刻意活动几下手脚，"寡人已逾六旬，年长爱卿一十五年，可这手脚……"说到这儿，顿住，不无得意地看过来，再次炫示。

"臣贱命贱体，安能与我王龙体相比？"

"呵呵呵，爱卿好言辞，"惠王笑过几声，语气转为关切，"想是爱卿近年来操持国事，过于劳身了。"说着伸手扶住惠施，挽住他手，继续前走，"爱卿呀，说起这事，寡人倒是存心让你歇歇脚，寻个雅致处所修身怡情，颐养天年，将这些烦心事让给年轻人忙活，可又……"故意顿住，轻叹一声。

"谢王关爱。"惠施抽出手，再揖一礼。

"只是呀，"惠王复又扯住他的衣袖，"寡人着实舍不得爱卿。知我心者，唯有爱卿啊！"

"敢问君上，欲以何人代臣？"惠施故作不知。

"张子如何？"惠王顿步，直盯惠施，"他今年三十有五，正值风华之年。"

"风华之年，臣已过矣，"惠施回视惠王，"不过，君上可曾听过老妾事主之事吗？"

"寡人孤陋寡闻，你且讲来。"

"一妾年老色衰，其夫赶其出门，欲迎新妇。老妾哭哭啼啼，不肯离去，君上可知何故？"

"这这这……"惠王听出话音，支吾几声，寻到应辞，"这是不识趣吧！"

"非不识趣，重家而已。今臣事王，一如那老妾事其主啊！"

此喻悲切。

想到惠施这么些年来为魏所操的心、积的劳，惠王黯然神伤，低头不语。

"君上，"惠施语重心长，"妾身老朽，也早淡泊名利，理当识趣。妾身之所以哭哭啼啼，不肯离家，是因那新妇居心不良，有失贤淑啊！"

惠王倒吸一口冷气，有顷，颤声问道："敢问爱卿，张子如何居心不良？"

"因为他想谋的是新夫家的家财。"惠施一字一顿。

为相这些年来，惠施第一次用这般肯定的语气与惠王说话。

惠王又吸一口气，陷入沉思，良久，抬头笑道："常言道，嫁鸡随鸡，既嫁过来，她当为新夫所谋才是。"

"寻常女子，嫁鸡随鸡，"惠施直言点明，"只此女子，别有他图，因她爱的依旧是前夫，此来是受前夫指使，色诱新夫啊。"

此话若是出自朱威之口，惠王会有想法，而出自惠施之口，就让惠王打寒战了。

"君上，"惠施言辞恳切，"妾身已老，妾色已衰，服侍不周了。君上存心他娶，老妾岂敢有阻？老妾只谏一言，君上若娶新妇，该当睁圆慧眼，娶一年轻、贤淑、忠贞不贰之妇，方能兴业旺室，惠泽子民。"

"敢问爱卿，此天之下，可有此妇？"

惠施点头。

"爱卿请讲，他是何人？"

"公孙衍。"

"公孙爱卿？他在何处？"

"就在大梁。"

"太好了！"惠王兴奋起来，二目放光，握紧惠施之手，"烦劳爱卿有请公孙爱卿，寡人念他许久了。"

这么多年，历经这么多变故，魏人公孙衍终于得以于魏宫御书房觐见魏王。

为迎接公孙衍，毗人大献殷勤，亲自动手将书房里里外外整理一遍，又在旁边燃起三炷上等好香，一时三刻，香云缭绕，气氛怡人。

魏王沐浴更衣，让毗人把公孙衍留下的四卷竹简搬到案上，正自重读，宫值内臣已引公孙衍到。

同来的还有惠施与太子申。

太子申是惠王吩咐召请的。

惠王不再宣召，亲迎出去。

见惠王迎出，一身布衣的公孙衍拱手揖道："子民公孙衍拜见我王！"

惠王却不回揖，二目如炬，将他好一番打量，有顷，跨前几步，执其手道："公孙衍哪公孙衍，你这个子民可是让寡人念想多年啊！"

"衍叩谢我王偏爱。"公孙衍再次揖首。

惠王挽住公孙衍的衣袖，并肩进门，君臣四人分别落席，惠王再度凝视公孙衍，拱手，长叹："唉，不瞒爱卿，你到秦国，搞得风生水起，寡人即知错矣。"

"我王圣明！"公孙衍拱手回礼，不卑不亢，"自离秦后，衍安身于郊，耕作于野，为布衣之身，不敢称卿。"

"拟旨！"惠王转对毗人，"魏人公孙衍列为上卿，赐上卿府一座，金三十两，仆役三十，帛五十匹！"

毗人一一记下。

公孙衍离席，叩拜于地："衍谢王厚赐，只是，赏罚乃国家大事，无功不受禄，亦为古之定规，身为子民，衍无尺寸之功于魏，是以斗胆恳请我王收回成命，俟衍有所建树，再行封赏不迟。"

"这……"惠王略略一怔，迅即笑道，"爱卿过谦了，"说着指案上几册竹简，"单是这四卷治魏长策，亦足以封卿拜侯。不瞒爱卿，你这四卷，寡人翻阅不知几遍，堪称字字珠玑、针砭时弊啊！可惜此策有首无尾，后面几卷缺失，实让寡人嗟叹不已。这下好了，有爱卿在侧，寡人不愁后续之卷，可以尽兴矣！"

"我王错爱了，"公孙衍又是一拜，"臣写十策之时，针对的是昔日弊端，今时过境迁，这些竹简已然无用，完全可以束之高阁了。"

"哦？"惠王震惊，"如何治魏，难道爱卿又有良策了？"

"回禀我王，"公孙衍侃侃言道，"自离秦出关之后，衍隐于郊野二年有余，冥想天下，欲破乱局，然而，思来想去，所有破解，无出苏秦之右。天下唯有纵亲，方可均衡势力，我王唯有守纵，方可长治久安。"

魏王身子后仰，微微闭目，良久，身子恢复前倾，拱手："谢爱卿指点了。爱卿呀，"转向惠施，给他一笑，"惠子这把相国当腻味了，一心想与高人论辩名实，有心让贤于公孙爱卿，敢问爱卿意下如何？"

"谢王器重，谢相国大人厚爱！"公孙衍朝二人各揖一礼，"非衍推诿，实乃惠相国德高望重，智慧过人，衍不及远矣。若我王不弃，若相国大人偏爱，衍愿做相府马前走卒，为我王效力。"

"呵呵呵，"魏王笑出几声，"爱卿呀，礼贤用能，乃邦国大事，惠相国与爱卿皆是邦国相才，能够早晚守在寡人身边，寡人已知足矣。至于何人为相，寡人不多说了，三日之内，由二位爱卿议定，报奏寡人，寡人大朝颁诏！"

惠施、公孙衍皆是一震，相视良久，叩首谢恩。

闻听公孙衍插足，庞涓大是震惊。

从在陈轸的赌场里搭救白虎时起，庞涓就对公孙衍怀有深深的敬畏。秦伐河西时公孙衍的孤军抗击、六国伐秦时公孙衍的沉着应对，无不让庞涓刮目相看。此人在秦，庞涓引为憾事，然而，此人回魏数年，且几乎天天就在他的眼皮子底下晃荡，而他自己竟是一无所知！

庞涓的第一反应是驱车司徒府，与白虎一道求访公孙衍。白虎不好拒绝，二人驱车郊野，直入草舍柴扉，却空无一人，那条黑狗也不在。

二人空守一时，悻悻而返。

庞涓郁闷回府，见张仪独坐客堂，面前一壶热茶，正自斟自饮。

"张兄，在下正要寻你哩！"庞涓在他对面坐下，拿起张仪推过来的茶盏。

"可为公孙衍之事？"张仪笑道。

"你晓得了？"庞涓惊愕。

"呵呵呵，"张仪笑出几声，"不瞒庞兄，在下与公孙兄堪为知己，他在哪儿，他做什么，在下是一清二楚、无所不知呢。"

"你且说说，"庞涓喝一口茶，"此人隐身数年，突然露头，是为何事？"

"与在下争相！"

"争相？"庞涓不解了，"此人归魏数年，若是争相，缘何早不争，晚不争，拖至今日才争？"

"因为在下来了，"张仪又是一笑，"庞兄听过二马共槽之说否？

单马独槽，吃起来无味，二马同槽，才叫有劲哩！公孙衍与在下，正是这般。”

“呵呵呵，”庞涓也笑几声，语气略带不屑，“张兄这也高抬他公孙衍了。就在下所知，一如在下与孙兄、张兄与苏兄方是对手。鬼谷四子，天下无可匹敌。”

“让庞兄说着了，”张仪举盏，端在手里，“不过，庞兄略略有些误解在下之意。仪与苏兄，是争天下，仪与公孙兄，是争邦国。所争不同，其味相异呀！”

“好好好，”庞涓也举盏道，“是张兄想得大。敢问张兄，此人既来拱槽，张兄如何应战，该当有个章法才是。”

“章法只有一个，”张仪冲庞涓扬扬茶盏，“恳请庞兄帮忙。方今天下大略，非纵即横。若是不出在下所料，公孙衍见王，必祭苏秦合纵大旗。魏室权臣，无不主张合纵，且朱威、白虎诸人，更与公孙衍息息相通。王若听信，必弃横而守纵，在下还好，倒是庞兄，怕就不好玩了。”

庞涓再无二话，径去王宫，觐见惠王。

魏王果然在为纵横惆怅。纵，或可求稳；横，或有大成。纵，公孙衍、惠子；横，张仪、庞涓。纵，有太子大力鼎持；横，则为自己心仪。

“贤婿来得正好，”待庞涓落席，惠王望着他苦笑一声，“张子欲横，公孙衍欲纵，是纵是横，寡人头大了！”

“父王，天下原本只有纵论，未闻横说。父王听信苏秦，亲执牛耳，合纵之花盛开于孟津，衰萎于函谷。今日天下，纵衰而横出。纵横利弊，不言自明。父王见过公孙衍，想必他对苏子纵论又有新释。理不辩不明，儿臣是以恳请父王再约张子，细听横说。”

“有请张子！”

张仪这就候在宫外，听到宣召，当即趋入。

君臣礼毕，惠王拱手，直入主题：“听闻张子横论，寡人耳目一新，盘思迄今。只是，横论博大，寡人愚昧，今朝再请张子详释，还望张子赐教。”

“启禀我王，”张仪略一拱手，不再客套，气势如虹，“纵论万丝千结，横论只存一理：仗势恃力，大争灭国！”

惠王身心皆震，嘴巴大张。

"我王请看，"张仪顺手掏出一块麻布，上面是他描摹的一幅天下草图，"魏之强敌，秦、齐、楚三强，以魏眼前实力，若是争齐，或相伯仲，若争楚、秦，则力有不逮。然而，若是魏能一统三晋，独霸中原，则西可争秦，东可凌齐，南可欺楚，天下大局或可定矣。"

惠王身体前倾，一双老眼射出贪婪之光，会聚于张仪案前的小小羊皮上。

"我王若从横论，"张仪手指秦国，"西可无忧。有秦在侧，楚不敢动。王可先伐赵，后扫韩，三年之内，或可一统三晋，厘定乾坤！"

"三年之内？"惠王不相信地喃出一声，看看庞涓，目光落在张仪身上，"你是说，寡人在三年之内，可以灭赵？"

"是一年之内。"张仪拳头一紧。

"你……"惠王越发惊愕，"这且说说，你有何策，能于一年之内打败赵室？"

"我王请看，"张仪指向中山，"近闻中山与赵，边境再起争执。王可约会中山，切断滏口塞，南北夹攻，赵之太行以东，无险可恃。赵之太行以西，秦借魏境，兵发晋阳，直取代郡。赵人再强悍，若被截为两段，东西相顾无暇，欲保宗庙，难矣哉！"

"这……"惠王不无担忧，"赵为纵亲首倡国，若是齐、楚、韩三国之兵皆来相救，奈何？"

"我王放心，"张仪侃侃而谈，"韩人既惧魏，亦惧秦，魏、秦联合伐赵，相信韩不敢妄动。楚、赵相隔韩、魏，以楚王之精明，定不会为赵失和于魏。至于燕室，当今燕王为秦王之婿，不敢不听翁国。赵之救星，屈指数来，只有齐人。"又看向庞涓，"齐若救赵，必用将军田忌。使田忌争庞兄，使齐国技击争大魏武卒，齐王虽然年迈，也还不至于如此昏聩吧！"

"齐人出兵，"庞涓以拳震几，"在下候的正是这个！"

"庞兄伐赵，若是顺道击垮齐人，"张仪竖起拇指，"真就一战定乾坤了。"再指地图，"三晋归一，我王即挥师东下，顺势将齐人赶至海外瀛洲，那时节，合三晋之魏坐拥齐、燕，秦国独享大楚，天下二分，岂不妙哉！"

惠王听得热血沸腾，野心膨胀，连连拱手："人言，鬼谷四子，得一可得天下。寡人独得二贤，文武双全，何愁天下不定？"

复三日，惠王大朝，罢免惠施，改拜为国师，薪俸不变，同时颁诏，任命张仪为相。

满朝震动。

大魏相国府，惠施慢悠悠地在书房整理行装，收拾他所中意的细软。

院中并排停放十辆辎车，五辆是魏王赐予的，另五辆是惠施的薪俸所置。两个小厮及一女仆动作麻利地装车，所装多是竹简等物，一捆一捆码得整整齐齐。

一辆马车驶至府前，车上跳下张仪。

家宰迎出，恭请张仪入内。

惠施依旧在收拾行囊，头也不抬，似是没有看见他。

张仪扑地跪叩："先生在上，请受张仪一拜！"

"惠施贺喜张子了。"惠施扭过头，"坐吧。"

张仪起身，在客席坐下。

"相国大人此来，是急于入住呢，还是送行老朽？"惠施斜他一眼，走到主位坐下。

"是向大人道歉，"张仪拱手，"仪此番来魏，多有得罪，还望先生宽谅。"

"风起云涌，后浪推前浪。张子年富力强，胸有大策，该当此位，何歉之有？"惠施略一拱手，淡淡说道。

"仪来还有一事。"

"请讲。"

"观车中行装，先生是要远行。在下冒昧，求问先生，欲往何地高就？"

"相国可有指点？"

"先生学问了得，可游稷下。听闻淳于子早就厌倦祭酒一职，欲游天下，先生若去，以先生德才，当为合适人选。"

"谢相国推荐。"惠施淡淡一笑，起身拱手，"大人还有吩咐吗？"

"再谢先生成全！"张仪亦起，深深一揖，扭转身，阔步而去。

张仪离开没有多久，太子申、白虎、朱威赶至，力劝惠施留在大梁，以俟机缘，惠施只不吐口。

"敢问先生，"见惠施去意坚定，太子申问道，"此行欲往何地？"

"就在方才，新任相国特来送行，为老朽指点前路。"

"张仪？"朱威愕然。

"是的，他要老朽前往稷下，或可谋得祭酒职分。"

"先生必不听他，"白虎顺口接道，"先生此去，必是楚地。"

"呵呵呵，"惠施盯白虎良久，连出几笑，竖拇指，"你小子，几日不见，大有长进哟！"又敛住笑，扫视三人，一字一顿，"方今天下，可制暴秦者，唯大楚耳。"

"先生，"太子申拱手，"申恳请先生哪儿也不要去，就在大梁。先生不在相位，反而轻松，申若得空，正好向先生请教名实！"

"谢殿下盛情！"惠施回礼，"只是，惠施在魏十年，花花草草也看腻了。楚地广阔，在下早想一游，正好成行。"略顿，盯住太子申，"对了，老朽将别，有几句闲言，或对殿下有用！"

"先生请讲！"

"如果不出老朽所料，"惠施看向远方，"张仪密结庞涓，逐老朽在先，下面当是清洗官吏，排挤上卿与司徒，将魏变成兵营，举国四战。大魏危矣。还有，就老朽所知，殿下与庞、张亦不同道，道不同不相为谋，难以合流。王上近暮，经不得大喜大悲，一旦山陵崩，殿下或将接手一个满目疮痍、唯秦国马首是瞻的邦国，如果它还存在的话！"

惠施惜字如金，含而不露，临别却说出这些话来，字字危言，在场三人无不震惊，尤其是太子申。

"先生，"太子申声音发颤，"情势……真的这么严重吗？"

"真与不真，殿下拭目以待就是。"惠施拱手，"老朽上路矣！"走到院中，跳上已在等候的车子，拉下窗帘。

辎车移动。

第二章

用中山张仪挑事　起雄兵庞涓伐赵

惠施前脚刚走，张仪后脚就住进了惠施的府宅，朝堂排位列于太子申之后，居庞涓之左。魏国将、相在惠王当政约三十年来，首次实现和合。

果如惠施所言，张仪任相不久，就与庞涓合谋，唆使惠王连发诏书，完全按照庞涓意愿将大夫、郡县以上官吏过滤一遍，以强国为名选任主战吏员，将朱威一系非主战官员或虚置，或免职，扫清了庞涓强军路上的多数障碍。不足一月，朝野上下，再无杂音；军营内外，杀气腾腾。

紧接着，秦使公子疾来使，张仪与他缔结秦魏盟约，秘密定下灭赵方略，庞涓依约调整西河防务，回撤伐秦武卒，紧锣密鼓地筹备伐赵。

秦魏缔约不足半月，秦军锐卒三万就借道魏境，沿汾水河谷切近赵境，在距晋阳百里之距的大昭泽、狐岐山一带安营扎寨，对外宣称，他们已从白狄马贩手中买下狐岐山与大昭泽之间的大片草场，此来是养马、驯马的。从历史上讲，河水以东至汾水河谷确为白狄人的地盘，然而，白狄势力早在两百多年前就已举族东移，沿井陉出太行山，在太行山东麓建立了今日的中山国。眼下的汾水河谷，基本归属于赵人的势力范围，白狄马贩这般指给秦人，并签下契约，堂而皇之地说这是他家的祖宗地，显然有点蛮来，说白了，是秦人寻下的强横理由。

晋阳是赵室发祥之地，亦为赵国西都，更是赵国布设于太行山西侧的唯一军政中心，堪称赵国最后的大本营。当年智氏灭赵，赵简子就是据守此城，方才坚持到最后一刻，并联合韩、魏两家，成功扭转败局，反灭智氏。

秦人此来，目标显然是晋阳，而晋阳于赵万不可失，赵肃侯闻报，急使上大夫楼缓前往咸阳交涉，同时调拨上党守军一万，协防晋阳，旨令赵豹警戒秦人，备战御敌。一时间，汾水谷地，车来人往，民心惶惶。

打出一整套组合拳后，张仪将魏国诸事留给庞涓，自己扮作皮货商，混杂在前往中山国的商队里，过境赵国，赶赴中山。

一年多来，中山王一直处在火头上。

中山王的火气来自赵人。去年腊月，中山成王归天，年不足十六的中山王刚刚承继大位，据守在槐水之北鄗邑的赵国边卒就突然袭扰三个村落，杀人逾十，伤人逾百。缘由是，他们放牧于郊野的战马不时被盗，近日连丢十数匹，其中一个盗马贼被逮现行，拷问得知是附近村落的盗马惯贼，他们结帮成伙，将马盗走后贩运齐国。兵卒押他前去交涉，讨要马匹，竟遭暴民袭击，盗马贼亦被趁乱救走。赵卒回叫援兵，夜袭三村，引发大规模冲突。

盗马是一回事，赵人趁中山大丧出兵挑衅是另一回事。中山朝野无不憋气，中山王血气上涌，盛怒之下发旨还击。中山边卒回袭赵人五个村落，杀人逾百，伤人近千，连妇幼也未放过。赵人震怒，槐水南岸三千军兵夜渡入鄗，向中山人展开更大规模的报复，杀人数百，伤人更多。中山边境频频告急，中山王调兵遣将，对垒将士剑拔弩张。

眼见一场大战在所难免，中山相邦司马赒急使信臣赴鄗邑，与赵军守将几经磋商，总算将局势暂时缓和下来。

但中山人无不晓得，他们与赵人之间再无缓和余地。

这包脓早已鼓起，不出不成了。

可以说，成脓的囊肿源出于晋国，早在春秋时就已植根。

中山人的前身是鲜虞人，鲜虞人的前身是白翟人，也叫白狄人。

白狄人为姬姓，有说是周文王嫡系毕万公后裔，有说是文王之弟虢叔一支。但无论怎么说，白狄都与周室文王有血缘，堪称王脉正宗，世居于河水之东的汾水流域。之后，许是在周宣王时代，白狄人向东北移至鲜虞水一带，自称鲜虞人。鲜虞水即呼沱水北部支流。此地位于太行山西侧，为山间盆地，地势平坦，水草丰美，四周更有险峻阻碍，堪称福地。

然而，到春秋中期，晋国崛起，鲜虞人刚好处在晋国向外扩张的交通要冲，不得不再次向东迁移，沿井陉穿越太行山，在井陉之外的中人城立足，正式建国。因中人城中有山，鲜虞人称自己的新国为中山国。

然而，晋人的胃口远不止于此，鲜虞水不过是条过道，他们真正梦想的是太行山之东、河水之西的大片沃野，似乎要将整个巨大的"几"字形河水所包地域全部纳入大晋版图。也就是说，晋人试图建立一个西至西河、南至崤函、东至河水、北至荒漠的超强霸国。基于此，占领井陉要塞的中山人再次成为路障，晋人一路追赶，数番征伐。

三家分晋后，三晋之一赵国得到邯郸，向北扩张，在伐灭邢国后，直面中山。赵人数伐，中山人没有退路，据险死守。赵人征伐无果，见魏人也在觊觎，赵侯灵机一动，借道给魏人。

魏侯乐得其助，使乐羊、吴起为将，劳师远征，血战三年，终于诛杀中山武公，伐灭其国。赵人不甘于魏人独享中山，暗助武公之后姬桓赶走魏人，复建中山。赵人野心，中山人尽知，因而，在赶走魏人之后，桓公又数战击赵，夺回井陉塞，将赵人赶过槐水。为挽回颜面，赵人恃强再战，终在槐水北岸立足，得到鄗邑，将触角伸入中山腹地。中山人视鄗邑为喉中毒刺，早欲拔之而后快，但苦于国力不济，只得忍气吞声，不敢轻启战端。

是祸躲不过。这根鱼刺趁新君年幼无知，立足未稳，冷不丁发作了。在先王入土周年大祭这日，中山王俟祭礼完成，特别留住相国司马赒、上卿张登两位托孤重臣谋议。

"两位爱卿，"中山王朝二人拱手，"赵人欺我太甚，寡人实难容忍，请相父、张卿教寡人应对良策。"二目炯炯，扫过张登，落在司马赒身上。

司马赒幼习诗书，博古通今，为人正派，在桓公晚年袭父爵成为中山大夫，成王时拜宫尉大臣。后接乐池相位，助中山君称王，受封蓝诸君，堪称继乐池之后智勇双全的治国能臣，在大国博弈中多次使中山化险为夷。

主幼权重，司马赒谋事愈加小心，拱手揖道："回禀我王，臣以为，赵强我弱，眼下不宜开战。再说，赵若伐我，必全力备战。就臣所知，自出兵函谷之后，赵人并无大动。此番边境争执，当是寻常摩擦，我宜大事化小，不宜反应过度！"

显然，这个回复不是年轻的中山王所想听到的。沉默良久，中山王看向张登："相父主张大事化小，张卿意下如何？"

"回禀我王，"张登拱手应道，"相邦所言，臣深以为是。然而，只要赵有鄗邑，我边境百里之民就不得安寝。臣以为，我王可借此良机，一举拿下鄗邑，将赵人赶过槐水，再沿槐水筑城，可高枕无忧矣！"

"寡人正是此意！"中山王兴奋起来，"张卿，你且说说如何出兵？"

"这……"张登迟疑一下，看向司马赒。

中山王亦看过来，目光热切。

"出兵，邦国大事，"司马赒闭目有顷，缓缓说道，"容臣思量周全，再行奏报！"

"如此甚好，"中山王再次拱手，"寡人恭候相父良策！"

司马赒不无郁闷地回到相府。

让他郁闷的不是中山王，而是张登。

张登本为乐府家臣，因才具得到前相国乐池赏识，荐举为大夫。几年前列国并王成风，中山成公不甘落后，罔顾司马赒劝谏，南面称孤，从而引发三晋及齐、燕等周边大国不满。尤其是迄今尚未称王且对中山国虎视眈眈的赵国，这下得到由头，秣马厉兵，欲行征讨。危难之中，张登受命出访燕、齐、魏三国，竭力周旋，凭一条利舌轻松化解中山危机，厥功甚伟，得成王重用，受封上卿。成王薨天，张登与司马赒同为托孤大臣，在朝廷席位已越过他的后台乐府，仅次于司马赒了。

当然，司马赒在乎的不是张登爬得有多高，而是身为托孤重臣，他不该这么罔顾一切地去顺从新主。中山王毕竟年幼气盛，未历战事，既不知杀伐之苦，更不知与赵这样的大国开战意味着什么，可他张登不该不知呀！知而不谏，盲从上意，这个张登究竟想干什么？

司马赒越想越闷，将自己关进书房，正自闭目静思，一阵脚步声响，长子司马熹叩门，轻声禀道："父相，上卿大人求见！"

"哦？"司马赒略略一震，"有请。"

门被推开，司马熹引张登入见，身后跟着皮货商打扮的张仪。

司马赒已经站起，目光越过张登，直接落在张仪身上："这位是……"有顷，看向张登。

不及张登引见，张仪近前一步，拱手揖道："魏相张仪见过相国大人。"

"魏相张仪？"司马赒蒙了，眼睛连眨几眨，直勾勾地盯住张仪。显然，张仪与魏相放在一起，这又一身皮货商打扮，于他实在过于陡然。

"禀相国，"张登微微一笑，解释道，"张子本为秦相，三个月前挂印赴魏，被魏王拜为相国。"

"那……"司马赒仍旧没转过脑筋，"惠相国呢？"

"呵呵呵，司马兄有所不知，"张仪笑出几声，称兄道弟起来，"惠子天真率性，在临淄稷下把先生当腻味了，跑到魏国当相国；相国席位这又坐腻味了，见在下赴魏，顺手把挑子往在下肩上一撂，嘚嘚嘚地赶起车马，又回稷下当他的先生去了。不定还能混个祭酒呢！"

司马赒弄明白原委，嘘出一口气，目光落在他的一身商服上。

"司马兄不会是看上在下这套衣饰了吧？"张仪随手一抖，唰唰几下脱去外套，现出魏国官袍，又从官袍里取出冠带，一一结束妥当，现出大魏相国威仪，末了将皮货商外套双手奉上。

"哈哈哈哈，"司马赒长笑几声，顺手搁在一边，深深一揖，"张子三变，在下眼拙，失礼，失礼。"指席位，"张子有请。"又转对司马熹，"熹儿，上茶！"

茶水奉上，主宾客套一番，张登请求司马赒屏退左右，指张仪道："禀相国，张子此来，是有大事相商。"

"晓得，晓得，"司马赒完全活泛过来，二目直视张仪，拱手，

"张子屈尊易服，必为大事。张子若不见外，赒愿闻高论。"

张仪拱手回礼，侃侃言道："中山先王归天，大丧；新王登基，大喜。在下奉大魏王旨而来，一为往吊先王，二为贺喜新王，三是送给中山一物，权作吊往迎新之薄礼。"

"谢魏王关爱。"司马赒拱手，"敢问厚礼？"

"代郡。"张仪一字一顿。

"代郡？"司马赒没搞明白，眯眼问道。代郡远在燕国之西，盛产骏马，与中山相隔崇山峻岭，自赵襄子时起，一直就是赵国属地，显然，将之与中山国系在一起，于司马赒而言，简直荒诞到不可思议。

张仪不急不缓，将秦、魏、中山三家分赵之谋和盘托出。

司马赒大是惊骇，两眼先是圆睁，后是闭合，再后，缓缓睁开，盯视张仪良久，方才拱手道："传闻张子入楚灭越，入秦灭巴蜀，这刚入魏，张口就是灭赵，果然是谋大事的，在下叹服。只是，中山蕞尔小邦，国薄力微，岂敢与魏、秦相提并论？"

"哈哈哈哈，"张仪长笑数声，"司马兄真会客套呀！大赵迄今仍是侯国，中山蕞尔小邦却已南面称孤，与齐、魏、燕、楚、秦等堂堂大国，还有堂堂大周天子，并驾齐驱数载了呢！"

张仪直揭中山小国称王之短，颇让司马赒尴尬，然而，事实俱在，他有口难辩。

"今日中山，"张仪侃侃而谈，"西至太行山，东至河水，北至易水，南至槐水，已方圆五百里，远大于宋、卫。若是再有代郡，辖土可逾千里。代郡，良马之乡。中山此有沃野，彼有良马，坐拥千里之野，百万之民，既拥王名，也坐王实，天下列邦，何人敢以小国觑之？"

张仪再提代郡，显然，这是一个巨大诱惑，司马赒不由得长吸一口气。

"司马兄熟知中山，"张仪步步进逼，"中山与魏，远隔赵国，有旧怨而无新仇。中山与赵，却是你死我活。何以如此？因为井陉。赵东都邯郸，西都晋阳。邯郸与晋阳，相隔千山万水。赵虽有滏口陉，但滏口陉直通的是上党，而上党有韩人一半，非赵人独享，赵人欲享平安，须仰仗韩人鼻息。且上党距晋阳，又有高山相阻，赵人历尽山道辛苦抵达上党，仅是半途。井陉则不然。井陉而西，可直达晋阳，赵人欲得井陉，其心切切。而井陉与河水，堪称中山国任督二脉，万不可有失。井陉失，中山失；井陉在，中山在！"

张仪直击井陉这个中山与赵的必争要塞，司马赒额头汗出。

"司马兄，"张仪笑道，"非在下危言耸听，实乃情势逼人。方今天下，亦非中山面对危局。苏秦倡导六国合纵，锋指西秦。六军伐秦，兵叩函谷关，秦人危在旦夕。赵人却在关键辰光卖魏，使纵亲大功亏于一篑，魏人是以深恨赵人。秦人破纵军，得巴、蜀，国势日盛。为破苏秦合纵之策，秦王听从在下连横之说，使在下赴魏结盟。魏王洞明时势，抛却前嫌，弃纵入横，任在下为相，与秦结盟，共伐不义之赵。近闻中山与赵有隙，在下奉王旨亲赴中山，谋议三分赵土。司马兄，以魏、秦之力，在下师弟庞涓用兵之神，只要东西合击，赵人败亡已成定局。司马兄若从北侧横插一刀，赵想不死，难矣哉！"

司马赒听完张仪这席解释，总算明白原委，朝张登会意一笑，对张仪拱手："在下深居僻壤，孤陋寡闻，得张子开塞，幸莫大焉。"长叹一声，"唉，在下不瞒张子，赵人侵我疆土，夺我鄙城，这又趁我大丧，扰我村邑，杀我臣民，欺我太甚。我王盛怒，本欲兴兵讨回公道，是在下不明时势，几番劝谏。今有魏、秦两个大邦仗义相助，在下可无忧矣，这就与张子入宫，奏明我王，谋议大事如何？"

张仪拱手："谢司马兄成全！"

接后三日，中山君臣与张仪谋划妥当，中山王拜司马赒为主将，乐举为副将，孙固为先锋，公孙弘司粮草，张登司邦国外务，起精兵五万，以迅雷之势切断槐水，将鄙邑团团围困。

与此同时，老于谋算的司马赒亦出一棋，借中山王之口将张仪留在灵寿，名曰运筹帷幄，实则扣作人质，以防魏、秦使诈，向赵国出卖中山。

边关报急，赵宫震惊。

晋阳危机未除，中山又起烽火，自孟津归来就身体虚弱、近日更是卧榻养病的肃侯赵语接到战报，尚未读完，气血上冲，陡然昏迷。

赵宫大乱，宦者令宫泽急召宫医抢救，太子赵雍、安阳君公子刻和国尉肥义，也都闻讯赶至。

"君父怎样？"赵雍逮住宫泽，急切问道。

几年下来，赵雍又长高许多，喉结长出，声音也脱去稚腔，变成个勇武的小伙子了，只是年岁仍小，离冠年尚远。

宫泽摇头。

赵雍脸色变了，疾步冲进，扑在肃侯身上，紧紧捏住肃侯之手，带着哭腔："君父，君父……"

肃侯静静地躺着，虽然仍在昏迷中，但气已均匀。一名老宫医正在行针，肃侯身上几处穴位，分别扎着银针。另几名宫医候在一边。

肃侯榻边，仍旧放着边关急报。

安阳君走过去，问宫医道："吴太医，君上如何？"

"回禀安阳君，"为首宫医压低声音，"看脉象，是急火攻心。"

"抓紧救治。"安阳君语气平稳地吩咐一声，在肃侯榻前跪下，拉过肃侯之手，搭会儿脉，目光落在边关急报上，拿过来，细读一遍，缓缓起身，拍下赵雍肩头，朝外努嘴。

赵雍会意，跟他出来。

肥义也跟出来。

"殿下，"三人走到偏殿，安阳君盯住赵雍，"我观君上一时三刻不会有事。眼下大务，是这个。"说着，将急报呈上，"殿下请看！"

赵雍看完，脸色变了，顺手递给肥义。

"中山陡然兴兵，颇为蹊跷，无论如何，鄗邑不可有失，望殿下速做主张。"安阳君一向沉稳，即使火烧眉毛之事，语调依旧不急不缓。

"廷尉，"赵雍看向肥义，"若是没有外援，鄗邑能撑多久？"

"回禀殿下，"肥义这也看完了，搁下急报，"鄗邑位于槐水之北，为防中山袭击，臣吩咐特别构筑。城高二丈四，城门包裹铜皮，沟阔五丈，配守军八千，防御利器应有尽有，城中更有臣民三万六千，积粟可食一年，城内有二水交汇，另有水井三十五口。依中山人眼前之力，即使没有外援，只要城中军民齐心，短期内不会有失。"

赵雍嘘出一口气，看向安阳君："公叔？"

"殿下，"安阳君一字一顿，重复方才说过的话，"为赵未来计，鄗邑不可有失。"

"肥义，"赵雍转向肥义，"公叔所言极是，军情火急，你亲赴信都，引守军三万，驰援鄗邑，以稳鄗邑军心，其他诸事，待君父醒来，再行决断！"

赵雍走进内殿，拿出调兵虎符，以殿下名义写好旨令，交宫泽印上肃侯玉玺，交给肥义。

肥义前脚刚走，宫人出来，报说君上醒了，召二位觐见。

安阳君、赵雍急切趋进，果见肃侯身上银针尽除，气色已经缓和，任由老宫医一下一下地揉搓脚底。

"贤弟，雍儿，坐。"肃侯冲二人一笑，指榻沿道。

二人未坐，拱手问安。

"寡人没事儿，鄗邑……"

"禀君父，"赵雍应道，"雍儿方才与阿叔、廷尉谋议过了，雍儿照阿叔之意，旨令肥义将军调信都守军三万，暂行驰援，鄗邑城高池深，再有肥义将军呼应，近日不会有虞。"

肃侯看向安阳君："晋阳可有奏报？"

"有，"安阳君小声禀道，"秦人仍旧滞留于大昭泽、狐岐山一带，眼下尚无异动。臣已传信赵豹，让他严加戒备。即使用兵，秦劳师征远，不足为虑，有赵豹在，君兄但请宽心。"

肃侯微微点头，闭目，有顷，缓缓睁开："苏相国他……仍在燕国吗？"

"是。"

"传信苏子，请他速回，就说寡人……在候他！"

燕都蓟城，燕易王上位后，经过多方考虑，没有另外立相，是以苏秦仍旧住在燕文公赐给他的那座老府宅里，府宅的门楣上依旧悬挂相国府匾额。

自从六国伐秦失败，一晃就是两年多。这期间，秦公主嬴嫱一连为易王生下两个王子，公子微与公子悔。燕、齐争执由来已久，易王立后，燕宫内部仇齐势力占尽上风，易王更因前夫人田氏而不喜公子哙，一心欲立公子微为太子。

苏秦由邯郸赶赴蓟城后，一面是齐威王舍不得河间十城，一面是燕易王不立公子哙，双方各寻措辞，久拖不决。苏秦就如走马灯般从蓟城往奔临淄，又从临淄赶赴蓟城，两年间在燕、齐两地驱驰五个来回，总算于近日得到妥善解决：燕易王正式在燕国太庙举行盛大祭礼，册立公子哙为太子，齐威王也恋恋不舍地诏令田忌向燕将子之移交已由齐人"治理"数年的河间地。

在苏秦为燕齐十城奔忙之时，三弟苏代拖家带口，一溜儿七八辆辎车长驱数千里，由洛阳寻至蓟城。一家大小六七口，外加逾十男女仆从，将原本空落落的相府塞了个满实。

自苏秦走后，苏代无心农务，决心跟从二哥习学"舌功"，因而一到苏宅，就夜以继日地缠牢苏秦。作为兄长，也因有诺在先，苏秦只能耐起性子，一得闲暇就拿出鬼谷子的临别赠书《阴符本经》，为他一一讲解捭阖道术。

苏代自幼耕作，少不读书，基础实在太差，面对这如秋虫般乱爬的"天书"，真正是一筹莫展。然而，苏代也不是吃素的，不言放弃不说，这又祭出苏秦当年曾经下过的神功，只要苏秦不在家，他就关门闭户，彻夜攻读，倦怠时自也效法苏秦以锥刺股的狠劲儿，偶尔露面，也总是散发披肩，举止古怪，就如中魔一般，时而手舞足蹈，时而自说自话，闹出种种荒诞、桩桩奇怪。而这些奇怪又迅速被府中仆从放大到蓟城的角角落落。咄咄怪事，种种奇行，配上早由各路小说家在列国广为流传的苏秦出道故事，很快风靡蓟城，苏代也迅速成为燕国朝野共同关注的人物。

对苏代的种种怪行，苏秦初时以为是走火入魔，直到第五次回燕，方才意识到他是刻意而为。皮毛未得，就如此卖弄，机巧之心实令苏秦忧心。苏秦多次劝勉，苏代唯唯诺诺，心里却是不服。苏秦无奈，只好再讲捭阖大道，而道与苏代显然无缘，苏秦一开口，苏代的两只眼珠儿就不打转了。苏秦长叹一声，摇头无语。

河间十城既已讨回，公子哙也被立为太子，苏秦觉得再无守在蓟城的必要，就吩咐袁豹收拾行装，入宫向易王辞行，将苏代一家留住府中，自带大小车乘二十余辆，络绎驱往邯郸。从近日收到的各路情报来断，邯郸显然已经处在天下旋涡的中心位置，苏秦一刻也耽搁不得。

燕、赵之间只有一条官道，即由蓟城南下，涉过北易水—涞水，经由武阳，再涉南易水，借道中山入赵。

武阳是燕国下都，先燕公丘地，更有太后姬雪孀居，苏秦为避嫌，故意放缓脚程，两日行程，竟走了三日。直到第三日迎黑时分，苏秦才吩咐袁豹加快脚程，务必于关城门之前赶到，夜宿武阳馆驿。

留守武阳的仍旧是骁将褚敏。是晚，褚敏置酒接风，苏秦喝到微醺，推说胸闷，径回馆驿歇息。交三更时，苏秦换作一身夜行衣，紧跟飞刀邹，打开馆驿偏门，七转八拐，沿街头小巷绕往一处私邸。

私邸周围大树参天，极是清幽。早有人打开柴扉，二人步入，来到一扇黑漆门前。漆门洞开，苏秦入堂，漆门随之关闭。堂中亦无亮光。苏秦跟从飞刀邹摸至内室，早有人守候，见苏秦到，引向一处洞门。苏秦只身趱入洞门，飞刀邹自留于外守护。

直到此时，苏秦方见亮光，有人持烛恭候。

持烛者不是别个，却是春梅。苏秦紧跟春梅沿走道走有十余丈，来到一扇石门前。石门洞开，待二人闪入，石门关闭，眼前现出一个方约两丈的雅致石屋，房内烛光通明，靠墙处放置一张软榻。守于榻前的姬雪早已迫不及待，一见苏秦，急迎上来，声音发颤，轻叫一声"苏子"，便软瘫在苏秦怀里。

原来，这处私邸紧临离宫，原为先君守陵人所居，守陵人死后，其子不愿继续守陵，前往蓟城谋职去了。此居被他变卖，几经倒手，落到木华手里。屈将子使擅长土木的墨者在紧临离宫的宫墙外围掘出这间地下室，由地下暗道通向两端，一端为守陵人居处，一端为姬雪寝宫，两端入口各设机关，这端由墨者把控，那端由姬雪掌管。地下室上方，是厚约五尺的土层，有防水、通风设施，地面长满荆棘、乱竹数亩，鸟兽乐入，人迹罕至。

在建造此室的同时，姬雪也对身边侍女进行梳理，将纪九儿派来的疑似细作全部安置到中院和前院，后院寝宫只留几个死忠亲随。眼见后院墙高池深，插翅难飞，纪九儿的细作也都放下心来，只将两眼盯在宫门处，地下密室成为万无一失的幽会绝境，是以苏秦近两年来，每次过武阳赴齐，都于此处与姬雪幽会，不再那么战战兢兢了。

春梅、飞刀邹等人知趣地退出，室内只余苏秦和姬雪，二人再无顾忌，携手至榻，彼此宽衣，相拥入锦被。

久旱逢霖。一对恋人数月未见，自有几番缠绵，别样亲热。

待雨过天晴，姬雪娇喘稍歇，匀气悄语："苏子，雪儿有个愿望。"

"雪儿有何愿望，但讲就是。"

"你先应允雪儿才成！"

"苏秦对天起誓，无论雪儿心有何愿，苏秦必竭诚尽力，让雪儿称心遂愿。"

"苏子，"姬雪笑了，"你大可不必起誓，只需应允即是。"

"苏秦应允。"

"雪儿之愿是……"姬雪翻身坐起，紧盯苏秦，二目含情，目光憧憬，"为苏子生下一子。"

"啊？！"苏秦惊叫出声，打个惊战，忽地坐起。

"苏子？"姬雪愕然。

苏秦愣怔有顷，缓缓躺下，闭上眼去，眼角流出泪水。

姬雪这是一心为他啊！

"苏子，"姬雪也躺下来，头枕在苏秦的胳膊弯儿上，语气哀求，"不是为你，就算是为雪儿，成不？雪儿想当一次真正的娘亲。"

苏秦将她紧紧搂在怀里，搂得她几近窒息，她感到脸上湿乎乎的，晓得是苏秦的泪水。

不知过有多久，苏秦松开她，坐起来，擦掉泪水，盯住她，坚定地摇头。

"苏子？"姬雪亦坐起来。

"你是太后。"苏秦的声音轻得几乎听不到。

"雪儿不怕！"姬雪声音急切，语气坚定，"雪儿全都想好了，只要雪儿怀上孩子，就闭门不出，对外宣称先君托梦于我，我要闭关一年，与先君之灵沟通。待吉时来到，雪儿就在这密室里生产，之后，就将孩子交付木华，托他寄养于外，寄养于一户姓苏的人家。再后，雪儿就寻个机缘，认他做义子，让他堂而皇之地向雪儿叫娘。”

显然，这桩事情她想过不知几次，连细枝末节也没落下。联想到她为幽会而煞费苦心地说服木华买下此房，又求请屈将子亲手设计这个暖意浓浓的爱巢，苏秦真正体会到一个女人在陷入爱河后的细致与胆略。

只是，他的雪儿太天真了，她似乎永远不晓得他们周围有多少人在环伺，有多少双眼睛在窥视，也永远不晓得这世间邪恶的威力有多强，有多少人随时都想将他，包括她，碾作粉尘！

然而，雪儿是个女人，是个不能当母亲但做梦也想当个母亲的女人。她已年届三十，若是嫁在寻常百姓家，膝下该当儿女几个了。就像苏代家，前后不过十年，已生养五个儿女。

“雪儿，”苏秦长叹一声，“这是一桩大事情，是不？对你我来说，这是一桩比天还大的事情，是不？”

“是的，它比天还大！”姬雪点头。

“既然它比天大，我们就得慢慢商议，是不？”苏秦决定搁置此事，再说，眼下也的确不是商议这个的时候。

“苏子，你信天不？”

“信。”

“要是信，你就甭管了，一切看天意！”姬雪轻轻抚摸柔嫩、滑腻的白皙小腹，脸上漾着笑，瞳中充满向往。

“雪儿，你是说……”苏秦陡然意识到什么，脸色变了。

“苏子，就看天意吧！”姬雪俯身，将脸贴在他的宽大胸膛上，声音软得不能再软。

苏秦长吸一口气，微微闭目。

姬雪细声柔气，谈着谈着，不知不觉中，天就亮了。

鸡叫头遍，有敲门声响起。苏秦别过姬雪，约定晚上再会，便开门出去，与飞刀邹趁夜色赶回馆驿，在榻上一觉困去。正酣睡中，被袁豹唤醒，起身入堂，见是赵国使者单宗。原来，单宗诸人也于昨晚赶到武阳，今日凌晨出城门直驱蓟城，途经北易水时，听艄公说是苏秦已到武阳，急又折返。

苏秦晓得单宗，知他是宦者令宫泽身边的红人，而宫泽又是肃侯的影子，此人寻他，必有大事。

果然，客套话讲完，单宗从袖中摸出赵雍的亲笔书信，又将肃侯于榻上的口谕复述一遍。

听到肃侯断断续续的"寡人……在候他"几字，苏秦泪闸大开，哽咽着询问病情。单宗约略讲过，恳请他速速起程，否则，他们君臣怕就对不上话了。

苏秦再无二话，当即吩咐袁豹整顿行装，写书信一封，交给飞刀邹，要他转呈姬雪。

前后不消半个时辰，苏秦连武阳郡守褚敏也未及作别，就打起旗帜，一车当先驶离武阳南门，朝南易水方向绝尘而去。

车过南易水，即是中山国。

中山与燕近无战事，边关正常开放，加之苏秦打的是"纵"字旗号，外加一个特别的"苏"字，过关极是顺畅。

然而，中山境内却是另一番场景。人欢马叫，群情激奋，无数马车络绎不绝，就如一字长蛇向南蠕动，将一条官道塞得满满的。苏秦只好耐住性子，吩咐车队杂在中山车队之中，徐徐而动。

行过一日，仅走二十余里。向晚时分，苏秦正自着急，飞刀邹过来，指旁边林中："主公，林中有人候您。"

苏秦随他走入林中，见树下站着一个年老墨者，木华、木实一边一个，分立两侧，晓得是飞刀邹几次向他提到的墨派尊者屈将子无疑，忙拱手揖道："晚辈苏秦叩见屈将子尊者！"

"屈将子见过苏大人！"屈将子亦拱手回礼，指地道，"苏大人请坐。"遂率先席地坐下。

苏秦亦于对面坐定。

"前辈殚精竭虑，处处呵护晚辈，晚辈早欲拜见前辈，聆听指教，却不想诸事牵绊，难成夙愿。此地得遇前辈，实令晚辈喜出望外。"苏秦一扫数日来的不快，一脸欣喜道。

"呵呵呵，谢苏大人褒扬。"屈将子轻笑几声，"苏大人心系天下，厚爱无疆，我等奉先巨子随巢之命为苏大人效力，苏大人但有驱驰，我等愿效犬马之劳。"

"谢前辈关爱。敢问前辈，与楚国公族屈氏可有渊源？"

"屈将自幼丧父，少小时候，听娘亲讲起，先祖名叫屈荡，康王时曾任莫敖。只是，屈将自幼放荡不羁，后入墨门，对世系宗门再无挂记，也就淡忘了。"

"你们屈门，代出奇才。晚辈几年前得遇一人，十分了得。"

"哦？他是何人？"

"姓屈名平，字原，屈宜臼之孙，屈伯庸之子，虽然年少，却有雄才大略，浩气贯空。屈门出此俊杰，实乃楚国大幸。"

"屈门小子，能得大人褒奖，老朽甚慰。"屈将子拱手谢过，转开话题，"大人此番南下入赵，可为中山之事？"

"晚辈正欲就中山之事请教前辈。"

屈将子多年来一直游走在中山、赵、燕诸地，熟知中山，见苏秦有问，就将中山形势及其近日与赵的冲突根由一一禀述，末了说道："苏大人，因中山弱小，大国环伺，形势堪忧，老朽麾下有墨者逾三百，多在中山助其守御。今日赵、中山边界冲突陡起，未来或有一战，众墨者何去何从，老朽悉听大人明断。"

"谢前辈抬爱。"苏秦沉思有顷，看向屈将子，"听闻前辈条分缕析，加之列国情势演绎，晚辈可以觉出，此番中山与赵边界冲突断非寻常，可能引起天下大战。前辈麾下墨者，可暂撤离中山，观望情势，再由前辈决断当助何方。"

"敬受命。"屈将子拱手，指前面大道，"此道白日车众人杂，夜间倒好。大人若有急务，可晓宿夜行，屈将不误大人行程了。"

二人别过，苏秦听从屈将子指点，晓宿夜行，果是松快，不过三日，竟就赶到中山与赵相交之处，鄗邑在望。

路，却是再也走不通了。

到处都是中山人，一眼望去，尽是帐篷，大片原野被踏成平地。在中山大军遍地营帐的层层围困之下，几里开外的鄗邑显得孤单而无助。

苏秦车马正在寻道前行，一车驶来，车上一将拱手揖道："车上可是六国共相苏秦苏大人？"

"正是苏秦。"苏秦立于车上复礼。

"末将乐举奉中山相国司马赒之命，恭请苏大人前往中军帐一叙。"乐举再揖。

乐举是中山前国相乐池之子，乐池又是魏文侯时征伐中山的主将乐羊之孙，堪称名门将后，此番用兵，更被拜为中山国副将，地位仅次于主将司马赒。在这兵荒马乱之际，由乐举出面邀请，显然给足了苏秦面子。苏秦早听单宗讲过中山与赵的边关摩擦，此番路过中山，本欲谒见司马赒，觐见中山王，探求化解之道，却又念想肃侯，生怕见不上一面，是以全力赶路，不料反被拦阻相请，也算遂意，当下回揖："恭敬不如从命，乐将军请！"

乐举掉转车头，前面带路。苏秦吩咐车马就地屯驻，自与飞刀邹、木华、木实三人驱车跟从。不一时，两辆车马驰至中军帐，一身戎装的司马赒与中山国上大夫张登已在帐外立候。

见过礼，司马赒牵手苏秦入帐，飞刀邹诸人在帐门外面守候。

双方坐定，客套话说尽，苏秦心中有事，切入正题，指帐外道："前番在下过境入齐，中山举国上下一片祥和。前后不过两个月，竟是剑拔弩张，敢问将军，发生何事了？"

"唉，"司马赒摇头长叹，"非中山剑拔弩张，是赵人欺我太甚。"

"哦？"苏秦佯作不知，倾身问道，"在下寡闻，请详言之。"

"不瞒苏大人，若论起因，倒是不足挂齿，不过几匹军马而已。赵人怀疑军马走失，就到附近村落查访，指认几匹，硬说是村夫偷走的。村夫不服，与其争辩，赵人恃强杀人，村夫不服，反攻赵人。赵人搬来大军，屠杀村民，连孤老妇孺也不放过。我王震怒，遣人说理，赵人不睬。我王被逼无奈，这才用兵，欲以热血讨还公道，不料却又惊扰苏子了。"

"此事在下有所耳闻。在下以为，中山王兴师动众，并非只为几匹军马，而是为鄗邑。"苏秦直言破题。

"苏子明鉴。"见苏秦不打弯，司马赒略略一怔，也直言道，"马匹确为由头，是鄗邑这个毒瘤，该到切掉的时候了。"

"鄗邑的确是个毒瘤，早晚得切，只是，司马兄何以判出此瘤已到非切不可的时候了呢？"苏秦二目如炬，紧盯他问。

小小中山竟然在大赵面前逞强，要么是中山君臣发昏，要么是别有原因。中山新君上位，权柄操在司马赒手中，而司马赒亦非莽撞之人，苏秦此问，显然是另有所指了。

"这……"司马赒一时语塞，略作迟疑，看向张登。

"苏大人果然犀利，"张登略略拱手，接过话题，"中山攻赵，是击蛋于石，只是，宝玉宁碎而不屈全，烈马宁死而不跪鸣。赵人以强凌弱，以大欺小，霸我疆土，辱我臣民，中山虽小，却不愿跪生。"

"唉，"苏秦长叹一声，"上卿答非所问了。毒瘤是当切，在下问的是切的辰光。"

"依苏大人之见，何时切掉为妥？"司马赒回过神了。

"静待时机。"

"难道眼下还不是时候？"

苏秦摇头。

"在下愚昧，请苏子详解。"

"正如张兄所言，小不欺大，弱不凌强，蛋不击石。中山敢于以小击大，以弱凌强，以蛋击石，恕在下冒昧度之，原因无他，无非是得到外援。"

司马赒陡吃一怔，看向张登。

张登亦望过来，有顷，爆出一笑："苏子既已言之，何不点明，也好让我二人一听为快！"

"与秦、魏结盟，借秦、魏之力强切毒瘤！"苏秦一字一顿。

见苏秦对此谋已经了如指掌，二人不约而同地看向对方，各吸一口冷气。

"六国纵亲，秦必以横亲破局。"苏秦彻底点破，"秦的首横之邦，必是魏国，秦、魏所谋，必是赵国。秦、魏若是谋赵，必结中山国，请问二位大人，在下是否妄断了？"

苏秦以逻辑推论，娓娓道来，犹如亲临其谋，司马赒、张登瞠目结舌。

"敢问苏子，"司马赒恍过神来，声音压低，"何以断定时机未到？"

"义与理。"苏秦缓缓说道，"纵亲列国，有隙却未失义。魏王倚仗纵亲之势，挑头伐秦，兵败而怨赵，是为不明；今又听信秦人，欲背纵约入横，是为不智。中山蕞尔小邦，为鄙邑一隅之地，与不明不智之魏合谋，与虎狼之秦为盟，与纵亲首倡之国为敌，是自弃于纵亲列国，即使有理在先，事也难成，是以在下断言为时尚早。"

"谢苏子赐教。"司马赒拱手，"中山僻壤，在下寡闻，冒昧求请苏子小住敝邦数日，在下亲引苏子觐见我王，做彻夜之谈，苏子意下如何？"

"谢将军美意。"苏秦回礼应道，"在下恐难如将军所愿。赵侯龙体有恙，今召在下，在下推托不得。待在下先往邯郸问安赵侯，再来觐见大王，可否？"话音落处，人已站起。

"苏子既有大事，在下不做勉强了。"司马赒送往帐外，吩咐张登、乐举礼送，目送其车马辚辚远去，才若有所失地回到帐中，见苏秦的客席位上，赫然坐着张仪。

张仪很是落寞，二目微闭，似在冥思什么。

司马赒瞄他一眼，在主位坐下。

沉默。

不知过有多久，司马赒抬头轻声道："苏子的话，想必张子这都听见了？"

是的，张仪听见了。

张仪全都听见了。

苏秦侃侃而谈时，他就坐在帐篷后面，与苏秦只隔一层布帘。他甚至能感觉到苏秦的呼吸。

邯郸一别，他们已有将近七年没有相见。

七年，比他们同窗共学于鬼谷的时间还长。

说确切点，苏秦到这帐篷来，是他吩咐召请的。他请苏秦来，不为听他高谈阔论，不为听他开讲纵横大势，只为看他一眼，只为听听他的声音。在这世上，先生不可攀，蝉儿不可犯，童子不可同游，孙兄、庞兄，可相处而不可相知，真正知他并一直把他放在心上的，除去香女，就是这个苏兄了。

然而，苏兄，苏兄，你为何死心塌地下此纵棋呢？你我下山时，先生是怎么说的？天下大势，唯有一统，依你才学，不该看不清啊！人心早已不古，列国相安不过是你一厢情愿，你却一力合纵，是逆势而行，是逆道而行，是螳臂当车啊！

螳臂当车，为所不可为，苏兄啊苏兄，你何苦来着？

"苏子以为，此毒瘤未到非切不可之时。"见张仪一直不搭腔，司马睏正正坐姿，轻轻咳嗽一声，开始复述要点。

"苏兄他……瘦了……"张仪喃出几字，答非所问，声音几乎听不到。

"张子，"司马睏显然无意关心苏秦的胖瘦，"在下以为，苏秦所言，并不为虚，与大国相比，中山真就是个蕞尔小邦，玩不起哩。万一……"

"万一什么？"张仪看过来。

"万一我们拿不下鄗邑，却又将赵国彻底开罪，真就是遗患无穷，连个退路也断了呢。"

"拿不下鄗邑？"张仪的右手中指有节奏地敲打几面，"区区万余守军，六万虎狼之师竟然拿它不下，这话传到列国去，只怕是好说难听了呀！"

"张子有所不知，"司马睏指着鄗邑方向，"赵军虽只万余，苍头却逾两万，个个精通百业，善于技战。这且不说，鄗邑城高池阔，易守难攻，赵人为防不测，储粮、兵器足支三年，至于城门、城墙守护之牢，在赵国诸城中胜过邯郸，仅次于晋阳，何况几万赵军这就扎在槐水对岸，随时皆可涉槐水增援！"

"呵呵呵，"张仪轻笑几声，"若是唾手而得鄗邑，司马将军还会再讲万一吗？"

"唾手而得？"司马睏瞪大眼睛。

"请将军随在下走一趟。"

张仪起身，径出帐去。司马睏紧跟于后。

二人登上战车，驰至一处高地，俯视下去，不远处的鄗邑尽收眼底，宽阔的槐水宛若一条摆动的纽带，从鄗邑南侧几里处缓缓东流，几条支流贯城而过，在东侧十几里处汇入槐水。

“看清形势了吗？”张仪收回目光，微微眯眼，看向司马赒。

“什么形势？”司马赒如堕五里雾中。

“横穿城中的两条小河，还有那条槐水。”张仪指点远处几条银白色带子。

“这……”司马赒陷入沉思。

“将军方才提及晋阳之固，可否记得晋阳之窘？”

“晋阳之窘？”

“难道将军一点儿也不记得当年智伯联合韩、魏两家攻赵，围困晋阳之事了吗？”

司马赒恍然有悟：“张子是说，我们也可效法智伯，决槐水淹鄗？”

“在鬼谷之时，在下听孙兄说起过，不战而屈人之兵，善之善者也。”张仪指向远处三条河水交汇处，“将军只需在那片低洼处筑起一道堤坝，再由上游决槐导流，眼前城邑必将成为一片泽国！”

司马赒长吸一口气，两眼放光。

肃侯撑着一口气，就为等苏秦。

“苏子呀，”肃侯支走所有人，包括宫泽，握住苏秦的手，一双老眼现出些许惶惑，“你给寡人个实底，列国纵亲，还能撑下去吗？”

这一问太沉重了。

苏秦可以觉出，一如他的健康，肃侯的信心也在丧失或已丧失殆尽。

“君上，”苏秦的心里沉甸甸的，但语气坚定有力，毋庸置疑，“能撑下去，也必须撑下去！”

“它……不会有错吧？”肃侯又出一问。

“君上，”苏秦心里越发沉重，表情刻意轻松，面上强撑笑容，“难道您不信苏秦了吗？难道您不信自己的心了吗？”

肃侯闭上眼去，良久，微微睁开，握苏秦的手渐渐有力，声音也不再断续：“苏子，寡人信你，寡人怎能不信你呢？纵亲乃天理，天理是不会错的。”目光从苏秦脸上移开，看会儿天花板，缓缓闭上，“不瞒苏子，这些日来，寡人躺在这榻上，一边等你苏子，一边七想八想。由先祖想到简子，由简子想到襄子，一个一个想下来，一直想到先君，赵室列祖列宗，哪一个都为赵室立下丰功伟绩，都为后人建下盖世奇功。可寡人呢？寡人这一生做了些什么呢？寡人这要去了，这要去面对列祖列宗了，若是他们一个一个问起话来，问起寡人此生都为赵室做过什么来着，寡人该当以何应对呢？使赵室开疆拓土了吗？使三军战无不胜了吗？使黎民安居乐业了吗？使高士四方来附了吗？寡人越想越惭愧啊！直到后来，直想到苏子，想到六国纵亲，寡人心里才算宽松。寡人会对列祖列宗说，六国纵亲，既是为赵室，也是为天下，是让天下所有的人安居乐业。"

肃侯说到此处，脸上浮出笑意，二目微启。

"君上……"苏秦哽咽了。

"苏子，"肃侯扭头，看过来，"纵亲虽好，可困难重重啊！寡人得报，张仪辞去秦相，赶赴魏国，今已拜为魏相，惠相国轻车简从，不知何往。张仪相魏，必结庞涓，六国攻秦时，秦人故意设局，庞涓疑心赵人卖他，构怨颇深，此番再加张仪，只怕……"顿住话头。

"君上所虑甚是。"苏秦点头，"如果不出臣所断，中山此番围攻鄗邑，背后就是魏人。"

"是哩，若无魏人作祟，中山蕞尔小邦，生不出那么大的胆子！说起此事，兵戈已起，苏子可有应敌良策？"

"秦已思得近远二策。近策，君上可弃鄗邑，以槐水为界，与中山睦邻修好。"

"远策？"

"君上南面称孤，与列国并王。天下已入并王时代，连中山、宋等也都入王，君上若不称尊，纵亲诸国反起嫌隙。君上称尊，臣仗王势再约纵亲，以楚、齐、赵、韩、燕五势，裹挟宋与中山，形成大势，迫魏弃横入纵。列国皆纵，秦必退守关中，危局可解矣。"

肃侯闭合双目，陷入沉思。

"苏子，"有顷，肃侯眼皮复睁，"中山不足虑，鄗邑不可弃，至于南面之事，寡人心有余而力不足了，苏子可与雍儿谋议。"提高声音，"来人！"

大门推开，宫泽应声而入。

"召雍儿。"

赵雍进来，于榻前跪下。

"雍儿，"肃侯指着苏秦，"拜苏子。"

赵雍转向苏秦，叩首。

苏秦急急伏地，与赵雍对拜。

待赵雍拜毕，肃侯扯其手，将之交到苏秦手中："苏子，寡人这将雍儿托于你了。"

"君上……"苏秦长叩于地。

"雍儿，"肃侯一字一顿，"自今日起，你须以师礼恭事苏子，家国大事，皆听苏子远谋，不可有违。"

"儿臣遵旨！"赵雍叩道。

"合纵摒秦，为赵长策，不可懈怠。"

"儿臣谨记！"

"去吧，寡人累了。"肃侯闭目。

苏秦、赵雍互望一眼，再拜退出。宫泽留赵雍门外守护，安排苏秦回府暂歇一宿，再来跪安。待苏秦前脚离开，肃侯即召赵雍、安阳君赵刻、国尉肥义再次入见。

肃侯再次托孤，老泪流出。赵刻、肥义各自向少主盟誓尽忠，退往殿门外跪安。

"雍儿，"肃侯安排完后事，独留赵雍，"为父将你托于苏子、你四叔公和肥义，若议大事，他们三人中，你听何人？"

"雍儿都听。"赵雍沉思有顷，应道。

"若是他们意见相左呢？"

"雍儿就都不听。"赵雍又道。

肃侯摇头。

"儿臣愚痴，请君父指点。"

"天下长策，可听苏秦。就眼下而论，天下长策，莫过于纵论与横论。纵论，结弱抗强；横论，结强凌弱。纵论起于苏秦，因赵而动，赵为首倡国，废之即废义，废义则赵失于天下。苏子建议南面，你可听之，南面而尊。赵国长策，可听肥义。中山无情无义，翻三覆四，为我心腹大患，为绝其宗祠，永除后患，列祖列宗不遗余力，只可惜机缘未就，迄今未能大成。肥义生于代郡，长于北地，熟知胡人。欲除中山，必结胡人，此乃为父毕生之悟。至于家族宫闱，悉听你四叔公，有他在侧，为父可无忧矣。”

“儿臣谨记于心。”

托完心事，肃侯再无牵念，三日之后，于洪波台溘然长逝。

肃侯薨天，赵雍无悬念承继大位，在苏秦、赵刻、肥义三位托孤大臣辅佐下南面称孤，是年一十四岁。

拥立新君，又为旧主守丧，一连十余日，从朝堂到灵堂，从列国治丧到边界冲突，苏秦忙得像个高速旋转的陀螺，不曾有一刻消停。到第十五日头上，眼见苏秦脸色苍白，走路都打瞌睡，赵王特别恩准他不再守灵，暂回府宅将养。

苏秦也觉顶不住了，谢过王恩，打道回府。

刚到府前，就见袁豹迎出，禀报道：“主公，有远客光临，在府中已候数日了。”

“远客？”想到不期而至的苏代一家，苏秦推测，许是老家又来人了，不觉眉头微皱，“什么人？”

“一男一女，听口音像是从关中来的。”袁豹应道。

“关中？一男一女？”苏秦心里打了一横，“可报姓名？”

“我问过了，他们死不肯说，只说是你的旧相识，一定要等你回来。”

旧相识？苏秦不再多话，匆匆进府，二人不在客堂。袁豹问过下人，方知他们后花园中赏花去了，正欲召请，苏秦摆手，径朝后花园走去，远远望见一对男女面对荷花池而立，显然是在赏花。

听见脚步声，二人不约而同地转过身来。那女的望到苏秦，头急低下，以袖捂脸，再也没有抬起。男人直望过来，盯住他的一身孝服审看。

那男人黑冠锦带，一身官大夫打扮，那女子更是披金戴玉，看起来雍容华贵。

苏秦盯有一时，实在想不出这两个富贵旧相识来自何方，又是何人，便拱手揖道："这位仁兄，可是来寻苏秦的？"

那男人盯他又看一时，也似认不出了，扬起一只手："是苏秦大人吗？"

"洛阳人苏秦正是在下！"苏秦再次揖礼。

"果真是苏大人哪！"那人喜极，再次扬起一只手，算作还礼，"还记得函谷道小秦村的大川老哥不？"

苏秦这才看清他的另一条袖子是空的，灵醒过来，既惊且喜，前进一步，扯住他道："大川兄，真没想到会是你，在下认不出哩！"

"大哥也认不出兄弟了！好兄弟，你……哪能这般披麻戴孝呢？"

"先君薨天，在下这在为先君守孝呢！"

"怪道满大街都穿白衣服。"秦大川叹喟一句，转对旁边女子，"果儿，羞个啥哩，快来拜见苏大人。"

苏秦这才意识到，那披金戴玉的女子竟然就是当年救过自己的小姑娘秋果，朝她深深一揖："秋果姑娘，苏秦有礼了。"

秋果扑地跪下，叩首，头一丝也不敢抬："秋果拜见苏大人。"

"这这这……"苏秦急道，"秋果姑娘，你哪能下跪呢？你是苏秦的大恩人哪！"

"秋果不敢当。"秋果再叩。

苏秦不好伸手拉她，看向大川："大川兄，快扶秋果起来，我们这回客堂说话。"

秦大川扯起秋果，跟从苏秦回到客堂，各自叙起分手故事，苏秦方才得知秦公真的寻访过他，并为此事封赏过老秦家，为他一家晋爵不说，这又升为官大夫。秦大川大是感叹，救死扶伤本为寻常之事，万没想到救下他苏秦，竟就赶上割敌三十只耳朵了。

二人说说道道，夜色已降。袁豹摆好宴席，秋果挽袖侍酒，苏秦与秦大川把酒举盏，畅饮至月上梢头。

酒过不知几盏，秦大川搁下酒爵，指着秋果，言入正题："苏兄弟，老哥此来，不为别事，就为我这闺女。"

"谢大哥信任。"苏秦也早明晓来意，拱手应道，"受人滴水，当报以涌泉。当年苏秦蒙难，老哥一家，尤其是秋果姑娘，几番相救，苏秦肝脑涂地也难以为报。苏秦只将千言万语，折作一句，但有用得到苏秦处，苏秦定竭股肱之力，不敢存私。"又转对秋果，"秋果姑娘，说吧，你有何梦想，阿叔这就为你张罗。"

"秋果梦想，就是……守在大人……身边，侍奉……大人。"秋果声音断续，几近呢喃。

"不瞒兄弟，"大川为女儿圆场，把话说白，"果儿年满二九了，这在秦地，五年前就该生娃子。可她……长大了，懂事了，心眼也高了，一心只候大人，无论何人登门，谁也不肯嫁了。"

苏秦嘴唇呷巴几下，又闭上。

"兄弟呀，你应下三年后就去接她，她这候你，苦苦候有七年哪！"大川叹道。

苏秦微微闭目。

"果儿此来，是死心守着兄弟了，望兄弟看在老哥薄面上，成全她吧！"大川彻底把退路堵死，"不瞒兄弟，路上我对果儿说，若是见不上苏大人，或是苏大人不肯，咋办哩。你猜果儿咋说？果儿说，她生是兄弟的人，死是兄弟的鬼，若是大人不肯认，她唯有一死！"

话至此地，见苏秦仍不表态，秋果急了，扑通跪地，哽咽起来。

"秋果姑娘，你……快快请起！"苏秦急了。

秋果只是哽咽。

"唉，老哥呀，"苏秦长叹一声，转对大川，"在下确实讲过去接秋果姑娘，只因种种情由，在下未能赴秦，让秋果久等了。老哥这带秋果不远千里寻来，实令在下汗颜。老哥若不见外，在下倒是有个主张。"

"兄弟请讲。"

"在下与老哥兄弟相称，秋果既为老哥爱女，也即在下女儿，在下无儿无女，自今日始，就认秋果做义女，早晚留在府中，有朝一日，待秋果遇到合意郎君，在下必张灯结彩，以嫡女之礼嫁之，敢问老哥意下如何？"

"这……"苏秦的建议显然出乎意料，秦大川迟疑有顷，看向秋果。

"秋果谢义父容留身边。"秋果止住哽咽，破涕为笑，叩地再行大礼，"义父在上，请受女儿一拜！"

苏秦嘘出一口气，召来袁豹，置办相应礼器。翌日晨起，苏秦歇足精神，在府中举办认领义女仪礼，吩咐府中细务，尤其是自己的衣食茶饮，全部交由秋果安排。

在袁豹陪同下，秦大川在邯郸闹市耍几日，乐悠悠地赶回秦地去了。

纵亲发起人赵肃侯崩天在列国无疑是件大事。苏秦欲借肃侯葬礼重振纵亲，遂以纵约长名义，邀请楚、齐、韩、燕、魏五国列王或特使前来邯郸，一则为肃侯送行，二则重温纵亲盟誓，践行纵约。

五路使臣刚出国境，上大夫楼缓就使秦归来，报说秦人正厉兵秣马，图谋大举；晋阳也来急报，说城外不明身份之人增多，大昭泽、狐岐山一带秦兵又增一些，估计已逾四万，显然其来意已远非牧马或狩猎了。赵豹已调锐卒两万屯守晋阳前哨梗阳，同时，密派军士五千进驻中阳和离石，加固守卫二城，确保晋阳侧翼安全，同时做好扰乱秦人后方、必要时断其退路的准备。

赵室君臣正在谋议晋阳情势，鄗邑传来急报，中山国决槐水灌城，鄗邑成为泽国，被淹死百姓无数，城池失守。

中山人如此嚣张，赵都震撼，朝臣义愤填膺。武灵王赵雍刚刚南面称孤，火气正盛，旨令上党守军三万，又从邯郸周边各邑抽军两万，外加肥义先期援军三万，组成八万锐师，编成三军，以肥义为主将，李义夫为副将，一路烟尘地杀奔中山，企图一举灭除这个心腹大患，实现肃侯临终所托。

苏秦大急，一连三谏，武灵王捂耳不听。

苏秦夜叩安阳君之门，说以赵国危势，安阳君慨然应道："不瞒苏子，这些危势赵刻也都看见了，可……事已至此，如之奈何？赵人一向血性，可杀而不可辱。中山蕞尔小邦，战不胜而行下作手段，可怜鄗邑逾万勇士，数万百姓，一夜之间，尽做水鬼，是可忍，孰不可忍！"

见一向持重的安阳君也作如是观，苏秦晓得回天乏术了，长叹数声，回到府中，越想越是着急，寻来楼缓，谋划对策。

司马赒也早得到军报，一面沿槐水一线修筑工事，布置守御，一面向魏王紧急求援。

魏王拜庞涓为主将，太子申为监军，公子嗣为副将，朱威督运辎重，引军十万往救中山。太子申心里不快，称病婉拒监军。

庞涓早已布置妥当，也不强求太子，率大军长驱直入邺城，在一个月黑风高之夜，渡过漳水，从东中西三路突破赵国滏水防线。

庞涓亲率中路围攻临漳邑，经过半日激战，斩杀赵人数千，夺得城邑，正面直逼邯郸。与此同时，东路占领列人邑，控扼邯郸东部要塞，西路则由青牛率领三千虎贲军，昼伏夜行，溯漳水而上，沿清漳水谷地直插滏口陉，犹如神兵天降般袭向滏口塞。守塞赵卒多在梦中，仓促应战，不消半个时辰，主将于慌乱中被青牛斩杀，滏口塞失陷，邯郸与上党的唯一通道被拦腰切断。

赵人数十年苦心经营的滏水防线于一夜之间即被庞涓的武卒全线突破，赵都邯郸也完全裸露于魏人兵锋之下。

直到此时，赵雍方才想到苏秦的谏言，偕安阳君夜访苏府，请教对策。

兵临城下，苏秦亦无其他对策，只有组织军事对抗。在苏秦的建议下，赵雍旨令肥义从中山撤军，回援邯郸，传谕周边赵人或撤入邯郸，或散入各邑，或撤入西部山中，最大限度地保存实力，坚守不出。

魏武卒袭占滏口塞时，由上党郡奉旨征伐中山的李义夫的三军大军正在通过滏口陉，尚未赶到滏口。

这正是庞涓算准了的。

滏口溃散赵兵沿滏口陉且战且撤，与李义夫的大军会合。听闻滏口已失，李义夫急令前锋加快脚步，欲趁魏人立足未稳，一举夺回滏口塞。

魏、赵在滏口塞前展开激战。魏虽在人数上不占优势，但这些武卒皆是虎贲，又得地利，赵人猛攻两日，死伤逾千，却无法撼动关隘一寸。更有意思的是，青牛打得上火，竟然在赵卒第五轮攻关时，大喝一声，挥动一截碗口粗细的巨木，借山势直冲下去，挡路者死，撞到者伤。见主将如此，身边虎贲个个英勇，纷纷出击，杀下山去，赵人惊惧，溃退数里方才压住阵脚，人马折损数千。

接后几日，庞涓大军兵临邯郸城下，派驻援军一万协防滏口塞。

眼见奈何魏人不得，又不敢擅自撤军，李义夫无奈，遂令部下在离关数里处扎下营寨，同时派人通过山间密道，绕过魏军营垒联系邯郸，请求上意。

正在筹备强渡槐水、与中山决战的肥义大军得到旨令，连夜回撤，但为时已晚。庞涓成功地将李义夫兵马挡在滏口塞外围，主力则绕过邯郸，由城西插向城北。与此同时，控制列人邑的东路人马也向东北方向突破，两路兵马会于邯郸北郊，沿洺水摆好阵势，与先期赶回的赵军先锋部队激烈交战。邯郸城内赵军也趁势接应，赵、魏主力接战。

连战数日，肥义使出浑身解数，赵军拼死冲锋陷阵，非但未能冲破大魏武卒排成的铁阵，自己队伍反倒被魏人冲散。来自邯郸的接应军卒也被魏人击溃，退回城中。由于伤亡增多，急切间也奈何魏人不得，再加上中山军队也在槐水北岸跃跃欲试，威胁赵国陪都信都安全，肥义鸣金收兵，退守洺水北岸，以信都为依托，在武安、临洺关一线布下阵势，与魏人对峙。

在此期间，邯郸周围的多数小型城邑尽被魏人攻破，存放于这些城邑的赵人辎重也尽为魏人所得。邯郸成为一座孤城。

眼见魏人兵马严整，装备精良，威武雄壮，赵雍再也不敢大意，旨令紧闭城门，只守不出。

邯郸城高池深，赵人誓死守御，魏军连攻数日，未有丝毫突破。显然，立马攻破邯郸似也不在庞涓的计划之内。见攻城魏军出现伤亡，庞涓鸣金收兵，在通往邯郸的各条要道设置关卡，同时派出哨探，在邯郸城外昼夜监视，任何出入都要严加盘查。与此同时，庞涓传令在邯郸外围筑起六个防御牢固的营垒，呈六角之势将邯郸死死围困起来，摆出打持久战的架势，一边休整人马，一边寻找机缘。

第三章

救赵难约长出使　聚钱财齐王嗜赌

邯郸地势较高，且在筑城时，为防水淹，在流经城内的两条主水道入口筑有牢固水门，既可自由控制流量，又有防御功能，因而赵人不必担心鄗邑悲剧重演。邯郸城内储粮足支一年，能战之士不下三万，外加数万苍头及豪门贵胄的仆从杂役、百业匠师等，只要不出内贼，守城当无大碍。再说，大势至此，朝廷与臣民确也没有退路，人人抱定死志，魏人进攻遇挫，战事暂时平静下来。

赵雍缓过一口气，召请苏秦、楼缓、赵刻等朝中重臣谋议退敌长策。

"诸位爱卿，"赵雍朝在场诸人，尤其是苏秦，一一拱手，嘴角浮出苦笑，语气不重，字字却透力量，"寡人初立事，年少气盛，关键时刻未听苏子之言，终致今日之困。然而，寡人坚信，天不绝赵，除非赵人自绝！"

短短几句就把人心暖了，把斗志励了。

苏秦心里酸酸的，真心觉得时势造人——前后不过几日，赵雍这就长大了、成熟了，成为一个能够担当的君主了。

同苏秦一样，诸臣之心无不是暖烘烘的、酸楚楚的、沉甸甸的。大势突变，黑云压顶，北有中山大军犯边，东是河水，西是太行山的崇山绝谷，都城被强敌团团围困，西出的唯一通道又被截断，西都晋阳亦遭暴秦威胁，自顾不暇，赵人确已退无可退，唯有死守邯郸了。

"苏爱卿，"赵雍转向苏秦，直截了当，"前事不可追，寡人悔之晚矣。为今之计，如之奈何，敬请爱卿指点。"

"我王勿忧，"苏秦微微抱拳，声音铿锵，"臣以为，眼下三国犯境，我貌似危局，却非不可破解。前几年六国伐秦，秦国不是照旧为秦吗？"

见苏秦这么乐观，知其或已有解，众人嘘出一口气，尤其是赵雍，身子前倾，目光殷切地望着苏秦："寡人爱听此论。请苏子破析。"

"我王请看，"苏秦缓缓言道，"天道阴阳，阴阳以因果为法，相生相克，相辅相成，是以世间万物万象，无不成于因果。今三敌犯我，各有其因，亦各见其果。六国纵亲制秦，赵为首倡，秦自然视赵为首敌，是以师出必然。魏自河西战后一蹶不振，魏王幸得庞涓，几番振作，皆未见大成，尤其是函谷失利，魏王振作之心灰冷，对纵亲疑虑之心加重，故而听信张仪，背弃纵盟，与秦人连横。至于中山国的犯因，我就不多讲了，相信诸位皆有明断。"

"关键是破解！"邯郸主将赵彦急不可待了。

"破解无他，仍是纵亲！"苏秦一字一顿，"纵约未解，魏与秦连横，背盟结敌，合击纵亲发起国，失道失义于天下。我可联络纵亲列国，只要纵亲国出兵，邯郸之围必解！"

"请问苏子，纵亲列国中，会有哪家愿意出兵呢？"安阳君赵刻疑虑重重。

"除去燕国，楚、齐、韩都会出兵！"苏秦把握十足。

众人面面相觑，又都不约而同地看向苏秦。

"当然，"苏秦似已看透前景，"他们只是出兵而已，真正与魏决一死战的怕是只有齐国！"

"为什么？"赵彦不解。

"因为韩国相对弱势，又处在夹心，局势不明，不敢轻举；楚国则可能坐山观虎斗！"

"敢问相国，你怎能肯定齐国一定会与魏一战？"

"因为这一天，齐国等待很久了。"苏秦的语气既肯定，又有些许悲凉。悲凉在于，就如一个坐在山巅的智者，对于这场蓄势已久的纵亲内耗，苏秦早已看明白，却是无可奈何。

"苏子，"赵雍的心却揪起来，"齐人……能是武卒的对手吗？还有庞涓，田忌怕是……"

黄池之战搁在那儿，七万雄师被三万疲卒击溃，田忌更被庞涓生擒，在朝堂上饱受粉面女装之辱，列国无所不知。

"能！"苏秦捏紧拳头，语气坚定。

"苏子，"赵雍起身，朝他深深一揖，"齐国之事，怕是要劳烦您走一趟。"

"臣愿效命！"苏秦亦起身，对揖。

"赵彦，"赵雍转对赵彦，"明日辰时，你选三千勇士，开东门，杀出重围，护送相国至临洺关，由临洺关顺流而下，过河水至齐。寡人亲率大军开北门，与庞涓列阵对战，以作掩护。"

"末将遵命！"

"我王，"苏秦插言道，"臣无须一兵一卒护送。"

"爱卿？"赵雍怔了。

"臣请单车匹马，开南门，堂堂正正地涉漳水入魏，过卫至齐。"苏秦不疾不徐。

"庞涓……"

"臣自有处置。"

翌日晨起，邯郸南门洞开，一辆单马辎车驶出，马很壮实，显然是匹精选骏驹。兼任驭手的飞刀邹扬鞭催马，车轮滚滚而动，扬起一溜烟尘。

苏秦端坐车中，二目微闭。

辎车前后各插一面旗帜，前者写着"使"字，后者写着"苏"字。

车马走不出两百步，路过魏人设的关卡，早有军尉候立拦截，将他一番盘查。得知是列国共相、纵约长苏秦，军尉不敢怠慢，一边婉言留人，一边飞马禀报庞涓。

不消半个时辰，一辆驷马战车驰来，车上所站之人正是庞涓。

二车相对。

庞涓与苏秦相视。

有顷，庞涓拱手："这不是苏兄吗？"

"苏秦见过庞兄。"苏秦亦拱手道。

"苏兄这是……"庞涓看向他的车马、旗子和使节。

"一如旗上所写，"苏秦扬扬手中使节，"在下奉赵王之命出使齐国，这要赶路呢。"

"既为使臣，苏兄怎么一车一马一卒呢？"

"庞兄引大军围城，城中车马人等皆有用场，苏秦不敢多带。"

"哈哈哈哈，"庞涓大笑几声，"苏兄真会为小赵王节俭哪。敢问苏兄，既然使齐，可有使命？"

"有。"

"可否言于在下？"

"借齐兵救赵。"

"哦？"庞涓假作一惊，故意做出怯状，"在下一听齐兵，手就发抖了。苏兄可是当真？"

"当真。"

"唉，"庞涓恢复原貌，长叹一声，"苏兄呀，你怎么会想到向齐国借兵呢？"

"请问庞兄，在下当向何处借兵？"

"楚国。楚人不惜死，或可与在下一战。"

"楚人会出兵，但不会与庞兄死战。"

"苏兄何出此断？"

"出于义，楚会出兵；出于利，楚不会死战。"

"不愧是苏兄。"庞涓点头，伸出拇指，"楚人不肯，苏兄何不向韩人借兵呢？韩弩坚沉，韩枪犀利，或可透穿武卒重甲。"

"韩亦会出兵，但同样不会与庞兄死战。"

"苏兄何出此断？"

"韩弩犀利，韩势却弱，今有楚、魏、秦三强环伺，若庞兄在韩，愿为赵战吗？"

"哈哈哈哈，苏兄析得是。在下若是韩王，也断不会为濒死之赵出头。看来，苏兄赴齐，是笃定齐人肯借兵的了。"

"在下非但笃定齐肯借兵，还笃定庞兄必败。"

"咦？"庞涓两眼圆睁，"你何以如此笃定？"

"因为庞兄骄矜，骄兵必败。"

"哈哈哈哈，"庞涓爆出几声长笑，"好好好，就算在下骄矜了！依苏兄之见，田因齐会请何人将兵？"

"田忌将军。"

"田忌乃在下手中败将，苏兄何以笃定那人必胜？"

"因为战事未开，庞兄已经认定田将军必败了。"

"还有吗？"

"田将军因败受辱，卧薪尝胆这么多年，当已思得破解庞兄之术了。"

"哈哈哈哈，"庞涓仰天长笑数声，扬手，"在下本欲置薄酒一盏为苏兄饯行，却又不忍耽搁苏兄脚程，这就恭送苏兄上路。"转对军尉，半带讥讽，"开放关卡，恭送赵使苏秦赴齐借兵！"

关门大开。

苏秦拱手谢过，驭手扬鞭催马，径出关门而去。

走有一箭地，身后传来庞涓悠扬的声音："苏兄，转告那个姓田的，就说在下在此候他，让他小心用兵。此番若是再让我活擒，怕就没有艳装粉面的好待遇了！"

"庞兄放心，你的口信一定捎到！"苏秦转过头，拉长腔回应。

中山、魏、秦与赵四国之间的紧张局势自也传入齐宫，成为廷议主题。

自去年入冬，齐威王接连伤风数次，原本硬朗的身体开始走下坡路，遂将大小朝事全部交给太子辟疆打理，自己则挑选几个年幼爱妃搬入雪宫将养。

身边人皆知，威王龙体正是被这些小爱妃掏空的。许是晓得来日无多，许是听信采阴补阳之说，威王越发欢喜女人，尤其是年龄偏小、胸脯初起的少女，甚至是不足十龄的幼童，几乎是夜夜临幸，无论御医如何劝谏，只是不听。

不过，尽管身子骨儿不再硬朗，威王的脑子仍旧一如既往地好使，对四国战事更是显出从未有过的兴致，几乎每天都要求包括太子在内的重臣来雪宫议事，所议内容清一色与邯郸相关。

几员重臣中，谁都晓得威王仍旧憋着一口闷气，凡是魏国掺和的事，都能引起他的注意。

岂止是威王，朝臣多对黄池之辱记忆犹新，尤其是上将军田忌，梦中也在琢磨复仇。

这日大朝，大夫以上官员例行上殿，也照例由太子辟疆主政廷议。

辟疆刚于主位坐定，门外传来一阵喧哗，当值内宰趋入唱宣："大王驾到，诸卿恭迎！"

太子离席，携众臣跪迎于廷。

不一时，在两个童女的搀扶下，威王一步一步走进来。威王身后跟从二人，一是近侍内宰，一是上大夫田婴。

威王于主位坐定，二童女侍立于后，内宰旁立于侧，上大夫田婴自动闪入朝臣行列。

"众卿平身！"威王摆手。

众卿谢过，各就其位。

"诸位爱卿，"威王朝两侧黑压压的朝臣瞄了一眼，"寡人久未视政了，今朝心痒，特地赶来看看大家。"

众臣尽皆看向威王，静听下文。

"寡人之心何以突然痒起呢？"威王自问自答，"因为邯郸。凌晨时分，寡人做了个梦，梦见邯郸四门皆被魏卒攻破，赵人死战，血流成河！"

众臣面面相觑。

"诸位爱卿，"威王接道，"照理说，魏罃欺赵语，大梁战邯郸，横竖都是他们晋人的事，与寡人并不相干，但在寡人这般年纪，大清早就梦见血污，不为吉祥。寡人辗转反侧，再睡不下，约略记起今日是大朝，这就来了。"

朝堂鸦雀无声，所有眼睛盯住威王。

"诸位爱卿，寡人有请大家议议，这场血污该当如何收场？"威王给出议题。

小半年来，威王一直未朝，此番不期而至，出口即是邯郸，众臣心里无不嘀咕，都在琢磨他这葫芦里究竟卖的什么药。

候有良久，见众臣仍在沉默，威王守不住了，直接点将："邹爱卿可有妙论？"

"回奏我王，"邹忌出列，拱手作揖，"臣以为，韩赵魏本出一家，魏王伐赵，当是三晋家事，我王当坐山观战。"

"臣亦有奏！"田忌出列，瞄一眼邹忌，朗声奏道，"邯郸之事，涉及中山、秦、魏与赵四国，韩未参与，因而不是三晋家事。三打一，众欺寡，非义战。魏、赵皆为纵亲国，纵约未除，魏即约秦伐赵，是背盟结敌。作为纵亲参与国，我王不可坐观。"

田忌给出的理由响当当的，众臣无不投来赞赏的目光。

邹忌面上挂不住，冷笑一声，不看田忌，话锋却是针对田忌："大梁战邯郸，横竖都是他们晋人的事，难道这个也错了吗？"

众臣皆是一震。此句刚刚出自威王之口，邹忌直接搬来，等于说田忌是在犯上。

田忌本为武夫，说话不细究，见邹忌拿这个堵他，气得脸色铁青，嘴唇哆嗦几下，啪啪几声将袖子甩得山响，却未能蹦出一个字。

"哈哈哈哈，"威王长笑几声，为田忌解围，"是寡人所言不当。"又转对其他臣子，"邹相国认为我当坐观，田将军认为我不可坐观，诸位爱卿可有妙论？"

朝臣立时分作两派，常在相府走动的寻出各种理由支持邹忌，常与将军府来往的则毫无保留地赞同田忌。一时间，朝堂上再无顾忌，你争我执，吵得不可开交。

威王捋起长长的胡须，面带微笑，眯缝两眼，似是睡去，又似倾耳以听。

争吵足足持续一个时辰，两派仍旧互不相让，只有二人一句话未说，作壁上观。一个是殿下田辟疆，另一个是上大夫田婴。

许是听够了，许是身体撑不住了，齐威王重重咳嗽一声，又嫌力度不够，用指节敲动几案。

众臣静寂。

"上大夫，"齐威王没再看朝臣，目光直视田婴，"赛马会筹备得如何？"

"启奏我王，筹备已毕，只待丽日。"田婴出列，朗声奏道。

"去，"齐威王转向身侧内宰，"看看外面是否丽日。"

内宰快步出去，到殿门口仰头看天，又碎步趋入，奏道："丽日当空，我王吉祥！"

"呵呵呵，"威王大笑几声，"爱卿等丽日，丽日这就来了，真正是天遂人愿哪！"说罢，目光炯炯地扫向众臣，"战马歇过秋冬，膘肥体壮，该当拉出来遛遛；诸位憋屈一冬，也当走出户外，活络几下筋骨。近日天气晴好，春播已毕，正是遛马良时，寡人意决，赛马盛会三日后举办，具体程式，由上大夫宣诏。"

田婴出列宣诏，诏书大意是：大赛仍如往年一样，自愿报名，齐国臣子凡拥有马匹者，皆有资质参赛。举国仍分五大赛区，赛场分设于五都，分别是中都临淄、东都即墨、西都平陆、南都莒城、北都高唐。每都赛出第一名，各都第一名集中于临淄，参加最后决赛。决赛获胜者，方能取得与王马对决资质。报名参赛者须出驷马之车三乘，按上中下三个等级比试，二胜一负，赢家通吃。参赛车马，凡入赛场者赏金十两，凡入分都决赛者赏金三十两，凡入国都决赛者赏金一百两，获得挑战王马资质者，赏金三百两，战胜王马者，赏金五百两。

田婴宣完诏书，复归其位。

朝会诸臣无不傻了，因为这个奖赏，比去年整整高出一倍，尤其是凡参赛者尽皆有奖，也即无论何人，只要把三乘战车驱进赛场，就可获得王室十两足金。

见众臣皆在发呆，齐威王微微一笑，扬手道："诏令既颁，这就散朝，诸位爱卿各回各府，各将本事用在自己的马厩里。三日之后，孰是孰非，孰高孰低，孰赢孰输，赛马场上自见分晓。另补充一句，寡人旨意改了，战胜王马者，赏金一千两。"

众臣再次惊愕。

"臣谢王恩！"邹忌最先反应过来，跪地叩道。

众臣也都回过神了，相继跪地。

齐威王缓缓起身，在两位童女的搀扶下一步一步地走向偏门。

威王宣布散朝且出门老远，朝堂依旧秩序井然，众人仍旧跪在原地，似乎朝会仍没结束，还有下文。

率先起来的是太子，从威王之后，出偏门走了。

跟后起身的是田忌，大袖一摆，冲邹忌拱手："相国大人，孰是孰非，孰高孰低，孰赢孰输，赛马场上见个分晓！"说罢，扭身径去，边走边拖长腔唱白，"咱这遛马去也！"

田忌刻意引用威王的话，显然是在揶揄邹忌，因前面邹忌刚刚引过威王的话堵塞田忌。

赛马会是近三年才闹腾起来的，起因于田忌之奏。

朝廷诸臣中，善马者莫过于田忌，接连三年，皆是田府之马取得挑战王马资质。至于相府之马，前两年未能杀入决赛，去年虽入决赛，上驷却直落田府三个马身，这且不说，邹府的下等马更在最后一处弯道因拐得过急而车翻马仰，引得赛场大哗，成为赛事笑柄。

面对田忌挑战，面对朝臣纷纷投来的目光，邹忌纵使涵养再深，脸上也是火辣辣的。听着田忌的靴子一下接一下地踏下殿前台阶，渐行渐远，看到其他朝臣也都纷纷离位，邹忌方才站起，轻拍几下衣襟，朝一直候在身边的上大夫田婴勉强笑笑，微微努嘴。

二人一前一后步出朝堂，各乘车马，不一会儿，驰至相府。

威王不期而至，先引出三晋话题，臣子正畅论间，又突然拐向赛马，且诏书已备，显然是有预谋，且这预谋田婴当是知情。

在相府客堂，邹忌直入主题："前面三届赛马盛会皆在谷雨之后举办，今年王上定于三日之后，提前旬日，上大夫具体负责马会，其中或有曲直，邹忌不才，特此请教！"

"回禀相国，"田婴拱手应道，"今年马会因何提前，下官也是不知。昨晚人定，王上突然召请下官，议起赛马诸事，问三日之后能否举办。下官回说，春暖花开，各地赛马早就跃跃欲试，三日之后，当可举办。王上没再问话，让下官回府。今日上朝，有人拦住下官，交给下官方才所宣的诏书，让下官候于廷外，不想竟是王驾临朝了。"

显然，眼下已经不是赛马之事了。邹忌长吸一口气，微微闭目，陷入沉思。

蓦然，邹忌轻轻哦出一声，眉头一挑，眼皮启睁，若有所悟地看向田婴。

"相国？"田婴也看过来。

邹忌又想一时，似是笃定了，朝王宫方向连连拱手，语气中不无钦服："我王圣明啊！"

田婴倾身，两眼盯住邹忌，欲听解说。

"呵呵呵，"邹忌轻笑几声，"眼下看来，今年赛事不同往年，上大夫既奉王旨主司赛马会，当全力以赴，将赛事办得越隆重越好。"

"这……"田婴仍旧一脸迷茫，"下官愚痴，敢问相国，今年赛事何以不同往年？"

"因为邯郸战事。"

"邯郸战事？"田婴越发不解了。

"上大夫请看，"邹忌侃侃言道，"如果不出老夫所料，三国伐赵，秦当为主谋，张仪辞秦相赴魏，驱走惠施，目的只有一个，结魏伐赵，破纵亲之盟，以解秦围。赵为纵亲发起国，苏秦为纵论倡导人，赵都被围，赵幼主必责苏秦，苏秦必向纵亲国求救，而苏秦首选亦必是齐国。我王想是料定苏秦已在赴齐途中，这才急旨，将赛马会提前旬日。"

"相国是说，"田婴若有所悟，"我王不想出兵救齐，欲借赛马盛会搪塞苏秦？"

"正是。"邹忌应道，"上大夫请看，魏攻赵，赵必以死相抗。魏、赵相攻，必两败俱伤。魏得秦助，又结中山，其势正盛，我若于此时救赵，就是与盛势作对，与暴秦翻脸。我与暴秦远隔万千山水，犯不上为赵构怨于秦，是以我王……呵呵呵……"以指节轻轻击案，心情大好。

"呵呵呵，"田婴这也笑出几声，"相国放心，赛马之事，下官必竭诚尽力，让齐国角角落落全动起来。"说毕起身拱手，"下官这就张罗去！"

“上大夫留步！”邹忌伸手拦道，“邹忌还想问个琐事，听说去年赛马，各城邑皆有不少人押注，可是真的？”

田婴心里咯噔一沉，复坐下来。

赛马会押注等于是变相赌博，堪称各府吏员合法敛财的绝好机会。因而，自第一届赛事起，就有精明人引诱押注，发下横财。接后两届，各级吏员纷纷参与赌庄，押注成风，尽皆赚个盆满。主司赛事的上大夫府，明里暗里，自也得到好处不少。

这是一块远比封邑捞钱快的肥田，邹忌此时过问，用意不言自明。

“确有此事。”田婴不敢隐瞒，就将各地赌庄及押注、抽成等一应细节，一一禀报。

“今年赌庄，”邹忌听毕，倾身问道，“上大夫可有章程？”

“下官之意是，仍然沿袭去年规矩。相国大人若觉不妥，下官这就取缔所有赌庄。”

“既成规矩了，怎能取缔呢？”邹忌笑了，“再说，连王上也赌千金，说明赌注合乎上意。依老朽之见，赌注之事，非但不可取缔，反倒可以加倍设置。至于这赌庄嘛，既然各地府尹皆有参与，相府这也凑个热闹，如何？”

“太好了，”田婴出口长气，亦笑几声，“有邹相参与坐庄，今年赛马盛会必将空前。”

送走田婴，邹忌又坐一时，召来家宰，二人驱车出城，径至自家马场。

邹府马场是于前年始建的，坐落在临淄南侧十几里外的稷山脚下，主要是为响应威王诏令。临淄地势南高北低，稷山一带森林茂盛，山脚下本为农田，近年盛行养马，这些农田多被城中权贵圈为马场。相府后来居上，占据其中一块，约四井见方，内中养马百匹，尽皆百里挑一的良驹，且有日渐扩大之势。

邹忌将所有马厩例行视察一遍，回到跑马场旁边的草厅里，坐在临时搭建的观台上歇息，等候赛马演练。

不一时，精选出来的三辆赛车齐集马场，随着总管马场的家臣仇归一声令下，三驷齐驰，车轮滚滚，尘埃扬腾。三辆战车上标有赛马的等次，沿场地角逐。五圈下来，下驷被远远抛在身后，上驷与中驷之间，差距却在渐渐拉近，到最后一圈，只差半个车身了。

看到邹忌脸色沮丧，仇归指着上驷道："禀报主公，距离之所以拉不开，是因为上驷辕马。上驷四马势均力敌，负轭辕马未能突出，当不起统领三马之任，是以拖后腿了。反观中驷，辕马堪比上驷之马，是以可以轻松统领另外三马，车稳而快。"

仇归本是燕地马贩，善于养马，也颇知马，两年前在燕地犯下命案，几经磨难逃到齐地，刚好邹府聘用养马人才，就被邹忌用为家臣，负责这个新建的马场了。

"这……"邹忌眉头拧一会儿，"如何才能觅到合适辕马？"

"上驷之马皆为良骥，可日行八百，唯有千里马方可统领。"

"千里马？"邹忌倒吸一口凉气。

"唉！"仇归轻叹一声，重重摇头。

一切就如计算好似的，在齐威王颁诏举办赛马会的第二日，苏秦一路风尘地由邯郸赶到临淄，一车一马由西城的稷门驶入，沿稷下学宫中央官道一路向东。辎车前后张扬的两面硕大旗帜，尤其是后面旗帜上书写的大大的"苏"字，在正当午时的明媚春光下分外扎眼。

苏秦车马驶至齐宫，要求觐见齐王。当值内臣迎出，说齐王不在宫中，前往马场去了，并说赛马会举办在即，齐国君臣尽皆无心国事，奉劝苏秦最好在赛事结束后再来。

这是苏秦已经料到的结果，因为将到临淄时，他已从客栈掌柜处探到赛马会提前之事，也忖度这个提前多半是冲他来的。联想到几年前他来齐国合纵之时，齐威王特别摆给他的稷下之考，苏秦苦笑一下，让驾车的飞刀邹掉转车头，回返稷下学宫。

稷下学宫仍然保留着苏秦宅第，且有三位仆从常住打理。苏秦安顿下来，略吃几口仆从端上的茶点，便吩咐飞刀邹驱车前往田忌府。

田忌不在府中，家宰报说昨日就到南山马场去了。苏秦看看天色，决定去马场寻访田忌。

见飞刀邹的辎车上只有一匹马，疲态毕现，家宰就让仆从将苏秦的车马赶进后院马厩，卸下歇脚，换作驷马高车，亲送苏秦二人前往马场。

田忌经营马场多年，场地比相府的大一倍还多，有马近五百匹，多是他从万千军马里挑选出来的。马场有马夫数十人，善驭者近百，一旦发生战争，单是家兵，他就可以出战车百乘。这是一笔巨大财富，也是田忌敢在朝中向包括邹忌在内的人叫板的底气所在。

落霞满天，田忌兴致未减，仍在马场上与他的几匹爱驹交流，一会儿拍拍这个，一会儿摸摸那个。几匹马各做姿态，表达愉悦。

看到苏秦光临，田忌既惊且喜，递给苏秦一条马缰，自己也牵一匹，让另外几匹跟在身后，沿着马场，一边遛马，一边交流时势。苏秦将邯郸之急略述一遍，田忌也将朝中争议和盘托出。

"对了，"苏秦顿住脚步，"在下差点忘记一事。出邯郸时，魏人拦截，听闻是在下，庞涓亲至，说是为在下饯行。得知在下是来向齐求救的，庞涓语气不无嘲笑，说他在这世上啥也不怕，就怕齐兵；又问齐王会使何人统兵，在下提到将军名号，庞涓让在下捎来口信给你。"

田忌脸色变了，哑起声音，一字一顿："他作何说？"

"唉，"苏秦长叹一声，"此话……还是不说了吧！"

"苏子但讲无妨。"田忌直逼过来。

"在下已走一箭开外，庞涓拖长声音由后面叫道，"苏秦看向西方，拖长声音，学庞涓语气，"苏兄，转告那个姓田的，就说在下在此候他，让他小心用兵，此番若是再让我活擒，怕就没有艳装粉面的好待遇了！"

尽管有所准备，田忌仍旧呼呼喘气，拳头捏得嘎嘣作响。

憋不过三息，田忌还是爆发了，将马缰啪地扔在地上，一把扯住苏秦衣角："苏子，走走走，这就与我前往雪宫，求见我王，起兵会战那贼。"

"田将军，"苏秦摆手，"大王志在赛马，无心议政啊！"

"什么赛马？"田忌七窍生烟，"姓庞的辱我大齐，这是刻意挑衅！"

"我说田兄，"苏秦拾起马缰，重新塞他手里，"君子复仇，十年不迟。田兄既已忍过九年，再忍几日又有何妨？"

田忌又跺几脚，强力把气压下。

苏秦见他气消，方才拱手："田兄，你们忙活赛马，在下无事可做，久没见过孙兄了，在下这想与他叙叙旧事。"

"这个容易，"田忌朝远处山中一指，"孙兄就在前面山庄。"

二人当即动身，驱车驶入山道，走有一个时辰，来到一处山坳。

说是山坳，实在是个前无出路的死谷，谷底平坦，约百亩见方。除入谷通道之外，三边皆是石坡，各高数十丈，石多土少，颇为陡峭。石缝中长出林木，将谷中景致掩护。左边山上有湍瀑泻下，哗哗之声，在这夜间极是悦耳。

这个山坳是田忌祖上置办的产业，传至田忌，被他在周边坡顶筑起高墙，又在入谷之处设有门亭，早晚扉门紧闭，有仆役专业守护，外人莫入，既可作为田府消夏别苑，又可充当危难中临时的庇护之所。

天色黑定。

田忌叫开庄门，直入庄中。

山坳里黑乎乎的，无一处亮光。

田忌驱车行至一处草舍，跳下车子，朗声叫道："孙兄，嫂夫人，有稀客来也！"

外面动静显然早已惊动舍内，光亮闪起，舍门洞开，一妇人走出草舍，躬身揖礼。

见是嫂夫人瑞梅，苏秦躬身揖道："苏秦拜见嫂夫人。"

瑞梅确认无误，一脸惊喜："真是稀客，我家孙膑后晌还在唠叨你哩。"说着，退往一侧，礼让，"苏大人，田大人，请！"

二人进厅，孙膑已在守候。兄弟相见，自然是一番亲热。这边三人闲叙，那边瑞梅下厨，不消半个时辰，端出几道下酒好菜。

孙膑陪二人吃酒数巡，切入正题，笑问田忌："听闻赛马盛会提前，王上悬赏千金，可有此事？"

田忌方脸一沉，咕嘟一声喝下一爵，抹抹嘴道："孙兄，喝酒就是喝酒，莫提不快之事。"

"何事不快了？"

"赛马。"

"呵呵呵，赛马不是将军最喜之事吗？"

"若是寻常，倒是最喜，只是眼下，"田忌长叹一声，苦笑摇头，"邯郸军情十万火急，我王却旨令赛马赌钱，你说急不急人？"

"这么说，"孙膑看向苏秦，"苏兄此来，是为邯郸军情了？"

苏秦点头。

"说起赛马的事，真该怪你孙兄呢！"田忌看向孙膑，一脸责怪。

"为何要怪孙兄？"苏秦不解。

"不瞒你说，"田忌来劲了，连根刨起，"三年前，孙兄让我奏请大王举办马会，不想大王是个马痴，一拍即合，当即旨令上大夫田婴操持，每年一届，定于三月春播后举办。眼下春播未就，邯郸这又军情火急，大王不议出兵救赵，反而诏令提前赛马，真让人……"长叹一声，一拳击在案上。

"说起赛事，在下倒是有问。"孙膑不急不缓，眯眼望着田忌。

"问吧。"田忌看过来，气仍没消。

"今年共有多少车马参赛？"

"五都相加，当不下三百乘，千二百匹。"

"千二百匹。"孙膑闭目有顷，抬头又问，"如果征召，照你估算，旬日之间，齐国可以征用多少马匹？"

田忌扳算手指，自说自话："上中下三等赛马，按三十选一计，当有三万六千匹，加上其他，或可征用四万匹。"

"四万匹？"孙膑眉头微皱，摇头，"还是少了点儿。"

"什么？少了点儿？"田忌眼睛大睁，"四万匹可征之马，用于驭车，就是万乘驷马战车，排列于军阵，天下无敌矣。"

"田将军，"孙膑却似没有听见，顾自问道，"你的兵士中，能舍车骑马者可有多少？"

"咦，"田忌一怔，"为何要他们舍车骑马？"

"将军还没回答我的话呢！"

"能舍车骑马者或有三千。"

"在下还有一问，将军愿否与庞涓大战一场？"

"这还用问？"田忌拳头一紧，"在下梦中也想把那厮碎尸万段！"

"若是此说，将军可让这三千人在一个月内教出三万骑手。"

"三万？"田忌惊愕。

"田将军，"孙膑微微一笑，又叮嘱一句，"若想取胜，此事尚须保密，至于眼下，将军大可安心赛事。大王既已悬下千金重赏，将军理当拔得头筹才是。"

"好！"田忌朗声叫道，"苏兄，孙兄，二位慢慢享用嫂夫人的美酒佳肴，在下这就前往备战，誓拔头筹。"说毕，朝二人一一拱手，起身径去。

入夜，雪宫一片漆黑。

太子辟疆神色紧张地跟在内宰后面，快步趋入正殿。

灯光下，威王端坐于席，显然专为候他。齐威王很少于夜间召见臣属，此时召他觐见，必是发生大事了。

"儿臣叩见父王。"辟疆伏地叩道。

威王扬手，指指对面席位，见辟疆起身坐下，开门见山："疆儿，为父召你来，不为别个，只为赛事。"

"赛事？"辟疆看向威王，多少有些茫然，"敢问父王，赛事怎么了？"

"孙爱卿，"威王看向右边，"你来告诉太子，赛事怎么了。"

辟疆顺眼看过去，方见对面席坐一人，是宫廷马师孙悦，因着一身黑衣，这又刚好坐在灯影下，辟疆急切间未曾留意。

"启禀殿下，"孙悦拱手，"往年赛事皆为上大夫田婴操持，大王今日召臣议及此事，臣以为，今年赛事非同往年，是以提请由殿下操持。大王当即恩准，特请殿下相商大事。"

见是这事，辟疆嘘出一口气，不无放松地看向孙悦。

孙悦是秦穆公时著名马师伯乐孙阳的第八世孙，世居祖地郜邑。郜邑本为郜国都城，郜室于百年前绝祠，其地并入宋室，三十年前割让于齐，世居郜都的伯乐后人也就顺势成为齐民。至孙悦，因擅长祖传相马术而受威王重用，被聘为王室马师，官至大夫，十年来已为王室觅得千里马数匹，良马塞厩。齐国数度赛马，王马地位迄今无可撼动者，皆是孙悦之功。

辟疆对他笑笑，拱手回礼："辟疆不学无术，今年何以不同往年，还请先生赐教。"

"殿下折杀奴才矣。"孙悦回一个笑，侃侃应道，"往年赛事，无非赛马。今年赛事，于赛马之外更多一赛，就是赛钱。"

"赛钱？"辟疆长吸一口气，身体前倾，情不自禁地重复道。

"据臣所知，各都邑殷实之家，无不在为赛马下注，赌注少则数两金子，多则百两，更有甚者，赌以千金豪注，是以臣称之为赛钱。"

"疆儿，"威王接腔，声音故意拖长，"马也好，钱也好，皆为国力。既然赛的是国力，万不可马虎，你当全力以赴，不可有失。"

"父王，"见威王提到国力，辟疆打个激灵，小声禀道，"三国兵加赵室，庞涓围困邯郸，苏秦求救，已是水火之急了。"

"魏人伐的是邯郸，"威王微微一笑，瞥他一眼，"不是临淄，你急个什么？"

"父王？"辟疆不解了。

"疆儿，"威王敛住笑，倾身过来，"你须记住，当年魏伐中山，以文侯之明，乐羊、吴起之智，大魏武卒之力，尚且历三年才破，何况今日伐赵？"

辟疆若有所悟，轻轻点头。

"再说，你拿什么去打？战争打的是钱粮。寡人查问过了，库粮虽说不缺，钱却不足。无钱，何来辎重器械？钱在哪儿？钱在各邑百姓豪吏的私库里。如何才能让他们心甘情愿地拿出来呢？下注！是以此番大赛，赛马倒在其次，赛钱方为根本。你可传寡人旨意，取缔五都设注，所有注庄收归王室统辖。"

见父王算计在此，辟疆豁然开朗，大是叹服，闭目思忖一阵，似是想到什么："如此甚好，只是各级吏员、各地赌庄早为今年赛事摩拳擦掌，煞费苦心，若是临时取缔五都设注，只怕他们一时……"

"嗯，你说得是，火不可急熄。"威王连连点头，略一思索，"这样吧，传旨田婴，五都赌庄依旧由五都分设，但决赛赌注，必须由王室设庄，他人不得涉足。"

"儿臣遵旨。"

"还有，"威王看向孙悦，"孙爱卿，依你眼力，今年赛事，可有与王马一决高下的？"

孙悦摇头。

"五都之马，可有与田将军府马一决高下的？"

孙悦再次摇头。

"这个不妥。"威王思考良久，摇头，"一边倒的比赛没有看头。若无看头，就不刺激；若无刺激，就不会有人肯下大注。"

"若是此说，"孙悦笑道，"臣倒有个主意。"

"爱卿请讲。"

"能与田将军府中赛马一拼高下的，或为成侯之马，但成侯之马输在上驷，因其上驷缺匹合意辕马，如果……"孙悦顿住了。

"说下去。"威王直望过来。

"两个月前，臣在中山觅得骐骥一匹，名唤如风，目下尚不为外界所知。我王若是舍得，臣请……"

"去吧，"威王摆手止住他，"就依爱卿之意，务必闹出个景致来。对了，此马花去寡人多少库金？"

"两百两。"

"听说成侯经营盐铁，置业不少，这价钱嘛……"威王努嘴，微微闭目。

孙悦会意，拱手："臣领旨。"

"千里马？"邹忌两眼放光，长吸一口气，身体前倾，两只老眼眨也不眨地紧盯新近投来的门人公孙闲，"你敢笃定？"

"回禀主公，"公孙闲略作迟疑，"臣不善马，只是今晨闲逛马市，恰遇一人卖其坐骑。臣观那马状态雄奇，声闻九天，断非寻常之马，也是一时好奇，上前打问价钱，那人开口就是三百金，毫无还价余地。三百金堪称天价，臣大是惊叹，回到舍中，与人议及此事，方才得知主公思马如渴，深恐误下主公大事，是以冒昧求见。"

"那马现在何处？马主何人？"邹忌急问。

"在北市马场，臣未问马主姓名，观其颜色，貌似北地胡人，说是特为赛事而来，途中遇雨，因惜马而误下脚程，昨日才到马市，欲为那马寻找新主。"

"公孙闲，"邹忌略一思索，草草写就一书，递给公孙闲，"你持此帖即刻前往宫廷马师孙大人府宅，敬请孙大人屈驾北街马市一趟。"

公孙闲朗声应允，匆匆走出。

邹忌换过服饰，吩咐家宰带足三百金，分三箱装车，引领数十名家臣前呼后拥地往投北街。及至马市，公孙闲已在胡人居所之外恭候，说是孙大人性急，已先一步随那胡人后院相马去了。

邹忌不及细话，三步并作两步，随公孙闲赶到马厩，远远望见孙悦正在抚摸一匹骊马的耳朵，口中念念有词，显然正在与它交流。骊马一动不动，似在倾听，又似在享受孙悦的抚摸。一个身着胡服、一脸络腮胡子的壮年汉子斜倚在一根拴马桩上，一脸自信满满的样子。

"有劳孙大人了，"邹忌走前一步，朝孙悦拱手，"公孙闲推荐此马，老朽眼拙，特请大人过来，这想过过大人慧眼。"

"谢相国抬爱，孙悦愧不敢当。"孙悦从马身上移开，拱手揖道，"相国但有驱使，孙悦愿效微劳。"

"孙大人，这马……"邹忌急不可待，直奔主题。

"相国请看，"孙悦回到骊马身上，指马之身体各部位赞不绝口，"此马毛色纯正，其颅如剥兔之首，其目双突，满而泽，大而光，状若垂铃；其鼻广大而方，色赤如血；其口红而有光，上唇急而方，下唇缓而多理，上齿若钩，下齿若锯……"

孙悦拿出看家本领，不厌其烦地将那马上上下下、里里外外赞美一遍，因其所言皆为马业术语，纵使邹忌之智，也听得如堕五里雾中，只在心底明白，这是遇到骏马了。

好不容易等到孙悦收口，邹忌方才悄声问道："依先生之见，此马……"

"千里马也！"孙悦一言断之。

邹忌再无二话，转过头，朝家宰努嘴。

家宰吩咐仆从抬下三只箱子，对那胡人道："这位客人，你这良驹，我家主公收了。这三只箱内各装足金百两，请客人点数过秤。"

"三百两？"那胡人双肩一耸，轻轻摇头。

"这……"家宰看向公孙闲。

"咦？"公孙闲急了，"昨日不是讲好三百两吗？"

"那是昨日，"那胡人给他个笑，"今日不是这个价了。"

"你哪能……"公孙闲觉得面子上过不去了，正欲理论，家宰摆手，嘴角挤出个笑，换过称呼，语气中不再客套："这位客商，你出个价。"

"不瞒官家，"那胡人脸上依旧堆笑，"从昨日迄今，已有多位大人前来相马，价格也就涨上去了。有人力压群雄，出金四百五十，已回府中取钱去了，留下此剑作为抵押。"胡人说着，走到墙边，取出一剑。

家宰接过那剑，细审之，见柄底标有田字，料是田忌府人，心中一颤，面上却是声色不动，递还宝剑："客商稍等片刻。"

家宰走向马厩，在邹忌耳边低语有顷。

邹忌倒吸一口冷气，捋须有顷，伸出五根手指，朝外努嘴。

家宰会意，回到胡人处，照旧摆出五根手指，指三只箱子："此马我府要定了。这是定金，余款一个时辰之内解到。"

胡人做出成交手势。

家宰再不迟疑，吩咐心腹仆役回府取钱，之后拿出竹、墨，写定契约，与那胡人签字画押，前后不过一刻工夫，就将买卖做到实处。

许是一路劳顿，见到孙膑后又贪几碗老酒，苏秦一觉困去，直睡到翌日后响。

苏秦醒时，见孙膑守在榻边，正在凝神看他，显然坐有多时了。

苏秦心里发酸，一阵感动差点儿冲破泪门，急急揉眼，起身揖道："孙兄……"声音沙哑。

"苏兄睡得香哩，"孙膑冲他笑笑，"想必数日没睡囫囵觉了。"

"是哩，"苏秦回以一笑，"只在孙兄这里，方能睡个踏实。"

说话间，瑞梅端铜盆进来，递过巾绢，伺候苏秦洗过脸，漱过口，推起田忌专为孙膑打造的轮车，导引苏秦走进院子后面的梅园。

直到此时，苏秦方才察出瑞梅小腹隆起，显然已身怀六甲，颇为感慨。

梅园甚大，有数亩见方，因为是三年前才栽上的，梅树大多鸡蛋粗细，皆未挂果。只有田忌使人移栽过来的一株碗口粗细的老梅历经两载雨露滋润和瑞梅的精心呵护，今年总算根系扎实，枝繁叶茂，青涩果子挂满枝头，皆如枣子大小，让苏秦不免联想起寒冬腊月一树花时的繁华景致。

梅园正中有个莲池，半亩见方，一池荷叶青青，状若蒲扇，只不见一朵荷花，许是时令过早之故。合纵辰光，苏秦曾听魏国副使公子卬讲起过嫁给庞涓的妹妹瑞莲，说她与姐姐瑞梅情同手足，想这一池莲藕定是瑞梅为妹妹所种了。

餐案就在这株老梅树下。瑞梅伺候孙膑、苏秦在案前坐定，两位仆女各端餐料餐具入席。苏秦放开肚皮，吃个尽饱。瑞梅收拾一毕，招呼仆从离开，留下孙膑与苏秦继续叙旧。

望着瑞梅挺着肚子离去的背影，苏秦朝孙膑拱手："恭贺孙兄，嫂夫人这是有喜了！"

"呵呵呵，喜了，喜了，还有一喜呢，"孙膑乐得合不拢口，冲瑞梅叫道，"梅儿，带菊儿来，让苏兄抱抱。"

瑞梅回身应道："菊儿随飞刀叔叔去玩瀑水了，不在家呢，让苏兄稍稍等些。"

"好嘞。"孙膑应过，转对苏秦，"看来苏兄得候些辰光了。"

"菊儿是……"苏秦目光征询。

"是你的大侄女，已满两岁了，顽皮得紧哩！"

"好哩，好哩，真正好哩！"苏秦连连拱手，"贺喜孙兄了。孙兄先得嫂夫人，再得菊儿，这又果挂枝头，羡杀苏秦矣。"

"呵呵呵，"孙膑连笑几声，"不瞒苏兄，在下也就这点儿福报了，有梅儿，有菊儿，若是上天垂顾，这再长出几棵松树柏树来，也算对得起孙氏宗祠了。"

"唉，"苏秦轻叹一声，看向头顶累累青果，"我们兄弟几人鬼谷一别，恍若隔世。若是张兄、庞兄亦在此地，我们兄弟把盏，共贺孙兄连番之喜，同祝孙氏一门后继有人，该当多好啊！"

　　"谢苏兄美愿。"孙膑拱手，"听闻张兄喜得吴国公孙氏之女，甚是贤淑；庞兄喜得瑞莲阿妹，亦为佳配，想必皆有子嗣了。唯有苏兄，膑未曾听闻家事，甚是挂记。此地并无外人，敢问苏兄，可否略透一二，好让膑分享苏兄之喜。"

　　苏秦将脸别向一侧，凝视不远处的荷池。荷叶葱葱郁郁，到处都是尖尖头，大半个池塘已被覆盖，因仍在春时，尚未蛙鸣虫飞。

　　苏秦收回目光，闭目有顷，身心完全放松，没有提及小喜儿，只将姬雪的故事由头至尾，一五一十地讲述一遍，听得孙膑唏嘘不已。

　　"不瞒孙兄，"苏秦一脸苦涩，抖底儿道，"如果苍天不悯，就这辰光，公主怕也……也如嫂夫人一般无二了！"

　　孙膑长吸一口气，陷入冥思。

　　"孙兄啊，"苏秦愁肠百结，"如果公主真的有孕在身，怕就不是喜，而是祸了。在下倒是无惧，可公主她……"

　　"雪公主说得好啊，"孙膑抬头，淡淡一笑，"一切皆是天意。既为天意，苏兄就当顺从。听苏兄方才所言，公主当是缜密之人。公主既生此心，想是把一切全备妥了，苏兄大可无忧。再说，自春秋以降，礼仪早崩，你与公主之间，情生于中，义存于里，实乃天作之合，非起于一时意乱淫溢。道法自然，非人为规矩，你我皆从先生寻道多年，苏兄大可不必为这些儒门礼仪所困。"

　　"有孙兄此解，"苏秦回以一笑，"在下心略安矣。"敛起笑，"对了，说起先生，在下刚好有事求教。六国合纵，在下本以为列国乱局会有所改观，未料天下愈加纷乱，在下迷惑，百思无解，刚好路过鬼谷，遂踅入谷中，欲求先生解惑，先生不肯出见，只托大师兄送来一首诗，在下才拙，迄今仍未悟出。谷中兄弟，除大师兄之外，唯孙兄的修为最高，此来求见，一为解除思念之苦，二为求请孙兄譬解此诗。"

　　"苏兄言过了。"孙膑仰脸笑道，"虽然，敢问先生所赠何诗？"

　　"纵横成局，允厥执中，大我天下，公私私公。"苏秦出口吟道。

孙膑思索一时，抬头笑道："苏兄之心距先生最近，苏兄尚且悟不出，在下就更不敢妄断了。"

"观孙兄颜色，想已有解了，在下恭听。"苏秦拱手以待。

"苏兄费解之处，当是最后一句，公私私公。"

"正是。"苏秦点头。

"先生善于弄玄，此句或指天道时运，苏兄这里久解不出，或是运数未至，苏兄大可不必费心猜度。至于苏兄所惑之天下纷争，膑虽不才，愿为苏兄分担一二。"

苏秦将六国合纵之后的列国形势略述一遍，忧心忡忡道："张仪今已辞去秦相，赴魏连横，逐走惠施，就任魏相，密结庞涓，联络秦、中山，三路伐赵。赵为合纵发起国，张仪名为伐赵，实乃破坏纵亲。今邯郸被围，滏口塞失陷，赵室被拦腰切断，危在旦夕。庞涓、张仪皆是狠角，看这架势，是要灭赵。赵亡，韩必危，中山亦将不存。三晋若是由魏一统，秦魏必合力谋齐，齐亦危矣！"

"苏兄所虑的，只怕不是齐危，是天下之危吧？"

"唉，"苏秦拱手，喟然长叹，"在下所思，孙兄尽知矣。天下失纵而成横，即使有所流血，也未尝不可，问题在于，天下不能由秦一统，秦法若不废除，天下由秦一统，必危！"

"若是此说，苏兄何不劝诫张兄，使秦先废秦法，再行一统，岂不为美？"

"唉，"苏秦摇头，"在下想过了，这是一道死结，行不通。"

"何以行不通？"

"秦志在一统天下。统天下有两种，一为道统，二为威服。无道失德，秦人只能选择威服，所以才有苛法。秦人若是废法，则难成一统；若是不废法，则一统可成，天下却危。"

"苏兄果是思虑深远。"孙膑点头，"纵横之争，关乎天下，苏兄任重道远啊！"

"当下急务，是救赵。"苏秦看向孙膑，"水来土掩，兵来将挡，救赵抑魏，事关纵横大局，而眼下能够救赵的，只有齐人了。与魏战，即斗庞涓；斗庞涓，天下怕也只有孙兄一人。"

"唉，"孙膑长叹一声，"这些事情，在谷中时先生就已料到。庞兄走到这一步，也是天意。既为天意，在下别无选择，只能奉从，只是……"

"孙兄但讲无妨。"

"今日之魏，远非昔日之魏；今日之庞兄，亦非刚出山时的庞兄了。"

"哦？"苏秦倾身问道，"孙兄何以见得？"

"一是函谷之战，二是邯郸之围。"孙膑侃侃言道，"纵观函谷之战，庞兄所谋不为不周，不为不奇。尤其是借助天寒，飞冰桥绝河水，拦腰斩断函谷要塞，令人叹为观止。之所以功未成、果未就，是天不助庞兄，非用兵之过也。再看此番邯郸之围，庞兄用兵，可谓一气呵成，赵人漳、滏两道防线，均未撑过一日，滏水要塞，更在两个时辰内失陷。凡此种种，非赵人不善战、不备战，实乃庞兄用兵得当，魏武卒战力空前、所向无敌之故。"

"魏武卒所向无敌？"苏秦吃一大惊。

"是哩，"孙膑点头，"就膑所知，由庞涓训出的新式武卒，尤其是近万虎贲军，皆可以一敌十，较之吴起时代更胜一筹，目下列国，除秦卒之外，无可匹敌，齐卒远非对手！"

苏秦长吸一口气，面色冷凝。显然，他对军务所知过少，而庞涓用兵竟然臻于此境，更是他未曾料到的。

"当然，"见苏秦一脸忧郁，孙膑补充一句，"齐国也有相对优势，以齐目下之力，亦非不可一战。只是，两军阵上，膑不能保证十成胜算。"

"孙兄可有几成？"苏秦急望过来。

"若是天意顺遂，齐国君臣同力，膑或有七成。"

苏秦长嘘一口气，伏地拜道："孙兄在上，请受苏秦一拜。"

孙膑大急，欲过来扶他，却受制于轮车，只得拍椅叫道："苏兄，别别别……"

"非苏秦所拜，实乃苏秦代天下苍生敬拜孙兄矣！"

齐国连续三年举办春季赛马盛会，齐地沸腾，人为马狂，马价看涨。莫说是高等赛马，即使寻常驽马，也由三金涨至五金，各国马匹如流水般涌向齐地。自入冬始，北方诸国，尤其是赵、中山、燕等地马贩纷至沓来，数以百计的马队不绝于途，马料、马具、马车等也各成行情，水涨船高，识马相马之人各觅其主，大行其道。

得知今年赏金加倍，那些没有赛马或车马不足参赛的中小型富户人家后悔莫及，纷纷参与投注，各个都邑注金日益看涨。

五都分场赛事历时五日，最终决出五支赛队。经过几日跋涉，五支赛队于第十日分别驰入临淄。

随从赛队而入的是各地看客，一时间，临淄城内餐饮业火爆，客栈一榻难求，甚至寻常人家的屋檐下也睡有看客，组织赛事的王室更是大发横财，在赛场周围遍设王室赌庄不说，又将赛场四周封闭，单留一道辕门，进出皆须出示王室统一颁发的御制铜牌，而所有铜牌均由王室授权的赌庄代卖，每块牌子统一定价为三十枚齐刀（刀币）。然而，这些铜牌多数又被赌庄转手倒卖，流入黑市，及至赛前，由于看客纷至争抢，寻常赛场的铜牌涨至一金，挑战王马之赛更有涨至三两黄金的。

决战赛场选在靠近临淄稷门的三军演练并誓师校场，离稷下学宫仅三箭地。按照赛程，五都赛队采用循环赛制，两日内赛毕，决出两家，再行淘汰制，决出胜家，取得挑战王马资质，与王马决胜。

为增加刺激，威王于决赛前夜又为赛事特别颁发一道旨令，令分四款：一是取得挑战王马资质者，赏金由三百加增为五百；二是但凡居留临淄之人，不分国别、男女、童叟，皆有资质投注，注本既无上限，也无下限；三是所有赌庄皆须王室授牌，凡私设赌庄、私立赌局者，皆以抗旨罪论处，杀无赦；四是所有赌庄收注，皆以自愿入注为准则，赌庄不得逼注、诱注，或以其他方式强人所难，赌庄须与下注者订立契约，而后设注，赌注兑现严格以赛场输赢为依据，输者认输，赢者通吃，一切以所立契约为准绳，王室与赌庄各取赢家十一（十取一）之利。凡因赌输而无视契约、寻衅滋事者，皆以抗旨罪论处，严惩不贷。

齐王此旨一下，整个临淄为之癫狂，几大赌庄门前纷纷排起长龙，下注者往来如织。

听闻齐王将赢得挑战王马资质者赏金加至五百，邹忌越发认定在那匹骊马身上所花的五百金物超所值。一天循环赛下来，所有看客均为邹府疯狂，往年赛事中向无对手的田府之马此番竟与邹府之马在伯仲之间，其中一赛，邹府之马一负二胜，场上喝彩声不绝，直让那些在赛前笃定田府必胜的注家目瞪口呆，大呼不解，更让田忌擦下一把又一把冷汗。

首日比赛，结果毫无悬念，田府之马与邹府之马双双进入挑战王马的胜负决赛。

经此一战，邹忌信心大增，再请孙悦，长揖道："谢先生所荐良马，让本府长脸了。"

"是相国福运到了，与下官无碍。"孙悦回揖。

"敢问先生，明日之战，我可有胜算？"

"相国胜算可有五成。"

"敢问五成何在？"

"相国或会赢在上驷，输在下驷，一比一扯平，鹿死谁手，当看中驷。"

"中驷？"邹忌皱紧眉头，"大人可有良策提升中驷战力？"

"依孙悦观之，田府中驷与相国中驷在马力上难决高下，差别只在驭手。"

"驭手？"邹忌心里一动，"大人慧眼识才，可否荐举大贤？"

"不瞒相国，"孙悦苦笑一声，轻轻摇头，"驭术之要在于人马车三体合一，不可或缺。就临淄工艺而言，所有赛车皆为定制，可做定数，人与马可做变数，唯有彼此相知，方成善驭。临时换驭，只会有碍人马交流，不会得助。"

"若是此说，"邹忌惊道，"本府上驷岂不也……"

"相国提醒得是，"孙悦点头，"在下所荐骊马虽为千里之骏，但也因临时上套，马与马、马与驭尽皆缺少磨合，相国五成胜算可去一分。"

送走孙悦，邹忌思忖一时，召来公孙闬，语言恭敬，以先生称之："公孙先生，诚如孙大人所言，本府之马与田忌之马各有优势，不分伯仲，难成胜算，明日决战，本公观你是个大才，或有制敌良策教我？"

"谢主公赏识。"公孙闬拱手谢道，"闬有一计，不知当讲否？"

"先生但讲无妨。"

"就今日赛事观之，"公孙闬侃侃言道，"明日决战，主公或会胜在上驷，输在下驷，持在中驷。闬之计，主公可将中驷换成下驷，舍一争二，或可制敌。"

此计不失为绝杀。

邹忌长吸一口气，微微闭目，有顷，睁眼看向这个已届而立之年的稷下学子。

不知怎么的，邹忌对这个已来数月的公孙闬一直没有好感。一是觉得他尖嘴猴腮，相貌猥琐；二是听闻他浪迹列国，频换主公，至齐后也未安分，先事田婴半年，后到稷下求拜慎子为师，未及半年，又改拜在淳于子门下。也正是淳于髡向邹忌力荐，邹忌磨不开面皮，这才勉强收他做门人的，但一直心存顾忌，未予大用，不想此人真还不可貌相。

然而，邹忌却有自己的底线。邹忌向以当世管仲自居，处处事事效法管仲。而管仲一生以信取民，以义事君，以仁扫天下，以礼奉天子，方才成就一代霸业。今日若听公孙闬，他邹忌以中驷换下驷，以下驷换中驷，虽能取胜，却非正道，倘若传至世人，岂不笑他以诡计取胜？

邹忌微微闭目，长思一时，决定不可因小失大，摇头："先生此计虽妙，却不适合邹府。本公为人，向以信义为本，明日决战，本公胜要胜个堂堂正正，败要败个光明磊落！"

一个决胜妙策，邹忌不用不说，反倒以不光明不磊落侮之，真正是匪夷所思。公孙闬面色尴尬，长叹一声，告罪退出。

翌日决赛，结局未出孙悦所料，邹府一胜而二负，上驷胜出半个车身，中驷落后半个车身，唯有下驷，整整落后田府五个车身，邹府上下，颜面尽失。

是夜，田忌府中杀猪宰羊，置办酒席庆功。

田忌兴甚至哉，把酒临风，冲几位前来贺喜的朝臣、将军、好友、家臣道："诸位朋友，为已经到手的五百金，干！"

"恭贺将军，为五百金，干！"众人纷纷举爵。

田忌一口气饮下，抹抹嘴唇，将爵咚地放到案上，鼻孔里哼出一声："邹忌这只老狐狸，真还以为自己是个万能神哩，什么都想插一手，这不，碰他一鼻子灰，总算把尾巴夹起来了，哈哈哈哈，今朝解气。来来来，在下为诸位斟上，一醉方休！"说着，拿起酒壶，为众人一一斟酒。

"一醉方休！"众人纷纷应和，举杯把盏。正自畅饮，一个声音由外面进来："田将军，这有好酒好菜，也不让在下尝尝？"

众人扭头望去，见苏秦推着一辆轮车走进宴席，轮车上坐的竟是一向没有露面的孙膑。

"先生？"田忌搁下酒具，急迎上来，接住轮车，悄声问道，"您怎么……来了？"

"呵呵呵，"孙膑笑道，"听闻将军今日获胜，这来讨碗喜酒喝喝。"

"喝喝喝，"田忌急道，"快拿酒来，给苏大人和……先生斟上。"

早有人端上酒具。

田忌安排苏秦坐定，又将酒爵递给孙膑，举爵对众人道："诸位高朋，在下介绍一下，"指苏秦，"这位就是名震天下的六国共相苏秦大人，想必大家都晓得了。"又指孙膑，"这位就是……"

田忌以为孙膑到此露面，是不再隐身了，正欲隆重介绍，苏秦重重咳嗽一声，将他打断，举爵起身，笑道："在下苏秦，听闻将军今日大捷，在下欣喜，特与老友孙先生前来道贺，不想来迟一步，有扰大家雅兴了。在下认罚一爵。"说毕，仰脖，一饮而尽。

众人纷纷起身，举酒饮下。

田忌没有料到孙膑会来，更忖不出他此来何意，略作迟疑，忍不住好奇，将他轮车推到一侧，悄声问："先生此来，必有大事，快快请讲。"

"呵呵呵，"孙膑再次笑笑，"听闻将军明日挑战王马，在下按捺不住兴奋，特邀苏兄前来讨要两张入场令牌，前往看个热闹。"

"先生肯去，实出在下所望。明日晨起，在下亲往谷中迎接。"

"谢将军成全。"

第四章

争输赢田忌赛马　　论胜负孙膑将兵

挑战王马的终极大赛于翌日后晌申时擂鼓。

赛场人山人海，人众逾万，将个偌大的校场围得水泄不通，只剩一条打着几道大弯的并驾车道。许是赛事注定一面倒，投注并不如意，几乎所有参注者皆把注本押在王马赢上，王马赔率低至注十赔一，田府之马，赔率却高达注一赔十。

申时整，比赛开始，首轮是上驷，双方上驷入场。上大夫田婴亲自擂鼓开赛，随着一通鼓响，两辆战车绕赛场飞驰，一时间，马蹄飞扬，尘埃腾起，先后绕场角逐十圈，王马整整领先三个车身，毫无悬念地获胜。次轮中驷，王马再赢，领先两个车身。胜负已判，第三轮堪称友情赛，王马下驷驭者不知是实力如此，还是想卖个顺水人情，不过拉开田府下驷一个车身。

场上欢声雷动，众臣起立，先向威王贺喜，再向田忌贺喜。

田忌眉开眼笑，不无得意地向众臣及亲朋拱手回礼，口中不住重复"同喜"二字，不见半丝挫败之感，似乎败给王马是件荣誉之事。

赛事至此结束，上大夫田婴宣读年度赛事终判，而后是威王颁发王命诏书，将各都邑参赛名单悉数列入王命，张榜昭示，再后是威王、太子分别代表王室，依据赛事约定规制，向冲入五都决赛、终极决赛及挑战王马者颁发王室奖赏。由于赏金是要称重的，在这赛场不好兑现，依据规制，就用王室特制丝帛取代，每张丝帛上分别标注赏金数目，以王玺印之，获牌者可持此帛到各处赌庄兑取现金。

田忌领到标有五百两赏金的丝帛，不无光鲜地绕场行走，向山呼的观众频频挥手，再向每一个道贺的熟人回以"同喜"，喜悦之情溢于言表。

苏秦陪同孙膑坐在一个不起眼的角落。田忌绕场走到此地时，一则风头出足了，二则望到苏秦招手，就将丝帛收起，大步过来，在苏秦、孙膑身边坐下。

苏秦着士子装，不见一丝官样。

孙膑坐在轮车上，头戴斗笠，身穿布衣，活脱脱一身野人装饰。附近观众渐次散去，只有飞刀邹守在二人身边。

"三战皆北，"孙膑冲田忌道，"田兄不以为耻，反以为喜，可有道理？"

"呵呵呵，"田忌又笑几声，"先生有所不知，在下之马虽为千里挑一，王马却为胡地进献，万里挑一。这且不说，大王更得伯乐后人孙悦助力，厩中多为千里良骥，在下这能击败邹忌，赢得我王五百两赏金，已是于愿足矣！"

孙膑轻叹一声，摇头。

"孙兄？"田忌吃一怔。

"敢问田兄，"孙膑盯住他，"可曾想过赢大王一次？"

"不曾想过。"田忌苦笑一下，做出个怪脸，"再说，想也是白搭呀！"

"若是有机会赢，将军难道也不想吗？"

"这……"见孙膑认真，田忌长吸一口气，盯住他，"孙兄，你……"伸手摸他额头，"咦，没有发烧呀！"审他一时，看向苏秦，指自己心窝，"苏兄，孙兄这儿，不会出毛病了吧？"

不待苏秦回话，孙膑接腔："田将军，在下再问一次，想不想赢王马？"

"想想想，"见孙膑语气有变，田忌急了，迭声叫道，"在下睡梦中也想啊！"

"在下还有一问，"孙膑直望过来，"上中下三驷，其等级由何人评定？"

"这……"田忌略怔一下，"好像无人专门评定，是参赛者自己定的。"

"若是此说，"孙膑屏息敛神，缓缓说道，"你这就去对大王讲，你不服此赛，三日之后，愿与大王再赛一场，在下保证将军击败王马。"

"击败王马？"田忌咂巴一下，自语，显然是说给孙膑和苏秦，"这是不可能的！"略顿一下，觉得不妥，又补一句，"上驷差三个车身，中驷差两个，即使下驷，人家不当一回事了，也还差一个呢！"

"我有宝驹，可以胜他。"孙膑一字一顿。

"你有宝驹？"田忌震惊，"孙兄快讲，宝驹现在何处？为何不见你露出只言半字？"

"国有利器，不可以示人。"孙膑引出老子之言，神秘一笑，"既是宝驹，又怎能轻易展露呢？"

"这……"田忌显然不信，看向苏秦，半是拆穿孙膑，半是玩笑，"孙兄在那山坳里一住三年，据在下所知，从未出过柴扉一步，若是真有宝驹，在下怎会不知？"

"田兄这是不知孙兄了。"苏秦回以一笑。

"好好好，"田忌见苏秦也来帮腔，不好再讲什么，眼珠子一转，"按照比赛规程，胜负已决，纵使我想复赛，大王必也不肯哪！"

"你尚未恳请，怎知大王不肯？"孙膑语气进逼。

"这……"田忌终是胆怯，再次看向苏秦。

"孙兄讲得是，"苏秦鼓励他道，"你这就去向大王恳请，就讲三日之后，再赛一次，看大王如何处置。"

"若是田兄赌以千两黄金，大王必定应战。"孙膑将他逼入墙角了。

"千两黄金？"田忌倒吸一口气，"千两黄金是我封地二十年收成，孙兄不会是想让我上上下下数百口子喝西北风吧？"

"在下修正一句，田兄可恳请每轮一千两，三轮比赛，三千两足金。"

田忌惊呆了，再无一句应腔，只将两眼圆睁，一会儿看看孙膑，一会儿看看苏秦，似乎这二人在演双簧，设局诱他害他。

"统领千军万马之人，当该不会在意这三千两金子吧？"孙膑半是哂笑。

"当然不是！"田忌这也急了，"可……可是在下即使把家底卖光，也不值三千两啊！"

"这不是有了五百两吗？"孙膑朝他怀里的丝帛努下嘴，"至于另外五百两，将军府库中不会凑不出吧？"

"这才一千两！"

"另外两千，在下与苏兄各揽一千，将军还有何说？"

"苏兄？"田忌看向苏秦。

"将军难道信不过在下与孙兄吗？"苏秦微微一笑，看向不远处的威王，"要赛就要趁快，相信大王求之不得呢！"

见孙膑、苏秦步步进逼，坚持复赛，田忌虽然吃不准，却也是后退无路，只得横下心来，赌二人的人品了。

这般想定，田忌酝酿会儿胆气，一步一步走近威王。

大赛结束，观众大多散去，威王已经起身，正欲摆驾回宫，包括太子、邹忌、田婴等一应大臣也都起身，竖枪般候于旁侧，静等威王起驾。

田忌拦在案前，伏地跪拜，朗声叩道："启禀我王，臣有奏。"

威王复坐下来，瞄他一眼："爱卿请讲。"

"今日之赛，臣输而不服，斗胆祈请与我王再赛一场，恳请我王恩准。"田忌吐字清晰，声如洪钟。

众臣面面相觑。

即使是威王，也是惊怔，捋须良久，倾身向前，一脸狐疑："爱卿，你……可是当真？"

"臣不敢欺君。"田忌豁出去了，字字铿锵。

威王长吸一口气，再次捋须，身子坐直，目光依旧不离田忌："爱卿呀，不是寡人不肯应允，是……就今日观之，你的马力尚欠三分，若是再战，只会输得更惨。"

"臣另有良马。"

"哦？"威王来劲了，转头看向坐在身边的孙悦，见他也是诧异，笑道，"若是如此，倒是好玩。不过，寡人之马，轻易不会出战，倘若出战……"

"臣请一赌。"

"好！"威王一震几案，"寡人要的正是这个！请问爱卿，欲赌几何？"

"愿赌千两足金！"

"田大将军，"坐在威王另侧的邹忌接腔了，半是揶揄，半是怂恿，"向王马挑战，与我王做千金之赌，断非寻常儿戏，望将军三思。"

"相国大人，"田忌不软不硬地回应，"你我同朝多年，可曾听闻田忌儿戏过？"

"启禀我王，"邹忌重重点头，看向威王，拱手，"上将军方才所请，不为儿戏，臣奏请我王恩准。"

"准爱卿所奏。"威王看向田婴，"上大夫，今日之赛，田忌将军输而不服，请求三日之后复战，寡人应战，依旧分上中下三驷，三局二胜制，赌以千两足金！"

"臣斗胆祈请，赌资为每一轮一千两足金。"田忌又出一句。

田忌如鬼附体般不顾一切地顺竿子再爬，在场诸人无不震撼。

威王也是发蒙，愣怔半晌，方才回过神来，盯田忌一眼，转对田婴，一字一顿："拟旨，依田忌将军所奏，三日之后在此复战，赌资每轮千两足金！"

田忌既已出尽风头，却又这般不顾一切，目的何在？田忌称其另有良马，若是真有良马，焉何关键辰光藏而不用，待一切输定后，这又拿出补失？再说，田府有多少良马，齐国有多少良马，经过两年赛事，早已是秃头头顶的虱子，一清二楚。此番大赛，田府出战之马已是最优，断不可能于陡然间生出比之更强劲的千里之骏……

邹忌闷坐于室，越想越无头绪，忽地想起公孙闬，使人召请。

"公孙先生，"邹忌亲手为他斟上一盏好茶，"今日之事，想必你也看到了。田忌三战皆北，仍求复赛，称其另有良马，且愿赌以每轮千两足金，岂不是以卵击石、鬼迷心窍吗？老朽拙浅，有请先生譬解。"

"回禀主公，"公孙闬谢过茶，直言以告，"若是不出公孙闬所料，田忌提请复赛，断非一时之昏，而是另有奇谋！"

"是何奇谋？"邹忌倾身以问。

"主公所弃之谋！"公孙闬语气笃定。

邹忌心中一堵。

所弃之谋即公孙闬在赛前所进之以中驷换下驷之谋。想到在今日赛场上，田忌三战皆败于王马，仍旧那般显摆，邹忌有点儿后悔未听公孙闬之言，否则，绕场说"同喜"的就是他邹某了。

"你是说，"邹忌闭目有顷，"田忌会以中驷换下驷？"

"不，是以下驷换上驷，依次类推！"

邹忌深吸一口气，豁然洞明。

是的，若以此推，田忌或将一败而二胜，这个想必就是他敢赌以每轮千两足金的底气所在。如此绝妙主意，定非田忌所能谋出，定是此人身边另有高人，而这个高人，当是苏秦无疑。苏秦为赵求救，而田忌与庞涓有羞辱之仇，苏秦必是游说田忌，出此妙策以博大王战心。

邹忌越想越觉透彻，再观眼前公孙闬，非但无猥琐之相，反倒现出一个堪比苏秦的旷世奇才来，真正叹服起淳于子慧眼识人了。

"先生既已识破其谋，"邹忌拱手长揖，"可有对策教我？"

"教字不敢，"公孙闬回以一揖，"闬以为，主公可有两策应之：一是觐见大王，奏以田忌之谋，让大王及时调整王马，击败田忌；二是不破此事，倾尽家财，赌田忌之马获胜，主公或可得到一笔巨财。"

邹忌闭目思考，良久，脸上现出一丝阴笑："谢先生良谋，不过，本公一不想奏请大王调整王马，二不缺钱财。"

"想必主公另有奇谋了？"

"哈哈哈哈！"邹忌爆出数声长笑。

"主公所笑何事？"

"笑他田忌，"邹忌收住笑，一字一顿，"自作孽，不可活，今日田忌之谓也！"

“主公？”公孙闲茫然。

“先生且看，”邹忌眼中射出两道阴光，“若那田忌未如先生所断，亦无良马备用，三日后复赛，必输三千两足金，以田府所积，多不过千两，若输三千两，其家产败尽不说，空贻天下笑耳！若那田忌真如先生所断，以其下驷对王马上驷，以其上驷对王马中驷，以其中驷对王马下驷，就是欺君。依据齐法，欺君之罪，当诛三族。田忌得三千两足金而受诛三族，再贻天下笑耳！”

“主公远谋，公孙闲叹服！”公孙闲拱手长揖。

“是他田忌自己作死，怨不得本公！”邹忌一字一顿，看向公孙闲，“虽然，我等不可掉以轻心。拜托先生多方打探，若是田府真的匿有良驹，速来报我。”

“敬受命！”

齐都雪宫，威王双眉凝起，在厅中慢悠悠地转来转去。

辟疆两只眼珠子，只跟着威王转，对面孙悦，两眼微闭，一动不动地端坐于席。

“哈哈哈哈，”齐威王陡然住脚，长笑几声，回到自己的主席之位，捏紧老拳，迭声叫道，“寡人得矣，寡人得矣！”

“父王？”辟疆小声问道。

“呵呵呵，”威王乐道，“看到苏秦了吗？”

“苏秦？”辟疆大惑不解，“苏秦怎么了？”

“若是不出寡人所料，田忌身后是有苏秦在撑着，如若不然，借他个豹子胆，他也不敢罔顾一切，这般玩命。”

辟疆陷入深思。

“疆儿，”威王由衷赞道，“这个苏秦，真正是吃透寡人之心哪，他此来搬兵，本为水火之急，却又不急不躁，因他晓得寡人与那魏罃必有一拼，这个邯郸，寡人想不救也是不成啊！”

辟疆长吸一口气，两只大眼扑闪着，似是仍未完全领会父亲。

“这且不说，此人竟然吃准寡人赛马是为备战，坐庄聚赌是为筹款，这又担心寡人款项筹得不够，方使田忌杀寡人一个回马枪，将这场赛事用足，可谓用心良苦啊！"

"可……"辟疆依旧不解，"苏子用心虽好，却也是走的险棋，起码是把田忌将军逼上绝路了。依田府之马与王马比拼，无异于以卵击石，赛一百场也是个输。"

"唉，"威王长叹一声，"这也正是寡人为难之处。赛场胜负，依苏子之智，显然早就料到了。但他算准的是，如果再赛，寡人是只能输，不能赢啊。"

"为什么？"

"因为寡人赢不起啊！"

天下赛事，竟然还有赢不起的。

辟疆大睁两眼，显然不解。

"疆儿你看，"威王扳起指头，"如果复赛，田忌必输，这个常识，天下人无所不知，是以众人定会把所有注本全部押在王马赢上。按照十赔一的最低赔率，万两注本，庄家当赔一千两，若有三万两注本，寡人当赔多少，这个账谁都算得出。加上佣金，寡人即使做到不赔不赚，这个马会岂不也是白办了吗？"

辟疆万没料到船在此地弯着，对威王的算盘打得如此之精，大是敬服。

"唉，这且不说，苏秦这还吃准一事，晓得寡人即使赢了田忌，也会拿他毫无办法。他的家财只有那么多，若是输光，周济他的仍旧是寡人哪！"

"认赌服输，父王缘何要周济他呢？"

"不为别个，只为寡人在征伐魏国时，总不能拜个一无所有的乞丐为将吧？"

"父王是说，"辟疆恍然有悟，悄声问道，"俟赛马结束，我们就发兵救赵？"

"唉，"威王敛住笑，轻叹一声，"事情没有这般轻易。不瞒你讲，这些日来，为父内中一直在扑腾，欲待赛事结束，前往太庙卜一卦呢！"

"父王是为此战忧心？"

"是呀，"威王眯缝着一双老眼，声音缓慢，"我虽备战八年，兵员库粮充足，车马数量也占上风，但魏有庞涓与他精训出来的数万武卒，不可小觑，田将军恐怕不是对手。此战寡人必须取胜，因为寡人输不起，齐国也是输不起啊！"

辟疆长吸一口气，缓缓吐出二字："是哩！"

"孙爱卿，"威王转向孙悦，换过话题，"与田忌复赛之事，可有办法给田忌个脸？"

"大王是要臣在众目睽睽之下作假吗？"孙悦歪头问道。

"这怎么能成？"威王摆手。

"臣无良策，"孙悦轻轻摇头，"臣目测其速，田府之马，上驷九百六十里，中驷九百里，下驷八百五十里；而大王之马，上驷千里，中驷九百五十，下驷九百。无论上中下三驷，十圈下来，相差尽皆不止一个车身。"

"要不，再选匹好马给他，让他赢个下驷？"

"前番卖给相国之马，是臣新近觅得，众臣不知。其余王马，臣属皆知，若是转手给他，就等于公告我王作弊。"

"爱卿所言甚是。"威王点头，苦笑一声，"算了，让他田忌劳心去吧。既生胆儿挑事，当该有个圆场，寡人犯不上为他操心。"

两天过去了，到第三日头上，田忌坐不住了，前往谷中探访孙膑。

梅园中的那株老梅树下，瑞梅衣着宽松，醉心于她的玉箫。孙膑与苏秦对坐于席，闭目倾听。两岁多的菊儿坐在苏秦怀中，一头黄毛被梳成个小羊角儿，歪着脑袋看妈妈轻启朱唇，十指有节奏地起起落落。

孙膑听有一时，按捺不住，向菊儿递个眼色。

菊儿从苏秦怀中溜出，跑回房子里，拿出一笙复跑出来，双手递给孙膑。

孙膑接笙，与瑞梅协奏。

笙起箫应，箫引笙随，配合得天衣无缝。

此情此景，纵使心急如火的田忌也鲁莽不得，耐住性子候二人将曲子奏完，方才重重咳嗽一声，远远叫道："二位仁兄，好生开心！"

"呵呵呵，"孙膑冲他招手，"在下与苏兄候将军多时了。"

田忌三步并作两步，紧走过来，声音急切："明日就是复赛，敢问孙兄，宝驹何在？"

"就在将军的马厩里。"孙膑又是一笑。

"马厩里？"田忌摸下头皮，怔了，"咦，在下刚从马厩里出来，不曾看见一匹宝驹呀！"

"你那马厩里不是宝驹，难道关的是一群驽马不成？"孙膑反问。

"那是在下的宝驹，不是孙兄的呀！"田忌真正急了。

"明日之赛，是将军挑战王马，非在下挑战王马，上场的该当是将军的宝驹呀！"

"孙兄，你……"田忌气结，竟不能言。

"田兄放心，"孙膑好声安抚，"在下已经关照过仇归，这几日喂的全是上等粟米，明日上阵，有的是力气。"

"这这这……孙兄害我。"田忌扭头欲走，后面传来苏秦的声音："田兄留步！"

田忌顿住，回看苏秦。

"呵呵呵，"苏秦亦笑几声，"大战未启，胜负尽皆未知，田兄何不沉下心来，听一曲雅乐呢？"说着，指向身边早已摆好的席位，"田兄，请！"又看向瑞梅与孙膑，"嫂夫人，孙兄，请为田将军来一曲《大武》，为将军壮行。"

瑞梅朝田忌嫣然一笑，将玉箫挪到嘴边，轻轻出声。孙膑也将身子又直几直，双手捧笙。

再次被逼到墙角的田忌只得苦笑一下，朝瑞梅拱手："有劳嫂夫人了。"说罢，走向席位，扑通坐下，硬起头皮听琴。

"你是说，"邹忌紧盯公孙闲，"三日来，田家的马厩里一如往常，不见一匹新马？"

"是哩。"公孙闲应道，"这且不说，今日后晌，田忌往投稷山深处一个山庄，闲假作迷路，混入庄中，见他与苏秦不无悠闲地坐在一个梅园里，听一膑人与一女子笙箫协奏。闲打问一个孩子，方知那苏秦连日来一直伴那膑人，无一刻擅离。且闰已探知，三日前决赛，那膑人也在场上，坐在轮车中，由苏秦和一个汉子陪伴，显然，那膑人非比寻常！"

"膑人？"邹忌深提一气，"难道他是……"断住话头，一脸诧异。

"主公？"

"公孙先生，"邹忌略略摆手，缓缓吐纳，调匀气息，"你或是对的。叫家宰来！"

公孙闰喊来家宰。

邹忌吩咐家宰清理库财，提三百两足金前往赌庄，押田府之马。

三千两足金堪称豪赌，整个齐国为之疯癫，赛场的几个赌庄门前更是车水马龙，押注之人日夜不绝，注本比三日之前高出三倍。

截至申时，上大夫田婴欣然透给威王，举国注本已逾三万两足金，几乎清一色押在王马获胜上，因为所有参注之人无不认定这是一场一边倒的比赛。

押田府赛马获胜的只有二人，一个是成侯邹忌，另一个是靖郭君田婴的世子田文。邹忌深信公孙闰之断，欲在此赛中先捞一笔，再置田忌于死地；田文则是在咨询苏秦之后才下注的，所注百两金子完全是押在长久以来对苏秦的信任上。

申时将至，赛马场上万事俱备，人潮涌动，看客比三日之前更多三成。齐威王、太子辟疆及齐国所有重臣皆来观战，威王还特别邀请了淳于子、慎子等所有稷下先生，让他们分别坐在主观台上，推波助澜。

主观台上，威王端坐主位，一侧是邹忌，另一侧是田忌。太子及其他重臣，分列两侧坐了。

"田爱卿，"眼见时辰将到，威王转向田忌，给他个笑，"虽然事已至此，若你反悔，寡人仍会网开一面，降旨取消今日赌赛。"

"回禀我王，"田忌拱手，淡淡一笑，"开弓即无回头箭，臣大言既出，绝不反悔！"

"既然如此，就请亮出赌资吧。"威王笑笑。

田忌招手，两个壮汉抬着一只箱子搁在看台上。

田忌打开箱盖，指箱中金子："千两足金在此，请我王验看。"

"咦，不是赌三千两吗？怎么只有一千两？"威王看也不看箱子，直盯田忌。

"余金在大王那儿。"田忌坦然应道。

"哈哈哈哈，"威王盯他一眼，笑出声来，"爱卿这是胜券在握，吃定寡人了。来人，摆金子！"

内宰招手，亦是两个壮汉抬上一只箱子，摆在看台上。

"呵呵呵，"威王笑道，"田爱卿，寡人也摆一千两，至于另外两千两，暂就寄在爱卿身上。"又转向邹忌，"邹爱卿，今日之赛，寡人请你监察执法，赛场之上，但求公平公正，一切以此前张榜之赛事规程为准，任何人不得违拗，寡人也不例外。"

"臣领旨！"邹忌揖道。

"时辰到否？"威王看向田婴。

田婴点头。

"开赛！"威王一字一顿。

田婴击鼓，两辆战车得闻号令，并驾齐驱。驰完第一圈，田府上驷落下三个车身，第二圈，落下五个车身，待王马驰完十圈，冲向终点时，田府之马仍旧奔在第九圈上，引得场上嘘声一片，风景大煞。

"咦，"威王大是诧异，看向田忌，"这就是爱卿的上驷吗？怎么越跑越不行了呢？"

"臣认赌服输，千金赌资呈我王笑纳。"田忌看向执法者邹忌。

邹忌摆手，两名执法兵士走到田忌跟前，将两只金箱分别抬到威王身侧。

第二轮开赛，王马中驷与田忌之驷并肩齐驱，一直驰完前五圈，仍旧不分彼此，但到第七圈上，奇迹出现，田忌之驷竟然领先王马半个车身，且优势一直保持，直到第十圈时，领先王驷整整一个车身。

威王震惊，观众惊呼，投注王马的看客个个擦汗，唯有邹忌阴阴一笑，在田婴宣布胜负之后，吩咐兵士将田忌输掉的金子重抬回来，搁在田忌面前。

第三轮开始，复演第二轮奇迹，田忌下驷在第七圈时开始超前，到第十圈结束，再次领先王马下驷一个车身。威王及所有朝臣目瞪口呆，即使是马师孙悦，愣也想不出个所以然来。

邹忌又出一声阴笑，吩咐兵士将威王的金箱移到田忌面前。

全场哗然，倾尽家财投注王马的看客不顾体面，在赛场上号啕大哭。几乎没有人向田忌贺喜，因为没有一人希望他赢，也没有人会料到是此结局。

至于田忌，再没有像上次赛输时那般志得意满地绕场道以"同喜"。反之，田忌脸上不现一丝喜感。

眼见观众散尽，邹忌走到威王跟前，正欲启奏，田忌先一步跪地，朗声叩道："臣田忌有奏！"

"田爱卿，"威王虽输却喜，乐得合不拢口，"奏就奏了，你这跪地磕头又为哪般？"

"臣请死罪。"

"哈哈哈哈，"威王长笑几声，"爱卿请起，寡人晓得你的罪了，不就是场输赢吗，何来死罪之说？"

"臣有欺君之罪。"

"欺君之罪？"威王略吃一怔，"这个寡人倒要听听了！"

"实言禀王，"田忌奏道，"此番比赛，臣之所以获胜，是因为用了一个计谋。"

"我说嘛，"威王捋须，拖长声音，"就爱卿厩中的那几匹马，怎可能赢得寡人的马呢？说说看，你用的是何计谋？"

"臣以下驷对王马上驷，以上驷对王马中驷，以中驷对王马下驷，弃一保二，是以胜出。"

"嗯嗯嗯，"威王闭目有顷，连嗯几下，再次捋须，"好计谋，好计谋呀，寡人心悦诚服。请问爱卿，此计必是出自某个高人吧？"

"臣请我王屏退左右。"

威王屏退左右，田忌近前，耳语数句，威王震惊，喃声："嘿，真正没想到哩，寡人一直以为在背后倒腾的人是苏子。"略略一顿，对田忌，"爱卿，有请孙先生前往雪宫觐见，寡人摆宴恭候。"又对邹忌，"邹爱卿，随寡人回宫，见识一个高人！"

在田忌将孙膑的轮车推向雪宫时，威王已在宫门之外恭候，太子辟疆、成侯邹忌左右分立，毕恭毕敬。

孙膑正欲下车拜见，威王已抢前一步，按住孙膑，从田忌手中接过轮车扶把，在田忌、太子和成侯的协力下，将轮车抬上殿前九级台阶，亲手推动轮车，直入正殿。

一到殿中，不待轮车停稳，孙膑已用结实的两臂弹出车子，落在地上，伏地叩拜。其动作之利索，速度之快疾，使在场诸人无不惊诧。

因失去膝盖，孙膑行不成跪礼，只能坐在地上，伏地而叩。

不待孙膑叩毕，威王已经反应过来，示意辟疆，二人架起他，搀扶至客席坐定，返回主位，席地坐下。其他诸人也各按席次，分别落定。

"唉，不瞒先生，"威王久久凝视孙膑，油然叹道，"得知先生受庞涓陷害之事，寡人数夜未眠，不止一次与邹相谋议搭救先生，却又生怕搭救不成，反误先生。后来听闻先生不知所终，几番使人打探，有说投水自尽，有说被秦人救走，有说被庞涓暗害，凡此种种，哪一个终结都让寡人心疼。万未料到，先生竟然神不知鬼不觉地潜伏于寡人眼皮底下，更于这个非常时刻露面，实乃上天佑我负海之国啊！"喜极而泣，以袖抹泪。

"回禀大王，"孙膑也是喜泣，哽咽，"膑何德何能，竟得大王如此偏爱，更得大王为刑余之人劳心费神哪！"

"能得先生，胜得十万雄兵。"威王赞叹一句，看向众人，"不瞒诸位，别的不说，单是先生在此赛马会上，教田将军以偷梁换柱之计，让寡人输掉这场比赛，于我大齐就是大功啊！"

威王如此评功，莫说是邹忌、田忌，即使已知就里的辟疆也觉意外。

"呵呵呵，"威王笑过几声，"这场功德，或只有先生能解。"看向孙膑，指向几人，"孙先生，这几位都是寡人心腹、齐国立柱，这替寡人解说一二。"

孙膑连连揖手，声音哽咽："草民唆使上将军欺君罔上，已铸死罪，大王非但不责草民之罪，反而定功，足见圣明矣。"

"呵呵呵，孙先生，莫夸寡人，但说寡人输马之利。"

"诸位大人，"孙膑向三人一一拱手，"膑虽无知，却也不敢欺君冈上。膑之所以向田将军进此偷梁换柱之计，是膑忖知大王办此马会，不欲小赢，而欲大赢。"

"何为小赢？"田忌急问。

"再赢上将军一次。"

"大赢呢？"

"输给上将军。"

"这……"田忌不解了，目光掠过邹忌，看向太子，落于威王身上，"王上，可是如此？"

"呵呵呵，"威王连笑几声，"先生所言极是，寡人若赢上将军，仅得三千两金子；若是输给上将军，得的就是三万两。上将军你这算个账，是三千两金子多呢，还是三万两多？"

想到国人疯狂押注王马胜，而王马却意外败给田府，所有注金尽归庄家，而庄家后台又是大王，众人这才明白过来，不无叹服。

"不瞒诸位，"威王看向田忌，"那日赛毕，寡人本以为万事大吉，万没想到爱卿不服，当场提出复赛，着实让寡人惊喜交集，夜不成眠。喜的是，寡人可借此机会再赚一笔；惊的是，爱卿这般不识相，若是再败，岂不坏掉寡人大事？"

"咦？"田忌不解了，"臣若败，大王得赢三千两足金，当算小赢才是，怎能是坏掉大事呢？"

"寡人赢你三千两不假，赔付下注人的又岂止是三千两哪！"威王解释一句，转向邹忌，"说起此事，寡人倒有一惑，这想问问邹爱卿，你怎会不押王马，而押上将军呢？"

"回禀我王，"邹忌老眼珠子一转，"臣起初百思不得其解，冥思一夜，方才悟出大王输得起赢不起之理，是以押注上将军。"

"啧啧啧，"威王竖起拇指，连赞几声，摇头叹道，"爱卿呀，你这一押倒是发财，却让寡人白白赔上三千两金子哪！"

众人皆笑起来。

"诸位爱卿，"威王屏息敛神，一脸严肃，"你们说说，在这负海之国，一切皆是寡人的，照理说，寡人什么也不缺，却这般急切、这般处心积虑地想赚大钱，又是为何呢？"

吃此一问，众人倒是怔了，一时面面相觑。

"看来，"威王看向孙膑，"此地唯有先生能解此问了，这对诸位讲讲。"

"草民不敢妄揣上意，"孙膑见众人皆望过来，拱手应道，"以草民愚断，大王借此聚财，是为筹备军费，与魏一战。"

众人先是震惊，继而面面相觑。

"臣有奏！"得知威王苦心聚财竟是为与魏决战，田忌率先反应过来，心情激动，伏地叩道，"臣意已决，将今日所得千两足金，外加一千两赌本，悉数捐赠国库，充作伐魏之资。"

"臣亦有奏，"田忌话音未落，邹忌亦起身，再拜叩道，"臣所得之三千利金，外加三百注本，尽皆捐赠国库，与魏一战。"

"好爱卿，好爱卿啊，"威王喜得合不拢口，连连拱手，转对内宰，"辰光到了，掌灯，为孙先生，为诸位好爱卿，摆宴！"

灯火亮起，金石声响，丝竹鸣奏，轻歌绕梁，长袖舞庭。一行二十几个宫人络绎上菜，美酒佳肴摆满几案，君臣数人把酒言欢。

酒过数巡，在威王要求下，田忌绘声绘色地开讲苏秦、淳于髡等人解救孙膑的过程，听得众人唏嘘再三，不胜嗟叹。

欢宴已毕，夜色已深，威王却余兴未尽，旨令撤去音乐，送走诸臣，独留孙膑于宫，移椅于后花园中，就着月光促膝相谈。

"寡人不才，"威王直盯孙膑，急不可待地扯入正题，"欲以兵事求教先生，敬请先生赐教。"

"赐教不敢，"孙膑拱手应道，"若论兵事，草民倒是有说。"

"敬请言之。"

"先祖孙武子有言，"孙膑侃侃而谈，"兵者，国之大事，死生之地，存亡之道，不可不察也。"

"正是，正是，"威王急切应道，"何以察之，请先生教我。"

"用兵之道，并无恒理。战而胜之，则可存危国而继绝世。战而不胜，轻则削地割城，重则危及宗庙社稷，是以不可不察。自古迄今，乐于用兵者，无不亡，贪利而战者，无不辱。何以至此？原因无他，兵非所乐也，战非所利也。"

"敢问先生，"威王倒吸一口气，倾身问道，"兵既非所乐，战既非所利，将兵之人何以取胜？"

"非乐于用兵之人，断不轻启战端，必先备而后战。足备而后战，城虽小而可久守。非为利而战之人，断不贪财恋地，必得义而后战。得义而后战，兵虽寡而战力强。守而无备，战而无义，将兵之人若想取胜，就是奢求了。"

"先生所言甚是！"威王连连点头，"再问先生，备足而战，因义兴兵，就能确保无败吗？"

"不能。"

"那……何以取胜呢？"

"知胜之道，先祖孙武子早有断言：知可以战与不可以战者胜，识众寡之用者胜，上下同欲者胜，以虞待不虞者胜，将能而君不御者胜。"

"将能而君不御？"威王重复最后一句，略略闭目，再次点头，"孙武子用兵，已臻化境矣！"从盘中摸出干果，缓缓剥起果壳，边剥边问，"寡人问个细事。若是两军相峙，旗鼓相当，将帅对峙，阵势尽皆坚固，谁也不敢擅动，该当如何是好？"

"可使勇将一员，引轻兵锐卒奇袭敌阵侧翼，不计胜负，探其虚实，观其应对，相机而动，或可觅得战机，取得大胜。"

"用兵众寡，可有讲究？"

"有。"

"我强敌弱，我众敌寡，该当如何？"

闻听此言，孙膑两手撑地，离席趋至威王前面，伏地再行大礼。

威王略略一怔："寡人不过一问，先生何以行此大礼？"

孙膑直身，拱手："我众敌寡，我强敌弱，大王仍有此问，堪称明君。"

"明君不敢当，"得此褒语，威王心里美滋滋的，拱手乐道，"是先生方才教我的呀。用兵既然涉及生死存亡，寡人怎能不谨慎呢？还望先生教我以取胜之道。"

"我强敌弱，我众敌寡，可用诱敌之计，即顺从敌方心意，刻意使我方旗帜杂糅，队形散乱，使敌方产生麻痹心理，弃守为攻，与我决战。"

"敌众我寡，敌强我弱，又当如何？"

"可用退避之计，即避其锋芒，全师而退。退师之时，当备足后卫，皆持长兵锐器，配以弓弩，以确保队伍安全有序地撤退。待退至有利地势，我可据险守御，拖垮强敌，待机击之。"

"势均力敌呢？"

"用疑兵之计迷惑敌军，俟其兵力分散，即抓住战机，突袭成功。若是敌方并未上当，不肯分散，我当按兵不动，再候战机，若是敌出疑兵，断不可击。"

"以一击十，可有妙策？"

"出其不意，攻其无备。"

"地利均等，战力相当，战而败北，又是为何？"

"阵势无锋。"

"可有办法使三军将士始终服从号令吗？"

"威且信，一以贯之。"

"善哉，先生策论！"威王听得兴奋，由衷赞叹，"兵势无穷，尽在先生胸中矣。"身子愈加趋前，捉住孙膑之手，二目炯炯有神，直射过来，"因齐还有一问，请先生据实以告。"

"大王请问，草民知无不言。"

"倘若与魏开战，我可有胜算？"

"有。"

"胜算几何？"

"六成。"

"听闻庞涓治兵严谨，大魏武卒稳重如山，不可撼动，我当以何胜之？"

"马。"

"马？"威王心头一振，恍然有悟，看向孙膑，目光充满感激，"寡人知矣。三年前田忌将军奏请举办赛马会，寡人若是没有料错的话，当是先生提议了。"

"正是。"

"如此说来，与庞涓一战，先生早已心中有数矣。"威王将剥好的一堆干果双手捧至孙膑案上，"些许干果，难成敬意，请先生品尝！"

"谢大王！"孙膑拱手谢过，小心翼翼地将干果悉数收入袖囊。

"先生何以不食？"威王奇道。

"圣君亲剥之果，草民不敢独享，欲带回寒舍，与妻儿同沐君恩。"

听到寒舍与妻儿，威王自也听出话音，轻叹一声，吩咐内宰："夜色已深，护送先生回府。明日申时，有请中大夫以上诸臣前来雪宫，谋议邯郸之事。"又转对孙膑，拱手，"也请先生莅临。"

"草民有奏。"

"哦？"

"明日廷议，草民可否不来？"

"这这这……"威王急道，"寡人励精图治九年，一心与魏一战，只是忌惮庞涓一人。今得先生，寡人无惧矣。寡人明日拟祭告先祖，拜先生为将，引军救赵伐魏，先生不来，如何能成？"

"谢王厚爱。"孙膑纳头拜道，"刑余之人，不可为将！"

"先生不肯为将，何人可敌庞涓？"

"田忌。草民请为幕僚，能为将军出谋划策就可以了。"

"幕僚不可！"威王沉思有顷，一口否掉，"先生，你看这样如何？寡人拜田忌为将，先生为军师，旨令三军事务，唯先生之命是从。"

"谢大王垂爱。"孙膑拱手谢道，"臣还有一请。"

"请讲。"

"臣为军师之事，暂不张扬，以免妄生事端。"

"悉听先生。"

邹忌闷闷不乐地回到相府，在静房里坐定，心里却是不静，越想越犯刺。

邹忌并不贪财，让他犯刺的不是眨眼间失去的三千三百两金子，而是田忌其人。一想到近些年来与田忌之间的恩恩怨怨，尤其是三年前自办赛马会以来田忌的苦苦进逼，邹忌的胸口就如堵上一块砖。

作为一代贤臣，邹忌与田忌并无个人恩怨，只是看不顺他耀武扬威、动不动就上奏征伐的做派。黄池一战，田忌蒙受奇耻大辱，回国后蔫过一阵，隐于乡野种地，邹忌面上虽未显露，心中却是快活，但这快活尚未持续几年，越王无疆大军压境，田忌再获重用，之后又与燕人对垒，田忌连下十城，整个人就如打了鸡血似的，一出口就会喷出一股血腥味儿。

作为文官，邹忌闻不惯也不想闻这股血腥味儿。邹忌才华横溢，志却不大，只想太太平平地在这负海之国做一生盛世贤相，若能使主高枕无忧，使士得抒胸臆，使民安居乐业，于愿已足。朝野同僚，包括上大夫田婴及稷下学宫里的众多学子，大多唯他马首是瞻，只有田忌一门处处与他作对，不希望齐国享有一日太平，而这天下偏就乱个不停，似乎总要遂他田氏的意才是。

当然，这些分歧都还只是表皮上的，也是彼此可以拿到案面上申诉对方的。往深处说，二人所争，其实是对朝廷局势的左右。田忌出身王族，幼读兵法，深得威王信任，于冠年掌管宫卫，而立之年统领五都之军，先后征伐过楚、赵、燕、宋、鲁等国，屡战屡胜，跻身智勇双全的列国名将之列，在齐国三军中享有尊位。邹忌则出身寒门，怀才入宫，以琴喻政，得用于威王，被拜为相邦，勤政十年，使齐大治，库有余粮，民有修养，路不拾遗，夜不闭户。之后力谏威王扩建先君创设的稷下学宫，增建广厦万间，大庇列国寒士，传为天下美谈，成就一代贤相之名。起初，邹忌并未与田忌争锋，但随着位尊权重，邹门皆贵，投奔邹门的贫寒士子越来越多，经邹忌荐举入仕的才俊在朝中渐渐形成一股文治势力，不可避免地与以田忌为首的嗜武集团发生冲突，二人各执一端，唇枪舌剑，天长日久，就谁也不买谁的账了。

正自闷坐，家宰敲门，报说公孙闬求见，似有事情。

邹忌打个惊愣，打起精神，走出静室，走到外堂客房。

"公孙闬贺喜主公了！"公孙闬拱手道贺。

"喜从何来？"邹忌一时怔了。

"三千两金子哪！"公孙闬乐道，"农家十亩之田，五亩之桑，起早贪黑，累死累活，一年难得一两足金，主公于瞬息之间，举手之劳，便得三千两，岂能不喜？闲冒昧而来，一为沾个喜气，二为喝碗喜酒，三为讨个喜赏。"

"摆酒！"邹忌吩咐家宰，转对公孙闲，指客席礼让，"先生请！"

二人坐定。

邹忌盯住他："先生此来，酒可以喝，却不是为喜。"

"哦？"

"不瞒先生，"邹忌笑道，"三千两金子虽有，但已不再属于老朽，约在一个时辰之前，悉数被老朽捐赠国库，用作伐魏军资了。"

显然，公孙闲未料有此变化，惊愕一时，方才缓过神来，拱手再贺："主公高风亮节，为国舍家，表率五都之民，上天必将垂佑。闲道贺主公了！"

"唉，"邹忌苦笑一声，摆手叹道，"什么为国舍家，分明就是打水漂哇！"

"主公？"

"好了，不讲这个，"邹忌略略一顿，盯住他，"你来得正好，老朽正有大事相商。"

"主公请讲，闲但听吩咐。"

邹忌将宫中之事约略讲述一遍，复叹一声："唉，不瞒先生，养鹰的被鹰啄瞎眼，整桩事情，老朽从一开始就走眼了。三年前，田忌奏请举办赛马会，大王当廷准奏，老朽晓得大王好马，就没往他处多想。今年赛马大会，大王加码赌钱，老朽曾有琢磨，以为是王室借此敛财，断没想到是为伐魏筹款，看来，大王始终未忘黄池之辱啊！"

"是哩。"公孙闲顺口应一声，倾身问道，"敢问主公，大王伐魏雪耻，抑制魏势，当是好事，主公不喜反忧，可是因为田忌将军得志？"

"非也。"邹忌摇头，"若是只为田忌是否得志，你就低瞧老朽了。老朽之所以忧心，只为一事，眼下伐魏，于国不利，只怕不是吉事。"

"主公何出此言？"

"就老朽所断，与魏开战有三不妥：一是武卒刚猛，又在庞涓治下全年训练，连番征战，纷纷练出胆气了，无不以疆场厮杀为荣，反观齐兵，养尊处优不说，这又分作五都，散漫惯了，恐怕不敌；二是一旦征战，战士就有死伤，元气就有损伤，积储就会耗光，外敌就会乘虚，若是楚人争我泗下，燕人争我河间，我无以应对；三是武人得志，必穷兵对外，不利内治。国不治内，亡无日矣！"

"主公既有三忧，何不直言谏王？"

"如何能谏呢？"邹忌摇头，"老朽谏王，必观其气，必察其势。今日观察，大王处心积虑，一心报仇，田忌磨刀霍霍，志在雪耻。邯郸被围，纵横决战，苏秦告难，军情火急，耽搁不得。齐魏此战，不得不打，老朽别无他法，只有捐款响应、顺遂王意了。"

公孙闬陷入沉思。

"公孙先生，"邹忌一双老眼盯过来，"观你谋事，不失机敏，老朽也就不避言了。前番王上廷议是否救援赵国，田忌与老朽各执一端。田忌主张出兵，老朽建言坐观，朝臣莫衷一是，大王因此而搁置争议。不想老朽误断大王心意，造成眼前尴尬，还望先生教我！"

"主公客气了，"公孙闬拱手应道，"为主公竭诚尽力，是臣职分。闬以为，就眼下而言，主公处境非但不尴尬，反倒是进可以攻，退可以守呢！"

"哦？"邹忌身子趋前。

"如果不出意外，三日之内，大王必会再议救赵，主公可主张出兵，且力荐田忌为将。田忌为将，若是战胜，主公则举荐有功。若是战而不胜，田忌只能面临两个结局：一是战死疆场；二是伏荆殿前，曲挠而诛。无论出现何种结局，主公都是赢家。至于战士死伤、齐国库储之类，本为大王之物，自是大王之事，主公何必与人为难呢？再说，主公已经进过谏言了。"

邹忌冥思良久，拱手："谢先生教我。自今日始，你就留在老朽身边，早晚侍从。"

"谢主公垂爱。"公孙闬拱手辞道，"闬散漫惯了，不善侍从，恐误主公大事，还望主公收回成命。"

"这……"邹忌怔住，两眼直盯过去，见公孙闬回射的目光中既无惧色，也无攀附，颇觉惊讶，觉得此人完全不同于其他门人，想是志大，舒口气，改作笑道，"是老朽糊涂了，公孙先生是大才，自当大用。明日上朝，老朽即奏明大王，诏命先生做相府御史大夫如何？"

"再谢主公垂爱。"公孙闬又是一拱，"闬自在惯了，不善礼仪，御史大夫乃相府要职，朝廷命官，闬恐力不胜任，再请主公收回成命。"

"咦？"邹忌愕然，"你这也不从，那也不愿，老朽该当如何报答才是？"

"主公只须赏闬一席地坐、一口饭吃，再肯听闬几句闲言碎语，于愿足矣！"

邹忌正自嗟叹，家宰引领仆从端上酒菜，也就转过话题，招呼家宰同坐。主仆三人把酒言欢，闲议一些家事国事，直到夜深人静方散。

翌日申时，包括殿下、邹忌、田忌在内的中大夫以上朝臣齐聚雪宫。既非早朝，也非大朝，雪宫更非齐国正宫正殿，因而此番觐见就没有依循常理，只在当殿摆列两行几案，放满瓜果茶蔬之类，所有来宾一进殿门就被威王近侍内宰躬身迎入，依位次就席，被招呼吃果品茶。

自申时开始，文武重臣四十余人尽皆守在殿中，走也不敢走，动也不能动，更不敢大声喧哗，一个个默无声息地坐在席位上吃喝。

瓜果吃下半肚，茶水喝得饱胀，一些耐不住的臣子开始跑茅房了，威王仍未露面，也未宣布取消觐见。

足足过有一个多时辰，偏门传来声响，威王健步进来，走向主席君位。

众人起身离席，正衣冠欲行叩拜大礼，被威王拿手势阻住。

"各位嘉宾，各位爱卿，"威王昂首而立，声如洪钟，"首先，田因齐向你们致谢！"话音落处，向众朝臣深揖一圈。

众臣一阵骚动，尽皆叩伏于地，未及说话，威王声音再起："田因齐向你们致谢，不是因为让你们候得太久，而是因为在赛马会上赢你们钱了。"

这些臣子没有不下注也没有不输钱的，但认赌服输，众臣本无话说，此时见威王这般说话，且在殿堂之上重挑此事，一个个反倒怔了。

"其次，"威王的目光落向田忌和邹忌，"田因齐向相国邹忌、上将军田忌，致以谢意，因为你们二人赢寡人钱了。"冲邹忌、田忌又是一揖。

又是钱字。

众人震惊之余，纷纷大笑起来，看向邹忌和田忌。

邹忌、田忌急急还礼。

"再次，田因齐向所有为赛马会买马、投注的臣民致以谢意，因为他们无不是在成全寡人，替寡人分忧，与寡人共仇。"威王向空再揖。

威王一连三通谢礼将众臣完全搞蒙了，除却几个知情人，没有谁能吃准齐威王的葫芦里在卖什么药。

"寡人答谢在场诸位，寡人答谢天下臣民，皆为一个钱字。你们或会奇怪，寡人这不是在贪财吗？寡人这不是在敛财吗？是的，寡人是在贪财，寡人是在敛财。可诸位爱卿，你们有谁能够回答一问：寡人此生贪过财吗？寡人此生敛过财吗？寡人今朝突然贪财了，突然敛财了，这是为哪般呢？"威王略略一顿，变过脸色，一字一顿，"只为一桩，擒庞涓，报黄池之辱。"拳头捏紧，指节咯咯直响，"诸位有所不知，当年寡人应允与魏罃相王，是庞涓那厮在背后作云弄雨，先引寡人与魏罃在徐州翻脸，后行诈兵之计，水淹我师，羞辱寡人。此仇寡人记了十年，该到偿还之时了。"

朝臣明白原委，群情激愤，一齐叩道："大王圣明，我等追随大王，誓雪国耻！"

"谢谢诸位，"威王扫一眼众臣，拱手，"寡人召请诸位来，一为表个谢意，二为议决出兵。就在不久前，有人转述孙武子一句话，说，兵者，国之大事，不可不察也。既然不可不察，寡人就不能意气用兵，这请大家议议，是出兵救赵呢，还是听任庞涓在邯郸肆虐？"

多数朝臣面面相觑，有几个看向邹忌。

"邹爱卿，你意下如何？"威王直接点名。

"臣以为，"邹忌不急不缓，沉声应道，"出兵救赵，有三不利。"

邹忌一向反战，赛马会之前更是不主张救赵的，此时讲出此话显然在众臣的预料之中。

威王未动声色，只把两只鹰眼射过来："是何不利，你且说说！"

"其一，征战就有死伤，就损元气，就耗积储，就给外敌以乘虚之机。我之劲敌在南在北，不在西东，若是楚人趁我西征之机，谋我泗下，燕人争我河间，我当何以应对？其二，就臣所知，庞涓善于用兵，魏卒刚猛过人。尤其是虎贲军，无可抵御不说，更在庞涓治下经年集训，连番征战，无不以疆场厮杀为荣。反观我师，分居五都，散漫悠闲，有养尊处优之嫌，臣忧心……"

邹忌尚未说完，匡章等武将起身欲争，被威王摆手阻住。

"其三，"邹忌瞄一眼愤愤不平的众将，侃侃陈词，"三国困赵，根出于秦人破纵之举。秦与我远隔三晋，原本无涉，我解赵围，胜则无虞，败则引火烧身，秦或会迁怒于我，借魏道直入我境，届时，齐将不得不面临背水之战。"

这是一个响当当的忧虑。

众臣面面相觑，包括田忌、匡章在内的几员武将，皆是无话可说，咂巴几下嘴皮，又都闭上了。

威王倒吸一口气，闭目沉思。显然，此前威王并未虑及此事，或至少考虑得不够细密。

"不过，"邹忌转过话头，"出兵救赵，亦有三利。"

"请讲！"威王眼睛睁开。

"一利是，六国会盟，缔结纵亲，今盟约犹在，魏却背盟叛约，结敌伐友，失道于天下，我若出兵，是正义之师，可得天助；二利是，三国困赵，赵无退路，唯有两途，或签城下之盟，割地屈从，或作困兽之斗，绝地求生，依赵人秉性，必选后者；三利是，"邹忌看向田忌及诸位武将，"黄池之辱，不仅是大王，诸位将军想必也是铭记于心，尤其是上将军，卧薪尝胆，十年磨剑，只为擒获庞涓，报奇耻之辱，今得出战，必同仇敌忾，勇往直前，是以臣……"又看向威王，"主张出兵，奏请上将军为将，望我王圣裁。"

见一向反战的邹忌绕来绕去，终又绕到出兵上，且还抛弃前嫌，主动提请田忌为将，威王喜出望外，当即准奏，诏命田忌为主将，田婴为副将，匡章将左军，牟辛将右军，太子监军，邹忌协调粮草供应，三军配设军师，另行诏命，自即日起，由主将点齐五都之师一十二万救赵，择吉日祭旗。

田忌拜将之后，一路狂驰，于第一时间赶到苏秦位于稷下学宫的府宅。从山里搬出后，孙膑夫妇就住此处，一为避嫌，二为与苏秦说话。

田忌进得门来，兴冲冲地边讲宫中发生之事，边从袖中摸出威王任其为主将的诏命，双手递给孙膑。

苏秦长嘘一口气。

"服苏兄了，"孙膑看过诏命，递给苏秦，笑道，"先祖孙武子有曰，不战而屈人之兵，今日见在苏兄身上。"

"孙兄过誉了，"苏秦审看过诏命，还给田忌，"不战而屈人之兵是出神入化之境界，在下何能成就？在下不过是做到了'先屈人之兵而后战'而已。"

"'不战而屈人之兵'，在下还能有解。苏子这'先屈人之兵而后战'，在下愚钝，这这这……"田忌挠耳。

田忌话音刚落，门外一阵喧嚣，飞刀邹引领一名宫人走进来，宣王旨召见苏秦。

"田兄，这可得解否？"苏秦接过王旨，朝田忌笑笑，拱手作别，随宫人而去。

辂车一路驰至雪宫，还没停稳，苏秦就隔着窗帘，望到威王、太子及几个宫人在门外迎候。

苏秦下车，小步趋前，朝威王、太子深深一揖："臣苏秦拜见我王，拜见殿下。"

"呵呵呵，"威王回揖，"苏秦呀，你让我们父子好等哩，幸亏这日头暖和。"

"臣在稷下，日夜恭候我王召唤，今朝得宣，履不及穿，冠不及正，一路马不停蹄，紧赶慢赶，还是到迟了。苏秦请罪！"苏秦又要鞠躬，被威王呵呵笑着赶前一步，携手步入宫门。

几人来到主殿，分宾主坐定。

"昔年，"威王亲为苏秦斟上一盏浓浓的香茶，半开玩笑地直奔主题，"申包胥为楚求救，哭于秦宫之外七日七夜。你苏子倒好，来向寡人求救，宫门一次未进，软话一句没有，听闻这些日来还到幽僻之野，赏梅听箫呢。"

"我王这是不知申包胥，也委屈臣子了。"苏秦顺口回应，做出一脸苦相。

"哦？"威王假作一惊，"说说看，寡人如何既不知申包胥又委屈你苏子了？"

"申包胥自幼嗜哭，说也哭，笑也哭，饿也哭，饱也哭，醒也哭，睡也哭，悲也哭，喜也哭，哭是他的专长。莫说是哭七日七夜，即使让他哭上三年五载，也是寻常之事。偏那秦公最不喜听闻哭声，只好借兵给他了。臣不同于申包胥，臣天生不哭，有泪不弹。王以申包胥喻臣，实在让臣有口莫辩哪！"

"呵呵呵，你这不是辩得挺好的嘛！"威王把斟好的茶盏推到苏秦前面，"苏子请茶。"

苏秦谢过，轻啜一口，不无夸张地一连咂巴十几下嘴皮子，啧啧数声，拱手："大王香茶倒是让臣想起一事。"

"请讲。"

"当年秦公若是也如大王这般把申包胥请进宫里，用一杯香茶堵住他的嘴巴，兴许就听不到他的哭声了。"

"呵呵呵，"威王乐得合不拢口，"满朝文武中，寡人就爱听你说话。"

"谢王谬赞。"苏秦拱手谢过，"不瞒我王，方才皆是说笑。言归正传，臣为赵求救，却未曾登门哭泣，非臣不知礼数，实乃臣子知道，王不比秦公啊！"

"哦？你且说说看，寡人如何不比秦公了？"

"申包胥哭秦，因秦公吃软不吃硬。臣向大王求救而不哭，因大王吃硬不吃软。"

"咦？"威王怔了，"寡人怎就吃硬不吃软了？"

"但凡暴戾寡义之人，必外硬里软；但凡仁爱仗义之人，必外软里硬。大王外软里硬，臣没有讲错吧？"

"哈哈哈哈，"威王放声长笑，"也只有你苏秦能想出这般说辞啊。好好好，寡人服你了。苏子啊，寡人这请你来，不为别事，只为让你捎个口信给赵家那个后生。就说赵齐两国一水相隔，唇齿相依，寡人与赵语交往多年，既是老友，也是兄弟，今友兄尸骨未寒，家园却罹浩劫。寡人不忍坐观，已经诏命田忌为主将，发大兵二十万往救邯郸，让他安心守候。"

苏秦起身叩地，朗声谢道："臣代赵王，代赵地三百万子民，谢王施恩！"

得到齐王谕旨，苏秦不敢耽搁，当即回赵复命。

孙膑依依惜别，送至十里长亭。

"苏兄，"孙膑执其手，"返赵之际，麻烦顺道走趟宋、卫，约两国助力。"

"这……"苏秦略作迟疑，"宋、卫势弱，一向慑于魏威，不会出兵。"

"不是要其出兵，只是要其借道。"

"这个不难。"苏秦慨然应允。

苏秦走后三日，威王将田忌、田婴、匡章、牟辛诸将召至雪宫，正式授命孙膑为军师，军中事务，必须由军师决断，违命者做抗旨论处。且孙膑为军师之事，暂时不对三军将士宣布。

诏命已毕，威王带几人赶至宗庙拜祭。

又三日，三军祭旗，整个齐国进入一级战备，齐国五都之兵率先出动，依田忌之令会聚于齐魏边邑重镇阿邑。与此同时，各地粮草、辎重等，络绎不绝地运抵西部边邑诸库，由各邑重兵守护。

祭旗结束，右军主将牟辛驱车赶到珠宝街，购置一些礼品，载往邹府。

牟辛刚交而立，正值人生华年，此番救赵，于他是次难得的机遇。牟辛原为高唐令田盼旗下副将，被田盼认作义子，田盼临终时，举荐其接任高唐令。高唐为齐国西部边邑重镇，为齐五都之一，辖西部数十邑之多，堪称封疆重臣。田盼幺女嫁与邹忌次子，两家结为儿女亲家，牟辛因之结识邹府，早晚进入临淄，都要买些礼品探望，相谈甚笃，求拜邹忌为师。邹忌早欲结交武人，也就顺势收其为徒，结势对抗田忌。此番救赵，高唐邑首当其冲，牟辛更随田盼与赵有过几次交手，甚知赵国，特被威王拜将右军，统领高唐、平陆二都之兵。

　　邹忌闻报，迎至门外，携其手径至客堂。

　　"恩师在上，"牟辛伏身拜道，"请受弟子一拜。"

　　邹忌受他一拜，扶他起身："牟辛哪，老夫晓得你一定会来，在此守你足足两个时辰了。"

　　"恩师……"许是过于激动，牟辛以袖遮面，声音哽咽，"弟子来迟了！"

　　"呵呵呵，不迟，不迟，"邹忌笑道，"此番西征，是该你建功扬威的辰光了。老夫晚年，这还指靠你呢！"

　　"恩师……"牟辛泪如雨下。

　　"牟辛哪，大丈夫抛头洒血，死且不惧，你这哭个什么呢？"

　　"恩师，"牟辛擦拭泪水，抬头望着邹忌，"弟子此去，一定不负师望，打出个样子给那姓田的看看！"

　　"好哇好哇，"邹忌连声赞道，"老夫要的就是你这句话。"

　　邹忌击掌，内帘掀起，一个壮实的小伙子从侧室大步走出。

　　邹忌冲小伙子道："小昊，来，见过牟将军。"

　　小伙子走到牟辛跟前，深揖一礼："晚生邹昊见过牟将军！"

　　"牟将军，"邹忌指邹昊道，"这是老夫膝下犬子，在乡野长大，有些臂力，自幼欢喜舞枪弄棒，略知兵法战阵，只与老夫不对脾性。今国家有事，老夫特召他来，举荐于你，望能多加栽培，早晚有个建树，省得老夫费心。"

　　牟辛站起来，绕邹昊转一大圈，朝他肩上用力一拍："好一个英武儿男！昊弟，到大哥麾下历练一番，你可愿意？"

"邹昊愿意！"邹昊朗声应道。

"恩师，"牟辛转对邹忌，"右军尚缺一名先锋将军，弟子正在物色人选，观昊弟少年英武，熟稔文韬武略，堪称大才，正适此位。"

邹忌略略皱眉，未及开口，邹昊已是长揖至地："邹昊谢将军成全！"

田忌依据王命，点齐五都之兵共计一十二万，兴冲冲地拿着各路名册向孙膑报告。孙膑吩咐他精选三万步卒，务于二十日之内学会骑马奔驰。

"孙兄，"田忌面现难色，"马是用来驾车的，不是用来骑乘的。前番你让习骑，在下略作尝试，摔倒好几跤哩。"

"将军可曾学会？"孙膑笑问。

"会是会了，却是不易。两脚悬空，难以借力，只能牢牢夹住马肚子，谁料那马也是奇怪，越夹肚子，跑得越快，颠得越是厉害。两圈下来，颠得屁股生疼，连摔几次。在下当算知马之人了，竟也摔倒，其他将士可想而知。"田忌做个苦脸。

"能够学会，莫说是几次，就是摔三十次也值。对了，三军训出多少能骑之士了？"

"已经不下万人。"

"太好了。让这万人再教两万人，天天驰骋，务必于二十日之内练就一支精干骑兵。"

"孙兄，"田忌不解地看向孙膑，"眼下列国皆重车战，靠盔甲重装取胜，孙兄却舍车就骑，舍重就轻，实令在下不解。不瞒孙兄，自你上次吩咐此事，在下就在心里一直嘀咕，迄今未得其解。"

"敢问将军，"孙膑直盯田忌，"若是两军数量相当，狭路相逢，战鼓擂起，齐国甲士能否胜过魏国武卒？"

田忌摇头。

"齐国战车能否撞过魏国战车？"

田忌再次摇头。

"将军之谋能否盖过庞涓之谋？"

田忌语塞。

"三者皆不能，再问将军，你让你的将士们以何取胜？"

田忌头上冒出汗珠。

"唯有此字，或可制胜！"孙膑在几案上写出一个大大的"奇"字。

"奇！"田忌凝视此字，口中喃喃，眉头拧紧，有顷，抬头看向孙膑，"何以解之？"

"奇为正之反，"孙膑侃侃言道，"老子曰，'以正治国，以奇用兵，以无事取天下'，堪称绝妙。若是治国，奇不胜正；若是治兵，正不胜奇；若是治天下，有事不胜无事。以此论之，用兵之妙正在一个奇字。"

"这……"田忌何曾听过此等高论，一时蒙了，以手挠头。

"这么说吧，"孙膑换个解释，"以有形之阵对有形之阵，以车对车，以卒对卒，以力抗力，是为用正；以无形之阵对有形之阵，以车对卒，以卒对车，以智抗力，是为用奇。"

田忌恍然有悟，微微点头，接上问道："两军相抗，何以知正，何以用奇？"

"将军所问，正是兵家高下相分之处。"孙膑应道，"两军相抗，奇正难知，因其变化无穷，难以定分。自古迄今，善于用兵之人皆怀一能，即见敌之所长，知其所短，见敌之不足，知其有余。此所谓料敌如神。先祖孙武子有言：'知己知彼，百战不殆；不知彼而知己，一胜一负；不知彼，不知己，每战必殆。'说的正是这个。不知敌，不知己，就不能料其奇正，自也不能以奇制胜了。"

田忌长吸一口气，缓缓吐出："先生所言过于高深，在下愚笨，尚须慢慢领悟。在下所急，依旧是这'奇正'二字，望先生以寻常军事喻之。"

"呵呵呵，这个容易，"孙膑笑道，"凡暴露之情，皆为正。凡隐藏之情，皆为奇。两军相逢，察敌暴露之情，是为知正。我以相反之情应之，是为用奇。譬如敌静，我当以动制之；敌动，我当以静制之；敌劳，我当以逸制之；敌饥，我当以饱制之；敌寡，我当以众制之。用奇重在隐蔽，若能做到敌方不知，战欲不胜，难矣哉。"

"在下明白了，"田忌恍然大悟道，"魏武卒装备厚重，移动必缓，宜静不宜动，宜阵法不宜变通。我若用骑，当是以动制静了。"

"正是！"孙膑竖拇指赞道，"战车易动，但受制于天气、道路。骑则不然，可走阡陌小径，可涉水越野，可入林莽荆棘，可涉泥泞，可于风雨中往来无阻，快捷如风，席卷如火，攻其不备，正可克制魏国武卒！"

"是哩。"田忌大服。

"骑有十利，将军可知？"

"望军师点拨。"

"骑能离能合，能散能集，百里期会，千里奔赴，出入无间，堪称离合之兵。若是妙用于沙场，一可迎敌始至；二可乘虚背敌；三可追散击乱；四可迎敌击后，使敌奔走；五可遮敌粮食，绝敌军道；六可败敌关津，断敌桥梁；七可掩敌不备，击敌未整之旅；八可攻敌懈怠，出敌不意；九可烧敌积聚，虚敌实力；十可掠敌田野，累其子弟。有此十者，将军当知骑之优胜了。"

"是哩！"田忌双拳握得咯嘣嘣响，声音从牙齿里迸出，"我有数万锐骑，有先生良谋，庞涓指日可擒矣！"

第五章

出奇策孙膑攻魏　拔邯郸庞涓用强

借到大兵，苏秦依旧是一车一马，由飞刀邹驾驶回返。心中存事，苏秦一路上马不停蹄，使宋过卫，旬日之后赶至邯郸郊外，再被魏人拦截，带进中军大帐。

庞涓笑脸出迎，摆好茶水。

苏秦没喝，二目紧盯庞涓。

庞涓审视苏秦的眼睛，见双眸里没有仇视，没有鄙夷，没有绝望，只有一丝淡淡的忧伤，但这忧伤与他在鬼谷时稍稍两样了。那时的忧伤可见敦厚与卑微，现在的忧伤，敦厚犹在，卑微却不见了，取而代之的是一种……让庞涓说不清道不明的怪怪的感觉。

"苏兄，你这眼神怪怪的，可是无奈吗？"庞涓扬起眉头，眼睛笑眯眯的。

"是怜悯。"苏秦收回目光，淡淡应道。

"对对对，正是这种感觉！"庞涓迭声叫道，"你这讲讲，是怜悯赵人呢，还是怜悯齐人呢？抑或是怜悯楚人、韩人、燕人？"

"是怜悯庞兄你。"

"什么？"庞涓先是一怔，继而爆发出一串长笑，"哈哈哈哈，好一个苏兄，你怜悯我，你怜悯我庞涓！"指着苏秦又是一串长笑，"苏兄苏兄苏兄，好一个苏兄啊，真有你的！来来来，喝茶！"斟好满满一盏，"上好的茶呢，在下特地使人进鬼谷采的，就是童子带我们去过的那道沟沟。"

"是大师兄！"苏秦纠正。

"对对对，是大师兄，"庞涓笑笑，"瞧我这脾气，一出山就啥也记不起了。怎么样，此番至齐，可为赵人借到兵否？"

"庞兄，"苏秦拱手，"在下有个恳请，敬请一听。"

"你我同窗数载，岂能用恳请二字？苏兄有话，但讲无妨。"

"见好就收，退兵吧。"

"你就恳请这个？"庞涓略是惊讶。

"现在退兵，一切都还来得及。"

"这个嘛，容在下想想。"庞涓长吸一口气，装模作样地闭目思考，良久，睁眼道，"在下想通了，苏兄不必恳请，在下很快就会退兵。"

"很快是多久？"

"就是攻克邯郸、捉到赵家那个娃子之时。"

苏秦长叹一声，闭目。

"对了，"庞涓倾身过来，"在下方才之问，好像还没听到苏兄回复呢。"

"何问？"

"借兵之事啊！苏兄兴致勃勃地前往齐国借兵，不知这兵……借到否？"

"齐王已发大军，不日即至。"

"哎哟哟，"庞涓轻拍胸部，做出受惊的样子，"吓到在下了！敢问苏兄，齐王可是发大兵一十二万，田忌为主将，田婴为副将，匡章将左军，牟辛将右军？"

"你倒是灵通哩。"苏秦苦笑一声，"只是少算了八万。据齐王亲口所讲，是二十万技击之士。"

"哈哈哈哈，"庞涓长笑一声，"二十万好哇，没想到老齐王动用血本哩。对了，老齐王这般遣兵调将，百密中却有一疏啊！"

"何疏？"

"上次黄池战后，他使田婴来赎田忌。此番任命田婴为副将了，有谁来赎田忌呢？"

苏秦叹一声，闭上眼去。

"苏兄，你这一去，将近两月，总不会一直守在齐国借兵吧？楚人、韩人，还有燕人那里，可有喜讯让在下分享一二？"

"在下已经知会楚国、韩国和燕国，相信庞兄不会失望。"

"哈哈哈哈，"庞涓放声长笑，"太好了！在下一向好客，无论他是何方来宾，在下只在这邯郸城下列阵恭候。"转对帐外，朗声，"来人，送客！"

苏秦的车马驰至邯郸城下，早有人望到苏秦，城门洞开，一队人马隆重接到苏秦，驰往宫城，新王赵雍跣足迎至宫外殿下，扶苏秦上殿，扶苏秦落席。

"观苏子神色，齐人答应出兵了？"寒暄过后，赵雍屏息问道。

"出兵了。"苏秦应道，"齐王还托臣捎给我王几句口谕。"

"请讲。"

苏秦声音缓慢，吐字清晰，模仿齐王口吻："赵齐两国一水相隔，唇齿相依，寡人与赵语交往多年，既是老友，也是兄弟。今友兄尸骨未寒，家园却罹浩劫，寡人不忍坐观，已诏命田忌为将，发大兵二十万往救邯郸，让他安心守候。"

闻听齐王发大兵二十万，众臣脸上皆现喜色。

"诸位爱卿，齐王的口谕你们可曾听见？"赵雍朗声问道。

"听见了！"众臣齐应。

"传寡人旨！"赵雍陡然起立，挥动拳头，一字一顿，"将齐王口谕诏示邯郸城内所有军卒、所有臣民，诏示赵国各郡所有军卒、所有臣民，一个字也不可落下！"

"遵旨。"众臣齐应。

"这就传旨去吧。"

见众臣告退，赵雍携手苏秦径到御花园中，支开仆从，低声问道："苏子，讲实话吧，齐王真的答应出兵了？"

"是哩。"苏秦点头。

"实出多少？"

"一十二万。"

"楚、韩如何？"

"楚国向方城增兵，放风攻打陉山，韩国也答应出兵两万，两国皆遣使臣前往大梁了。"

"太好了！"赵雍一拳击向园中的石案，"待我缓过气来，定去大梁，亲手宰了魏罃这条老狗！"

"大王……"苏秦欲言又止。

"苏子请讲！"

"在下在齐时，与孙膑谋议多时，孙膑认为，庞涓今非昔比，用兵大有长进；魏武卒比吴起时代，有过之而无不及；齐人虽众，并无胜算，眼前将是一场恶战。还有，楚、韩不可指靠。"

"寡人晓得。"赵雍捏紧双拳，二目放出狠光，"不瞒爱卿，寡人早看明白了，此番魏人借秦之力，欲一口吞赵，寡人已无路可退。即使齐人不来，寡人也誓将与魏决一死战，玉石俱焚，有死而已。"

"我王抱此死国决心，可喜，亦可忧。"

"哦？"赵雍看过来，"忧在何处？"

"忧在邯郸百姓，多少妇幼孤寡，多少善良百姓，或将因大王怀此绝念而死于非命。"

"这……"赵雍茫然，良久问道，"依爱卿之意，寡人该当如何？"

"全力抗击，视情进退。"

"好吧，"赵雍沉思良久，微微拱手，"赵雍谨听苏子。"

送走苏秦，庞涓不敢怠慢，将三军十几员统兵战将召至中军大帐，道："诸位将军，邯郸受困两月有余，加之周边各邑百姓涌入，城中积粟最多可支一年。盐、药、弓、弩等必备物资，因无补给，也将逐日减少，亡无日矣。我之所以围而不攻，一为泄其气，二为打其援，三为守候一位贵宾。今日确证，这位贵宾就要到了。"

众将不知贵宾所指何人，尽皆抻长脖颈，屏住呼吸，好似这位大贵人已在帐外了。

"这位贵客就是，"庞涓一字一顿，"田忌。"

众将无不嘘出一口气。

有人搔首弄姿，嗲声嗲气，做出种种女人状。众人哄笑起来。

"诸位可知此人为何而来吗？"庞涓环视众将，朗声发问。

"到我王八阵吃屎来了！"不知是谁怪声应道。

众人再出一阵狂笑。

"非也！"庞涓非但没笑，反倒用力摆手，一脸严肃，"此人是复仇雪耻来的！黄池战后，那人在我王殿堂之上受妇人之辱，欲触殿柱，被齐国上大夫田婴一把抱住，求死不得。在下念他是员虎将，以大丈夫报仇十年不迟之言激他珍视生命。不想此人猴急，等不得十年，这就欲来寻仇了。"

庞涓话音刚落，场面就如炸了锅。

"让他来吧，我们等他就是！"

"这次再让逮住，看不把他扒光示众！"

"扒光太便宜他了，得把他的那物件割掉，让他做个阉人，送后宫为我王铺床叠被！"

"这也太便宜他了，要叫我看，把他挂到城门楼上，晒他个七月天！"

…………

"你们想得甚好，却都是一厢情愿。"庞涓待众人喧嚣过后，声音越发严酷，"田忌不是吃素的。前番大败，田忌没败给你们，也没有败给我庞涓，而是败给了他自己。骄兵必败呀，我的将军们！观诸位今日这般说话，在下已知终局了！"

经庞涓这么一压，众人再不敢张狂了，一个一个或木呆起脸，或低头不语，或苦笑，或做出苦脸。

"将军们，卧薪尝胆，十年磨剑，纵使一个乡野莽夫，必也学得十万本领了，何况是列国名将田忌。这且不说，与他一同前来的，还有一十二万五都之兵。一十二万哪，我的将军们，纵使全部是猪，任由你们宰杀，也会把你们累趴下的，何况个个都是善于技击的锐卒健士。"

在庞涓一连串的打压之下，十几员战将的气焰不再嚣张了，一个个低下头去。

中军帐里静得出奇。

"诸位将军，"庞涓缓下语气，"在下这么说，不是长齐人志气，减自己威风，而是要正告诸位，真正的敌手，来了！"

"主公，"一直窝在角落的青牛瓮声说道，"你就说吧，我们如何迎敌？"

"对，我们如何迎敌？"众将军齐声附和。

"诸位请跟我来，"庞涓走向沙盘，接过军尉递过来的竹杖，指向河水分汊处的宿胥口，"齐人若来，必由此渡河。"

"我们这就把渡船全部开到这边，看他拿什么来渡？"有人叫道。

"不，我们要把船只全部留在那儿，且把船夫换作我们的兵士，协助齐人慢慢渡河。"庞涓微微一笑，指向河水西侧通往邯郸的衢道，"齐人渡毕，必沿此道驱向邯郸，寻我决战，一可解邯郸之围，二可里应外合。我们尽可放敌过来，预伏军士于云梦山中，待敌抵达漳水，即断其退路，取我船只为我所用。此时，齐人向东是河水，向西是大山，向南有我奇兵，且在我大魏腹地，无路可逃，只有向北，与我主力决战。"

看到如此庞大的歼灭计划，众将无不两眼放光。

"诸位将军，你们敢不敢与齐兵面对面决战？"庞涓大声问道。

"敢！"众将异口同声。

"你们敢不敢以一敌三？"庞涓再次问道。

"敢！"众将声音铿锵。

"好！"庞涓将竹杖猛地指向邯郸，"齐人尚未集结，诸位眼前之务，仍旧是此地，邯郸。给我团团围住，密切警戒，进出之人严加盘查，苍蝇也不可放过一只。"

"得令！"

齐都通向中原的主衢道在出临淄后不久，即沿泰山北麓的济水平原西上，至濮水岸边，溯水再上，在甄邑岔作两条：一条继续沿濮水西下，过卫境直达魏、赵官道，经宿胥口直驱赵都邯郸；另一条拐向西南，沿济水西下，在大野泽西侧过宋入魏，通达大梁并周都洛阳。

主将田忌引领齐国中军即沿此道西进，经过十余日匀速行军，于黄昏时分抵达甄邑。

行进大军中间，夹杂一辆并不起眼的篷车，里面载着已着齐国官服的孙膑。

甄邑是孙膑家乡，田忌特意安排在此扎寨，一是位置适当，二也是让孙膑回趟老家，拜庙祭祖，祈求先祖英灵护佑。

中军抵达时，其他四都军马已来三都，远远望去，旌旗林立，人马攒动，濮水两岸，扎满齐军大营。

迎黑时分，孙膑登上高车，察看各军营帐之后，吩咐田忌："将军可下一令，三军就地休整，选出隐蔽场地，强化集训骑手。三军营帐可再疏散，多悬旗帜，虚张声势，统一口径，号称雄师二十万众。"

田忌依言颁令，齐军屯扎半径顿时扩充十里，沿水岸的帐篷增加近半，屯扎区域，岗亭林立，尤其是骑手训练基地，盘查极严，三十里方圆，寻常人靠近不得。

过有旬日，眼见三万骑手皆能上下腾挪，骑行如飞，田忌笑眯眯入帐，兴冲冲道："启禀军师，三万骑手已经练成，粮草俱足，敢问三军可以开拔否？"

"可以。"孙膑点头，"不过，敢问将军向何地开拔？"

"咦，难道不是邯郸吗？"田忌近乎惊讶了。

"不是。"孙膑语气决绝。

"这这这，"田忌急了，"邯郸危在旦夕，大王要我等救赵，你这不去邯郸，欲往何地？"

"宋地。"

"宋地？"田忌越发惊愕，"庞涓在邯郸，这去宋地却是为何？难道是……"掩口止住。

"难道是什么？"孙膑问道。

"取宋！"田忌的声音低得不能再低，似乎在说破一个通天绝密。

孙膑摇头。

"咦，不是取宋，我们去宋地做什么？"

"救赵。"

田忌拧起眉头，狠想半晌，做出一脸苦相，几乎是央求了："我的好军师啊，你就直说吧，这去宋地与救赵究竟有何关联？"

孙膑朝几案上用以擦拭的一团蚕丝努嘴："拿起那个。"

田忌拿起乱丝。

"将军可否将这团乱丝解开？"

田忌两手瞎忙一阵，乱丝非但无解，反而越来越乱，气得他啪一下扔到地上，恰好落在孙膑脚下："这玩意儿就是用来擦几案的，解之为何？"

孙膑呵呵一笑，捡起乱丝，寻到一根丝头，一点一点地抽它出来。

田忌看得着急，伸手抢过乱丝，用力乱揪几下，扔到地上，拿脚踏上，两眼直射孙膑："我的好孙兄啊，你这不是存心急死人吗？"

"要解纷纠，就不能用拳。要解斗殴，就不能卷入搏击。"

"这……"田忌似乎明白，又似乎不明白，挠头，"照理说，要解斗殴，是不该卷入。可我们完全不同，我们是去救人。对付强盗，讲道理是没用的，只能动武。"

"是要动武，我说的是不去卷入现场，而是批亢捣虚，扼其要害，攻其必救。"

"攻其必救？"田忌仍旧不解，"难道宋国是其必救吗？"

"宋国不是，但魏国是呀！庞涓伐赵，必竭举国精锐，其内必虚。我避实就虚，魏人觉痛，庞涓必舍赵回救，邯郸之围自解矣！"

田忌豁然开朗，以拳震几："军师妙策，庞贼必擒矣！"眉头微拧，"只是，宋偃那里……"

"我们不过是借道而已，苏兄已与宋王讲妥了。再说，此去宋地，我们也是为宋收复失地呀。"

"为宋收复失地？"田忌再次怔了。

"帮其收复襄陵。襄陵本为宋国先祖襄公藏骨之地，今日却为魏人所据，宋人无不郁闷。今借我力收复，宋王偃喜犹不尽呢。"

田忌再次震几，不无兴奋："好！"

"在下还有一问。"孙膑喋喋不休了。

"军师请讲。"

"将军实发多少兵力入宋？"

"一十二万呀！"

"减之。凡老幼病弱，全部剔除。"

"这些将士皆是挑选出来的，一顶一的战士。"

"重新核对名册，年不足冠或年过不惑之士，概不出征。"

"这般去除，怕得去除两万。"

"凡病弱之躯，怯战之卒，尽皆去除。"

"这……怕是又得去除两万。"

"将军有能战之士八万，足矣。"孙膑毅然决断，"传令三军，精减之后，去重甲，着轻装，弃战车，第五日之夜兵发宋地定陶。凡裁减将士，原地屯留，看守辎重，保障供给。"

"末将得令！"田忌心悦诚服，俏皮地打个军礼，朝帐外叫道，"来人，传令！"

邯郸郊外，魏营中军帐，斥候报说齐人五都之军陆续赶到甄邑，沿濮水北岸屯扎，连营三十余里。盘查极其严密，斥候无法接近，只能远观其势，在濮水对岸数帐篷，就数量粗略推算，三军不下二十万众。

"二十万众？"庞涓自语一声，闭目盘算。

齐人五都之军，若是出动二十万，每都均达四万，这几乎是不可能之事。就细作所探，西部二都平陆、高唐，堪称齐国边防重镇，真能出战的技击之士合起来不过五万；即墨为东部都邑，因防务意义不重，防军也就一万多，能出一万已是不易；莒城常备驻军倒是不下四万，但对楚防务一日不可懈怠，敢出两万当是极限；至于齐都临淄中军，横竖不会超过三万。几都相加，当不该超过一十二万才是，而今日所探，竟然多达二十万，且与苏秦返赵时所言相符，倒是让人颇费思量。

思来想去，庞涓笃定齐人不可能为邯郸一城倾巢而出，如此张扬，必是虚张声势，想吓退魏军而已。

庞涓想定，细细问过齐人营寨，得知扎寨粗疏，一些寨子几乎是一夜而成，越发认定齐人用的是疑兵之计，要求加派哨马，密切监控齐军动向。同时加紧布局，调派军队，依此前所谋，将宿胥口船夫尽皆换作魏兵，又派得力将军引武卒一万秘密屯驻于云梦山中。地点也是他亲自圈选的，位于出鬼谷入宿胥口的一个山坳子里，若无浓雾，不可造炊。

三军刚刚完成调动，负责哨马的军尉急至，报说齐军营帐已于今晨全部开拔，并未西进，而是涉过濮水，浩浩荡荡地向南拐向大野泽方向。

"大野泽？"庞涓大吃一惊，急急走向沙盘，看向大野泽方向，沉思有顷，半是自语，"奇了怪了，齐人不来邯郸，却到大野泽，难道是……"打个惊怔，疾步踅回，吩咐军尉，"加派哨探，严密监控齐军动向！"

两日过后，军尉报说齐兵已经全部涉过济水，进入宋境，开往定陶。

庞涓惊呆了。

齐兵入宋，庞涓精心构筑的歼击部署顿时成为泡影，且齐人入宋的目的何在，更让他费力思量。齐人入宋，只能产生两个结局：一是趁我伐赵、无暇他顾之机，一举灭宋；二是由宋出击，直入魏境，断我退路，憋死魏军于河水之西。第二种似乎不大可能，因齐人若想断魏退路，大可不必入宋，由甄邑而西，过卫境封死宿胥口即可。

庞涓正思索间，外面一阵喧哗，却是张仪由中山回返。庞涓意外得喜，迎入中军帐中，顾不上寒暄与叙旧，开口就讲齐兵动向。

听见庞涓断魏退路的判断，张仪轻轻摇头。

"既不为断我退路，那就是图宋了。"庞涓几乎是断言。

张仪再次摇头。

"咦，既不为取宋，又不为断我后路，齐人此举意在何为？"

"捣我巢穴。"张仪一字一顿，几步走到沙盘前，指形势解释，"庞兄请看，这是宋国。齐人在这节骨眼上，不可能图宋。齐人若是图宋，楚人必不坐视，齐、楚就有一战。齐、楚即使有战，也断不会在此时。是以齐人入宋，必是冲魏而来，由宋击魏，大梁危矣！"

庞涓脸色白了，久久盯视地图，良久方道："张兄所言甚是。齐人若是由宋击我，确实出我于不意了。"

"不过，"张仪又道，"齐人入宋，目的究竟为何，尚须详加观察，庞兄不可急切。"

"兵贵神速，"庞涓握紧拳头，"敌既有变，我亦当速做决断。"

"庞兄是说，渡河与齐决战？"

"不，"庞涓一字一顿，"拿下邯郸。"

得知齐人发兵救赵，朱威、白虎坐不住了，连夜禀报太子申，太子申带他们入见惠王。庞涓不在，惠王听得头大，让他们议出应对方案。太子申三人回到前殿，议有一个多时辰，头绪却越议越乱。

显而易见的是，朝政正在一步一步地验实惠施的预判。

子夜至，太子申熬不住了，挥退朱威与白虎，一脸愁绪地回到东宫。

天香仍在候他。

"申，"天香迎上，为他宽衣解带，"观你愁眉不展，发生何事了？"

太子申将齐人出兵宋境的事约略讲述一遍，后悔当初没有听从朱威、白虎的话留住惠施，结果引狼入室，致有今日局面。天香劝慰几句，用热巾为他擦拭一遍身体，服侍他在榻上躺下。

天香亦脱光自己，在他身边伴寝。不消半个时辰，二人各入梦乡。

天香却没睡熟。见太子申的呼吸越来越沉，磨牙声也出来了，天香遂悄悄起来，溜到门口，回望一眼，闪身出门，到厅中摸出一套紧身黑衣穿了，走到院中，纵身上房，眨眼不见。

事有凑巧。许是议事时喝水多了，睡没多久，太子申被一泡尿憋醒，摸下身边，空落落的，连叫几声，天香不应。

是夜无月，寝中漆黑。太子申点不来灯，因有天香在侧，身边也没安排其他宫人，而他自己连夜壶放在哪儿也不晓得，大是着急。又憋一阵，实在受不了，太子申嘟哝几声，爬下榻，凭本能摸到房门，走到堂间，方有些许夜光朦胧。

太子申走到门外，在庭院里放完水，听听四周，一丝声音也没，而天香竟然不见了。

太子申越想越是惊惧，不敢进屋，在院中大喊起来："来人哪，快来人哪！"

太子申连叫几声，几处传来声响，二十几个宫人全都出来了。

接下来，灯火齐明。

太子申嘘出一口气，在宫人护持下回到殿里，将殿中角角落落全部查遍，也没有天香的影子，只有她睡觉前脱下的衣服一件不落地摆在一个隐蔽处。

太子申睡不去了。

太子申一直在厅中坐到天亮，天香依然不见。

其实，就在众人四处寻找天香时，天香就在屋顶伏着。

这一次玩大了，但她没有别的办法。公子华来了。

后响，有金雕在头顶盘旋，她就知道是公子华来了，金雕是在约她。白天她没有时间，能出去的只有夜晚，只有在太子申熟睡之后。然而，她没有想到太子申会醒。她后悔没有为他上迷药。

眼见天色要亮，天香不敢耽搁，悄悄退回，再次来到公子华的客栈。

"你不能再回去了！"公子华思忖良久，断然说道。

"可……"天香迟疑一下，"总得给魏申一个交代，否则……"

"暂不睬他，待过几日，你给他写几句，留他个悬念。"

"那……我做什么？"

"我想到一个人，你去把他搞定。"

"谁？"

"公子嗣！"

"是那个色鬼呀，"天香做个苦脸，"站没站相，坐没坐相，一见女人，全都没个样儿，比公子印还差一大截子呢。"

"唉，魏王身边没有人了，不定还得指望他呢。"公子华应道，"依你方才所讲，魏申外柔内刚，看着好驾驭，其实固执，与庞将军不在一条道上，很难为我所用！倒是这个公子嗣……"阴阴一笑。

"你的意思是……"天香盯住他。

"先搞定他再说！"

大梁城外，公孙衍的小土院里，朱威一脸急切地盯住公孙衍。

公孙衍半跪半坐，眼前的地面上画着表明流水地势、城邑关防的道道白痕，旁边搁块专门用来描画的白粉石。

公孙衍闭目冥思。

小土院子静得可怕。

"就算齐人渡河，又能如何？无论如何，就军事而论，田忌不是庞涓的对手。"朱威耐不住了，打破沉静。

"如果齐人不渡河呢？"公孙衍淡淡应道。

"咦，他不渡河，如何救赵？"朱威不解了。

话音未落，一阵车马声由远及近，在院子外面停下。

一人跳下马车，匆匆进来。

是朱威的家宰。

"主公，"家宰急切禀道，"边关急报，齐国大军入宋了！"说毕，掏出急报。

朱威不可思议地看向公孙衍。

公孙衍震惊。

白虎接过，瞄一眼，没有细看，递给朱威，朱威顺手推给公孙衍。

公孙衍将急报搁在一边，问道："襄陵何人守御？"

"郑将军，"朱威应道，又补一句，"郑克。"

"郑克？大人可知此人？"

"此人为亡郑公室之后，其祖郑幽公被韩哀侯所灭，其父郑爽逃出韩国，落难于大梁，被我王用为大夫，改姬姓为郑姓，以纪念故国。到郑克时，与臣相善，臣见其有文治武功之才，荐举他做襄陵都尉，几年前庞涓与楚战，郑克建功，被我王晋为襄陵令。"朱威如数家珍般将郑克端底一一讲毕，看向公孙衍，"公孙兄怎么对他起兴致了？"

"齐军入宋，襄陵危矣！"公孙衍一字一顿。

朱威、白虎皆是一怔，互望一眼，不约而同地看向公孙衍。

"二位请看，"公孙衍拿起画石，在一处画个小圆，"这儿就是襄陵。齐军入宋，宋人不加拦截，当是两家达成默契。若是不出在下所料，这个默契当是襄陵。"

"你是说，齐人欲助宋公收复襄陵？"朱威眼睛大睁。

"正是。"

"为什么呢？"朱威越发不解了。

"大人请看，"公孙衍指点襄陵，"襄陵于宋室，是永远之痛，梦中也想收复。襄陵于魏室，是战略要地，进可逼泗下，挟宋制楚，退可与大梁成掎角之势，是谓不可失之地。"

"公孙兄是说，齐人攻襄陵，是逼庞将军回撤？"

"正是。"

朱威总算听明白了，起身道："在下这就奏请大王，驰援襄陵。"

"大人还是免了吧。"公孙衍缓缓起身，"如果在下所料不误，齐人的真正目标是大梁，大王自身怕也难保哩！"说罢，慢悠悠地走回草舍。

朱威脸色白了，痴痴地看向白虎。

二人正自对脸，公孙衍已走出来，手中是老白圭当年赠予他的那柄佩剑："看来，地是种不成了，在下得走襄陵一趟。"

定陶城外，齐军大营，孙膑首度在中军帐中露面，与田忌并坐，会见三军诸将。

"诸位将军，"田忌讲明形势，朗声问道，"首战襄陵，何人愿夺此功？"

"末将愿往。"田忌话音刚落，牟辛跨前应道。

"好！"田忌拿出令箭，"襄陵主将郑克，有守军八千，本将予你点齐本部人马，即刻出征。"

"末将领命！"牟辛接过令箭，转身欲走，身后传来声音："将军稍等。"

是孙膑。

牟辛回转身来，看向孙膑。

"将军此去，可知如何攻打襄陵？"

堂堂大齐边邑将军，身经数战，竟然不知如何攻城？牟辛先是一怔，继而苦笑，半是揶揄："末将不知，还望军师赐教。"

"襄陵易守难攻，将军不可用强。当多扎营寨，凌乱阵容，布伏兵于郊野林中，诱敌出城，设伏歼之。"

"如果敌人不肯出城，又该如何？"牟辛语气不无讥讽。

“围城打援，相机而动。”

“末将领命！”牟辛略略抱拳应过，一个转身，大踏步离去。

回到军帐，牟辛坐下，好不容易平下心头闷气，使人召请先锋邹昊，道：“将军有喜了！”

“喜从何来？”邹昊急问。

“主将传令，首战襄陵。在下为将军请来首功，图个吉利再说。”

“这这这，”邹昊不以为喜，反而急道，“瞧这仗打的！田忌为何不插向宿胥口，断魏归路，而后渡河，与赵人两边夹攻，围歼庞涓于邯郸城下呢？”

“唉，”牟辛本欲发火，又觉不妥，长叹一声，摆手，“昊弟有所不知，这般战法在下也是不解。莫说是在下，即使匡章将军，也颇有微词，可……”再叹一声，重重摇头。

“必是田忌那厮让庞涓打怕了，怯战了，不敢与其交锋，方才想出这等馊主意，拣个软柿子向大王交差了事。”邹昊气恨恨道。

“算了，不讲这个吧。将在外，以服从命令为天职。大王既已授权于主将，身为下属，你我只有服从。”牟辛苦笑一下，从案下拿出羊皮做成的形势图，指襄陵道，“这儿就是襄陵，右为睢水，左为潢水，犹如魏国伸向泗下腹地的一只独角。离襄陵最近的魏国城邑有两个：一是承匡，有守军五千；二是雍丘，有守军七千。承匡虽近，却隔潢水，潢水不宽却深，不利涉渡，将军大可无忧，将军所忧者当是雍丘。现将两万步卒交付昊弟，本将亲引五千骑手插入此地，绝敌援路。一旦援绝，襄陵即为孤城，城中八千军兵，任由将军屠宰。”

“两万步卒？”邹昊豪气上涌，妄自托大道，“邹昊就引本部五千人马，三日之内，定请将军入城安民。”

“五千人马，三日之内？”牟辛闻言略怔，苦笑一声，小声提示，“昊弟，襄陵为魏国边邑重镇，城高池深，易守难攻，莫说是五千，纵使一万，也难复命。受命之时，军师特别叮嘱，要我等围而不攻，诱敌出城，歼敌于城门之外。”

“膑人也来发号施令。”邹昊不知深浅，以拳击案，“区区八千军兵，竟要我等歼敌于城外，传扬出去，岂不丢我大齐国威？一万既然不足，也好，邹昊就请精兵一万，外加骑手三千，擒那郑贼于城门楼上，将军只管静候捷报就是！"

邹昊引带步卒一万，骑手三千，星夜起程，一路穿过宋境，天明时分，赶至襄陵城下，在北城门外开阔地带布下阵势，挺枪挑战。

城门未开，城门楼上一阵骚动，不一时，城头上旌旗林立，影影绰绰尽是人影。邹昊候至中午，城门依旧紧闭，无一人回应，好似来到鬼城。

邹昊火气上行，喝令攻城。

齐人如蚁般填平护城河，架起云梯，分多路攀爬城墙。眼见就要登顶，魏人陡现，万弩齐发，滚石落下，齐人纷纷滚落云梯，死伤一片，哀号不绝。

邹昊震怒，又要强攻，牟辛终是放心不下，快马驰至，见状急令鸣金，齐军后退五里下寨，检点人马，已折损数百。

邹昊经此一挫，也学乖了，此后两日，只在城门之外一箭开外搦战，不再攻城。魏人则高挂免战牌，坚守不出。

如是两日，齐军毫无进展。邹昊想出一计，令兵士们在城下轮番辱骂叫战。

第三日后晌，齐兵正自叫骂，城门楼上传来应声，说是主将郑克不忍辱骂，愿意接受齐将挑战。

邹昊大喜，引军布阵。

不多时，城门洞开，魏将郑克一车冲出，引战车三十，兵士三千，列阵以对。

邹昊虽通阵法，却未历过实战，就依书中所学礼仪出车挑战。郑克驱驰相迎，也不答话，照面就是厮杀。二将在两军阵前你来我往，杀有数个来回，郑克故意失手，长枪被邹昊挑落地上，现出惊恐之状，朝斜刺里狂驰。

三千魏军见主将落败，唯恐有失，当下混乱队形，争先恐后地追随于后，沿护城河外落荒而走。城门楼上魏军见状不妙，迅即拉起吊桥，关闭城门，以防齐军夺城。

邹昊不知是计，传令活擒郑克。

郑克溃军沿护城河狂奔二里许，拐向荒野，又逃十里许，没入一片疏林。

邹昊一车当先，紧追于后。

入林不久，一阵号角响过，两侧万弩齐发，齐兵纷纷中箭倒地。

邹昊始知中计，急叫退军，却是迟了，后路早被公孙衍截断，赶在前面的郑克亦折返杀回。齐人四面受敌，林中又施展不开，只有挨打的份儿，先锋邹昊更是被魏人团团围在核心。所幸牟辛引军及时杀到，冲开一条血路，将他救出重围，退至五十里外，方才稳住阵脚。

牟辛检点人马，伤者不计，折损竟过五千。

原来，郑克早与公孙衍沟通好了，这边郑克诈败诱敌，那边公孙衍从雍丘借来军兵，于南郊林中设伏，诱使邹昊上当。

两战俱败，损失惨重。牟辛不敢隐瞒，一边安抚邹昊入帐安歇，一边出具战报，说右军先锋将军邹昊依据军师传授战术，诱敌于城外，正在围歼，未料雍丘魏军驰援，数量惊人，先锋将军邹昊奋勇击敌，斩敌无数，无奈敌方势大，鸣金收兵，检点折损，略计五千。

区区数日，襄陵岿然不动，折损却达五千，还是略计！

田忌见报震惊，快马驰至，看到齐国右军将士个个耷拉脑袋，毫无生气；伤兵们一边呻吟，一边骂娘，当即下马慰问。

见是主将，有胆大的再无顾忌，将连日来的战况一一抖出。田忌怒不可遏，喝令绑了仍在帐中呼呼大睡的先锋将军邹昊，一路押回中军大帐。

牟辛傻了。

待回过神来，牟辛急就书信一封，快马送临淄告急，同时驾驶战车，直驰定陶，赶到中军帐外，刚好撞见几名执法军士正将五花大绑的邹昊拖出帐门，前往辕门而去。

一个刀斧手大步流星地跟在后面。

见是牟辛，邹昊如获救星，挣扎干号："大哥救我，大哥救我！昊弟浴血奋战，没有功劳也有苦劳。田忌那厮不识好歹，不问因由就把昊弟问斩，这分明是公报私仇啊，大哥！"

"刀下留人！"牟辛噌地跳下战车，喝住执法军士暂缓行刑，吩咐部从将自己绑了，裸背插荆，膝行入帐，望见田忌脸色铁青，正自呼呼喘气，旁边坐着军师孙膑，也是一脸沉郁，晓得是邹昊不识深浅，言语冲撞了。

"将军，军师，刀下留人哪！"牟辛长跪于地，带着哭腔。

"牟辛！"田忌按住几案，声音从牙缝里挤出。

"将军，"牟辛叩首，"邹昊，杀不得呀！"

"因何杀不得？"田忌冷笑一声，一字一顿。

"将军……"牟辛泪出，"一切皆是牟辛之过，牟辛但求一死，只求将军饶过邹昊，他……他……"

"他怎么了？"

"他是相国邹大人的独子啊！"

田忌、孙膑显然吃惊，互望一眼。

"哟嗨，"田忌陡地爆出一声冷笑，"怪道此人嘴硬哩，怪道此人气足哩！本将还以为是何方神圣下凡，原来却是相国大人的纨绔公子。"拳击几案，"王子犯法，亦当与庶民同罪，何况军令如山！"朝帐外大喝，"速将罪人推出辕门，斩首示众！"

帐外传来邹昊的叫骂声和急促的脚步声，渐行渐远。

"将军……"牟辛惨叫一声，匍匐几步，重重叩首，泣不成声，"留人哪，将军，牟辛求你了，刀下留人哪！"

"牟辛，"田忌啪地拿出军报，将几案震得咚咚作响，"你来得倒是好哩，本将正有事情问你！什么诱敌出城？分明是敌将设伏诱我，你却瞒报军情，该当何罪？你擅将从未见过战阵的纨绔子弟封为先锋，不仅隐瞒不报，且还放手让其超越先锋职权，统领逾万将士，贪功冒进，又当何罪？军师吩咐不得攻城，你却置若罔闻，听任邹昊胡来，两番枉送我六千将士性命，又当何罪？来人，将牟辛推出辕门，斩首示众！"

"将……将军……"牟辛瘫软于地。

"主将息怒，"孙膑适时插言道，"两军未战，先斩大将，不吉。"

"念在军师为你求情的分上，免你死罪，记大过一次，解除右军主将职务，改任偏将，督导粮草，望你戴罪立功！"

襄陵之误不仅枉送齐人近六千性命，且也打乱了孙膑的战略部署。苏秦以夺下襄陵为条件，才换来宋王偃的借道与屯兵。由于襄陵位置重要，为魏所必救，孙膑也想借此召回庞涓，回魏决战，这才制定围而不攻、诱敌出城的策略，不想却被一个狗屁不通的莽夫所误。

首战失利，齐军士气普遍受到影响，尤其是来自高唐、平陆的右军。田忌将牟辛误军的详细过程具报上奏，提升右军副将、平陆令陈陀为右军主将，从裁除人员中调补六千补足损额，回马重新围困襄陵，袭扰周边城邑，以安宋人之心。

与此同时，孙膑坐镇定陶，主将田忌亲引数百乘战车并两万骑卒旌旗招展地杀奔大梁。田忌不慌不乱，白天挥军沿宋齐衢道缓步推进，打出许多旗帜；一到晚间，则使骑士分路窜扰，或取城邑，或烧田间草垛、空舍，波及百里方圆，天亮前返回营地，随大军缓缓进逼大梁。一时间，魏国东部各邑火光四起，烽火连天，沸沸扬扬，处处喧嚣，慌乱间不知齐人杀来多少人马。

魏人精锐多被庞涓抽调赵国，守城的多是老弱病残，连惊带吓，或闭门不出，或望风逃避，多将空城或村舍留给齐人。魏室遗老、富豪大贾惊慌失措，携带家眷细软纷纷避往大梁。

不消五日，齐国大营已经逼向大梁近郊，从大梁城头望去，远近十余里，密密麻麻，皆是齐营，计点旌旗，不下十万之众。

大梁城严阵以待。

魏惠王拖着老迈之躯，一身披挂，花费三日沿城墙巡视一周，向守城士兵扬手慰问。一名力士紧跟于后，扛着惠王昔年舞之驰骋疆场、今日扛起亦是吃力的丈八金枪，再后是近身老臣与数百宫卫。

齐军并没有攻城，只是将大梁周围各邑空城尽皆占去，就地取材，不慌不忙地在大梁城郊各地扎下连营，将大梁城框围起来，盘查通行。白日，无数战车或在城外林中往来驰骋，或沿大道往返疾驰，车轮隆隆，扬起滚滚烟尘。夜间，万千骑手马不停蹄，四下窜扰。魏国大地，到处可听到齐人的马蹄声，尤其是在静寂的夜里，嘚嘚之声让人心跳加速。

按常规考量，有马就有车，有车就有卒，四处传来的马蹄声将齐军数量无限扩大。当数百里之外的陉山要塞也传来楚人侵袭、人马不知其数的边关急报时，魏惠王惊呆了。

要命的是，楚、韩两国使臣也如约定了似的，于同一日入大梁问罪，各呈国书，措辞严厉，诘责魏室有违纵约，要魏即刻由赵撤军，否则，楚、韩"正义"之师不日即至。

楚、韩皆为邻国，仅是楚地边邑重镇方城的常备守军已过六万，若是趁机"收复"陉山诸邑，魏国反倒得不偿失了。

外患纷扰，内忧更让惠王烦透。因齐兵入侵而逃入大梁的远近各邑长老显贵从四面八方跌跌撞撞地赶赴王宫，男人哭于殿，女人哭于后宫，声声皆要惠王快将征赵大军调回，赶走齐人。偏巧挑起事端的张仪、庞涓皆不在侧，热衷于伐赵的朝臣多在赵地，剩余朝臣多受惠施影响，不赞成伐赵。惠王召集廷议，上至太子，下至寻常大夫，尽皆赞成庞涓撤兵。弹劾庞涓的奏折一封接一封，被毗人夸张地码成一厚摞，摞在惠王案头。

惠王心烦意乱，没个主见，听闻督察粮草的朱威由宿胥口回返，忙连夜召见。

"撤军吧，王上！"朱威劈头一句，指着那摞厚厚的奏案解释，"这些臣子多是忠义之士，并不惧死，他们之所以言辞激烈，是为社稷着想。魏赵韩三家本出一晋，几百年了，三家虽有争执，但在大体上患难与共。秦人结我灭赵，是破合纵。尽管王上对纵亲颇多微词，但并未正式诏告列国，解除纵约。纵约未解却伐纵亲发起之国，我已失义。失义，即给列国可乘之机。齐人与我有黄池之仇，救赵是虚，谋我是实。齐人首战定在襄陵，而襄陵本为宋地，齐若攻克襄陵，宋国就会成为齐人腹地。楚人与我有陉山之争，若是趁机兵出方城，则陉山危矣。再说，秦人并不可靠，原说我们攻邯郸，秦人取晋阳，伐代地，可事实呢？据臣所知，秦人不过出兵五万，只在晋阳城下鼓噪呐喊，莫说是代地，连晋阳城头是何模样也难望到。庞将军为泄函谷失利之恨，听信张仪，力主与秦结盟，非为上策呀，王上！"

朱威一席话让惠王头上越发冒汗。

"还有，"朱威压低声音，"田忌不去救赵，反攻大梁，或为齐王旨意。我观齐军，阵营连绵，大梁周围，烽火四起，不下十万之众。而我精锐皆在赵地，大梁空虚，万一城破……"

"拟诏，"惠王再无迟疑，转对毗人，"着令庞涓火速回救大梁，与齐人决战！"

邯郸城外，魏营中军帐中，庞涓脚步沉重地来回走动。

几案上，并排搁着惠王的一道撤军旨令、调兵虎符并数支金箭。显然，数支金箭是于旨令之后轮番催促的。

庞涓顿住步子，脑海里浮出当年在鬼谷里的场景。

鬼谷子的声音："假定你已三者俱备，麾下大军也已围定他国都城，你正要一鼓而下之，忽然接到国君班师之命，此时，你又该如何？"

庞涓的声音："这……将在外，君命有所不受！"

鬼谷子的声音："你可以不受君命，不过，君上不依不饶，一道接一道地连发班师诏书，你还敢不受君命吗？"

"这……国君为何定要班师？"

鬼谷子的声音："老朽不知，你该去问国君才是！"

庞涓不由得打个寒战，也几乎是瞬间，一股刚毅之气涌上心头，脸上浮出一丝冷蔑之笑，心道："先生，你竟连这个也料到了，学生偏偏不信这个邪，这就做给你看！"

张仪拿起诏书，正自反复审看，见一身戎装的公子嗣大步跨进，顺手便将诏书连同虎符一并推过。

"这这这……"公子嗣匆匆看毕，急道，"父王真是糊涂了，在这节骨眼上，怎能一而再地旨令我们撤军呢？"

"嗣弟，"庞涓已经恢复神色，全身放松，转向公子嗣，"城下情势如何？"

"南门一度突破，"公子嗣不无遗憾，"可惜又被赵人封死了，用的是一种新式防车。"

"新式防车？"庞涓长吸一口气，"什么防车？"

"车上包一层精铜，连轮子也是，浇油都烧不掉。车前与车顶布满长矛，刚好堵实城门。在下打探清楚了，这种防车是墨家弟子新近造出来的，尤其是那些长矛可以自动刺缩，枪杆全由精铜铸成，杀伤力极强。”

“墨家弟子？”庞涓略略一怔，“他们不是在替中山人守城的吗，怎么一下子跑到邯郸来了？”

“因为他们不想再帮中山人了。”张仪接道。

“为什么？”公子嗣不解。

“因为墨家弟子助弱不助强。中山地处列强之中，南抗赵，北抗燕，东抗齐，势弱，方使墨家弟子云集而至，助其守御。今中山结魏联秦，夹攻赵国，成为强势，墨家弟子自要助赵了。”

“如此反复之徒，不足道矣！”庞涓见公子嗣又问，摆手止住，看向张仪，朝诏书和虎符努嘴，“张兄，王命如山，撤，还是不撤？”

“庞兄意下如何？”张仪反问。

“在下以为，”庞涓毅然决然，“齐人不过是虚张声势，不足虑也。楚、韩之兵，如果出，早就出了；之所以不出，是想坐山观虎斗，看邯郸一战。如果我胜，他们就夹紧尾巴；如果我败，他们就乘机出兵。”

“庞兄所言甚是。”张仪赞一句，不无忧心道，“不过，依在下所断，齐人也非完全虚张声势。”

“哦？”

“通盘观之，此番齐人救赵而不赴赵，反围大梁，堪称妙局。”

“妙在何处？”公子嗣问道。

“公子请看，”张仪边比画边说，“我大军皆在赵地，齐人若是过河救赵，是以实碰实，两军必有一战，鹿死谁手尚难预料，邯郸之围反而难解。齐人反围大梁，逼我撤兵，是以实就虚，邯郸之围可以不战自解。”

“那……我们坚持不回呢？”公子嗣追道。

“这就是走险棋了。”张仪应道，“就情势而论，莫说是齐人出兵二十万，纵使仅出十万，大梁也将危在旦夕，毕竟是魏地无强兵，不堪一击了。”

“唉，”庞涓苦笑一声，“只几年没有露面，田忌这厮就有长进了！"

"若是不出在下所料，"张仪接道，"齐营另有高手，其智或不在庞兄之下。"

"你是说……"庞涓倒吸一口凉气，"会是孙膑？"

"不可能！"公子嗣断然道，"孙膑早已死了。再说，如果此人在齐，这么多年不可能未透一丝风声。"

"是何人难断。就在下所知，依田忌的风格，当不会这般走棋。"

庞涓席地坐下，微微闭目，陷入深思。

"可是齐人只是骚扰，并未攻城啊！"公子嗣看向张仪，显然怀疑他的判断。

"因为齐人并不想攻破大梁，只想调我回去。"

公子嗣仍要再问，庞涓睁眼："张兄，依你之见，我当何去何从？"

"回救大梁。"张仪语气肯定，显然想定了。

"如何回救？"

"回以齐人之道。"

"张兄之计是……"庞涓略略一顿，"直捣临淄？"

"正是。"张仪起身，大步跨到沙盘跟前，待庞涓、公子嗣也跟过来，指沙盘道，"我们可从此处以奇兵渡河，经由河间，再渡河水，直插临淄，反打齐人一个措手不及。待齐人仓皇回援，寻机与之决战于野。"

"相国妙计！"公子嗣喜上眉梢。

"确为妙计，"庞涓接道，"只是风险太大，不易实施。"

"风险何在？"公子嗣不解。

"一是大军横渡河水不为易事，两渡河水更是个难；二是夏季已至，河水泛滥，河间地多有泥淖，不利于车，只能跋涉；三是我武卒皆是重装，若是长途跋涉赶往临淄，不战先自垮了；四是粮草如何补给。"

庞涓一连讲出四条，公子嗣咋舌。

"还是庞兄想得周全，"张仪这也觉得是计仓促，赞他一句，又道，"只是，齐人捣我虚弱，断我粮道，我在此地守不久矣。大梁若是有虞，我等就吃罪不起了。"

"在下所虑，亦在此处。"庞涓应道。

"对了，"张仪眼珠子一转，指向宿胥口，"我可由此渡河，兵出卫境，拦腰斩断齐兵后路，将田忌困于我境。大梁急切难下，后路粮道被断，齐兵必将不战自乱。那时，我可择机寻敌决战，一战而胜之。"

"在下亦是此谋。"庞涓重重点头，"不过，在与齐人决战之前，我且拿下邯郸再说。"转对公子嗣，"嗣弟，传令三军诸将，中军帐听令。"

三军诸将毕至。

庞涓拿出已经签好自己名字的军令状，字字铿锵："叫诸位来，是要诸位与在下共签一封生死书。三日之内，诸位若是拿下邯郸，在下为诸位请功论赏。若是拿不下来，在下自裁于中军帐中，以谢王命！"

见庞涓立下的是这般令状，众将尽皆涕泣，在中军帐里歃血盟誓，摩拳擦掌而去。

庞涓的军令状迅速传遍魏国三军，大魏武卒个个噙泪，红了眼般直扑邯郸城墙。

多日进攻，已使邯郸城墙千疮百孔，魏人这又疯狂，赵人支撑不住了。两处城墙及一个城门被攻破，但被闻讯赶至的赵雍卫队以血肉之躯填上，协助守城的墨家子弟也是前仆后继，死命抗御，连守在苏秦身边寸步不离的飞刀邹也赶往城墙，一柄接一柄地飞出索命飞刀。

见双方都开始玩命了，苏秦忧心如焚。

入夜，攻防一日的双方将士尽皆疲累，邯郸城内城外总算安静下来，只有伤者时不时地从某些地方传出压抑不住的声声呻吟。

洪波台中，苏秦、赵刻、楼缓等五六个重臣不无沉重地看着赵雍。

许是双唇咬得过紧，赵雍的右边嘴角冒出血来。

"王上，"赵刻说话了，"苏子之请不是不可行，再守下去，只怕……"轻叹一声，别过脸去。

"要走你们走，"赵雍呸地吐出一口血，"明日寡人亲登城楼，与城门楼共存亡！"

"君上，"苏秦缓缓起身，在赵雍前面跪下，"苏秦恳请了。"

"苏子？"见苏秦这般跪下，赵雍惊愕了。

苏秦五体投地，一动不动地叩在地上。

赵刻迟疑一下，也跟过来，紧挨苏秦跪下。

其他重臣，再无话说，也都跟后跪地。

"你……你们……"赵雍手指颤动，"真的不念这个宫城？真的不念这城中的妇孺百姓？还有这……这这这……赵室经营数百年，也就这个家当啊，你们怎能眼睁睁地看着这一切在寡人手里……"气结。

"王上，再请听臣一言，"苏秦眼中噙泪，声音哽咽，"如果再守下去，这城，这宫，还有这城中的一切，宫中的一切，真就毁了！王上弃城，反倒给这一切以生路啊！"

"你……讲出理由！"赵雍的声音似从牙缝里挤出。

"因为魏人已经杀红眼了。如果破城，必会大开杀戒！平阳惨案，不可不鉴哪！"

听到"平阳惨案"四字，众臣，包括赵雍，全都不由自主地打个寒噤。

"王上，"苏秦接道，"齐兵伐魏，旨在调动庞涓回救。而庞涓不得邯郸，心必不甘。我们弃城，等于是给庞涓一个台阶，让他有脸面回朝。臣知庞涓，虽然好战，却非鲁莽之人，亦非残暴之徒，不会乱来！"

"苏子啊，"赵雍态度有所松动，但疑虑仍在，"我们在城中，可以据险以守，或有生机。今若弃城，我将无险可据。庞涓若是趁机围歼，我们岂不……死无葬身之地了？"

"穷寇不追，此乃古今用兵之道，况且眼下魏人之心不在赵人，而在回救大梁，相信庞涓不会恋战，让魏人在此枉送性命。"

"何时突围？"

"事不宜迟，明早黎明前夕为妥。"

"好吧，寡人听你苏子。"赵雍转头看向诸人，"如何突围，就由几位爱卿妥善协调。"说罢，脚步沉重地走向后宫，准备家事去了。

得到旨意，苏秦吩咐木实、木华姐弟趁夜色缒到城下，赶往武安，通知肥义引兵接应。

黎明时分，魏军仍在酣梦中，邯郸北、西两个方向的数道城门同时开启，赵国城中军卒及青壮苍头，层层裹护赵王并宫妃贵胄，如炸了窝般轰然冲出，以不可阻挡之势杀出道道缺口，绝尘而去。

果如苏秦所料，庞涓闻报大喜过望，叮嘱将士不可纠缠，甚至有意让开通道，放赵人一条生路。城外肥义所部也早赶到约定地点，多股赵人汇拢一处，步子不乱地涉过洺水，进入安全地带。

日上竿头，庞涓引领三军整装入城，使人验点宫宝、府库，以魏王名义犒赏三军，备足粮草，颁令严禁抢劫和扰民。

一车当先进入赵宫的是公子嗣。

公子嗣传令将赵宫滞留宫人全部集中起来，宦臣站在一侧，宫女、嫔妃、侍妾等站在另一侧，黑压压的有一千多。

公子嗣径直走到女人群里，让她们站作一排，一个一个挨着看去，选出五十名长相出众的留在宫里自用，将余下的数百宫女全部押走。

是夜，数百宫女并一些大夫、富足人家的妾、奴等贱役女子约三千人被充作营妓，带往城外，配发给三千虎贲并两万武卒集体享用。

翌日晨起，天蒙蒙亮，饱餐一夜美色的两万武卒并三千虎贲在主将庞涓亲自引领下，神清气爽地开往宿胥口。

庞涓的战略部署是，由宿胥口渡过河水，经由桂陵，过卫入宋，直插济水与濮水之间的齐魏衢道，断去齐军退路。其余军卒，留下一部从张仪留在邯郸善后，大部则由公子嗣统领，经由魏赵衢道直驱大梁，会合大梁魏军，与庞涓三路夹击，与田忌会战于大梁之野。

兵贵神速。

由邯郸至宿胥口逾三百里路程，大魏武卒仅用一日一夜，于次晨赶至渡口，黎明渡河。

三千虎贲率先渡毕，直插济水。

尚未行至濮水，三千虎贲却在桂陵西侧遭到伏于林中的大批弓箭手袭击。虎贲虽猛，却仓促应战，加之走路过急，汗流浃背，军士大多摘掉头盔、甲衣，用枪挑在肩上行军，齐军又是近距离射杀，顷刻间三千虎贲倒地逾半。

剩余虎贲被激怒了，不及穿甲衣，矢雨疾风般冲入林中。齐军弓弩手猝不及防，撤退不及，反被砍杀不少。齐军长枪队急急赶上，掩护下弓箭手，将虎贲团团围住。

青牛鸣金回撤，众虎贲往回杀开血路。正激战间，魏人后续人马赶至，齐兵退去。

庞涓检点人员，三千虎贲已折逾八成，仅余不足五百，不少人还挂着程度不同的伤彩，青牛左臂也中一箭，好在伤势不重，由随军医士敷药包扎了。

三千虎贲军竟被伏击，且折去大半，庞涓震惊之余，仍旧以为是小股齐军闻讯阻击，继续驱大军推进包抄，正欲将之全部吃掉，不想迎头撞到的竟是数万齐兵，且早已占据桂陵两侧的矮山并中间狭道，严阵以待，将通车的衢道堵了个严实。

矮山之巅飘扬着一面主旗，上面写着一个大大的"田"字。

庞涓顺眼望去，站在旗子下面的，果是田忌。

庞涓倒吸一口长气。庞涓得到的军情是，田忌并齐军主力仍在围困大梁。显然，是自己过于自信、过于大意了。如果在三军出动之前，多派几路探马，这种窘境就不会发生。

震惊之余，庞涓环顾四周，见此地形势狭窄，不利武卒展开，急令后撤，在数里之外的开阔地带扎住阵脚，部署防御。同时，急派五名军士回驰宿胥口，要公子嗣火速驰援。

不料未过多久，报信的兵士只有一人驰回，且满脸是血，腿部中箭，报说大批齐兵正从宿胥口杀来，宿胥口恐已不保。

话音落处，西北天际浓烟滚滚，形成一片黑云。

举目望去，正是宿胥口方向。

显而易见，着火的不是民宅，而是魏军赖以渡河的渡船。

没有渡船，河西魏军无论如何也飞不过河水。而大梁方面，几日之内不可能派来援军，也就是说，庞涓这支两万余人的武卒在未来几日，将是孤军！

桂陵地势奇特，两侧各有一道高二十余丈的土梁子，将一条不大的官道夹在中间，官道只能并肩通行两辆战车，山坡虽缓，但灌木丛生，荆棘满地，利守不利攻。

不消半个时辰，庞涓已初步探明，齐人参与围堵的兵马不下六万，且已分别占据四周有利地势，组成一个布袋阵，并在魏军前后不远处的衢道上布满障碍物。不仅将衢道堵个严实，更沿衢道两侧结出几重防线，直至山梁，显然图谋将魏人困死在这方圆不足数里的狭长空间里。

更要命的是，这里没有水。

众武卒面面相觑。

即使是庞涓，心头也掠过一丝莫名的惊惧。

是的，张仪说得是，齐营有高人，且这高人用兵之法远在自己之上。攻打襄陵、窜扰魏境、佯攻大梁、设伏烧船……如此周密的计算，如此精到的调动，几乎连每一个细节都考虑到了。

能够做到这个的，当世只有一人——孙膑！

对，一定是孙膑。

长途奔袭，攻敌必救，堪称孙膑的用兵法宝。想当年与楚国昭阳争宋，明袭项城、暗取陉山的漂亮一战，正是出自孙膑的谋划。

想到孙膑，庞涓的背脊骨都是凉的。实在奇怪，此人是如何逃离的，又如何深藏不露，躲藏至今？

庞涓正自乱想，各部将领纷纷围拢前来，皆要与齐人拼命，摩拳擦掌，求打头阵。

"诸位将军，"庞涓收回思绪，恢复理智，扫一眼众将，淡淡说道，"你们中有谁参加过黄池之战，请举手！"

有五人唰地举手，表情不无自豪。

"好样的，"庞涓冲五人扬手，"站前来！"

五人跨前两步，高昂起头，站成一线。

"给大家讲讲，你们是如何取胜的？"

黄池之战堪称魏国开国以来最长气势的经典战例，魏人妇孺皆知，莫说是眼前这些军人了。

五人面面相觑。一人朗声应道："将军布下屎溺王八阵，大破齐军，活擒田忌于屎尿坑中！"

众皆哄笑。

"讲得精彩！"庞涓没有笑，冲那位讲话的伸拇指赞一句，看向众将，"诸位将军，想当年，齐有大军七万，我只有区区三万哀兵，结果如何？活擒田忌于屎尿坑中。今日没有屎尿坑，但我有两万以一敌十的大魏武卒，请看本将再摆一阵，活捉田忌。"

"将军，要摆何阵，请发令吧！"诸将异口同声。

"齐将田忌只配一阵，王八阵！"庞涓跳上战车，"诸位将士，看我号旗，听我号令，就在此地，列王八阵，活擒田忌！"

众将齐呼："列王八阵，活捉田忌！"

不消一个时辰，两万武卒已按庞涓号旗指令，就地列出王八阵。

田忌站在山顶，看得清楚，怒火中烧，恨恨地对孙膑道："庞涓当年摆出此阵，戏弄本将。今又列出此阵，当是作死之象。"

"观此阵法，庞兄果是了得！"孙膑却是交口称赞。

"咦，"田忌看过来，一脸惊愕，"孙兄，你这是故意气我呢，还是……"

"在下与你谈此阵法。"

"好，你且说说，他这阵法有何了得！"田忌上气了。

"凡阵有十，"孙膑不急不缓，犹如上课，"是为方阵、圆阵、疏阵、数阵、锥阵、雁阵、钩阵、玄阵、火阵、水阵。古往今来，万千阵法，皆是上述十阵变化之果。"

孙膑所讲之十种阵法与田忌所知阵法完全不同。田忌所知阵法，皆为具体阵法，皆有阵图，皆有其名，皆有其强，也皆有其弱，如虎翼阵、龙腾阵、一字长蛇阵、迷魂阵、阴阳八卦阵等等，不下百种。孙膑却大而化之，将所有阵法简单归为十种，让他耳目一新。

田忌请教十阵优劣及破解之道，孙膑一一讲解。

田忌若有所悟，指魏人阵势道："如此说来，眼前之阵，当为圆阵了？"

"不完全是。"孙膑没看阵势，盯住田忌，"当年庞兄摆出此阵，确有戏弄将军之意，因他在摆此阵时，早已备下奇招。今日不然。我数倍于他，以逸待劳，魏处劣势，地势不利，仓促之中，亦无奇招可恃。眼下来看，没有比此阵再好的守御了。"

"好在何处？"田忌显然不服。

"将军请看，"孙膑扭过头，指向敌阵，"此阵状如伏龟，方中有圆，圆中有方，兼具方圆二阵优势。外围刚强，布满长兵劲弩，排列战车围栅，撒满蒺藜钩刺，如神龟之壳，纵有强敌也无从突破。内脏空虚，伤残医护炊等皆可居中调理。龟首与四爪灵活多变，可缩可伸，伸可攻，缩可守。庞兄于急切之间，竟能悟出此阵之理，以之守御，当真了得。"

田忌从孙膑所讲角度再观此阵，倒吸一口气，咋舌道："孙兄若不点破，在下……恐又上当了！"

孙膑似是没有听见，目光仍旧留在敌阵，越看越是叹服，伸拇指道："先祖孙武子有言，两军交战，运兵布阵若能做到六至者，将无往而不胜。"

"是何六至？"田忌急问。

"疾行如风，徐行如林，侵掠如火，不动如山，难知如阴，动如雷震。细观此阵，庞兄达其二也。"

"庞贼所达的二至，"田忌若有所悟，"可是徐行如林，不动如山？"

"正是。"孙膑点头，"徐行如林，不动如山，堪称龟阵要髓。庞兄尽达之矣。"

"既为龟阵，"田忌若有所思，"既徐行如林，不动如山，我可围之，饥之，渴之，困死他。"

"倒是一种破法，"孙膑应道，"只是眼前不可行。此龟只要守伏三日，大梁援军就可抵达，邯郸魏军也会设法渡河。河水绵长，处处可渡，防不胜防，且我军力多调于此，无力守河。届时，中有此龟，外有援敌，反倒是我腹背受敌，陷于被动了。而就此阵而言，三日并不难守。我虽断其水源，绝其粮草，但军士长途行军，必备干粮、水囊。急切之间，还可杀马充饥，饮血解渴，熬过三日，当无大难。"

田忌长吸一口气："军师是说，我须于三日之内破此龟阵，击溃庞涓？"

"正是。"

"这……"田忌急了，"如此坚阵，何以破之？"

"欲杀王八，斩首剁爪。"

"其首缩在壳中，如何斩之？"

"可使刚猛敢死之士挑战龟首，只在龟首处扰动，龟首出则退，龟首入则进，使龟首于不知不觉中拉长。而后使骑手快速插入，拦腰斩断龟首。龟必为救首而快速变形移动，移动即露弱处，我可再使锐卒，排作锥阵，分四路冲击龟足，突入中空。四脚之中，若有一脚被突入，龟阵可破。"

"妙哉！"田忌喜道，"在下这就安排，明日破阵。"

"明日不可。"孙膑摆手，"魏军刚被围困，其气必炽。将军可假作不识此阵，采用车轮战法，日夜惊扰龟身，既可使敌疲惫，又可使敌放松警惕。如是二日，其气可泄，其戒心可除，届时，将军再行破阵之法，一招制敌。"

田忌从命，召诸将至中军帐听令，一一分发令箭，教以战法。

此后二日，齐军以小股兵力、破旧战车轮番撞击龟壳，日夜不息，并无一处突破。至第三日，魏军渐渐放松警惕。即使庞涓，也觉得孙膑不过如此，加之算准援军将至，胆气渐壮起来。

第三日将暮，一连三日紧张的魏军尽皆懈怠，士气沉落。

就在此时，左军主将匡章亲引两千锐卒冲击龟首。龟首为青牛部下的残余虎贲外加五百武卒组成，共计千人，个个骁勇，连憋两日，却无一个出战机会，此时见有挑战，顿起精神，气昂昂地与匡章接战。

匡章不敌青牛，斗不过三合，败阵而走。

齐兵软甲轻灵，武卒重装缓慢，是以青牛并不追赶。

匡章回头复战，青牛再迎，又斗几合，匡章再度不敌。如是几番，青牛火起，渐追渐远，不知不觉中，龟首足足伸出一里开外。

庞涓闻报，急急鸣金，却是迟了。一阵马蹄声急，一标骑手从斜刺里横空杀出，直冲龟首，扬起尘土，遮人眼目。战马比战车又快许多，所有战马皆披甲衣，势强力狠，武卒血肉之躯，难禁一撞，多被战马冲倒于地，踏个结实，龟首断为两截。

紧接着，士兵回马跳下，持短兵器对着倒地武卒肆意刺杀。武卒多被冲傻了，待回神时，不少已成枪下之鬼。匡章回身再战，勇力大增。青牛始知上当，再欲缩回，却是晚了，被众多齐人团团围住。

庞涓震惊，急令援救龟首，龟体快速移动，四只龟足快速前移。

就在此时，四支骑队，各有千骑，皆披坚执锐，分四路风驰电掣般冲向正在移动的四只龟足。龟足欲缩不得，欲堵不能，皆被冲溃。齐骑杀入中空，龟阵中央开花，乱作一团，杀声震天，锣鼓乱鸣。庞涓辨不清敌我，号令不得，龟体四分五裂，大魏武卒变成人自为战、车自为战了。

与此同时，齐国大军由四面蜂拥而上，将魏人团团围住，以三杀一，加之天色昏黑，大魏武卒分不清敌我，乱搠乱捅。齐人却有标志，人人臂上缠块白布。

青牛见状不妙，顾不得别个，摆脱匡章，与身边几员猛士一道，反身杀回龟体，一路招呼混乱中的魏军，聚成一个百人团，于乱军之中横冲直撞，远远望到被团团围困的庞涓。

庞涓身边已无多少随众，形势危急。

青牛大叫一声："青牛来也！"杀入重围，救下庞涓，朝西南方向杀开一条血路，突围而去。行不过数里，恰遇布防于外围的牟辛部众，手持火把，挡住去路。

青牛杀红眼了，非但不退，反倒大吼一声，用力折断旁边一辆被撞毁战车的车辕，持在手中，直冲上去，迎向牟辛战车。

牟辛辕马受惊，扬蹄长鸣。牟辛一是猝不及防，二是被青牛的气势吓傻了，尚未反应过来，受惊辕马自行掉转车头，朝斜刺里狂奔而去。

看到主将退避，部众哪里还敢接战，纷纷朝两侧避让。青牛一行不足百人，个个奋勇，人人争先，势如破竹利刃，将牟辛所部由头劈到尾，溃围而出，沿濮水上溯，于次日后晌，逃到黄池，方才撞到由大梁驰援而来的魏兵。

主战场上，喊杀声于后半夜渐息。

第六章

破齐人张仪离间　避险境孙膑诈死

翌日晨起，孙膑亲往视察战场，田忌为防不测，亲自推起轮车，由几十名贴身护卫前簇后拥。厮杀一夜的场景惨不忍睹。

魏军将士大多战死，无一降卒，且死者多是前面中枪，不少死后仍旧保持搏击姿势。

检点齐军，尽管兵力在数量、地势等各方面占优，伤亡人员仍近两万，几乎不少于魏人。

前面传来喧嚣。

放眼望去，是几百将士围成一个大圈，场面嘈杂。

看到田忌，一个校尉飞跑过来，礼毕，道："报告主将，此地有三百余魏卒，尽皆挂伤，负隅顽抗，宁死不降。"

"宁死不降者，格杀勿论。"田忌沉脸应道。

"得令。"校尉反身跑去，身后却传来声音："且慢！"

校尉顿住。

孙膑示意，田忌推着轮车赶过去，果见数百伤残魏卒一圈挨一圈，坐成一个圆圈。最外圈，是伤势最轻的；最里圈，是伤势最重的，个个手持兵器，浑身血污，满脸严肃，欲做最后一搏。

见到主将，齐兵让开一条道。

田忌推着孙膑直走过来，距十数步站定。

"诸位将士，"孙膑朗声说道，"在下孙膑，向你们致敬了！"说毕，双手合礼，深深一揖。

听到"孙膑"二字，众魏卒无不扭头看来。其中有人认识孙膑，惊叫："天哪，是孙监军，真的就是孙监军哪！"

"诸位将士，"孙膑直起腰来，一手扶住轮车的扶手，一手举过头顶，竖起拇指，高高举起，"你们是真正的勇士，是当之无愧的军士，孙膑敬重你们。两军交战，不杀降者，更不杀伤者。你们不是降者，但你们是伤者，孙膑敬请诸位不要抗击救治，不要拒绝水米。孙膑保证，齐军不将你们做战俘对待。"

闻听此话，众军卒无不泪出，放下武器，向孙膑致敬。

"给勇士们喝水、吃饭、疗伤。"田忌吩咐校尉。

校尉应过，飞速安排去了。

"传令，"孙膑转对田忌，小声道，"留下一万将士清理战场，救死扶伤。余众赶赴宿胥口，应战魏卒！"

田忌依言，留下田婴善后，亲引大军赶赴宿胥口，与正在渡河的魏军狭路相逢。由于没有渡船，魏卒临时拼凑木筏，渡过河水者不过数千，在齐人的强势冲击下或死或降，还没登岸者重又返回对岸。

邯郸赵军闻听齐军大败庞涓于桂陵，复杀过来，反将魏人逼入邯郸城内。眼见败势已定，两面遭攻，张仪、公子嗣改攻为守。张仪修成奏疏一封，劝惠王与齐、赵两国议和。

庞涓回到大梁，在惠王面前长哭于地。

"喀喀喀，"连急带闷已卧榻数日的惠王连出几声咳嗽，从枕边摸出张仪的奏疏，匀稳气，"相国奏请和谈，贤婿意下如何？"

"功败垂成，"庞涓哽咽，"儿臣……不甘心哪！"

"甘也好，不甘也好，为父老了，不中用了！"惠王吃力地又咳几声，转对毗人，声音嘶哑，有气无力，"召朱威觐见！"

邯郸赵宫，公子嗣正与十几个妃子在玩投骰子游戏，谁输谁脱衣服。公子嗣光了膀子，有几个妃子已是一丝不挂了。

一个宫人趋进："禀报将军，您的参将求见！"

公子嗣正在兴头上，脸色一沉："去去去，叫他滚远点儿，本将这在忙呢！"

那宫人凑到跟前，小声嘀咕几句。

"安阳君？小妾？"公子嗣一下子来劲了，自言自语几句，抬头看向他，"去，将那女子带进来！"又朝众妃努嘴，"你们几个，一边儿歇去！"

众妃子各拿衣裳，匆匆退去。

公子嗣刚刚整好衣冠，宫人便引一白衣女子走进。

是天香。

天生丽质，顾盼皆生情。

公子嗣的眼睛一下子亮堂起来，身子坐直，前倾。

"将军，"天香没有一丝羞涩，既不叩首，也不揖礼，落落大方地径直走到他前面，嫣然一笑，目光勾引，"你这在看什么呢？"

公子嗣阅女无数，不曾见到有女子这般与他说话，一时怔了。

"小女子好看吗？"天香又是一笑，摆出个撩人的姿势。

"好看好看，"公子嗣的骨头酥了，"你……叫何名字？"

"葛藤。"

"葛媵？"公子嗣略顿一下，"哦，明白了，是安阳君的媵妾！"

"不是媵妾的媵，是藤条的藤。长在山沟沟里，专会缠人的那种藤条！"

"这么说，你家是山里的？"

"算是吧，就在那边！"天香指向西方的高山。

"给本将说说，你这根藤是怎么个缠人的？"公子嗣欲火起来，目光盯向她的要紧部位。

"嘻嘻，只怕将军受不了！"天香欺前一步，目光火辣。

"哟嘿，你这藤条倒是爽快哩！好好好，本将喜欢！"公子嗣抓住她，一把拉进怀里。

天香嘤咛一声，双臂趁势钩在他的脖子上。

战败求和，最是难为人。魏惠王选择朱威，既是知人善任，也是别无选择。因为伐赵是张仪、庞涓挑起来的，让二人出使，哪一个也拉不下面子；太子申是未来储君，他去有失国体；惠施倒是合适，人却走了；白虎分量不够，若去反倒误事；能代魏室出面的只有老臣朱威，只是朱威为人实在，辞令、谋略皆欠火候。

　　然而，作为战败国，再好的谋略、说辞也是无用，诚恳或可得分。

　　朱威责无旁贷，于次日驱车驶离大梁。

　　朱威没有如寻常出使般往投临淄，而是直驰早已屯扎于宿胥口的齐国中军大帐。也是朱威赶巧了，人还没到，远远望见齐国太子辟疆押着粮草，不远千里前来劳军。

　　朱威就地扎帐，待辟疆歇过一宵，于次晨入帐求见。本就反战的朱威，此时求和更见恭敬，双手奉上国书，长跪于地。

　　辟疆赐席，细阅国书后，递给孙膑。

　　孙膑略瞄几眼，转给田忌。

　　“朱上卿，”田忌冷笑一声，将国书掷于地上，“如果是你家事，求和不难；是魏室家事，就当由魏室之人出面！”

　　这话既恃强，又没给朱威面子。

　　“田将军有所不知，”朱威一脸尴尬，苦笑一声，拱手，“我王年老体衰，不堪奔波；殿下近患风寒，不宜出远门，魏室再无合意人选了。朱威虽非魏室嫡亲，却是魏门长婿，今奉王旨求和，还望将军赏威一个薄面。”

　　“在下之意是，”田忌也觉失言了，回过一拱，“何人挑事，何人来当才是！上卿是魏门长婿，他庞涓就不是了吗？你家大王只要开战就听庞涓，这要议和了，缘何不见此人？”

　　朱威长叹一声，低下头去。

　　田忌又要说话，辟疆摆手止住，对朱威道：“魏王心存百姓，有心议和，辟疆甚喜。只是此事涉及颇大，容辟疆三思，禀过父王，方可回复上卿。”

　　“谢殿下宽厚，只是……战事一日不懈，百姓一日无安。朱威恳请殿下念及万千生灵渴望，早日定夺为盼！”

"上卿且回营地，明日复来，如何？"辟疆略一思索，客气道。

朱威起身，谢过诸人，退出营帐。

"魏罃服软求和，诸位爱卿这请议议，允还是不允？"辟疆扫一眼在席的田忌、孙膑与田婴三人。

"不允！"田忌不假思索，"庞涓吃下败仗，魏军士气低落，眼下正是我复仇良机。再说，魏人已被我军困在河水对岸，前有赵人，后是我师，欲返不能，欲进不得，已是强弩之末，无还手之力了，只有受死！"

"田将军，你意下如何？"辟疆看向坐在末位的副将田婴。

田婴正在审看被田忌掼在地上的魏室国书，此时见问，放下国书应道："臣已探明，情势确如主将所言，魏武卒精锐被歼，主将庞涓也不在位，河水对岸士气低迷，不堪一战。只是……"看向孙膑，"桂陵之战所以获胜，是因为军师妙算，战与不战，殿下当问军师。"

辟疆笑笑，目光移向孙膑。

"臣以为，"孙膑回以一笑，拱手道，"凡战皆是为和，和不成乃战。战，不得已而为之。魏已求和，我若固执以战，是谓强战。强战非义，士不赴死。"

"这不可能。"田忌先是一怔，接后应道，"只要本将一声令下，大齐三军看有哪一个敢不冲锋陷阵？"

"将军所言，是谓威服。威服，军士死者抱怨，怨生戾气，生者怀惧，惧则不前。"孙膑淡淡应道。

"孙兄，你……"田忌急了，"难道这就放过庞涓不成？"

"两军交战，不可为一己之怨。再说，见好不收，是谓贪求。贪求则败。"孙膑仍旧不急不缓。

"你是说，我若再战，会败？"田忌不服了。

"魏虽失利，仅去除两万死士，河水对岸仍有死士将近七万，若被逼急，必拼死一搏，士气反而振奋。一对一拼杀，鹿死谁手难以预料。绝地无生，伤敌一千，必自损八百，桂陵之战可见矣。"

想到桂陵之战魏国武卒的出色表现，田忌不由得打个寒噤。

"再说，"孙膑不急不缓，进一步分析，"魏据河水之西，自宿胥口至邺城，皆是魏土，有民逾六十万，存粮足支一年。反观我军，补给乏力，若是久战，气必泄，力必竭。至于赵国，只要魏人不失滏口，赵人就无还手之力。魏人北据邯郸，南守河水，与我对峙，将军何以应之？"

田忌再无言语。

翌日晨起，朱威复至，田辟疆应允议和，将球踢回："我王应赵人之请出兵，上卿若是真心求和，当问赵人。若是赵人应允，我即退兵。"

朱威要的就是这句话，当即拜谢，起程前往邯郸，见过张仪，谋定议和底线，持使节出城，入赵营觐见赵王。

赵国中军大帐霎时沸腾。赵臣无不激愤，纷纷反对议和，认为眼下是反击魏国的最佳时机，即使一向沉稳的安阳君也对议和抱持异议。

显然，赵人受到的伤害实在太深。昔年晋国权卿智氏联合韩、魏二氏攻赵一年有余，水淹晋阳数十日，赵人"悬釜而炊，易子而食"，都城犹在。而今日，庞涓引领的魏人竟然轻而易举地卡断滏口塞，匪夷所思地逼陷邯郸，让赵人情何以堪！

群情激昂，年少气盛的赵雍自也亢奋，正欲下旨，跟前传来一声轻轻的咳嗽。

是苏秦。

是自始至终端坐在君王跟前一言未发的苏秦。

赵雍望过来。

众臣望过来。

苏秦的脸上写满忧郁。

"苏爱卿，"赵雍这才注意到近在咫尺的赵国救星，略觉抱歉地拱手，"魏人拔我邯郸，赵魏不共戴天，今魏求和，众皆欲战，爱卿是何高见？"

"谢王垂询，"苏秦拱手应道，"敢问我王拿什么去战？能战多久？"又朝众臣拱手，"诸位大人，战，拼的是实力，不是血气。魏人西守滏口塞，东扼河水，南是魏土，北是中山。我则为困兽，且失血过多。滏口塞不得，我无血可补，河水天险，齐援急切不得。单靠我眼前之力与魏决战，敢问诸位胜算几许？诸位家舍多在邯郸，父老亲友也在邯郸，血染邯郸，亲人受难，魏人也必不恤，邯郸或会因此而鸡飞蛋打，残垣断壁一片。"

苏秦之言既合情理，又据事实，方才还是意气风发的众人此时如同泄气的尿脬，一下子瘪了。

"诸位大人，"苏秦扫视众人，一反方才忧郁表情，目光挑衅，似是在寻求辩论，"我粮食府库皆在邯郸，老弱病残妇孺皆在邯郸，城防险峻也在邯郸，皆被魏人所占，我若困之，结果如何？再说，我以何困之？邯郸已与邺邑连成一片，漳水不再成险，我人丁虽众，能战之士不过五万。今攻守易势，我以五万对七万，以无险对有险，以血气对强敌，智者不为也。"

赵雍完全被说服了，长吸一口气："何去何从，请爱卿指点！"

"回禀我王，"苏秦转过脸来，看向赵雍，"于我而言，眼前上上之策，是与魏议和，停战休民，恢复家国元气。我虽不支，魏也不堪，今魏人首提议和，于我则是有利，我王当顺水推舟，与其议和，恢复我旧时辖地。"

"赵雍谨听苏子，烦请苏子与朱威议和！"赵雍不再多言，当下决断。

"谢我王重托！"苏秦拱手，"不过，由臣出面不妥，因臣虽为赵相，也兼他国之相。"

"这……"赵雍显然忽略了这个，"敢问相国，何人出面为妥？"

"臣荐肥义大人。"

一个月后，邯郸城南，面对滚滚东去的漳水，魏使朱威与赵使肥义、齐使田婴、秦使公子疾、中山使张登共同签署漳水之盟。依据此盟，魏人无条件归还邯郸及所占赵地，齐、秦、中山无条件撤军，赵、中山则以槐水为界，永不相犯。

一场耗时经年、波及列国诸方的天下大战，在齐人围魏、庞涓兵败桂陵之后两个月的漳水河边画上句号。

就眼前利益而言，列国皆输，唯一的赢家是中山，因其终于从赵人手中夺到了梦寐以求的战略要地鄗邑，由法理上获取槐水天险。之后数年，中山即沿槐水北岸修筑一条战备城墙，由东边河水直至太行山下，与赵相抗。

但就长远来看，真正的赢家则是秦国。张仪连横成功，纵亲失和，赵、魏、齐三国皆受重创，秦国无非是出动大军到晋阳城下示威一圈，几乎是无损毫毛。

征战经年而无尺寸之功的魏国大军没精打采地渡过河水，回归大梁。战车上载的大多不是战利品，而是在赵国各地战殁的将士棺木。

魏境各地，再一度哀乐声声。家家户户，各村各邑，处处可见送葬队伍。

张仪坐在辎车中，随从三军由邯郸回返大梁，一路几乎不与人说话，内中五味杂陈，既有落寞，也有成就。

行至宿胥口附近，在当年走过不知多少趟的那个岔道口处，张仪吩咐停车，吩咐部将引军前行，自与几名从人拐往山中，在山脚下安顿住众人，仅带一名心腹往投鬼谷。

走到鬼谷入口，许是不想见到玉蝉儿，张仪在那块写有"鬼谷"二字的石头前面坐下，随手写出几字，吩咐心腹入谷，交给大师兄。

不消片刻，一个衣襟飘飘、长发披肩、眉清目秀的高个子道人跟在心腹后面匆匆走来，望到张仪，远远顿住，拱手："师弟，别来无恙乎？"

"大师兄！"张仪紧盯住他，显然认不出了，良久，深深一揖，颇为激动，"长这么高了！"

"呵呵呵，是哩，"童子笑道，"其他不见长进，只有个头长了。几次出谷，听闻师弟风光照人呢。"

"一事无成，惭愧得紧！"张仪谦辞。

"你愧什么？"童子似是没有听出谦辞，紧盯住他，刨根问道。

"愧……"张仪眼球儿一转，"愧对先生重托，愧对师兄厚望！"

"师弟愧得太多了，"童子现出一笑，"先生或有重托，师兄我却未曾有过厚望。"转过话锋，直入主题，"好了，闲言少叙，师弟此来，可为看望蝉儿姐姐？"

"非……非也！"见童子依旧伶牙俐齿，这又提到玉蝉儿，颇让张仪尴尬，结巴一句，旋即放松，略略一顿，恢复神态，看向童子，"先生可在？"

"先生正在闭关。"童子将话堵死，"师弟既然回来，何不随师兄进谷，看看旧居？"

张仪苦笑一下，微微闭目。

"呵呵呵，"童子晓得他不愿见到玉蝉儿，笑道，"还是回去看看吧，蝉儿姐时常念及师弟呢。"

张仪抿紧嘴唇，有顷，再出一声苦笑："烦请大师兄转告师姐，就说仪谢师姐挂念。今朝班师，仪路过宿胥口，望到此山，颇为感慨，不由得走进谷中了。得见大师兄，仪于愿已足，就不进谷了。"

"师弟此来，"童子指他心口，"既然有事，何不一吐为快呢？"

张仪怔道："大师兄，你……何以晓得师弟有事？"

"呵呵呵，若是不晓得，岂不是在相国大人面前妄称师兄了？"

"大师兄神通，在下服了！"张仪正不晓得如何开口，这也就坡下驴，"师弟此来，确为一事。当年师弟下山，临行之际送给师兄一卷竹简，敢问师兄，可否记得？"

"这事有哩。"童子想也不想，随口应道，"只是，那竹简于师兄我一无用处，好像是那年冬天就拿出去当薪柴烧了。"

听到"好像"二字，张仪心中有数了，略略一顿，拱手："烦请大师兄再想想看，万一那辰光误拿了呢。"

"你且稍等，"童子应道，"待师兄我回去看看。若是没烧，这就归还师弟。"

童子返谷，径入草堂，对玉蝉儿道："是张仪来了。"

"哦？"玉蝉儿略吃一惊，"他来何事？"

"记得当年先生要我们去雄鸡岭的崖壁下捡回又烧掉的那册兵书吗？庞涓私下抄录一份，藏于树洞，被张仪悄悄取走了。张仪临下山时，将那竹简送给我，被我顺手扔进床底。这辰光他又来讨，给他不？"

玉蝉儿略略一想，扯童子进洞。

鬼谷子眼皮子未睁，脸冲玉蝉儿，话却是说给童子："既然是他的东西，他又为此而来，你就还给他吧。"

童子应过，回到草堂，从床底寻出竹简，径往谷口送还张仪。

"先生，"听到童子走远，玉蝉儿轻声问道，"他这拿去，必是交给庞涓，岂不是对孙膑不利了？"

"顺其自然吧。"鬼谷子淡淡说道，"一部书而已，没有那么厉害。"闭目又想一阵，睁眼，拿出一个药方，持笔在下面又加一味，递给玉蝉儿，"蝉儿，你按此方入山采药，做成药丸，交给苏秦，由苏秦送给孙膑，或对孙膑有所助益。"

玉蝉儿凝视药方，有顷，怔道："先生，此方……"

"此方所成药丸，"鬼谷子缓缓说道，讲述一桩陈年往事，"就是当年随巢子托人送给你母后吃过的那粒。"

"随巢子之药，是先生给的？"玉蝉儿惊问。

"是的。"鬼谷子点头，"早年结识他时，老朽观此人存救世善念，送他不少药方济世，其中包含此方。"

"那……"玉蝉儿看向后面新写的几字，"先生加这一味，却是为何？"

"可成死药。"

"死药？"玉蝉儿心底一震，喃声重复。

"孙膑服下此药，躯体即死，但魂魄守舍。一个月后，躯体会自然复活。"

玉蝉儿倒吸一口气："先生，事情……真有那么严重吗？"

"唉，"鬼谷子微微闭目，良久，长叹一声，"孙膑不死，庞涓就不会放过他，反生错乱。俟孙膑度过此劫，二人的棋局或就有个终结了！"

听到那声长长的"唉"字和接后的"终结"二字，想到庞涓或将面临的因果之报，玉蝉儿心底一颤，不由得打了一个寒噤。

伐赵失利，举国哀伤，臣民萎靡不振，只有惠王一反往常失利后的颓废，仅卧榻几日，就如打了鸡血般精神抖擞，出人意外地现身于大魏朝堂，且只处理一桩朝务：加封武安君庞涓户籍三千，赏金三百两。

兵败而受封赏，匪夷所思，堪称列国奇谈。

朝臣尽皆愕然，面面相觑。

庞涓长跪于地，泣谢："臣冒死罪，请我王收回成命！臣用兵不当，败走桂陵，折损武卒两万，终使邯郸得而复失，功败垂成，恳请我王极刑责罚，臣万死无怨！"

"武安君，你记住，寡人封赏的并不是你，是三军将士！"魏惠王扫视众臣，字字铿锵，振振有词，"诸位爱卿，此番伐赵，寡人也曾伤感，然而昨夜，寡人忽然想明白一事。寡人想明白何事了呢？寡人想明白的是，自即位以来，寡人东讨西伐，南战北征，可谓历战无数，然而，真正能让寡人畅快的仅有一次，就是此番伐赵。诸位爱卿，此番伐赵，庞将军用兵如神，筹划缜密，打了赵人一个措手不及，更拔赵都邯郸，打出了我大魏威仪。挫悍赵锐卒，拔大国之都，纵使能将吴起，也未建此功啊！"

见惠王讲出这个，朝堂上鸦雀无声，只有庞涓长哭于地："王上……"

"诸位爱卿，"惠王余兴未尽，慷慨陈词，"挫赵卒，拔邯郸，一出寡人多年闷气，酣畅淋漓呀！这且不说，更让寡人欣慰的是，庞将军带出了数以万计视死如归、死不旋踵的大魏勇士。寡人早晚观看桂陵战报，总是泪出。我两万武卒身陷绝境，面对数倍于我之齐国技击，无一人退缩，战至最后一人，斩敌两万。我三百军士，历经一夜鏖战，俱负重伤，宁死不降。更有将军青牛，以一人之力护佑主将突出重围，所向披靡，势若破竹，齐卒望之丧胆。寡人何德何能，竟得良将若是！寡人何威何慈，竟得血士若是！"

见惠王这般褒奖将士，朝臣尽皆叹服，纷纷点头，投庞涓以赞赏目光。

庞涓五体投地，泣声愈见悲切。

"唉，"惠王长叹一声，"诸位贤臣，桂陵之败，过不在武安君，过不在三军，过只在孤一人。是寡人愚钝，看不出齐人疑兵奸计，连下昏诏，旨令庞将军班师，方使庞将军救主心切，千里急进，陷入绝地。

每每念及，寡人悔恨莫及，寡人对不起这些阵亡将士啊！呜呼哀哉！呜呼……"

惠王以手掩面，哽咽不已。

惠王一番掏心的表述加上几声呜呼，彻底打开了庞涓的泪腺，当堂号啕大哭起来。朝堂所有臣子也大受触动，无不悲泣。

大魏朝堂在一片悲声中再次亢奋。

哭声渐息，惠王将朝政再次托给太子魏申，在毗人的搀扶下掩面离去。

旨令下了，主管库府的司徒白虎却拿不出惠王打赏的三百两金子。

莫说是三百两，白虎此时连一百两也拿不出了。

按照大魏武卒聘用诏令，凡阵亡武卒，在全家免十年赋役的基础上，司徒府还应一次性发放抚恤费三两足金。在赵地与桂陵先后阵亡的将士将近三万，单是这笔钱就将近十万，如果加上伤残将士的抚恤费，将各邑国库全部卖掉也不够了。

然而，旨令既下，就不能不执行。

白虎左右是难，只好如实奏报太子。

"库银还是小事，库粮不足才是大事。自去年迄今，雨水不调，夏秋之际河东遭遇雹灾，秋粮大幅减产，储粮尽皆用于邯郸战事。眼下正值春荒，青黄不接，各地库房几乎拨不出一石粟米用以赈灾，听闻有灾民典妻鬻子……"白虎顿住话头。

"唉，"太子申长叹一声，"惠相走了，张相国、朱上卿皆未回来，申连个商榷之人也没有，又逢这般大事，当该如何是好，唉……"复叹一声，"这样吧，三百两金子之事，由申暂向武安君讲明，司徒府当务之急有两桩，一是设法赈灾，二是恤死扶伤。"

"国库已竭，以何抚恤？"

"抚恤费尚未发放的，待申奏过父王，或以田亩作价补偿，或暂欠着，待夏收之后，税赋征入，加利偿还。"

"如此也好，臣这就筹备。"

送走太子申，庞涓心里沉甸甸的。他并不在意惠王打赏的三百两金子，他在意的是太子向他讲述的家国窘境。近一年来，他的心思尽皆用在军务上，对其他诸事很少过问，至于民生疾苦，原就不是他虑及的，纵使庞葱偶尔向他禀报，他也无心倾听。今朝太子上门解说，他才觉出急难。

正为难中，庞葱急急走进："阿哥，快，青牛府中出事了！"

"啊！"庞涓大惊，急问，"快讲，什么事？"

"老老少少，数百家眷拥进青牛府中讨要抚恤金。青牛一两金子也拿不出，跪在院子里哭哩！"

天哪，这个刀枪丛中无所畏惧的铁汉子，竟为这一点儿抚恤金而跪在院中哭泣。庞涓不寒而栗，二话不讲，拔腿就朝青牛府中跑去。

桂陵战中，假使没有青牛，庞涓简直不敢想象结局。为保庞涓，青牛多处负伤，有两处伤及骨头。伤筋动骨一百天，在庞涓严厉看管下，青牛非常听话地一直窝在府中静养，不想今日竟……

自鬼门关前被庞涓救下一命后，青牛感恩戴德，唯庞涓马首是瞻，但凡征战，无不舍生忘死，屡立战功，成为庞涓旗下排名第一的虎将，统领大魏最强劲的虎贲之师。魏惠王论功行赏，赐予青牛一座府宅，与庞涓府宅只隔三户人家，同属一个街坊。

不消一刻，庞涓匆匆赶到，远远望去，门前果然聚着一大堆人，尽皆缟素。

庞涓大步赶上前，庞葱叫道："父老乡亲，让一让，庞将军来了！"

听闻是庞涓，众人齐围过来，扑他前面跪下。

庞涓安抚几句，在众人让开的夹缝中走进院子，赫然看到满院缟素，依旧绷带缠头的青牛五体投地跪在当院，一个抱孩子的年轻女子跪在他身边，孩子哇哇大哭。

女子就是翠屏，前老将军龙贾幺女。翠屏幼习武功，爱慕英雄，其夫本为龙贾旗下左军裨将，从龙贾战死于黄池，没有子嗣。丈夫走后，翠屏孀居数年，由庞涓、瑞莲保媒嫁给青牛，过门次年即生一子，今已两岁，虎背熊腰，俨然一头小牛犊了。

"青牛兄弟！"庞涓急赶过来，在青牛身边蹲下。

听到庞涓的声音，青牛悲声长号："庞将军……"泣不成声。

庞涓转对庞葱："快，扶青牛兄弟回房，他动不得！"

庞葱招呼两个仆从，不由分说，将青牛架回房中，放至榻上，交给翠屏照料。

两百多缟素男女，有老有小，齐刷刷地当院跪着，将个偌大的院落塞了个满满实实。

没有哭声，也没有人多说一句话。所有诉求，尽在不言之中。

"阿弟，"庞涓看向庞葱，"家中可有存金？"

庞葱凑他跟前，小声禀道："有，但不多了。"

"多少？"

"一百二十镒。"

"大声讲！"庞涓厉声说道，"有金多少？"

"一百二十镒！"庞葱这也提高声音，让院中所有人听个明白。

"银子呢？"

"五百八十镒。"

"封地共有多少田产？"

"这……三百一十井！"

"所有田产尽皆变卖，家中金银一镒不留，全部用作抚恤阵亡将士！"

"阿哥，"庞葱惊呆了，压低声音，"府中也得花费，其中三十镒是……是大王送给嫂夫人的陪嫁，动不得呀！"

"没有动不得的，因为你的嫂夫人是个魏国人，她嫁的人是我庞涓！"庞涓一字一顿，转向众人，声情并茂，"诸位父老，诸位姐妹，我们的勇士已经流血，我庞涓，还有我夫人，纵使上天入地，也绝对不会让他们的亲人再度流泪！"说毕，不待众人回话，拳头一紧，头也不回地扬长而去。

院内院外，所有人都听到了，所有人也都流泪了。

没有谁再说一句话，一个个不无感动地跟在庞涓身后，四散离去。

一番危机被庞涓披肝沥胆的几句豪言壮语轻松化解。

然而，庞涓的心情并未因化解危机而显出轻松，而是愈见沉重。

回到府中，庞涓将自己关进静室，也即他藏书颇多却很少翻阅的书房，在一堆又一堆的尘封竹简中闭目冥想。

他的心在滴血，不是为他的库银，不是为他的田产，也不是为那些阵亡将士的亲人讨要抚恤的无奈与泪水。

所有这一切，尽皆不在他的视界之内，也不应该成为他的关注。

他的心在为他一手训练出来的近两万多武卒一朝覆没而滴血。为了这些武卒，他不知花费多少时间，更不知耗费多少心血，而要再建武卒，又将何其艰难！

正自伤感，外面传来脚步声。

房门不敲而开，一人脚步甚轻，径走进来。

在这府中，敢于这般走进静室的只有一人，就是夫人瑞莲。

"夫人，"庞涓看也不看，下逐客令，"你且回去，我要静一静。"

来人没有出去，在他对面缓缓坐下。

"夫人，去吧，不要听信葱弟，不到万不得已，夫君是不会动用夫人的压箱之物的。"庞涓又出一句，显然是在解释。

"啧啧啧。"来人轻轻击掌。

庞涓陡地睁眼，惊愕："张兄！"

正是张仪。

"几时回来的？"庞涓急切问道。

"就这辰光。未及回府，就直奔庞兄来了。肚皮饿得紧呢！"

"来人！"庞涓朝外大叫。

"不必了。"张仪笑道，"在下见过葱弟，他这已在安排呢。"盯视庞涓，"观庞兄气色，心事浩茫，好像有什么在闹心呢。"

庞涓给出个苦笑。

"唉，"张仪长叹一声，"好好一局棋，只差一点儿就下成了。"

"是哩。"

"庞兄在为何事闹心？"

"除了武卒，还能有什么？"庞涓又出一声苦笑，摇头，"两万多兄弟呀，任何一个都是一等一的汉子，一夜之间，全没了。"

"呵呵呵，"张仪笑出几声，"在下以为，真正闹庞兄之心的并不是这些死卒。"

"哦？"庞涓看过来。

"武卒，可以重建；钱粮，可以聚敛。再说，尽管我在桂陵有所折损，在邯郸却有斩获。此番撤军，嗣将军运回来的并非只有棺木呀！"

"张兄是说……"庞涓面现喜色。

"邯郸国库，在下早已盘查清点，能搬动的这都放进棺木里了。"

"多少？"庞涓压住喜悦。

"金不下万镒。其他财富，也有一些，或可应对一时之困。"

"好！"庞涓以拳击案，略略一顿，颜色又沉，"唉，这也不过是杯水车薪哪！"

"先有了这杯水再说。"张仪两眼盯过来，"真正闹庞兄之心的，并不是这个，庞兄可想听否？"

"涓愿闻其详。"

"是孙兄。"张仪敛住笑，"一局赢定的棋，让凭空杀出的这个孙兄毁了。"

"是啊！"庞涓不无沉重地嗨出一声，牙关咬得咯嘣直响。

"就我观之，"张仪斜他一眼，"孙兄没有什么了不起。比如此番救赵，孙兄所用计谋，叫批亢捣虚，不为新奇。其实庞兄早就料到了，现在想想，当初庞兄转攻邯郸，正是有力之击。如果庞兄那个辰光回援大梁，便是上了孙兄之套。孙兄之所以赢在桂陵，不是孙兄谋略高超，而是孙兄赢在暗处，庞兄未料到孙兄在齐，以为对阵的不过是田忌而已。若是庞兄晓得孙兄在齐，结果一定不是这般，相信庞兄会另有……"故意顿住。

"是啊，"庞涓长叹一口气，"若是晓得孙兄在齐营，在下就不会走此险棋。在下就会调兵遣将，在自家的地皮上与他慢慢磨，耗死他！"

"正是。"张仪竖起拇指，"再说，在鬼谷之时，就在下所知，庞兄总是胜孙兄一筹，从未落败于他。"

"唉，"庞涓长出一叹，"彼一时也，此一时也。"

"此言何解？"

"不瞒张兄，真实而论，在山中之时，在下强于孙兄；出山之后，孙兄之谋，远胜在下矣。"

"哦？"张仪睁大眼睛，"可有说否？"

"因为孙兄得授其先祖孙武子的《孙子兵法》，而在下……唉！"庞涓再叹一声，沉重地摇头。

"孙武子的兵法能有什么了不起的？"张仪嘴角一撇，"谷中之时，在下听大师兄讲，庞兄早已得下《吴子兵法》。兵法在下不知，难道《吴子兵法》不敌《孙子兵法》吗？不瞒庞兄，听先生说，《吴子兵法》与《孙子兵法》不分伯仲。在下一直好奇，如果吴起对阵孙武，又会如何？"

"在下也曾好奇此问，"庞涓苦笑一声，应道，"只是，在下今日不作此想了。"

"哦？"

"因为孙膑得到《孙子兵法》全本，而在下……"庞涓迟疑一下，低下头去，"却未窥《吴子兵法》全貌哇！"

"咦？"张仪明知故问，"这就奇了，在下明明听大师兄讲，先生将厚厚一册共四十八卷吴子兵书全都交给庞兄了呀！"

"唉！"庞涓被逼无奈，只好长叹一声，将谷中先生授书之事略述一遍，"唉，也是在下图个省事，以为抄录一册，方便日后翻阅，细细领会，不料被那野猪叼走。也是在下多心，忧心先生再将此书传授孙兄，竟将原册扔下断崖，谎称被风吹落，本以为先生不会再追究，谁料先生以为在下已将此书熟记于心，竟使师兄、师姐将散简全部捡回，一把火烧了。唉……"再三惋惜。

"哎呀，"张仪故作惊讶，"庞兄，你怎不早说呢？这部兵法，在下倒是见过！"

"啊？"庞涓震惊，"此等隐秘之事，你如何得见？"

"呵呵呵，"张仪笑出几声，"庞兄有所不知，那日大师兄与师姐各提一捆竹简回谷，途中恰好遇到在下与苏秦。在下问是何书，大师兄说，一本破书，不知让谁扔到山崖下了，师父一大早就让去捡，累得够呛呢。在下好奇，上前讨看，师姐不让，催走。大师兄见在下死缠烂打，就让在下瞄了几眼。"

见张仪讲得滴水不漏，庞涓信服了，听他说到瞄过几眼，心里一动，顺口问道："听闻张兄过目不忘，是否记得？"

"记得，记得，"张仪甩下脑袋，"在下别无他能，也就这点儿本事了。"

"那……"庞涓眼珠子一转，"张兄能否诵出一章，让在下开开眼界？"

"不知庞兄想听何章？"

"就第一章吧。"

"庞兄请听，"张仪微微闭目，顺口吟道，"吴起儒服，以兵机见魏文侯。文侯曰，寡人不好军旅之事。起曰，臣以见占隐，以往察来，主君何言与心违？今君四时，使斩离皮革，掩以朱漆，画以丹青，烁以犀象。冬日衣之则不温，夏日衣之则不凉；为长戟二丈四尺，短戟一丈二尺，革车掩户，缦轮笼毂，观之于目则不丽，乘之以田则不轻。不识主君安用此也？若以备进战退守，而不求能用者，譬犹伏鸡之搏狸，乳犬之犯虎，虽有斗心，随之死矣！昔承桑氏之君，修德废武，以灭其国；有扈氏之君，恃众好勇，以丧其社稷。明主鉴兹，必内修文德，外治武备。故当进而不进，无逮于义也；僵尸而哀之，无逮于仁也。于是文侯身自布席，夫人捧觞，醮吴起于庙，立为大将，守西河。与诸侯大战七十六，全胜六十四，余则钧解。辟土四面，拓地千里，皆起之功也……"

"正是，正是。"见张仪诵得一字儿无差，庞涓大是惊奇，连赞几声，急急问道，"敢问张兄，吴子兵书一共四十八章，张兄能否全部记诵？"

"都是些陈年往事了，能否全部记诵，在下倒是不敢担保。庞兄可拿酒来，待在下喝个半醉，不定就能诵出了。"张仪卖个关子。

庞涓二话不说，喝叫庞葱端上酒肴。半坛酒下肚，张仪豪气生出，接过朱笔，趁酒兴将四十八章一气写出二十四章，推说累了，回府睡过一宿，复来庞府，又喝半坛，将后面二十四章悉数写出。张仪所写是庞涓比照原文一字不落抄写下来的，且是全文，而庞涓所藏只有前六章，且是他自己事后忆起的。庞涓对自己的记忆力本就不很自信，一直怀疑这六章与原文有所出入，今日得见原貌，渐渐忆起当年所抄时的感觉，唏嘘叹喟不已，连呼快哉。

张仪一边写，庞涓一边读，张仪写完，庞涓也就读毕了，由衷赞道："张兄真乃奇才也，相隔如此久远，竟能诵得分毫不差，实让在下叹服！"

"呵呵呵呵，庞兄这已读到全本，当可与孙兄一决高下了。"

"诚吾愿也。"庞涓拳头握紧，晃了几晃，"不瞒张兄，在下平生只此一愿，就是成为天下第一兵家。不想先生暗将孙武子兵书授予孙兄，让在下心生块垒。有此书在，在下这就重整武卒，与孙兄见个真章！"

"庞兄定能胜出！"张仪赞他一句，接道，"在谷中之时，在下依稀记得孙兄讲过一句话，说是他先祖兵书上的，大意是：'上兵之法，在于不战而屈人之兵。'在下窃以为是。齐国之事，在下已有不战而屈人之策，庞兄或可不必在疆场厮杀呢。"

"这倒不爽了。不过，"庞涓略顿一下，倾身问道，"敢问张兄是何妙策？"

张仪耳语。

庞涓长吸一口气，握拳："好一个张兄，你这叫杀人不见血呀！"

齐国营帐里，先因襄陵失利、后因走脱庞涓而被田忌连降三级贬为偏将军的牟辛，与几个此时军阶皆高于他的心腹爱将一杯接一杯地喝着闷酒。

酒喝多了，舌头就管不住了。牟辛借着酒兴，大发牢骚，说田忌与邹相有私怨，今朝是借伐魏之机公报私怨，等等。并说活捉庞涓是多大的功劳，自己不可能放过这个机会，之所以避让，是战马受惊，所有部众皆可做证。

牟辛越闷越喝，越喝越说，越说越闷，到后来干脆将邹、田二府多年来明争暗斗的老底一窝儿全端出来，听得几个心腹心惊肉跳。

几人正自发泄，忽听嗖的一声，一箭飞来，直插在立帐的木柱上。

隔帐有耳!

所有人的醉意全都吓醒了,几个部将摇摇晃晃地追出帐门,却连鬼影子也未见到。再回帐中,惊见吓傻了的牟辛仍旧对着那支飞箭发呆。一员部将赶上去,拔下箭,感觉异样,再看箭头竟有机关,扭开一看,里面绑有一团丝绢,上面密密麻麻写满字。

那个将军却不识字,凝眉看一会儿:"将军快看,上面是字!"

牟辛这也醒过酒来,审看一时,二目睁圆,一颗激动之心压不住阵阵狂跳。

"将军,所写何事?"捡信之人看出异常,急切问道。

"呵呵呵,不是大事,不过是笔生意。"牟辛将信函小心翼翼地袖入囊中,起身,拱手,"诸位兄弟,在下有桩紧事,这要赶往临淄。田将军若是问起,烦请诸位支应一二。"

牟辛没有乘车,而是带上三匹快马,轮番骑乘,连夜驰奔临淄,进得相府,长叫一声"主公",便哭倒于邹忌脚下。

"牟将军,"邹忌长叹一声,将他缓缓扶起,"犬子之事,老朽已然知情,还要感谢将军呢!"

"主公请看!"牟辛收住哭,从袖囊中摸出密函,双手奉上。

邹忌启开阅毕,倒吸一口凉气,身子一晃,不由自主地打个趔趄。

书曰:

> 子期兄台惠阅:
> 前函悉知,襄陵城南二十里外桦林套索已备,专候野驹。在下已约郑兄于明日申时引驹入套,必除此驹以快吾兄。在下所重,在义不在利,酬金云云,不足挂齿。
> 犀首顿首。

"子期!犀首!"邹忌稳住身子,一字一顿,声音似从牙缝中挤出。

子期是田忌的字,犀首则是公孙衍的绰号。

"主公,"牟辛已站起来,恨道,"令公子是被田忌那厮活活害死的!"

"我……我……我那受到陷害的昊儿呀！"邹忌老泪纵横，泣不成声。

"主公，"牟辛不失时机地添油加醋，声泪俱下，"令公子受人陷害，末将浑身是口也解释不清，眼睁睁地看着令公子他……他被田忌那厮送往断头台呀，我的主公。如果不是此信，末将……"哭绝于地。

邹忌伤悲一时，猛地想起什么，擦去泪水，将公孙衍的密信小心翼翼地放到案前，反复验看，忽又记起公孙衍在为秦相时向齐国发过国书，便让人寻出相府所存副本，反复查验，字体果是一般无二，眼前之函，是公孙衍手书无疑。

邹忌再无疑虑，载牟辛径入雪宫，号啕大哭。

"邹爱卿，"见老相国哭得这般伤感，威王大是惊愕，"你这是为何？"

邹忌也不解释，悲泣一阵，将随身携带的包裹置于威王面前，泣拜于地："我王慈爱，臣邹忌祈请我王，念及老臣效忠齐室多年之情，将此相印收回，另授圣贤。"

"这这这，"威王越发糊涂了，"邹爱卿啊，你这般说辞，究底是为何事？"

"回禀我王，"邹忌哽咽道，"不是臣不想尽忠，是臣……不敢再尽忠啊。有人处心积虑，设计害死臣之孤子；下一步，必是设计老臣。臣……五十有六，尚有余年，祈请我王收回印绶，准允老臣回乡颐养天年，留个全尸吧！"

"邹爱卿，"威王听出名堂，正色道，"你且起来，有话慢慢说！"

邹忌从袖中掏出密函，双手呈上："臣之委屈，尽在此函了。"

威王接过信函，眯眼审看，面色渐渐收紧，良久，转对内宰："召御史！"

御史至，威王将密函交给御史："验看真伪！"

御史持函而去，足足过有半个时辰，复入禀道："臣已验看，与公孙衍手迹一般无二。"说罢，递上几年前收存的秦国国书正本，双手奉上。

威王略略摆手："你验过就是，寡人就不看了。"转对邹忌，"邹爱卿，你且讲讲，此函由何而来？"

邹忌让内宰传进牟辛。

牟辛进殿，含泪奏道："此番伐魏，我王念末将忠勇，使末将主将右军。末将既领右军，就当有权任用先锋之将。末将试过邹昊才具，见其文武双全，兵法韬略不在末将之下，是以破格任之，且也具表报入中军大帐。大军入宋，田将军屯于定陶，使末将引右军围攻襄陵。魏强兵皆在赵地，襄陵虚弱，末将欲一举下之，田将军不许，令末将围而不攻，只可在城下挑战，置疑兵于城外林中。臣虽不解，仍依命布置疑兵于城外，使先锋挑战于城下。接连数日，魏龟缩不出。至第三日，郑克突然冲出，二话不说，便与邹将军接战，却不敌邹将军神勇，落荒败走。邹将军引军追击，不想却入公孙衍圈套，末将闻报，感觉有诈，急急引兵救援，却是迟了，远远望到邹将军身陷重围，仍在浴血奋战。末将引军杀入，不顾一切地救出邹将军，因对敌情不明，未敢恋战，反身回营，岂料至营不久，田将军就赶到了，二话不讲，将一身疲惫、尚在帐中休息的邹将军绳捆索绑，押入定陶大帐。末将闻讯疾驰定陶，恰好看到邹将军被刀斧手推出帐外，押往辕门外面斩首。末将不顾一切，入帐禀情，田忌不听不说，反将过错推在末将身上，说是末将擅用先锋，酿下大错，发令斩杀末将，幸有军师孙膑为末将求情，田忌不好逞强，但当场免掉末将的右军主将之位，末将遭贬，受辱迄今……"

齐威王听毕，吩咐御史拿来田忌战报，详细阅读，见时间、地点、事件、细节等皆与牟辛所言吻合，不过是解释角度完全不同。

面对铁证，威王不得不信。

威王洞晓田、邹二人不和，只未料到田忌竟敢胆大如此，不惜拿六千远征将士的生命以泄私怨，一时气得嘴唇哆嗦，好生安抚过邹忌，着内宰诏令田忌即刻返回临淄，入宫请罪。

田忌为齐国远征三军主将、朝廷重臣，循旨查办的非当政太子莫属。

接到诏令，辟疆震惊，紧急召请由漳水会盟后回宫复命的田婴谋议。

"启禀殿下，"田婴思忖良久，禀道，"臣以为，此事疑点颇多。身为副将，臣几乎参与所有决策。襄陵为魏国必守之地，是以城高池深，易守难攻，对其围而不攻是孙军师远谋，旨在减少损耗，安抚宋人，迫魏王召回庞涓，非为攻坚略城，与魏决战于襄陵。就谋略而言，堪称上策。田将军发令时，臣亦在场，是牟辛率先请命，非田将军蓄意谋害。田将军为将，脾气刚直，用兵谨慎，爱兵如子，断不会为泄私愤而视六千将士如芥草。何况田将军蒙辱十年，终得机会决战雪耻，怎可能未战而先故意损兵？再说，邹公子从军，被牟辛破格用为右军先锋，理当上报中军，莫说是主将，臣身为副将，事前也是一无所知。臣与主将都是在出事之后，方知邹昊是相国公子。既然不知，谈何蓄意？"

"是哩，"辟疆一脸沉郁，二目盯在威王一并转来的所谓铁证上，"可御史验实，此书确为公孙衍手迹。爱卿所言，皆是推证，此书却是实物。若是坐实，田忌将是死罪。齐无田忌，辟疆不敢设想！"

"臣还想到一个疑点，"田婴没有就手迹证伪，继续从逻辑上开脱，"围困邹昊，臣得知是公孙衍所谋，随即使人访查此人。据可靠探报，公孙衍自秦返魏后，一直在大梁郊野躬耕，并无一日出仕，此番到襄陵助郑克，当是私人意愿，非魏王任命。公孙衍与郑克或有联络，与田将军则无可能，一则二人向无交往，田将军纵使通敌，也当是联络郑克，不可能联络公孙衍，且他也不可能晓得公孙衍会突然出现在襄陵。"

"爱卿所言甚是，"辟疆深以为然，思虑有顷，"只是，天底之下，凡事皆有可能。既为暗通，就非寻常推断所能结案。"略顿一下，"烦请爱卿走阿邑一趟，请田将军回宫协查。事不查不明，理不辩不直，是不？"

"臣受命。"田婴接过旨令，当日起程，不消数日即到阿邑中军，径投孙膑帐中，将此事并公孙衍手迹略述一遍。

"唉，"孙膑听毕，长叹一声，指向自己双膝，"在下这双膝盖，就是被一封伪书挖掉的！"

"军师是说，这封信是庞涓伪造？"田婴略怔。

"是也好，不是也好，事情已经出来了。"

"以军师之见，该当如何是好？"

"晓谕田将军吧，他当知情才是。"

田婴赶到田忌帐中，将此案和盘讲出。

不待听毕，田忌咬牙切齿，震几根道："牟辛小人，邹忌奸贼，害我六千将士性命不说，这又行此下作之计，陷害在下，看我引兵杀回临淄，宰掉牟辛，与邹忌老贼算算总账！"

田婴晓得田忌是一时气话，待其气过，劝勉一番，吩咐他暂且入宫向威王解释清楚。

田忌应道："回宫不难，只是眼前尚有些许军务，待在下料理数日，即回宫去，与牟辛奸徒、邹忌老贼对簿公堂，看我不生吞活剥了他们！"

夜色朦胧，隔墙有耳。二人的对话早被暗处一个黑衣人听个分明，连夜密报牟辛。

邹忌再闹雪宫，威王震怒了，不问情由，使内宰带诏命驰奔阿邑。

邹忌不放心，命公孙闬陪同前往。

一行人驰至三军大帐，内宰宣旨，解除田忌主将职分，收走三军主将印绶，改任田婴为主将，押解逆贼田忌回宫治罪。

堂堂三军主将于一夕之间就被打入囚车，押送临淄，整个军营沸腾了。部分田忌心腹卫士惊闻噩讯，不顾一切地追出辕门，将已行出数里的囚车强行劫回中军大帐，跪在帐外，向新任主将田婴求情。内宰以为军士哗变，惶急之下，严词责令田婴弹压。

看到不满的将士越聚越多，田婴不便用强，好言劝止，返回帐中，对内宰道："这一闹腾，时已晚矣，宰公莫如明日辰时起程，由末将亲往押送，妥否？"

内宰看向公孙闬。

公孙闬晓得众怒难犯，看看天色："如此甚好。"

是夜，田婴急至孙膑帐中，紧急谋议。

"事既至此，"孙膑思忖良久，"田将军就不宜回宫了。"

"这……"田婴迟疑一下，"若不回去，岂不是坐实罪名了？"

"既为外人栽赃，坐实也好，不坐实也好，大王盛怒之下，必失判断。邹相国有丧子之痛，或失理智。更何况他们证据在手，田将军有口莫辩，若是回宫，也将是凶多吉少。"

“如此，奈何？”

“走人。”

“走人？如何走？”

“可使今日截拦囚车之卒劫走将军，逃离此地，暂往他处避祸。待时过境迁，自有真相大白之日。那时，我等再向君上禀明实情，由君上为将军正名。”

“谨听军师。”

是夜，闹事部卒砸开囚车，与田忌一道出奔。

田婴将治军不严之责揽下，具报请罪。

漳水盟会，魏人如约撤走。赵雍率领逾十万赵人重返邯郸，面对魏人留下的满目疮痍及洗劫一空的库房，全力以赴于复兴家园的事务之中。

百废待兴。苏秦早出晚归，奔波于外，这日于掌灯时分，才不无疲惫地回到府中。

秋果迎出来，为他宽衣解带，引入浴房，伺候他美美地泡了个热水澡，摆酒弄盏，端出几道亲手炒出的菜肴。

许是疲累，许是着凉了，苏秦望着食案，迟迟没有动箸。

“先生，”秋果眼巴巴地望着他，泪水流出，“秋果……晓得不好吃的，一大早就到市集买鱼买肉，可……走遍市集，莫说是肉铺了，连寻常菜蔬也少得可怜，质次量少，价格还高得离谱，比我们出城前贵出不知多少，果儿……”以袖拭泪。

秋果是作为苏秦义女入住相府的，然而，自从在认亲拜礼上当亲父之面叫过苏秦一声义父之外，无论人前人后，秋果再没叫过，早晚见面，只称先生。

“果儿，”苏秦扯出个笑脸，随口解释，“为父已在宫中吃过了，大王赐给为父许多好吃的呢，鱼呀肉呀，摆了满满一大案，撑得为父呀……”说着，做个怪脸。

“你骗人！”秋果到他跟前，在他头上、身上连嗅几下，“要是吃过，怎就不见一丁点儿腥味呢？”

“呵呵呵，”苏秦指指她的心口，“你呀，怎就不会拐个弯儿呢？

纵有多少腥味，也都冲进你烧的一大盆子热水里了。"

"瞧我笨哩。"秋果这也记起他刚泡过澡，木讷一笑，又要说话，有脚步声传来，急迎出去，是家宰袁豹。

"主公，"袁豹禀道，"有客人求见，我安排在候客厅了。"

"有请！"苏秦刚说一句，觉得不妥，起身迎出，赫然看到候在那儿的竟然是鬼谷里的童子，既惊且喜，拱手，"大师兄，没想到是您！"

童子却没回礼，只是笑笑，指肚皮道："相国大人，赏几口吃的！"

"大师兄快请！"苏秦拱手礼让。

童子在食案前果然只吃几口，算是饱了，摸出一只锦囊交给苏秦："师弟，这是蝉儿姐捎给你的，要你夜半开启。"

听闻是玉蝉儿所捎，苏秦心里打战，因不知何物，又让他夜半开启，实在不好拒绝，只得双手接过，纳入袖中，拱手："请大师兄转告师姐，苏秦这厢厚谢了！"

童子也无二话，起身辞别。

苏秦挽留不住，送至府外，看着他隐没入暗黑里，感喟再三，返回府中。

秋果也已收拾过厅堂，点上香，依往常惯例，为他捶背。

苏秦闭目享受一会儿，笑道："果儿，夜深了，你且歇息吧。为父……也是累了。"

"先生，"秋果又捶几下，侧脸问道，"方才那人远比您年轻，您为什么叫他师兄呢？"

"呵呵呵，这是一个长故事哩！"苏秦本已起身，这又坐下，给她讲起鬼谷诸事，讲述大师兄称呼的由来及大师兄如何引带他们四人在谷中修道的事。

"蝉儿姐呢？"秋果被山中故事吸引住了，紧盯住他，忘记了揉肩，"她又是谁？"

"她呀，"苏秦欠欠身子，"是我们师兄弟几个的师姐。"

"那个蝉儿姐定是欢喜先生了？"

苏秦白她一眼："蝉儿姐是义父的师姐，你该叫她阿姨才是，小辈不可乱讲。"

"什么师姐？"秋果抿紧嘴唇，"哪有师姐千里捎物，还让师弟夜半开启之理？"

苏秦语塞，脸涨一时，忽地起身，大步走向卧寝，边走边道："你个女孩儿家，甭想多了，快睡去吧！"

"偏不，"秋果追上来，噘嘴，"今宵果儿就睡先生房里，就睡先生榻上，一直候到夜半，看先生是怎么开启香囊哩！"

"果儿，"苏秦见她真的跟到房内，顿住脚，推她出门，"女娃儿家说出此话，羞也不羞？快去，如若不然，为父就叫袁豹把你拖走！"

"不走，不走，我偏不走！"秋果死死抓牢门把，出泪，赌气，"除非先生给我看看那个女的千里捎来的是啥宝物！"

"好了好了，"苏秦换作笑脸，"果儿乖些，为父明日一定让你看这香囊。今儿疲累，为父这要好好歇息一宵。"

苏秦好言抚慰，连哄带推地将她赶出门去，顺势闩上房门，听她哽咽着走远，方才反身躺下。

候至夜半，苏秦翻身坐起，点灯启囊，见是一粒深褐色药丸，旁有一绢，附写文字，果是玉蝉儿的娟秀笔迹。

苏秦仔细阅毕，吸口长气，将绢帛烧掉，吹散灰烬，出门上了一趟茅房，反身沉沉睡去。

天色灰明，一条黑影溜到苏秦卧室的门外，推了一下，门开了。

黑影闪进室内。

晨光顺着窗棂照进来，室内依稀可辨。

是秋果。

卧榻上，苏秦睡梦正酣。

秋果站在榻前，深情凝视苏秦，这个于她而言爱也不是、恨也不是、怨也不是的男人，这个她既想融入又想摆脱的男人，这个命运送给她，却又无情地从自己身边剥离的男人，这个自己曾有恩于他、眼下却又不得不愧对于他的男人。

秋果的眼里淌出泪花。

苏秦似在做梦，嘴巴咂巴几下，翻身再睡。

秋果意外注意到，他裸露的胸脯上挂着一只金蝉儿。

想到昨夜来人所讲的蝉儿姐，秋果醋心再起，开始翻找，从苏秦的袖囊里摸出那只锦囊，见已开启，里面并无他物，只有一粒药丸。

"咦，怎么只有一粒药呢？"秋果怔了。

秋果将那药丸翻来覆去审看良久，又放鼻下嗅嗅。

没有任何破绽，就是一粒药丸。

苏秦的嘴巴咕哝几下，发出声响。

秋果急将药丸放回囊中，装进他的袖袋。

苏秦翻个身，呼噜又打起来。

将近午时，飞刀邹引着女扮男装的木华入府，见秋果也在，借故带她出去。

看到秋果出去，木华掏出一囊，是姬雪的，里面别无他物，只有一个绣品，绣的是一幅画。

画中，一只纤纤玉手正在抚摸一片圆润、饱胀的肚皮。顺着那手，苏秦似乎看到一张洋溢着无上幸福的俏丽容颜。

见姬雪表达得如此直白，几乎是无所顾忌了，苏秦心里一颤，悄声："木华，公主可好？"

"一切安好。"木华应道。

"蓟宫可有惊扰？"

"眼下没有。公主托人请到一个女巫，说是为先君作法，将后院列为禁地，除身边人外，任何人不得擅入。蓟宫也早把此地忘了，并无一人过问。"

"木兄，"苏秦紧盯住她，叮嘱，"于在下而言，公主安危，就如天大呀！"

"主公放心，"木华郑重承诺，"邯郸诸事已毕，屈将尊者已经赶赴燕地，日夜守护。有尊者在，相信不会有事。"

苏秦嘘出一口气，正与木华说话，飞刀邹复进，身边又跟一人，是木实。

木实也出一囊，是孙膑的亲笔密函。

令人不可思议的是，这对孪生姐弟就如同事先商量过似的，从不同方向赶来，带来天底下苏秦最关心的两个人的最关键信息，一喜一忧，一生一死，且前后脚之间顶多不过一炷香辰光。

读完孙膑的书信，苏秦下意识地摸向袋中，见那香囊仍在，便悄问木实："军师可好？"

"眼下还好。"木实应道，"受到陷害的是田将军，不是军师。齐王使人将田将军拿下，押入囚车了，是军师说服田婴大人放走田将军的。"

"田将军避往何处了？"

"过宋入楚，可能前往宛城。田将军与楚国的景翠有交，说是投奔他去。"

"如此甚好。"苏秦写就一信，掏出袖中锦囊，核实药丸，见确实无误，将信一并装入，缝合结实，递给木实，"你这就赶赴阿邑，将此囊亲手呈交孙膑。"

田忌出奔，田婴弹压不住，军营里整日乱糟糟的。好在战事终结，魏国边境也无反复，田婴奏请齐王解散五都之军，得到恩准。

来自五都的将士们无不归心似箭，皆在忙活打点行装。阿邑郊外，各军营帐尽皆繁忙。

木实拿着中军大帐特别颁发的细作通行令牌，轻而易举地进入辕门，趁夜色来到孙膑营帐，并未引起注意。孙膑认出木实，借故支走侍从。

木实撕破褐衣，拿出夹层香囊，呈上。

孙膑拆开，摸出一帛，上面是他熟悉的苏秦手笔，开头一句是"孙兄敬启"，接后写道："惊闻田将军遭遇，弟心甚恸。得知孙兄无恙，弟心略慰。昨日黄昏，大师兄亲赴弟舍，捎来师姐香囊，囊中为先生赠兄之物，是为死丸，兄可服之，三个时辰后发作，死足一月自醒。兄之后事，自有在下料理。切切。弟秦敬拜。"

孙膑阅毕，看向木实，问道："苏相国可好？"

木实点头。

"转禀相国，就说在下谢他了。"孙膑拱手谢过，摸出药丸塞入口中，和水吞下，将书信连同锦囊一并烧掉，冲木实微微一笑，"木实兄弟，在下就不留你了。"

木实跪下，冲他叩首三次，起身离开，隐没于暗夜。

翌日晨起，侍从进帐，欲侍候孙膑洗漱，发现他呼吸急促，在榻上昏迷不醒，急报田婴。

田婴赶至，召来多名军医诊看，皆不知所患何病。

眼见孙膑病情加重，气息有进无出，面色苍白，脉搏玄细，心跳越来越缓，一切征象皆是凶多吉少，田婴不敢怠慢，使快马报奏威王，同时捎口信给瑞梅，告之孙膑病情。

威王震惊，旨令御医驰往救治。

将要临产的瑞梅惊闻噩耗，顾不得肚子，登上辎车赶往阿邑。路上颠簸，加之心中忧急，瑞梅顶不住了，于济水岸边的历下邑羊水破出。幸好随车跟着稳婆，更有御医同行，瑞梅又是二胎，生产过程还算顺利，早产一子。

产后虚弱，御医吩咐她暂于历下邑安歇，待稍做恢复再赴阿邑。瑞梅死活不肯，定要随御医赶到孙膑身边。

众人紧赶慢赶，抵达军营却是迟了，孙膑已于日前咽气。瑞梅伤悲，抱住孙膑躯体哭得几番气绝，幸有御医在侧，好歹救下性命。

救赵两大功臣，不足一月，一个出奔，一个病死，五都军卒无不悲伤。部分已在归程的将士们，竟又折回，披缟穿麻，为孙膑尽礼。

瑞梅不堪身心折腾，病倒了。

"嫂夫人，"田婴探望瑞梅，临别时征询她道，"军师已经入殓，归葬何处，嫂夫人可有意愿？"

"谢将军费心！"瑞梅泪出，"孙膑归葬何处，妇人不敢做主，在这天底下，知孙膑者，莫过于苏秦，将军可请苏秦来，如何治丧，归葬何处，瑞梅皆听苏秦。"

"若是此说，嫂夫人尽可放心，"田婴应道，"五日之前，田婴已发快马前往邯郸，若无意外，苏秦想是已在途中了。"

果不其然，又过两日，苏秦赶至，伏在孙膑灵柩前面，哭了个伤心欲绝。

田婴询问葬地，苏秦应道："叶落归根。孙兄祖地、家庙皆在甄邑，我等将孙兄归葬于祖地，遂孙兄之愿吧。"

"谨听苏大人。"田婴吩咐起枢，同时将一应葬礼安排奏报齐宫。

军乐队奏响哀乐。三十二名齐将分作四班，每班八人，轮换抬枢，逾万将士尽皆缟素，大队人马，浩浩荡荡，径投甄邑，将孙膑之枢葬于祖地。

之后数日，威王诏令亦至，追封孙膑为定国君，食甄邑千户，另拨款一百两足金，修缮孙家祖庙并祖地，立碑造祠追记。

第七章

为爱人姬雪生女　偿国债白虎赴险

因了无孔不入的黑雕，张仪于第一时间得到孙膑的死讯，几乎惊呆。

"我鼻孔里的每一根鼻毛都不信！"庞涓冷笑一声，耸耸肩道，"不瞒张兄，孙膑这套把戏玩多了。不是在下亏说他，孙兄没有下限，当年他装疯卖傻，连屎都抓起来朝嘴里塞，我可怜他，照顾他，可他呢，这你全都看明白了，从头至尾，是在骗我。这骗过在下，又来骗你张兄了！"

"生就是生，死就是死，焉能骗人？"张仪责他一句，长叹，"庞兄啊，无论如何，你我四人是一门子里出来的，战归战，斗归斗，鬼谷数年，一个锅里搅勺把，一块草坪争短长，这份情谊，任什么也割舍不掉。在下相信孙兄之死是真的，他怕是顶不住了。一条残躯，千里奔波，这又呕心沥血，与庞兄斗智斗勇，加之田忌的遭遇，想是孙兄他……"

"有了，"庞涓眼珠子连转几转，"听张兄这讲，孙兄已经娶下瑞梅公主，育出一女一子，这倒是好。在下使庞葱护送夫人瑞莲前往甄邑探访，一则安抚她姐，二则代我等吊唁孙兄，顺便探个实情，岂不是好！"

"就依庞兄！"

孙膑灵柩入土未及七日，庞葱车载瑞莲赶到。负责治丧的苏秦早已洞晓，将一切安排得滴水不漏，放任庞葱，让他可以随处转悠，任人打探。一直被蒙在鼓里的瑞梅更是真心伤悲，见到娘家妹妹，泪水便如断线的珠子，呜呜咽咽，几次哭个气绝。

　　庞葱转悠数日，验看陵墓与齐王诏封，察言观色，四处探问，从各路得到的信息汇总一处，结论指向一个：孙膑是真的死了。

　　甄邑地小偏僻，做什么都不方便。瑞莲在大都市里住惯了，不过数日，受不了，决定回梁。

　　"梅姐呀，"瑞莲将行，劝说瑞梅道，"孙将军走了，梅姐的心愿也当了了。此地偏僻，梅姐带着两个孩子，尤其是这个尚未足月的小外甥，会有诸多不便。阿妹这想，梅姐莫如随妹回大梁去，暂先住在申哥府上。有申哥在，我也放心些。再说，住得近了，阿妹早晚得空，也好去望望梅姐。庞涓欢喜孩子，必会善待两个外甥，尤其是这个小外甥，待他长大，我就让庞涓教他兵法，没准儿又是一个将军呢！"

　　"谢莲妹好意！"瑞梅淡淡说道，"嫁出去的女儿泼出去的水，梅姐既已嫁入孙门，生是孙家的，死也是孙家的。孙家祖邑就在此地，齐王善待我家，这又封户一千，够我一家吃用了。再说，孙膑尸骨未寒，仍旧孤零零地躺在地下的棺木里，你让梅姐……"说着，呜呜哭起来。

　　"好了，梅姐，"瑞莲紧忙安抚，"你还在月子里，哭多了伤身子。娃子小哩，梅姐得养足身子，奶水多多的，把娃子养得白白胖胖，将军之灵看到了，该有多开心！"

　　瑞莲句句离不开娃子，倒是提醒了瑞梅。

　　"莲妹，"瑞梅止住哭，擦干泪，盯住她的肚子，"你这……也该给庞将军生一个了！"

　　"我做梦都想啊，姐，"瑞莲伤心了，哽咽，"可我……生不出……"

　　"我晓得阿妹的病，是宫寒。"

　　"是哩，"瑞莲止住哽咽，急切道，"我问过宫医了，他们也说是宫寒。"

　　"宫医给你开药没？"

"开过了，吃过几剂，没用。"

"我在齐地讨到一个偏方，说是专治宫寒，阿妹可以试试！"瑞梅打开一只木盒，摸出一只小锦囊，递给瑞莲，"听给方子的人说，这药有点儿苦呢。"

瑞莲皱眉："我就怕苦。"

"苦过就是甜了。阿妹已经二十大几，再不生，怕就迟了。再说，庞将军……"

"嗯，我晓得哩。"瑞莲点头，"这次回去，我一定吃，捏住鼻子也喝完它！"

"这才是莲妹！"瑞梅捏住她的手，鼓励道，"等莲妹有孩子了，就抱给阿姐看看，让他仁一道玩耍！"

"好哩。我回去了，阿姐保重！"

姐妹依依惜别。

甄邑离大梁不过三百来里，瑞莲一行不消数日就已赶回。

庞葱、瑞莲各将所见所闻讲述一遍，庞涓问清每一个细节，始信孙膑是真的死了，长长嘘出一口气，却又不免失落，内中起了知音不在之憾、惺惺相惜之痛。

是夜，庞府后花园中，孙膑当年居住并诈疯的那个小院子被装饰为孙膑的灵堂，庞府男女老幼尽衣缟素，巫师作法，哀乐声声。

庞涓悲从中来，放声长哭。

庞涓哭得正悲，张仪赶至。

二人坐在孙膑灵前，摆满一案菜肴并四只酒爵，抱来一坛老酒，一边喝酒舒闷，一边回忆往昔。

借着酒兴，庞涓如数家珍般叨唠旧事，讲他如何与孙膑邂逅，孙膑父子如何血战平阳，他如何看不惯魏卒，如何放走孙膑，二人又如何在宿胥口的酒肆里再次相遇，他如何再度解脱孙膑的窘境，孙膑如何舍命助他，又如何随他回乡救父，如何中陈轸圈套，二人如何受困于狱，如何在狱中结义，孙膑如何舍命陪他，二人如何得白虎解救，等等。尽管强调自己也曾有恩于孙膑，但更多的是讲孙膑对他的种种之好，满口感恩之语，没有一句怨辞。

张仪听得伤感，半晌方才叹喟："今天在下算是看到真正的庞兄了！"

"唉，张兄啊，"庞涓亦出一声叹喟，"在此世上，知我、惜我的，莫过于孙兄；知孙兄的，也莫过于在下了。昔年在下听闻伯牙与子期趣事，引为笑谈，今日方知，知音难觅。在下与孙兄并世而存，既是对手，又是知音，本该相得益彰、各成功业才是，岂料……大业未成，知音却失，叫在下如何不感伤啊！"

想到自己与苏秦，张仪亦是唏嘘再三，悲从中来，与庞涓把酒论盏，双双喝个死醉。

灵堂前，杯盘狼藉。

几盏火烛分别灭去，最后一抹烛光洒在另外两只谁也没喝的酒爵上，映出亮光。

清明这日，恰逢儿子双满月，瑞梅安排仆从杀猪宰羊，隆重祭祀。

太阳西沉，月明星稀。

孙家宗祠里，再无旁人。瑞梅拖着疲弱的身子，将自己的一双儿女抱一个，拖一个，缓步趋至列祖列宗的灵位前，一一祭拜。

宗祠里一片死寂，只有仲春时节院中传来的一阵轻过一阵的和风过柳声。

最后一个灵位是孙膑的。

望着夫君的牌位与画像，瑞梅一直紧憋的泪腺终于放开，将仍在熟睡的儿子轻轻托起，半是呢喃，半是啜泣："孙膑，睁眼看看吧，看看我们的这个孩子，长得像你哩。他出生在路上，他懂事，他从来不哭，他……他在等着你这个大大为他取个名字呢，我的夫君哪，你可说话呀，呜呜呜呜……"

瑞梅正自失声悲泣，身后传来一个洪亮的声音："叫孙楠！"

在这静寂的夜里，在这空无一人的宗祠，这声音犹如万钧雷霆。

瑞梅惊呆了。

瑞梅震颤了。

瑞梅如同遭到天雷一击，毛发尽竖，却连冷战也打不出来。

菊儿听个真切，蓦然回头，又惊又喜，欢叫一声："娘，快看，是我大！"说罢，爬起来就朝门口跑去。

女儿这声喊让瑞梅回过神来，扭头望去。

忽明忽暗的灯光下，一辆轮车当门而立。

车上端坐一人，正是她的夫君孙膑。

轮车后面，苏秦扶着把手，朝他们微笑。

再后面，是飞刀邹和木实。

"天哪！"不知是喜极，还是以为撞见鬼了，瑞梅惊叫一声，昏厥过去。

次日晨起，甄邑百姓不无惊愕地发现，孙家大宅空无一人，孙家祠堂一切如昨，只是寻不见瑞梅母子三人了。

转瞬之间，两员战将，一死一逃，齐威王大受打击，几乎于一夜之间变老了。

在不到两个月里，威王的白发多起来，牙齿连掉几颗，瞳孔无光，反应迟钝，腰总是弯着，步态蹒跚，像个刚刚学步的孩子，手指不时颤抖，有时一直闷坐半日，有时莫名其妙地自言自语，状如行尸走肉，能吃能喝，只是什么也记不起，谁也不睬，莫说是前来探望的王后、太子、邹忌等人，即使对一直侍寝的美少女也一个不认了。

辟疆秘传太医，询问威王病情，太医应道："此病因于肾精枯竭。经书有载，'肾生精，精生髓，髓荣心'。肾精一旦枯竭，髓不荣心。心为元神居所，居所不'荣'，元神出离，大王是以得下此病。"

"可有医治？"辟疆急了。

"唉，"太医摇头，良久，长叹一声，"不瞒殿下，臣多次劝谏我王戒色养生，王上非但不听，反而旨令臣熬制亢阳之丸。臣不敢不从，只好在阳丸里加入滋阴材质，使王上既能御女，又可养生。只是，这些材质效力有限，加之王上……"略顿一下，省去"过淫"二字，复叹一声，"王上是以越来越虚，终至肾精枯竭，臣……无力回天矣！"

"既如此说，不能怪你，好生调养就是。另，父王病情，不可外扬！"辟疆吩咐几句，挥退太医，使威王内宰拟诏授命，加盖威王玺印，将大小朝政委命于太子裁决。

至此，齐国在表面上仍旧是田因齐为王，而在实质上，王权已全部移至太子田辟疆。

孙膑一家四口被苏秦悄悄安置在宋国定陶，地点是孙膑选的。围魏时，孙膑住在定陶，留意到一处僻巷中有株百年老梅，为瑞梅计，决定在此隐身。偏巧有老梅这户人家移往睢阳，留下空宅，由木实出面将宅子租了。

苏秦安排木实及几个墨者守护，自与飞刀邹赶回邯郸，发现木华已在府中恭候，带来一个预料中的喜讯：姬雪已生一女，请他前去为女取名。

苏秦未及多想，备车与飞刀邹、木华往驰武阳。

为防不测，苏秦易装扮作前往燕地置办皮货的邯郸皮货商，飞刀邹、木华做其仆从，在武阳城中寻个偏静客栈住下，于人定时分，趁夜色赶到离宫隔壁的墨者窝点，匠人装扮的屈将子已在守候。

"屈前辈，"苏秦扑地跪下，"晚辈拖累您了！"

"呵呵呵，苏大人，你这是金贵头，老朽承受不起呀。"不待苏秦叩下，屈将子已将他提溜起来，顺手扶在席上。

"前辈，听您这话，苏秦愈加惶恐了。"苏秦连连拱手。

"大人不必惶恐，"屈将子又是一笑，"先巨子飞升之前，特别嘱托老朽，说苏子安危事关天下福祉，要老朽不惜一切护佑大人。身为墨者，巨子之命不敢有违，老朽余生，这就搭在大人身上了。"

"先巨子英灵在上，请受苏秦一拜。"苏秦复又起身，望空遥拜。

这一次，屈将子没有拦他。

"屈前辈，"苏秦拜毕，复归原位，冲屈将子拱手，"晚辈与雪儿之事，实属不该，只是，事已至此，何去何从，还望前辈指点。"

"呵呵呵，"屈将子再出几笑，"大人与公主的事儿，前前后后，公主全都讲给老朽了，没有什么该与不该的。缘由天定，你二人既然有缘，就当顺天应命才是。"说着，伸手指向密道，"苏子，我已禀过公主了，小公主这辰光想必急于看到她的阿大呢！"

苏秦谢过，起身走进地道，不一时，来到他所熟悉的地下寝宫。

"苏子……"早已守候的姬雪迎上，一头扑进苏秦怀里。

二人热切拥抱。

"苏子，"姬雪微微哽咽，"雪儿……雪儿想为苏子生个男儿的，可……"

"雪儿，"苏秦将她搂得愈加紧了，"男儿没有什么好，苏秦厌倦男儿了，苏秦谢过上天了，谢他赐给你我一个女儿！"

苏秦松开她，急不可待地走到榻前，在半明半暗的光线下凝视褪褓中的女婴。

女婴睡得正香。

苏秦俯下身子，在她柔软的小脸蛋上轻吻一下，转向姬雪："雪儿，真像你呢！"

"像你！"姬雪甜甜一笑，"小时就听母后说，女儿像父，男儿像母。今观霏儿，真的像你呢，那脸型、鼻子，还有嘴，无一处不像你！"

"霏儿？"

"是的，"姬雪应道，"生她那日，刚好是清明，细雨霏霏，我就叫她霏儿。这是她的小名，大名当由做父亲的来取。苏子，你这就为她取一个吧！"

"昔我往矣，杨柳依依；今我来思，雨雪霏霏。"苏秦脱口吟道，泪水涌出。

这几句取自《采薇》，属于《诗》中的"小雅"，是说征人奉王命于春日出征，到冬日仍旧未回，只能在外遥望家乡，徒劳思念。姬雪取景抒情，站在他这个"征人"的角度为女儿取名，真正让他感动。

"是哩，"姬雪泪水亦出，"'采薇采薇，薇亦作止。曰归曰归，岁亦莫止。'雪儿晓得，苏子不是不归，是'戎车既驾，四牡业业。岂敢定居，一月三捷'。"

姬雪再借此诗，对他这个"征人"经年不来看望非但没有半句怨言，反而夸他"王命"在身，日夜奔波，这又取得"一月三捷"的辉煌战果。更重要的是，她还晓得"征人"无时不在"来思"，也即无时不在思念她，有此足矣。

"雪儿，"苏秦紧握姬雪之手，一双泪眼直视她，"你遇此'征人'……后悔吗？"

姬雪摇头，有顷，轻声道："夫君，为我们的霏儿取个大名吧。"

"这就是她的大名。"苏秦看向婴儿，指姬雪，指自己，"姬苏霏霏。"

"是苏霏霏，"姬雪小声喃道，"去掉姬字吧。"

"雪儿，"苏秦看向远方，"我取的意是，姬水河边，苏华霏霏。这名字有你，有我，就让你我共同的霏霏与征人无关吧。"

姬水是周室先祖发祥之地，也是姬姓出处，苏华是苏草之花，苏草即紫苏，是路边野地随处可见的野草，其花色紫，其嫩叶可食。

"为什么？"姬雪伏在苏秦胸前，声音愈加轻柔，"是征人太累了吗？"

苏秦长叹一声，将姬雪紧紧拢在胸前。

"我的征人，"姬雪挣开身子，"累了，你我这就歇息吧。"

"雪儿，"苏秦却将姬雪紧紧拢住，"在歇息之前，你须应下一桩事情。"

"你说。"

"姬苏霏霏，我明天抱走。"

"抱……抱走？"姬雪傻了。

"是的。雪儿，记得上次我在这儿时，你曾说过的话吗？关于我们的霏霏。"

"我……"姬雪闭上眼去，眼前浮出去年的那个夜晚，耳边响起自己的声音："雪儿全都想好了，只要雪儿怀上孩子，就闭门不出，对外宣称先君托梦于我，要我闭关一年，与先君之灵沟通。待吉时来到，雪儿就在这密室里生产。之后，就将孩子交付木华，托她寄养于外，寄养于一户姓苏的人家。再后，雪儿就寻个机缘，认他做义子，让他堂而皇之地向雪儿叫娘！"

姬雪眼中泪出。

"雪儿，你讲得是，霏霏既然来到世上，我们就要为她负责。她不能留在此地，她必须走。"

"你……你要把她带往何处？交给何人？"

"交给木华，交给屈前辈。"

姬雪轻轻点头。

"雪儿，从明日始，就让我们的霏霏做个小墨者吧！"

姬雪再次点头。

这一宵，姬雪没睡，苏秦也没睡。二人静静地坐着，四只眼睛久久地凝视襁褓中的霏霏，都似要把她刻在眼珠上，记在心坎里。

霏霏很乖，一觉睡到天亮，没哭，没闹，也没讨奶吃，只是安生地躺着。

蓟城燕宫后花园的荷花池边，易王在手把手地教公子微识字。公子微是王后秦姬于大婚后为易王生养的第一个孩子，虎头虎脑，眼睛像嬴嫱，但骨架，甚至走路的姿势，像极了易王，看得易王左右是爱。王后嬴嫱远远地倚在凉亭围栏上，有一眼没一眼地望着这对父子。

父子正在亲近，纪九儿快步走来，在易王耳边轻语一句。易王惊愕，吩咐公子微去投王后，急匆匆地与纪九儿走向前殿。

殿里跪着一个宦人，是纪九儿安插在姬雪身边的头牌眼线。

"有什么事，细细报与王上！"纪九儿吩咐道。

"我王万安，"那宦人叩过，禀道，"贱婢受王命侍奉太后，一切安好，只是近一年来……"略略一顿，"太后性情大变，未曾走出离宫一步，这且不说，还把后院的门早晚上锁，将我等十余从人尽皆赶出，只留春梅等三人。"

"这个本王晓得了。"易王应道，"前番听你报说，太后梦见先君，要请巫女为先君祈祷，不知巫女寻到否？"

"寻到了。"那宦人应道，"奇就奇在那巫女，自进去后，未曾见她再出来过。通往后院那道门，早晚都是闩上的，只在用膳辰光，才开启，以取膳食。贱婢隔门偷窥，院中少见人影，使人上房探看，却未见异常。"

"既然未见异常，你来此地禀报什么？"易王不耐烦了，起身欲走。

"王上且慢，"宦人接道，"就在一月之前，也是凑巧，贱婢闹肚子，夜半出恭，隐隐听到有婴儿啼声。"

"婴儿啼声？"易王眉头紧凝，看向那宦人。

"正是。"那宦人接道，"啼声隐隐约约，像是在数里开外，寻常人根本听不到。贱婢天生耳聪，莫说是鸟兽虫鱼，纵使十丈开外蛇游草莽，奴婢也辨得出来，何况是在夜间。"

"婴儿何在？"

"奴婢循方位望去，却是先君陵园。先君陵园方圆约十数里，除守陵人之外，并无人家。接后数日，臣使人寻访，几户守陵人家皆无婴儿。"

"那……婴儿啼声呢？"

"婴儿啼声，贱婢全力倾听，白日嘈杂，只在更深夜静辰光，偶尔有闻。"

"每夜都能听到吗？"

"差不多，偶尔间隔一夜两夜。"

"不会是……"易王听得汗毛竖起，"闹鬼吧？"

"是否闹鬼，贱婢不得而知，只是最近旬日，贱婢连续数夜，再也听不到了。"

"听不到就好！"易王嘘出一口气。

"王上不觉得奇怪吗？"纪九儿挥退宦人，小声禀道。

"哦？"

"太后赶走从人，一年多来足不出户，女巫只进不出，夜半婴啼……"

"你是说……"易王倒吸一口冷气，不可置信地望着纪九儿。

"王上，"纪九儿嘀咕，"臣婢以为，太后那儿，没准儿真的闹鬼了呢。"

"你详细查探。"易王看向纪九儿，略顿，叮嘱，"无论发生什么，都不可惊动太后，眼下还不到招惹她的时候。"

"臣领旨。"

乍然得到全本的《吴起兵法》，庞涓视作珍宝，连日研读，大有感悟，回头详审桂陵之战的前前后后，不得不对孙膑的宏观战略格局及微观战术手段由衷叹服。

在宏观层面，庞涓得出，孙膑胜在马上。通过改车为骑，孙膑扩展了齐兵的机动回旋半径，非但弥补了齐国技击对大魏武卒的弱势，且使魏地遍野狼烟，成就疑兵之计，迫使惠王连发班师诏令。微观层面，孙膑也做得漂亮，尤其是智破他的缩头龟阵，断非运气所致。

然而，解招何在呢？

庞涓苦思冥想，数夜无眠。要破齐轻骑，首在知骑。庞涓幼时骑过驴，后来骑过马，但就他所知，马背上光溜溜的，虽借用胡人妙法，骑手已在马背上铺层兽皮软垫，但久骑仍旧屁股生疼，何况战马狂奔，上下颠簸剧烈，不被震飞，也是够呛。更要命的是，骑手双脚在马身两侧空悬，即使从小就离不开马的胡人，也会时不时地从马背上摔下。可想而知，齐人习练骑手，绝非一日之功。想到齐人为实现这个战略，连年举办赛马，举国为马而狂，在养马技术上更是后来居上，甚至已不亚于北地胡人，而在他的魏国，依旧在发展步卒，马多用于驭车，骑术只用于斥候，短期内根本无力与齐比肩，庞涓开始头大了。

"齐人可以用马，我何尝不能？"庞涓下定狠心，"无论如何，我要组建骑师，以骑对骑，以机动对机动！"

庞涓谋定，召来总管蔡俊，讨论组建骑兵的种种细节，同时拨给他五千军马，放手让他组建一支能够快速机动的骑师。

放下这头，庞涓着力于恢复武卒建制。青牛部下的数千虎贲及逾二万武卒或殉身于桂陵，或战死于赵地，亟待补充甚至重建。

庞涓与青牛谋议数日，感觉眼下人力不愁，缺的是装备，尤其是甲盔与兵器。桂陵之战中，将士们的甲衣及兵器全被齐人作为战利品收走了。武卒的甲衣及器械尽皆来自魏地或韩地的能工巧匠之手，件件皆是精工细作。单此一项，魏国就损失惨重，让庞涓心疼数月。

制作甲衣、兵械诸事尽归工坊，而工坊又隶属司徒府。庞涓置下酒席，宴请白虎。然而，白虎非但没有领情，反倒赶在庞涓开口之前，倒起苦水来。

"恩兄啊，"白虎将庞涓斟好的酒爵推到一边，脸上不无忧伤，"去秋闹灾，收成不好，眼下青黄不接，民无隔夜之粮，各县邑皆有灾情，万千百姓抛家离舍，拥塞于途。在下每念及此，心如刀绞。听说三军从邯郸回撤时带回不少钱物，愚弟恳请恩兄拨出少许，赈济眼前春荒，救百姓于水火之中！"

"邯郸财物？"庞涓眉头微拧，长叹一声，"唉，贤弟呀，这些谣传你也听信？三军撤离时，你看见了，举国百姓看见了，沿途赵人也都看见了，车上所载无不是将士尸骨，哪来的财物？自始至终，贤弟并没去过邯郸，大哥却是身在其中呀。邯郸城中是有不少财物，但赵人愿意心甘情愿地托给我们吗？早在围城之时，他们就已做了最坏打算，在弃城前全部处置过了，金银等物，或隐匿于地下，或在溃围时随身携带，能够留下的只是仓中未及藏匿的些许粮食，却又扔给我们数以十万计的饥饿百姓，大哥我总不能看着这些赵人活生生地饿死吧。至于赵宫所藏之丝帛、珠玩等物，将士们确也载回一些，但早已悉数清点，造册存放于国库，由我王调拨赏赐。三军将士只是上沙场征战，不敢私！"

"唉，"白虎见庞涓把话堵死，亦出一叹，"民在难中，我却库无余粮，身为司徒，在下……"看向一侧，有顷，瓮出几字，"心如刀绞！"

"好了好了，"庞涓不耐烦地打断他，举爵，"这儿不是朝堂，不议民难，在下请贤弟来，只为两件事：一是私事，久未见到贤弟了，这与贤弟品品酒，叙叙旧；二是公事，欲求贤弟助兄一把，成就一桩大事！"

"求字不敢，恩兄请言公事。"

"桂陵一战，武卒受创最重。"庞涓侃侃言道，"我当务之急有二。一是取齐人之长，组建骑师；二是重组武卒，再振武卒雄风。组建骑师之事，为兄自有处置，武卒征召，我已交给青牛，欲求贤弟的只有一事，就是在六个月之内，贤弟要为大哥造出两万套甲胄。"说着端起案上酒爵，递给白虎，"来，贤弟，为这两万套甲胄，干！"

"恩兄啊，"白虎接过，缓缓放下，"这爵酒恕弟不能干。"

"为什么？"

"因为这两万套甲胄，莫说是在半年之内，纵使在三年之内，愚弟也拿不出来。"白虎拱下手，起身，毅然离去。

话不投机半句多，他们之间显然是话不投机了。白虎酒至半场拂袖而去，庞涓脸上着实下不来台，脸色红涨地坐在那儿，听着白虎的脚步声渐响渐远，直至消失在府门之外，方才扬起脖子，将爵中酒一口饮干，狠狠地摔爵于地，面孔近乎扭曲。

走出庞府，白虎略一踌躇，驾车驰往朱威府中，将庞涓所求略述一遍。

朱威觉得问题严重，扯白虎赶到太子申处。

"这些我已晓得了，"听完白虎所说，太子申拿出一沓奏简，"这是武安君前日奏请，王上转到申这儿，申正欲寻你二位谋议呢。"

朱威、白虎相视。

"一面是民不聊生，亟待赈济，一面是修兵整械，再展武功。父王将朝事尽托于申，申却徒唤奈何，敢问二位有何高见？"

"一切皆是张仪唆使，"朱威恨道，"臣再请殿下逐走张仪，请公孙衍主政。"

"唉，"太子申轻叹一声，"非申用仪，自也非申能够逐仪。只要父王居于此宫，逐张仪之事，就不可行。不过，你二位倒可各上奏疏，将种种苦处罗列于疏，看王上是何说辞。"

昔日朋友今成政敌，庞涓郁闷，不由得赶到相府，对张仪倾诉。

"委屈庞兄了。"张仪淡淡一笑，半是揶揄，半是自责，"方今乱世，军备一日不可废。司徒府归属相府辖制，司徒竟然没有请示在下，擅自抗拒军备，是在下失职矣。"

此话分明有指责庞涓越俎代庖之意。

庞涓听出话音，连连打拱："不怪张兄，是在下莽撞了。在下原以为与白虎私交不菲，请他喝酒，一是给他个面子，二是探探他的口风，不料此人……唉，一点儿面子也没给在下！"

"唉，"张仪亦叹一声，"庞兄有所不知，即使庞兄寻到在下，在下也是为难。虽有庞兄推举，王上错爱，在下得居此位，但在下毕竟是初来乍到，尚未建功。在下与庞兄力促伐赵，本为利魏大业，岂料齐人横插一手，使我功亏于一篑。伐赵失利，百官多疑，加上朱威、白虎在魏根深蒂固，富有人望，更有太子罩护，你我二人急也没用。"

"是啊！"庞涓附和一句，猛地一拍大腿，"对了，他们仗恃的是太子，你我有个现成的帮手，何不寻他来着？"

"你是说……嗣公子？"

"是啊。"庞涓急切应道，"此番伐魏，魏嗣身为副将，作战勇敢，进退有度，举止得当，我观公子，未来不可限量。听莲儿讲，自印兄殉国，诸公子中，能得王上心意的只有魏嗣。"

"魏嗣淫而失制，愎而失断，不足谋事矣！"张仪一言否定。

"这……"庞涓略怔，"张兄何出此言？"

"此番伐赵，魏嗣得任副将，是因为出身，而非因于战功。伐赵前后，魏嗣未筹一策，未出一谋。赵人撤离邯郸，将军出战孙膑，留魏嗣于赵，大小诸事，魏嗣皆无主张，悉听在下决断。在邯郸数月，魏嗣唯决一事，即滞留赵宫，不舍昼夜，肆意游戏宫室嫔妃，淫荡之名风靡邯郸，赵女躲之如躲瘟神。"

"这个嘛，公子王孙多是这副德行。"

"在下再讲一事，"张仪压低声音，"就在撤离邯郸之前，在下前往赵宫，他身边站有一女颇为妖媚，我们议事她也不走。在下看不过去，将她支走。你猜嗣公子怎么说？"

"他怎么说？"

"他指着那女子道，"张仪的声音越发低了，"她是安阳君的侍妾，千古绝器呀！"

"绝器？"庞涓纳闷了。

"是啊，我也不晓得，问之，嗣公子说，绝器就是她裆里的那个宝器，一旦让它缠上，就如上锁，抽都抽不出，越吸越深，越勒越紧，使人全身酥麻，欲仙欲死，真叫个销魂哩！在下听他讲得下流，苦笑一声，连事也不想与他议了。"

"这这这……"庞涓苦笑一声，"是在下看走眼了。在下还以为他勇武，是个将才呢。"看向张仪，"唉，嗣公子不可指望，如之奈何？"

"听说我王患上风湿，你我该当入宫叩安才是。"

"是哩。"庞涓醒悟，笑道，"军国大事，当禀王上定夺，是在下绕道了。"

"庞兄拿上这个！"张仪拿出一囊，递给庞涓，"囊中乃是几剂药膏，为楚人秘方所制，专治风湿，灵验得紧！"

"张兄真是有心，连这个也备好了。"庞涓叹服。

"非为王上所备，"张仪坦诚应道，"香女代在下受蜀女一刺，伤及肩胛，一遇湿寒即疼痛难忍，在下心实不忍，四处求治，不久前得到秘方，制成此膏，寻人试过，颇为灵验。偏巧我王也是此病，由庞兄献上，岂不为美？"

庞涓谢过，袖起药囊，与张仪入宫觐见。

御书房里，惠王斜躺于榻，微微闭目，任由宫人揉捏其腿。毗人站在旁侧，抑扬顿挫地小声吟咏一道道奏疏。

一阵脚步声响，宫值走进，禀道："武安君、张相国入宫叩安，在外候见。"

惠王坐直身子，挥退宫人，朝毗人努嘴。

毗人搁下奏疏，唱道："王上有旨，宣武安君、张相国觐见！"

张仪、庞涓趋入，各自叩首。

庞涓叩道："听闻父王龙体有恙，儿臣诚惶诚恐，特来叩安。"

"呵呵呵，老毛病了！"惠王指指左腿，"是这左腿，当年与韩、赵战于浊泽，寡人受赵人一箭，伤及骨头，但凡湿气上泛，就会犯病，前日厉害，今朝好多了。"

"父王，"庞涓双手奉上膏药，"此药膏为楚人秘制，专祛风湿，儿臣求请父王一试。"

"好好好！"惠王连说几个好字，看向毗人。

毗人接过药膏，收藏起来。

"二位来得正好，"惠王赐席，见二人坐下，指向一堆奏报，"这些奏报，寡人听得心烦，正要召请你俩呢。"

"可为灾情？"张仪看向奏报。

"唉。"惠王长叹一声，"各地闹灾，青黄不接，各郡各邑，都在向寡人伸手要粮，寡人……"

"我王勿忧，"张仪奏道，"各地灾情臣已悉知，也将灾情知会秦人。秦王闻我有灾，旨令蜀地调运米粮三万石，这辰光已在途中，不日将运抵河东，或可解我水火之急。"

"哎呀呀，"惠王两眼放光，喜得合不拢口，"好爱卿啊，此等佳音，你当早些禀报才是！"

"臣也是刚刚得信，不敢有一刻耽搁。"

"唉，"惠王长叹一声，转对庞涓，"事到临头，真正助我的，仍旧是秦人。只是，秦王如此慷慨，倒是出乎寡人之料啊！"

"非秦王慷慨，"张仪奏道，"是秦王顾念秦魏睦邻大略，不计其他。不瞒王上，据臣所知，去年河东大旱，与河东一河之隔的河西，乃至关中，也是滴水未下。关中，也缺粮啊！"

"这这这，"魏惠王急了，"秦人既也缺粮，却来助我三万石，叫寡人……如何是好？"

"我王无须为秦人忧心，"张仪侃侃言道，"秦人有蜀地粮仓，饿不死人。不瞒我王，蜀地是臣一手开拓的，一眼望去，真叫一个沃野千里呀！这且不说，蜀人善于治水，无惧旱涝，所产粮食吃不完，大部分都喂鸡喂猪了！"

"啧啧啧，"惠王赞道，"秦王得蜀，是得个大宝哇。"

"不瞒王上，"张仪应道，"秦王当年却不这么想。当年秦王气恨我王约纵亲六国攻秦，定下国策誓与魏战，臣以为不智，力劝秦王避强就弱，与魏睦邻，向西争蜀。秦王初时不从，后从臣谏，用臣之计平巴得蜀，方有今日。"

"唉，"魏王再次出叹，"是秦王命好运好，得与巴、蜀结邻，寡人这儿……"

"在臣眼里，我王之命比秦王要好，我王之运也不比秦王差呢。"

"哦？"

"大王请看，"张仪指向东方，"自大梁以东，泗下千里沃野，尽皆弱国，自大梁以北，太行之东，直至燕国蓟城，沃野之广，远甚于泗下。至于齐国五都之富，臣……"

"这这这……"惠王苦笑一声，做出无奈表情。

"大王，"张仪声音洪亮，信心满满，"秦王能得巴、蜀，非秦王命好运好，是秦王看重军备，视军备为首务。自商君变法以来，秦举国皆兵，所有男儿幼习兵器，无不以战死疆场为荣。观秦人三军，阵之严整，律之严苛，械之精良，粮之充裕，天下无可匹敌。能与秦军一战者，唯有庞将军制下的大魏武卒。两强相撞，必是两伤，这也是臣力谏秦王舍魏争蜀的本因。秦得巴蜀，即可谋楚。楚地本属南蛮，秦人得之，无伤中原毫毛。中原沃野，何止千里，臣劝秦王留给大魏武卒，留给庞兄，留给大王。臣之用心，不可谓不苦，还望大王怜之。"

惠王长吸一口气，微微闭目。

"父王？"见惠王迟迟没有开眼，庞涓小声提醒。

"唉！"惠王终于给出一声长叹，重重摇头，"老矣，老矣，寡人垂垂老矣！"

"我王差矣，"张仪应道，"自古迄今，人无万岁，终有一老，亦终有一死。然而，有何人是为自己而生，又为自己而死呢？偌大一个魏室，真正立国不过四世，难道我王能够忍看大魏社稷于王百年之后一朝崩塌吗？"

张仪字字锥心。

惠王打个寒战，抬头看向庞涓："贤婿，听说你要重建武卒，可有此事？"

"儿臣正有此意。"庞涓朗声应道，"儿臣已聘两万勇士，万事俱备，只缺甲胄。"

"单是甲胄，倒是易事。"惠王转对毗人，"传旨白虎，让他赶制两万套甲胄。"

"王上，"毗人小声禀道，"司徒大人有奏疏在此，就是方才老臣吟咏的。"

惠王这也想起毗人方才所念的奏疏，回到现实中，老眉渐渐凝起，转对张仪："据司徒所奏，甲衣多由乌金铸制，单套甲盔即需乌金二十余镒，两万套需五十万镒。近年乌金价钱看涨，直追黄铜，五十万镒乌金需金逾三千镒，而国库仅有不足千镒，单是伤亡将士的抚恤也需六千镒，尚差五千镒的缺口。"

"这些儿臣晓得，"庞涓应道，"乌金大多来自韩室，我可暂且拖欠几日，待国库充盈，加利还它就是。"

"嗯，这倒不错，"惠王微微点头，转对毗人，"召司徒！"

白虎赶至。

惠王拿出他的奏章："白爱卿，据你所奏，两万甲胄难在乌金，乌金难在金钱。方才武安君提出一个奏议，就是暂欠韩人，待国库充裕之时，我可加利归还。寡人以为奏议不错，特召你来，看如何与韩人磋商此事。"

"回禀王上，"白虎苦笑一声，"臣早与韩人磋商过此事，韩人不肯拖欠。"

"咦？"庞涓大声问道，"借借还还，方是生意之道。韩人既然与我做的是生意，为何不肯拖欠？"

"回禀武安君，"白虎不卑不亢，"前几年我们定制甲盔、弓弩、革衣、车马等物，尚有许多旧账，折金不下三千镒，迄今未还，韩人不肯再欠了。"

"岂有此理！"庞涓震几怒道，"旧账归旧账，新账归新账，堂堂大魏，还能拖赖他们不成？"

"武安君大人，"白虎也生气了，"生意之道讲究公平，欠账还钱，买卖自主，此乃天经地义之事。今我欠账不还，韩人中断生意，也为常理……"

"够了！"庞涓几乎是喝叫。

"你……"白虎也是气急了，满脸红涨，鼻孔里冷冷地哼出一声，竟然忘记是在宫中，忽地站起，一个转身，大踏步径去。

"唉，"望着白虎气冲冲远去的背影，张仪故意出声长叹，"司徒大人仗恃何势，竟把大王的御书房当成自家的后花园了！"

"拟旨，"惠王被张仪的话激怒了，转对毗人，"暂免白虎司徒职，让他闭门思过一月！"

夜色已深，白家祠堂里，一盏孤灯，几炷香火。

白虎跪在白圭灵前，没有悲泣，没有诉说，只是静静地跪着，如一尊雕塑。

在他身后站有许久的老家宰黄叔轻声禀道："主公？"

白虎一动不动，似是没有听见。

"主公，"黄叔抹把眼泪，声音更轻，"交三更了，夫人房里……灯仍在亮着，是在候您呢。"

白虎起身，复又跪下，如是数次，行完三拜九叩大礼，将白圭的牌位取下，小心翼翼地装进他早已备好的箱子里。

"主公，您……这是何意？"黄叔愣住了。

"黄叔，"白虎把一双泪眼看过来，"诗曰：'莫我肯顾，适彼乐土。'此地我们守得太久了，也该挪个地方。明日晨起，你安排人手，收拾行李，整备车马，后日鸡鸣时分，我们出城。"说着，拿出一只红布包裹，递过来，"还有这枚印玺，使人呈送上卿府，让他转呈魏王。"

黄叔双手接过印绶，老泪流出。

白虎拖着沉重的步子，一步一步地走向房门。

夫人绮漪当门而立。

"夫君，"绮漪问道，"我们欲往何处？"

"韩国阳翟。"

"主公！"黄叔打个惊怔，急赶过来，"阳翟去不得，万万去不得呀！主公要走，当去宋地定陶。"

"为什么？"白虎问道。

"主公啊，"老家宰忧心忡忡，"阳翟的大小生意人之所以赊账于魏，不外乎二因，其一是老白家的面子，其二是你这个司徒身份。今日主公不做司徒了，老白家也早不做生意了，魏国欠下数千镒的债务，主公此去，岂不是……"

"黄叔所言极是，"白虎淡淡一笑，"阳翟大小客商之所以赊账于我，是冲我白虎的司徒身份。白虎今日不是司徒了，于情于理，也都该当去对所有客商有个交代，至于是打是罚，由他们处置吧。"又看向绮漪，"夫人，是不？"

"夫君，"绮漪点头，紧紧握住他的手，"绮漪听夫君的。无论夫君到哪儿，即使上刀山，下油锅，绮漪也愿跟从！"

翌日晨起，朱威得知白虎欲走，急急赶来，再三苦劝，白虎执意出走。朱威挥泪作别，回到府中，越想越闷，加之前些时积劳成疾，身体本就不适，也就告病不朝了。

"你要与阿大去阳翟？"庞涓不可置信地盯住白起。

"是哩。"白起郑重点头。

"何时动身？"

"明日鸡鸣，城门开时。"

庞涓在厅中紧踱几步，顿住，将手重重搁在白起肩上："起儿，你不去阳翟，好不？"

"为什么？"

"义父不想让你去。"

"义父为什么不想让起儿去？"白起歪头望着他。

"因为……因为……"庞涓支吾一下，接道，"义父离不开你，义父想把你留在身边，想使你成为一个真正的将军，战无不胜，攻无不克！"

"就像义父这样？"白起眼睛睁大。

"不是就像，"庞涓在他的肩上加力，"义父相信你一定能超过义父。"

"义父凭什么相信？"

"就凭你的起点是在义父的肩膀上。"

"义父，让起儿想想，成不？"白起仰脸恳求。

"你不能想，你须马上回答我，究竟想不想成为一个超过义父、驰骋列国的无敌将军。"

"起儿想，起儿做梦都想！"白起略顿一下，转过话头，"可……起儿不能答应义父。"

"哦？"庞涓盯住他，"告诉义父，为什么？"

"因为我若留下，就不能为阿大尽孝了。"

"那……你就不想为义父尽孝吗？"

"义父只是义父，阿大才是亲父。亲为仁，仁大于义，是不？"

一直无子的庞涓心头就如被揪过一般，半晌，苦笑一下："好吧，仁大于义。义父不讲这个，义父不让你去，还有一层原因，你想听不？"

"义父请讲！"

"你阿大去阳翟，是自就死地，你可晓得？义父不让你去，是不想让你去死。"

"为什么？"

"因为你阿大欠下阳翟商贾好多好多钱款，他身无分文到阳翟，必死无疑。"

"啊？"白起震惊，半晌方道，"我阿大为什么欠人家那么多钱？"

"因为国家。武卒需要甲胄、弓弩、乌金，这些多是从阳翟商人手中购买。可我们没有那么多钱，你的阿大身为司徒，是保人！"

白起陷入深思。

良久，白起抬头，郑重地看向庞涓："回禀义父，若是这样，起儿更须同去。"

"哦？"

"父债子偿，天经地义。阿大欠债，舍身偿还，是义。身为嫡子，身为魏民，起儿若有躲闪，于父母，是不孝；于国家，是不忠；于债主，是不义。义父难道要起儿做一个不孝不忠不义之人吗？"

见白起小小年纪竟能讲出此话，庞涓深为震撼，轻抚其头："好一个起儿！"转身进屋，拿出当年自己一字一字默写出来的六章吴子兵书，递交给他，"这本《吴子兵法》是义父的师父鬼谷先生传授义父的，今朝送给你了。再过八年，待你长大成人，随时来寻义父，义父必将平生所学，悉数授你。"

"谢义父赠书！"白起双手接过，跪地叩谢毕，从怀中摸出一朵玉雕的莲花，双手奉上，"下月初三是义母诞辰，此花是起儿三个月前为义母定制的，今日事急，只能提前敬上，敬请义父代为奉献。"

"如此贵重之物，你……哪儿来的钱？"

"是起儿的压岁钱。每年新春，义父、义母、阿大、娘亲，还有黄阿公、朱阿公，都给起儿不少压岁钱，起儿收攒起来，全部用在这朵花上了。"

"起儿……"庞涓眼睛湿润了，长吸一口气，"既然你用心如此，为什么不去房中，亲手献给你的义母呢？"

"起儿不敢去见义母。"

"为什么？"

"怕义母伤心。"

白起伏地再拜几拜，大步离去，没有回头。

望着小白起渐去渐远的身影，庞涓不无怅惘，轻叹一声，走进主房，将白起所送的玉莲花交给瑞莲。

"真漂亮！"瑞莲左看右看，爱不释手，不无深情地凝视庞涓，"夫君，莲儿谢你了，莲儿只为你开！"

"夫人谢错了！"庞涓怅然叹道，"是起儿送的！"

"起儿？"瑞莲惊喜，"他在哪儿？我正在想他呢！"

"他……走了！"

"走了？他去哪儿了？"

庞涓将白起要离开大梁、前往阳翟、临行之前来送她莲花的事约略讲了。瑞莲大急，当下就要前往白府，被庞涓阻住。

庞涓伸手取过玉莲花，耳边响起白起的声音："义父只是义父，阿大才是亲父。亲为仁，仁大于义，是不……父债子偿，天经地义。阿大欠债，舍身偿还，是义。身为嫡子，身为魏民，起儿若有躲闪，于父母，是不孝；于国家，是不忠；于债主，是不义。义父难道要起儿做一个不孝不忠不义之人吗……"

"唉……"庞涓长叹一声，抬头看向瑞莲。

"夫君！"瑞莲靠在他身上。

贴身侍女端着一个药盅走进房门。

见二人亲热，侍女驻步。

"端过来吧！"瑞莲叫道。

仆女端起来，将药盅放在案上，朝庞涓揖个礼，退出。

盅里是黑乎乎的药汤。

"夫人，你怎么了？"庞涓急问。

"我没有怎么，什么都好。"

"什么都好，你这……"

瑞莲给他一个笑，端起汤盅，放唇边，小啜一下，眼一闭，咕嘟咕嘟一气饮完。

"夫人？"庞涓接过汤盅，望着她。

"是梅姐送我的偏方儿，专治宫寒。"瑞莲一脸憧憬，"莲儿喝有多剂，感觉好多了。待莲儿治好它，就为夫君也生一个小起儿！"

"夫人……"庞涓将瑞莲紧紧搂在怀里，搂得她上不来气。

"夫君，"瑞莲娇喘几声，在他耳边悄声道，"莲儿现在就要你！"

庞涓被她撩得性起，一把揽起她，抱进寝处，宽衣解带，双双带着造人的热望，一时颠鸾倒凤，被翻红浪。

白虎出走之后，庞涓不再顾忌，遂以惠王名义拟就国书一封，发给韩王，语气也算诚恳，先申述魏、韩两国历史友谊，感谢韩王对魏室的鼎力支持，继而请求韩王一如既往，继续支持，随附一张要韩室支持的清单，上面所列各类军需物资，上盖魏王玺印，加附一枚武安君玺印。

张仪征巴蜀那年，韩国大旱，民生多艰，一向生活节俭的昭王韩武却不恤民难，神经质般旨令臣子耗费巨资，大兴土木，在宫城西门起筑一座奢华门楼，史称高门。失时动土，上天有应。楚国有高人预测昭王不能过高门，果不其然，昭王刚好驾崩于高门筑就那日。

继承王位的是其嫡长子宣惠王。宣惠王拜公仲侈为相，韩举为左司马，执掌三军，使先相国申不害之子申差为司徒，兼管各地工坊。

收到大魏国书，韩宣王反复阅读，踌躇难决，上面加盖的武安君庞涓玺印，更让他的背脊骨透出丝丝寒意。

忖度良久，宣王召到公仲侈、韩举与申差三人，谋议对策。

三位重臣各读一遍，无不现出愠色，尤其是负责工坊的申差。

"庞涓欺我太甚！"申差气愤难平，怒道，"魏人欠我旧账数千镒，阳翟不少工坊由于缺钱购置原料，或濒临倒闭，或已倒闭，大小商贾谈魏色变，没人愿与魏人再有生意来往。宜阳几家乌金矿主因阳翟拖欠而停止供货，有矿主连矿也封了。"

"司徒所言甚是，"公仲侈附和，"我臣民生资，王室近半用度，多仗阳翟商贾税费，今魏人欠债不还，阳翟商贾怨声载道，魏人不恤我苦，赖账不说，这又蛮横强索，是可忍，孰不可忍！"

"抛开欠款不谈，"韩举的两眼落在国书上，"臣以为，将兵器卖给魏人大是不妥。魏、韩虽为唇齿，但魏自恃势大，从未将我视作盟友。魏所恃者，无非是武卒与虎贲。我所惧者，无非也是武卒与虎贲。经由邯郸、桂陵二役，武卒、虎贲受损，庞涓之所以要我急备军资，无非是想重振武卒与虎贲。我若资之，是为虎傅翼、增益其势了。"

"唉，这些寡人何尝不知？"宣王长叹一声，指国书道，"眼下我弱魏强，假使不允魏人，庞涓加兵于我，该当如何是好？"

"怕他个鸟！"韩举以拳震几，"桂陵一战，武卒十去其六，虎贲十去其八，庞涓已无所恃，我堂堂大韩，有何惧哉？"

宣王转头看向公仲侈。

"诚如韩将军所言，"公仲侈点头应道，"魏势大减，庞涓风光不再，不足为虑。"

"就依众卿！"宣王本就有气，牙关一咬，"恭请诸位厉兵秣马，收储粮草，拓沟砌垒，寡人这就回绝魏鳌，大不了与他一战！"

听闻白虎来到阳翟，大小商贾纷至沓来，将白家居住的客栈围个水泄不通。

"诸位父老，诸位兄弟，诸位大人，"白虎跳上院中一张石几，抱拳一周，"在下白虎，魏人白圭之子，魏国司徒，旬日之前，因种种原因，挂司徒印绶，携家带口，由梁赴此……"

话音未落，就被嘈杂的呼声打断。

"白虎，甭讲废话，快还我钱！"

"什么司徒不司徒的，与我等何干？你既然敢来，就拿钱来！"

"白司徒呀，我一家老小全靠这点儿营生，亏空这么多，日子没法儿过了！"

"我等皆是冲你老白家才做生意，这就是你们老白家的生意之道吗？"

"白司徒，求求你了，救救我一家吧……"

…………

不知是谁率先跪下，众人呼呼啦啦全跪下来，院里院外，瞬间跪满债权人。

白虎扑通一声，亦在几案上跪下，泪水满盈。

一群年轻后生冲进院子，拿着刀枪棍棒，拨开众人，冲到石几前面，为首一人使力扭住白虎，以剑抵住白虎脖颈，大吼："姓白的，快讲，你欠我们的血汗钱，到底还不还？"

为首之人不是别个，正是阳翟首富蔡佗之子蔡韦。魏国所欠巨款，蔡家最多，当算白虎在阳翟的最大债权人了。

"还！"白虎显然认得他，喃声，"在下一定还！"

"还钱好呀，白大司徒，钱呢？"

"在下……没钱。"

"咦？没钱，你拿什么来还？是来嘲讽我们阳翟人吗？"蔡韦用力按下白虎的头。

"非也！"白虎把脖颈用力一挺，昂起头来，"在下愿以性命相抵，可否？"

"哈哈哈哈，"蔡韦爆笑数声，朝众人说道，"父老乡亲们，你们这都听见没，魏国大司徒白虎，天下第一商白圭之子白虎，欠钱不还不说，竟又厚着脸皮来到我们阳翟，要以命相抵所欠债务，问我们可否。父老乡亲们，你们说，可否？"

"不可！"众人异口同声。

"听见没？"蔡韦将白虎的头发猛力一扯，疼得白虎龇牙咧嘴，"姓白的，在下走南闯北，也算见过不少赖账的，却没见过似你这般拿命抵的！我且问你，你无官无职，身无分文，已是烂命一条，能值多少金子？一百镒吗？一千镒吗？你欠阳翟的是三千镒的足金啊，姓白的！"

三千镒金子就如一个巨大的魔咒，罩在每一个债权人头上。

全场鸦雀无声。

不知是过于激动，还是过于哀伤，蔡韦揪头发的手指松开了。

白虎泪水流出，垂下头去。

就在一片静寂之中，远处传来啪的一声爆响，众人扭头望去，见是一个孩子从一扇刚被冲撞开的窗棂里凌空飞出，稳稳着地。接着，一个女人从窗户里钻出，在那孩子的接应下，落在地上。

自不待言，是被白虎反锁于房的绮漪和白起。

母子二人相互搀扶，一步一步走过来。

母子二人走到石几前面，白起推开蔡韦，扶母亲踏上石几，让她在白虎身侧跪下，自己跟着跳上石几，站在白虎的另一侧。

"父老乡亲们，"白起如大人般朝众人拱手，"在下白起，白虎是在下生父。旁边女子是在下生母。欠账还钱，天经地义。然而，冤有头，债亦有主。欠你们三千镒巨债的，不是我们白家，是魏王；与你们做生意的，也不是我们白家，是魏王任命的魏国司徒。至于在下生父白虎，旬日之前是魏国司徒，今日已被魏王废黜，不是司徒了。白虎既已不是司徒，诸位死缠我们白家，是何道理？有种的，当到大梁讨债去！"

白起之言，有理有据，众人一下子怔了，面面相觑。

"咦？"被拨在一边的蔡韦陡然灵醒过来，眼珠子一瞪，指白起骂道，"你个小兔崽子，不过屁大个子儿，嘴巴倒是利索哩！"啪地从袖中摸出契约，"小兔崽子，睁眼看看这张契约，是何人具保画押的？是你父亲白虎！小兔崽子，晓得什么叫具保吗？晓得什么叫画押吗？狗屁不懂，竟在此地振振有词，乍听起来，真还就是赖账有理哩！"

"好吧，是在下不懂了。"白起小头一昂，两只大眼紧盯住他，指指自己脑袋，"你这讲讲，在下这颗头颅，值金几许？"

"你……"蔡韦后退一步。

"你不出价，在下就自己叫价了！"白起面向众人，朗声叫道，"在下白起，在此世间历时一十二个春秋，现有头颅一枚，作价黄金三千镒，今日售与在场诸位，以偿魏国债务，是你们自取，还是在下奉献，悉听尊便！"

众人再次震撼。

"你个小兔崽子！"蔡韦急了，"贱命一条，如何就值三千镒？"

"请问壮士，"白起冷笑一声，"在下之命，不值三千镒，又值几许？"

"一镒足矣！"

"在下出三镒，买你一命，如何？"

"你……"蔡韦气急。

"观你年纪，当届而立，今出此语，枉活三十年矣！"白起冷笑一声，转向众人，"人之生命乃父母精血所育，天地日月所炼，一生仅此一次。鲁人孔丘有云，除死无大事。此言是说，人生在世，贵不过一死。好死不如赖活着，饿得一箪食，渴得一瓢饮，足矣。纵有千镒万镒，若是一死，又有何益？"说着，手指蔡韦，"在下以如此贵重的性命作价，仅售三千镒，此人竟说贵了，这般营商，羞做阳翟人也！"

蔡韦恼羞成怒，退出两步，抽出佩剑，正待发作，门口传来一声断喝："韦儿，不得无礼！"

众人扭头望去，皆吃一惊。

门口站着一个颤巍巍的老者，身边是白家的老家宰黄叔。

无须再问，老者是蔡佗。

人群让开一条道，蔡佗与老家宰缓缓走进。

蔡韦利剑入鞘，赶前几步，小心翼翼地搀扶老人："大，您怎么来了？"

蔡佗缓步走到白虎跟前，回转身，朝众人微微拱手："诸位债主，蔡佗此来，有一言相告。"手指老家宰，"听黄老弟说，白家为魏室担保不少钱财，粗算下来，折金三千镒，经老夫查问，其中有老夫千五百镒，其他各家千五百镒。老夫之款自有老夫来结，至于众人之款，老夫在宜阳有个乌金矿，可折金逾两千镒，权为白家作保！"

"大！"蔡韦急了，带着哭音，"您……您这是犯糊涂了，他们老白家的欠款，凭什么拿咱家的宝矿作保？"

"为父没有糊涂，"蔡佗指着白虎一家，"因为你讲的那座宝矿，本来就是白家的！"说着转向白虎，跪地叩首，"主公在上，请受老仆蔡佗一拜！"

如此戏剧性的一幕，使在场的所有阳翟人完全傻了，莫说是蔡韦、白虎一家，即使跟从白家多年的黄叔，也是愣怔。

"大，"蔡韦最先反应过来，"你说那个大矿是白家的，可有凭证？"

"没有凭证。"蔡佗缓缓应道。

"那……没有凭证，凭什么讲那矿是他白家的？"

"就凭这个！"老人指向额角一块疤痕，"为父先祖是蔡国公族，后来，蔡为楚人所灭，族人沦为楚国公族昭氏隶仆，为父这里被刺上一个昭字。先主公白圭大人游历于楚，与昭门通关商贸，见为父言语伶俐，为人诚信，出重金赎出为父，使人去此昭字，教会为父营商之道，将阳翟生意悉数委托为父，对外却秘而不宣。十二年前，先主公又暗使为父前往宜阳，购此矿山，叮嘱为父，无论白家发生什么，此事皆不可张扬，除非白家后人落难于阳翟。今少主公落难于此，命悬一线，正应先主公谶言矣！"说罢，伸手召蔡韦，"韦儿，来，向主公一家叩首！"

蔡韦于瞬间由主而仆，完全傻了，此时听到召唤，四肢僵硬地走过来，在老父身边吃力地跪下，犹如一块木头般叩在地上。

场上人众无不唏嘘，向白氏一门及其老义仆蔡佗叩拜。

第八章

借秦力庞涓伐韩　解纷争苏秦奔走

　　尽管韩宣王语气委婉，庞涓仍被激怒了，气冲冲地赶到相国府，将韩王的国书啪地掼到张仪跟前，道："张兄，你看看这个！"说着，一拳擂在柱子上，"才做几日王，说话就没个分寸了，简直是欺人太甚！"

　　这个国书是先到相府，再由相府转呈魏王，而后才交到庞涓手中的，张仪自是看过。

　　张仪候的也是这个。

　　"观庞兄之意，"张仪斜一眼那国书，"是想伐韩了？"

　　"早想伐它了，只是……"庞涓朝柱子上又是一拳。

　　"只是什么呢？"张仪淡淡一笑，"秦国传来佳音，由蜀国运到的三万石粮食已到河西仓库，在下正要禀报我王，前往运输呢。"

　　"太好了！"庞涓两眼放光，旋即又暗淡下来，长叹一声，"唉，张兄呀，在下需要的，不只是粮食，还有更紧要之物啊！"

　　"庞兄请讲。"

　　"两万套武卒甲胄。"庞涓一字一顿。

　　"庞兄几时想要？"

　　"当然是越快越好了！"

"三个月之内，在下为你打造齐备，可否？"

"什么？"庞涓大瞪两眼，"三个月之内？两万套甲胄？"苦笑一声，"张兄，你这不会是开玩笑吧？"

"在下与庞兄开过玩笑吗？"张仪依旧脸上溢笑。

"好吧，"庞涓不再苦笑了，盯住他，"敢问张兄，请问张兄，你又不是神仙，如何能在三个月之内打造出两万套甲胄？"

"在下不能，秦人却能。"张仪敛住笑，一字一顿。

"秦人？"庞涓一拍脑袋，"在下倒是没有想到。只是，甲胄之事，非同小可，秦人万一不肯呢？"

"凭在下的舌头，庞兄的面子，还有魏王的诚意，秦王不会不肯吧！"

"就信张兄。"庞涓眼珠儿一转，"还请张兄再加几样，免得单调。"

"庞兄还要什么？"

庞涓拿起笔，匆匆拉出一个清单，递给张仪。

"好家伙！"张仪看清单，皱紧眉头，"五千只弓弩，五万支箭矢，一万只枪头！好一个庞兄，你真把秦人当成自家兵坊了！"

"呵呵呵，"庞涓连笑几声，拱手，"既然张兄开这尊口了，就得多讨一点儿，省得秦人乱讲闲话，笑话张兄舌头不软，在下面子不大，大王诚意不够呢！"

"你这叫得寸进尺！"

"在下没有进丈，已经给秦人面子了。"庞涓又是一笑，"想想看，前番大王是要在下伐秦的，在下听信张兄你，转头伐赵，为秦人省下多少东西。今朝在下伐韩，让秦人只拿出这一小点儿，已经是……"

"好好好，"张仪赶忙拱手，"在下服你了。"说着，走到一边换服饰，"在下不与你扯皮，这就进宫向王上讨个使节去！"

魏相张仪使秦，秦惠王亲率司马错、公子疾、甘茂等臣迎至咸阳郊外。君臣相见，四目对视，万千话语只在不言之中。

君臣同乘王辇，回到宫中。

“王上，”张仪在殿中自己的席位上坐下，环视曾经熟悉的朝堂，笑道，“臣有些日子没有坐在此处了。”

“是哩。”惠王回以一笑，指向张仪的席位，“自爱卿走后，此位一直空置。”

“谢王上抬爱。”张仪谢过，聚气凝神，将魏宫诸事，尤其是当下困境，一五一十地禀报一遍，末了道，“臣此番来使，是想讨要一批信物。”

“爱卿请讲。”

“三万石粟米，两万套甲胄，五千只弓弩，五万支箭矢，一万只乌金枪头。其他诸物，也请我王酌情调拨。”

“张兄，”司马错大是诧异，“你讨这么多东西做啥？”

“非在下所讨，是应庞涓所请。”张仪应道。

“庞涓？”司马错大吃一怔，“他要这些做啥？”

“伐韩。”

众人各吸一口气，面面相觑。

“哈哈哈哈，”秦惠王长笑数声，“庞大将军的面子，寡人不能不给呀。准允。”

“臣还有一请。”张仪紧盯惠王。

“请讲。”

“庞涓伐韩之时，臣请我王约攻韩国宜阳，拔其铁都，使其首尾不能两顾。”

“魏韩交恶，”惠王思考有顷，“是其三晋内事，我若直接插手宜阳欠妥。不过，我倒是可以陈兵崤函，兵压宜阳，使宜阳之兵不敢东顾。你当与庞将军商议一下，让他最好让出陕、焦、曲沃三邑，使我陈兵无虞。”

“臣受命！”张仪应道，“不过，魏势已是疲软，加之赵、齐、楚三国虎伺在侧，臣恐庞将军独力难支，无勇伐韩。是以臣以为，我仅兵压宜阳尚嫌不足，还请我王压迫上党才是。我有大军在侧，倘使韩人真敢调动上党、宜阳之卒赴郑勤王，我即可乘虚而入，无论是取宜阳还是上党，于我王皆是意外之喜。”

"准爱卿所请，"惠王做个准允手势，看向张仪，"爱卿回来得刚好，寡人正有几桩事情转告于你，多与楚国相关，皆于我不利。"

"臣敬听。"

"其一是，惠施至楚，被楚王拜为客卿，在朝野呼吁联齐抗秦，渐成势力；其二是，齐将田忌出走至楚，投于景氏门下，据守宛城；其三是，楚王熊商卧榻不起，若不出意外，当活不过本月，太子熊槐当无悬念继位。"

"最后一桩或为我王之福。"张仪接道。

"哦？"

"臣知熊槐，远甚于知我王。"

"哈哈哈哈，"惠王先是一怔，继而长笑起来，竖拇指，"好呀好呀，爱卿既有此说，寡人当无虑矣。"

"回禀我王，"张仪拱手，沉声应道，"魏因邯郸、桂陵二战，已成虚空，这再伐韩，势力殆尽，王可无虑。赵、齐各有损伤，三五年内，元气难以恢复。未来几年，我们的对手当是楚人。是以臣以为，惠施不可留楚。另外，庞涓伐韩，赵无力赴救，楚若大丧，或不出兵，救韩之兵只有一齐。孙膑已死，五都之兵只有田忌可治，无论如何，我王不可使田忌抽身回齐，否则，若是韩、齐夹攻，庞涓难有胜算。若是庞涓再败，臣或不容于魏，连横大计也或功亏一篑矣。"

"就寡人所知，善于逐人者，一是爱卿你，一是陈轸。今陈轸在楚，惠施与田忌亦在楚地，寡人可使陈轸建此二功。"

"臣并不乐观。"张仪嘴角一撇，"陈轸本为二心之人，今在楚地，早已背秦。前年臣征巴、蜀，正是因为此人，蜀人才节节抗拒。"

"诚如爱卿所言，"惠王点头，"陈轸至楚，终将事楚。只是眼下，陈轸尚欠寡人一个小情，寡人别无他求，托他赶走两个闲人，想他不会不给这个面子！"

"如此甚好，臣恭忻佳音。"

夜色将临，惠王体谅紫云，不再留他用晚膳。

张仪回府，紫云果然备好酒肴在等他。

一夜温存。天将明时，紫云率先起床，忙上忙下地收拾行装。

"夫人，你这忙乎什么？"张仪惊讶。

"夫君不是要回魏吗？紫云同去！"

"使不得！"张仪一口回绝。

"为什么？"紫云停下手中活计。

"因为，"张仪眨巴几下眼睛，"夫人在秦，仪之家舍也就在秦，仪别无他念，自当全力为秦效力。夫人若是从仪至梁，仪之家舍也就在梁不在秦了。"

"这……"紫云怔了。

"仪已讲明，夫人是否赴梁，自己掂量。"

紫云闷头掂量良久，看向张仪："既是此说，紫云就不陪同赴梁了，只在家中守候夫君，日日为夫君祈福。"

"呵呵呵，这就对了！"张仪笑过几声。

在府中住满三日，于第四日上，张仪对紫云道："夫人，仪已别过王兄，于今日出行，返回大梁。返梁途中，仪欲进山一趟，望望香女，这先禀报一声。"

"紫云也有此意，"紫云热切应道，"如蒙不弃，紫云同往。"

"仪代香女谢夫人挂念。"张仪拱手谢道，"只是，夫人若去，千好万好，只有一个不好，香女的道怕就修不成了！"

紫云微微低头，不再说话。是哩，将心比心，如果自己是香女，也必不待见一个公然抢走自己夫君的女人。

张仪安排随同前来的魏国使团成员留在咸阳，与秦人进一步商榷粟米、甲胄等具体交接事宜，独自走进终南山，在寒泉子的草舍里连候三日，香女终不出来相见。

张仪嗟叹数声，将费尽心力寻到的伤湿药膏留给寒泉子，悻悻出谷，往投函谷而去。

回到大梁，张仪将使秦过程并收获一一说给庞涓，喜得庞涓合不拢嘴。

"不过，"张仪话锋一转，"秦王也不是不要回报。"

"当然，当然，"庞涓笑道，"秦人一向如此，不干吃亏之事。张兄这且讲讲，秦王所求何报，不要太过分即可。"

"要我撤离临晋关，退往河东，与秦划河而治，并将函谷关外陕、焦、曲沃三邑归还于秦。"

"这……"庞涓倒吸一口气。

"唉，"张仪长叹一声，"能讲的在下全都讲了，秦王不肯让步。不过，秦王也有表示。"

"是何表示？"

"屯大军于陕、焦、曲沃三地，以函谷为背，锋指宜阳，使宜阳韩军自顾不暇，以减轻庞兄压力。另外，如果我王愿意借道，秦王愿出精兵一万，开往河东，锋指上党，使上党守军不敢妄动。"

庞涓闭目长思，有顷，抬头道："临晋关可让，陕、焦、曲沃三邑，我可让曲沃，保留陕、焦二邑，以卫护津渡。至于上党韩军，自有安邑驻军牵扯，不劳秦人了。"

"函谷关外，只让给秦人一邑，在下恐难说话。庞兄，你看这样如何，再让出焦邑，我留陕邑，此地恰在两个津渡正中，左右皆可护佑。"

"咦，"庞涓睁大眼睛，"我说张兄，你是魏室国相，与在下讨价还价起来，如何竟如秦人一般？"

"唉，庞兄呀，"张仪苦笑一声，"眼下是我们去求秦人，不是秦人来求我们。如果秦人愿意，在下恨不得要他们让出咸阳来呢。"又压低声音，"再说了，庞兄若能借得秦人甲胄、粮草、兵器，如果不出意外，当可一举击溃韩国，得其都城并阳翟，别的不说，单是阳翟……"顿住话头，悠闲地用指节轻敲几案。

"好吧，"庞涓应道，"就依张兄所言，只是，此事重大，你我尚须禀报王上，由王上定夺。"

二人入宫，依言奏报魏惠王。

"张爱卿呀，"惠王语气就与庞涓一般无二，"你能否再使秦一趟，与秦王商量一下，能否留下临晋关，那里……埋我数万将士尸骨，每年清明，总得让人前往祭祀吧！"

张仪晓得惠王心意，不为祭祀，是他的河西之心未死，苦笑一声：

"君上，能讲的臣已全对秦王讲了，我军退出临晋关，让出全部河西是秦底线，秦王第一条就提这个。再说，臣以为，秦魏划河而治，也非不可。临晋关只要在我手中，秦王就不会安寝，将心比心……"

"好了好了，"惠王不耐烦地打断他，"要寡人让出临晋关也不是不可，但秦人必须再出三万石粟米。如果寡人没有记错，秦人此番给的三万石是用于赈灾的，你与庞将军天天奏报伐韩，寡人总不能让三军将士饿着肚子出征吧！"

庞涓对惠王补出此句极是叹服，目光殷切地看向张仪。

"臣领旨，这就上书秦王。"张仪拱手。

张仪上书后，出乎魏王与庞涓意料的是，秦王不仅准允加拨三万石军粮，又加拨西戎专门用以单骑的军马五千匹，单骑教练一百名，乐得庞涓心花怒放。

有钱有粮，庞涓放手征役，魏王亦连发数旨，奖励军功，凡应役之户，享受此前所颁的赋税优抚待遇外，当场奖粟米一石。时下正值灾情，饥民塞道，年轻人纷纷应役，既给家中省出口粮，又能挣得薪粮。前后不足一月，庞涓即征青壮五万有余，又从三军及应征者中精选两万壮士，充入武卒，由青牛组织集训。

伐大国，当备战三年。然而，庞涓似乎连一年也等不及，于当年秋收之后，就上奏伐韩。

随着惠施、白虎的出走，朱威的告病，朝廷上多是张仪、庞涓的属下，都是主战派，听不到一声反对。看到群情激昂，魏惠王自也踌躇满志，旨令伐韩，择吉日大祭太庙，拜庞涓为主将，公子嗣为副将，太子申为监军，青牛为先锋，张仪协调粮草，发三军八万，祭旗出征。

庞涓的战略部署是：魏军兵分两路，一路兵出陉山，沿颍水河谷直插阳翟，夺占韩国兵坊及商贸重邑，一路由大梁直插新郑，逼迫韩王签署城下之盟。

依此部署，庞涓将三军八万分作两路：庞涓与太子申将中军与右军五万，兵发郑城；公子嗣率左军三万径投陉山，与陉山守军并力攻伐阳翟。

三军将行，无心外战更无意伐韩的太子申却被惠王再次任命为监军，本就郁闷，偏巧祭旗这日凌晨又做一梦，颇为不祥，见离出征还有一个时辰，便驱车赶到朱威府中，与他道别。

朱威气闷交加，卧病在榻，听闻太子驾到，挣扎着坐起，欲下榻作礼，被太子按住。

"殿下出征，老臣本该前往送行，不想却……"朱威脸上浮出苦笑。

"爱卿之病是为江山社稷所累，眼前首务当是将养身体，其他种种，皆为浮云。"太子申在他榻沿坐下，现出一脸无奈与惆怅。

"观殿下气色，似有心事。"

"其他倒好，只是今日凌晨，申于似醒非醒之际，忽然遇到一桩奇事，心中颇为忐忑。"

"敢问是何奇事？"

"申引兵伐韩，路过一处陌生地方。"太子申陷入追忆，"申立于战车上，正自前行，有长须之人当道而立，道：'车上之人可是魏国太子？'申急停车，拱手作礼：'正是魏申。先生辱见寡人，有何见谕？'那野人道：'太子引兵，可为伐韩？'申应道：'正是。臣奉王命，引兵伐韩。'那野人道：'在下外黄人徐生，有百战百胜之术于此，太子可愿一闻？'申道：'寡人乐闻。'那徐生道：'太子自度，天下之贵可有超过南面之位的？'申道：'寡人未曾听闻！'那徐生道：'太子已经贵为储君，今却将兵伐韩，是为不智。幸而战胜，不过南面称孤，万一不胜呢？'申道：'请先生教我。'那徐生道：'收兵回梁，太子可无不胜之害，坐享称尊之果，此老朽所谓百战百胜之术也。'申拱手：'善哉！寡人请从先生之教，即行班师。'那徐生并不复言，一手捋长须，一手指点申头，长笑数声，乘风而去。申乍然醒来，方知是梦，细忖那野人，惊为神仙。"

朱威闭目而思。

"祭旗之时，申陡然心悸胸闷，复想凌晨之梦，颇为忐忑。伐韩当往韩地，拦申驾者却称外黄徐生，想那陌生之地，当是外黄无疑。外黄位于大梁正东，是宋国边邑，不在伐韩之途。再说，那徐生之言，也为实在。申非恋九五尊位，实乃伐韩有违申心。父王偏听庞涓、张仪，穷兵于外，不恤民难，国将危矣。今父王命申监军，申欲不从，于父不孝，于国不忠，申欲从命，实违心意，申之进退，委实两难。"

"殿下有此悲悯之心，乃魏人之幸。"朱威再次坐起，挣扎着下榻，"我王这是昏头了，请殿下扶臣一把，臣这就入宫，劝谏王上收回成命。"

"唉！"太子申长叹一声，轻轻摇头，再次按住朱威，"朱卿，您还是养病吧。道法自然，命由天定。该来的，就让它来吧，申从天顺命！"

"这样也好，"朱威叹道，"有殿下在侧，即使有事，三军将士也能有所照应。"

尽管早有准备，但在得知魏人出兵的确切音讯后，韩国朝野仍旧一震，无论是王公贵胄还是野民皂隶，脸上无不洋溢出大战将至的紧张与激动，莫说是说话做事，连走路的姿势也与往常不同，步伐节奏加快许多。

最紧张也最激动的莫过于即位之后尚未经历重大战事的宣惠王，一刻不停地在殿廷踱步，头低着，眉毛几乎拧成两只蜈蚣。

大殿正中的王案上，赫然可见魏国的宣战檄文。

"王上？"相国公仲侈两眼眨也不眨地紧盯住他，声音很轻，但在这非常时刻极具穿透力，既似在提示宣惠王自己已经等候太久，又似在安抚这位方寸已乱的年轻君王。

"爱卿，"宣王这才回过神来，顿住步子，"魏人说打这就打过来了，你说，为今之计，寡人该当如何应对？"

"兵来将挡，水来土掩。"公仲侈一字一顿。

"爱卿呀，"宣王忧心忡忡，"这些寡人全都晓得，可……我们的对手是大魏武卒，是庞涓，何以敌之？何人可拒庞涓？韩举吗？申差吗？"

"臣愿为主将，抗拒庞涓！"

"你……"宣王长吸一口气，两眼紧盯公仲侈。

"王上难道信不过臣？"

"这这这，"宣王苦笑一下，轻轻摇头，"爱卿呀，这是领兵打仗，动刀动枪的，爱卿你……"又是一声苦笑。

"臣晓得，"公仲侈坦然应道，"臣不擅长刀枪，却可运筹帷幄。"

"敢问爱卿，当以何策应对庞涓？"

"深沟壁垒，以逸待劳，虚与周旋，以俟外援。"

"外援？"宣王苦笑一声，"何人来援呢？楚人吗？齐人吗？赵人吗？"

"正是。"

"唉，"宣王长叹一声，"爱卿呀，你是老臣了，怎会如此率真呢？楚人与我向来不睦，在我南疆修筑方城，时机若不合宜，则龟缩于城内，时机若是合宜，就出关扰我，犹如饿虎在侧；邯郸战后，赵人受创最重，即使想援我，也是心有余而力不足；齐人本可指靠，但田忌出走，孙膑暴死，无人可拒庞涓了。"

"王上，"公仲侈坦然应道，"臣不作此想。臣以为，魏人伐我，楚、赵、齐三国必出兵相救，理由有三。"

"爱卿请言其详。"宣王倾身过来。

"魏人欠账不还，恃强伐我，已失天下公义。失天下公义，天下共诛之，古今之理，此其一也；六国纵约未解，魏却一再缔结敌国，伐约国，是明欺纵亲，已失天下正义，失天下正义，天下共诛之，古今之理，此其二也。"

宣王苦笑道："春秋已无义字，何况今日？"

"王上所言极是，"公仲侈沉声应道，"莫说是春秋，即使三皇五帝时代，天下亦无义战。然而，唯有义字是再好不过的出兵由头，用兵伐国，总是少不得些由头。魏人失义，未战已先折矣。"

"好吧，"宣王不再争辩，望他道，"前面两个皆是'义'字，其三当是'利'字了。"

"我王圣明，"公仲侈拱手应道，"三晋互攻，利于强秦，不利于齐、楚。齐、楚不利，必不肯坐视，前番齐人围魏救赵，可见此理。三晋之间犬牙交错，相互依存，唇亡而齿寒，魏人不恤往昔之谊，先伐赵，后伐韩，赵人愤懑久矣，亦必出兵助我。"

"如此甚好，寡人这就使人向齐、楚、赵求救！"

"以臣之见，王上大可不必向三国求救。"

"咦？"宣王愕然，"既要三国出手相救，又不让寡人使人相请，爱卿呀，你究竟想让寡人做什么呢？"

"王上只需去做一事，"公仲侈淡淡应道，"不乱方寸，固守待援。"

"那……何人去搬救兵？"

"纵约长兼六国共相苏秦。"

韩宣王心里一动："苏相国何在？"

"应该在邯郸。"

"快，知会苏秦！"

"臣遵旨。"

"还有，拒魏之战，爱卿若为主将，何人可为副将？"

"韩举。"

根本无须知会，苏秦早于魏国出兵的第一时间就知道了，是公孙衍托人送的信，而公孙衍又是受托于朱威。

显然，庞涓、张仪合作伐韩，在魏已不得人心。

苏秦陷入苦思。就眼前局势而言，能够遏制庞涓的，只有孙膑。想到孙膑，苏秦眼前立时浮出那粒药丸。先生托童子送药给孙膑，显然把后事全都料定了。想到鬼谷子的这一预案，苏秦心底隐隐生出不祥的感觉：孙膑复出，于庞涓就是终结。

想到"终结"二字，苏秦不由得打个寒噤。

然而，事既至此，苏秦也无可奈何。张仪怂恿，庞涓恃强，二人勾连，非但有碍于纵亲大业，且已成为天下祸源。而这一切，竟然源出于自己对张仪的刻意举荐。

早知今日，何必当初。苏秦苦笑一声，微微闭目。一切无不是作孽，一切也无不是冥冥之中的安排。想到洛阳街头鬼谷子初见自己时所占之卦，及至后面所有的验证，苏秦不得不信天命了。

既然是天命安排，他苏秦又岂能违背天意？

苏秦冥思一夜，下定狠心，往赴宋地。

苏秦说走就走，秋果震惊。

眼见苏秦已经走近院门，而飞刀邹的车马早在府门外面等候，正自发愣的秋果大叫一声"等等"，反身回房，于片刻间收拾一个行囊，拔腿追出。

"果儿？"苏秦盯住她。

"我也去！"

"晓得为父是去哪儿吗？"苏秦苦笑。

"不晓得。"

"不晓得你就跟去？"

"我……我不晓得你去哪儿，可我晓得你是出远门。我……我不想一个人守在家里。"秋果嘴巴噘起，"果儿想定了，从今往后，你到哪儿，果儿就跟到哪儿。"

"这这这……"苏秦急了，"为父是去宋地，路上颠簸跋涉，你一个女儿家如何能成？"

"义父，"秋果眼珠子连转几下，声音轻软，"就是因为颠簸跋涉，女儿才要跟去。义父呀，您身边不能没人照顾，女儿半时也离不开义父了。"

听到秋果的声声"义父"与殷殷关爱，一种别样的情愫由苏秦内中涌出，心中不免一酸，凝视她："果儿，为父此去，先到宋地，再到临淄，千里赶路，风餐露宿，你一个女孩子跟在身边，一路辛苦不说，也多有不便。你且回去，待为父到临淄安定下来，再让你邹叔接你。"

"邹叔？"秋果冲飞刀邹嫣然一笑，"我只叫他邹大哥。邹大哥，是不？"将行囊咚地扔到车上，身子轻轻一纵，人已稳稳地落在苏秦对面。

飞刀邹回她一笑，扬鞭催马。

"果儿，"苏秦愕然，盯住她，"你会武功？"

"是哩。"秋果做个鬼脸，"果儿只会一功，空中飞人！"

"这个功夫好啊，何时学的？"

"就是上次义父赴燕的时候。义父讲好一个月就回的，不料一去就是三个月，果儿闲得无聊，就向袁大哥拜师学艺，袁大哥问果儿欲学何艺，果儿说，只学一艺，就是空中飞人。方才露了一小手，让义父大人见笑了。"

"飞得好呀。"苏秦冲她竖起拇指，"说说看，为何其他不学，只学这一手？"

"万一有人行刺义父，果儿只要轻轻一跃，就能挡在义父身前！"秋果仰脸望着苏秦，一脸憧憬。

"果儿……"苏秦心中震颤，"你千万别傻，不会有人行刺为父的。"

"果儿是说万一。"

"果儿，说到这个，为父也想问你一事！"

"义父请讲！"

"你觉得你的袁大哥如何？"

"好呀！"秋果竖起拇指。

"给为父说说，他都有哪些好？"

"我来数一数！"秋果伸出左手，扳起手指头，语气调皮，"老大指，他高大有力，武艺精通，无论什么兵器拿到手里就会用；老二指，他对义父好，心里想的只有义父；老三指，他待人好，谁来求他他都帮忙；老四指，"闭会儿眼，"他人勤快，把府上里里外外打扫得干干净净、妥妥帖帖"；扳起小指，"这个小指头嘛，我得再想想，对了，他没有架子，总是乐呵呵的，没有见他骂过一次下人。"歪头，"义父，我数这五根指头，够不？"

"呵呵呵，"苏秦连笑数声，"够够够。义父再问你，如果让袁大哥天天与你在一起，你愿意吗？"

"愿意呀！"秋果不假思索，"自到邯郸，果儿就一直是与袁大哥天天在一起，就这辰光不在了。"

"果儿呀，"苏秦笑道，"你想不想听听袁大哥的旧事？"

"想想想。"果儿鼓掌。

苏秦随口讲起燕国的旧事，将他如何到燕国，如何住在袁豹家里，袁豹父亲如何待他，如何为国捐躯，袁豹如何在燕宫执掌卫队，作战如何勇猛，如何跟从他合纵，等等旧事，如数家珍，细述一遍。秋果两眼圆睁，如听传奇。

"果儿呀，"苏秦见火候差不多了，直入主题，"袁大哥家中已经没有亲人了，孤单单的一个人。义父有心撮合你俩……"顿住，盯住她。

"撮合我俩干啥？"果儿假作不懂，问道。

"就是……将你嫁给袁将军！"

秋果脸色沉下，低头良久，抬头，盯住苏秦，一字一顿："义父，果儿不嫁！"

"呵呵呵，"苏秦笑道，"你都过二十了，是大姑娘哩！"

"过三十也不嫁！"

"咦，哪有女娃儿不嫁人呢？"

"果儿若嫁，只嫁一个人！"

"呵呵呵，说吧，你想嫁给谁，包在义父身上！"

"义父！"

"哎，听见了。快说，你想嫁谁？"

"义父呀！"秋果的目光火辣辣地盯住他。

"果儿，"苏秦敛起笑，神色严肃，将话堵死，"义父这对你讲，从今往后，你甭再胡思乱想。义父是你父亲，你嫁给义父就是乱伦。乱伦是畜生行为，你总不能逼义父行畜生之事，对不？"

"我……"秋果眼泪出来，"无论您怎么说，果儿谁也不嫁，果儿一辈子只守住义父一人！"

苏秦深吸一口冷气，转过脸去，看向远方。

接后几日，二人颇显尴尬，秋果只是一言不发地照料苏秦的一应起居。车过河水，进入卫境，气氛缓和下来，车上再度说笑，但这说笑全然与他们自己无关了。

车马入宋，驰入定陶，在一条小巷外面停下。

飞刀邹前去歇马，苏秦、秋果走进一条巷子，敲开一扇柴扉。

开门的是木实。

二人随木实走进后院，见孙膑与瑞梅不无悠闲地坐在院中，饶有兴趣地观赏正在蹒跚学步的孙楠。女儿孙菊拿着一只涂得五颜六色的木球，在孙楠前面变着法儿勾引。孙楠不动，她也不动；孙楠向前走，她就向后退。眼见就要追上，孙菊又退几步，孙楠急了，朝前一扑，却被孙菊闪开，一跤跌个嘴啃泥，哇哇大哭。孙菊扔下木球，赶过来扶他，却遭孙膑一声轻咳喝止。孙菊复退回去，将球重新捡起，在孙楠眼前晃动。孙楠抬头，扭头看向瑞梅，瑞梅将头歪向一边，再看孙膑，孙膑眼睛闭上。孙楠无可奈何，止住哭声，爬几步，复站起来。

苏秦轻轻鼓掌。

"苏兄！"孙膑扭头，惊喜道。

苏秦揖道："苏秦见过孙兄，见过嫂夫人。"

孙膑夫妇回过礼，目光落在秋果身上，看向苏秦。

"孙兄，嫂夫人，"苏秦指秋果道，"她就是秋果，一定要追来！"又转对秋果，"果儿，这就是我常讲给你的孙师伯和孙师娘！"

"孙师伯？"秋果盯住孙膑，目光疑惑，"哪个孙师伯？"

"孙膑师伯呀！"

"啊！"秋果面色惊惧，不由后退几步，"孙师伯不是……死了吗？"

"呵呵呵，"苏秦笑道，"孙师伯又活过来了，这不是好好的嘛！给师伯、师娘见个礼！"

秋果走前一步，深揖："果儿见过孙伯、孙娘！"

瑞梅走前一步，端详一阵，赞道："好俊呀，难怪苏秦总是念叨你呢！"

"真的呀？"秋果靠她身上，"义父他……是怎么念叨我的？"

"呵呵呵，"瑞梅将她扯到一边，"果儿，来，咱去灶房烧水去，待有空了，娘慢慢讲给你听！"

秋果跟她走向灶房。

孙膑示意木实推来轮车，坐上，苏秦推他径至客堂。

"苏兄此来，可为韩国之事？"孙膑直入主题。

"正是。"苏秦将眼前局势略述一遍，拿出朱威书信，"这是朱威托公孙衍捎来的。张兄逐走惠施，逼走白虎，朱威也称病不朝了。张兄与庞兄合力连横，坏我纵亲，致使战祸不断，天下难安。庞涓今又伐韩，生灵再度涂炭，纵亲复入危局。能制庞涓者，只有孙兄。在下此来，就是谋议如何救韩之事。"

"唉，"孙膑扼腕叹道，"真正是命运弄人。先生早把一切料到了，在下与庞兄之间，看来再无退路，唯有一搏。在下所虑的只有一事，就是用何处之兵，这个苏兄可有考虑？"

"不瞒孙兄，"苏秦应道，"赵国尚未从邯郸之战中恢复，可以出兵，却不足以力战。楚王驾崩，尚在治丧，眼下孙兄能用的怕也只有齐兵了。"

"就情势观之，魏国已是强弩之末，武卒也已过时，可惜庞兄不悟，仍旧好勇斗狠，不识时务，一味重温吴起旧梦。在下能得齐国之兵，足可制魏，只是……"孙膑欲言又止。

"孙兄请讲。"

"桂陵一战，五都之兵对魏国武卒的亡命斗志多有忌惮，加之田忌遭陷出走，五都之兵无人可服，若与魏战，田忌将军必须回来。"

"田忌将军眼下在楚地宛郡，墨者屈将尊者是楚人。在下已使木华知会尊者，由尊者出马，亲往楚地接回田忌。"

"如此甚好。我们在此等候田忌吗？"

"还有一个难关，"苏秦应道，"就是齐国宫廷。桂陵一战而胜，于齐国来讲，黄池之辱已报。要让齐国再度出兵，我们尚须下些功夫。再就是邹相国那儿，他是绝对不会同意的，何况我们又把田将军请回来，这等于是要他的命。"

"你们走累了，今日歇息一宿，明日我们赶赴临淄。"

楚威王终归是死在丹丸上面了。

那丹丸是一位名叫凌虚子的仙人所赐，据说服后可以鹤发童颜，返老还童。楚威王连服三月丹丸，看起来真还有股鹤发童颜的味，甚至一度雄风复起，夜御五女而不疲。只是美景不长，不消半年，先是鼻孔崩血，再后便血，再后屙血。

仙人溜走，各路神医毕至，汤针齐下，终是无力回天。威王于这年夏至日崩于让他享尽人间极欲的章华台。

三日之后，熊槐登临大位，南面称孤，大赦天下，诏令楚国各地治丧。在楚国，为王治丧是特大事件，远甚于伐国。负责治丧的自然是令尹昭阳，而为昭阳前后操劳的也自然是客居楚国、深通中原礼仪的秦国上卿陈轸。

自苍梧子事件之后，陈轸在楚宫失宠，无论是威王还是太子，对他皆抱成见，一如既往地待见他的只有昭阳一人。但于陈轸而言，得昭阳一人足矣。楚地虽博，不过三氏，而三氏之中，时下掌握大楚权柄的仍旧是昭氏。得昭氏可得楚，得楚可得天下，何况眼下的陈轸年届五旬，早过了纵横天下的年龄，能在这乱世中寻个安身之处，混个体面，于愿已足。

陈轸正在为昭氏忙活，一直在楚地"做生意"的车卫国突然到访，交给他一封密函。

陈轸拆开，是秦惠王手书，先是一番客套话，之后恳请他务必为秦再做二事，一是设法拦阻田忌回齐，二是将惠施逐出楚国。随同该书的是一百块金锾及些许秦地宝物，算作谢礼。

望着惠王的亲笔手书，联想时下局势，陈轸忖道："这两个使命皆与魏国相关，想必是张仪那厮在背后鼓捣之故。魏若伐韩，齐人必救，而可以领兵者，非田忌莫属。今田忌在楚，张仪那厮让我留住田忌，不过是增加些齐人出兵的难度。而让逐走惠子，倒使人眼前一亮。惠子至魏争相，让我颇多不快，此番他被张仪挤走，流落楚地，我还多少有点儿幸灾乐祸，看来这是气量小了。惠施以这般年纪，仍旧不回宋国颐养天年，反倒千里迢迢地跋涉至楚，显然是咽不下这口恶气，欲借大楚制秦与张仪一搏。唉，天以惠子赐我，我却在昭阳跟前屡屡坏他事情，真正不该哩。"

想到此处，陈轸执笔蘸墨，复书一封，书曰：

得王手书，臣既惑且喜。臣所惑者，轸陷张仪于楚是奉王命。大王用仪，而仪不容轸，大王听任张仪逐轸奔楚，致臣流离失所，惶惶如丧家之犬。臣所喜者，大王知轸，留轸，用轸，护轸，切切惦念之情，又见于此书。大王命臣有二：一是留田忌于楚；二是逐惠施出楚。留田忌，臣必尽力；至于逐惠子，臣则有请。惠子相魏多年，一朝遭人驱逐，与轸同命运于楚，共为客卿，轸实不忍逐之。王若必逐惠子，敬请另委他人。区区私情，望王垂怜。轸再拜叩请。

陈轸写毕，制成密函，又将秦王所赠百锾及珠宝分作两半，自留一半，将另一半连同密函依旧放回秦王送来的精致箱笼里，贴上由他亲笔画押的封条，交给仍在厅中等候回书的车卫国。

送走车卫国，陈轸长舒一口气，换下一身服饰，信步走向昭府。

韩宣王并未听从公仲侈之谏，而是咬破手指，写下求救血书，使信臣分赴齐、楚、赵三国。

楚宫正在治丧。韩使无奈，只好手举韩王血书，学样昔年向秦求救的申包胥，跪在昭阳庥前，号天号地，啼泣求救。

韩使连跪三日，滴水未进，二目泣血，楚人皆议。昭阳害怕闹出事情，使邢才迎接韩使，收下韩王血书，略略一想，吩咐邢才召请陈轸与惠施谋议。

不知怎的，昭阳对惠施印象不错，只是碍于陈轸说辞，未能及时用他，但惠施在楚的一应用度，皆由昭府一力周济。

陈轸不请自到，邢才拱手迎入中堂，安排好茶水，反身去请惠施。

"二位仁兄，"待惠施到后，一身孝服的昭阳大步走出，见过礼，将韩王血书摊在案上，"魏人伐韩，韩王血书求救，楚宫大丧，我王无暇顾及，韩使哭于在下舍前，数日不弃。在下无奈，只好收下血书，至于如何应对，在下不才，敬请二位高贤谋议。"

陈轸拿过血书审看，惠施一如在大梁时，端坐于席，闭目不语。

"敬请先生赐教。"昭阳晓得惠施已有定见，拱手点将。

"回禀大人，"惠施回礼，"魏人前番伐赵，这又伐韩，从小处讲，是邦国之争；从大处讲，是纵横之争。主谋皆是秦国张仪。张仪与苏秦共学于鬼谷，各执一说。苏秦论纵，张仪持横。横，于秦人有利；纵，则利于楚人。横成，秦主宰天下；纵成，楚号令诸侯。"

"以先生之见，我当救韩了。"

"在下所言，只是大理。至于救与不救，则取决于大人。"

"先生既言大理，当有小理才是。在下愚痴，敢问先生小理。"

"小理从于大理。"惠施侃侃言道，"秦魏勾连，结为横体，前番伐赵，可为谋齐；此番伐韩，当是谋楚，是以齐人当救赵，楚人当救韩。"

"哦？"昭阳趋身，"请言其详。"

"齐人雄踞东隅，向南，可争泗下；向北，可争河间，因泗下与河间皆是弱国，齐人腾挪自如。齐人所忌者，乃是三晋。三晋若合，西不利于秦，东不利于齐。三晋从苏秦合纵，齐人所以顺从，是想让三晋相合之火烧向西秦。不想此火未成，秦人反过来连横，助魏人伐赵。无论是前番伐赵还是此番伐韩，魏、秦目的也是一个，合三晋入魏。三晋若是并入一魏，秦、魏又成一家，其火必烧东齐。齐人惧之，是以全力救赵。"

"魏人伐赵不利于齐可解。只是，魏人伐韩，缘何就是不利于楚了呢？"

"魏人伐韩，必攻郑与阳翟。宜阳韩人必倾力救郑，救郑必虚，秦必乘虚攻之。宜阳为乌金、黄金之都，堪比楚地宛郡。眼下秦人所用乌金、黄金，多半出自宛郡，宜阳所产则供三晋，甚至远销齐国。换言之，秦人脖颈卡在楚人手中。若是秦人得到宜阳，非但不再有求于楚，反过来还能掣肘三晋，影响负海之齐。"

昭阳看向陈轸，见他已放下韩王血书，拱手道："惠子主张救韩，上卿意下如何？"

"惠相高瞻远瞩，在下叹服。"陈轸拱手应道，"在下以为，于纵横计，大人当救韩；于楚计，大人当坐观三晋之争；于大人计，则当全力治丧。"

昭阳闭目思索，有顷："二位不愧是高贤，所言皆自成理，容在下细细思量，再作定夺。"

惠施告辞，陈轸亦起身，因心中存事，欲走还留，正自迟疑，昭阳扬手："上卿留步。"

陈轸就势坐下。

昭阳送走惠施，反身急道："陈兄所言三计，颇合在下心意，只是陈兄之言过于简略，在下愚拙，还望陈兄譬解。"

"大人所惑，可为最后的'于大人计'？"

"正是。"

"敢问大人，"陈轸眯眼问道，"昭氏一门是得意于先王呢，还是得意于方今王上？"

"这……"昭阳略作迟疑，"得意于先王。"

"昭氏一门之所以得意于先王，是因为大人得意于先王。今先王驾崩，新王南面，楚国往小处说，是新老交替；往大处说，是改地换天。天地更换，大人居中，能不适应天地之变吗？"

"请问陈兄，在下该当如何适应？"

"楚宫大事，是治丧。大人当务之急，自然也是治丧。至于韩魏之争，惠相所言不可不听，但就臣所知，秦人是绝对不会乘虚攻伐宜阳的。"

"为何不会？"

"宜阳地势险峻，易守难攻，战事既开，韩人早有所备，秦人攻之，必伤根本。秦王再笨，生死之账却是会算的，至少眼前不会冒此风险。再说，秦王巴不得韩人全调过去，与魏人拼个你死我活呢！惠施说出此话，当是不知秦王。"

"陈兄说的是。前番魏人伐赵，秦人围困晋阳，我还以为他们要真干的，不想却是虚张声势。只是，韩魏相争，韩必不敌，如果郑城、阳翟二地真被庞涓所占，倒也不是在下所想看到的。"

"大人不必忧虑，韩人之难，自会有人相救。"

"不会是齐人吧？"

"齐人不得不救。"

"哦？"昭阳长吸一口气，"请言其详。"

"齐若不救韩，韩人必败。韩人若败，魏势增强，只会对齐人不利。"

"是哩。"昭阳捋须应道。

"然而，齐人救韩，无论是胜是败，皆不利于楚人。"

"哦？"

"泗下宋地，天下膏腴，不仅是楚人挂记，齐人、魏人也是馋涎欲滴。齐人救韩，齐人败，宋地归魏；魏人败，宋地归齐，唯有楚人作壁上观，大人多年心血，也将付诸东流。"

"上卿可有妙策？"

"对楚有利的只有一种局面，不使齐人出兵。"

"这……如何才能使齐人不出兵呢？"

"留住田忌。"陈轸沉声应道，"孙膑已死，齐国若是救韩，则须起用田忌。是以轸劝大人，万不可放田忌回齐。"

见陈轸绕来绕去，最终绕在田忌这里，昭阳松出一口气，笑道："上卿善谋，却不知战，这又在此夸大田忌了。就在下所知，田忌远远不是庞涓的对手，前番胜在桂陵，是孙膑之功。"

"轸不这么认为，"陈轸应道，"田忌虽非庞涓对手，却也是列国骁将，与庞涓两战，一败一胜。庞涓虽强，魏势不再，尤其历经邯郸、桂陵二战，魏势堪称强弩之末。如果不出在下所料，此番庞涓用兵，借的当是秦力。借力伐国，力必不逮，何况魏国无端伐韩，起的是无义之师，未战已先失势。韩人保家卫国，必将拼死一战。两军相当，稍有外力，战局就可改变。然而，田忌若不回齐，齐就无决胜把握，齐王就会忌惮庞涓，或不出兵；如果田忌回齐，齐王或会出兵，齐、韩合力，或可克魏。齐人克魏，齐势必强，回头再与大人争宋，大人何以制之？"

"楚国近仇，只在陉山。田忌战魏，当利楚国才是。陈兄试想，田忌若胜庞涓，在下正可顺势收回陉山。田忌不胜庞涓，齐、魏两伤，在下则可乘机伐宋。"

"大人若有此意，轸有一计，也许更合大人心意。"

"陈兄请讲。"

"只要田忌不回齐，齐人就不会救韩。韩国近无大争，元气尚存，魏则不然，韩、魏当可匹敌。二国相争，要么两败俱伤，要么韩不敌魏。无论是何结果，将军都可趁韩、魏无暇他顾之际，舍弃陉山，袭占襄陵。襄陵离韩境较远，魏人无论是胜是负，尽皆不能两顾。将军若得襄陵，一可报陉山旧仇，二可保全韩人，三可踢开魏人，进逼宋境，只与齐人争宋。"

"陈兄所言甚是，"昭阳应道，"只是，田忌与景氏相善，赴楚后一直寄住景府，听闻此人现居宛城。宛城离此颇远，在下鞭长莫及，如何拦他回齐？"

"大人不必拦他，"陈轸应道，"田忌好歹也是名闻列国的骁将，今来投楚，怎可久寄他人篱下呢？骁将该当大用，大人可奏请大王加封田忌为上庸君，使其镇守上庸。上庸地处汉中，是西北边邑重镇，又在屈家辖区。田忌与景府相善，与屈府却是陌生。田忌屈尊来楚，寄人篱下，今得将军举荐，对将军必将感恩戴德。大人此举，外可制秦，内可制屈家，外加收服名将田忌，真就是一举三得的美事呢。"

陈轸条分缕析，能够想到的他几乎全部提到了。

昭阳叹服，拱手："就依上卿。"

齐都临淄，苏秦将孙膑一家安置在自己的稷下府宅，入宫觐见。

齐宫仍由太子秉政。苏秦说以援韩之事，辟疆让他回府听旨，召邹忌、田婴、段干纶、张丐等重臣、谋士入宫谋议。

"诸位爱卿，"田辟疆略略拱手，"韩氏有难，数日之前，韩王写来血书，求救于我。今六国共相、纵约长苏秦再来，亦为救韩。救，还是不救？若救，如何去救？若是不救，如何回复韩使并苏子？兴兵役民，国之大事，辟疆拙浅，不敢擅专，敬请诸位议个方略。"

辟疆说完，良久，没有人接腔。

诸臣之中，邹忌位重不说，又在前番与魏之战中失去爱子，听到又与魏战，且前朝老臣张丐在场，脸色略略阴起，瞥一眼张丐，两眼闭合，一副爱理不理的样子。田婴是前番伐魏副将，更在田忌之后兼任主将，见邹忌这样，知其仍在为前事纠结，咂巴几下嘴，亦闭口。

剩余二人，一个是段干纶，一个是张丐，虽在朝中皆是闲职，却个个位列上卿，专议难决之事。段干纶本是魏人，其祖段干木在魏文侯时被拜为国师。文侯之后，段干氏失宠，到惠侯立位，段干氏后人大多选择离开，段干朋至齐，被桓公拜为上卿，其子段干纶承袭其位，为威王上卿，父子皆享田氏之齐厚遇。张丐则为桓公时旧臣，当年楚王结鲁公伐齐，张丐奉命使鲁，一番口舌令鲁公不再出兵，楚人见鲁人不动，亦退兵休战，创下以口舌屈人之兵的外交佳话，今已垂暮，早已不问国事。

此番议事，辟疆特召他来，一是想听听他的说辞，二也是借他威望压制邹忌，因他近日越来越笃定田忌出走是场冤案，而邹忌则是这场冤案的发起者，涉魏诸事，不能听他一人。

"臣以为，"见场面冷清，段干纶率先出声，"魏人前番伐赵，今又伐韩，仗的完全是秦势。秦、魏合体，三晋裂分，魏人无论是灭赵还是灭韩，于我都是不利。我既已救过赵人，今日亦当救韩才是。"

段干纶出口就是救韩，邹忌忍不住了，睁眼说道："韩氏为纵国，今有难，身为纵亲国之一，我理当救援。只是，如何个救法，则需商榷。纵亲国非我一家，如果不出臣料，韩王血书也必送达赵、楚王廷。既然都是纵亲国，赵人为何不救？楚人为何不救？再说苏秦，既为六国外相，自也是我齐国外相。然而，观其做事，先偏燕，后偏赵，今又偏韩，很少为我着想。前番我王听信此人之说，举兵救赵，结果如何？我寸土未得，将士伤亡却近三万，粮草辎重耗损更是不计其数，唯一的成功是救赵人脱难。"

邹忌言辞这般激烈，不仅否定纵亲，且也对苏秦颇有微词，众人皆是愕然，场面再度冷清。

"三晋与我，"邹忌显然未完，继续慷慨陈词，"虽为唇齿，但并不相依，前番我救赵人，他日赵人或会加兵于我。今日救韩，其理如是。臣之见，韩人之难，不如不救。"

不救韩人，显然不是辟疆心中所想。见众人谁也不说，辟疆长吸一口气，看向张丐。

"臣附段干子之论。"张丐捋下满把白须，字字如锤，"无论承认与不承认，今日天下已入纵横大局。纵亲，不利于秦；横亲，则不利于我。三晋分合，不仅关乎纵亲格局，关乎天下未来，亦关乎我切身利益。天下列国，三晋居中。三晋，魏人居中。秦国连横魏国，向北攻赵，向南伐韩，目标只有一个，一统三晋。三晋如果由魏一统，魏人势力必大，魏、秦一体，魏不能谋西，势必东向谋我。今日我若不救韩，等于尽弃前番救赵之功，逾两万将士的鲜血也将付诸东流！"

张丐之言振聋发聩，极具说服力。

邹忌嘴巴掀动几下，似乎没有寻到合适说辞，又闭上了。

辟疆看向田婴："张老之言，爱卿可有异议？"

"回禀殿下，"田婴目光扫过邹忌、张丏和段干纶，落在辟疆身上，笑笑，"臣以为，邹相国、张老之言皆自成理。韩，既不当救，也当救。"

田婴两边做好人，谁也不得罪，邹忌、张丏各自沉脸，段干纶却笑起来："我说上大夫，你何时学会取奸耍滑了？救就是救，不救就是不救，你这般说辞，就等于没说。"

"段干兄所言极是，"田婴回他一笑，看向辟疆，提出具体问题，"诸位所谈甚大，臣眼力不济，看不远，只讲一些细事。若从相国之议，我不救韩，则举国轻松，百姓得养，臣民皆大欢喜；若是救韩，我当如何去救。可敌庞涓者，唯有孙膑；可服五都之兵者，唯有田忌。今孙膑已死，田忌出奔，臣……"顿住话头，转过脸，看向廷外。

显然，田婴提出的是现实问题。眼下不是救与不救，是拿什么来救了。逼走田忌的是邹忌，田婴此话虽使邹忌脸上火辣辣的，但也是在有意无意地附和自己，为不出兵寻到结实论据，是以邹忌不无感谢地看他一眼，回以一笑。没有田忌和孙膑，齐国就无人能敌庞涓；即使出兵，也必败无疑。田婴无疑是堵了张丏、段干纶的话头，点中了齐国的死穴。

"唉，"辟疆长叹一声，"若是我不出兵，又该怎么向苏子并韩使解说呢？"

"殿下，"邹忌来劲了，不失时机地进言，"兴兵伐国既为国之大事，出兵当慎。韩使那里，臣可以回话；至于苏子那儿，殿下何不推给王上呢？"

推给父王？辟疆心头一动。还甭说，邹忌出的真正是个好主意呢，因为父王的病态必定瞒不过苏秦，而面对这样的君王，苏秦必也一筹莫展。

"就依相国！"辟疆决断。

得到辟疆谕旨，苏秦即往雪宫觐见威王。

雪宫肯定早已得到殿下旨令，当值内宰迎出，带苏秦直趋殿中。威王却不在殿内，苏秦跟着内宰连绕几道弯，来到雪宫后花园，远远望见威王的背影。

内宰指下威王，礼让道："王上就在前面，苏大人请！"

见威王一人孤零零地面树而坐，苏秦迟疑一下，看向内宰。

内宰把脸转向一边，显然不想多话。

苏秦趋步近前，距威王五步之遥，跪叩："臣苏秦叩见我王。"

威王一动不动，仍然面对一棵老楸树坐着。

苏秦屏气凝神，候有半晌，见威王仍未说话，复叩："臣苏秦叩请王上万安！"

威王仍旧未动。

苏秦又候良久，大是诧异，回视内宰，见他仍旧站在原地，一副无动于衷的样子。

苏秦似是意识到什么，缓缓起身，趋至威王侧面，凝视他。

苏秦看清了，坐在眼前的正是威王，只是一脸老相，须发皆白，威仪不再，嘴角流着涎水，痴呆的两只眼珠子死死盯在面前的一个大树瘤上，似是在观赏它，又似熟视无睹，只是对着它冥想而已。

难道是威王故意扮出这副模样以应对自己？想到此前来使，威王总是变着法儿与自己捉迷藏，苏秦心里打个横，急又跪下，小声禀道："王上？"

威王仍无反应。

"王上？！"苏秦加大音量。

威王这下听到了，身子动了动，扭脸看过来，对他傻笑，涎水从下巴滴下，在全白的胡须上形成一条细线，垂到地面。

"王上，臣苏秦叩请万安！"苏秦再拜。

威王只是对他傻笑，涎水又垂下一道。

威王的这副样子绝非装出来的，难道是……苏秦陡然意识到什么，眼前浮出小时见过的一个邻村老人，天天坐在伊水岸边，对着一堆茅草呵呵呵傻笑，嘴角流出涎水，一如威王这般。

苏秦本能地打个寒战。

怪道身边没有宫妃，连内宰也……

威王是真的病了，患的这叫呆症。

想到威王曾经的威仪，苏秦泪水流出，跪前几步，从袖中摸出一块丝绢，为威王抹去嘴角涎水，声音颤抖，泣不成声："王上……"

威王依旧呵呵傻笑，涎水擦掉又流。

一个坐着，一个跪着；一个流涎水，一个擦涎水；一个呵呵傻笑，无忧无虑，一个触景伤情，心中滴血。

这对君臣就这般相对而视。

不知过有多久，内宰引着两名宫人过来，一人架起威王一只胳膊，将他架回宫中。

"苏大人，"内宰眼中滴泪，"您这都看到了吧？"

"王上这有多久了？"苏秦问道。

"一年多了，是在田将军出走、孙将军亡故之后。"

"王上……"想到威王是为失去两位爱将才成这样，苏秦再出悲声。

离开雪宫时，内宰扯住苏秦，吩咐他对威王病情千万保密，并说这是殿下旨意。

苏秦允诺，不无感叹地回到稷下，将见闻一一讲给孙膑。二人叹喟一番人间世事，再次回到眼前情势，苏秦道："入宫前遇到田文，他悄悄告诉在下，说是昨日殿下召请他父亲、邹忌、段干纶、张丐四人入宫议事，很晚才回。今朝殿下有意放任在下前往雪宫奏请救韩，说明昨日议事不利于我。王上病情是齐宫最大的秘密，殿下有意放任在下入宫请奏，有两个明显用意：一是告诉在下齐宫之难；二是推诿、拖延救韩事宜。眼下陷入僵局，该当如何是好？"

"可问田婴。"孙膑应道。

苏秦思考有顷，亲笔写就一道请柬，交飞刀邹递给田文。

是夜，一辆马车驰至稷下，在苏秦府门外面停下。

苏秦迎出，果见下车的是田婴父子。

"苏兄大驾光临，婴未能迎接，惭愧惭愧！"田婴一见面就抱拳致歉。

"田兄客气了，"苏秦还过礼，"是在下礼数不到呢。在下本当亲往府中拜谒田兄才是。"

"苏兄这是打人脸呢！"田婴回以一笑，扯住苏秦衣袖，悄声道，"听文儿讲，贵府来了一个异人，快请引见，在下好奇一路了。"

"田兄，请！"苏秦伸手礼让。

田婴顾不得客套，大步径入，赶至客厅，见灯火通明，灯光下，一个亮亮的人头闪闪发光。

单看那头，就晓得是淳于髡了。

田婴跨进厅中，四下张望，见除去淳于髡外，并无外人，不无诧异地回头看向苏秦。

"呵呵呵，"淳于髡晃动几下光脑壳子，眯眼盯向田婴，"田大人，你这是在寻啥？"

"寻人。"

淳于髡斜他一眼，晃晃脑袋，爆出一声长长的富有乐感的"咦"字，指向自己的光头："我说姓田的，只几日不见，你这双小眼这么快就瞎了吗？在下有鼻子，有眼睛，有头脑，有脸面，方才还被当作人看，难道此时就不是人了吗？"

"去去去，甭凑热闹，"田婴白了淳于髡一眼，"在下要寻的是异人。"眼珠又转几下，目光聚到苏秦身上。

"呵呵呵，伊人哪，"淳于髡乐了，"你怎么不早说呢！"打个呼哨，一条小黑犬飞蹿进来，先在他面前摇几下尾巴，发出几声轻快的"呜呜"声，之后挨人嗅一遍，复到淳于髡跟前蹲下，吐着舌头等候指令。

"伊人，你田叔寻你呢，来来来，给你田叔亮几招本领。"淳于髡吩咐完，轻声哼唱，"蒹葭苍苍，白露为霜。所谓伊人，在水一方。溯洄从之，道阻且长；溯游从之，宛在水中央……"

那犬随着主人的哼唱声，俯仰进退，做出各种类似舞蹈的动作，当真是活泼可爱。

田婴这才记起淳于髡的宠犬的确就叫伊人，真正是又好气又好笑，做个鬼脸，回头去看苏秦，却不见身影，便大声叫道："咦，苏兄呢？你……这般兴师动众，不会就让在下来欣赏这个老光头和他的小杂耍吧？"

没有应声。

"呵呵呵，"淳于髡笑过几声，"姓田的，你这般瞧不起老光头，老光头这就再给你玩个杂耍，看不吓死你！"

话音落处，淳于髡嘘走黑犬，两手合掌，轻击三声。

旁侧一阵响动，一道门帘被拱开，一辆轮车被苏秦推出。

车中赫然一人，竟是孙膑！

田婴嘴巴大张，呆若木鸡。

"哈哈哈哈，"淳于髡爆出几声长笑，"姓田的，这个当是你切切想见的异人了吧？"

田婴似是没有听见，只将两眼牢牢地盯在孙膑身上，似乎撞见了鬼。

"田兄，别来无恙！"孙膑微微一笑，朝他拱手。

听到孙膑发声，田婴这才恍过神来，结巴："孙……孙……军师……这……"

"姓田的，"淳于髡指他笑道，"身为将军，见到军师，还不见礼？"

"在下见过军师！"田婴赶忙还礼，惊诧的目光落向推车的苏秦。

苏秦将孙膑扶下轮车，坐于席位，自己也在主人位上坐下，慢声细语，将鬼谷先生如何赠送死药，自己如何交给孙膑，孙膑如何死后复生，等等事由，细说一遍，听得田婴父子如闻小说家的街头之言。

"不瞒田兄，"苏秦末了说道，"先生之所以赠送死药，是为了避让庞涓。庞涓前番陷害孙兄，致使孙兄惨遭膑刑，今又逆道而行，与秦合谋，先伐赵，后伐韩，致使天下生灵涂炭。先生晓得，庞涓在逐走田将军后，下一步必是加害孙膑，是以特赠送死药，使庞涓不再生心。今庞涓兴师伐韩，纵亲再陷危局，是以在下恳请孙兄再度出山，与庞涓决一死战。"

"唉，"田婴长叹一声，"昨日殿下召请在下……"

"别别别，"田婴话未说完，淳于髡伸手拦道，"姓田的，异人既已来了，你们就在这儿议大事吧，老朽与伊人外面耍去！"说罢起身，朝众人略略拱手，晃着一颗硕大的光头走出门去，打个呼哨，与他的小黑狗一道径出院门。

众人礼送出门，回返屋里，田婴才接起方才的话头："昨日殿下召请在下入宫议事，为的就是救韩。听殿下话音，有心救韩，段干纶、张丐二位老臣也是极力鼎持，唯有邹相国一力反对。殿下征询在下之见，在下支持的是邹相国，因为诸人之中，只有在下晓得实情，可制庞涓的，唯有军师；可服五都之师的，唯有田忌将军。齐国无此二人，若是仓促出战，必败无疑。今王上罹病，殿下有实无名，百官惶惶，前番桂陵之战损耗过甚，迄今尚未恢复，齐国可以一战，但经不起一败了。"

"田兄所言极是。"苏秦应道，"只是眼前事急，能救韩国的唯有齐师。所幸孙兄仍在，外加田忌将军，齐师当有胜算。再说，就在下所知，我虽疲惫，魏更不堪。近年来魏国穷兵黩武，竭泽而渔，国力空前衰弱，惠施、白虎相继出走，朱威独力难支，告病在家，治内能吏息声，好战之士雀跃，国势危矣。就在下所知，庞涓伐韩，不为别个，只为兵备。伐韩说明，魏国已经走向穷途，庞涓是在末路上拼力一搏。"

"苏兄高见，在下叹服。今有军师，我可不惧庞涓。只是，没有田忌将军，五都之师……"田婴止住话头。

"田兄勿忧。在下已使人求请田将军了，若是不出意外，田将军当于两个月内回归临淄。"

"太好了！"田婴喜上颜色，但这颜色迅即暗淡，"有邹相国在，田将军他……肯回来吗？"

"田兄放心，田将军心里存着一结，就是活擒庞涓。只要他晓得军师活着，必定回来。不过，说到邹相国，倒是有点儿棘手。田兄，你看这样如何？田忌、孙兄之事，暂且保密，免得相国晓得，旁生枝节。"

"这个自然，"田婴点头，"只是，殿下那里，是否可以略略透点风声？"

"是的，我们必须让殿下知情。殿下得知田将军与孙兄皆在，必有信心出兵。田兄可趁势奏请殿下，回复韩使，允准救援，以坚韩人守志，继而奏请殿下，暂起五都之师，先驱屯于阿邑，以防秦、魏之师越境袭我。三晋起争，我备师守边当是常情，邹相国寻不到反对由头。俟田将军回到临淄，我等再正式奏请出兵援韩，那时木已成舟，邹相国即使有所不快，也徒唤奈何。"

"就依苏兄。"田婴应道。

第九章

制庞涓孙苏联手　破孙膑庞张合谋

　　田忌仓促赴楚，并不想前往郢都，因为去郢都，就必须求见昭阳，而他与昭阳在泗下交过几阵，在两军阵前更是讲过不少过头话，再加上庞涓的粉面之辱，这若求上门去，万一昭阳有所奚落，岂不是自寻尴尬？几经周转，田忌径到南阳，投奔景翠。

　　景翠之父景舍与田忌之父相善，景舍过世时，田忌使人千里迢迢地驰楚凭吊，送来重礼，景翠不无感动，回以答礼，两家后辈就这样建立起联系，因都是武将，也就惺惺相惜了。

　　听闻田忌来投，景翠特地由郢都赶到宛城，好生招待。由于田忌在齐位置颇高，景翠无法安排职衔，也不想去求昭阳，加之田忌不想在楚为官，二人就在宛城日日游玩，夜夜笙歌，偶尔研究兵法战阵，日子过得倒是惬意。之后威王驾崩，景翠赴郢奔丧，田忌迷上乌金，拜师求艺，白天跑矿山和炼炉，夜间研究合金技术，计划亲手打造一柄合金佩剑与一杆乌金长枪。

　　就在田忌在炉膛前干得热火朝天时，楚宫来人宣读王旨，封田忌为上庸君兼上庸郡尹，食邑千户，三个月之内赴任。

　　楚王即新继位的楚国太子熊槐，史称楚怀王。田忌研究过熊槐，认为他还算勤于朝务，有做大事的胸襟，自己此番受封，想必是因了景翠的荐举。

无功而受封地，田忌颇为感叹，真切认定熊槐是个能君。想到自己一生从未与秦人交过锋，上庸虽然偏远，却是抗秦前沿，田忌也还欣喜，遂在谢过恩后，收拾行囊，与几个心腹从人并一个颇识道路的景翠门人于三日之后离开宛城，驰往上庸。

不消数日，三辆轺车赶到穰邑。穰邑原为邓国地盘，楚文王时，邓公为楚所灭，楚人在此封君设县，建成重镇。楚国封君极多，而除景氏、昭氏、屈氏之外，绝大多数封君田忌皆不熟悉，也不想深究。

身居异乡，田忌晓得如何保持低调，是以并未如其他封君或尹丞在赴任时那般兴师动众、招摇过市。驰入穰地，天色向晚，田忌驱马入穰邑，并未听从景翠门人的建议前往拜谒穰君和县尹，见街边一家小客栈还算干净，便停车栖居。

夜色渐深，田忌沐浴已毕，正欲卧榻休息，外面熙熙攘攘，又有数人求宿。来客显然手头不太宽裕，要求只住偏厅廊下，抱稻草席地而卧。饭也不吃，只求几碗白水，拿出自做干粮廊下啃食。廊下与白水，店主都不方便收钱，显得不太高兴。

听声音，观衣着，田忌断出是几个墨者，而对墨者，田忌一向敬佩，就让从人交代店主安置几个房间并一案饭菜，费用由他结算。

店主高兴，迅速安排。墨者也不拒绝，匆匆吃过，其中一人求见恩主。田忌既不便拒绝，也想结识这些墨者，遂穿衣正襟，备好茶点，将他请进客堂。

求见者不是别个，正是一路跟随而至的屈将尊者。

屈将子报过名号，田忌先是惊愕，继而长揖至地："前辈大名如雷贯耳，只是田忌福薄，无缘得见，不意老天开眼，竟使田忌在此遇到，荣幸之至。"

"非老天开眼，而是老朽一路寻访大人，跟踪至此。"屈将子淡淡一笑，还礼。

"前辈一路寻访？"田忌更是惊愕，"可为何事？"

"将军请看此书！"屈将子从囊中摸出一书，呈给田忌。

是苏秦手书。

田忌读毕，眉头凝起，半晌，望向屈将子，苦笑一声："苏子要晚辈立马赶回齐国，引兵救韩，这……"

"将军有何忧虑？"

"不瞒前辈，"田忌长叹一声，"在下做梦都想回齐，更不用说再战庞涓了。只是，晚辈已是戴罪之身，今日之齐，在下……想回也是回不去呀！"

"将军勿忧，"屈将子应道，"今日之齐已非昨日之齐，据老朽所知，齐王得知将军出奔楚国，孙膑病故，再没走出雪宫一步，一应朝事全部推给太子料理。太子晓得将军委屈，有意为将军洗刷冤情。再说，将军身家皆在齐地，齐王并未因将军出走而有丝毫加害。将军蒙冤，若想洗刷清誉，只有回齐才是上策。老朽年迈，苏大人若是没有十足把握，是不会让老朽白走这一趟的。"

"谢苏子抬爱！"田忌望空拱手，面现难色，看向屈将子，"苏子心意，晚辈不是不领，而是另有隐情。苏子善于辞令，却不知军情。苏子要晚辈回齐不难，难在晚辈再与庞涓开战。黄池之战，晚辈一直以为庞涓胜在侥幸，是以心中不服，备战多年，图谋复仇。直到桂陵一战，晚辈才知深浅，每每思之，总不免心惊肉跳。不瞒前辈，莫说是齐国技击难抵魏国武卒，单是晚辈，就与庞涓差距甚远。桂陵之战胜在军师一人，实非晚辈之功。今军师已故，在下……"

"军师未死。"屈将子淡淡一笑。

"什么？"田忌大瞪两眼，紧盯屈将子，"前辈不会是……"

"孙膑仍然活着，如果不出意外，此时当与苏秦赶到临淄了。"屈将子遂将孙膑如何诈死之事，约略讲述一遍。

田忌惊喜交集，大是叹服，有顷，拿出楚王命书、印玺，再现难色："在下蒙景兄举荐，楚王厚爱，刚刚得封上庸君，眼下正在赶往任中。若是回齐，楚王、景兄这里如何交代？"

"老朽已经查明，此番举荐将军的并非景翠，而是昭阳。"

"前辈如何晓得？"田忌惊问。

"将军前脚离开，景翠门人后脚捎信回来。听其所言，景翠并不想让将军前往上庸，只是一切已经迟了。"

田忌倒吸一口冷气，半晌，问道："昭阳为何荐举在下？"

"因为他不想让你回到齐国，与魏决战。"

"他为何不想？"

"鹬蚌相争，渔人得利。这个渔人，昭阳想必不愿拱手让给将军与齐人吧！"

田忌闭目沉思。

"田将军，请听老朽一句，"屈将子接道，"墨者爱讲利字。将军在齐立身立业，所利在齐，齐国乃是将军根本，客居他乡，终非久计。自将军走后，齐三军无人可治，孙膑虽可筹策，治军一无根基，二非一日之力。将军若是不回，庞涓就无人可治了。"

"前辈之言，田忌敬从，只是……"田忌略略一顿，"如果昭阳真的不想让晚辈回齐战魏，必有防备，也必过问此事，晚辈如何才能避开昭阳监管，安全离开楚境呢？"

"将军勿虑。"屈将子应道，"离楚之计，苏大人早已谋定，将军请借只耳朵。"

田忌伸过头来，屈将子附耳低言，如此这般，田忌连连点头。

翌日晨起，三辆轺车并田忌从人继续前往上庸，几个墨者则别过店家，离店而去。

墨者队伍里，其中一人换了田忌。

屈将子、田忌一行向北进发，过涅阳郊野直插北部高山，穿越楚国方城，绕过鲁关，来到墨家大营，在此歇息数日，复入韩地，田忌并众墨者扮作贩卖陶瓷的定陶客商，夹在一行宋国商队中，由韩入魏，经由大梁，在庞涓眼皮之下安然穿过，入宋到定陶，早有木实守候。一行人继续扮作客商，由定陶渡济入齐，车轮滚滚，驰往临淄。

三辆轺车则一路西行，又走旬日，就地蒸发。田忌的封印、楚王命书等，连同一封田忌亲笔辞书，则被遗留在一家客栈里，被楚人发现后层层上报，紧急呈送昭府。

昭阳闻报，召来陈轸，将一应物品指给他道："诚如先生所料，田忌回齐了。唉，真叫个防不胜防啊！"

"走了也好，"陈轸显得倒是轻松，"你我这下可以观看一场旷世好戏喽！"

"什么好戏？"

"齐魏大战呀！"陈轸一脸向往，"庞涓结张仪，大战苏秦结田忌。"略顿一下，不无遗憾地轻叹一声，"只可惜孙膑死了，要是他还活着，真就是鬼谷四子大战中原，绝对是千古一遇啊。"

"要是孙膑活着，庞涓必败，先生亦可消去昔日被他逐出魏国之恨了。"

"呵呵呵，"陈轸回以一笑，"老了，健忘了。昔日之事，在下已经记不起了。倒是觉得，庞涓这人还是有才的，算个当世英雄。苏秦对张仪，当是匹配；孙膑死了，田忌对庞涓，略略弱些，真是天不遂人哪！"

"是啊。"昭阳赞同，"请问先生，这出好戏行将上演，在下总不该只作壁上观吧？"

"将军若有兴致，可以从韩使所求，奏请伐魏，楚、韩、齐三国合力制服庞涓，一可永除祸害，二可捞些油水，免得这场逐鹿之战中，楚国连汤水也喝不到一勺。"

昭阳以为然，当即入宫，将田忌遗留之物并辞书呈奏怀王，告以陈轸之言，建议从韩之请，起义兵伐魏，雪陉山之仇。

怀王初立，正欲兴兵树威，当即准奏，命昭阳为主将，景翠为副将，靳尚为监军，点方城、宛城之兵六万，兴师伐魏。

张仪接到秦王之信，说是陈轸只答应挽留田忌，并未答应逐走惠施，苦笑一声，忖道："陈轸这厮是个人物，还真不能小瞧了呢！有此人在楚，已是棘手，再加一个惠施，楚国必将坐大。熊槐再不济，有此二人在侧，必有大成。陈轸在楚多年，熟知楚国，何况有昭阳做靠山，动他须花力气；但惠施尚无根基，我当想个法子，将惠施逐出楚国才是。"

张仪闭门谢客，苦思良久，想到一个主意，于次日凌晨奏请魏王，派使臣入郢，一则吊唁楚国先王，二则结交新王熊槐。魏王准奏，依张仪所奏，命能言善辩的中大夫冯郝使楚。

冯郝将行，到相府辞别张仪，张仪吩咐他至楚后如此这般。

冯郝直驱郢都，经过方城、宛城时，沿途见到车来人往，兵马在集结，粮草辎重在调动，一片出战迹象。冯郝几经打探，得知楚王已经旨令援韩，遂使快马急报张仪，同时快马加鞭，不消半月即抵郢都，于次日上朝，递上国书，假作不知楚国伐魏之事，只以魏王名义吊唁楚国先王，献上一份厚礼。

初掌权柄的楚怀王急于树立自己在邦国中的形象，对列国使臣尽皆在意，尤其是行将交战的魏王使臣，不仅收下冯郝的重礼，还留他共进晚宴。

席间，冯郝拱手问道："使郢路上，冯郝遥见兵马粮草不绝于途。眼下既非冬狩，亦非秋猎，冯郝好奇，敢问大王这是……"顿住话头，征询目光望向怀王。

"呵呵呵，"怀王笑应道，"听闻贵国的演兵场上也是杀声震天，各地衢道上也是人欢马叫。既非冬狩，亦非秋猎，请问使臣，难道你家大王这是在效法幽王、自娱自乐吗？"

冯郝眼珠子一转，拱手赞道："大王犀利，冯郝叩服。我王演兵，是因韩王蔑视我邦，我王欲向韩王讨个公道。"

"寡人演兵，是因韩王送来血书求救。韩、楚睦邻多年，韩王已使媒妁，欲以公主嫁楚，缔结姻亲，今亲家有求，寡人该当做个声势，是不？"

"当然，当然！"冯郝连声应道，"不过，冯郝在此也想恳请大王，做个声势可以，切莫过于当真。另外，大王若是对缔结姻亲有所兴致，无论是待聘公子还是待嫁公主，魏室尽皆不缺，冯郝愿意保媒。"

"哈哈哈哈，"怀王爆出一声长笑，"好哇，好哇，当真好哇！寡人后宫也还缺人，敢问使臣可愿保媒？"

"冯郝荣幸之至。"冯郝拱手应道，"不过，若是大王聘娶，臣位卑言微，怕就不敢保媒了！敬请大王将生辰八字谕示冯郝，俟冯郝回魏，另为大王觅一良媒。"

"哦？"怀王倾身问道，"良媒何人？"

"相国张仪。"

"张仪？"怀王回身，伸手捋须，有顷，"嗯，寡人与此人倒是有过交往，也还晓得他，是个能臣。听闻此人几经周折，终赴秦地，位极人臣。前番不知何故，他又离秦赴魏，再拜相国，欲结庞涓伐赵建功，未曾想兵败桂陵，害庞涓差点丢掉性命，可有诸事？"

"大王只知其一，未知其二。"冯郝坦然应道。

"请使臣赐教。"

"据冯郝所知，张相国在楚时，助楚灭越，在秦时，先助秦师拒六国之师于函谷关外，后亲引秦卒，以区区三万军卒在一年之内攻灭巴、蜀，建下不世之功。这又赴魏，引魏师伐赵，取大国之都。至于桂陵之战，是庞将军未听相国妙策，擅自引兵与齐主力作战，且又轻兵冒进，方才中了孙膑的圈套。"

"寡人愚痴，敢问相国是何妙策？"

"轻兵渡河，避实就虚，由河间直插齐都临淄。"

怀王倒吸一口气，闭目思忖有顷，竖拇指道："果然妙策！"

"大王有所不知，"冯郝再次拱手，"抛开运筹帷幄，张相国还有一个擅长呢。"

"哦？"怀王身子再度趋前。

"逐人。"冯郝侃侃言道，"凡是相国不乐见者，尽皆受逐于相国。在秦，公孙衍败走；在魏，惠施落荒。"

"是哩。"怀王微微点头，"不过，在我楚地，他可是被人赶走的。听说离楚时，此人还很狼狈哟！"

"大王有所不知，张相国一向为人磊落，处事光明，谋阳不谋阴，逐人也是逐在明处。而在贵国，有人却擅长躲在暗处，下作伤人，相国是虽败犹荣。"

张仪在楚的遭遇，怀王尽知，是以对冯郝所论，不仅未加批驳，反倒认可，轻叹一声，换个语气道："唉，张仪之才，寡人颇为欣赏，只是此人弃秦投魏，却是明珠暗投了。"

"人各有志呀，"冯郝应道，"何况相国本是魏人，相国先父更是魏臣，为魏喋血疆场，相国回魏效力，也算是尽忠报国了。再说，我王识才，也待相国不薄呢！"

怀王复叹几声，想是在为楚国错失张仪惋惜。

冯郝看准机会，拱手道："提到相国，臣有一事奏请大王。"

"请讲。"

"临行时，相国挽郝之手，特别叮嘱，要郝代向惠相国问好。冯郝初来楚地，人地两生，欲寻惠相国问安，又担心他顾及……"冯郝略略一顿，省去后面言辞，直入核心，"听闻惠相国已得大王重用，冯郝斗胆请求大王助郝一把，将郝问候之语，捎与惠相国。"

"呵呵呵，"怀王笑道，"你要寡人捎话不难，不过，你可回禀张仪，就说惠施在此并未得到重用，楚国地大物博，多养他一人，倒是供得起的。"

"冯郝一定将话带给相国。"冯郝拱手，"大王供养惠相国，足见慈爱；大王不用惠相国，足见圣明。即便如此，郝有一言，如鲠在喉，不讲不快；讲之，则恐冒犯大王龙威。"

"使臣有话，但讲无妨。"

"惠子奔楚，大王留之，是为不智。"

"如何不智，请言其详。"

"敢问大王，惠施之才，比张仪如何？"

"惠子不及。"

"大王圣明。"冯郝顺声应道，"惠子虽然不及张仪，仍旧不失天下大才。惠子此来投王，王若用之，张仪必会心生芥蒂，有朝一日，仪若在魏不甚得意，将欲适楚，却会因此芥蒂而另换门庭，或会再度入秦，大王得不偿失。大王若是不用，则寒天下士子之心，王亦落下有贤不用之名。这仅是从张仪与大王方面考虑。至于惠子，因被张仪逐走，对仪心存忌恨，倘若得知大王与张仪私底下相善，必生二心。"

冯郝巧舌如簧，且不无道理，怀王沉思有顷，拱手："敢问使臣，可有妙策以教寡人？"

"妙策不敢，郝有一言，大王姑且听之。"冯郝拱手还礼，"惠子为宋人，听闻宋王对他颇为器重，曾诏告国人以惠子为贤，此事天下传为美谈。惠施与张仪不睦，今也传遍天下。今为大王计，郝以为，大王可使人直接护送惠子入宋，亲写书信向宋王举荐惠子。若此，大王可取一箭三雕之效：一可施恩于张仪，张仪得知大王是为他而不纳惠子，必感王之恩；二可施德于惠子，因惠子已穷途末路，大王荐之于宋，给其生路，惠子必感王之德；三可施惠于宋王，因宋国近无大才，宋王若得惠子，国必得治，必念王之惠。"

"善哉，先生妙言！"怀王叹服，传旨摆酒，与冯郝宴饮至夜深。

怀王谕旨经昭阳之口传至惠施。

惠施黯然神伤，一刻也不愿多待，当夜收拾行囊，甚至没向昭阳辞行，于翌日鸡鸣时分悄然出郢。

待陈轸从邢才口中得知实情，已是半个时辰之后。

陈轸大急，乘驷马之车紧追。足足追有三十余里，陈轸终于望到惠施一行。

"先生留步！"陈轸追上，扬手大叫。

惠施喝叫停车，但屁股没动，只在车上抱拳："上卿是来送行的吗？"

陈轸下车，几步跨到惠施车前，抱拳："在下非来送行，是来挽留先生。"

"是上卿自己挽留，还是上卿代人挽留？"

"是在下挽留，"陈轸应道，"在下问过令尹，说是大王听信冯郝之言，特旨遣送先生。如果不出在下所料，冯郝使楚，必是张仪委派。先生，非在下一定挽留，是在下觉得，以先生之才，为何要处处受制于那个奸诈小人呢？只要先生愿意，在下可使昭阳出面，向大王言明利害，相信大王必听昭阳，委先生以重任。有先生在楚，有你我合力，可斗张仪。"

"呵呵呵呵，"惠施轻笑数声，"上卿想多了。是在下自行去楚，与张仪无关。"

"先生？"陈轸愕然。

"不瞒上卿，"惠施淡然应道，"在下适楚，是冲楚王而来，欲借大楚之力，与秦一搏，不想大楚更王，此楚王非彼楚王也！"

"先生是说，"陈轸长吸一口气，"方今楚王不足以相托？"

"仅听一面之词即逐在下，是谓不聪；张仪去秦相魏，欲挟三晋以制楚，楚王目无所见，是谓不明；新王初登大位，正值用人之机，在下穷途来投，此王不召不见不说，这又不问明细加以驱逐，是谓不智。如此不聪不明不智之王，何以相托？"惠施这要走了，也就无所顾忌，接连吐出心中块垒。

"呵呵呵呵，"陈轸连笑数声，"就在下所知，不聪不明不智之王，天下无出于魏王之右，而先生竟然一辅十年，何以这就一日都不愿留楚呢？"

"正因为老朽辅佐魏王十年，这才一日都不想留楚了。"

陈轸略略一怔，肃然起敬，拱手："先生此去，可是要到宋国？"

"正是。"

"可要辅佐宋王？"

"唉，"惠施轻轻摇头，"楚王已不可辅，何况宋王？人生苦短，岁月蹉跎，老朽已届知天命之年，叶落归根，余生之乐，当是回归故里，与那庄周争执名实才是。老朽之所以去魏走楚，实为一时之气，徒生笑矣。"说到这儿，坐正位置，略略拱手，"上卿若无他言，老朽这要上路了！"也不待陈轸回言，扬鞭催马，启动车辆。

望着渐去渐远的一溜车尘，陈轸嗟叹不已。

大魏三军兵分两路，浩浩荡荡地杀奔韩境。马嘶车驰，尘土飞扬，整齐的军靴踏地声震耳欲聋。先锋武卒清一色的秦制乌金甲兵在阳光下交相辉映。

韩国境内，烽火迭起。

与此同时，公仲侈、韩举引领的五万韩兵早已在郑城之北的华阳一带扎好阵脚，正面迎击庞涓。

面对弱敌，庞涓拥有足够的自信，因而仍旧采用"正合"，不搞任何花样，兵对兵，将对将，在沙场上见真章。

两军对垒，青牛率先挑战，连斩三员韩将。韩兵正震恐中，一彪军斜刺里杀出，清一色铁甲武卒，直冲韩军右肋。韩阵右肋以劲弩利矢迎击，但由韩国自己制作的乌金等物铸制而成的甲胄及盾牌，极其有效地拦挡了来自韩国的利矢。随着武卒越逼越近，长枪逼向胸部，韩军惊恐情绪蔓延，不由自主地纷纷后退，反倒冲乱自家阵脚。庞涓挥旗，中军乘势正面掩杀。韩军抵敌不住，阵乱气泄，连退三十里方才稳住阵脚，计点军马，伤亡逾万，辎重兵器损失无数。

庞涓也不急追，魏军镇定自若地保持队形，一路捡拾韩军留下的辎重，沿衢道缓步推进，径直迎向韩军布下的第二道防线。韩军凭借地势复战，再度不敌，复退三十里下寨。如是三役，韩军连败，公仲侈再不敢正面御敌，下令放弃野外，退守郑城，依托城池做最后抵抗。

庞涓大军接踵而至，不急不缓地将郑城四面围定。

与此同时，南面百多里之遥的阳翟也遭到公子嗣引领的左军攻伐。

阳翟不仅是韩国次都，更是商业大邑，有军卒逾三万，亦是两战不捷，不得已退守城中。

魏军围城，白虎与白起亲上城头，协力守城。城中巨商大贾无不气恨魏人赖账不还，纷纷捐钱捐粮，各家徒工也都拿起武器，以血肉之躯抗御魏人。

经过数日搏杀，魏人在城外留下逾千具尸体，却连一次也未攀上城头。公子嗣震怒，再欲强攻，庞涓驰至，令魏人退兵五里下寨，只将阳翟围定，断其粮食。阳翟是个商城，粮食全靠商贾，储备不多，庞涓显然是想困死韩人。

在韩魏生死搏杀之时，田忌、孙膑双双在齐宫现身。

百官为之震惊，尤其是相国邹忌，见到孙膑，以为是见鬼；又见田忌，立时气冲脑门，身子连晃几晃，一头栽倒。御医紧急施救，邹忌好不容易缓过气来，被宫人送回府中安养。

参加此番廷议的除了辟疆特邀的几个要臣，段干纶、张丏、田婴和邹忌之外，多出了苏秦、孙膑、田忌三人。

见邹忌晕病回府，田辟疆给众臣一个苦脸："关于救韩事宜，诸位且议，待议出方略，由上大夫专程禀报相国！"

田忌鼻孔冷冷一哼，别过脸去。

"诸位爱卿，"辟疆直入主题，"魏军已入韩境，韩国烽火四起。

韩王血书告难，寡人已经知会韩使，允准救韩。"

众人相顾，纷纷点头。

"不瞒诸位，"辟疆环视诸人，目光落在孙膑与田忌身上，"回复韩王血书之时，寡人心中尚无底数，今日上天助我，军师复活，田将军归来，寡人觉得可以一战了。是以眼下诸位所议，不是救与不救，而是早救还是晚救，及如何去救。"

"臣以为，"段干纶率先说道，"晚救不如早救。若是救得迟了，韩人或会屈从于秦魏之势，弃纵入横。"

"臣不以为然，"张丐接道，"早救之不若晚救之。眼下韩、魏初战，兵锋皆猛，我若救之，是代韩承受魏人之兵，出力反不讨好，弄不好还要听命于韩。纵观魏人，大有破韩之志，韩人面临生死存亡，且有我王承诺，必将一搏。是以臣以为，待韩、魏双方兵疲，我再出兵，则国可重、利可得、名可尊矣。"

辟疆看向苏秦，苏秦看向孙膑，道："臣附张老所议。至于如何用兵，殿下可问孙膑。"

所有目光尽皆投向孙膑。

"回禀殿下，"孙膑拱手，"伐大国，三年筹备，三月督粮。今魏人已过韩境，双方兵阵相迎，生死存亡系于一线，今日出兵，恐怕已是晚救了。何况我五都之兵远未集结到位，粮草也还供应不足。"

"好了！"田辟疆道，"此事不必再议，寡人意决，拜田忌为将，孙膑为军师，田婴为副将，匡章掌左军，陈陀掌右军，起三军十万，择日祭旗！"

田忌拜将后的第一件事就是与孙膑一道，入雪宫看望威王。

威王不再认识他们了，看他们就如看陌生人一般。

望着这个多年来一直压在自己头上，而今却患痴呆的威势老人，田忌流泪了。

田忌是个急性子，说干就干，于拜将后的第三日在校场点兵，第五日祭旗，接后一日，临淄中军浩浩荡荡地驰出稷山脚下的各处军营，陆续向西开赴。

邹忌病了。

在晕倒于朝殿的次日，邹忌就以身体不适为由，正式呈递辞呈，提交印绶。

田辟疆登门看望，慰问几句，将印绶依旧归还于他，嘱他安心养病，临别，执其手："眼下三军开拔，粮草辎重为重中之重，爱卿身体不适，不便驱驰，以爱卿之见，由何人督运为妥？"

"苏秦。"邹忌沉思有顷，沉声应道，"伐国用兵，将相须和。前番伐魏，老臣与田将军互生芥蒂。此番田将军再度出征，粮草之事，最好由田将军信得过的人督办才是。"

辟疆点头："就依相国。"

苏秦受命督运粮草，前往相府拜访，邹忌躺在榻上，哼哼唧唧地害病，由宰辅牟辛向苏秦移交各地都邑督办吏员名册及粮草应纳数额，禀报一应督粮事宜。

待牟辛报过名号，苏秦暗吃一惊。围魏之战中，苏秦不止一次听到孙膑讲起牟辛，对这名字记忆犹新，晓得是他庇护邹府公子，也是他收到陷害田忌的密信。如今此人摇身变为相府宰辅，且在未来相当长时间内辅助他督运粮草，苏秦不由得吸一口长气，犀利的目光直射过去。

这两道目光似乎可以穿透牟辛的五脏六腑！

牟辛低头，不敢对视。

苏秦收回目光，办理交接。整个过程，许是慑于苏秦的威严，许是慑于苏秦的正气，牟辛战战兢兢，唯唯诺诺。俟交接完毕，牟辛恭送苏秦出府，望着他的车马走远，不无憋闷地回到相府，趋至邹忌榻前。

"交接完了？"邹忌已经起榻，解下包在额头的湿巾，盯住他道。

"交接完了。"

"你是第一次见苏秦？"

"是哩。"

"感觉如何？"

"这……"牟辛略顿一下，"弟子说不清楚，只觉得此人初见弟子时，目光犀利，盯得弟子不自在。"

"怎么不自在了？"

"就像要把弟子看穿似的。"

"呵呵呵呵，"邹忌笑道，"是你心里不服，自己不自在罢了，非干苏秦事。"又指身边的公孙闲，"若是公孙先生，就不会不自在。"

"弟子……"牟辛嗫嚅道，"弟子不是不服，是心里有事。主公，"说着，言辞急切起来，"田忌此番回来，是要弟子的命啊！"

"是哩。牟辛，你且说说，是何打算？"

"弟子……想让他没有吃的！"牟辛灵醒过来，交口赞道，"现在看来，恩师此番佯病，真正绝妙哩。殿下让苏秦督粮，而苏秦根基在赵，对我齐地一无所知，督粮事宜还不是捏在弟子手心？弟子只需稍加用心，田忌那厮就得上蹿下跳！"

"胡说！"邹忌变过脸色，厉声责道，"牟辛，你万不可胡来！"喘几下气，放缓声音，"牟辛哪，你莫要屈解为师。你我皆为齐人，齐地是我家国。国若有难，家必遭殃。今三军远征，事关万千将士性命，你我理当同仇敌忾，切切不可意气用事，更不可因私怨而坏国家大事。至于田忌得势，亦为暂时，大可慢慢图之。"

"恩……恩师……"牟辛打个惊战，紧忙改口，"弟子错矣！弟子一定谨遵师命，尽心尽力，协助苏秦确保辎重供应。"

"去吧，"邹忌挥手，"无论前方发生什么，从速禀报为师。"

"弟子遵命！"牟辛跪地，三拜而别。

"公孙先生，"望着牟辛的背影，邹忌轻叹一声，转对公孙闲道，"老朽这让牟辛协助苏秦督运粮草，是不是有点过了。此人为什么总是不能让人放心呢？"

"主公，"公孙闲紧盯住他，"您是想让田忌败呢，还是想让田忌胜呢？"

显然，这是一个令邹忌纠结的难题。

邹忌嘴巴咂巴几下，复又合上，良久，于榻上躺下，重新裹上湿巾，缓缓闭上眼去。

齐魏再度开战后，公子华从大梁驰回咸阳，连夜觐见惠王，向他细禀中原列国动态，尤其是魏宫秘闻与孙膑再领齐军救韩的事。

"呵呵呵，"秦惠王眉眼舒展，"不瞒华弟，前几年我还忌惮庞涓几分，邯郸、桂陵两战过后，这个忌惮非但没了，寡人反倒生出喜来。此番魏氏伐韩，齐、楚再来闹腾一下，三晋可无忧矣。"

"是哩。"公子华应道，"还有一事，臣弟想做掉魏国太子！"

"魏申？"惠王怔了下，急问，"他怎么了？"

公子华将天香失风一事细述一遍，怅然叹道："唉，在魏申身上，臣弟下了血本，不想此人外柔内刚，与庞涓、张仪根本不在一条道上，倒是与惠施、朱威、白虎、公孙衍打成一片，难以为我所用。"

"嗯，照眼下情势，魏王怕是撑不了多久。魏王之后，谁来执掌魏柄，是个大事了！"

"臣弟正是此意。"

"怎么做掉他？"

"此番伐韩，魏申是监军，至于如何做掉他，包在臣弟身上，只要王兄准允即可。"

"换谁？"

"换公子嗣。天香已经在他身边了！"

"好吧，就依你。"惠王略略一顿，"秋果如何？"

"秋果已被苏秦收为义女，早晚服侍。"

"这个苏秦，"惠王怔了一下，看向公子华，"当真是滴水不沾呢，连送上门的女人他也不收！不会是……怀疑什么了吧？"

"不是。"公子华应道，"莫说是秋果，他在洛阳也有夫人——是明媒正娶的，说是他根本没有碰过，他夫人到现在还是处子身。"

"难道他……另外有人？"

"他是否有人，眼下不得而知。对了，听秋果说，鬼谷里有个叫蝉儿的捎给他一个锦囊，让他半夜开启，并说那个蝉儿对他特别好。据各方汇总，那个女的当是周室的雨公主无疑！"

想到当年他亲去洛阳聘亲，看上雨公主，她却逃进山去，跟了鬼谷子，这又爱上苏秦，真叫秦惠王感慨不少，良久叹道："唉，时势弄人呀。她能看上苏秦，也是她的眼力。秋果那儿，要让她上点儿心。"

"王兄放心，那个孩子不错，机灵得很。再说，她一家人都在咸阳了，十几口子人呢。"

"时不时地给她带些家里人的口信，让她心里有根弦。"

"臣弟晓得。在黑雕台的训练把她逼出来了，称职得很。她发觉那个锦囊有疑，设法偷来看了，里面没有什么，只有一粒丸药。她看不出丸药有何特别，加之担心苏秦睡醒，就又放进去了。之后没几天，孙膑就暴病死了。前不久秋果跟苏秦赶往定陶，在那儿意外见到孙膑，秋果以为是见到鬼，结果却是孙膑又活过来了。之后秋果与他们赶往临淄，臣弟追上，设法见到秋果，方才得知孙膑复活及那丸药的事。臣弟紧急禀报张相国，张相国断出那粒药丸是鬼谷子专门配给孙膑的。鬼谷之门真也是够热闹的了。"

"呵呵呵，"惠王笑道，"天下这么大，还是热闹些好。"

田忌离楚后，为抢占先机，昭阳请奏楚王，亲为主将，引军六万，直逼陉山。同时，怀王旨令文学侍从屈原起草一封措辞犀利的开战檄文，自己亲笔抄，加盖印玺，派专使送达大梁。

因在几年前的六国伐秦中被苏秦选中草拟盟书，屈原不仅闻名列国，在楚国朝野也被传扬为第一才子。伐秦无果后，屈原被太子槐留在身边，早晚侍从。太子槐继位，在第一批任免名单中将屈原破格擢升为文学侍从，位列中大夫，主笔各类诏书、谕旨之类，类似于中原列国的御史。

屈原一向赞赏苏秦的合纵远谋，对魏伐赵、伐韩不无痛心，因而在檄文中直抒胸臆，其文字之犀利，辞章之华美，即使阅读甚多的魏惠王也禁不住掩卷叫绝，反复咏叹。

早在楚国檄文抵梁之前，庞涓就已得到魏使冯郝的密报，同时，各路探马也将楚兵调防情势相继报来。

楚有陉山之痛，此番加兵，想必是要夺回陉山。庞涓不敢小觑，一面暂缓攻韩，增加哨探，加强陉山防务，一面备好模仿齐人而新建制的两万轻骑锐卒，早晚待命，一旦楚军进攻陉山，就出动由秦人援助的骑兵，远程包抄到楚军身后，给昭阳以致命一击。

然而，一月下来，楚军并未进攻陉山，只是将前军大营屯扎在离陉山约三十里开外的水泽边，主力仍旧龟缩于方城之内。斥候一天一报，楚军稳住不动。

就在魏人开始松懈之时，公子嗣急报，楚国大军约六万于昨日突然出动，绕过陉山要塞，向东插向项城、苦县一带。

庞涓急到沙盘前面，一番深思之后，认定昭阳此举，目的只有一个，就是避开庞涓与魏军主力，伺机襄陵。庞涓晓得，多年以来，昭阳一直对宋地耿耿于怀，而魏国襄陵就如一把尖刀卡在宋国西南大门上，离宋都睢阳仅咫尺之遥，这不仅让宋人不爽，也让楚人忌惮。

得出这一判断，庞涓非但没有紧张，反倒松了一口气。前番齐人救赵，孙膑第一阵即打襄陵，让庞涓一下子意识到此地的重要。桂陵战后，庞涓重点加强襄陵防御，特别奏报惠王，将破敌有功的郑克提升为襄陵郡守，辖制周边五邑约四万守卒。这且不说，庞涓早已得知，站在郑克背后的是公孙衍。只要公孙衍在，昭阳想讨便宜没那么容易。

搁置了楚人，庞涓转而把注意力集中在齐人身上。

说实在的，庞涓真正揪心也想真心一搏的仍是齐人。桂陵之战败给田忌，庞涓一直耿耿于怀。尽管晓得自己真正的对手是孙膑，但毕竟田忌是名义上的主帅。孙膑已去，此番齐军若是再来，他倒是希望主将仍是田忌，他与田忌大战一场，让他再次品尝被羞辱的味道，顺便领略一下什么才叫战争艺术。可惜的是，这个谋划让张仪搅黄了。若是田忌不能回齐，齐王就不会派兵援韩。楚国不敢争锋，赵国早无实力，若再没有齐国救援，由魏国独战韩国，于庞涓来说，显然少了趣味。

然而，就在庞涓多少显出些郁闷之时，张仪赶至，交给他屈原起草的檄文副本，轻敲几案道："庞兄，在下另外带给你两个信息。"

"快讲。"庞涓搁下檄文，紧盯过来。

"第一个信息，好坏兼具，即于魏国不是好事，但于好战的庞兄却未必是坏事。在下接到快报，齐王旨令出兵救韩，如果不出所料，齐国五都之军将于半月之后会聚阿邑。"

"爽快！"庞涓一搨几案。

"你猜主将是谁？"

"不会是田婴吧？"

"是田忌。陈轸那厮未能拦住田忌，让他溜回齐国了。"

"哈哈哈哈！"庞涓仰天长笑，"买卖来了，在下等的正是此人！"

"第二个完全不好，怕是庞兄不想听的。"

"张兄但讲无妨。"庞涓说着，仍旧未能收拢住笑。

"孙兄没死！"

正在大笑中的庞涓一下子僵住，目瞪口呆，半晌："这……这怎么可能呢？"

"在下得到可靠细报，"张仪缓缓说道，"孙兄只是诈死。田忌出走之后，有人送给孙兄一粒药丸，之后不久，孙兄就死了；在我大军伐韩之际，苏兄赶往宋国定陶，在闹市里寻到孙兄，二人一道赶往临淄，又过不久，田忌就回来了。"

庞涓似是没有听见他在讲什么，半晌方道："何人送给孙膑药丸？"

"估计是先生。据细报所讲，送那药丸的是师兄，说是师姐所赠。如果不出在下判断，这粒赠药与孙兄诈死之间，当有关联。"

"这老不死的！"庞涓从牙缝里挤道。

"庞兄？"见他对先生说出不敬之语，张仪正色道。

庞涓这也反应过来，有所抱歉地苦笑一下，捏紧拳头："孙膑没死也好。在下正想与他明明白白地玩一场呢！"

"也是。"张仪半是分析，半是怂恿，"桂陵之所以惜败，是因为庞兄没有料到对手会是孙兄。他在暗处，庞兄在明处。此番孙兄诈死，且是刻意隐瞒迄今，显然想故技重演，只未料到你我这已知情。就眼下来看，情势完全反转，孙兄在明处，你我反在暗处。再说，孙兄所恃是其先祖的《孙子兵法》，庞兄手头这也有了足本的《吴子兵法》，鹿死谁手，正可一试呢！"

"是啊！"庞涓豪气顿起，再次握拳，"天无二日，林无二雄，鬼谷中时，在下就已晓得，在下与孙兄不可并举于世，这一战终是难脱。"

"庞兄所言精辟。"张仪的语气也激动起来，挥拳应和，"在下与苏兄也是这般。他倡合纵，在下连横，纵横不可同世并举，在下与苏兄也当一决。前番援赵，苏兄东奔西走，跑前忙后，今番援韩，苏兄更是赤臂上阵，听闻已替代邹忌，亲自为孙兄督运粮草呢。苏兄既已这般，在下也就不可闲散。你我联手，陪苏兄、孙兄玩一把！"

"好！"庞涓声音沙哑，一脸杀气。

不出张仪所料，齐国五都之兵再次会聚阿邑。

许是将与庞涓做终极对决，出临淄后，孙膑的情绪一直不好，要么坐在他的辒车里，随车轮颠簸，要么坐在他的军帐里，闭目冥思，极少说话，远不如前番围魏救赵时那般，一路上对田忌谆谆教诲。

晓得孙膑尚未谋定，田忌并不着急，吩咐部将，谁也不可打扰孙膑。

然而，大军已经全部屯在阿邑，孙膑仍无动静，仍是由早至晚坐在帐中不声不响。

一天，一天，又是一天。

田忌坐不住了，扯上副将田婴来到孙膑的军帐，急切问道："前番救赵，军师筹策围魏，此番救韩，军师可有妙策？"

"围梁。"孙膑显然已经筹出策了，只待求问。

"这这这……"田忌怔了，看向田婴，见他也是一脸茫然，又转对孙膑，不无狐疑，"军师不会是把庞涓当成傻瓜了吧？"

"依将军之意，当该如何救韩？"孙膑双眼微启，看向田忌。

"庞涓前番伐赵，此番伐韩，情同势不同。"田忌谋略在怀，侃侃陈词，"前番伐赵，魏合秦、中山之力，势大气猛；此番伐韩，魏乃孤军作战。前番，赵国无备而战，庞涓胜在突袭，赵人东西分割，南北受敌，溃不成军；此番，韩人早有所备，兵精粮足，虽败数阵但气势未减。这且不说，楚人已与魏人开战，昭阳兵屯苦县，锋指襄陵，方城楚军伺机而动，进逼陉山，反观魏人，虽对韩人有所攻掠，皆为小胜，郑城、阳翟迄今岿然不动。庞涓内有硬骨头待啃，外有强敌虎视，军心惶惶，难以两顾。我当与楚人协作，借楚人之力，与庞涓决战于韩境。在下之意是，我兵分两路：一路使轻骑过宋，由襄陵插向西南，经由楚地直插韩境，从东面进逼，与方城楚军夹攻陉山，迫使攻阳翟之敌回身自救，阳翟之围自解；另一路为主力，由襄陵西下，直过魏境，从屁股后面堵住魏人，与韩人两面夹击，与庞涓决战于郑城之下。"

田忌一气讲完，眼巴巴地望着孙膑。

孙膑一动不动，两眼迷离。

"孙兄？"田忌小声催道。

"剔除老弱病幼，选能战之士六万，围梁。"孙膑惜字如金。

庞涓麾下有魏卒八万，孙膑仅点六万，比前番救赵之时还少两万，田忌、田婴心里尽皆打鼓。无论如何，以六万齐国技击对八万大魏武卒，胜算几乎没有。

"请问军师，"田婴透过气来，插言道，"依旧如救赵时那样，只以骑卒佯攻大梁吗？"

"三军偕同，全力以赴，实攻大梁。"孙膑一字一顿，言讫闭目。

显然，孙膑谋定了。

田忌惊愕有顷，看向田婴："动员三军，选敢死之士六万，三日之后，攻击大梁！"

就在齐国三军依据孙膑之谋，兵发大梁之际，郑城外围，魏国中军大帐的大沙盘前，张仪与庞涓也在谋议齐军动向。

"依庞兄估算，"张仪指向沙盘，"此番孙兄该当如何用兵？"

"这个嘛，"庞涓微微一笑，反推过来，"张兄既已熟背《吴子兵法》，想必早已推出孙兄妙策，敬请指点！"

"庞兄这是逼在下献丑呢，"张仪回以一笑，敛神说道，"韩地不同于赵地，赵齐交接，韩齐却远隔宋、魏，齐军乃是长途奔袭。如果在下是孙兄，仍将舍车用骑。"说着手指沙盘，"孙兄或将兵分两路：一路为轻骑，由这里到这里，长驱直入，配合楚人，夹攻陉山，以解阳翟之围；另一路，由这里到郑城，配合韩人，与我主力决战。"

庞涓嘴角撇出一丝浅笑，微微摇头。

"这……"张仪眼珠子一转，"孙兄或会无视韩国，与楚合谋，南北夹击，趁我兵力在韩、无暇他顾之际，彻底瓜分宋国，顺带取走襄陵，迫我回师救宋并襄陵，与之决战，韩围由是而解。"

庞涓嘴角又出一笑。

"哟嘿！"张仪来劲了，接连抛出两套方案，皆被庞涓否决。

"咦，"张仪智穷，敲着沙盘架子，一脸不服地看向庞涓，"我说庞兄，这也不成，那也不是，依庞兄之见，孙兄该当如何用兵？"

庞涓伸手指向大梁，在上面绕个圈。

"庞兄是说，孙兄仍会出兵大梁？"张仪大是惊讶。

庞涓点头。

张仪鼻孔里哼出一声，哂笑道："我说庞兄，今朝并未喝酒，怎就出此醉招哩！孙兄已经围过大梁，是傻瓜也不会再来第二次！"

"不瞒张兄，"庞涓凝视沙盘，"在下面对此盘苦思数日，思考过不下三十个方案，皆被否决。纵观孙兄用兵，只有一妙，就是攻其必救。当年战昭阳，此人之计是明攻项城，暗取陉山；前番救赵，此人所谋，亦为此策；此番救韩，我唯一必救之地，除去大梁，无他。"

"呵呵呵，"张仪笑道，"你是把孙兄视作木头疙瘩了。天地之道，莫过于变化。军情无常，因势利导，孙兄熟读兵法，难道这般一成不变，只用一招制敌？"

"这要看是何人用兵、对谁用兵才是。"庞涓应道，"正因孙兄熟读兵法，在下才做此判。"

"好吧，"张仪摆手，"庞兄既然如此肯定，想必已有应对妙策了。"

"一、绝其粮道；二、给宋王压力，迫其在齐人退兵之时，不得纳其入内。"

张仪长吸一口气，琢磨有顷，竖起拇指："庞兄果然高谋。之后呢？"

"就如前番在邯郸一般，我大军按兵不动，依旧困韩，放任齐兵围梁。俟其粮绝，齐军必乱，田忌必退。届时，我可起兵追之，齐之捷径是退往宋境，由宋人供粮，之后徐徐返齐。宋人若是不纳，田忌要么与宋国开战，要么转往卫境，由卫返齐，要么转往楚境，与楚兵会合。在下断定，齐人不会与宋国开战，也不会受制于楚，必过卫境，此时，我则直驱卫境，在齐卫边界与齐人决战，活擒田忌！"

"庞兄妙计，"张仪听得眼珠子瞪起，"只是，孙兄若是不去大梁呢？"

"方才讲了，"庞涓应道，"在下考虑多遍，此招是上上之策。孙兄用兵，必行此道，否则，齐人更无胜算。"

"就赌此策。"张仪眨巴几下眼皮，"用兵打仗，还是庞兄厉害，在下听庞兄就是。庞兄只在此处安心剿韩，庞兄所言其他事宜，在下包办了。"

辞别庞涓，张仪直驱睢阳，入宋宫觐见宋王。

宋王名偃，本为宋辟公次子，自幼勇武过人，有些蛮力。宋辟公薨天，太子剔成即位，公子偃不服其兄，自恃勇武，率部众以武力袭击剔成，剔成不敌，败走入齐，客死他乡。偃遂自立为君，并于齐魏相王不久，诏告天下，南面称孤。尽管这一尊位饱受朝野诟病，迄今为止，莫说是天下大国，即使是泗上小国，也无一家认可，宋王偃却乐在其中，花费重金招募天下勇武之士，诛灭二心之臣，重用阿谀逢迎小人，且在称尊之初，于大庭广众之下笞天鞭地，昭示其不屑于大周礼乐。

时至战国，什么也都见怪不怪。逐兄乱礼，笞天鞭地，妄自称尊，不自量力若此，天下本应共诛之才是，但宋偃肆虐宋地逾八年，竟然是安然无恙，天下没有人理睬他，好像遇到一个调皮孩子，一群大人由着他胡闹。

不是没有人诛伐他，而是想诛伐他的实在太多。

楚国的昭阳最是起劲。就在宋偃逐兄自立的当年，昭阳引军伐宋，齐国田忌出兵救援，楚齐在泗水岸边对峙月余，昭阳无机可乘，不战而退。之后几年，趁齐人全力应对越王无疆、无暇他顾之际，昭阳再度伐宋，这次是魏国出兵，庞涓、孙膑联手，以攻其必救之谋大败楚人，昭阳尺寸土地未得，反而折兵六万，失去北疆要塞陉山。

宋王偃晓得，齐、魏不惜血本地前来相救，不是自己德有多高，望有多重，而是自己占据了膏腴之地——东到彭城、西到睢阳（原是襄陵，早年就被魏将吴起夺占）、北到定陶，方圆数百里的济、泗沃野。北有鸿沟，南有泓水，东有泗水，中有睢水，四水贯通的这块土地简直是个天然粮仓。这且不说，宋国先祖微子，本为商人，营商是宋人的世代传统，北疆陶邑，也就是世人皆知的定陶，更是天下著名商都，早在春秋年代，就出过陶朱公这样富可敌国的巨贾，不久前过世的魏国大商白圭也是在此学习商道，累积起他的万金家财。

齐、魏、楚三大巨鳄之间夹裹一块肥肉，反倒最是安全。三大巨鳄中，无论哪一只张口，宋偃都会向另外两只求救，且屡屡得逞。有齐、魏，他不惧楚；有齐、楚，他也不惧魏。这且不说，宋偃还多次派使臣讨好西秦，鼓励国人与秦通商。在他眼里，显然已将天下几个大国玩弄于股掌之上。这也是宋王偃在大国间游刃有余、怡然自得的底气所在。

张仪要破的正是他的这个底气。

宋王偃晓得张仪其人，也晓得张仪此来要做什么。然而，昨有魏国的桂陵之败，今有齐、楚两国加兵，宋偃也就未把魏人看在眼里。廷见之时，宋偃做出懵懂无知之状，盯住张仪，良久，倾身发问，语气甚恭："宋偃有一请，不知张子肯赏脸否？"

"大王不必客气，仪洗耳恭听。"张仪将"大王"二字故意讲得甚重。

"听闻张子舌长三尺，宋偃好奇，早就有心见识，直到今日方得机缘，还请张子赏脸。"

"大王请近前来。"

宋偃果然离席，走向张仪。

张仪张开大口，将舌头伸到最长。

宋偃观赏有顷，返回席位，仰天长笑。

"大王可为仪之三尺长舌而笑？"张仪歪头问道。

"张子之舌，不过寻常而已。"宋偃敛住笑，将"偃"改为"寡人"，不无夸张地摇头道，"若非亲验，寡人差点儿迷信世人谬传矣。"

"仪让大王失望了！"张仪嘴角撇出一丝浅笑，略略拱手。

"听闻张子在楚多年，颇是知楚。自寡人即位，甚重楚人，视其为虎。岂料此虎两番戏我，却又两番遭侮。寡人无知，敢问张子，是楚人不自量力呢，还是寡人……"宋偃故意顿住话头。

张仪微微一笑，身子略略后仰。

"不瞒张子，楚人几番戏我，大宋臣民力谏伐之，寡人为此谋划多年，欲在明春起大兵五万伐楚，张子以为可否？"

"听闻大王力可直钩，仪不敢信，诚愿一睹。"张仪绕开话题。

"拿钩来！"宋偃喝道。

早有人呈上一钩，由乌金打制，有核桃粗细。宋偃双手握之，扎好架势，暗暗发力，在众臣关注下，金钩被一点点儿扳直。

众臣无不喝彩。

"果真力士也，张仪诚服。"张仪拱手，指向旁边一根合抱粗细的楠木巨柱，"请大王试之以柱，将之撼动。"

"这这这……"宋偃看看那柱，不解地望向张仪，"此为顶殿之柱，岂可撼之？"

"大王动之分毫即可！"

"此为楠木之柱，上承万钧之重，纵有神力，也不可撼之分毫。"

"大王圣明！"张仪就势应道，"大王力可直钩，却不可撼动楠木之柱分毫。大王服宋，如伸乌金之钩；大王伐楚，如撼楠木之柱！"

"哈哈哈哈，张子好言辞也！"宋偃几声长笑，拱手，"张子既有此说，寡人就不伐楚了。敢问张子此来，可有教寡人之处？"

"请大王屏退左右。"

宋偃略略一想，挥手："诸位爱卿，今日散朝！"又指向张仪，"张子若是有暇，可随寡人后花园中一叙。"

二人来到后花园中，在一处木阁上坐定。

"张子，此地无人了，有话请讲。"

"张仪临出行前，"张仪嘴角含笑，二目充满不屑之气，"我家大王对仪念咏一诗，宋王可愿一闻？"

"哦？"宋偃略吃一怔，不无好奇道，"你家大王所吟何诗？"

"其雨淫淫，河大水深，日出当心。"张仪闭目吟道。

宋偃略略一怔，不解道："敢问张子，此诗何喻？"

"大王真的不知？"张仪睁眼，不无惊讶，"传闻贵国有民唤作韩凭，韩凭有妻唤作息露。息露外出采桑，大王见其貌美，掳其入宫。韩凭有所抱怨，大王怒，罚其苦役，使其修筑宫城门楼。此诗则为其妻息露所作。"

"咦？"宋偃挠挠头皮，目光诧异，"寡人怎就不晓得此事呢？对了，那诗何解？"

"其雨淫淫，喻大王好色淫荡；河大水深，喻大王势大力强；日出当心，喻此女已萌死志，与其夫约定死期。"

"后来呢？"宋偃急道。

"此女密以此诗送达韩凭，韩凭于约定时辰以长绢吊死于城楼之下。大王闻之解气，携息露前往探视，此女趁王不备，纵身跳楼。大王急扯其衣，不料扯之不住，眼睁睁地看着美女摔于城墙之下。大王心疼此女，下城楼探视，从此女腰间摸出一绢，上面又是一诗，大王可愿听否？"

"何诗？"宋偃好奇地追问。

"王利其生，妾利其死。乞以此尸，赐凭合葬。"

"他们的尸骨可得合葬？"宋偃再问。

"这该问大王您呀！"张仪目光直逼过来。

"是了是了，"宋偃拍拍脑瓜子，"张子再讲下去。"

"大王嫉妒，不赐合葬，故意使二墓远隔数丈之遥。不料一夜之间，二墓各长一树，一雄一雌，不过旬日即遮天蔽日，上面枝叶相连，下面盘根错节，夫妻切切之情，天地为之呜咽，鬼神为之悲泣。仪闻之，不胜唏嘘。"

宋偃也是唏嘘几下，似是陡然间醒悟过来，直视张仪，面含怒容："敢问张子，你编此故事，可是有意奚落寡人的不是？"

"仪不敢。"张仪应道，"仪是听魏王所讲。"

"魏王由何听来？"

"这个仪就不晓得了，许是小说家之言吧！大梁城内城外，小说家不在少数，专编列国故事混口饭吃。"

"哈哈哈哈，"宋偃长笑几声，"这个是了。只是你家大王偏听街谈巷议，倒失聪明，待寡人有暇，也到街头寻他几个小说家，编那魏罃几个故事。"

"大王可知，"张仪二目直视宋偃，"小说家们何以这般编派？"

"寡人不知。"

"因为大王失道，已不得民心。"张仪一字一顿。

宋偃愠怒。

"自古迄今，得民心者，得天下。不得民心者，死无葬身之地。"

"你……"宋偃气结,"好你个张仪,竟敢在寡人面前编派故事,硬说寡人失道!好,你且说说,寡人何处失道了?"

"风闻大王恃力逐杀先君剔成,可有此事?"

"是此人无道,不恤臣民,该杀!寡人留他一条性命于齐,已见慈悲了。"

"风闻大王笞天鞭地,焚烧社稷神祇,可有诸事?"

"天地不仁,社稷不义,使我数百里膏腴之地连旱三年,多邑颗粒无收,难道不该笞之、鞭之、焚之?"

"风闻大王剖驼者之背,锲朝涉者之胫,可有诸事?"

"无稽之谈!"宋偃震怒,忽地起身,手指张仪,"连这等恶言秽语你也相信,妄称天下辩者!"

"哈哈哈哈,"张仪爆出一声长笑,"大王息怒!街谈巷议,皆为小说家虚言,仪信口拈来,大王姑妄听之。"指席位,"大王请坐,仪有实言以告。"

宋偃气呼呼地坐下。

"越王无疆坐拥三千里江山,御使百五十万臣民,号令二十万锐卒,齐人倾齐国之力应对,依旧防不胜防。敢问大王,可比越王无疆?"

宋偃略现尴尬:"寡人弗如。"

"巴、蜀二王统御方圆数千里巴山蜀水,山高谷深,四塞皆险,更有巴蜀不化之民逾两百万计,楚王对巴征战数百年,奈何巴王不得,秦君与蜀约游于汉中,秦君遭戏。敢问大王,可比巴、蜀二王?"

宋偃把脸转向一侧,有顷,嘟哝一声:"寡人弗如。"

"抛开蛮夷,就中原列国而论,大王可比赵侯?听苏秦之言,举倾国之力,纵六国以抗秦,兵临函谷关下,金鼓响应,五岳为之震颤!"

宋偃长吸一口气,声音愈见微弱:"寡人弗如。"

"抛开强赵,单说弱韩,定陶之富可比阳翟?五百里无险可守之地可比韩国千里山川?大王之威可比韩王?"

宋偃的声音几乎听不到了:"寡人弗如。"

"大王且听,"张仪口若悬河,气势磅礴,"仪出鬼谷,使越王无疆二十万水陆大兵掉头，去齐适楚，自投死路；仪到西秦，先佐秦君以一国之力退六国之军，继而亲引大军，翻山越岭，深入不毛，于一年之内灭巴服蜀，平定西南数千里边陲；仪去秦至魏，使师弟庞涓陷赵于绝地，拔其邯郸，今又伐韩，郑城、阳翟两处城野，放眼望去，无边无际，皆是武卒营帐。敢问大王，仪之舌长可过三尺？"

想到自己方才轻蔑之言，宋偃的头低下去了。

无论如何，张仪所言不虚，所列无不是他所熟知的。

"不瞒大王，"张仪话锋一转，"旬日之前，仪在郑城脚下，庞涓帐中，与庞涓谋议大王，庞涓对王在前番伐赵中暗助齐人一事颇多微词，扬言攻下郑城后就兵发睢阳，亲口问问大王，魏国究竟于何日又因何事开罪于大王，是仪适时插上一言，这来睢阳与大王先行沟通。"

经张仪一番连蒙带吓，外强中干的宋偃气势顿无，连连拱手："寡人无知，敬请张子赐教！"

"赐教不敢，仪有几言正告大王，无论是齐人还是楚人，都在觊觎大王座下这片宝地，大王坐在刀山之尖，却不自知。十年之前，昭阳伐宋，齐人施救，非为救大王，是不想让楚人染指宋地；之后越兵加齐，昭阳趁机再次举兵伐宋，是庞涓出兵，击败昭阳，方才保得宋地完全；今日又是，庞将军伐韩，昭阳发兵六万，名为救韩，却屯兵于苦县。至于齐人，仪就不说了，前番齐人攻我，大王借道，当是谋取襄陵。然而，道借了，大王的襄陵呢？齐人以疲弱之兵佯攻襄陵，只为应付大王，却以主力攻我大梁。大王扪心自问，四邻之中，真诚助大王的是不是只有魏王一人？大王之所以安居一隅，迄今无恙，是因为大魏十万武卒在后鼎持。大王若是视而不见，自恃无知，楚、齐之兵再生异心时，庞将军怕就……"张仪有意顿住。

"不不不，"宋偃额头汗出，急急拱手，"敬请张子转告庞将军，就说宋偃谨听张子、庞将军，唯张子、庞将军马首是瞻。"

"大王应谢的既不是仪，也不是庞将军，而是魏王。"

"对对对，是魏王！敬请张子转奏魏王，就说宋偃糊涂，自今日起，宋偃唯魏王马首是瞻！"言毕，宋王传旨摆宴，与张仪饮至傍黑方止。

张仪旗开得胜，哼着小曲儿回到馆驿，意外见到公子华恭候于厅。

公子华传达过秦王问候，禀道："王上得知魏、韩陷入僵局，忧心庞将军粮草不济，再度调粮三万石，足够大魏三军食用数月。"

"我王圣明。"张仪望空谢过，唤过从人，将秦王再度拨粮的喜讯做成急报，分别火速通报给庞涓并魏王。

"还有一事，张兄或许更感兴趣。"公子华压低声音。

"华弟请讲。"

公子华从袖中摸出一绢。

张仪接过，细审毕，惊道："五都粮草辎重督运吏员名单、途径、数额及抵达期限？牟辛？苏秦？"

公子华点头。

"如此机密，"张仪惊道，"华弟如何搞到这个？"

"是你的苏兄提供的。"公子华淡淡说道。

"苏兄？"张仪眼睛大睁。

"不瞒张兄，"公子华诡秘一笑，"在下对你的苏兄可谓了如指掌呢。莫说是这个册子，连他三日之前吃剩菜拉肚子，夜间共去四次茅房，在下也都知晓呢！"

"啧啧啧！"张仪咂巴几下嘴，不可置信道，"两国开战，仓储堪称重地，苏秦监管粮草，必是深居简出，防护森严，敢问华弟，你是如何做到这个的？"

公子华遂将秋果的故事述评一遍，听得张仪唏嘘再三，末了叹道："乖乖，有此黑雕在侧，苏兄焉能不败？"

第十章

焚粮草庞涓乘胜　减灶台孙膑绝杀

辟疆旨令苏秦押运粮草，实在是勉为其难，因为苏秦在齐没有根基，甚至没有一个可以信赖、熟知各邑情势的实用人才。苏秦本想起用田文，不料田文又被田婴调任为南都莒城各邑两万技击的主将。苏秦晓得，田婴这个安排是为爱子田文着想，无论如何，沙场可以直接建功，而督运粮草，上对远征三军，下对各地百姓，往往是出力不讨好的差事。搞得好了，或可做个幕后英雄；搞得不好，尤其是贻误送粮期限，无论是何原因，都得承担罪责。

手头无人，苏秦不得不倚重在西部守边多年的牟辛。

为镇住苏秦，牟辛不无夸张地召齐五都督运吏员，在苏秦面前各施绝技，将筹盘拨弄得哗哗直响，对照账册逐一落实各种数字。连算三日，苏秦的眉头果然皱起。三军十万（临时裁下四万，并未解散，仍是要吃饭的），连同各地后勤辎重人员近五万，日均耗粮不下五百石，如果加上肉食、蔬菜、劈柴、草料等必备物资，数目大得惊人。齐国近年虽说有所储备，但连年养马，耕地大量被占，农业荒废，前番与魏开战，库中储备差不多用尽，加之去年多地出现旱情，秋粮歉收，前面数月，各都邑向阿邑等地库房运粮不足万石，仅供三军支撑二十来日，至于马草等物，差距更远。苏秦第一次从微观上明白一场大战不是闹着玩儿的，也真正明白古今圣贤何以轻易不启战端，甚至开始理解精于治内的邹忌为什么反对外战了。

通常开战，三军未动，粮草先行。此番仓促出征，齐国尚未做好足够准备，粮草供应更是重中之重。苏秦安排牟辛，务于十日之内再运一万石到阿邑，确保三军支用四十日。至于四十日之后的军粮，苏秦的安排是向泗上产粮国购买，款项由他和太子筹划。

牟辛一一应允，诺诺连声。

回到帐中，牟辛辗转反侧，一夜难眠，深受一种透入骨髓的恐惧的折磨。

这个恐惧就是田忌。

直到天色大亮，牟辛总算昏然睡去，于过午始醒，报说帐前有人恭候多时。牟辛洗漱完毕，慢步出来，见到负责粮草的参将正与一个商人打扮的陌生人立在帐外。

见过礼，牟辛引二人入帐。

"禀主公，"帐中参将禀道，"这位客商是从定陶来的，听闻我们有意购粮，特来探问。"

奇怪，苏秦昨日吩咐购粮，他何以这么快就晓得了？牟辛心里打一横，直望过去，略略拱手，问道："这位客商，你如何认定我们要粮？"

"呵呵呵，"那人笑道，"生意人嘛，鼻子总是灵活些，尤其是我家主公。"

"你家主公姓啥名谁？"

"主公吩咐过，在下不敢乱说。"

"是了。"牟辛点头，"敢问你家主公有多少囤货？"

"这个数。"那人比出三根手指。

"三百石？"

那人摇头。

"三千石？"

那人再次摇头。

"不会是三万石吧？"牟辛长吸一口气。

"只多不少。"那人给出个笑，"我家主公是泗上最大粮商，有私库数十座，莫说是三万石，即便是十万石，假以时日，也当不在话下，当然，价格也须合适。"

"价格几何？"牟辛急问。

"这个在下无权过问，如果贵军要的数额可观，主公乐与将军面议。"

牟辛心里一震，忖道："如果我能购到如此之多的粮草，于齐当是大功，苏秦必会为我说话，想他田忌也奈何我不得。再说，那封书信也不是我牟辛凭空捏造出来的，即使不属实，也不是我的错，相国和大王也都验过，怕他个鸟！"

这样想定，牟辛胆气壮些，当下留那人于帐，自去入见苏秦，将事由略述一遍。苏秦大喜，命他速去定陶洽谈，尽量压低价钱，先预订三万石，他这就前往临淄筹措资金。

牟辛别过苏秦，带着几个亲信随员，随那客商赶往宋地定陶，在一处颇为隐蔽的豪宅门前驻马，早有人恭候于外，将两名亲随引入偏厅招待，只将牟辛迎至正厅。

厅中一人，却是张仪。

张仪着的并不是商服，而是一身官袍，屁股略略一欠，朝他笑笑，指给他该坐的席位。

"这……"牟辛不认识张仪，怔了，看看对方指给他的席位，硬着头皮坐下，回首寻找一直陪他的客商，却不见了。

"在下张仪，在此寒舍恭候将军多时了。"张仪拱手。

坐在对面的竟是敌国相国、闻名天下的张仪！

牟辛目瞪口呆，周身僵硬。

正自惊愕，一路陪他的客商也走进来，着的竟是秦装。

"牟将军，"张仪指向秦装人，"这位是秦公子嬴华，你们当是老相识了呢！"

天哪，亲至齐营、陪同自己一路的竟然是秦王眼前红人、大名鼎鼎的公子华！牟辛感到气都有点儿上不来了。

"这位就是在下主公，"嬴华朝他淡淡一笑，指向张仪，直入正题，"牟将军可以洽谈粮草了！"

"粮……粮草……"牟辛气结。

"牟将军，"张仪指着嬴华，"其实，在下无粮，真正有粮的是这位嬴公子。听说过蜀地粮仓吗？在那儿，莫说是三万石，纵使三十万石也不在话下。"

牟辛欲起身，屁股却如千斤重，欲继续坐下去，却不晓得下一刻会发生什么。

"在洽谈之前，"嬴华两眼盯住他，"在下倒想提醒将军感谢一人。"

"何……何人？"

"我家主公！"嬴华朝张仪努下嘴，"记得曾经有封密函吗？我家主公听闻邹公子屈死于田将军之手，且又拖累将军陷入险境，于心不忍，方才写下那信。"

牟辛恍然大悟，完全醒来，再无二话，起身叩拜："牟辛并一家老小叩谢恩公！"

"将军请起，"张仪扬手，"我们该谈买卖了。"

"恩公有话，但请吩咐就是。"

"买卖无他，只问将军一句话：将军是想让田忌将军为国捐躯于疆场呢，还是让田忌将军英雄凯旋？"

"牟辛只要他死！"牟辛从牙缝里挤出几个字。

"好！"张仪朗声应过，转对嬴华，"华公子，你这就使人前往高唐，将牟将军一家老小接往大梁相府，在下已安排专人安置。"

"恩公……"牟辛泣不成声，再拜不起。

齐军逾六万，对外号称十万，加上辎重人员一万多人，浩浩荡荡，合围大梁。各种旗帜交相辉映，数以万计的帐篷密密麻麻地屯扎在大梁城外，从城头上望下去，威势赫然，让人头皮发麻。

然而，几天下来，齐军情势似无变化，完全是前番救赵时的翻版，白天大军围在城外，或轮番叫阵，或偃旗息鼓，夜间派出少数骑手四出扰乱。

有过邯郸教训的魏惠王这一次学乖了，丝毫不见惊慌，也不登城门楼打气，而是天天稳坐于后花园的钓台之上，闭目钓鱼。与寻常垂钓不同的是，无论惠王钓到什么，毗人都像往常传旨一样大声宣唱，再由其他宫人接力唱出，一直传唱到每一个守城的将士耳中。

魏惠王发明的这一新型励志手段极是管用，满城臣民见大王如此镇定，无不信心满满，各司其职。

与此同时，魏军周边各邑早已得到庞涓指令，家家户户关门清野，但有余粮，全部深埋，齐骑骚扰多地，几无收获。加之孙膑严禁扰民，六万齐军的日用粮草，全部依靠后勤供给。

一连十余日，齐、魏、楚、韩四国大战呈现出奇怪的胶着静止态势：韩军龟缩城邑不出；楚军六万躲在苦县远远观望；魏军主力蹲守郑城、阳翟城外，如猫守鼠；齐军主力有条不紊地围住大梁；大梁城中，一切生活照旧，只是城门紧闭，城墙上时不时地听到惠王钓到何鱼、那鱼几斤几两等的传唱声。

然而，就在这一切静悄悄的背后，一支约三千人的魏军，由襄陵守将郑克亲领，在几个黑衣人的引领下，昼伏夜行，秘过宋境，绕道大野泽东侧直插阿邑的齐军囤粮基地，在公子华率领的秦国黑雕接应下，于黎明前发动袭击。

粮囤、草场起火时，守备齐军多在梦中。

与此同时，一切就如计算好一般，三支齐军运粮车队分别在送粮途中的不同地点遭到分股魏军伏击，数百辆辎重车辆几乎是在同时被焚，几处滚烟直蹿云天，方圆数十里红光熊熊，颇为壮观。

从临淄筹集到部分款项后兴冲冲地往回赶路的苏秦远远望到火光与浓烟，大叫"不好"，催马疾驰。

及至苏秦赶到，整个仓区狼藉一片，粮草悉数被毁，留守齐人或死或伤，部分存活下来的仍在使用各种工具扑火。

苏秦急召牟辛，已不见踪影。

听闻在押与库存的粮草于一夜间悉数遭焚，田忌、田婴尽皆愕然，呆若木鸡。

孙膑吸了一口长气，闭目沉思。

中军帐中，时光凝滞。

不知过了多久，田婴最先回过神来，看向孙膑："敢问军师，眼下如何用兵？"

"撤兵。"孙膑淡淡说道。

田婴看向田忌。

"听军师的！"田忌迸出一句，眼中含泪，仰天长叹一声，一脸绝望，"天不助我，奈何？奈何！"

田婴转向孙膑："如何撤军，撤往何处，请军师明示。"

"步卒在前，辎重在中，弩兵在后，保持队形，稳步后撤，以最近距离开往宋境。另，使骑兵窜扰西南，袭击陉山，可战则战，不可战则退。"

"末将得令！"

"还有，粮草被焚之事，严禁三军传播。"

"末将得令！"

"哼！"庞涓得闻齐人粮仓被焚，握紧拳头，在中军帐里连转数圈，"姓田的，还有孙兄，这次是你们自找的，甭怪我庞某无情！"

一阵兴奋过后，庞涓看看天色，冷静下来，使快马通知三军诸将皆至中军帐听令，自己面对沙盘，细审早已谋定的围击方案，生怕出现一丝疏忽。

天色迎黑，三军诸将，包括左军主将公子嗣，尽皆赶到。一个用树胶凝固起来的巨大沙盘赫然摆于大帐正中。

沙盘上，魏、宋、卫、齐交接之间的所有形势险峻尽列其中，一目了然。

得闻齐人粮草被焚喜讯，众将无不摩拳擦掌，纷纷请战。正热闹中，斥候报说齐人不下万人现身于陉山以北，趁夜色袭击我师，林中鸟飞尘扬，似有大军集结，要塞告急。

众人皆吃一惊，尤其是左军主将公子嗣，就要策马回去，被庞涓止住。

庞涓不忧反喜，令斥候再探，朝太子申并众将道："诸位将军，我万不可被此股骑卒扰动！如果不出本将所料，此时齐人当已撤军，我当全力追击才是。"又转对太子申，拱手，"敢问殿下作何判断？"

"军旅之事，申听将军。"太子申回礼。

"殿下有旨，"庞涓转向诸将，朗声说道，"鉴于齐人粮绝，齐师已溃，我当即刻拔营，全力追击齐人，诸位将军听令！"

"末将听令！"众将齐吼。

"各回本营，今夜让将士们吃饱睡足，备足三日干粮，明日晨起，拔营起寨，兵发大梁，追击溃齐！"

"末将得令！"众将再吼，声如滚雷。

齐兵围困大梁半月有余，随军粮草基本耗尽，只等辎重车辆补充，不想牟辛刻意拖延，在前方追询下连发三拨，这又全部遭毁。

三军能吃食物不足三日，而三日之间，三军将士无论如何也撤不到本境，因为孙膑、田忌皆知，大军回撤，贵在沉稳有序，一旦失序，将是灾难性的。而要确保有序，就必须稳步缓行，尤其是还有相当数量没有战斗力的辎重人员一并回撤。

从三军出征到回撤，孙膑的整个表现不无奇怪。田忌、田婴若是不问，几乎很少出声，与他救赵时运筹帷幄、踌躇满志的状态大不相同。

田忌、田婴最是知情，尤其是在粮草遭焚、大军回撤之后，二人忧心日重，甚至一度认为，孙膑之所以与此前判若两人，也许是其心智让师父送他的那粒死药改变了。

然而，孙膑除沉默不语之外，其他一切如常，尤其是发布军令时，总是言简意赅，没有一丝含糊，更不拖泥带水。即使是撤军命令，也尽在情理之中，无可厚非。是以二人虽有疑惑，也只在心里嘀咕。

离大梁最近的地方是宋国边邑外黄。由大梁至外黄，是条宽约丈余的邦际衢道，可以并行两辆战车，旁边还可走人。齐国六万大军，外加万余辎重人员，步军在前，辎重车辆在中，战车在后，骑卒左右护卫，宛若一条长蛇，前后拖有数十里，有条不紊地徐徐爬行。一百五十余里路程，三军走了整整两日。

在宋魏交界处，两国均设关卡。魏国关卡，人员早已惊散，关门大开。出人意料的是宋国关卡，反倒关门紧闭，不让通行。

田忌得报，紧急驰前，果见关门之内，宋人森严壁垒，远远望去，足有数千人之众，显然早有戒备。

田忌放车关前，拱手叫道："在下田忌，关上宋将，速速出来答话！"

不一会儿，一个参将模样的出现在关门楼上，拱手作礼："末将蔡鹏见过田将军！"

"大齐三军远征魏国大梁，于今日凯旋，欲借贵国道路通行，敬请打开关门！"

"田将军可有通关文书？"

"大军过境，何来通关文书？"

"我王有旨，没有通关文书，任何人不予通行！"蔡鹏一口回绝。

"你……敢阻我十万将士！"田忌震怒，抽剑，夸大军情。

"田将军息怒，"蔡鹏笑脸相迎，再一拱手，"末将力微，既不敢阻挡将军，也不敢违抗王旨，将军请在关外稍候，末将这就奏报我王，俟我王旨到，末将即开关门，迎接将军。"

田忌气结，扬剑就要杀入，田婴快马驰到，远远叫道："将军且慢，军师有令，三军改道，兵发济阳！"

田忌狠跺几脚，剑指关楼："尔等听好，捎话给宋偃，今日之事，本将铭记在心，有朝一日，必引三军将士再来叩关。"说罢掉转车头，与大军绝尘而去。

眼见齐军越走越远，关门楼后转出二人，一个是张仪，一个是公子华。

"华弟，"张仪望着滚滚烟尘，轻声吩咐，"下面该用你的人了。"

"相国放心，"公子华微微一笑，"在下早已安排妥当。"

"咦，怎么不见牟辛那厮呢？"

"我也奇怪。说好在定陶碰头的，候他两日，踪影皆无。要不，在下这就派人寻他去？"

"不必了。小人一个，死活由他去吧。"

两个关卡之间是个十字路口，东西向，由大梁经外黄，直通宋都睢阳，南北向，卡在两国交界处，由襄陵直通济阳。两国以此道为界，但道路两端均是魏邑，实际上此道多为魏人所用。因是城际衢道，道路略窄，宽处不过八尺，因旁边还要走人，只能通行一辆战车，齐军队伍拉得更长。

走不过半日，三军所带干粮用尽，粟米尽竭。由于知情军官严格封锁粮草被焚消息，午饭辰光，兵士们依旧像往日一样，边在路边休息，边等开饭。

然而，莫说是开饭，连炊烟也少冒起。兵士正自惶惑，行军命令又至，只得饿着肚子行走。又走半日，兵士们现出各种饥状、各种疲惫。军马也不肯走路，一有青草就啃起来，鞭子抽打也不管用。

士兵们向将校吵闹开饭，将校们同样挨饿，知情者假作不知，百般安抚，不知情者纷纷向上级将官询问。

东南风起，树枝摇曳，上风林中忽然飘出许多白色的球球，上面系着丝绢。

那些丝绢五颜六色，挂在白色的球球上，漫天飞舞，煞是好看。

白球球飘过头顶，有兵士弯弓搭箭，射向白球。球体爆破落下，原来是吹起来的猪尿脬。

众兵卒审看丝绢，无不震惊，上面赫然写的正是齐国阿邑粮仓、运粮辎重悉数被焚之事。

想到三日之前突然撤军及迟迟未能开饭，众军卒恍然大悟，恐慌情绪顿时蔓延，队伍不再齐整。

田婴急禀田忌，田忌扯起田婴跳上为孙膑特制的驷马辎车。

自回撤以来，无论昼夜，孙膑始终不离这辆辎车，也不愿见任何人，包括田忌。与他同车的是左右两个参军，外界情势均由两个参军禀报孙膑，孙膑的指令也经由二人传达出去。

看到两位将军，左右参军尽皆下车，将位置腾出。

孙膑二目微闭，似乎窗外的一切与他无关。

"军师，"田忌看他一会儿，见他仍不睁眼，急了，"三军缺粮一日，将士们已经得知粮草被焚之事，军心动摇，情势危矣，如之奈何？"

"魏人何在？"孙膑声音出来，答非所问。

"据斥候所报，由郑城撤回的庞涓主力昨晚已到大梁，由阳翟撤回的公子嗣所部估计明晚可到。"

"甚好。"孙膑没来由地说出一句，转向田婴，"眼下尚有多少马匹？"

"因征伐过急，征调不力，只有不足三万匹。"

"驽马多少？"

"不足七千，余为战马，其中两万为骑，三千为车，七千为辎重。"

"杀驽马一千匹，按行军标准就地立灶十万人。"

"杀……杀马？"田忌吸口凉气。

孙膑未予回复。

"马杀了，辎重车乘如何处置？"田婴追问。

"弃之。"答语干净利落。

齐人无不爱马。三军将士闻听杀马，无不心伤。尤其是这些拉辎重车辆的驽马，个个都是农家宝贝，兵士也多出于农家。养马者哭，吃马者哀，整个造炊现场悲悲切切，如同大丧。

田忌、田婴默不作声地相对坐着，边啃马肉边想事情。

"主将，"田婴若有所思，有顷，放下马肉，"军师别是饿糊涂了，杀马就是杀马，堆柴烤马肉即可，却硬要我们按常规立灶，分肉煮食，岂不是……多一道子吗？"略顿一下，恍然有悟，"有了，军师必是担心将士们太饿，只吃烤肉，或会噎着，撑着。"

"你呀，净想这些琐碎。"田忌苦笑一下，眉头凝起，"最大的症结不在这儿。这般撤军，倒是无惧魏人散兵截击，也不易溃散，可……如蜗牛般爬行，日行军不过五十里，魏军纵是猪，也会追上。如果庞涓兵分两路，一路尾追，另一路快马驱至济阳，将我兜头拦住，我前无去路，后无退途，左边是魏人，右边是宋人，岂不是陷入绝地了？"

"是哩，"田婴这也紧张起来，"依将军之计，该当如何应对？"

"使骑卒一万快马加鞭，先驱赶至济阳，确保我退路通畅！"

"将军所虑甚是，军师是很奇怪，在下这就传令。"

田忌点头："就照你说的，传令去吧。"

田婴刚要传令，孙膑的参军过来，低声："军师吩咐，再过三刻，三军起灶开拔，保持队形，不得轻举冒进，稳步开往济阳，在济水岸边扎营过夜。"

田婴看向田忌。

"听军师之令。"田忌长吸一口气，咬牙应道。

在齐兵开始杀马充饥的这天夜里，从郑城撤回的庞涓五万主力已先一步赶到大梁，就地屯扎在城外数里处。

魏惠王大开城门，意气风发，躬身郊外犒劳三军。

与惠王同辇而来的还有武安君夫人瑞莲公主。

魏人杀猪宰羊，中军大帐鼓乐声声。

惠王执庞涓之手，不无解气："涓儿，你打得好呀，声东击西，火烧齐人粮草，齐人仓皇回窜，寡人亲眼看到他们溃不成军呢！"

"是父王稳坐钓台，大梁臣民众志成城，拖住齐人逾二十日，张相国亲临宋境，郑将军千里奇袭，涓不敢偷功。"

"呵呵呵，有功有功！"惠王连说几声，指着东方，"涓儿，田因齐专与寡人过不去，我忍此人已有多年，黄池一战虽然解气，但他差使田忌、孙膑两番围我大梁，坏我好事，实在可恶。不想老天并不遂他之愿，今日齐人内无粮草，外无救兵，只有挨打的份儿。为父只想提醒你一句，对这帮饥肠辘辘的可恶之鬼，你不可生慈悲之心，只管引兵打去，替寡人出掉这口恶气！"

"父王放心，儿臣这就引兵追击，打进临淄，拿下田氏一门，任由父王发落！"

惠王连叫几声"好"字，在庞涓陪同下绕军帐巡视一圈，踌躇满志地回宫歇息。

庞涓回到中军帐，刚刚坐下，张仪由宋地外黄驰回，公子嗣也已奉命赶到。庞涓遂与太子申、张仪、公子嗣等谋议军事。

张仪将齐兵如何投往宋地，如何被宋人拒于关外，他如何使人散布齐人粮草被焚，齐军如何惊惶，兵士如何溃散等，详细讲述一遍，末了说道:"齐兵已溃,我大可快车轻卒直插济水,阻齐人于大野泽之西,可报桂陵之仇。"

"齐人共有多少军马?"庞涓问道。

"没细数过,大约六万。"

"孙膑可在军中?"

"中有一辆加长辎车,当是孙兄所乘。"

话音落处,斥候快报:"报……齐人杀马,留下成堆马骨!"

"何时杀马?"庞涓急问。

"错午时分。"

"是烤肉吗?"

"从痕迹看,是灶台煮食,泼下的剩汤中,有不少野草。"

"可曾数过灶台?"

"约略数过,不下两万。"

"两万?"庞涓略略一怔,"齐人通常是五人一灶,两万灶台,当有十万军卒。"转向张仪,"张兄,你怎么说只有六万呢?"

"在下亲眼所见,且还使人躲在远处林中大略数过,不会大错。"

"在下相信张兄,"庞涓点头,"当是孙膑故设灶台,行诈兵之计。"思忖有顷,看向众人,心情激动,"齐人爱马,今日杀之,可见其完全断粮,这与我此前预估相差无几。一匹寻常之马,少则数两金子,多则数十两,食之有伤国本,再说,马肉也不能常吃,更不能当饭吃,相信齐人坚持不了多久。如果不出所料,齐人必是插向济阳,沿济水向东,经由葭密撤往齐境。依照齐人眼下行军速度,或于明晚赶至济阳,后日至葭密,再一日,至齐境甄邑。"

"庞将军所析甚是!"张仪附和道。

"殿下,魏将军,张相国,"庞涓拱手一圈,"兵贵神速,我可兵分三路。我与殿下引车骑两万先行追击,抄近路,经由黄池直插济水,在葭密、甄邑之间咬住齐人,张兄引步卒三万跟后,魏嗣将军引领左军,沿齐军撤退路径跟进,堵截齐人南窜之路,围歼田忌于齐国边境,如何?"

"军旅之事,悉听主将!"张仪应道。

"申前日伤了风寒，恐力不从心。"太子申迟疑一下，几乎是喃声。

不及众人说话，公子嗣朗声接道："嗣愿从主将，先驱破敌！"

庞涓看向张仪。

张仪苦笑。

"既然殿下龙体欠安，"庞涓略一思忖，看向太子申，"就与嗣弟换个位吧，殿下将右军，由大梁追踪齐人，无须赶路，只需在五日之内赶到外黄，进入宋境，堵住齐人南逃之路，合围齐人！"

听到"外黄"二字，想到出征前的那个怪梦，太子申不由得打个寒噤。好在那梦是外黄高士给他指出未来明路的，太子申就没多说什么，点头应允。

待所有人退出已是后半夜。庞涓走进帐后寝处，瑞莲仍在眼巴巴地候着，一身睡袍。

"让夫人久等了。"庞涓苦笑一下，几步上前。

瑞莲迎上，一头扑他怀里。

嗅到一股清香，庞涓晓得她沐浴一新。想到自己征战在外，一身汗臭，庞涓汗颜，推开她，刚要唤人送水沐浴，被瑞莲止住。

显然，瑞莲候不及了。

瑞莲不由分说将他的战袍尽皆卸掉，脱掉他的内衣，掀开庞涓脏兮兮的行军被，将他塞进被窝，顺手脱光自己，钻进他的怀里。

庞涓久未接近女人了，兴致勃发，翻身压她身上。

"嘘，"瑞莲急道，"夫君，轻点儿！"

"哦，"庞涓急忙下来，小声，"夫人，压痛你了？"

"不是，"瑞莲一脸兴奋，声音低得不能再低，"你压痛小庞涓了！"

"小庞涓？"庞涓吃一大惊，继而反应过来，不无激动，却又不相信，"夫人，你是说……"

"你摸摸他！"瑞莲捉住他的大手，导向她的小腹。

庞涓摸上去。

腹部依然是那个腹部，与两个月前他们最后一次见面时几乎没有差别，一样柔和，一样滑腻，一样大小，看不出任何怀胎的征象。

"夫人，他在哪儿？"庞涓摸不出，小声问道。

"就在这儿！"瑞莲引着他的手，摸到具体部位，"我都感觉到他了！"

"真的？"庞涓显然不肯相信，"我怎么摸不到呢？"

"你听听！"瑞莲小声，"仆女说，她听到了咚咚咚的声音，是心跳！"

庞涓将耳朵贴她的肚皮上，听了半晌，什么也没听到。

"夫人，"庞涓笑道，"告诉我，你是怎么晓得的？"

"是宫医说的，"瑞莲轻语，"你出征之后，上个月没有来红，这个月又没来，我找宫医，宫医把脉，说是喜脉，要禀报父王，我没让他禀报！"

"咦，为什么呢？"

"我想让夫君第一个听到这个喜讯儿！"

"好莲儿！"庞涓将她紧紧搂在怀里。

"夫君，你这给他起个名儿，我好天天与他说话！"

"这个……"庞涓思忖一时，"就叫胜孙！"

"胜孙？"瑞莲怔了一下，"是胜过他的孙师伯吗？"

"不是，因为他的孙师伯马上就要成为阶下囚了！"

"阶下囚？"瑞莲怔了，"他不是……早死了吗？"

"没有！"庞涓捏紧拳头，"他是装死！他现在是齐军的军师，前些日子就在大梁城外，带领齐人围攻父王！"

"装死？"瑞莲震惊，"这怎么可能呢？莲儿……亲眼看着他们……还有阿姐……"

"你们都被他骗了！"庞涓恨道，"他是个鬼精，专会骗人。譬如他前些时装疯，莫说是你们，连我也被他骗了。"

"可这……"瑞莲一脸呆蒙。

"好了，不说他吧，反正此人马上就会成为本夫君的阶下囚了！"

"那……"瑞莲总算回到现实中，"既然夫君要将孙膑击败，为什么还要为儿子起名胜孙呢？"

"夫人好问！"庞涓朗声应道，"夫君起下此名，不是要胜过孙膑，而是要胜过孙膑的爷爷的爷爷——孙武子！"

"夫君，"瑞莲将头枕在庞涓臂弯里，"如果你抓到孙膑，要怎么处置他呢？"

"怎么处置他？"庞涓闭起眼睛，"这个嘛，本夫君倒是要好好想想。"闭目良久，长笑几声，"哈哈哈哈，本夫君想到如何处置他了！"

"如何处置？"

"就在咱家的后花园里摆上一席大宴，将他与他的那个搭档苏秦一道解来，与本夫君和张相国欢聚一堂，为夫人，也为我们的小胜孙，大醉一场！"

"夫君，"瑞莲踏实地伏在庞涓怀里，"你真好！那时，叫梅姐也来，没有她，就没有我们的小胜孙！"

"哈哈哈哈，"庞涓越想越美，再笑数声，轻抚瑞莲的肚皮，"当然要请她了，还有我们的两个小外甥儿！"

连日长途行军，五都之军平素训练不足，加之前几日断粮，挨饿一日，个别兵士吃马肉过猛，肚子又过于饱胀，接后的行军速度反而慢下来，原定天黑之前赶到济水，抵达却在一更之后，中间还有不少掉队的，也有蹲在路边捂着肚子等着拉屎的。

田忌检点人马，因有马肉充饥，兵士少有逃逸了。

孙膑没再发话，田忌命令就地休息，于天亮之前涉济东折，沿济水北岸的衢道东拐，于午时抵达魏城葭密东郊。

葭密守军如临大敌，紧闭城门不出。

马肉虽然耐饥，但一日未食，齐卒的肚子又叫起来。

孙膑再次问过魏军情势，传令在葭密城外的一个水泽岸边扎营，依旧杀马千匹，但只许立灶六千，弃五百副马骨，另五百副悉数随车运走，同时使骑卒沿附近各道路布设疑兵。

其他尚可，这让带走五百具马骨，却是一个匪夷所思的命令。

田忌、田婴皆是不解。

田忌越想越惑，哭丧着脸道："军师呀，辎重车辆多已丢弃，余下的还得运载器械帐篷，何况兵士疲惫，马力多已不济，这这这……能不能不拉这些马骨头呀？"

孙膑微微闭目。

田忌又候一时，孙膑没有应答不说，反倒伸手扯下车帘。

二人走到一边。

田婴看田忌一眼，小声："将军，军师执意，如何是好？"

"照军师吩咐，下令吧！"田忌苦笑一声，"在下倒也真想看看，他要这些马骨做什么。"

大梁距济阳约二百里，济阳距陶邑又约百里。

庞涓丢下步军，与魏嗣率三万车骑直驰济阳。骑快车慢，但桂陵伏击在庞涓心中留下阴影，是以庞涓吩咐车骑不可脱节，外加少许辎重，又涉近十道河沟，逾三万大军于翌日近午方才赶至齐人在济水岸边的屯营处。

人马皆疲。庞涓传令休息，亲到齐人宿地探看。

远远望去，并无扎过营的痕迹，只有兵士东躺西倒留下的满地痕印及一些并不紧要且影响行军的生活用品。庞涓问过当地百姓，果是前日夜间有大军在此宿过，计算里程，仅仅落后齐人一日半的行程。按齐人日行军五十里的正常速度，两军之间，只有不足八十里。

八十里，于车骑而言，不过半日。

庞涓嘘了口气，传令起程。三军于天黑之前驰至葭密，计点行程，与齐人相隔只有半日的行程了。

斥候报说，附近道路皆有齐骑出没，似是疑兵，前面不远处，有齐人灶台。

庞涓急往察看，远远望去，现场一片狼藉，到处是齐人丢弃的马骨头及各式辎重，有些甚至远在草丛、树林中，大骨头全都破碎，显然被人吸过髓了。

庞涓使人检点灶台，仅有不足六千，再使人点数死马头骨，不过五百上下，又亲往验看马粪及齐兵排泄物，见多呈黑色，询问军医，知是齐人所食皆肉，无一粒粟米之故。

无须询问当地人，仅据粪便即知，齐人去此不过半日，顶多也就三十里脚程，若是快马追击，两个时辰可至。

"就眼前所见，"庞涓召来魏嗣谋议，"齐已完全断粮，一日仅炊一餐。齐军就炊，正常为五人一灶，前日有灶台数逾两万，供十万人食用，当是孙膑虚张声势，真实数字估计为六万，与张兄观察相合。今日不过六千，见其实底，昭示齐人不过三万。仅仅一日之间，齐人就由六万减至三万，昭示其逃亡过半，几等于溃散。齐人宰马五百，亦为三万人食用之数，与此灶台数量相合。估计是饥饿之卒难御，无人再砌这无用的灶台了。显然，孙膑已知危势，故于各道路设疑兵惑我，企图拖我时日。"

"齐人既已溃散，我正可穷追猛打！"魏嗣兴奋起来。

"对，打到临淄，活擒田忌！"庞涓一字一顿。

"主将，在下愿打先锋！"

"这……"庞涓略一思忖，"嗣弟还是殿后吧，先锋交给青牛。齐卒虽有溃散，主力仍在。田忌、孙膑诡计多端，万一……"

"嗣谨听将军！"魏嗣明白庞涓讲的是什么，拱手应道。

齐国三军再次吃饱马肉，抖擞精神，按照孙膑设定目标，加快速度，在不足三个时辰里连续行走六十里，于人定时分抵达甄邑。

甄邑是齐国边邑，也是孙膑故居所在。

回到自家地面，田忌松了一口气，传令扎营。早已得知音讯的苏秦引领民众并辎重兵卒点起灯笼火把，守在道旁劳军。

尽管苏秦早已备好各式现成食物守候，且午时刚刚餐过马肉，孙膑仍旧传令，要求立灶三千，杀马百匹，马肉分食，马骨弃于营地。

食物充足，在完全不必杀马时竟又杀马，田忌怎么也想不通，数问孙膑。孙膑依旧端坐辎车，两眼半眯，似在半醒半梦之中，对其问话一句不睬。

田忌不无郁闷地回到大帐，越想越是茫然。

然而，军师之令，他不能不听。万一另有奇谋呢？

田忌左思右想，难以决断。

刚好苏秦、田婴皆至帐中，田忌讲出疑虑，末了说道："不瞒苏兄，此番救韩，与前番救赵，孙兄表现完全不同，没有人能比在下体会更深了。我一直有个担心，军师怕是这个……"说着指指脑袋，"让那死药吃坏了。"

苏秦看向田婴。

"主将说的是，"田婴附和，"军师一路的确怪怪的，即使得知粮草被焚，也没有慌乱。还有，军师一天到晚坐在他的辒车里，从来不住帐篷，也很少与我们说话，总是闭目养神，像是沉思，又像是没有睡醒。很少发令，即使发令，也多是怪怪的。第一次围大梁时，军师把每一步都解释得清清楚楚；此番完全不一样，军师一句也不解释。还有，上次围梁是假围，这次是真围，让我们全力以赴，结果，粮草被烧。军师又下令退往宋境，结果宋人不纳。田将军要打入宋国，军师却又不让，结果走了弯路，不得不杀马充饥。军士饥肠辘辘，行军又急，烤肉当是最快，军师却让砌灶煮食，还让加倍修灶，军士们颇有怨言。第二次杀马，军师让带五百副马骨，这不，全在此地了。今日更甚，苏兄想必已经看到，完全不必杀马，却让再杀一百，还让砌灶……"顿住话头。

"军旅之事，在下不便多问，"苏秦沉思有顷，缓缓说道，"二位将军所察所忧，尽皆在理，尽管如此，在下还请二位相信孙兄。孙兄一如吃死药之前，一切完好。听二位所言，以在下所观，军师此前之令，尚无出格之处。粮草既焚，惊慌于事无补，军师适时撤退，撤至宋国，也是正理。宋人不纳，想必出乎军师意料。至于军师不言，也未向二位解释，想是孙兄另有苦衷，不便多言。迄今为止，二位虽有疑虑，仍旧依令而行，说明二位对军师抱有信心。这个信心不可动摇。对付庞涓，除去孙兄，天下没有第二人。对了，在下还要禀报二位，就是粮草被焚之事。在下已经查明，是牟辛内应。牟辛过于计较得失，中敌圈套，前番害将军走楚，今番又内应魏人，焚我各处粮草，使我大军回撤。牟辛为邹相国所荐，在下仓促用之，亦有失察之过……"

话音未落，田忌拳头握得咯嘣嘣响，猛地砸向几案："恶贼何在？"

"指引魏人焚过粮草之后，他欲逃往宋国，在陶邑城外被墨者屈将子拿下，在下审问明白，已表奏我王，押往临淄去了。"

"待我回到临淄，看不亲剐其身！"

"二位将军，"苏秦略略拱手，起身辞道，"你们在此商讨军务，在下这去望望孙兄。"

刚送苏秦出帐，斥候来报，说是庞涓大军已经追到葭密，距此不足六十里，车马两个时辰可至。二人咋舌，幸亏后晌行军加速，否则，真就被魏人咬上了。

"事急矣，"田婴看向田忌，"大军何去何从，我们是听军师的，还是……"

"田兄意下如何？"

"婴听主将。"

"无论苏秦如何说，"田忌决然说道，"以在下直觉，军师之令不可再听，我当做最坏打算。眼下我辎重多已抛弃，粮草无着，士气低落，不宜力战。反观魏军，胜券在握，士气高涨，急欲寻我决战。魏军兵分三路，庞涓所引是主力，多是武卒，战力最强，旨在咬住我军，继而是步卒，再后当是围攻阳翟之敌。有鉴于此，我当避敌不战，诱敌深入不毛。在下之意是，明日晨起，三军可于五更开拔，向东南撤往廪丘，绕大野泽向南，边阻击魏人，边退往平陆。平陆为我西都，城高池深，大野泽周遭，树高林密，水泽纵横，我辎重尽弃，来去自如，反观魏军，重甲裹身，道路不通，水泽泥泞，战车难以施展，看他庞涓能奈我何。"

"此计甚好，在下唯有一虑，万一庞涓不睬你我、直驱临淄呢？"

"谅他不敢！"田忌不无自信道，"只要在下与孙兄在这大野泽边转悠，庞涓纵有一千个胆子，也不会不顾屁股，孤军杀奔临淄。"

"好吧，在下这就传令三军。"

翌日鸡鸣时分，三军整装待发，按照田忌将令依序发往廪丘。

眼见就要起程，孙膑参军急传军师令，要他们向北开发，于天黑之前，撤往莘邑，且须带上那五百副马骨。

田忌震惊，正待不睬孙膑军令，苏秦急至，在其耳边低语一阵。

田忌先是错愕，继而惊喜，转对田婴："依军师将令，北发莘邑！"

翌日小晌午，庞涓所部抵达齐境。

齐国边关一片狼藉，守关人员早已逃逸。错后晌时，大军赶至甄邑，但见城门虚掩，并无一个守卒，城中百姓大多逃逸，只余少许大户人家的"守门人"及"难舍家园"的老人。

庞涓寻到几人，一一询问，得知齐兵各种"惨状"，并说老百姓们害怕打仗，剩下不多的粮食也被这些溃退的齐兵"抢光"了。庞涓使人查点灶数，报说不足三千，马骨头不过百匹。

庞涓分析，三千灶头，比昨日整减一半，说明齐军多已溃散，剩余残兵不过两万，杀马仅百匹，当是因为"抢粮"之故。使人检查齐军营地，果见有谷粮面食残余。

庞涓再无疑虑，该当断明的是齐军残余主力退往何处，因为甄邑是齐边邑，也是交通要冲，道路颇多，两条衢道在此相交，东西是邦际衢道，可并行三辆大车；南北是城际衢道，可并行两辆大车。魏军由西追至，摆在前面的是三条道路：第一条继续向东，经由大野泽北侧廪丘直驱阿邑，通达临淄；第二条拐向西南，通往魏邑垂都和乘丘；第三条向北，通往莘邑并高唐。齐人不会再回魏境，第二条道路可不考虑，摆在齐人面前的只有两条路可走：一是继续向东，直接撤回临淄；二是向北，退往高唐。

斥候回报，向东向北皆有辙痕和弃物。向东辙痕显明，弃物却为百姓日用；向北辙印较少，弃物多是旌旗、矛戈等三军之物。

"哼，"庞涓冷笑一声，"孙兄也是技穷，都到什么时候了，这还以此小儿之戏蒙我！传令，向东全速追击，看田忌哪儿逃去。"

大魏车骑近三万众风驰电掣般袭奔廪丘，行有三十余里，终于赶上齐人，却是一些走在后面的百姓，有苍头、老人和孩子。远远望去，百姓甚众，将道路占得满满的。

看到魏军杀气腾腾，众百姓无不惊惧，几个舌头依旧能转的被推到庞涓跟前。庞涓询问，百姓尽皆不言，且神色惶惶，东张西望。

庞涓忖出原因，拔剑逼问，扬言不讲即斩。百姓惊惶，方才道出"实情"，向东走的全是百姓，是苏大人吩咐他们向东出走，且借给他们战车拉家当，告诫他们不可讲给魏人。

"苏大人呢？"庞涓黑脸问道。

众皆摇头。

显然，孙膑摆了个圈套，他庞涓竟然钻进来了。

庞涓怒气上攻，又不便发作，来不及再摆沙盘，遂摊开地图，目光循北路直追过去，落在莘邑，恍然有悟，咬牙根道："传令，后队做前队，返回甄邑！"

后队是公子嗣坐镇，闻听庞涓将令，旋即掉头。

折腾约有一个时辰，大军回到甄邑。

"怎么回事？"魏嗣劈头问道。

"我已查明，"庞涓应道，"齐军主力没有回撤，而是北窜了。"

"咦，齐兵为何北窜？"

"意图有二：一是不想把战火烧到临淄；二是向赵齐边境靠拢，借赵人之力负隅对抗。赵人欠齐大情，另有苏秦巧舌，必定出兵相助。"

"齐军主力若是北撤，我们何不乘虚进击临淄？"公子嗣急道。

"嗣弟所言极是，"庞涓应过，恨道，"只是，与攻下临淄相比，活擒田忌、孙膑更称涓意。只要活擒二人，击溃齐军主力，临淄不过是囊中之物，早取晚取，但听殿下吩咐。"

"将军执意，嗣依将军就是。只是，如何追击，还请将军明示。"

庞涓摸出麻布军图，指图："此路向北直达莘邑，过去莘邑就是高唐。莘邑不可虑，高唐却是齐国北都，城高池深，人口众多，备粮充足。齐人只需固守十日，赵援可至。苏秦若再说服楚人，由南部袭我，我就陷入不利了。"

"怎么进击，请将军下令。"

"天不负我，今赐良机，以泄我胸中积郁，不可不从天意。度齐人行程，一个时辰不过十五里，这又饥奔数日，体力皆达极限，当不超过十二里。齐人辰时开拔，迄今四个时辰，行不过五十里。此地距莘邑约百二十里，我若以战车逐之，快马加鞭，一个时辰可行五十里，两个时辰之内，必能追上田忌。"

"这……"魏嗣看看天色，"已是后半晌了，将军何不歇息一日，明晨杀敌不迟。"

"兵贵神速。"庞涓胜券在握，"齐人已无战心，我当在其赶至莘邑之前将其咬住。为稳妥起见，涓引虎贲先行追击，缠住齐人，嗣弟跟进。就眼前情势观之，无须张相国与殿下助力，你我当可击溃齐人，活擒田忌与孙膑。"

"好！"

青牛一车当先，庞涓亲驱战车二百乘、虎贲五千，向正北莘邑方向疾驰，魏嗣引军二万跟进。

青牛马不停蹄，追有一个多时辰，于迎黑时分赶到马陵道口。

放眼望去，前路尽是数丈高低、如波浪般起伏的坡岭，一条山道崎岖蜿蜒，穿行于岭谷之间，两侧林木参天，荆棘丛生，颇为凶险。吃过桂陵之亏的青牛凭本能喝叫停车，一边使人探路，一边急报庞涓。

庞涓驱车赶至谷口，跳下战车，不料天色昏黑，庞涓心情又急，一脚跳下，刚好踩在一堆马粪上，脚下软而打滑，身子歪倒。若不是青牛挽扶及时，差点倒地。

庞涓稳住步子，不无气恨地将那堆马粪一脚踢飞。走入谷口，察看一番，攀上坡顶，极目望去，前路弯弯曲曲，黑乎乎的尽是树木，几十步外，就什么也看不见了。再察路边草丛中被弃之物，竟有打制精良的甲胄与枪刀。它们被弃，只因太重，显然是齐人不堪重负、悄悄甩掉的。

正探看间，斥候押解两个齐卒返回，报说前路越走越窄，一些路段仅容一辆战车通行，凡是窄处必有树木横路，还有几辆战车被卸下轮子，挡在路中心。

庞涓详察二人，见每人只穿一只靴子，一个在左脚，一个在右脚，颇是奇怪，指其脚，语气和蔼："我是庞涓，很想知道你二人为何只穿一只靴子？"

听闻眼前之人就是庞涓，二人皆吃一惊，面现惊惧。

见庞涓面带微笑，年纪稍长的大胆应道："回……回禀庞将军，我……我俩是结……结义兄弟，脚底打血泡，实在走不动了！"

"本将问的是，你二人为何只穿一只靴子？"庞涓收起笑，重申一句。

"是是是，"那兵士打个惊战，"昨晚露营，也是太累了，义弟靴子被人脱掉而浑然不知，天明寻不到靴子，大军又要起行，小的见义弟双脚打泡，就把靴子脱下，让给义弟穿。义弟死活不肯，在下不依，我兄弟二人只好各穿一只，每走五里轮换，走到这道谷里，义弟血泡全破，实在走不动了，小的得到官长许可，留下照顾义弟。"

"说说看，你们共有多少人？几时到达此地的？"

听到涉及军情，那军士将脸别向一侧。

"快回将军的话！"青牛低吼。

那人打个惊战，看他一眼，再次别头。

庞涓朝旁边的义弟努下嘴，青牛会意，将剑架在义弟脖子上。

"这位军士，"庞涓淡淡说道，"你若讲出实情，本将不仅放你二人生路，还将重重赏你二人之义，若是不说，你义弟将于顷刻之间，在你眼皮底下身首异处！"

"将……将军！"那人急急跪下，"小……小的愿……愿讲实情……"

之后，义兄有问必答，将齐军"情势"一五一十地尽皆说出，末了说道："我等连日行军，走到这谷里，见道路难走，就都不想走了，加之天色已晚，纷纷请求在此过夜，不料田将军死活不肯，说是军师令我等务必于黎明之前赶到莘邑，违令者斩。有人受不了，"说着，指向旁边林子，"不瞒将军，不少人走不动路，趁天色昏黑就躲进林子里了。将军若是不信，派人去搜，没准就能搜出许多。"

"这等谷路还有多远？"庞涓看向前路，眯眼问道。

"没多远，也就十来里，估计大军这辰光应该出谷了。这一段最是难走，田将军说了，过去此谷，就是坦途。"

庞涓再无疑惑，转对旁边参军："赏二位军士一双靴子，放他们走吧！"

二人叩首谢过，接过一双靴子，闪身钻入旁边林地，不顾脚疼，夜猫一般溜走了。

"青牛将军，"庞涓拔出宝剑，指向谷道，"传令，搬移路障，全力追击齐人，活擒田忌！"

庞涓令下，青牛再无顾忌，引领几个力大的在前开路，车马跟进。

魏人一路无阻，进约十里，果见道路略略宽些，可以错车了，但还远不是坦途，道路依旧夹在两道矮岭之间。庞涓仍无疑虑，喝令全速追击。

青牛驱车又走数十步，忽见路上现出白乎乎的路障，伸手去搬，竟是马骨。极目望去，白茫茫一片，使人探去，全是死马之骨。青牛心里犯了嘀咕，一边使兵士搬移清障，一边回禀庞涓。

庞涓赶到前面，放眼望去，果是一副接一副的死马骨架，挨个儿摆在一起，每副马骨架前摆放一只马头。

庞涓的眉头拧在一起。

"真是奇怪，"青牛挠腮道，"齐人不可能在此杀马，哪来这么多的马骨？看这样子，不下几百架呢！"

不知怎的，一股莫名的寒意从庞涓心底油然生出，直透背脊，他不由自主地打个冷战。

"难道是齐人前番杀马，没有吃完，一路带到此地？"见庞涓并未回复，青牛放小声音，半是自语，半是分析给庞涓，但又旋即否决，"这也不对呀，没有吃完，带肉即可，带骨头做什么？用作路障吗？也不对呀，随便砍几棵树，摆些石头，也比带这些骨头省力！"

青牛正在自说自话，有搬移马骨的兵士急奔回来："报，前有大树横卧道中，上面写有字呢！"

庞涓赶至，就兵士们点起的火光望去，见那树原本长于道旁，显然是被人刚刚砍倒，横架在道路中央，正中树皮被人为剥去，上书一行字迹："军师妙算，三十里马陵道活擒庞涓。田忌。"

看到"三十里马陵道"几字，庞涓猛地意识到被那两个兵士骗了，一拍脑袋："糟糕！"

"怎么了？"青牛急问，顺手摆动长枪，警惕地看向四周。

庞涓没再应声，两眼怔怔地看向一具接一具的马骨架。

白乎乎的马头在这暗夜的火把中昂然肃立，森森然，宛如一个又一个向他叫阵的厉鬼。

庞涓倒吸一口冷气，眼前迅即浮现出当年下山时的场景，耳边响起鬼谷子的连串声音："此花共开一十二朵，昭示你荣盛一十二载。此花采于鬼谷，见日而萎，鬼旁着委，喻你成功之地当在魏国……你拔后弃之，弃后复拾，心怀二志，又在老朽面前藏而不露，昭示你日后必将欺人，亦终将受欺……此花名叫马兜铃，马喜食之，羊却不喜，老朽送你一句偈语：遇羊而荣，遇马而绝……"

想到此处，下山后发生的一切，一桩桩一件件掠过心头，庞涓暗暗叫苦，不无懊悔地长叹一声。是了，现在想来，真有一万个悔不该：悔不该没把占花当正事儿，鬼使神差地竟然选个马兜铃，而这贱花竟然才开一十二朵；悔不该没把先生的临别赠言当回事儿，遇羊而荣既已应验，他就该当防着这个遇马而绝呀，为何偏就在这关键时刻全忘光呢？花名有个马字，孙膑前番用马败我于桂陵，此番追击，一路上皆见马骨，方才又踩到马粪，上天屡屡诫我，我却……唉，细细算来，先生算我荣盛一十二载，今已届满，先生用的是个"绝"字，看来是天意绝我了……

"青牛，"庞涓猛地想到数千将士，打个惊怔，急切传令，"我们中计了，快，冲出此谷！"

然而，一切皆迟。庞涓话音尚未落地，鼓声已响，号角已鸣，顷刻间，两侧坡岭箭矢如蝗，夹在狭道中央的魏卒猝不及防，也防不胜防，纷纷中箭倒地。

桂陵噩梦重现！

青牛二话不说，大叫一声："快，保护将军！"话音落处，将庞涓猛力推到大树下面，以树做掩体，以身与盾牌将他严严护住。

尚未倒下的军卒闻声跑来，绕庞涓形成一个大圈，皆举盾牌。

满谷火光四起，万箭齐飞，魏兵中箭后的惨叫声、"活擒庞涓"的呼喊声震荡在谷岭上的夜空。

相距不过三十步，齐国逾万箭手尽皆使用强弓劲弩，武卒甲胄再厚，盾牌再结实，也是枉然。十里谷道，成了屠场。不消半个时辰，可怜数千虎贲及逾千战马，连齐人之面也未见到，多被劲矢穿身而亡。

庞涓身边，持盾魏兵死伤逾半，仅余十几人，仍在舍命守护。

齐兵纷纷现身，围拢过来。

箭矢如雨，火光如日，魏卒接二连三倒地，只剩下庞涓与青牛。

庞涓身中数箭。青牛则如刺猬一般，血污全身，连眼睛也睁不开了。

一声长笑，是田忌的声音。

在众将士簇拥下，田忌手持长枪，从马骨堆中直走过来，扬手高叫："停！"

箭雨停下。

田忌一步一步走到庞涓跟前，距其十步站定，拖长声音："这不是庞将军吗？"

庞涓以枪撑地，挣扎着站起，擦去脸上血污，看向田忌："孙兄何在？"

"孙兄？"田忌冷笑一声，以枪指他，"你害军师如此，这还有脸叫他孙兄？放下长枪，束手受缚吧！"

"孙兄何在？"庞涓提高声音。

"好吧，"田忌又出一声冷笑，"既然你这般追问，田某就成全你的好奇。"说着，以枪指向前面马骨，"这里是五百副马骨，是田某听你孙兄吩咐，一路辛苦带过来的。你的孙兄，还有你的苏兄，正在这些马骨尽头设宴把酒，候你光临，为你接风呢！"闪身让到路侧，"庞将军，尽管你曾折辱过本将，但本将肚大量大，又念在军师与苏相国再三请求放你一马，就不再与你这般小人计较，为你让路。庞将军，请吧！"又转对众军士，"将士们，让道，送庞将军赴宴！"

众军士纷纷让到路侧。

"哈哈哈哈，"庞涓长笑一声，没有理睬田忌，而是冲着白茫茫望不到尽头的一路马骨高声叫道，"孙兄，苏兄，你二位听好，师弟庞涓先行一步了。将行之际，在下有一言敬告孙兄：你遭膑刑是在下诬陷的！你我结义，在下欺你仅此一次！孙兄装疯一次，诈死一次，两番欺我，你我算是扯平了。今日之战，还有桂陵，孙兄你赢了，在下输了，只是，在下不服，因为孙兄你赢在阴处，在下输在阳处。今日之败，非战之力，是天意亡我……"仰天长啸，"噫吁兮，天……意……亡……我……"

夜谷里，久久回荡庞涓的声音。

声音消去，山谷死一般静寂。

"青牛兄弟，"庞涓扔开长枪，凝视青牛，拱手，"是涓连累兄弟与众将士了！"说完，拔出宝剑，横剑自刎。

"庞将军——"青牛悲鸣一声，扔下长枪，单膝跪地，伏在庞涓身上，久久未起。

火把映红夜空，马陵道上隐隐传出齐卒打扫战场、清点伤亡的声音。

战斗结束了。

陡然，青牛挣扎着站起，抱起庞涓，一步一步地走向摆得井然有序的马骨长龙。

青牛要把庞涓送到这些马骨的尽头，送到他的两个师兄弟那儿。

望着这个身上插着十几支利矢、血染甲衣的魏国第一勇士，站在旁侧的齐国兵士无不起敬，纷纷跟在他的身后。

田忌的眼睛湿润了。

一步又一步，一具又一具。

无穷无尽的马骨。

青牛越走越慢，终于，在越过第一百具马骨之后，脚底被什么绊住了，扑通倒地。

青牛抱牢庞涓，尝试站起。

一次，一次，又是一次。

这个力可抵牛的人用尽了最后的力气，却没有再站起来。

"庞将军，"青牛跪在地上，悲泣，"青牛……尽力了……"又冲着跟在身后的齐国箭手，几乎是吼叫，"放箭呀，懦夫！"

众箭手不忍看视，纷纷背过脸去。

田忌擦去泪水，扎枪于地，从一名兵士手上拿过弓，搭上箭，绕到青牛对面，朝他深深一揖："青牛将军，本将成全你！"说完，拉满弓，冲其鼻梁骨间一箭贯穿。

青牛的身子动了动，缓缓伏在庞涓身上。

马骨尽头是片开阔场地，几支火把映照场地正中的一块巨石。

石面上没有菜肴，没有筷箸，只有四只装酒的陶碗。

苏秦、孙膑相对而坐，宛若雕塑。

两双泪眼在火炬下熠熠闪光。

四周静寂如死，谷道上打扫战场的隐隐声音似乎是在另一个世界。

不知过有多久，苏秦擦干眼泪，端起面前的酒碗，朝地上轻轻一泼，将空碗摔到石面上。

孙膑跟着泼下，摔碗。

另两只酒碗依旧满满，在这夜空里孤独地映着火把的光亮。

庞涓陷在马陵道时，公子嗣的两万甲士正在距马陵道不到三十里的营帐里沉睡。

东方发白，雄鸡啼晓。

一阵脚步声匆匆响进三军副将公子嗣的大帐。

"报！"一名参将半跪于地，冲着一道布帘朗声禀报，声音急切而慌乱。

"什么事儿，本将这还没睡醒呢！"里面传出公子嗣的声音，极是窝火。

"禀报副将，"参将声音微微打战，"齐将田忌在马陵道设伏，庞将军、青牛将军及五千将士尽皆殉国，无一逃出，齐人……"

"啊？"公子嗣惊叫一声，"齐人怎么了？"

"齐人逼过来了！"参将禀道，"大量齐人沿马陵道向我逼近，距我不足十里。我东、西两侧皆现大量齐卒！"

"快，击鼓，鸣号，迎敌！"公子嗣布令。

"末将得令！"参将急急去了。

布帘之内是个可以折叠的软榻。公子嗣掀开锦被，匆匆穿衣披甲。

锦被里露出另一个头，是天香。

公子嗣已是一日也离不开天香了，无论是征韩还是战齐，一直将她带在身边。但天香不再是宫女，而是扮作贴身侍从。

"将军，"天香坐起，穿衣，轻声问道，"你打算如何迎敌？"

"布阵呀！"

"连庞将军都战死了，将军的阵能打赢吗？"

公子嗣急了："打不赢，也不能等死呀！"

"打不赢可以跑呀，将军是天子龙体，不是贱命，不能白白死在这儿呀！"

"天子龙体？"公子嗣怔了。

"嘻嘻，"天香笑了，"谁都有个三长两短呀，万一王上驾崩呢？"

"父王崩天，还有一个太子哥呢，轮不上我！"

"太子也不能长命百岁呀，万一遇到个意外呢？"

"你呀，净想好事，"公子嗣给她个苦笑，"齐人把我们围起来了，怎么跑？"

"不是留有退路吗？"天香说话间，衣服已经穿好，又帮公子嗣披上甲衣，"将军可传令回撤鄄城，与张相国的大军会聚！"

公子嗣掀开布帘，刚喊一声"来人"，十几个将军已得音讯，急跑进来。

"快，传令，撤！"

"撤？"十几名将军无不面面相觑。

他们此来本为请战，要为主将复仇，却得到撤军命令，无不愕然。

"愣个什么，鸣金退兵！"公子嗣再次颁令。

众将无奈，各自低头走出。

与此同时，魏营四处传来号角，战鼓也鸣起来。魏武卒原为和甲而卧，几乎是立刻就可进入战备状态。

齐人虽然没有咬近进逼，但三军听闻庞将军、青牛殉国，先锋被歼，副将这又让鸣金退兵，无不惶惶，急切间抛下大量辎重，沿来路急撤。

齐人一路呐喊追击，一路捡拾战利品。

公子嗣回撤百里，直到与张仪的三万大军相遇，才算稳住阵脚。

在庞涓身殉马陵道、公子嗣鸣金大退兵的当儿，太子申的右军刚好抵达外黄。

迎黑时分，庞涓殉国的绝密军报抵达右军，太子申惊魂未定，又有人送来一封密函。太子申展开，是一封手书，单看笔迹就晓得是天香的。

太子申细读那函，很短："申，今宵人定，外黄东野，大楸树下，不见不散。香。"

太子申既惊且疑。自那日天香无故失踪，太子申心中就存了一个结。这是一个神秘的女人，她两番失踪，这又两番现身，每一次都让人浮想联翩。

太子申收起密函，闭目思量。

是的，他有太多的谜团：那日夜间，她为何失踪？是被人掳走，还是自己出走？若是被人掳走，谁有这么大的胆？谁又能在不惊动他的同时，从他身边抢走一个人？既然是掳走，又为何脱掉她的所有衣服？如果不是被掳走，她为何离开？她去了哪儿？她为何这么久才给他密函？她为何约在外黄东野见面？她遇到什么麻烦了吗？她……

太子申知道那棵大楸树，就位于外黄东野约七里的地方，那儿是个岔道口，两条衢道分开，一条由外黄通向睢阳，另一条通向陶邑。

太子申左思右想，决定赴约，解开所有的谜团。

太子申看向滴漏，离约定的时刻还有一个时辰。为保险起见，太子申带了十几名贴身护卫，分坐三辆战车，直驱外黄。

宋人对魏人毕恭毕敬，见大魏殿下驾到，开关放行。

三辆战车直驱外黄东野，远远望到大楸树了。

太子申喝叫停车，细审那棵楸树。

天已黑，人已定，树下空荡荡的，四周静寂无声。

太子申挥手，让护卫留在原地，只身下车，大步走向大楸树。

太子申离大楸树越来越近。

树后转出一个白色的影子。

"是香吗？"太子申压低声音，叫道。

回答他的是嗖嗖几声利矢。

箭箭射中。

太子申惨叫一声，倒在地上。

众卫士听得清楚，急奔过来。

然而，没奔多远，两旁响起箭矢声。

十几人全部中箭。

几十名黑衣人杀出，将尚未死去的全部刺杀。

为首一人走向太子申。

是公子华。

公子华俯身挡挡鼻息，还有气。

"快，将所有人抬到车上，运抵齐营！"

黎明时分，齐人在鄄邑南野发现十几具魏尸，立即禀报田忌。无战而现魏尸，田忌觉得奇怪，亲自赶往验看，见其中一人竟然是太子申，尚有气息，震惊，急让人抬到军营。

太子申是梅公主的亲兄，对孙膑也有礼遇。孙膑吩咐救治，但为时已晚。医师禀报说，使太子申不治的倒不是身上的箭伤，而是箭矢上的毒，因中毒时辰过长，已无可抢救了。

一个时辰后，太子申死于齐营。

短短不足两日，庞涓、太子申两个挚友双双死于自己的眼皮底下，孙膑黯然神伤。

庞涓死后，张仪晓得这场战争无法再打下去，遂写出战报，将细情禀报魏王，宣布停战。田忌没再逞强，听从苏秦，将庞涓、太子申、青牛及所有魏卒的尸体用棺木装了，交还魏人。

毗人尚未读完战报，魏惠王大叫一声，口吐鲜血，昏厥。

读客®知识小说文库
读小说 学知识

《清明上河图密码》

1-6册大全集

冶文彪 著

隐藏在千古名画中的阴谋与杀局

珍藏版大全集

《藏地密码》

何马 著

一部关于西藏的百科全书式小说

《侯大利刑侦笔记》

小桥老树 著

一部集侦查学、痕迹学、社会学、尸体解剖学、犯罪心理学之大成的
教科书式破案小说

激发个人成长

多年以来，千千万万有经验的读者，都会定期查看熊猫君家的最新书目，挑选满足自己成长需求的新书。

读客图书以"激发个人成长"为使命，在以下三个方面为您精选优质图书：

1. 精神成长

熊猫君家精彩绝伦的小说文库和人文类图书，帮助你成为永远充满梦想、勇气和爱的人！

2. 知识结构成长

熊猫君家的历史类、社科类图书，帮助你了解从宇宙诞生、文明演变直至今日世界之形成的方方面面。

3. 工作技能成长

熊猫君家的经管类、家教类图书，指引你更好地工作、更有效率地生活，减少人生中的烦恼。

每一本读客图书都轻松好读，精彩绝伦，充满无穷阅读乐趣！

认准读客熊猫

读客所有图书，在书脊、腰封、封底和前后勒口都有"**读客熊猫**"标志。

两步帮你快速找到读客图书

1. 找读客熊猫

2. 找黑白格子

马上扫二维码，关注"**熊猫君**"

和千万读者一起成长吧！

鬼谷子的局

第4季·鏖战中原 2

寒川子 著

河南文艺出版社

· 郑州 ·

目录

第一章

争宋地昭阳生事　守襄陵郑门赴义

卫地，通往大梁的衢道上，齐人赠送的五千多具棺木络绎十数里。这批棺木是苏秦为将要战殁的齐卒备置的，没想到殓入的却是魏卒。

在这条棺木长蛇中，打头的是三辆战车，车上各装一棺，棺中分别躺着太子申、庞涓与青牛。六名魏将走在庞涓的棺侧，一侧三名，清一色的甲盔，盔上裹条白巾。他们一手持枪，一手搭在棺木上，似在助力他们的将军。青牛的棺侧也走着几人。由于青牛过于高大，他的棺木是特制的，从不远处的坡顶望下去颇为抢眼。

站在坡顶的是公子魏嗣，一身甲衣，侍立嗣侧的是扮作侍卫的天香。他们的身侧，依序站着几个侍卫短兵，个个神色黯然，甲盔上也都裹着孝巾。

魏嗣的目光从蛇头移开，移向蛇身，看向蛇尾。天香的一双大眼跟随他的目光望去。运送棺木的是清一色大魏战车，这是张仪经由魏嗣所下的军令。

"将军，"天香收回目光，看向魏嗣，指向蛇身，"要把他们全部运往大梁吗？"

"不是。"魏嗣应道，"一入魏境，他们就会分散，葬入各家祖坟。"

"哦，"天香若有所思，"跟秦国不一样呢！"

"秦国怎么葬？"

"葬在一处，让他们死也守在一起。"

"咦？"魏嗣看向她，拖长声音，"人家秦国的事，你怎么知道得这么清？"

"将军，"天香抛他个白眼，"难道你不知道吗？难道你想让臣妾什么也不知道吗？"

"嘿。"魏嗣呲巴一下嘴皮子，转身下坡。

"公子该做一事了！"天香跟上，悄声道。

"何事？"魏嗣定住身子，看向她。

"走在第一辆战车旁边，一直走到大梁，走进王城！"

"让我一路闻他的腐臭味？"魏嗣皱眉。

"欲成大事，你必须闻！"天香的语气毋庸置疑，附耳道，"臣妾陪你！"

新雨过后，一辆辎车急如星火地驶出大梁，辗过田野上的泥泞，穿过一片树林，停在一条小溪边。

溪上有个小木桥，由四根圆木缚在一起，可并行二人，不可过马车。

车上跳下一人，大步走过木桥，踏上一条由沙石铺成的小径。

小径不足百步，尽头是一户乡居，四周树木葱郁，花草荟萃。

来人不是别个，是"养病"数年的朱威。乡居则是公孙衍的住所。自张仪入相大梁，公孙衍两次乔迁，最终移居此地。

朱威顾不得赏景，径直走到柴扉前面，欲推扉门，却见里面挂着一个绳套。绳套不牢，是象征性的，伸手即可取下。

朱威没取，拍打柴扉："犀首，犀首——"

一个女人走出来，边走边拍打围裙上的尘土。

女人开门，深鞠一躬："朱大人！"

"是弟妹呀，犀首呢？"朱威一脸着急。

女人笑道："先生带犬子钓鱼去了。"

"犬子？"朱威盯住她，"什么犬子？"

"他的孩子呀！"女人嫣然一笑。

"啊？"朱威震惊，"你们……啥辰光喜得贵子了？"

"小半年了。"

"哎哟哟，犀首也是，这么大的事儿，竟不吱一声？"朱威责怪。

女人笑笑，揖礼："朱大人，客堂坐。先喝杯水，我正在灶房和面，打算烙饼呢！"

朱威一脸急切："他在哪儿钓？"

女人指指前面的小溪："你沿溪向上走，想必就寻到他了。"

朱威扭头就走，沿溪走约五里，果见公孙衍正笔直地站在河湾树下，一手拿着钓竿，一边抱着孩子。

孩子睡梦正酣。

看到朱威，公孙衍扔下钓竿，迎上几步，抱子揖道："朱大人，犀首有礼了！"

朱威没有回礼，双手接过娃子，左看几眼，右看几眼，又看向公孙衍。

"大人不用审，"公孙衍从腰里掏出铜葫芦，灌一口酒，笑道，"娃子是犀首整出来的，没请人帮忙！"

"没想到呀，"朱威慨叹，"你俩多年没见动静，真还以为你整不出来呢！"抱娃子拱手，"在下贺喜了！"朝孩子努嘴，"叫啥名？"

"犀角。"

朱威扑哧笑了："犀首是独角，厉害！"

"说吧，大人，"公孙衍仰脖子灌酒，"啥事儿？"

"又战败了。"

"知道。"

"庞将军殉国了。"

"知道。"

"殿下他……"

"也殉国了。"

"唉……"朱威长叹一声，看向河水。

"大人拖泥带水上门，就为唉这一声吗？"公孙衍将酒葫芦递过去，从他怀里接过孩子。

朱威喝一口酒，抿一下嘴唇，盯住他："犀首，在下是来请你出力的。你得跟我回去，进宫面君！"

"面他做啥？"

"力挽狂澜啊！"朱威激动，"我大魏……我……"咳嗽起来。

"再喝几口，压压火。"公孙衍看向酒葫芦。

朱威又喝几口，压住咳嗽："犀首呀，我大魏……再不能让张仪为祸了。你得回去，我豁出老命保荐你，赶走张仪，救我社稷于将倾啊！"

公孙衍讨过酒葫芦，喝一口，将嘴皮子咂巴得山响，转头看向河面。

"犀首？"朱威吃惊地看向他。

"敢问大人，是谁在倾我社稷？"公孙衍问道。

"秦人哪！张仪呀！还有齐人！"

公孙衍夸张地摇头。

"不是他们，是谁？"朱威盯住他。

"是你的陛下！"公孙衍一个字一个字地进出来。

朱威不吱声了。

过了好久，朱威长叹一声，缓缓蹲下。

公孙衍将酒葫芦挂回腰上，拿起渔竿："走吧，大人，让你一搅和，鱼是钓不成了。"大步走去。

朱威站起来，跟上。

"请大人拎上桶。"公孙衍朝一边的水桶努嘴，苦笑，"女人想吃煎鱼，看来只能喝锅汤了。"

朱威拎起桶，见里面只有几条不足一虎口的小鱼。

二人回舍，公孙衍将孩子放到榻上，将鱼交给女人煮汤，回到院中，招呼朱威蹲下，寻来石块、木棒摆出一个五花八门的图案。

朱威看着他，一脸惶然。

"大人，这就是你所关心的天下。"公孙衍指着图案中间一块地方，"这儿是魏国，这儿是大梁，你的大魏的社稷所在。敢问大人，就眼前局势，大魏社稷何处最危？"

"我说过了，秦人、齐人。一个在西，一个在东。"朱威指向图案上的秦、齐。

"你说的是长远，我问的是眼前。"

"这……"

"这儿！"公孙衍的手指重重一戳。

"楚人？"朱威震惊。

楚国北部重镇项城郊外密密麻麻地扎着一片接一片的军帐，中军辕门居于核心，从辕门直驱可入的是中军大帐。

时近正午，中军帐中，气氛紧张、热烈。

坐在主将位上的是昭阳，侍坐二人，一是监军靳尚，一是副将景翠。

昭阳的案前平摊一幅涂满油漆的麻布作战图，图上用油笔标着三支猩红的箭头，每一支箭头指向一个圆圈，分别代表三个目标：徐州、襄陵、陉山。

从三人的表情看，显然已经过一场争论，尤其是景翠，脸上泛着激动。

"主将！"景翠从席位上起身，在昭阳席前跪下。

昭阳俯身，左手托住腮帮子，眯眼盯住他："景将军，你这是为何？"

"请听末将一言！"景翠的声音几近哀求。

"请讲。"

"末将再次恳请主将收复陉山！"

"说说，你为什么缠住陉山不放？"

"理由有三。其一，陉山本为我土，十年前却被庞涓夺占，楚国上下视为国耻。其二，陉山为我北疆要塞，得之可逼大梁，失之危我方城。其三，眼下庞涓战死，魏国三军皆在卫、齐边境，失去斗志，我取陉山十拿九稳，末将敢立军令状！"

"还有吗？"昭阳以指背轻扣案面。

"没有了。"景翠心底陡起一股寒意。

"景将军，你讲得很好！"昭阳直起身躯，目光平视，"对你的理由，本将也给出个'三'。其一，七十年前，大梁亦为我土，被魏将吴起所占，楚国上下无不视为国耻。其二，陉山已失十年，我方城迄今傲然屹立。其三，在本将眼里，陉山是只鸡蛋，襄陵是只鸭蛋。眼下两只蛋都在面前，请问将军，你是吃鸡蛋呢，还是吃鸭蛋？"

景翠巴几下嘴巴，看向靳尚。

"靳大人，"昭阳的目光也跟过去，落在靳尚身上，"至于你所提议的徐州，是只鹅蛋，块头更大，味道更鲜美。只是眼下，它还多少有些烫呢！"

"烫在何处？"靳尚问道。

"烫在齐国。监军可知，庞涓死在何人手里？田忌！"

靳尚吸一口长气。

昭阳指图，进一步分析："我们打襄陵，是打魏国，帮齐人出气，齐人即使气恼，面上也不好说。我们若打徐州，可就不一样了。徐州离薛地不过咫尺，薛是齐地，听说齐王封赏给田婴了！"

"好吧。"靳尚回过弯来，给他个笑，拱手，"在下谨听主将！"

"景大人？"昭阳看向景翠。

"末将唯主将之命是从！"

"好！"昭阳朝二人拱手，"本将谢二位大人！"招手，指地图，"来，我们谋算一下如何吞下这只鸭蛋，还不能让它噎住！"

景翠站起来，与靳尚一起，凑到昭阳案前。

"靳监军、景将军，"昭阳和颜悦色，"庞涓死了，魏人没有谁能阻止我们大楚！景将军，"指图一笑，"你是攻城呢，还是打援？"

景翠心里打个咯噔。攻城夺地是大功，昭阳这般大张旗鼓，此功若是他人得了，必不开心，若是使起绊子来，他景翠就会成为替罪羊。

这样想定，景翠抱拳："末将谨听主将命令！"

"好！"昭阳抱拳回礼，"襄陵是座孤城，唾手可破，将军或不屑之。围城是为打援，我若攻击襄陵，魏人必将驰援。将军若能吞掉来援之敌，当是大功，哈哈哈哈！"

"谢主将抬爱！"景翠拱手。

"周边诸邑，将军顺道收拾了！"

"末将得令！"

公孙衍的乡宅里，几道小菜已经上齐，朱威拿箸端酒，却不下口，久久盯住公孙衍。

"朱大人，干！"公孙衍冲他举起酒杯，慢悠悠地饮下。

"犀首，"朱威候他喝完，"照你说来，昭阳要打襄陵了？"

"不是要，是一定！"

"这倒不怕。襄陵城高池深，更有郑克在！"

"朱大人，你真的以为楚人是齐人，昭阳是孙膑吗？"公孙衍朝自己的空杯里斟酒，目光斜向他。

朱威震惊："难道昭阳比孙膑还要厉害？"

"呵呵呵，"公孙衍笑道，"看来朱大人是既不知孙膑，也不知昭阳！"

"此言何解？"

"孙膑围襄陵，目标不是襄陵。昭阳不同，昭阳早就觊觎襄陵，此番是志在必得！"

"襄陵若失，宋国岂不……"

"正是！"公孙衍竖起拇指，"昭阳得襄陵，意不在襄陵，在宋地。于魏而言，襄陵是深入宋、楚之间的一块飞地，进可拓土，退可卫护大梁。襄陵若失，大梁就裸露在楚人的兵锋之下了！"

"怎么办？"朱威急了。

"还能怎么办？"公孙衍摊开两手，"水来土掩，兵来将挡。你的大魏陛下如果不想失去这块飞地，就当增兵驻防，刻不容缓！"

"犀首呀，"朱威放下酒杯、箸子，起身，"酒是喝不得了。在下这就觐见陛下，增兵襄陵！"

晓得时间紧迫，公孙衍没再留他，送至户外，送过木桥，看着他坐上辎车，拱手别道："祝大人成功！"

当运送魏申、庞涓、青牛三人尸体的战车驶过大梁城门时，几乎全城的臣民都走出来了。他们披麻戴孝，静静地跪在大街两侧。

没有哭声，没有呼喊，只有无尽的悲哀。

一手搭在魏申棺木上的魏嗣也流出泪来。

走在身边侍卫的天香轻推一把魏嗣，悄声道："公子，待会儿见到王上，记得怎么说吗？"

"你都教过三遍了！"

"臣妾是为公子好。关键辰光一丝儿也马虎不得，一步错，百步错，公子说错一句，结果就……"天香止住。

"走你的路吧。"魏嗣不耐烦了，白她一眼，拍拍棺木，"真当我是他呀！"

天香小嘴一嬷，半是嗔怪，半是生气："哼，他比你可就强多了！"

御书房里，早有人禀报魏惠王。

惠王没有迎出，也没有哭。

惠王只是坐在席位上，久久不动，如一尊雕像。

"王上，"毗人悄声道，"嗣公子回来了，就在门外！"

惠王仍旧没动。

光影移动。

魏嗣跪在门外，心如火燎。

"王上？"不知过了多久，毗人再次叫道。

"让他进来！"惠王吃力地抬下手。

魏嗣走进，脚步踉跄，未进殿门就跪下，膝行入内，音声悲怆。

"父——王——"号啕大哭。

惠王指一下侍位。

毗人挽起魏嗣，扶他在侍位坐下。

"说吧，庞涓、魏申是怎么死的？"惠王的声音平淡中透出悲怆。

"父王，"魏嗣泣不成声，"庞将军，还有申哥，他……他们都是被齐人射杀的。我们追入齐境，追至甄城，察出孙膑、田忌引领溃军逃往临淄方向，儿臣就与庞将军在后紧追不舍。追有一百多里，庞将军捉到齐人，方知溃退之途的皆是逃难百姓，田忌溃军逃窜的是高唐方向。庞将军下令掉头回甄城，儿臣苦劝不住呀！儿臣说，田忌大军既然逃往高唐，临淄就是一座空城，我们为什么不直驱临淄，活捉齐王呢？"

惠王的心揪起来，睁眼看向魏嗣。

"父王呀，只要打到临淄，田忌他敢不来救吗？那辰光根本不用追，田忌、孙膑就会送上门来。我们以逸待劳，想不胜都难啊！"

惠王长吸一口气，盯住魏嗣："庞涓他……"

"庞将军他不肯听呀！庞将军一心想的是战阵，是活擒孙膑和田忌，不是活擒齐王。他是主将，儿臣是副将，他让往北，儿臣不能往东啊！为加快追程，庞将军弃辎重，亲率虎贲五千，掉头回到甄城，儿臣再劝，庞将军只是不肯听。儿臣……父王啊，庞将军是鬼迷心窍啊，一心想活捉孙膑，报桂陵之仇，儿臣拉都拉不住他啊！呜呜……"魏嗣夸张地哭起来。

惠王长叹一声，闭目。

"父王，"魏嗣接道，"庞将军将行，儿臣说，对付齐人，我们不能急进，有桂陵的前车覆辙啊！可庞将军听不进哪！庞将军不但听不进，还命令加速追赶。虎贲是锐卒，车马皆是一等一的，跑得快呀！儿臣率大队人马在后紧追，怎么也赶不上啊！眼见天黑，前面是马陵。儿臣打听野人，得知马陵是谷道，又见天黑，一边下令屯扎，一边使探马联络庞将军。待探马回来，已是天亮，儿臣方知在马陵发生了什么。儿臣……气血上冲，正要杀上前与齐人拼命，相国到了。相国死活拉住儿臣，儿臣……呜呜呜……"

"张仪呢？"

"听说是累病了。"

"可魏申在外黄，怎么会被齐人射杀呢？"

"儿臣也是奇怪，申哥远在外黄，怎么会……会死在齐人手里呢？儿臣使人访察，从宋人那儿得到音信，说是有人写信给申哥，约他到宋国相见。申哥接到信，二话没说，驱车就走了。他的侍卫不放心，跟在后面保护。申哥来到宋境，宋人见是申哥，开关放入。申哥是前半夜到达宋地的，天亮时却……与他的卫队出现在齐境，只是……没有一个是活的。尤其是申哥，射中他的箭头上带着毒啊，我可怜的申哥啊……"魏嗣再放悲声。

"我的申儿……"魏惠王泪水流出，有顷，眼缝里齐出，"他收到的是什么信？"

"儿臣不晓得，听说是个女人写的。"

"女人？"魏惠王急速转头，盯住他，"什么女人？"

"儿臣不知呀！儿臣想，在那个时候，能给申哥写信的女人只有一个，能让申哥不顾一切的女人也只有一个。"

"何人？"惠王急不可待了。

"梅妹！"

"梅儿！"惠王倒吸一口凉气，闭目良久，"她怎会写信伤害她亲哥？"

"梅妹不会去害申哥，可别人呢？齐国太子辟疆早对申哥不满，主将田忌有红妆之辱，军师孙膑在魏受膑……"

"你申哥与田辟疆无冤无仇，他为何不满？"

"因为……因为申哥是申哥呀，申哥他太能干，太稳健，太有主见，申哥他……招人妒啊！"魏嗣略略一顿，盯住惠王，"父王，您不也是一样吗？您与齐王无冤无仇，处处让着他，可齐王呢？他三番五次欺侮父王，专与父王过不去！"

惠王显然听进去了。

惠王的脸色渐渐紫涨，牙缝里缓缓挤出三个字："田……因……齐……"转对毗人，"毗人！"

毗人拱手："老奴在！"

"传旨三军，伐齐！"魏惠王字字铿锵。

毗人看向魏嗣。

魏嗣显然没有想到是这个反应，怔了。

"陛下，"毗人眨巴几下眼睛，"传旨何人？"

"三军！"

"这……"毗人不解，"何人为主将？"

"寡人！"魏惠王站起来，盯住魏嗣，"诏告举国臣民，寡人亲征齐人，剁下田因齐、田辟疆的狗头，祭我庞将军，祭我太子，祭我五千虎贲！"

魏嗣惊呆。

相国府宅院很大，后院坐落一个家庙。庙堂上空空荡荡，只摆一个灵位，是庞涓的。灵前的案面上摆着祭品。

张仪一身孝服，面对庞涓的灵位坐着，二目微闭，面前摆着一局棋，棋盘上落着数量不等的黑白子。

不知坐有多久，张仪站起来，在庞涓的灵牌前面来回走动。

"庞兄，"张仪住步，盯住庞涓的牌位，"你说呀，这一局我们究竟输在哪儿，且还输得这么惨！"

灵位冷冷的，灵堂静静的，只有灵前的几盏烛火随着门缝里钻进来的风微微摇曳。

"庞兄，来，我俩这就复盘，从头弈起！"张仪走回棋盘，坐下，将盘面上的棋子拨落到地上，显出空落落的盘面，"我俩执黑，苏兄、孙兄执白。"将黑子、白子分置，摸出一只黑子，落在盘面一角，"这是郑城，庞兄先落一子！"摸出白子，在另一角落下，"这是大梁，苏兄、孙兄应手，故伎重演。"分别依序落下黑白子，自语，"这是苏秦粮仓，在下落子；这是大梁，孙兄撤军；这是郑城，庞兄回师；这是宋国，在下落子，宋人不纳齐人；这是大梁，庞兄誓师追击；这是魏宋边境，齐人绝粮，孙兄杀马；这是卫魏衢道，庞兄捷径追击；这是甄城，孙兄朝高唐溃退，庞兄追击；这是马陵……"

张仪顿住，闭上眼睛。

"难道……"张仪似是想到了什么，半是说给庞涓，半是自语，"难道又是苏兄、孙兄所施的苦肉之计？"心底一抖，"是的，庞兄，我们又一次中计了。孙兄不是败，是诈败。粮草是苏兄有意让我们烧的，马是有意吃的，灶是有意砌的。既然无粮下锅，只吃马肉，行军途中最快也最方便的吃法是烤，孙兄为什么让他们砌下那么多的灶头？前有围梁救赵，依孙兄之智，不可能故伎重演，再来围梁。孙兄围了，只有一解，就是准备好了我们的应招，就是准备好粮草让我们去烧。齐兵撤退，不走捷径，故意经由外黄退往宋国，就是晓得在下会到宋国，从而有意制造障碍。齐兵三砌灶头，数量递减，就是有意造成溃败假象。如若不然，齐兵已到齐境，当有食物，为什么仍旧杀马？苏兄、孙兄晓得庞兄多疑多虑，用兵谨慎，方在撤往高唐途中刻意扔下辎重，假戏真做……"

"天哪！"张仪禁不住打个寒噤，"这是绝对可能的，庞兄！在下不知孙兄，却知苏兄。鬼谷之中，在下痴恋师姐，每一缕爱恋，在下都倾吐给苏兄，谁想苏兄却在不知不觉中早将师姐之心勾走。在下失楚，失魂落魄赶到邯郸投他，却横遭他一顿羞辱。在下抱恨怀怨投秦，不想这正是他布下的棋局！此番对战，你我自以为是在暗中，苏兄、孙兄是在明处，岂料在明处的反倒是你我！啧啧啧，这般胸襟，这般大略，这般严谨，这般舍弃，庞兄啊，无论你作何想，在下服了！"

猛地站起，在庞涓灵前连走数个来回，仰天长啸："噫吁兮，张仪我……服了……"

张仪正在叹服，一阵脚步声急，府宰在门外小声禀道："主公，嗣公子到，说有急事寻您！"

张仪开门，走至客堂。

魏嗣将魏王震怒、旨令三军远征齐国诸事略述一遍，末了急道："张相国，父王还要亲任主将呢！"

张仪眉头凝起，略一思考，应道："嗣公子，走，随在下入宫一趟！"

张仪、魏嗣赶至魏宫，见魏惠王已经甲胄在身，精气神十足地在院中掂量他多年未用的长枪。

张仪叩道："臣叩见王上！"

"张爱卿，你来得好呢！田因齐以卑劣阴谋杀我太子，手段残忍，是可忍孰不可忍！寡人对天盟誓，与他不共戴天！"魏惠王说着，将枪杆底端朝砖地狠戳，好像那儿就是田因齐似的。

"臣——"

张仪的"臣"字刚刚出口，就被魏惠王的声音冲断："爱卿不必多说。听旨！"

"臣听旨！"

"寡人意决，三日之后远征齐邦，与田因齐决战。寡人远征期间，朝中诸事暂由爱卿处置，钦此！"

"臣有奏！"待惠王的"钦此"落定，张仪叩道。

"讲！"

"天不可一日无日，国不可一日无君。殿下已经为国捐躯，王上若再亲征，外务杂事倒是不难，宫中内事，叫臣如何能断？再说，正值多事之秋，齐师犯我，列强蠢蠢欲动，朝廷若无王上坐镇，种种意外，臣不敢设想！"张仪言辞恳切。

听到"宫中内事"，惠王一下子冷静，思忖有顷，盯住张仪："依爱卿之意，大仇不报了？齐人不伐了？"

"伐！"

"何人去伐？"惠王盯住他。

"臣张仪！"

"你？"惠王大吃一惊。

"王上，"张仪淡淡应道，"在秦之时，臣受秦王之命远征巴、蜀，十月功成，巴、蜀今为秦地！"

"是哩！"魏惠王跨前一步，扶起张仪，紧紧握住他的手，"张爱卿，寡人信你！寡人命你为主将，魏嗣为副将，举全国之兵，征伐临淄，为我太子讨还公道！"

张仪退后一步，拱手："臣受命！"

张仪、魏嗣正欲离开，毗人禀道："王上，朱上卿来了！"

魏惠王没想到朱威会在这个节骨眼来，颇是激动："快，有请朱爱卿！"

朱威趋进，未及叩拜，已被惠王迎上扯住："爱卿呀，寡人……"抹泪。

朱威盯住惠王的一身戎装，泪水出来，声音哽咽："王上……"

"爱卿来得正好。寡人要伐齐，要与田因齐决个死活，"惠王指着张仪，"由张相国担当主将，粮草辎重，爱卿就责无旁贷了！"

"王上，臣此来，是为比伐齐更大的事！"朱威急切说道。

"何事？"

"楚人！"

"楚人怎么了？"惠王盯住他。

"楚人屯兵，欲占襄陵。襄陵乃我东南屏障，形胜之地，万不可失啊！"

"楚人？襄陵？"惠王眉头拧紧，拧一会儿，看向张仪，"楚人要打襄陵？"

"臣未得报，不知朱大人……"张仪看向朱威。

惠王亦看过去："朱威，你听何人所说？"

"公孙衍！"

"公孙衍？"惠王眯眼，"他怎么知道？"

"这……"朱威迟疑一下，"臣也不知。他……是推断！"

"岂有此理！"惠王震怒，"齐人围我大梁，杀我太子，他为何不推断？"

"王上！"朱威急了。

"朱威，"惠王断然喝住，"甭再多言。"转对张仪，"张爱卿，提襄陵锐卒一万，权补五千虎贲！还有，派遣使臣，借秦兵！"

"臣领旨。"张仪拱手应道。

"王上！"朱威震惊。

"朱威、张仪，领旨去吧！"惠王摆手，几乎是嘶叫，"给我荡平东夷，活擒田因齐！"

三人退出御书房。

出得院门，朱威恨恨地朝张仪"哼"出一声，大踏步离开。张仪朝他的背影苦笑一声，跟在后面。

魏嗣追上，小声道："相国，你怎就轻易答应我父王呢？"

张仪看向他，淡淡说道："公子就在旁边啊，你为何不谏？"

"我……"魏嗣语塞。

"王上气昏了！在下不应下来，王上怎能消气？王上的气若不消，伤及龙体，事情岂不更大了？"张仪半是解释。

"相国是说，我们不是真的伐齐？"魏嗣急问。

"谁说不是了？"张仪扔给他一句，大踏步走去。

"这……"魏嗣一脸懵懂地待在原地，挠着头皮。

武安君府一片哀伤。

灵堂设在家庙，就是庞涓以戚光的头祭祀庞衡的那个院子。黑色柏棺架在院子正中，是庞葱购置的。他不能用齐人的棺木埋葬庞涓。

三军将士敬爱庞涓，上至将尉，下至军卒，自愿上门吊唁的络绎不绝，队伍排到大街上，长达两个街区。他们披麻戴孝，一个接一个进门，一个接一个膝行至灵堂，跪在庞涓的棺前，默哀，叩首，向他们的将军致别。

全场静寂，没有哭声。所有军人都晓得，他们的将军从来不听哭声。

张仪被这场面震撼了。

张仪从军士们自动让开的通道中缓缓步入，沿着白色的静静的队伍走到灵堂前。

庞葱迎出，嗓子沙哑，揖道："相国大人，我大哥等你多时了！"

正行祭礼的军士们自动让开，给张仪腾出位置。

张仪走到棺前，没有跪叩，没有揖礼，只是盯住棺材，久久没有移开目光。

终于，张仪朝庞葱伸手："取酒来！"

庞葱拿来祭酒及酒爵。

"换碗！"张仪看也不看，补充一句，"要陶碗，最大的！"

庞葱拿来一个大陶碗。

"是四个！"

庞葱又取了三个。

张仪坐下，端过酒坛，咕咕倒下，一坛酒却只倒满两个大碗。张仪再次伸手，庞葱再递酒坛，张仪将另外两个倒满。

望着四个盛着满满浓酒的大陶碗，张仪的泪水流下来。

庞葱的泪水流下来。

在场所有军士的泪水也都在此时释放。

张仪没有说话，放任泪水流一阵儿，端起一个碗，泼在棺木上，将碗摔了。张仪再端一个碗，仰脖咕嘟喝下，将碗摔了。余下两碗，张仪一个一个地捧起，小心翼翼地摆在棺木前面。

张仪做完这些，扭头看向庞葱："庞葱，从今日起，你是我的亲弟弟了！"

庞葱跪地，号啕大哭："仪哥……"

"葱弟，去你大哥的书房，将一册书卷拿来！"

"哪一册书卷？"

"他最最宝贝的那册！"

庞葱飞跑出去，不一会儿，抱着一个精美的盒子回来，将盒子交给张仪。

张仪徐徐打开，是张仪口述、庞涓亲笔抄写的足本《吴起兵法》。

张仪展开册卷，一简一简地展开。张仪展完，从自己怀中亦摸出一卷，如前一样，一简一简地当众展开。

"庞兄呀，"张仪将两卷竹简摊在案面上，对着棺木唠叨，"你看仔细了吗？若是看仔细了，仪有话说！"

张仪将两卷竹简重新卷起，并列摆在案面上，看向棺木："庞兄，有件事在下一直瞒着你。"他将自己带来的竹简拿在手中，"就是这册书卷。它没有被野猪叼走，是在下拿走的。在下没有别的意思，只是寻个乐子……在下对不住庞兄了！谷中的事儿，各有各的是，也各有各的不是，到今天为止，就让风吹走吧！至于这卷书，是先生送给庞兄的，在下这就还给庞兄。先生的那册原简，先生早已吩咐大师兄烧了。庞兄私抄的这卷，还有庞兄复抄的这卷，全都摆在这儿，在下再无私藏。还有，庞兄放心，在下的记性没有那么好，在下对兵书也远没有庞兄这么大的兴致，对此兵书所载，在下早已忘得八九不离十。今当苏兄、孙兄的面，在下全都奉还庞兄！自今日始，世上再无《吴子》，《吴子》只属于庞兄！"

张仪缓缓起身，从灵前拿过火烛，将两卷兵书架在火盆上，将剩下的两大碗酒泼在竹简上，点燃。

火光熊熊，一代兵书《吴起兵法》的两卷完本，于顷刻间化为灰烬。

看到灰飞烟灭，张仪嘘出一口气，将两个陶碗一一摔碎，大踏步离开。

庞葱送出。刚出院门，一个侍女飞跑着追上来，边追边叫："相国大人，留步！"

张仪留步，看向侍女。

侍女气喘吁吁："大……大人，主母……有请！"

张仪看向庞葱，庞葱拱手应道："大嫂悲伤过度，一个时辰前病倒，葱弟刚刚使人请到宫医诊治，仪哥就来了。想是大嫂听闻仪哥光临，有话要说！"

二人跟着侍女赶至主院，见一身孝服的瑞莲已在端坐恭候，旁边侍立一位年长宫医。

张仪长揖："张仪见过嫂夫人！"

瑞莲起身还礼："小女子见过相国大人！"

"庞兄为国尽忠，举国致哀，仪不胜悲切，特此与庞兄诀别，亦望嫂夫人节哀顺变，保重凤体！"张仪再揖。

"相国大人，"瑞莲的声音淡淡的，半是沙哑，"大人与庞涓是至交，小女子召请大人留步，是有一桩事情告诉大人！"

"嫂夫人请讲！"

"医师，"瑞莲看向医师，"你来说吧。"

"禀报相国大人一个喜讯，"老宫医深深一揖，"武安君夫人有喜了，就脉相上看，当是男儿！"

显然，这是一个特大喜讯！

张仪、庞葱互看一眼，喜不自禁。

"庞兄，庞兄，"张仪朝天拱手，"在下贺喜你了！"转对瑞莲，深揖，"仪恭贺嫂夫人。仪与庞兄修于同门，情如兄弟，仪膝下迄今无子，待嫂夫人足月，仪有心收养庞兄之子为义子，恳请嫂夫人允准！"

"小女子允准！小女子并腹子谢相国大人怜悯！"瑞莲回揖。

从庞府回来，张仪的一口气还没松出，客堂里迎出两个人来，一个是公子华，一个是公子疾。

张仪笑笑，招呼二人坐下。

公子疾没多的话，寒暄几句，从袖中摸出王旨，没按常规宣读，直接递给张仪。张仪展读，大意是秦惠王已经得知马陵的事，魏国于秦甚是重要，叮嘱张仪竭力撑持，如有必要，秦可出力，如此云云。

在如此之短的时间内，马陵之事秦王不但全部知悉，且还发来旨意，张仪着实吃惊，收起王旨，朝公子华竖个拇指。

公子华抱拳道："还有一事，相国或感兴趣。"

"可是楚人之事？"

公子华惊愕："相国知道了？"

"还是你说吧。"

"楚人趁火打劫，昭阳亲任主将，集结大军一十六万，主力屯于项城！"

"目标是襄陵！"张仪淡淡应道。

"相国耳目灵呢！"公子华由衷叹服，"楚人极是隐秘，昭阳于三日之前潜至项城，连旗子都没打，在下也是刚刚得报！"

"耳目灵的另有其人，不是在下！"张仪应道。

"谁？"公子华急问。

"公孙衍！"

公子疾、公子华对望一眼。

显然，他们没有想到公孙衍，甚至压根儿忘了他。

"华弟既然提及此事，我们就议一议！"张仪笑道。

"相国既已知情，想必已有妙对。"公子疾拱手，"疾洗耳恭听！"

"在下以为，"张仪也不推辞，侃侃应道，"于魏而言，襄陵既不可失，亦可失！于秦而言，襄陵必须失！"

公子疾、公子华让他讲晕了，各挠头皮。

"在下的意思是，"张仪苦笑一下，解释，"魏失襄陵，从近处看，是疼；从长远看，获益。而于秦国，只有楚得襄陵，才算大赢！"

"我们大赢可解，魏失东南屏障，怎么又能获益呢？"公子疾问道。

"诸位当看明白，"张仪应道，"庞涓一走，魏国就是落日了。天下未来大争，必在秦、齐、楚三国。齐楚合，则无秦；齐楚斗，则秦得天下。秦与齐远隔三晋，欲争不能。秦可争者，唯有大楚。秦楚之争，必在商庸，楚国地大物博，人口众多，更得吴越之众，势力不可低估，秦楚之战，当是惨烈无比。然而，如果齐楚生怨，楚国就会东陷于齐，西困于秦，东西两战，想不败都难！这是于秦大赢之解。之于魏国，既然已是落日，襄陵迟早都是人家的，晚给不如早给。"

"为什么早给反而好呢？"

"楚得襄陵，意不在魏，在宋，而齐觊觎宋地久矣。今齐魏起争，"

魏无庞涓，无望胜齐。如果魏让襄陵于楚，楚齐必为宋争，只要楚齐开打，无论齐胜齐败，于魏都是好事。齐胜，力必削，魏可结楚，再与齐战。魏楚合力，必有胜算。齐败，楚力必削，魏则趁火打劫，收获襄陵之失。"

听张仪讲出这般道理，公子疾、公子华无不叹服，正合议中，魏嗣到访。张仪让二人暂避，将魏嗣迎至客堂。

"张相国，"魏嗣一脸愁容，"在下思来想去，觉得伐齐之事不可轻举。你我皆不是孙膑的对手，没有庞将军，我们没有胜算哪！"

"嗣公子放心，在下已有胜齐妙策！"张仪语气轻松。

"是何妙策？"魏嗣来劲了。

"你马上派人持王命前往襄陵，调锐卒一万，于明日午时开拔，屯于黄池！"

"襄陵怎么办？听朱威讲，楚人……"魏嗣欲言又止。

"襄陵不是有郑将军吗？襄陵为我东南重镇，城高池深，更有八邑卫护，孙膑围困多日未克，楚人即使攻打，昭阳能胜过孙膑吗？"

"敬受命！"魏嗣起身，拱手，匆匆去了。

朱威未为襄陵求到援兵，反倒让惠王抽走了一万守卒。

听完陈述，公孙衍长笑数声，取下他的属镂剑，装满他的酒葫芦，又将一坛老酒搬到桥外，放到朱威的辒车上。

朱威惊呆了："犀首？"

公孙衍朝他笑笑："朱大人，借你的车马一用。"

"你……去哪儿？"

"襄陵。"

话音落处，女人抱着孩子也走过来，一声不响地坐到车上。

朱威急了，死命拖住车子。

"朱大人，别不是舍不得这辆好车吧？"公孙衍淡淡说道。

"犀首啊，"朱威情绪激动，指着母子二人，"你去哪儿都成，可……可怎能拖着他们娘儿俩呢？"

"角他娘，"公孙衍看向母子俩，"朱大人不让你俩去，下来吧。"

女人抱紧孩子，没有理他，看向另一个方向。

公孙衍给朱威一个苦笑，扬起鞭子："朱大人，要么让路，要么，你也坐上来。"

朱威噌地跳到车上："既如此，算上我一个。"

当魏嗣使人拿着虎符不由分说地调走襄陵战力最强的一万锐卒之后，郡守郑克的脸色白了。

夜幕降临，郑克拖着沉重的步子回到郡守府中。

一双儿女迎上来，子叫郑爽，女叫郑袖。

"阿大，总算是候到你了！"郑袖花枝招展，一脸欢欣地跑上来，扯住他的胳膊，不由分说，将他拉到衣架边，为他卸去甲胄，换上早已备好的礼服，按他坐在席位上。

一个侍女端来铜盆，盆中盛着热水。郑袖接过，亲手端到郑克跟前，将水中的湿巾取出，拧掉水，为郑克擦脸拭手。

郑克木然地由着她，盯住她看。

"阿大，"郑袖洗完，不无兴奋地望着他，"记得今天是什么日子吗？"

郑克摇头。

"是你女儿的生日！"郑袖伏他膝上，指着自己，脸色现出红晕，"我娘亲自下厨，做了一案子好吃的，就等阿大你呢！"

"哦，我的女儿十四了！"郑克抚摸她的脸与长发。

"是十五！"郑袖小嘴一噘。

"阿妹，十五就该上笄，上笄就该——"郑爽诡诈一笑。

"就你知道得多！"郑袖白他一眼，娇嗔，"人家是虚龄！"扯起郑克，"阿大，走吧，娘和亲朋都在后花园里候着呢，可热闹了。"

"阿袖，"郑克挣开她，坐回席位，"你先去陪客人，阿大与你阿哥说个事儿！"

"好哩！"郑袖扬手，蹦蹦跳跳地走了。

"阿大？"郑爽这时也注意到郑克的脸色，压低声音。

"明日凌晨，你带阿袖和你娘去趟大梁！"

"什么事儿？"郑爽紧张了。

"没什么，望望你外公。"

"外公怎么了？"

"他……得紧病了！"

"啊？"郑爽震惊，"我上个月望过他，鸡还没叫就把我扯起来，教我练枪呢！"

"那是上个月！"郑克起身，脱下郑袖给换上的礼服，重新穿上甲胄，"去吧，告诉妹妹，阿大有大事要做，你们去陪亲朋玩个尽兴！"挂好剑，提上枪，脚步沉重地走出。

望着郑克远去的背影，郑爽一脸狐疑，缓缓走向后花园。

昏暗笼罩在黎明前的襄陵城头，严阵以待的魏卒抱着兵器睡着了。

面对南方的是主城楼，楚人若来，从这儿一览无余。

郑克全身披挂，躺在城楼顶层的竹榻上，乌金枪在他身边闪着寒光。

一堆篝火依稀明灭，三名参将并十多短兵在火堆边东歪西倒。

远处，一阵隐隐的响动惊醒郑克。

郑克睁眼，起身望去。

郑克惊呆了。

"将士们，快起来，敌人来了！"郑克大叫。

众将并军士全都惊醒，齐刷刷地看向城下。

城下却是空荡荡的。

众将士看向郑克，顺着他的目光看过去。

目光极尽处，一队接一队的楚人如蚂蚁一般有条不紊地涌向东城门。瞧蚁阵移动的样子，显然已经越过吊桥，扑进城门了。

就在大家观望之时，远处的蚁阵分出一阵，径朝南门逼来。

一切发生在静寂与黑暗之中，谁也不晓得楚人是怎么进来并打开东城门的。

"天哪！"众将无不震骇，不知所措地看向郑克。

"怎么办？"偏将急问。

刻不容缓，郑克火速决断，对参将甲道："此城保不住了，你率众军士打开此门，冲出去，禀报王上！"转对另外两名参将，"火速传令，全体军民，能逃的就逃出去，逃不出的，就放下兵器，不必抵抗！"

"主公？"

"唉！"郑克仰天长叹，"失此襄陵的，非郑克也！"

众将面面相觑。

"昭阳竖子，"郑克看向远处，冷冷说道，"郑某原还视你是个人物，不想却是一个擅长暗算的小人！"

"主公，"三名参将急道，"我们宁可战死，不愿偷生！"

众将士无不跪地，齐吼："将军，我们宁可战死，不愿偷生！"

"听从命令！"郑克厉声喝道，"你们不愿偷生，全城百姓呢？全城妇孺呢？"

三名参将泣道："主公——"

"快走！"

三名参将再叩，引众军卒急下。

城墙上的守卒接替传声："传郑将军令，楚人偷袭，东城门破，城上守卒不必硬抗，各自逃生！"

襄陵城墙一下子骚动起来。从睡梦中醒来的魏卒揉揉睡眼，面面相觑。继而，开始有人扔下武器，撒腿下城。

在绞盘转动下，南城门打开，护城河上吊桥放下，一彪军卒从大门里冲出。

城楼上孤零零地剩下郑克一人。

与此同时，巨大的声浪如旋风般从东门处卷进来，尘土泛起。

郑克步下城楼，疾步走到战车边。

驭手大叫："主公，快，上车！"

郑克吩咐："你速回府，接上他们娘儿仨，走西门，逃往大梁！"

驭手急道："主公呢？"

郑克淡淡说道："我要见识一个人！"指向城中，"快去！"

驭手晓得他要做什么，挥泪别过，扬鞭催马。

四匹战马嘶鸣一声扬蹄，拖曳战车朝郡守府疾驶。

郑克正正甲盔，拿起长枪，一步一步地走出城门，昂然屹立于护城河桥头，竖枪于地，冷冷的目光扫过城门前面的开阔地，射向渐逼渐近的楚军蚁阵。

晨曦透出东方天际，映照在他手中明晃晃的韩制合金枪尖上，泛着寒光。

襄陵城中一片喧嚣。

楚国战车在空旷的大街上疾冲，嗜血的楚卒在无人的小巷里狂奔。

渐渐地，他们放慢了脚步。

襄陵城里看不到一个魏卒，听不到一声搏击。

城墙上，魏卒兵器或整齐地摆着，或散乱地扔着，不见一个魏卒。

所有的门户都闭着，连娃子的哭声也没有。

一切似乎是，襄陵仍在沉睡。

楚卒初时纳闷，继而明白所以，敌意渐去。有将军传令，不可破门，只控制街道。

郡守府外停着两辆马车，一辆是带篷的辎车，一辆是郑克的驷马战车。辎车是家宰一大早就备下的，准备天一亮就送娘儿仨前往大梁看望外公。战车则是刚刚驶到的。

驭手匆匆讲过情势，郑氏娘儿几个终于明白，父亲根本不是让他们去看外公。

娘儿仨互相望着。

喧嚣声越来越近。

驭手催道："快上车呀，楚人就要到了！"

情势危急，郑妻转对家宰："阿叔，你带他们出西门，到大梁外公家！"自己跳上战车，冲驭手，"快，南门！"

时不我待，驭手驾车，朝南门疾驰。

家宰让两个孩子坐上车，吆马欲走，郑袖叫道："阿叔，不走西门！"

"走哪儿？"家宰扭头看她。

"南门！"郑袖一字一顿。

"孩子！"家宰急了。

"阿叔，"郑袖想到什么，噌地跳下车子，"我得回去一下，拿上我的琴！"

郑爽突然明白了妹妹，跟下去，与妹妹跑回府中。不一时，郑爽一身披挂，一手持枪，一手仗剑，郑袖抱着琴盒，肩并肩走出府门。

家宰抹去泪水，待他们跳上车子，吆马驰往南门。

襄陵南门，天大亮了。

蚁阵逼到跟前，见城门洞开，城上空无一人，只一人当桥而立，皆是怔了，无人敢上前一步，在数丈外列队站定。

一车驰来，车上一个青年将军以枪指道："当道者何人？"

"来访者何人？"郑克掂起枪，指向他。

"大楚中军先锋昭鱼！"

"襄陵郡守郑克恭候多时矣！"

昭鱼显然没料到站在面前的会是赫赫有名的襄陵郡守，观望城楼一眼，跳下战车，以枪扎地，揖道："郑将军大名如雷贯耳，晚生冒犯了！"

郑克亦将枪头扎地，回揖："来者皆是客，谈何冒犯！请问先锋，楚国令尹昭阳你可知晓？"

"正是家父！"

"郑克不才，请他一见！"

"郑将军稍候！"昭鱼驰走，不一时，昭阳的战车驰来了。

城楼上一阵响动，呼啦啦站满楚卒。

魏旗被撤下，楚旗升起。

前前后后全是楚卒，郑克却似没有看见，没有听见，也没有感受到，依旧执枪于手，岿然不动。

昭阳没有下车，以戟指他："郑将军的风采，昭阳领教了！"

"大楚第一将的风采，郑克也领教了！"郑克应以枪尖，朗声回应。

"郑将军，你求见本将，有何要说？"

"郑克无知，求问昭大将军解惑！"

"你有何惑？"

"昭将军是怎么做到破我东门的？"

"早在数月之前，本将已使勇士混入城中，是他们打开城门的！"

"哈哈哈哈！"郑克仰天长笑。

"郑将军为何而笑？"

"为大楚，为昭大将军！"郑克声如洪钟。

"我大楚有何好笑？"昭阳不动声色，语气平缓。

"堂堂大楚，堂堂昭将军，却对我小小襄陵偷偷摸摸，不宣而战，岂不好笑吗？"

"哈哈哈哈！"昭阳亦爆笑出声，"郑将军，你还有何问？"

"没有了！"郑克以枪指他，"听闻昭将军武功盖世，敢与本将一决雌雄否？"

"你的战车呢？本将不杀无车之人！"昭阳斜眼睨他。

"父亲，战车在此！"一个洪亮的声音从城门洞传出。

在楚卒许可下，郑克的战车缓缓驶出门洞，一脸稚气的郑爽昂立车头。

郑克回头，惊骇。

更让他震惊的是，城门楼上传来琴声。

郑克抬头望去，但见他的夫人站在城门楼上，手拿鼓槌，两眼眨也不眨地盯住吊桥。女儿郑袖端坐琴前，正在调试琴弦。

战车上桥。

郑爽挥枪，大叫："父亲让开，看爽儿战他！"

郑克没有让。

郑克挥手，让他下来。

郑爽跳下车，走到郑克跟前，并肩站着，目光炯炯地盯住昭阳。

望着这抱团求死的一家四口，昭阳震动了。

"郑将军，"昭阳将戟递给左侧护卫，拱手，"本将不杀仁义之家！"

转对众将及军卒："退后三里，为郑将军一家放行！"

楚卒正要退去，郑克大叫："慢！"

众军卒看过来。

"郑克唯有一愿，与昭将军一决，请昭将军成全！"郑克跳上战车，持枪在手，转对郑爽，"爽儿让开！"

昭阳苦笑一声，盯住郑克："郑将军，你为何一定求死？"

"不是求死，是成全将军英名，顺便与将军赌个注！"郑克淡淡应道。

"怎么个赌法？"

"如果在下胜了，昭将军不得伤害襄陵百姓！"

"如果郑将军败了呢？"

"请将军善待襄陵百姓！"

"哈哈哈哈！"昭阳长笑数声，"郑将军做的好买卖呀！在下认赌！"从侍卫手中拿过长戟，朝众楚卒打个退后手势，转对侍卫，"都下去吧！"

两名侍卫跳下，车上只剩昭阳一人。

众军卒退后，腾出一块空旷场地，足够两辆战车往来驰骋。

"既然郑将军执意求死，就怨不得本将了！"昭阳拱手，战车驰向左侧。

郑克的战车驰过桥，驰向右侧。

二车掉转头，相向而立。

二人互相凝视。

郑袖调好了弦，琴声响起，似乎未入曲调，但声声悲切。

昭阳抬头上望，遥见美女舒袖，玉臂起落，怦然心乱。

郑克的长枪举起来。

郑夫人的鼓声响起来。

琴声陡然尖厉，穿透鼓声，如嘶如鸣，听得众人心疼。

"昭将军，看枪！"郑克的战车冲过来。

昭阳的战车迎上去。

战鼓咚咚，琴声刺鸣，二车错毂，枪戟交撞，一合过去了。

第二合开始，楚人的战鼓响起来。八架战鼓响如雷鸣，将城楼上的鼓声与琴声压倒性淹没。

就在二车错毂的一刹那，长枪被画戟绞住，郑克滚下战车。

郑克翻身爬起，捡起长枪，在战车拐回来的瞬间，纵身跃上，再次冲向昭阳。

然而，经此一跌，郑克的胳膊显然受到重创，举枪的力道失了。

在战车第三次错毂时，画戟轻松拨开枪头，刺入郑克胸部。

"昭阳老贼，纳命来！"众人还没明白怎么回事儿，郑爽一声尖叫，从桥头斜刺里冲过来，追上其父的战车，蹿上去。

驭手掉转车头，扬鞭催马，直向昭阳冲去。

昭阳无心再战，拨马回阵。

"昭阳老贼，纳命来！"郑爽又叫一声，如同发疯一般，指挥战车尾随冲去。

楚阵里，一辆战车斜刺里冲出，车上站着昭阳之子昭鱼。

年仅十六岁的郑爽一是没有历过战阵，二是盛怒之中，眼中只有昭阳，冷不丁被昭鱼拦阻，挥枪乱捅。

昭鱼显然不想这般杀他，拆解几招，叫道："郑公子，在下昭鱼，昭阳之子也。父债子偿，请冲我来！"驱车驰向一侧。

郑爽也不答话，驱车驰向另一侧。

没有鼓声，没有琴声，只有无数双揪心的眼睛。

二车越驰越近，轰然相错，几乎是在眨眼间，郑爽就被挑下战车，在地上连滚几滚，不动了。

全场鸦雀无声，空场正中错落躺着郑氏父子，血仍在外涌。

就在所有目光聚焦在这对父子的尸体上时，伴随一声"爽儿，娘来也……"一道白影从城楼上飘落，重重地砸在城门洞前的砖地上。

是郑夫人。

郑氏一门只剩下一个郑袖了。

郑袖木然坐在琴前。

郑袖擦一把泪水，缓缓站起，抱起琴，一步一步走向城垛。

就在郑袖纵身一跃的刹那，一只大手有力地捉住了她。

是靳尚。

大小四口只有一辆单马辎车，朱威也上年纪了，不能走远路，几人只好走走停停，好不容易熬到一家驿站，换上两匹好马，才算加快脚程，于此日午时赶到雍丘。

雍丘离襄陵还有五十里，如果赶得紧些，迎黑可到。

马太累了。公孙衍将车停在路边，拿出草料并水，让马歇脚进食，与朱威正自闲聊，几辆战车并一大群人由远而近，迎面走过来。

为首一人正是郑克的麾下参将。

"公孙将军！"参将跳下车，扑通跪地，号啕大哭。前番齐人攻打襄陵救赵时，公孙衍协助郑克守城，与参将混得烂熟了。

一切不消再问。

公孙衍看向朱威。朱威的脸色白了。

"郑将军呢？"公孙衍问道。

"郑将军他……他……"参将泣不成声。

公孙衍扯他起来，递给他酒葫芦："来，喝几口，慢慢说！"

参将接过，喝口酒，将凌晨时分发生在襄陵的变故细述一遍。

听着听着，公孙衍蹲到地上，良久起身，看向朱威。

"犀首，怎么办？"朱威也在看他。

"还能怎么办？"公孙衍苦笑一声，摊开两手，"只因迟走一步，襄陵就是人家的了！"

"唉！"朱威跺脚。

公孙衍转对参将："你们护送朱大人速至大梁，向王上如实禀报襄陵之事！"

"犀首，你去哪儿？"朱威急问。

"见识一下昭阳！"

"犀首？"朱威惊呆。

"哈哈哈哈，"公孙衍长笑几声，灌一口酒，"就他的胃口，吃不下我！"

除郑氏一门血洒南门，襄陵城里城外没有恶战。昭阳精心研究郑克数月，甚至做足了巷战预案，却不想得之如此简单，几乎是兵不血刃了。

昭阳使上好棺木将郑氏父子并郑夫人殓起，依约号令三军除守卒外全部出城，屯驻城外，不得扰民，使精干人员接收府库，张榜安民，将早已备好的楚旗分发到千家万户。

襄陵居民在几乎祥和的气氛中度过了改天换日的一天，各家门前竖起楚旗。

傍黑时分，公孙衍的辎车在马蹄越来越沉重的踢踏下驶入城门。

门尉得知他是求见昭阳，不敢怠慢，将他引往郊外营区，交给守值军尉。

中军帐里，昭阳正哼着小曲展阅麾下各部的战报。

这一天只属于他昭阳。得知襄陵失陷，周边八邑也未做抵抗，或弃城而走，或降楚人。汇总下来，楚军出兵一十二万，不战而得襄陵及周边八邑，收府库四个、生民逾十万，而楚方几乎没有伤亡。

这是楚国自开国以来从未有过的战绩。

昭阳喜不自禁，吩咐参军写出捷报，使昭鱼请来靳尚，欲请他过目之后快马禀报楚王。

二人正在讨论措辞，昭鱼走进，报说公孙衍求见。

"公孙衍？"昭阳眯缝两眼，看向靳尚。

"还带着夫人，夫人抱着婴儿。"昭鱼补充道。

昭阳苦笑一声，皱眉。

"前番齐人围襄陵，攻月余未克，就是公孙衍的主谋。他与郑克相处甚笃，此来别是——"昭鱼止住。

昭阳再次看向靳尚。

"主将，"靳尚笑道，"此人既来寻你，在下就回避一下吧！"

"不必！"昭阳摆手，转对昭鱼，"让他进来！"略顿，"是请！"

昭鱼出帐，对公孙衍揖道："公孙先生，主将有请！"

公孙衍喝一口酒，将葫芦并剑交给依旧抱着孩子坐在车里的夫人，跟在昭鱼身后，大踏步入帐。

昭阳端坐主位，盯住公孙衍，二目如炬。

公孙衍走至案前，住步，回以炬光。

"这位是监军靳大人！"昭阳指着靳尚。

"犀首大名，在下早有耳闻！"靳尚拱手。

"靳大人之名，在下也有耳闻！"公孙衍拱手回个礼，转向昭阳。

"请问客人，"昭阳开场，"我该叫你公孙先生呢还是公孙将军？"

"昭将军一定要叫，就叫在下公孙野民吧！"公孙衍抖抖自己的一身布衣。

"叫你先生吧！"昭阳拱手，目光探询，"听闻先生带着夫人和孩子，选此吉日良辰到我帐里，敢问一句，是来交友呢，还是寻仇？"

"寻仇。"公孙衍淡淡应道。

"哦？"昭阳倾身，"是学郑克吗？"

"郑克怎么了？"

"今日凌晨，他在南城门外向本将挑战，我们约了一个赌！"

"什么赌？"

"襄陵十万百姓。"昭阳声音平淡，"如果他赢了，我就善待襄陵百姓。"

"他不是你的对手。"

"是的，我杀了他。"

"赌注呢？"

"我已下令履行赌约，善待襄陵百姓！"

"哦？"

"因为我们之间还有一个如果。"

公孙衍豁然明白，接道："这个如果是，他若战败，将军也须善待襄陵百姓！"

"正是。"

"唉，"公孙衍摇头，"他的这条命白赌了。"

"哦？"昭阳盯过来。

"因为，无论他赌还是不赌，昭将军都会善待襄陵百姓！"

"咦，先生何以知道？"昭阳来劲了。

"魏人失守，襄陵就是楚地，襄陵百姓就是楚人。身为楚国将军，能不善待楚人吗？"

"先生果然是先生。"昭阳起身，拱手，热情地礼让，"先生，请坐！"

"将军忘了，在下是来寻仇的！"公孙衍没有动，反而退后一步。

"哦？"昭阳心头一凛，盯住公孙衍，"是约赌吗？"

"哈哈哈哈，"公孙衍长笑几声，"犀首不是郑克，昭将军若与犀首约赌，怕就没有胜算了！"

"你……"昭阳退到几案后面，声音恢复威严，"赌什么？"

"襄陵！"公孙衍一字一顿。

昭阳手按剑柄："怎么赌？"

"赌一句话，"公孙衍盯住昭阳，"将军余生，喜也襄陵，丧也襄陵！"

话音落处，公孙衍扫一眼靳尚，一个转身，大踏步走出。

昭阳震惊。

眼见公孙衍就要走到帐门，昭阳低沉的声音传出来："留步！"

公孙衍站住，但没有回头。

"回答我，怎么个丧？"

"十年之后，将军就知道了！"公孙衍走出帐门，跳上辎车。

帐外一声响鞭，马蹄声嘚嘚远去。

夜幕降下，落于兵营，亦落于监军靳尚的大帐。

此番征伐襄陵，是楚怀王继统之后首次用兵。大楚三户中，时下当政的是昭氏，顶梁的是昭阳。昭阳携灭越之功，逐走张仪，谋得令尹之位，此时正值中天之日。灭越之后，对于楚国大争之地，昭氏与屈氏、景氏分歧较大。昭氏主张争齐，屈氏、景氏始终不放心的却是秦国。

昭氏争齐，目标是泗下之地，尤其是位居要冲、农商发达的宋国。早在左司马任上，昭阳就觊觎宋地，几番用兵皆被化解。

尤其是十年前他做主将攻打宋国，结果寸土未得，反被庞涓咬去陉山，成为他一生的耻辱与疼痛。

此番魏、韩、齐三国大战，庞涓战死，于昭阳堪称天赐良机，因而不顾一切地说服怀王，染指中原。

与父亲熊商一样，怀王熊槐志存高远，抱负巨大，但上位以来仍未有建树。如果真能如昭阳所想拿下襄陵，于他是个鼓舞。襄陵犹如一把利刃横插在大梁与睢阳之间，楚得襄陵，宋偃就会失去魏国，唯有向楚称臣。

然而，所有朝臣中，让怀王不舒心的首推昭阳。可以说，怀王是眼睁睁地看着他窃取张仪灭越之功，看着他以和氏之璧陷害张仪，看着他将张仪逼入秦邦，看着他成为楚国的大敌。正因有此芥蒂，此番用兵时，怀王命他最信任的宠臣靳尚前往监军。昭阳心知肚明，时时处处对靳尚礼让有加，不敢有丝毫怠慢。

将近一更时分，靳尚才从昭阳的大帐回到监军帐中。监军帐很大，与昭阳的中军帐一般规格，守护严密。

郑袖缩在一个角落，抱着她的琴。两名侍卫守在一侧，四只眼睛盯住她，生怕她飞了，或寻短见。

郑袖前面摆着食盘，上面是各种吃的。靳尚一眼看出，里面的东西她一点儿没动。

"你们出去吧。"靳尚吩咐两名侍卫。

两名侍卫走出。

"姑娘，我这帐中没有外人了，"靳尚在主席上坐下，指一下食物，"吃吧，吃饱了好说事情。"

郑袖不动，两只大眼盯住靳尚，如盯一只恶魔。

"我不是昭阳，不会吃你！"靳尚笑笑，竭力缓和气氛。

"说吧，什么事情？"郑袖挤出一句。

"那好，"靳尚盯住她，"我问，你答。"

"问吧。"

"你叫什么名字？"

"郑袖。"

"芳龄？"

"二七。"

"郑克是你亲父，郑爽是你亲兄，还有那位殉身的夫人，是你亲母，是不？"

"是。"

靳尚闭目有顷，睁开，盯住她的琴："今日凌晨，你弹琴时，我就在你身边，看着你弹。你的琴弹得真好，你是我见过的最不寻常的女人！"

郑袖别过头去。

"郑袖！"靳尚凝视她，声音严肃。

郑袖回过头，迎住他的目光。

"你的面前摆着两条路！"靳尚字字铿锵，"其一，拿出你手中的利刃，像你父母、兄长一样了断自己，就现在。你放心，明日晨起，我会将你殓入棺木，葬在你亲人身边。"

郑袖心里一凛，不由自主地抬起右手。果然是一柄利刃，从早上到现在，被她一直捏在手心里。

"如果不想自裁，就是其二，"靳尚盯牢她，"留下这把刀，记住今日的仇，记它十年，然后，寻个时机，用你手里的尖刃，亲手刃仇，以其血告慰你父母、兄长的在天之灵！"

郑袖两眼大睁，两道强光直射靳尚。

靳尚闭目。

帐中死一般地静。

许久，一个轻轻的声音出来："你是谁？"

"靳尚！"

"靳尚又是何人？"

"守护大楚之王的人，此番伐魏，是监军！"

"什么叫监军？"郑袖显然不知军中事务。

"监军就是……就是三军远征时，楚王派去监督主将的人！"

"我信你了！"郑袖放下利刃，盯住靳尚，"说吧，让我做什么？"

"吃饭！"

郑袖吃饭。

郑袖饿极了，吃得很快。

待她放下碗箸，靳尚盯住她："下面再做一事！"

"说吧。"

"脱衣！"

郑袖打个惊战，不由自主地拿起刀。

"如果你想报仇，就必须脱！"

"你……想做什么？"

"我什么也不做！"

"可……为什么要我脱衣？"

"因为我必须知道，你是不是能够报仇的那块料！"

"我……"郑袖的大脑急速运转，"报仇需要什么料？"

"天生尤物，完美无瑕！"

"为……为什么？"

"因为大楚之王是个爱挑剔的人！"

天哪，靳尚要将自己献给楚王，然后……

郑袖的泪水流出来。

她站起来，缓缓解衣。

一件又一件，终于，一个尚未发育完全的十四岁躯体渐次呈现。

"走过来，站在我前面的几案上！"靳尚吩咐。

郑袖一步一步地挪到靳尚前面，站在几案上。

靳尚看过去。

美体近在眼前，一股幽幽的体香淡淡地弥散。

靳尚吸一下鼻子，眼前浮出当年香女为救张仪向他展出的美体和她与生俱来的浓郁体香。

不同的阅历，不同的呈现，不同的体香，两个女人尽皆向他宽衣解带，尽皆因为昭阳。

靳尚咽下口水，轻轻叹出一声，心思回到眼前的玉体上。

靳尚挑剔的目光一寸一寸地看过去，如同他的夫人在郢都的店铺里购买绸缎，连一丝丝儿的瑕疵都不放过。

"慢慢转身！"靳尚看完正面，几乎是命令。

郑袖缓缓转身。

靳尚审得极细，连脚底都没放过，末了轻轻鼓掌，喃出一句："天生尤物啊！"

"还要做什么？"几乎是哭音。

"穿衣！"

郑袖穿好衣服，盯住他："还要做什么？"

"拿上你的刀，"靳尚指向帐中一个隔间，"记住你的仇，拉好帘子，躺在我的那个榻上，睡觉！"

郑袖嘘出一口长气，拿起刀，冲他深鞠一躬，走进隔间，拉上帘子，和衣躺在榻上。

这是她走向及笄之年的第一天，如此漫长，如此痛苦，又如此跌宕。

夜深，万籁俱静，烛光依然。

一帘之外，靳尚拉动几个几案，拼成一块，铺上豹皮，和衣躺在案上。

靳尚盯住帐顶，眼前浮出怀王，耳边响起怀王的声音："靳尚，寡人让你监军，你的两只眼就得给我睁大！有人想得太多了！"

怀王隐去，公孙衍的声音又响起来："赌一句话，将军余生，喜也襄陵，丧也襄陵……十年……"

"喜也襄陵，丧也襄陵……十年……"靳尚心底油然升起感叹，转头看向帘子。

帘内传出郑袖起伏不定的呼吸声。

第二章

添蛇足陈轸用智　惧报复邹忌设陷

得知楚人真的如公孙衍预言袭占襄陵，魏惠王一阵气闷，手揞胸口，全身剧烈抖动几下，歪倒在龙椅上。

朱威顾不得君臣之忌，冲上去掐住人中，毗人唤来太医就地施救。

过有小半个时辰，惠王悠悠醒转，在御医的守护下，被众人抬到御榻上。

"召……召张仪！"惠王的第一个反应仍是国事，抖着手指向门口，有气无力。

张仪一路小跑赶到宫里，扑到榻前，跪地泣道："王上……"

"伐……伐……伐楚……"惠王喘着粗气。

张仪迟疑一下，叩首："臣领旨！"

"快……快去！"惠王摆手催促。

张仪起身，匆匆出去。

刚出殿门，魏嗣赶到了。

"听说我父王病了，怎么样？"魏嗣急切问道。

"气晕了。"张仪摇头苦笑。

"为什么？"

"昭阳袭占襄陵，郑克父子战死。"

"楚人！"魏嗣震惊，良久，看向张仪，"父王怎么说？"

"旨令伐楚，夺回襄陵！"

"这……"魏嗣不无忧心，"怎么办？"

"还能怎么办？"张仪摊开两手，给出个苦笑。

"你是说，伐？"

"能伐吗？"张仪白他一眼，补充一句，"同时向两个大国开战，公子凭什么呢？"

"那……怎么办？"魏嗣让张仪搅晕了。

张仪扫视周围，指向附近的凉亭，语气平稳："你我可到那儿小坐，喝杯清茶，待王上神志清醒，我们再行觐见，奏请王上收回成命！"

"要是父王不肯收呢？"魏嗣心里忐忑。

"他会收的！"张仪语气肯定，盯住他，"公子以为王上真的是昏聩老迈、不明皂白了吗？"

魏嗣呲巴几下嘴皮子，跟在张仪后面走向凉亭。

昭阳轻取襄陵八邑，消息传入赵境，一口饭呛到苏秦的食管里，引发一连串的干咳。秋果紧赶过来，轻轻拍他后背。苏秦咳出碎粥，舒一口气，吩咐她召来飞刀邹，即刻驾车出行。

迎黑时分，一行人赶到甄邑，直达孙家宅第。

听到声音，孙膑的一双儿女，孙楠与孙菊，飞跑出来，一边一个扯住苏秦亲热。两个孩子长高了，尤其是孙菊，个头已到他的腰上。

望着他们的孝服，苏秦想到庞涓与太子申，再次伤情，一手抱起一个，让他们在他的脸颊上各亲一口，分别递给飞刀邹与秋果。孙楠不喜欢秋果，从她怀里挣下，伸手给飞刀邹。飞刀邹笑笑，抱着二人出去。

苏秦对秋果笑笑，大步走进客堂。

孙膑两口子也都戴着孝。瑞梅迎进客人，招呼秋果到灶房里烧灶。每次苏秦来，她都要亲自造厨。

客堂里只剩下苏秦与孙膑。

孙膑没有拱手，也没有笑，只是轻轻指一下客席。自庞涓、太子申殁后，甚至再往前推，自从受命与田忌率师伐梁之后，孙膑就如换了个人，几乎没有笑过，也几乎不与人说话，即使面对苏秦。

苏秦晓得他的感伤，也感伤着他的感伤。

"孙兄，襄陵出事了。"苏秦望着孙膑。

孙膑回望他。

"是楚人。"苏秦扼要陈述，"襄陵一万守卒于前日午时受魏王之命出城复仇，昨日凌晨昭阳就破襄陵了，说是有内应。眼见守城无望，为免平阳之祸，郡守郑克传令弃守，只身出城与昭阳决战，以身殉魏。"

孙膑长长叹出一声，算作回应。

"昭阳谋襄陵，意在宋地，齐楚之争在所难免。齐楚若争，唯利于秦，纵亲之路越来越难走了。"苏秦忧心忡忡。

"苏兄是何应策？"孙膑说话了。

"史曰：'庆父不死，鲁难不已。'"苏秦苦笑，"时下的庆父是张兄，庞兄当是受他蛊惑。"

"苏兄——"孙膑看向他，心吊起来。

"唉，"苏秦轻叹一声，"当初在下逼张兄入秦，是想让他强秦固本，以山河割据形成敌势，促使六国纵亲。六国有秦，结必牢；秦有六国，本必固。六国与秦相互制衡，天下可无战矣。岂料张兄越界杀入魏国，上下其手搅乱天下，反倒成为乱源。"

孙膑心里一揪："苏兄提及庆父，应策不会是……去除张兄吧？"

苏秦摇头："庆父是自行离开鲁国的！"

"甚好。"孙膑点头赞道，"可以逼走张兄，让他回归秦国，助力苏兄纵亲长策，弈出天下和局！"

"唉。"苏秦重重一叹。

拿到襄陵之后，昭阳祭出奇招安民，拜访长老，悉数起用魏国原班吏员，按照职爵重新任命，造册上报郢都，同时鼓励商肆开业，清理府库，拿出一半库存访贫问苦，救济孤寡病弱。不消数日，襄陵八邑入治，百姓无不笑脸盈盈，配合吏员入册画押，甘为楚民。

与此同时，昭阳搬进郑克的郡守府，将军马按照原定方案部署在各地要塞，严防魏军反扑。见襄陵得手，景翠大军也移出方城，进逼陉山，以减轻襄陵压力。

魏王却无力再战了。

旬日过去，不见魏方异动，靳尚决定回郢，遂往郑克的郡守府向昭阳辞行。昭阳也早不想让他待在身边，假意挽留几句，将十几捆竹简并几个大箱交给靳尚，让他呈献楚王。册卷为魏库账目及安民抚恤清单，大箱里面装的则是襄陵地方特产，昭阳作为首批战利品进献给楚王。

昭阳送出府门，接过昭鱼递过来的礼箱，亲手递给靳尚，笑道："没有监军大人鼎力相助，就没有此番襄陵之捷，身为主将，在下感激不尽。箱中细软为郡守府之物，难成敬意，还望监军大人笑纳，或可哄夫人一乐！"

靳尚双手接过，放在车中，拱手谢道："谢主将关怀！主将神威，靳尚心悦诚服。预祝大人乘胜击敌，再传捷报！"

望着靳尚的车马走远，昭鱼小声道："听说这些日来郑克女儿一直在他帐中！"

"唉，"昭阳叹道，"可怜的孩子，希望箱中之物能够对她有所抚慰！"

"父亲，您是送她的？"昭鱼惊问。

"如果不是送给她，靳尚他敢收吗？靳尚他愿收吗？"

"听说靳尚夫人厉害得很，在家里说一不二，靳尚若是带个美妾入室，后院不定要失火呢！"

"女人就是女人，翻不了天！"昭阳甩给他一句，转身回府。

回郢途中，靳尚与郑袖同乘一车，面对面坐着。

十几个日夜，与郑袖同居于一帐，同坐于一车，除去第一夜斟验过她的玉体之外，靳尚再没有逾过男女之礼。郑袖由衷慨叹，完全信任他了。

道路不平，轺车颠簸。

靳尚眯眼打盹儿，郑袖看着窗外。

"靳大人？"郑袖扭回头，冷不丁道。

靳尚睁眼。

"离郢都还有多远？"

"远着呢！"

"得走多久？"

"就照眼下这样，若不下雨，至少还得二十天。"

"靳大人，你……"郑袖迟疑一下，"真的要把我嫁给楚王吗？"

"你天生就是王的女人。"靳尚敛神，"你须记住，不是嫁，是进献。"

"我记住了。"郑袖点头，"大人一回去就进献吗？"

"宫中佳丽三千，你若是这样子进去，怕就再无出头之日了。"

"我……"

"你可在我府中住下，直至及笄，然后，我寻个机缘邀王入府，由你侍奉，讨王上欢心。王上若是欢喜你，就会带你回宫。"

"若是不欢喜呢？"

靳尚两手一摊，给她一个苦笑。

"我……怎么才能讨得王上的欢心？"

"有两个要求，你能做到就可以了。"

"两个什么要求？"

"第一个，忘掉你的仇！"

郑袖的脸色阴下来，半晌："大人是要让我忘掉昭阳父子？"

"是的。"靳尚从屁股下面取出一物，拿掉垫布，现出昭阳送给他的箱子，顺手推给郑袖，"打开看看。"

郑袖打开，目瞪口呆。

箱中摆着两个梳妆盒，一个是她的，另一个是她母亲的。

盒中是她母女二人日常所用的全部饰品。

郑袖泪水出来，感激地看向靳尚。

"不要看我，是昭阳让我送给你的，这些日来，他就住在你们家里。"

"我恨他们！"郑袖尚未完全发育的胸脯急剧起伏，声音从牙缝里挤出，"我做不到大人的这个要求，我忘不掉他们父子！"

"你必须忘掉！"靳尚的语气平淡中透出严肃，"唯有忘掉仇恨，你才能真正开心。唯有真正开心，你这朵鲜花才能完全绽放。唯有完全绽放，你才能取悦楚王。唯有取悦楚王，你才能手刃仇人。"

郑袖两手捂脸，勾下头去，良久，抬头："我试试。告诉我，怎么忘掉？"

"把你的恨深埋心底，纹丝儿不露，时刻想着昭阳的好处！"

"他杀了我的父兄，逼死我的母亲，还有什么好处？"

"就是这个！"靳尚指下首饰盒，"他将这个还给你，是要告诉你他也是出于无奈。场面你也看到了，他不想杀你父亲，是你父亲自己求死。你父亲与他打赌，赌注是善待襄陵百姓。昭阳兑现诺言了，襄陵百姓他没有屈待一人。至于你的兄长，也是求死。你母亲，则是自愿殉情。"

郑袖再度勾头。

"再说，即使不被昭阳杀死，你的父亲也无活路。"靳尚进一步解说，声音依旧淡淡的，如叙家常，"楚卒袭破东城门，魏卒仍在睡梦中。待你父亲看到实情，就只有两条路可走了：一是敲响战鼓，号令全城军民巷战，襄陵八邑血流成河，全城百姓罹难；二是放弃抵抗，这也正是你父亲做的。记住，你有一个真正对百姓好的父亲。不战而弃城，在任何国家都是死罪。你的父亲选择战死，可以说是唯一明智的选择。至于你的母亲与兄长，我不想评价。"

"既然昭阳是出于无奈，我为什么还要恨他呢？我为什么还要杀死他呢？"郑袖半是自问，半是说给靳尚。

"你必须杀他。《礼》曰，父之仇弗与共戴天，兄弟之仇不反兵，交游之仇不同国。"

"什么意思？"郑袖显然没有受过这类教育。

"就是说，对杀父仇人，有他无我；对杀兄仇人，随时报雪；对杀友仇人，不与他同国为臣。"

"我明白了。"郑袖盯住靳尚，"靳大人，您与昭阳有仇吗？您救我就是想让我杀死他吗？"

靳尚淡淡一笑："我与昭阳无仇无怨，只是不喜欢他而已。至于救你，因为你天生就是王的女人。我是王的臣仆，为王进献女人是我的职分之一！"

郑袖不再疑虑了，平和下来："大人方才说，还有一个要求呢！"

"学做王的女人！"

"怎么学？"

"知王。"

"我还没有见过王呢，怎么知他？"

"这正是我们路上要唠叨的，你得借只耳朵。"

靳尚前脚离开，昭阳后脚就将襄陵守御交给昭鱼，自返项城。

到项城后的第三天，陈轸由郢都赶到。

"祝贺大人夙愿得偿！"陈轸道贺。

"唉！"昭阳长叹一声。

陈轸长长地"咦"出一声，笑道："昭大人做梦也在琢磨襄陵，今日遂愿，为什么不喜反叹呢？"

昭阳遂将郑氏一门为襄陵惨烈殉身并公孙衍携妻幼上门等故事扼要讲述一遍。

陈轸显然对郑氏一门没有兴趣，眯起眼睛，喃喃重复起公孙衍的话来："喜也襄陵，丧也襄陵。"咂巴一会儿味道，点头，"嗯，有意思！"

"什么意思？"昭阳倾身问道。

"公孙衍有意思。"

"哎呀陈兄，"昭阳急了，"他有什么意思，你就快说。"

"他在给你下药呀！"陈轸眯起眼睛，晃着脑袋，越发卖弄。

"什么药？"昭阳快要凑到他跟前了。

"让大人睡不着觉的药。哈哈哈哈，这不，药效已经出来了。"

"是哩。"昭阳苦笑一下，摊手，"这几日真还睡不着，净想公孙衍这人了。在下与他素昧平生，第一次见面他就……"

"呵呵呵，"陈轸笑道，"他与在下可就交道多喽！无论是在魏，还是在秦，他放个屁，在下就晓得他吃了什么谷子。"

"陈兄讲讲，"昭阳也算放松下来，笑笑，"他为什么要为在下下药？"

"因为襄陵，因为郑将军。"陈轸解道，"公孙衍将襄陵看得很重，认定它是掌握泗下诸国的一把钥匙。前番齐人围攻，公孙衍哪儿也没去，只赶到襄陵，与郑克并肩作战，亲如兄弟。如果不出在下所料，此番齐魏交恶，公孙衍必是嗅到什么，前来助阵，结果仍旧迟到一步，让大人捷足先登了。公孙衍气不过呀！就在下所知，公孙衍有胆有谋，心量却是不大，是个遇事不让人的主儿，见大人得了襄陵，杀了郑克，赶到大帐里恶心大人几句，在所难免哪！"

"哈哈哈哈，"昭阳心里卸下一块石头，朗声笑道，"听陈兄这么一解，在下可以睡个安稳觉了。"凑前，"在下另有一事劳烦，请陈兄得空走一趟宋室，替在下问候一下宋偃。"

"好差事哟！"陈轸笑道，"前番徐州之会，在下与宋偃有些交情，久未见面了，正说寻他叙叙旧呢！"

陈轸在襄陵休息一日，驱车赶往睢阳。

襄陵距睢阳不过百里，陈轸马快，几个时辰就到了。

近些日来，三个大国你来我往，一直在宋室的家门口开打，着实让宋偃寝不安枕，食不甘味。尤其是不久前，眼见齐人兵败，宋偃听信张仪之言，拒齐溃兵于国门之外，未料最后获胜的却是齐人。他晓得田忌的火暴脾气，这次的仇结大了，正自没个主意，楚人横插一手，派特使上门，倒让他喜出望外。

宋偃亲率宋室贵胄迎至城外，推陈轸手登上王辇，风风火火地驰入宫城，置办宴席，把酒言欢。

是夜，陈轸被宋室君臣灌得酩酊大醉，宋偃破例留他宿于后宫，派美姬侍寝。

翌日晨起，宋偃理完朝政，匆匆赶到陈轸寝处守候。

日出三竿，陈轸醒来，见堂中坐着宋偃，吃惊不小，紧忙致礼："在下何德何能，敢劳大王留宿深宫，躬身守候？"

"哈哈哈哈，"宋偃笑道，"宋地僻壤，难得有大贤特使光临，偃唯恐接待不周，不敢懈怠呢！"

"轸贪杯丢丑，让大王费心了。"

"特使能贪杯，就是瞧得起宋偃薄面，偃感激不尽哪！"

二人扯几句闲筋，宋偃敛神屏息，正襟拱手，急不可待地切入正题："特使游历列国，堪称大贤大智。偃长居僻壤，孤陋寡闻，诚求特使一语开塞！"

"开塞不敢！"陈轸拱手还礼，"宋物产丰富，水旱无虞，交通南北，往来东西，商贸发达，堪称天下膏腴、人杰地灵之地。大王坐拥天下膏腴十数年，虽有小惊却无大险，轸斗胆敢问大王缘由何在？"

"偃愚痴，请特使赐教！"

"在于大魏。"

"哦？"

"十二年前，齐王约魏王会于徐州，大王与会，在下也有幸在场。大王可知齐王为何约魏王于徐州、齐魏二王又为何不欢而散吗？"

宋偃摇头。

"为大王你。"

"哦？"宋偃吃惊不小。

"与齐王相约的是在下。"陈轸娓娓道来，"当其时，魏王西败于秦，复仇心切，向齐公求援，齐公提出援助可以，但魏王也须尊齐为王。在下快马奏报魏王，魏王应下了。齐王约魏王相会于徐州，会前要魏王许齐彭城，魏王不想让大王割地，特约大王也赴会。齐王见大王赴会，晓得是魏王不肯，这才恼羞成怒，在会上百般羞辱魏王，不想却被魏国大败于黄池。"

这些话虽是陈轸的杜撰，宋偃却是深信不疑，因他太知道齐王所想了。

"之后是楚国。"陈轸侃侃接道，"黄池战后，在下与庞涓有些私人恩怨，离魏赴秦。一年之后，昭阳率大军直趋彭城。齐会徐州谋大王是暗，楚攻彭城欺大王是明。魏王再度出兵，使庞涓战楚，灭楚卒六万，逼楚退兵，大王方才躲过一难。"

"是哩，是哩。"宋偃感慨万千，"真没想到魏王如此仗义。"

"哈哈哈哈，"陈轸长笑数声，"大王若说魏王仗义，就是不知魏王了。魏王两番为大王开战，皆非出于仗义，而是他想独得宋地啊！"

"是哩！"宋偃赞叹一句，拱手，"特使所言，句句在理，字字入心哪！”

“谢大王厚爱！”陈轸拱手回礼，“就轸所悟，方今天下唯势唯力，唯名唯利，强者谋王业，弱者存社稷，谁扯什么仁义道德、礼乐公理，谁就是个骗子。谁信这些陈词滥调，谁就是个傻子！”

“是哩，是哩！”宋偃越发感慨，连声重复。

“既然是哩，敢问大王，晓得陈轸此来何意了吧？”陈轸盯住宋偃。

“教寡人识时务。”宋偃应道。

“教字不敢。”陈轸拱手，“轸只想问问大王，楚得襄陵八邑，大王有何慨叹？”

“嘿，”宋偃苦笑一声，“寡人无能，无论是魏是楚，襄陵落谁手中都是一样啊！”

“大王圣明！”陈轸缓缓说道，“方今乱世，一如方才轸所禀明，大王之所以据膏腴而存社稷，历惊数次却无大险，正在于齐、楚、魏三个大国相互掣肘。有楚人在，魏不敢动；有魏人在，齐不敢动；有齐人在，楚也不敢造次。”

“是哩。”宋偃承认。

“只是，这些都是昨日之势，随风散去了。”

“哦？”宋偃倾身，“请特使详解！”

陈轸压低声音：“在庞涓自刎于马陵之后，魏国的好日子就算是到头了，大王该当另寻背依。”

“特使之意是……楚国？”

“大王圣明！”陈轸竖起拇指。

“可……庞涓虽死，魏国还有张仪呢！”

“敢问大王，张仪在楚时，是被何人下入大牢？”

“昭阳！”

“正是。世上万物相生相克，昭阳的克手是庞涓，庞涓的克手是孙膑，孙膑的克手是张仪，张仪的克手则是昭阳！”

“咦，昭阳连庞涓都克不过，难道能克过孙膑？”

“克不过。不过，昭阳能克过孙膑的克手张仪，他还在魏国呢！”

“张仪不会打仗，对手当是苏秦才是，他怎么能克得了孙膑呢？”

宋偃让他搅糊涂了。

"大王，"陈轸压低声音，"晓得田忌是怎么出走、孙膑是怎么死的事吗？"

"晓得呀，让邹忌害的，事儿闹得大呢！"

"完全不是，是让张仪害的！"

宋偃震惊，良久，倾身："宋当何去何从，请特使教偃！"

"与楚结盟！"陈轸咬字很重。

"寡人谨听特使！"宋偃拱手。

轻松搞定宋偃，让宋王签过睦邻约书，陈轸志得意满，哼着小曲儿返回襄陵。

车行十里许，陈轸心头猛地闪过惠施，闪过惠王，不由得打个激灵。无论如何，魏国是他打拼十几年的地方。由门客到大夫到上大夫再到上卿，他陈轸一步一个脚印，在人才济济、宗亲盘根错节的魏国朝堂凭空打下一席之地，差一点儿坐到相位上，不想所有努力竟于一夜之间让一个裁缝的儿子搅黄了。十几年熬下来，庞涓死了，他陈轸也不再年轻，但憋闷的这口气委实不吐不快。若能在这个当口儿赶走张仪，重返魏国，从跌倒的地方再爬起来，他陈轸此生才算完美。再说，此事不是没有可能。魏王老了，太子没了，未来承统的极有可能是魏嗣。

陈轸与魏申对不上眼，但搞定魏嗣几乎是板上钉钉的事。然而，就眼下情势，若以一己之力赶走张仪，难度实在太大。张仪背后是强大的秦国，而魏王老迈昏聩不说，也实在成个孤家寡人了。庞涓、太子皆死，白虎出走，朱威告假，魏王身边除毗人之外再无信臣，在这多事之秋，四邻皆敌，怕就更加离不开张仪了。

惠王因庞涓而对陈轸起下隔膜，一时半晌解说不得，但惠施不同。

魏王对惠施信任有加，若无张仪搅局，他是绝对不会放弃惠施的。

陈轸打问路人，得知惠施住在蒙邑，吩咐驭手掉转车头，拐往蒙邑。

惠施的宅子坐落于蒙邑城区，虽然有些年头，但经过惠施几番修缮，也算有些看相。

陈轸赶到时，惠施的院门外面停一辆辎车，车上搁着一个箩筐，箩筐里装着好几种食物，有大饼、腊肉等，筐边卧着一只大鹅，腿被拴着，伸长脖子、瞪着圆眼盯住陈轸，呱呱直叫，似是在求他解救。

陈轸正在与它对眼，惠施走出院子，顺手关上院门。

陈轸跳下马车，进前一步，拱手："先生，别来无恙乎！"

惠施打个惊怔："嗬，是陈上卿呀，真正是没想到呢！"拱手回礼。

"先生这是——"陈轸看向他的车子。

"上卿这是——"惠施也看向他的车子。

"呵呵呵，"陈轸笑了，"在下奉楚王之命使宋，刚从睢阳回来，想到先生是宋人，或在家中，顺道赶来拜望。"

"上卿还能记起老朽，老朽致谢了！"惠施拱一下手，指向自己的车子，"只是上卿赶得不巧，友人丧偶，老朽要去吊唁呢！"

"赶得正巧呢！"陈轸回礼，"先生友人，亦轸友人，先生友人有丧，亦轸友人有丧，轸愿与先生同往致哀！"

惠施盯他一眼，点头："若是此说，就请上路！"跳上车子，扬鞭驱车。

途中路过一家店肆，陈轸叫停，进店购置礼品。陈轸向来出手阔绰，随便一买，就装满两个大箩。陈轸当过宗伯，知晓礼仪，打问到一家专营丧事的店，又置下不少丧品，将他自己的驷马大车装了个满满当当。

见陈轸喧宾夺主，惠施心里不爽，却也不好说什么，苦笑一下，驰出城外。不多时，赶到郊区，在庄周家门前的空场里停下。

听到车马响，监河侯及他的家宰迎出来。

监河侯的目光掠过惠施，看向其身后衣冠楚楚的陈轸。

"监河君，"惠施指一下陈轸，"给你引见个贵人，你们自报家门吧。"

话音落处，径直走进柴扉，在过柴扉时转头："对了，将我车上之物搬进来！"

监河侯苦笑一下，吩咐家宰卸车，转对陈轸抱拳："在下蔡畅水，为宋国监水令，敢问官人是——"

"在下陈轸，楚国客卿！"陈轸回礼。

"哎哟哟，"监河侯既惊且喜，"陈大人名贯列国，畅水早欲结交，恨无机缘，不想却在这儿遇到！敢问大人，您这是——"

陈轸正欲答话，柴扉里面传出响声和歌声。丧事当有哭声才是，这儿却没有哭声，只有歌唱，陈轸大惑，看向监河侯。

监河侯苦笑，指院子："庄兄丧偶，已经唱有两日了。"

陈轸拔腿走进柴扉，监河侯紧跟。

院中摆着一口黑色棺木，庄周的一双儿女，庄逍、庄遥，分别跪在黑棺两侧，表情平静地听着他们的阿大为他们的娘亲唱歌。

在棺木正前方，通常是来宾凭吊之处，庄周叉开两腿坐着唱歌。

两腿之间摆着他夫人洗漱所用的陶盆，庄周边唱边用手拍打，发出有节奏的"嘭嘭"声。

歌曰：

> 噫吁兮
> 人生天地，白驹过隙。
> 忽然儵然，莫不泰然；
> 注然勃然，莫不出焉；
> 油然寥然，莫不入焉。
> 已化而生，又化而死。
> 生物哀之，人类悲之。
> 解其天韬，堕其天帙。
> 纷乎宛乎，魂魄将往。
> 乃身从之，乃大归乎！
> 不形之形，形之不形，
> …………

只此几句，庄周颠来倒去地唱，一遍又一遍地唱，时缓时急，时高时低，两手的指与掌灵活变化，交错击打陶盆奏和，看来心情不错，怡然自得，显不出丝毫哀伤。

陈轸目瞪口呆，良久，悄声问监河侯："你的庄兄他……与夫人关系不睦吗？"

"琴瑟和鸣。"

"可这……"陈轸指向庄周。

"呵呵。"监河侯干笑一声,算是应对。

果然,站在他一边的惠施也是看不下去了,重重咳嗽一声,慢条斯理:"庄周,你唱够了没?"

庄周停止歌唱,看过来。

"叫我怎么说呢?叫我说什么呢?"惠施慢悠悠地数落起他来,"在今天这个日子,庄兄你不加哀悼,反倒鼓盆而歌,是不是过分了呢?"

"咦,姓惠的,你且说说,在下怎么就过分了呢?"庄周紧盯住他。

"人生在世,莫大于生死。"惠施得理了,晃起脑袋,"逢生祝贺,遇死致哀,这是人之常情。嫂夫人自从守了你,为你含辛茹苦,为你生儿育女,饿了你不疼,病了你不怜,从未过过一天好日子,贫苦一生,劳碌一世,今日身死,庄兄不哭也就是了,这还鼓盆而歌,难道不过分吗?什么白驹过隙,什么莫不泰然,庄兄你……难道就没想过,自今而后,谁会日夜伴在你身边,嘘你寒,问你暖,为你做上一日三餐呢?"

"唉,你呀,"庄周长叹一声,"天天如斗鸡一般寻人争名论实,却在名实跟前不知名实啊!"

"哟嘿,"见他扯到名实,惠施来劲了,靠棺席地坐下,扎下论辩架势,拖长声音,"你且说说我惠施怎么就不知名实了呢?"

"就说这个生死吧,"庄周将陶盆推到一边,"庄周原还以为你参透了呢,今日看来,你是既不知生,也不知死呀!"指向棺木,"那人曾是我妻,而今长已矣,我庄周怎么能不哀伤呢?然而,"顿一下,眼角斜向陈轸,目光渐渐落在他的衣冠上,"什么是生,什么是死呢?"

此时的陈轸不只是目瞪口呆了。在陈轸眼里,惠施已是高深莫测,让人忌惮,不想今日却被一个半疯半癫、贫困潦倒的人这般居高临下地予以驳斥,这……

"就名实而论,生即不死,死即生灭!"惠施辩道。

"何为不死?"

"有气即不死,无气则死。"

"说得好。"庄周侃侃而论，"仲尼说：'未知生，焉知死。'孔仲尼他是只论生，不论死呀！然而，死怎么能够不论呢？照仲尼的话换过来说，当是'未知死，焉知生'。既然你我在此谈论生死，敢问惠兄，生从何来？死又何去？"再指棺木，"具体到她，生之前，她在哪儿？"

"这……"惠施急了，"生之前，她什么也没有呀！"

"如你所言，"庄周接道，"出生之前，她什么也没有，无声、无色、无味、无形。无即没有，没有即无。她是从无中来的。无即无气，无气即死。忽一日，父母交合，阴阳华育，她变作有了，成为胚。有即有气，有气即生，生即不死。气变而有形，形变而有生，生变而有长，长变而有盛，盛变而有衰，衰变而有竭，竭则无气，无气则死，是否？"

"是。"惠施应道。

"生由此来，再问惠兄，死又何去？"庄周追住不放。

"这……无气则死呀！"

"正是。"庄周顺理推道，"生则有气，有气则形成；死则无气，无气则形散。天地万物，一切生灵，莫不如此。"再指棺木，"她从无中来，又回无中去，一如天地万物，一如四时往来，一如所有生灵，本为自然，回归自然，我该为她高兴才是，为什么要哭呢？"

"这……"惠施挠起头皮。

"哈哈哈哈，"庄周长笑几声，忽地站起，"惠兄来得恰到妙处，在下坐得久了，正欲撒个欢儿呢，走走走！"扯起惠施，拖向柴扉，出门径朝野地走去。

惠施正欲摆脱陈轸，就坡下驴，与他手挽手径直去了。

事出突然，莫说陈轸，即使监河侯也是怔了。

待醒过神来，监河侯紧追出去，大叫："庄兄，快回来，嫂夫人还没安葬呢！"

"烦劳你了！"远远传来庄子的声音。

望着二人渐行渐远的身影，陈轸咂巴几下舌头，由衷叹道："神人哪！"

齐威王崩了。

威王是在襄陵被占的次日崩天的，崩于他所喜欢的雪宫。

威王崩天这日突然不痴呆了，说话做事异于常日，甚至比他生病之前还要清醒，连在花园里走路也是风风火火，内宰追都追不上。

关键是，威王还记起了他是齐国的王，比比画画要上朝。辟疆得报紧急赶来，见父亲完全好转，喜极而泣，吩咐宫女端来洗脚水，扶威王坐在龙椅上，亲手为他洗脚，同时传旨众臣皆至雪宫，上大朝。

威王的脚还没有洗好，邹忌就赶到了，几乎是跌跌撞撞地趋进宫门，一头扑在威王脚下，叩首于地，放声悲泣："我的……好陛下啊……"

邹忌泣过几声，在辟疆吩咐下向威王禀报近期发生的齐魏韩三国大战。听到孙膑诈死、庞涓伐韩、孙庞智斗、孙膑在马陵设伏歼灭魏国虎贲、射杀魏国太子、主将庞涓自刎等特大喜讯，威王心花怒放，在一声"哈哈哈哈"的长笑声中突然噎气，身体剧烈颤动，踢翻洗脚盆，溘然逝去。

一切发生得太突然，在场所有人，包括辟疆，无不惊呆。待回过味来，雪宫悲声一片，尤其是辟疆，哭得死去活来。

接旨上朝的众臣纷纷赶到，见宫中是这般光景，无不悲切。

事有凑巧。就在雪宫一片凌乱之时，田忌的战报来了，且是急报，只禀报一事：楚国昭阳于昨日凌晨袭占襄陵八邑。

辟疆却是无暇顾及这事了，传旨鸣丧钟，举国致哀。次日大朝，辟疆无悬念承继大统，立公子地为太子，正式坐于龙椅，接受群臣朝拜，是谓齐宣王。

在威王入殓之后的第三日，宣王大赦刑狱，起用新人，并以叛国罪处死牟辛，悬其首于稷门示众。

然而，辟疆终归是辟疆，搁不住事。齐人倾尽国力大战庞涓，折下辎重无数，尤其是存储多年的粮草让魏人一把火烧了，着实心疼。

虽说田忌收缴了魏国虎贲的五千套精制甲胄及装备，但齐国也为此贴上五千套棺木及两千多匹战马，仅此折算，齐国就亏大了。楚国倒好，几乎没费吹灰之力就轻松得到襄陵八邑，收民十万。襄陵在魏算是富邑，单是府库就是一笔横财。这且不说，襄陵离睢阳不过是咫尺之遥，楚得襄陵，就等于将刀架在宋偃的脖梁子上，宋偃想不听话也难。

辟疆越想越生闷气，遂在先王三七过后，旨令田忌向楚开战。

马陵战后，田忌引三军严阵以待魏人，不料魏人未动，楚人却先动了。田忌窝着一把火，好不容易候到旨令，当日即令匡章引骑卒五千击楚。骑卒马蹄缠革，专走乡僻小径，越过襄陵，于子夜将尽时驰至项城，将马存放于郊外林中，趁夜色袭城。

项城远离边界，楚卒没有接到警戒命令，莫说是城墙，即使城门也无人防守，其中有三个城门还在开着，以方便夜归之人。

五千骑卒清一色是副将匡章选出来的精锐技击，更在与庞涓的较量中练足了远途奔袭的功力。看到城门洞开，众卒无不欣喜，如一窝蜂般涌进城中，直奔辎重、库械、作坊、兵营等早已探好的战备处所放火焚烧，逢人则杀。一时间，城内火光四起，杀声起伏，楚人无不在夜梦中惊醒，大人叫，孩子哭，惨象处处。

齐卒也不恋战，在城中往来肆虐约一个时辰即出城而去，入林乘马回返，待日头东升时赶回营地，计点人马，仅损失二人。

齐卒袭击时，昭阳仍在城中，且睡梦正酣。齐卒显然晓得守丞府所在，却也没有破门攻打，只管将沾满油的火把纷纷投进。待昭阳惊醒，府宅已有多处着火。眼见火势增大，昭阳一边吼人救火，一边喝叫卫士反击，昏沉中却不知有多少敌人，敌人又在哪儿。

昭阳尚未搞清楚原委，齐人已经退兵。直到天色大亮，楚人才将大火扑灭，计点损失，几乎所有的库房均遭火攻，粮草辎重等损失不计其数，屋舍被焚数千间，死难三千余人，伤者不计其数。

待弄明白是齐人骑卒所为，昭阳震惊了。自用兵迄今，昭阳从未遇到过这种打法，也为自己的大意懊悔不已。昭阳将所在衢道尽皆布防，却未料到齐国骑卒走的是阡陌小径，且竟然于一夜之间穿过整个宋国，越过襄陵，奔波数百里袭击项城。

震惊之后是震怒，昭阳决定对齐开战。

其实昭阳早就做好了与齐人开战的准备。马陵之后，昭阳敢取襄陵，就是晓得魏人的血气尽了，所争只在齐人。

齐人果然来争。

昭阳连出三招，几乎是一气呵成：一是传令全楚进入战时状态，命令景翠部众五万越过陉山，屯扎在襄陵外围，牵住魏军，侧援襄陵，再发越人水师五万、战船五百艘，结于琅玡，由海路攻齐；二是给楚王发去火急战报，夸张地奏报项城之难及他与齐开战的具体部署；三是传令征伐襄陵的三军主力约七万人，使昭鱼为先锋，浩浩荡荡地进军薛地，造出经由薛地杀向临淄的庞大声势。

当然，昭阳的目标不是临淄，只是薛地。进攻临淄是扎下大干一场的架势，逼迫齐王让步。薛地原为泗上的侯国，立国久远，十几年前被齐威王灭祠。薛地北接邹、鲁，西接藤，南接宋，东接楚越，堪称齐国插入泗下的一颗硬钉子，恨得昭阳牙痒痒的。也正因为薛地重要，齐威王将之特别封给田婴，支持他兴土木，筑高城，挖深池，使其成为抗楚的前沿。襄陵已经在手，如果昭阳再下薛城，一举拔掉齐国的这颗钉子，几乎泗下的所有小国就都处在楚人的掌握中了。

泗下诸国中，随着卫国衰弱，能够撑起台面的只剩下宋国与鲁国。

宋最多可出战车五百乘，实力强劲。鲁国虽说近年在齐人的挤对下实力大减，但仍然可出战车二百乘，实力超过卫国。随着宋国被陈轸拿下，楚人借道畅通无阻，倘若能再说服鲁公，昭阳就更有底气与齐对战了。

使鲁的不二人选是陈轸。

昭阳使人赶往宋国，途中拦住陈轸，请他直接使鲁。

此时，鲁国在位的是景公姬匽。

泗下诸国中，鲁国近齐，自姬匽即位之后，虽说没像薛国一样被齐国灭祠，但也如邹、宋、卫等近齐之国一样，时不时受到齐国挤对。

鲁景公怨气满腹，但面对强齐，也只能是忍气吞声。过分的是三年前，齐国以莫须有的罪名迫使鲁国割让边邑七城，鲁景公终于到了"是可忍孰不可忍"这一步，连派使臣前往魏、楚问聘，希望两国为他主持公道，不想皆遭冷遇。此番陈轸旧事重提，说只要鲁国与楚结盟，楚国承诺帮助鲁国夺回失去的七邑，且保证鲁地不受任何侵犯。泗下小国面对的大国是齐、楚，齐人闹心，宋国已经倒向楚国，鲁景公于是决定赌一把，与楚结盟。

盟约签订之后，陈轸进一步提出借兵的事，理由是楚国只有战胜齐国，才能为鲁国收回七邑，而楚国虽然兵多将勇，并不惧怕齐国，但齐有打败庞涓的孙膑、田忌两员名将，昭阳也无十足把握取胜。两国各有短长，实力相近，战场上难分伯仲。如果鲁国能够出兵相助，则楚国稳胜。

事已至此，鲁景公只得应下，旨令大司马出兵一万、战车一百乘协助。

战火烧到薛地，与薛毗邻的滕文公坐不住了，派使臣驰往邹地，请孟夫子救急。

滕国虽小，却是泗上最老的公国之一，先祖是周武王的胞弟姬绣，曾经显赫过，俟传至文公，国土只剩下不到五十里了。滕文公为世子时，曾过邹地，结交孟夫子，被其人格魅力打动。俟其继统，文公邀孟夫子至滕，助他治国。然而，孟夫子在入滕两年后就辞归了，一则滕是小国，非龙腾虎跃之地；二则滕文公无鸿鹄之志，仁政可挂于口，实施则虚于应酬。

孟夫子走后，文公反倒觉得一身轻松，但舒服日子没过多久，战火这就烧到家门口了。滕乃弹丸之地，既无能臣，亦无良将，何以应对，文公真还摸不到辙儿，思来想去，只能再请孟夫子回来。

孟夫子名轲，是鲁国公族孟孙氏后裔，家道中落后移居邹地。孟夫子幼时，孟母数迁居所，最终落定于邹城近郊的这块地方，在孟夫子立事后几番修缮、置业，这辰光看起来又像个大户人家了。

宅院离中心城区不远不近，亦不闹不静，是个做学问的好地方。

宅地五亩见方，在孟轲母亲的打理下林木葱郁，花枝招展。一道篱笆墙围起一处大院子，有屋舍三进，外进较为简陋，为远来弟子的宿处；中进朴实无华，为孟夫子修学并会客处；内进相对雅致，是留给孟母并家眷的。

滕公使臣的车马在前院停下，十几个弟子闻声迎出。见过大礼，使臣传滕君口谕，召请孟夫子速去滕地，有紧急国事相商。众弟子面面相觑，不约而同地看向大师兄万章。

眼见事急，万章冲使臣拱拱手道："使臣一路劳顿，暂请稍事歇息，在下这就禀报先生！"朝师弟乐正使个眼色。

乐正呵呵一笑，一把扯住使臣，将他按坐在客席上，招呼上茶。

万章朝公孙丑努嘴，二人走进中院。

孟夫子的房门仍然关闭。

万章敲门，没有应声。

公孙丑推门，上闩了。

"先生，先生，"公孙丑看一下万章，退后一步，拱手禀道，"滕公使臣传谕，说有急事召请先生。"

仍旧没有应声。

公孙丑欲再叫，被万章扯到一边。

"我观先生，是真生气了。"万章压低声。

"嗯。"公孙丑应道，"先生以往生气，从未这般闭门上闩。万兄可知是为何事？"

万章摇头。

"今日一切都好，没见到有谁惹先生不快呀！"

"估计是家事。"万章声音更低，"别是与师母——"顿住话头。

"这……"公孙丑挠头。

"我俩到内院去，求请祖师母！"

万章打头，与公孙丑来到后院，见孟母正从儿媳妇的卧房里出来，一脸凝重。

"祖师母！"万章二人拱手见礼。

"听到前院车马声，何方贵宾？"孟母问道。

"是滕公使臣，传滕公谕旨，召请夫子赴滕，可夫子他……"万章止住。

"你们去吧，好生招待贵宾！"

话音落处，孟母挂起拐杖，嘚嘚嘚地走向中院。

孟母走到孟夫子书房，敲门，声音严肃："孟轲，开门！"

一阵脚步响，闩被打开。

"母亲！"孟轲扶孟母走到主席位，安顿她坐下。

"怎么闩门了？"孟母盯住他。

"母亲……"孟轲跪叩。

"有什么话，你就说吧。"孟母的声音淡淡的。

"恳请母亲准允儿子休妻！"孟轲再叩。

"哦，这个事大了。"孟母正襟，"说说，为什么？"

"失礼。"

"礼失何处？"

"裾坐。"

裾是衣裳的前后襟，裾坐就是坐于裾上，两腿前伸，而按照礼仪，妇人须正襟危坐，即两腿并拢跪地，坐在自己的脚后跟上。

"你怎么晓得她裾坐了？"孟母问道。

"我亲眼看到的！"孟轲得理不饶人。

"你在哪儿看到的？"

"在她寝处。"

"何时看到的？"

"早餐之后。"

"唉，孟轲呀，"孟母轻叹一声，"你自己失礼却不反省，反倒来责怪妇人，叫为娘怎么说呢？"

"我……怎么失礼了？"孟轲急了。

"娘且问你，"孟母盯住他，"你进门时，门是开的还是关的？"

"关的。"

"你敲门没？"

"我……"

"礼是怎么说的？'将入门，问孰存。将上堂，声必扬。将入户，视必下。'你又是怎么做的？你施加礼仪的地方是在中院，内院是她的私房，她在自己的私房里是可以不拘礼的。她黎明即起，劳作一个早上，饭后回到私房闲适一时。而你呢，茶足饭饱，却离开你本该施礼修行的地方，在她闲适时进入她的私房，且不声张，平视她的坐相，你且说说，是谁失礼？"

"儿……"孟夫子理屈，垂下头去，几乎是喃声，"惭愧……"

"孟轲呀，"孟母语重心长，"娘知道你为什么这么做！你不是不晓礼，你只是嫌弃她。你早就想休掉她，是不？"

孟母一语入里，孟轲将头埋得更低。

"你嫌弃她貌不美，你嫌弃她腰不细，你嫌弃她肤不白，是不？"

"娘……"孟轲无从辩起，几乎哭出来。

"主妇在内德，不在外貌。内德在贤，在淑，在慧，在勤，在俭，在持家，在相夫，在育子。你且说说，上面几条，你的妻输在哪一条上？"

孟母几乎是在苛责了。

孟轲哭出来了，声音尽量压低。

"还休她不？"孟母任他哭一会儿，问道。

"不休了。"孟轲的声音小得几乎听不见。

"大声点儿！"孟母不依不饶。

"妻贤，儿不休了，儿与她白首偕老！"孟轲提高声音。

"这就是了，"孟母起身，现出笑脸，"忙去吧。滕君召你，客人在前院候着呢！待忙过公务，向你妻道声歉，下不为例。她受到惊吓了。"

"儿遵命！"

孟轲送走孟母，在舍中又闷一时，洗把脸，理好衣冠，挂上佩剑，换作笑脸，大步走向前院。见使臣后，听他宣过谕旨，招呼万章、公孙丑二人跟班，往投滕地。

邹国与滕国紧邻，滕南即是薛地。城门失火，殃及池鱼，楚人伐薛，顺手灭滕是可能的。

晓得孟轲讲究礼节，滕文公跣足出迎，鞠躬至地，携其手至正殿，又一番礼毕，迫不及待地讲了眼前险境，一脸急切道："滕地狭小，国无强兵，大国在薛地开战，寡人忧甚，有扰夫子了！"

孟轲耐心听完，拱手，微微笑道："楚齐之事，轲已尽晓。楚齐是在薛地开战，敢问君上何忧？"

"这……"滕文公有点儿发蒙，"他们万一来滕地呢？"

"迎接呀！"孟轲又是一笑。

"怎么迎？"

"礼。"

"对虎狼之师怎么讲礼呢？"

"虎狼之师亦有礼。"

"寡人讲礼，他们若是不肯讲呢？"

"刀矛。"

"唉，"滕文公摊开两手，"如果有刀有矛，寡人不就……"顿住，一脸懊丧。

"没有刀矛，可修人和。"

"人和？"滕文公倾身，显然没听明白。

"天时不如地利，地利不如人和。"

"寡人愚笨，请夫子详解。"

"假如君上引兵远征，对方有城三里，有郭七里，君上四面围攻，却未能取胜。能够四面围攻，君上必得天时；君上未能取胜，是天时不如地利。假如君上守城，城足够高，池足够深，兵革足够坚利，米粟足够食用，君上却未能守住，就是地利不如人和了。"

"寡人明白了，"滕文公点头，沉思有顷，"可怎么做到人和呢？"

"推行仁政。"

见孟夫子绕来绕去，终又绕到他始终不离口的仁政上，滕文公给出一个苦笑，拱手："仁政是要行，可寡人当下之忧不在仁政，在宗庙社稷，敬请夫子指教！"

"唉，"孟轲长叹一声，朝四周抢一眼，"大地苍茫，区区五十里不过一隅。君上不修仁政而抱此一隅，期望的却是社稷永固、宗庙千秋，是不是施少求多了？"

"夫子呀，"滕文公脸色尴尬，态度却是执着，"无论是求多还是求少，寡人敬请夫子护佑滕地，为寡人分忧！"

孟轲坦然一笑："楚人尚未抵达，君上的五十里这不是好端端地搁在那儿吗？"

滕文公拱手："敬请夫子留住滕地！"

"轲敬从。"孟轲还礼。

楚人兵锋直逼薛城，宋国借道，鲁国出兵助阵，薛地之主田婴坐不住了，驰往临淄禀报军情，求助齐宫。

宣王显然没有料到昭阳的反应如此强烈，有点儿慌神，因孙膑、田忌仍在军中部署伐楚，急与苏秦、邹忌、田婴、张丐四臣谋议应对。

众说纷纭之下，苏秦给出两个应招，一是派人使鲁，二是调田忌大军至薛。

兵来将挡，调大军至薛当无争议，关键是使鲁。

使鲁的合适人选是田婴，但薛是田婴的封地，鲁国让出的七邑也归薛地辖制，鲁公对田婴早有不满，田婴不合适出使。苏秦在名义上仍是六国共相，使鲁也不合适。此番战祸是田忌远袭项城惹下的，邹忌推说头痛，自始至终一副事不关己的样子。

宣王看向老臣张丐。

"臣请往！"张丐抚一把飘到胸前的白胡子，拱手请命。

大事议毕，宣王退朝，苏秦拉田婴到威王灵堂拜祭。

"苏子，"田婴边走边问，"我心里不踏实哩！"

"上大夫何处不踏实了？"

"万一楚人拼命了呢？单是越人水师就很麻烦。"

"上大夫担心的恐怕不是越人水师吧？"

"是哩。"田婴应道，"我担心的是军师，自马陵之后，他谁也不想见，什么也不过问。前番王上旨令伐楚，田将军寻他谋议，他一个字儿没吐。好在田将军有所筹备，使匡章远袭项城，虽说打得漂亮，却是把火烧到我的薛地了。"

"唉，"苏秦轻叹一声，"估计孙兄不会再打仗了。"

"我担心的正是这个，"田婴急切道，"若无军师，田将军与昭阳难分伯仲。再说，大部分粮草让魏人烧了，这又征战数月，五都将士多无战心，都在嚷嚷着回家呢！"

"有一个人或可退敌。"苏秦应道。

"谁？"

"陈轸。"

张丐手持使节，踏入鲁国正殿。

张丐走进殿门，没有像正常使臣那般踏着小碎步趋见君主，施以问聘大礼，而是在门口止步不前。

就在鲁景公莫名其妙之时，张丐脱下使臣冠冕，朝鲁景公行个只在参加丧事时才行的祭拜躬礼，礼毕，长哭三声。

鲁景公蒙了，盯住他。

哭毕，张丐趋步走至鲁公前面，行觐见之礼。

"你，"鲁景公缓过神来，指着他，"齐国使臣，何以入门不行，长哭三声？"

"丐为吊唁而来，怎能不哭呢？"张丐坦然应道。

"吊唁何人？"

"君上您呀！"

"你……"鲁景公气极，再次指向他，声音哆嗦，"因何来吊寡人？"

"丐为齐王特使，不辞劳苦前来行吊，君上总该赏个席位吧？"

张丐捋一把白花花的胡子，环视左右。

"坐吧！"鲁景公指一下客席。

张丐正襟坐定。

"说吧，"鲁景公犹自气喘，"因何来吊寡人？"

"丐闻君上出兵一万、战车一百乘助楚，可有此事？"

"有呀！大司马已经点兵，三军整装，从楚国大军出征。"

"丐正为此吊！君上昏矣，君上过矣，君上不智矣。"

"哼，"鲁景公鼻孔出声，"使臣既为齐王说话，别是齐王恐惧了吧？"

"君上想多了。"张丐应道。

"寡人何处想多了？"

"三军出征，皆为战胜。敢问君上，为什么您不选择站在战胜一方，而要选择站在战败一方呢？"

"此番交战，你认为齐、楚哪一方会胜？"

"尚未交战，胜负只有上天知道。"

"既然特使不知，为何又说寡人选择站在战败一方了呢？"

"因为君上没有选择站在战胜一方呀！"

"这……"鲁景公让他搅得有点儿头晕。

"丐以为，"张丐侃侃应道，"齐楚皆为大国，各有其长，亦各有其短，但总体来说势均力敌。齐楚大战，粮草数以百万担，三军数以十万计，对于小小鲁国的区区万众，增之不显其多，减之不显其少，无论对于哪一方来说，有鲁与无鲁，几乎没有差别。今战事未开，胜负未决，却急于选择站队，丐敢问君上，天下有哪一个君主会这么做呢？"

"这……"鲁景公语塞，良久，倾身，"请使臣教我！"

"齐楚若战，无外乎三个结果，一是楚人胜，二是齐人胜，三是两方皆不胜。常言道，伤敌一万，自损八千。楚人若胜，其锐必伤，其力必殆；齐人若胜，其锐必伤，其力必殆；楚、齐若是皆不胜，双方之锐必皆伤，双方之力必皆殆。此时才为选择良机，明君必择之。"

"若此，寡人该如何择？"

"楚人胜，择楚；齐人胜，择齐；双方均不胜，中立。"

"寡人受教矣！"鲁景公大是叹服，起身走至张丐席前，深深一躬，执张丐的手走向后花园，转对内臣，"为齐国特使摆国宴。另，传旨大司马，暂缓出兵！"

楚国先锋昭鱼大军经由彭城，越过宋境，计划于两日之内抵达薛城，由平陆驰援的齐国一万先锋骑卒也在匡章引领下马蹄嘚嘚地从曲阜西侧越过平陆、桑丘，向南急驰，显然是想赶在楚军之前抵达薛城。一场涉及两个大国、不下二十万甲士、愈千辆战车的大国之战近在咫尺。

陈轸接到昭阳急信，说他已在途中，要陈轸暂先赶往薛地，在昭鱼的帐里候他。就要动身时，陈轸看到齐使张丐来了，且也住在驿馆。

陈轸忖出张丐来意，吩咐车夫卸套，复入馆驿，静观鲁宫动向。

等候期间，陈轸走到馆舍后面的花园里，正自寻思如何应对张丐，侍从禀报有人到访。

陈轸迎出，见是苏秦，既惊且喜，连连拱手："哎哟哟，真没想到是六国共相驾到，失迎，失迎！"

苏秦至郢合纵时，陈轸与他在昭阳府中见过一面，苏秦也拜访过他。

尽管当时陈轸为秦公效力，与苏秦是敌对关系，但从私底下讲，他挺佩服苏秦，也欣赏他的纵亲方略。说实在话，鬼谷四子中，孙膑他没见过，就庞涓、张仪、苏秦三人，只有苏秦让他舒心。前几天他甚至还琢磨寻个机缘拜访苏秦，与其联手赶走张仪呢，不想苏秦竟就到了！

"不速之客，有扰了！"苏秦拱手还礼。

"呵呵呵，苏子客气！"陈轸让他至客堂，分宾主坐下，"苏子此来，想必是为薛城的事吧？"

"正是。"苏秦笑笑，"在下思来想去，天底下能化解此结的怕也只有陈兄了！"

"关于此结，苏子欲做何解？"

"只有一解，昭阳退兵。"

"这……"陈轸盯住他，半晌，笑道，"苏子何来此解？"

"为昭阳好，也为陈兄好！"

"哦？"

"敢问陈兄，若论用兵，昭阳比庞涓如何？"

"昭阳不及庞涓。"

"庞涓死于谁手，陈兄可知？"

"不是田忌吗？"

"是孙膑。"

"哦？"陈轸倒吸一口凉气，"孙膑不是死了吗？"

"如当年诈疯一样，孙膑只是诈死。这辰光，孙膑就在齐营，诱歼庞涓正是孙膑的谋划！"

陈轸目瞪口呆。

"齐师诈败，"苏秦强调齐师战力，"全歼庞涓麾下的五千虎贲武卒，自己几乎没有伤亡。"

"昭阳得襄陵八邑，也几乎没有伤亡。"陈轸不甘示弱。

"虽然如此，性质却是不同。"苏秦侃侃说道，"襄陵之战，在楚方，昭阳是不宣而战，是用间偷袭；在魏方，魏王刚刚抽走城防主力，郑克尚未部署好新的防御，加之昭阳暗布间者，赢在阴处。假定昭阳公开宣战，公开攻城，且没有内应，以郑克之力，结果必然不同。马陵之战则不然。齐魏是公开宣战，魏袭齐人粮草，齐人就势诈败，引诱庞涓精锐入马陵而歼之。"

"好吧，不说过去，单说眼前。齐楚尚未开战，苏子何以认定楚人就一定战败呢？"

"出师在义。"苏秦直抒胸臆，"齐师征大梁，是解韩国之急，得义；齐师奔薛地，是保家卫国，亦得义。楚师则不然，偷袭襄陵，失义；远征薛地，亦失义。自古迄今，得义者勇，勇则胜。"

"好吧，"陈轸笑了，"在下让你说服了。"盯住苏秦，"让楚师撤，是为楚好，为昭阳好，这个在下知了。方才苏子扯到在下，又做何解？"

"陈兄可以因此积德。"

"德在何处？"

"一在昭阳，二在楚人，三在齐人，四在天下。陈兄一举而德积四处，路修八方，何乐而不为呢？"

"哈哈哈哈，"陈轸长笑数声，冲苏秦竖起拇指，"苏子堪称天下第一舌也，张仪竖子远远不及！"敛住笑，盯住苏秦，"在下应了。不过，在下也有一求，望苏子助力！"

"陈兄年长，求字秦不敢当。陈兄但有驱用，秦竭股肱之力！"

"你我合力，将张仪竖子赶出魏国！"陈轸倾身，一脸热切。

苏秦淡淡一笑："这是在下此来拜托陈兄的第二桩事！"

"成！"陈轸转对侍从，"安排酒宴！"

是夜，陈轸与苏子临栏把酒，言天下，说纵横，抒情志，论鬼神，直聊到东方发白，鸡鸣三遍，兴犹未尽。

日头初升，二人洗把脸，各自备车，并驾驶出曲阜主街，于西城门外的衢道上依依别过。

陈轸神清气爽，早将张丐什么的抛诸脑后，歪在辎车里优哉游哉地哼着催眠小调，不一会儿就将自己哄睡了。

从曲阜到薛城约四百里，陈轸也不急赶，任马由缰地游走三日，于第四日中午抵达薛地，与昭鱼会合。

及至后晌，昭阳大军也赶到了，逾七万人马沿着泗水西岸扎下营寨。

傍黑时分，陈轸沐浴更衣，至中军帐请见昭阳。

昭阳急不可待："鲁公如何说？"

"出步卒一万、车一百乘！"

"太好了！"昭阳一拳震几，"泗上诸国，还是鲁公最识时务，莫说是一万，能出一千就成，关键是个态度。你答应他什么了？"

陈轸拿出加盖鲁景公印玺的协约，呈上。

"呵呵呵，七个邑，五十里地，可以，可以！"昭阳看过，将协约丢到案上，看着陈轸，"我就说嘛，陈兄出马，没有搞不定的事！"

刚好是晚餐时间，参将进来，端上几盘菜，昭阳亲手摆上酒杯，执壶斟酒："与齐之战，陈兄旗开得胜，当受第一功，来来来，本将为你庆功！"

"是主将错爱！"陈轸举杯。

二人把盏，酒过数巡，陈轸搁下酒杯，斟好，看向昭阳。

陈轸的目光一直盯在昭阳脸上。

"陈兄，"昭阳笑一下，朝陈轸举杯，"一张老脸，没啥好看的，来，干！"

陈轸没动，仍旧盯住他看。

昭阳笑脸凝住，放下杯："陈兄，你有话说，是不？"

"轸有一事求教！"陈轸拱手。

"呵呵呵，"昭阳自己举杯，饮下，拿过壶，斟上，"什么求教不求教的，你我兄弟，有什么直说就是！"

"依大楚律令，统帅三军，伐国抚远，覆军杀将，最高能授何职何爵？"陈轸一本正经地问道。

"哈哈哈哈，"昭阳举杯指向他，"陈兄没有喝多呀，怎么连这个也不晓得了？伐国抚远，覆军杀将，职最高者上柱国，爵最高者上执珪！"

"若是比这个再高、再贵一些呢？"

"令尹哪！"昭阳不假思索。

"确实，"陈轸点头，"楚国朝堂之上，令尹居于一人之下、百官之上，贵不过此矣！"

"陈兄？"昭阳眉头皱起。

"轸还有一问：楚国朝堂，能设几个令尹？"

"这……"昭阳挠头，"你究竟想说什么？"

"求教呀！楚国朝堂能设几个令尹？"

"自古迄今，令尹只设一个！"昭阳硬起头皮答道。

陈轸吊足胃口，切入主题："轸在宋地街头遇到一个说小说的，听他讲出一桩旧事，颇有意趣，不知将军想听否？"

"你说。"

"说是楚地有家贵门，"陈轸看向案上的酒杯，"主人得子，喜甚，置席大宴宾客，让下人带给五个门人一卮酒，让他们同喜同乐。下人走后，五个舍人望着酒卮，彼此顾目。舍人甲说：'诸位诸位，我们人有五个，酒只有一卮，若是人人皆饮，谁也喝不过瘾。在下出个主意，诸位皆在地上画蛇，谁的蛇先画成，此酒归谁饮，如何？'余下四人都说公平，各自备下画具。随着舍人甲的一声'起'，五人奋笔。舍人乙手快，蛇先画成，左手持卮至唇，右手继续画，边画边说：'看我再添几只蛇足。'然而，他的蛇足尚未画好，舍人丙已经画好蛇，一把夺下他的卮说：'蛇本无足，你加足为何？'众人皆笑。舍人乙眼睁睁地看着舍人丙执卮仰脖，将他已到口边的酒饮干了。"盯住昭阳，给他意味深长的一笑，"敢问主将，那个为蛇添足的舍人岂不成趣吗？"

昭阳捋须有顷："你是在喻在下吧？"

"轸不敢。"陈轸拱手，"轸只是在想，大人身为大楚令尹，亲任主将，远征强魏，破八城，得要地襄陵，居功至伟，已如蛇成。大人今又结宋联鲁，乘胜攻齐，欲成更大功名，犹如为蛇加足矣。"

"依你之言，在下也是要失酒喽？"昭阳声音如挤，老脸阴沉。

"轸窃以为，"陈轸压低声音，"失酒倒在其次，将军若是因此招来杀身之祸，可就得不偿失了！"

"哦？"

"大人已经贵为令尹，位极人臣，"陈轸提高声音，反问道，"假定胜齐，大人屠城杀将，立下不世之功，大王还能奖赏您什么呢？"

"这……"昭阳语塞。

"如果大人战而不胜，敢问大人，楚律是如何惩罚败军之将的呢？

轸没记错的话，昔年屈瑕贵为莫敖，朝堂上亦如大人，位在一人之下、百官之上，然而恃骄伐罗，战败而自缢于荒谷。"

"你是说，"听陈轸将自己比作屈瑕，昭阳脸色更加难堪，声音几乎是从牙缝里挤出，"本将战不过田忌？"

"将军当然可以战过田忌。"陈轸淡淡一笑。

"既然能够战过他，你又为何将本将比作屈瑕？"

"因为将军未必战过另一个人！"

"谁？"昭阳执杯于手，搁至唇边。

"孙膑！"

"他……"昭阳手一抖，酒杯落地，"他不是死了吗？"

陈轸不再卖巧，将孙膑诈死以战庞涓的故事复述一遍，听得昭阳面无血色。

"大人还为蛇添足否？"陈轸讲毕，笑问。

"来人！"昭阳大叫。

参将跨步进来。

"传令，明日晨起，三军起营，退兵项城！"

田忌大军还没抵达薛城，楚人就已畏惧退兵，着实让邹忌吃惊不小。

鲁公中立他能理解，功劳可以算在张丐头上。大楚中军已发至薛城，越人水师已会聚琅琊，楚人的箭非但搭在弦上，非但拉开长弓，非但松手，且此箭已是呼啸在飞了，昭阳却又生生将之拽回来，这是为什么呢？

是他害怕田忌吗？是他害怕孙膑吗？如果是害怕二人，出兵之前他为什么不怕？如果不是，就是另外的原因。

另外的原因何在？

邹忌苦思冥想，良久无解。

无论是何原因，退楚师之功在明面上都要记在他田忌头上。

邹忌越想头越大。可以说，从田忌由楚返回，到孙膑复活，到大梁被围，到粮草被焚，到马陵之捷，再到牟辛被斩，这局棋的每一步落子都出乎邹忌意料，也都让他睡不好觉。尤其是粮草被焚的事，让过日子一向精打细算的邹忌捶胸顿足，心疼几天，差一点儿将牟辛的祖宗咒上十八代，尽管在内心深处的某个角落依旧存在些许乐祸邪念。

说真的，邹忌不喜欢田忌，但从未想过与他作对，竟就这样怼上了。

尤其是今日，所有的棋路全部走死。

邹忌苦笑一下，召来府宰。

"主公，"府宰从袖中摸出一个竹片，"小人依从主公吩咐，拉出一个荐举名单，请主公审核。"

邹忌接过竹简，看向名单，微微皱眉。几天前宣王上朝，要众臣荐贤，邹忌遂让府宰从门人中选出几个能做事的，不想他一下子拉出十几人。

"禀主公，画圈的可治政，画线的可治地方，打钩的可治军，最后一人可治刑律。"府宰小声禀道。

"怎么没有公孙闲？"邹忌放下竹片，看向府宰。

"他人缘不好，门人中没有一人荐举他。"府宰应道，"还有，他自己也不想入仕。"

"晓得了。"邹忌将竹片袖起，"召他过来！"略顿，"是请！"

府宰匆匆出去了。

邹忌从袖中摸出竹片，瞄几眼，再收起来。说真的，比起府宰与其他门人来说，邹忌更不喜欢公孙闲，但这辰光他实在想不出更好的招了。

公孙闲来了。

"主公是想和解呢，还是用强？"公孙闲显然对这个死结一清二楚。

"怎么和解？"邹忌急问。

"待田忌回来，主公肉袒负荆，上门请罪。田将军虽然凶悍，却是个粗人。主公只要真心诚意，相信他不会过分。将相和，将有大利于国。"

邹忌闭目良久，声音出来："用强呢？"

"请主公借金耳一用！"

邹忌伸过一只耳朵，公孙闲倾身就耳，细语有顷。

邹忌长吸一口气，以手揉目。

滴漏声声，光影渐移。

"你能确保成功吗？"邹忌突然睁眼，盯住公孙闲。

"闲不能。"公孙闲淡淡应道。

邹忌再次闭目。

"闲不能保证成功，"公孙闲接道，"却可保证无伤主公一丝一毫！"

"既如此，你就去试试吧。"

"闲请三十金！"公孙闲应道。

邹忌起身，入内室，拿出一个钱袋摆在他前面："袋中有五十金，三十金为你所用，另二十金为预支奖赏！"略顿，"事成之后，本公另赏五十金！你可持此寻个去处，快活余生！"

"谢主公厚赏！"公孙闲接过钱袋，"闲告退。"

"记住，天知、地知、你知、我知！"待他出门，邹忌送出一句。

公孙闲略略一顿，大踏步走远。

几日之后，在西部军事重镇阿城的北街，一个头戴弁冠、年纪轻轻的壮汉快步拐入一个偏僻巷子，在一个铺面前停下。

铺面不大，只有一间房子，开着一个单门，门顶悬一匾，上题"天地乾坤"，门面上画着八卦，门前竖着一幡，上写"诚信则灵"。

壮汉审察一会儿招牌，迈脚入铺。

当堂而坐的是个年长卜者，一双老眼炯炯有神。卜者前面摆着几案，案上放着卜具。身后是个正堂，堂上悬着六十四卦图，图前供着三圣灵位，分别写着"天圣伏羲""地圣姬昌""人圣孔丘"。

生意甚好，铺中已经候着几人，以序列席。

壮汉在前面一人的身后席地坐下。候有一时，又来几人，分别排在汉子身后。

前面几人卜完，该到壮汉了。

卜者如鹰般的眼睛直视过来。

壮汉目光闪躲。

"生辰八字！"卜者问道。

壮汉从袖中摸出一个竹简，递过去。卜者看到，递简的手上只有三根指头。

卜者看会儿简，审视壮汉："这个八字不像是你的呀！"

"正是。"壮汉应道，"是我家主公的。"

"你家主公尊姓大名？"

"这……"壮汉迟疑一下，"我家主公姓名，不方便透露。"

"没有姓名，嗯，"卜者自说自话，有顷，看向壮汉，"说吧，你家主公欲卜何事？"

壮汉应道："先生能借一只耳朵否？"

卜者伸耳。

壮汉凑过去，小声，但又清晰可辨："我乃主公心腹舍人，主公欲谋大事，听闻先生卦灵，特使我求卜吉凶。"

"是何大事？"卜者压低声音。

"主公没讲，只说让我求卜吉凶。"壮汉从袖中摸出十块金子，"此为卦金，请先生费心！"

望着金光灿灿的十枚卦金，在场诸人无不伸长脖子。

卜者吸一口长气，看向壮汉，半是征询："你家主公是——"

"我家主公为当世英豪，三战三胜，声威天下，有大功于社稷，无奈世道昏昧，天纵奸贼，主公被逼，无家可归，郁闷日久，欲谋大事，烦请先生卜之。主公说了，大事若成，另谢先生十金！"壮汉拱手。

望着十枚金块，卜者又吸一口气，摆弄卜具，不一时，卜出一个上上签。壮汉喜之不尽，拿上卦签，再三拜谢而去。

卜者小心收起十枚金块，看向其他卦者："下一位，谁还求卜？"

五日之后，黄昏时分，一队宫卫开进阿邑，冲进小巷，撞开房门，将年长卜者拘押，次日又拘走那日所有前来占卜的人，只漏掉戴着弁冠、残去两根手指的求卦者。

第三章

了尘缘孙膑归隐　说仁政孟轲游齐

　　先锋匡章出征之后，田忌对与楚之战心里无底，直驱甄邑，软磨硬缠，将孙膑生生抱进他的专用辎车。

　　大军刚过大野泽，匡章快马急报，楚师全线撤军，包括越地水师，缘由未知。

　　田忌蒙了，急问孙膑，孙膑只说两个字："班师。"

　　田忌担心楚人行诈，传令退军至大野泽，依泽屯扎，又令匡章坚守薛城，密切观望楚军动向。

　　次日近午，苏秦的辎车由宋境驰来，直入大营。原来，与陈轸别后，苏秦仍旧放心不下，吩咐飞刀邹择道拐向宋境，守在楚国中军必由之道，眼睁睁地看着昭阳大军向东征伐，又眼睁睁地看着他们原道回返，这才往回赶，中途截到田忌。

　　待苏秦述完昭阳撤军因由，田忌大是唏嘘。一番口舌竟就省去一场刀兵，于一向恃力说话的田忌来说，简直是不可思议。

　　尽管退师的功劳不是自己的，田忌仍很高兴。说实在的，田忌不想与楚开战。前番奔楚，楚人待他颇好，尤其是昭阳。虽说田忌没有投他，景氏对他也颇多微词，但昭阳并未计较，仍旧举荐他为庸地守丞，脱他于寄人篱下之苦。单是这份情义，田忌就不忍心与他兵锋相见。

战事没了，下面该是大军何去何从的事。

"田将军，"苏秦看向田忌，"三军将士奔波数月，也该回家看看了。在下建议奏报王上，就地解散五都之军，我们三人赶回临淄，一则复命，二则为先王守灵。"

田忌咬紧牙齿，看向帐外，半晌没有吱声。

"孙兄意下如何？"苏秦转向孙膑。

"三军出征，唯主将之命是从！"孙膑笑笑，将皮球轻松踢回。

"田将军？"苏秦也笑了。

"国事没了，该是在下的家事了！"田忌收回目光，盯住苏秦与孙膑。

显然，成侯邹忌是一道越不过去的坎儿。

苏秦笑道："田将军，如果邹相国认错了呢？"

"认错？"田忌从鼻孔里哼出一声，"如此阴毒之人，捏造罪名，陷害忠良，网络党徒，营私舞弊，堪称国之蠹肿，田忌与他不共戴天！"

"敢问将军，相国杀你父亲了吗？"

"你……"

"儒者说，只有杀父之仇才不共戴天啊！"

"我不听他花言巧语，我只认一事，有他无我！"

"唉，你呀！"苏秦长叹一声，"我且问你，如果有人事事与你作对，杀了你的儿子你该如何？"

"我……"田忌顿了一下，恨道，"不一样，他的儿子该杀！"

"是该杀，但你不能杀。"

"我是主将，凭什么不能杀？"

"就凭你是主将。"苏秦咬上了，慢条斯理，指着孙膑，"如果你与孙兄演出一戏，孙兄依法令杀，你帮他公子说情，孙兄依法再杀，你假意震怒，与孙兄争吵，孙兄讲出一番必杀之理，你无言以对，挥泪斩之……"

孙膑扑哧笑了。

"我……"田忌眨巴眼睛，气显然消下去了。

"田将军，"苏秦敛笑，"就在下所知，邹相国不完全是小人。将军是公族王亲，邹相国是客卿，凭才华入相。齐有今日之荣，邹相国功不可没。至于邹相国存私，这是人性之弱。敢问将军不存私吗？将军与邹相国，一为将，一为相。将相若和，则利家国；将相不和，则弱家国。将军家小皆在齐地，产业、抱负亦在齐地，国若不强，家若失和，于将军何利？"

"好吧，"田忌长叹一声，"我可让他一步。不过，他若不肯讲和呢？"

"这个包在苏秦身上。"苏秦抱拳，"在下歇过一夜，明日即赴临淄，与邹相国促膝深谈。以相国之明，断不会用强的！"

"在下谢过了！"田忌拱手还过礼，转向孙膑，"孙兄，如果苏兄未能成功，如果姓邹的执意不肯，在下又该如何？"

"将军可有上中下三策，"孙膑发话了，"上策是，暂不解散三军，向三军公开前事真相，讲清将军与成侯的恩怨是非，打出清君侧、除成侯的旗号，困住临淄，留出大道，逼走成侯。"

"中策呢？"

"散五都之兵，只身入宫，向王上诉说冤情。王上做殿下时，对前事知情，想他听得进去。王上新立，正欲树正抑邪，定有公允处置！"

"那……下策呢？"

"率三军勇士，冲雍门，擒成侯！"

田忌沉思有顷，转对苏秦："有劳苏兄！"转对亲信军尉，"来人，摆酒！"

然而，树欲静而风不止。

就在田忌的心房打开，与苏秦、孙膑开怀畅饮之时，田婴到了。

田忌眼尖，起身迎住他，将他扯到席前，不由分说就要灌酒。

田婴苦涩一笑，盯住田忌："田将军，在下不是来喝酒的。"

"咦？"田忌回视他，吸一口气，"我说田婴，我们忙里忙外，好不容易把你的薛地解围，你不好好敬我们几杯，反倒如此阴阳怪气，是何道理？"

田婴长叹一声，从袖中摸出谕旨，递给田忌："将军自己看吧。"

田忌看过，一下子爆了，啪地将谕旨摔在案上，拳搐几案，将几个酒爵全部震倒。

苏秦捡过谕旨，看过，闭目，递给孙膑。

孙膑看完，长叹一声，亦闭目。

"忌兄，"田婴拱手，"好好睡一觉，明晨与在下同去临淄，向陛下陈述明白！"

"我是要去，"田忌暴跳，"但不是这般去！来人！"

参将进来。

"传令三军，明日辰时，拔营！"

参将应声而去。

苏秦三人面面相觑。

"田兄，"苏秦抬头，对田婴拱手，"这样吧，在下与你走一趟临淄，现在就走！"转对田忌拱手，"田将军，万不可急切，在下这就面见王上，探明情由！"对孙膑拱拱手，朝田忌努嘴，抱拳，"孙兄，告辞了！"

一把扯上田婴，急步出去。

苏秦赶到临淄，与田婴觐见宣王。

宣王也不多话，召来司刑，旨令他带苏秦前往刑狱。

苏秦亲自提审卜者及那日排队候卜的一行人众。苏秦是一个一个提审的，从他们的供词上看不出有串供嫌疑。苏秦找到画家，让他根据他们的描绘画出求卜之人的相貌与特征。

苏秦审毕，驱车赶到田婴府中，扼要讲过提审情况，将求卜之人的画像递给田婴。

"这人我见过，"田婴指着画像，"是田将军府上的人。"

"你确定吗？"苏秦不死心，"此像是我让画师根据他们的描述画出来的。"

"相貌大体如此，我不能完全确定，但两根断指是确定的。"田婴应道，"此人原是田将军的护卫，作战勇猛，立过功，深得田将军信赖，姓名我记不清了，指头是在战场上断的。前些年过龄退役，不想种地，就到田将军府上做事了。"

"从常理上讲，此事说不过去。"苏秦盯住田婴，"一是田将军是个直脾气的人，要打就打，要杀就杀，不会拐弯。二是即使将军要做大事，占天意，也不可能让下人去做。还有三，前番田将军受查，结果证实是诬陷。"

"你是说，依旧是相国设局？"

"是否相国设局在下不敢说，但就田将军的性格，他不会干这种事！"

"这也难说，"田婴应道，"国中无人不知他与邹相国的结，忌哥眼里容不下沙子，何况受了那么多委屈。此番功成，回来复仇是自然的事。邹相在朝中有势力，忌哥是个粗人，一旦进入临淄，在朝堂上未必有胜算。前些日，忌哥确实与我谈过回师临淄的事，他要武力拿住邹相。如果回师临淄，武力拿人，这的确是大事，忌哥找人占卜也是成立。再说，是在阿邑占的卜，阿邑是忌哥的地盘。他或没想到有人会告到王上那儿。"

"若此，怎么办呢？"

"没有办法。忌哥一跳三丈高，若回临淄，反倒是解释不清了。再说，王上新立，最近在起用新人，对老人手……"田婴顿住。

"晓得了。"苏秦点头，"没有庞涓，魏国兴不起大浪，未来几年，齐国当无重大军事，用不上田将军，田将军离开齐地也是上策。只是，田将军年事已高，心更伤了，此番避难，想必不肯再回来了。田将军的家小，烦请上大夫妥善安置，愿意跟从田将军的，安排他们上路；不愿跟从的，可让他们暂避府宅，观望一下王上态度。"

"敬受命。"田婴匆匆去了。

苏秦回到稷下自己的馆舍，修书一封，使人捎给田忌，又将断指卜者的画像递给飞刀邹："邹兄，追查此人，看他匿身何处！"

齐国大军在田忌催促下浩浩荡荡地开向阿邑。

几日之后，大军抵达甄邑，孙膑回归祖宅。

过去甄邑就是阿邑。田忌觉得时机到了，召集三军诸将，将成侯邹忌两番设局害他的事细述一遍。众将无不义愤填膺。然而，当田忌要求大家各引所部随他围困临淄、活捉成侯时，众将无不闭口，面面相觑。

"诸位将军，"田忌情绪激动，语气悲壮，"你们跟从本将多年，晓得本将的脾气。邹贼与本将虽为私仇，但也不完全是私人恩怨。邹贼凭借一把破琴说事，得先君之心，用事迄今。常言道，文治国，武安邦，本将与邹贼本应互不搭界，各司其职才是，可他偏就不安本分，动辄干涉军务，处处与本将作对。凭借权力，他在朝中网罗同党，渐成势力，本将奈何他不得。他处心积虑地勾结牟辛，将其子送入军中，坏我大事，本将依律斩其子，不想他竟记恨于心。本将不怕仇怨，有本事干在明处就是，可他偏不，前番害我一次，今又设局害我，是可忍孰不可忍，本将与他拼了。此番围攻临淄，王上未曾授权，本将也不强求诸位，凡是愿从本将者，本将感激不尽，视为终身兄弟；凡是不愿从者，本将亦不为难，大家各行各道。若是诸位皆不跟从，本将毫无怨言，明日晨起，一人一车杀回临淄，与那邹贼同归于尽！"

话音落处，几名亲随振臂相从。

田忌挨个看过去，众将纷纷举手。

"在下诚谢诸位！"田忌朝众将抱拳一周，"既然诸位大义相从，明日晨起，我们就起帐拔营，开往临淄，清除奸贼！"

"开往临淄，清除奸贼！"众将齐吼。

众将散走，田忌驱车来到孙膑祖宅，将自己召集诸将、吁请杀回临淄之事略述一遍。孙膑听毕，轻叹一声，闭目不语。

翌日晨起，赶到田忌中军大帐的只有二人，分别是副将匡章和中军参将。

田忌坐在主将大案后面，半晌没有说话。

"主将，"匡章拱手，"大家……一宿未睡，这辰光仍在末将帐中，是末将……没让他们来……"

田忌看向他，良久，点头："你做得对！"

"末将愿与主将同往临淄，向王上申诉，祈请王上伸张正义，否则，三军之心必寒！王上新立，欲为大事，必安三军，想他……"匡章再度拱手。

"匡将军大义，"田忌苦笑一声，回礼，"田忌谢过了！"

长长的沉默。

"唉，"田忌终于出声，发出一声长叹，"想我田忌，何德何能，何德何能啊！"

"主将，"匡章与参将跪地叩首，半是哽咽，"不是将士们不从主将，是……是他们不忍围攻临淄啊！"

田忌正欲感叹，帐外一阵脚步声。

"报！"守值军尉进帐禀道，"六国共相苏大人信使求见！"

"有请！"田忌扬手。

守值军尉引一名褐衣人进来，呈给田忌一封密函。

田忌拆信，阅毕，仰天长笑，笑声中满是悲怆。

匡章震惊，盯住田忌："主将？"

田忌将信扔给匡章，看向军尉："备车！"

军尉得令，匆匆走出。

田忌起身，回到帐内卧处，拿出一个锦盒，摆在几案上。田忌再回卧处，折腾一阵，拎出一个包囊，在一声长笑中大踏步走出军帐。

田忌将包囊扔在车上，喝叫驭手下来，自己坐上，扬鞭催马，驱车径出辕门。

匡章持书追出，目送他的战车驰出辕门，渐去渐远。

匡章轻叹一声，返回帐中。

参将双手捧着锦盒，呈给他。

匡章打开，是田忌的主将印玺与虎符。

在阿邑偏街一家不很显眼的客栈里，公孙闬与残指人对坐于席。

公孙闬摸出五枚金块，挨个摆在几案上，朝残指人拱手。

残指人拱手回礼，收起五块金子。

"晓得下面该做什么了吗？"公孙闬问道。

"晓得。"残指人应道，"小人明日即离开阿邑，回老家即墨，置地购屋，安度晚年。"

"不是。"公孙闬摇头，"你今晚就得离开。不是回即墨，而是隐姓埋名，永远离开齐国，到楚国之外的任何一个国家，最好是三晋。

这五枚金块，加上前面预支的五枚，足够你置办一处小小的家业了。"

"可……"断指人目光急切，"小人不能回故乡了。"

公孙闲从袖中另外摸出十块金子，一字儿码在案上："这十枚可让你忘掉故乡，娶妻纳妾，颐养天年！"

断指人收起金子，拱手："谢公孙兄厚赏！"大步出门，扬长而去。

望着残指人走远，公孙闲长嘘一口气，朝外叫道："店家？"

店家走进来。

"我的车马备好没？"公孙闲问道。

"备好了。"店家应道。

"这是店钱，不必找零了。"公孙闲摸出一块金子，码在案上，大步出门，跳上辎车，扬鞭驰去。

两日之后，天色将昏，公孙闲大步走进相国府，入见邹忌。

邹忌表情紧绷，两眼盯住公孙闲。

"禀主公，"公孙闲拱手，"闲受命未负，田将军已于三日前封印出走，投楚去了。"

"你……"邹忌起身，拱手，嘘出一口长气，"说吧，叫本公如何酬谢？"

"谢主公厚意！"公孙闲没有起身，只在位上略略回一拱，从袖中摸出邹忌给他的钱袋子，搁在几案上，"闲收主公五十金，给卜者十金，今在王上那儿。给田忌的仆人酬劳并赏钱计二十金，给几个证人各一金，计七金，给告密人三金，其他花费五金，余金皆在袋中，请主公验收！"

"这……"邹忌看向钱袋，略顿，将钱袋推回，从案底又拿出一个早已备好的袋子，也推过去，"公孙先生，此袋中有足金五十两，是本公另外赏你的！"

"谢主公厚赏！"公孙闲拱手，没看袋子，只将目光射向邹忌，"闲既入主公之门，当为主公尽力，此袋还请主公收回！"

"公孙先生，"邹忌惊愕，"你……还要待在本公这儿？"

"呵呵，"公孙闲淡淡一笑，"主公多虑了。"

"这……"邹忌不解，盯住公孙闲，"先生欲去何处？"

"天大地大，自有闲的容身之处。"

"先生还是拿上这个吧！"邹忌从案上拿起钱袋，双手递上。

公孙闲接过，放到案上。

"先生！"邹忌盯住钱袋，心里揪着。

"相国大人放心，"公孙闲改了称呼，淡淡一笑，"从此时起，闲不再是大人的门人，也不会再进此门，凡在此门之内由闲经办的事，闲也都一并抹去，决不向人提起！"

"谢先生高义！"邹忌拱手，"先生大德，忌不能不报。说吧，先生但有所愿，忌必回应！"

"谢相国大人！"公孙闲回礼，从袖中摸出一个锦囊，"相国大人定要表达，闲倒有一请，就在囊中，请大人三日之后启之！"

话音落处，公孙闲将锦囊轻轻摆在钱袋旁边，朝邹忌略略拱手，起身出门，没有回头。

邹忌缓缓起身，送出院门，望着公孙闲一步一步走远，消失在夜色中，方才踱步回返，至厅，拿起公孙闲的锦囊，端详良久，纳入袖中。

邹忌候过三日，启囊，掏出一张帛书，读之。

邹忌的眼在睁大，手在颤抖，汗在沁出。

帛书落地。

邹忌面孔苍白，扭曲。

帛书上洋洋洒洒数百个字，字字锥心：

相国大人，下述文字若有不适之处，敬请大人恕闲不敬之罪。

大人为鸿儒大家，学识渊博，以琴喻入仕，以法术干政，使齐地家国大治，播贤名于天下。闲本乡野鄙夫，慕大人贤良，遂不惜己身，往投高门，迄今已历六个春秋。闲性闲淡，不求闻达，不贪财色，但求心平气和，饥饱无虞。区区抱负，以大人之明，当可感知。

游子观险峻，远视如画，近之则恶。闲观大人亦如是。

儒者崇尚君子。《尚书》有云："无偏无党，王道荡荡。"就闲所知，不党不偏，方为君子正道。然则大人广结朋党，罗织门徒，利益往来，垄断朝野，稷下多少寒士，仕途被大人堵断，往来游士，若不同党，则难容于邹门。儒者以仁义为本，然则大人盗仁贼义，营私舞弊，十年而致财宝盈库，美人充室，大人亦沉醉于声色犬马，狎妓娈童，荒废国事。儒者以诚实为要，然则大人布局设陷，打击异己，无所不用其极。田将军圈马为国，大人圈马为家。田将军用孙膑，厉兵护国；大人拒庞涓，结牟辛，误军害国。田将军依军法处斩令公子，治军以明；大人以阴术驱走田将军，治国以暗。凡此种种，皆君子所不齿，皆小人所乐为，亦皆闲耳闻目见，实非诬陷。

诚然，构陷田将军的所有阴术皆出于闲。然而，闲虽无知，却不乏自知之明。自入高门以来，不知何故，大人恶闲。闲有百千阳策，大人不闻不问。大人无阴损不召闲，召闲即为阴损。

闲出阴损之策，一则食大人之粟，二则闲亦猎奇，甚想探测大人下限。这个下限，闲得知矣。

大国之相，坦坦荡荡。闲观大人私德，不配此位。德不配位，必有祸殃。今大人不仅构怨于田将军，亦构怨于三军将士。今君上新立，大人已是旧臣。旧臣之于新君，商君覆辙犹在。大人居危而不自知，仍在喋喋不休地向新君举荐私臣，闲窃以为不智。

闲非饶舌之人，临别犯言，只为感念大人的餐宿之恩。既已犯言，闲就再加一句：如果大人贪生惜命，寄望于寿终正寝，闲请大人即刻辞相，回封地颐养天年。

野夫公孙闲敬呈

夜静更深，邹忌独坐书房，内中五味杂陈。不知坐有多久，邹忌终于站起来，拿起公孙闲的帛书放在烛火上，看着它燃出蓝红色的火苗。

火苗壮大，帛书一直烧到手上，邹忌都没扔掉，死死地盯住它在他的几根手指间化为灰烬。

邹忌既没有感受到灼热，也没有感受到疼痛。

邹忌吹去灰烬，苦笑一声，将水倒入砚台，拿起墨柱，一下接一下地磨着。

磨出墨水，邹忌摊好帛，拿起鹅毛笔。

邹忌拿笔的手微微颤抖，在砚台里蘸足墨水，一笔一画地写到帛上。

是辞相的奏呈。

宣王看到奏呈，亲赴邹府，假意挽留几句，准允所请，赐金五十五镒、丝帛五十五匹、仆役五十五人。

是年，邹忌历经春秋五十有五。

之后三日，宣王任命田婴为相，亲笔为他题写相府匾额。

与此同时，阿邑的军营里，副将匡章亦接到王命诏书，就地解散五都之兵，与中军诸将回临淄复命。孙膑亦上表奏，回甄邑与家人团聚去了。

一场持续十年的将相之争在两相落寞中抱憾谢场。

笑迎终场的只有一人，新任相国田婴。

在邹府车队络绎离开临淄、赶赴邹忌封地的次日，田氏府中张灯结彩，田婴父子笑容可掬地站在悬挂新匾的相府门外，迎候达官贵胄的道贺。

入夜，客人散场，田婴、田文换了布衣，步入后花园，推开一扇僻静小院的柴扉，径入正堂。

堂中灯火明灭，晦明之中端坐一人，自斟自饮。

是公孙闬。

田婴径入主席，正襟坐定。田文又燃几支火烛，拿来酒壶，斟满三爵，于陪席坐下。

"先生！"田婴朝公孙闬举爵。

"主公！"公孙闬朝田婴、田文举爵。

三人饮下。

"敢问先生，未来可有打算？"田婴起身，斟酒。

"闬悉听主公！"公孙闬应道。

"去薛地如何？"田婴盯住他，举爵，"那儿天地广阔，可随先生之性！"

"悉听主公！"公孙闬举爵。

田婴转向田文："明日晨起，你陪先生前往薛地，薛地一应事务，悉听先生！"

"儿臣遵命！"

这日近昏，童子背着一个装满货物的竹篓，步态沉重地越过垭子，拐入鬼谷。

童子长成大人了，个头不矮于鬼谷子，且有超越的势头。自四子出谷之后，到宿胥口购物诸事，就由他一人独揽。

玉蝉儿望到，远远迎上，从他背上取过竹篓，背在身上。

"蝉儿姐，"童子从怀里摸出一个油烙饼，递给她，"你尝尝这饼。"

玉蝉儿咬一口，笑道："不会就买这一个吧？"

"共买三个，一个是我的，在我肚子里，这个是你的，另一个是先生的，怀里藏着呢！"

"味道美哩，你该多买几个！"玉蝉儿又咬一口，赞道。

"嘿嘿，"童子笑了，"我偷到艺了，赶明儿做给你吃，不是这味，不要钱！"

"你叫卖呀！"玉蝉儿笑了。

"嘿嘿，"童子笑了下，盯住她，"有个消息，蝉儿姐或想听呢！"

"是好事吗？"玉蝉儿歪头望着他。

"不好，也不不好。"

"咦？"玉蝉儿不再咬嚼了。

"不好是，庞师弟没听先生的话，终归是死在马字上。不不好是，庞师弟是败给孙师弟的，十年前我就料定了。天下没有庞师弟，或会安定些呢！"

玉蝉儿没有应他，只把脚步放快，沿山道如飞走去。

回到草舍，玉蝉儿闷坐一会儿，拿出琴，对着夜空拨弦。

琴音嘈杂、凌乱。

那个除父亲之外第一个近距离看过她身体的男人，就这么死了。

琴声中，玉蝉儿心海深处浮出一系列画面。

——溪水里，玉蝉儿边洗边哼着小曲，溪边树叶突然发出一阵沙沙响声，玉蝉儿不无惊惧地护住胸部，缩回水中。

——玉蝉儿落落大方地走上岸，穿上衣裳，走到树丛里，捡起张仪的扇子。

——月光下、篝火边，张仪、庞涓滚作一团。玉蝉儿款款走出，纱巾滑落，现出赤子之体。

——庞涓的声音：……此前的庞涓虽有冒犯师姐之处，却无冒犯师姐之心。今后的庞涓纵有冒犯师姐之心，却再无冒犯师姐之处了。

——庞涓的声音：……今对明月起誓，庞涓此生若爱一个女人，就是师姐！

——庞涓的声音：……庞涓本是龌龊之人，不配师姐高洁之躯，但天地日月可鉴，庞涓挚爱师姐之心，真真切切。自今而后，庞涓无论身居何处，师姐但有驱使，庞涓唯命是从。若有背逆，天地不容！

…………

玉蝉儿的泪水流出来。

月入中天，透射进草舍的窗棂。

一阵轻微的脚步声从洞中传出，鬼谷子缓步走出，坐在他的席位上。

童子点燃松枝，草舍亮堂起来。

"先生，"玉蝉儿停住手，抹去泪水，看向鬼谷子，"庞涓没了，孙膑他……会回来吗？"

鬼谷子微微闭目。

"还有苏秦、张仪，他俩……还要斗下去吗？他俩会不会如庞兄、张兄……"玉蝉儿顿住话头，一脸关切地看着鬼谷子。

鬼谷子轻叹一声，看向童子，做个比画。

童子会意，走进他的洞中，抱出那只大棋盘，轻轻摆在鬼谷子面前。

鬼谷子盯住圆盘上的棋局，两道长寿眉一边一撮，恰到好处地斜横过去，搭在耳侧。一撮白须垂在颔下，搭在棋局上，从远处望去，如高山冰瀑。

气氛凝重。

玉蝉儿看向棋局。

棋局上纵横是道，白黑胶着，处处杀机。

"蝉儿……"玉蝉儿眼中出泪，半是呢喃，半是哽咽，"蝉儿好想让他们四个……四个全都回到这谷里，什么也不做……"

童子走到玉蝉儿身边，坐下来，握紧她的手。

鬼谷子闭上眼睛，吸了一口长气，良久，缓缓吐出。

舍外，浮云掠月，凉风过谷。

孙膑病了。

孙膑的下半身疼起来，一直疼到上半身，疼到心里头。

从马陵战后，孙膑的膝关节就开始疼。每疼一次，他的眼前就浮出一次庞涓，他的耳边就响起回荡在夜空中的庞涓的声音：孙兄……师弟先行一步了……你的膑刑是在下诬陷的，你我结义，在下欺你仅此一次！孙兄装疯一次，诈死一次，两番欺我，算是扯平了……今日之败，非战之力，是天意亡我……

再后是一连串的画面。

——平阳城里，庞涓一路追杀他，从城里追杀到城外。庞涓追上他，就在他完全绝望、殊死相搏时，庞涓却杀了自己的驭手，放走他们父子。

——宿胥口客栈里，庞涓的脚解气地踩住那只捡金块的店家的手。

——庞涓将几块金币交给他。

——庞涓与他在狱中同拜天地结义。

——从宿胥口购物回来，只要是二人抬物，庞涓总是让他走在前面，在歇下时，孙膑总会发现重量在不知不觉中移向了庞涓一侧。

——庞涓出山，河水边，庞涓站立船头，向他频频挥手。

——庞涓率疲弱之军，在黄池一举击败常胜将军田忌。

——庞涓一手建立大魏虎贲。

——庞涓踌躇满志地在他的大帐里讲述他要率领魏军力服天下的宏图大业。

——破庙里，在他装疯卖傻捉虱子吃时，庞涓向他跪下，泪水流出。

…………

早晚想到这儿，孙膑就泪眼模糊，就会在三更半夜从榻上坐起，惊醒瑞梅。

这日夜间，孙膑再次疼起来，一直折腾到近明，方在昏昏沉沉中睡去。

朦胧中，孙膑大步流星地走在通往山道的路上。

到处是雾，孙膑看不清方位，也寻不到回谷的路，正自着急，雾里现出三个人影。

是鬼谷子、玉蝉儿与童子。

"先生，"孙膑激动，跪叩，半是哽咽，"弟子孙膑……回来了……"

鬼谷子缓缓走来，站在他前面的雾里，声音苍苍的："回来就好！"

"庞涓他……"孙膑涕泪交流。

"他死了。"鬼谷子的声音。

"先生……"孙膑号啕大哭。

"孙膑，你这是要到哪儿？"鬼谷子问道。

"弟子要回家……"孙膑哭道。

"你的家在哪儿？"

"鬼谷呀！先生，弟子要回鬼谷，弟子要找先生！"

"你仔细看看，这儿是鬼谷吗？"

孙膑睁眼望去，四周茫茫一片，到处是雾，不见山，也不见路。

孙膑再看眼前，没有鬼谷子，也没有玉蝉儿与童子。什么也没有，只有浓浓的雾。

"先生——"孙膑大叫。

没有任何回应。

"先生，"孙膑站起来，声嘶力竭，"您在哪儿？您在哪儿呀，先生？我要找您，我要回家！"

依旧没有回应。

孙膑在雾里狂奔。

"先生——"孙膑边跑边叫。

"为师在这儿！"苍苍的声音响起来。

"先生——"孙膑激动万分，边叫边跑，"您在哪儿？弟子看不到您……"

"为师在云深不知处，汝心所及处！"苍苍的声音从遥远的天边传来。

"弟子来矣，"孙膑飞起来，边飞边扬手，"弟子来矣，弟子来矣——"

"先生，先生！"一个声音在孙膑的耳边大声叫道。

孙膑乍然醒来，坐起。

"先生，你做噩梦了！"瑞梅擦拭他额上沁出的汗滴。

"不是噩梦，"孙膑淡淡应道，"是我回到鬼谷，见到先生了。"

"太好了。"瑞梅急切问道，"先生他说什么了？"

"先生问我到哪儿，我说我要回家，我要回鬼谷。先生说，你看看，这儿是鬼谷吗？我一看，果然不是鬼谷，是白茫茫的一片雾，再看先生，不见了。我急了，我寻先生，我追先生，可先生不见了。我喊先生，先生说，他在我的心所能到达的地方。我循着声音追，我朝着天上的白云追，我飞起来追，我边追边叫，然后……"孙膑顿住，目光怅惘。

"云深不知处？汝心所及处？"瑞梅闭上眼睛，喃声自语。

夜色苍茫，万籁俱静。

时光在一息一息中流逝。

"有了！"瑞梅冷不丁道。

孙膑睁开眼，看向她。

"先生，一定是那儿，云深不知处，汝心所及处！"

"哪儿？"

"东海仙山。就是那个雾锁云匮、若隐若现、游移不定、寻常人去不到的地方。"

"你指的是淳于前辈所讲之处？"

"正是。"瑞梅点头，一本正经，"你是公子虚呀，就该住在那种地方！"

"雾锁云匮，若隐若现，游移不定，嗯，还真就是我所梦之处呢！

只是，"孙膑略顿，看向瑞梅，"淳于先生是讲给你一个故事，子虚乌有的事。"

"我信！"瑞梅语气坚定，"淳于子没有瞎讲，我专门打探过，这个地方叫蓬莱，在临淄东北方的大海上，有不少人看到呢，可美了！里面住的都是神仙，鬼谷先生——"猛地想起什么，"对了，先生不就住在鬼谷吗？我们进云梦山寻他就是！"

孙膑摇头。

"为什么？"瑞梅急道。

"先生不想让我们回去。"

"为什么呀？"瑞梅再问。

"雄狮一旦出窝，就绝了再回家的路。"

"若是这样，就去蓬莱吧！那儿有仙草，叫归心兰，说不定能治好你的腿呢！"

"归心兰是治心的。"孙膑笑了。

"那就一定还有别的兰！"瑞梅坚信不疑。

"就依夫人！"孙膑闭目有顷，应道，"夫人天明即可筹备行程，待我草就一书，交给苏兄就走！"

苏秦很伤悲。

连续几日，苏秦守在稷下的府宅里，谢绝一切拜访，整理纷乱的思绪。

自合纵以来，事件一桩接一桩，哪一桩都不让他省心。早在合纵之初他就晓得这是一条难走的路，但绝对没有想到它竟这么难走。

所有事件中，最闹心的是庞涓之死。

说实在话，庞涓该死。自出山到马陵，庞涓一直都在闹腾，魏国因他衰败，天下因他不宁。然而，这怨庞涓吗？他学的是兵术，做的是将军，将军不管治国，不管天下，管的只是打仗，只是战胜。说到底，庞涓输的是格局，是脾性。但纵观天下，又有谁没有缺陷呢？除却好战，庞涓不失为一个可爱的人。从鬼谷到马陵，庞涓与他的每一次交往都很真诚，动歪脑筋的多是张仪，使庞涓走向死路的也是张仪。

想到张仪，苏秦心里又是一沉。先生收下孙膑，也收下了庞涓。收下他苏秦，也收下了张仪。然而，先生原本是不收庞涓与张仪的。

坚持让庞涓留在谷中的是孙膑，坚持让张仪留在谷中的则是他苏秦。

果然，他二人都不是省心的人。庞涓闹腾孙膑，张仪闹腾的是他苏秦。

眼下看来，先生真正是个高明的人，而他自己与孙膑则视物不清。先生早把一切看明白了，甚至为孙膑改了名字，但仍然未能避开结局。

治庞涓的是孙膑，治张仪的，难道真的会是他苏秦？想到庞涓的死，再想到张仪，苏秦的背脊骨里沁出一股股冷汗，不敢再想下去。

让他更不敢想的是孙膑。

庞涓死后，孙膑垮了。苏秦真切地感受到，孙膑似是换了一个人，完全没有了精气神。想到哪一天他也有可能失去张仪，苏秦的心里就是一阵揪疼。

苏秦正自七想八想，飞刀邹禀报其师尊屈将子来了。

苏秦出迎，见屈将子已经坐在客堂。相互见过礼，屈将子也不多话，将所查明的田忌受陷来由细述一遍，苏秦瞠目结舌。

"公孙闬现在哪儿？"苏秦缓过神来，问道。

"旬日之前，田文带他到了田氏封地，薛城。"

"真没想到幕后会是田婴，"苏秦苦笑一下，"在下一直以为他……"

顿住。

"还有，"屈将子接道，"公孙衍不再隐居，到韩国去了，说是韩王要免去公仲相位，拜他为相呢！"

"甚好。"苏秦赞道，"有公孙衍在韩，韩国可无虞了。"

"再有一事，魏国太子极有可能是秦人所杀。"

苏秦震惊："前辈如何断定是秦人所害？"

"太子死后，老朽验过太子的箭伤，断定他不是死于伤，是死于某种神秘毒药。老朽追查此毒，近日得知，此毒来自西戎，中原无解。"

"嗯，"苏秦赞同，"若是西戎之毒，秦人的确难脱干系。"心头一颤，自语，"难道是殿下不听张仪，被他——"摇头，"张仪不应该是这样的人！"

"就老朽所知，"屈将子应道，"此事与张仪无关。秦地有墨者禀报，秦公在咸阳南山的大沟里设一处所，盘查极严，常见神秘人出入于中，成群鹰雕盘旋于空。秦国公室常去此处的是公子华，该处极有可能归他掌管。"

"南山？鹰雕？"苏秦不自觉地重复。

"就秦地墨者追踪，"屈将子略顿一下，盯住苏秦，"在此处出入的神秘秦人多与山东列国有关，其中魏国最多，楚国次之。"

"嗯。"苏秦断言，"这儿当是秦人的间者营地，看来，秦公并吞天下的野心昭然若揭矣。"

"从魏国太子之死看，秦国间者无所不用其极，老朽提请苏子当心安危！"

"谢前辈关切！"苏秦拱手。

二人正在议论如何防范秦国间者，信使上门，将一封书信呈交苏秦。

苏秦拆信看完，大叫："邹兄，快，备车！"

苏秦一行快马加鞭驰至甄邑，在孙膑宅前停下。

家宰迎出，告诉苏秦，主公一家于旬日之前就走了，说是外出访友，并说给他留下一个包裹。

家宰带苏秦走进孙膑书房，果见案上放着一个包裹。苏秦打开，是两册竹简，一册是孙膑凭记忆抄写的《孙子兵法》，另一册是他自己写下的用兵体悟。

两捆竹简上另外摆着两条简，上写：苏兄，并张兄，见此简时，膑已携妻并子女往投云深之处，子虚愿境。祝二位相辅相成，心想事成。切切勿念。愚弟孙膑。

"云深之处，子虚愿境？"苏秦自语几声，猛地想起淳于髡讲给他盗窃孙膑时为他起名公子虚的事，急问家宰，"军师是否往北去了？"

"正是，"家宰应道，"小人送至北门，望着车马走远，一直走到看不见。"

"有谁跟从军师？"

"没有别人，只有两个驭手。对了，主公说是出个远门，选了最好的马，带了好多日用，将一辆驷马大车装得满满的，另一辆坐人。"

"邹兄，"苏秦转对飞刀邹，"换驷马，朝北，走马陵道，过高唐！"

飞刀邹换了驷马之车，精选四匹马，载着苏秦一路向北急驰，过马陵道后，在驿站处果然探到孙膑一行旬日之前在此歇脚，遂继续向北，沿途边走边问，凡是途中驿站，尽皆访出孙膑。

追踪十余日，苏秦换马三次，过临淄，沿淄水向北，至海边，再沿海边衢道向东，直达不夜邑。不夜邑是古代的莱国核心。莱国为子国，春秋时为齐所灭。此邑为莱子所置，因日出于东，此地迎日早，莱子名之曰不夜邑，沿用下来。

在不夜邑歇脚时，苏秦再次访到孙膑一家的踪迹，说是他们离开不过七日。十几日来，苏秦已经追回八日，看来孙膑一家走得并不急切。

因天色已迟，苏秦也赶累了，遂在驿站里歇过一宿，翌日天亮动身，继续往东追寻。

路况越来越差，途中还要涉过几条河道，苏秦又走四日，方才抵达目的地，芝罘山。

罘为屏障，芝即灵芝，芝罘山即灵芝环绕的仙山。在鬼谷时，苏秦读过《山海经》，还是孙膑推荐给他的。据《山海经》所载，有"大人"居于"蓬莱山"，"蓬莱山在海中"等句。"大人"即"仙人"，山上有各种仙草，大人食之不死。而要抵达蓬莱山，则必经由芝罘山。山不高，但深入大海，状如灵芝。海风朔朔，惊涛拍岸，碧蓝一望无际，从未见过大海的苏秦与飞刀邹皆被震撼。

四周无人，只有一片寂寞。

二人正在海边寻觅，飞刀邹急叫："主公，看！"

苏秦望过去，远处现出两辆辎车，沿岸边滩头朝他们驰过来。

飞刀邹驱车驰向滩头，迎上。

车辆驰近，飞刀邹认出驭手，果然是孙膑的车马。

然而，车中空空荡荡。

"军师他们呢？"苏秦急问。

"海里去了。"驭手指向大海。

"几时出海的？"

"就刚才，约有一个时辰！"

"快！"苏秦扬手，指向前方，"带我们过去，到他们出海的地方！"

两个驭手掉转车头，带他们沿沙滩驰回。

孙膑一家出海的地方到了，是一块巨大的礁石。

苏秦站在石上，看向海面。

海面茫茫，一片汪洋，莫说是船，连海鸟也没一只。

"苏大人，"驭手甲指着远处，"我俩就站在这儿，一直望不到船影，才往回走的！"

"快，到山顶，点火，烧烟！"苏秦想到什么，飞奔上山，疯了般拨起枯树叶来。

飞刀邹与两个驭手全都动起来，不一时，弄出一大堆树叶。

飞刀邹拿火绳燃着，火燃起来，烟升上去。

树叶越来越多，烟柱越来越大，越升越高。

"哪儿来的船？"苏秦看向两个驭手。

"主公买的。"驭手甲应道，"我们一到，主公就给我们金子，让我们买船，要最大的带帆的渔船。我们寻了两天，才买到一艘，连同两个经常出远海的渔夫，一共是三十金。今儿一大早，主公就让渔家将船划到这儿，从这儿出海了。"

"为什么不在渔家上船，非要到这儿？"飞刀邹问道。

"不知道，是主公要求的。主公让我们驱车沿着海滩走，走到这块石头上，主公说，就让他们把船开到这儿！"

苏秦从山顶望下去，果见那块巨石位置绝佳，面向正东，太阳初升之处。再看这地势，真就是状如灵芝，根植于陆地。

夜幕罩苍茫。

一叶带有三片帆的渔船在大海里游弋。

船篷里传出瑞梅的声音："先生，我望到烟火了，从午时一直燃到现在。"

孙膑的声音："是苏兄。"

瑞梅的声音："天哪，苏兄他……竟然一路追到这儿！"

孙膑的声音："唉。"

瑞梅的声音："要不，我们回去吧？"

孙膑的声音："既然出海了，怎么能回呢？"

瑞梅的声音："先生……"

孙膑的声音："夫人，我们的笙箫放哪儿了？"

瑞梅的声音："在这儿呢！"

孙膑的声音："我们吹一曲好吗？为先生，为大师兄，为蝉儿师姐，为苏兄，为张兄，为庞兄，为岸上所有的人……"

清静的海面上响起笙箫合奏。

星光灿烂，帆影渐远。

薛地无战事了，滕公松下一气，但孟夫子显然不想回家，依旧守在滕城，或游于野，或待于馆。游于野时，孟夫子喜欢一个人闲荡；若是待在馆中，主要就是应答弟子。

孟夫子在滕一住月余，陆续又跟来几个弟子，加之滕地也有闻名求学的，几乎天天都有新弟子上门。

孟夫子乐于享受这种弟子盈门的感觉。只要客人到访，孟夫子就会眉开眼笑，正襟端坐，悉心教诲。

这日错午，孟夫子正欲午睡，门外车马声响，一个衣裘之人款款下车，身后跟着三个侍从。弟子公都子出迎，见是滕文公的胞弟公子更，赶忙揖礼。

"夫子可在？"公子更略略回礼，指一下馆舍。

"夫子在。"公都子应道。

"禀报夫子，姬更有惑，求教于夫子！"

"公子请！"公都子礼让。

姬更也不客气，大步入内。三个仆从紧跟于后。

公都子跟至客堂，将公子更礼让于客席，入内禀报孟夫子。

孟夫子尚未入睡，前面的声音——灌进他的耳里，待公都子进来，故意打起呼噜。

孟夫子睡觉一般不打呼噜，尤其是午睡，不过是小盹儿一会儿。这辰光听到呼噜声，公都子晓得是孟夫子不想见客，遂踅回客厅，抱歉地笑笑，报说孟夫子正在午睡，沏茶斟水，待以上宾之礼。

听闻公子更到访，万章、公孙丑诸弟子也都过来见客。

孟夫子睡足一个时辰，总算姗姗出来。

公子更起身施礼，孟夫子回过礼，走到主位，端坐于席。

"请问夫子，"公子更拱手，"在下有惑。"

"你是何人？"孟夫子道。

"咦，"公子更震惊，"在下是姬更呀，公子更！"

"夫子不知公子更！"孟夫子道。

"这……"公子更面上搁不住了，"在下是……是滕公的胞弟呀，我们常在宫里见面！"

"哦，是吗？"孟夫子似是想起来了，盯住他，"说吧，你来此何事？"

"在下有惑。"

"何惑？"

"楚人兴师动众，为何不战而撤？是楚人惧齐人吗？若惧，为何兴兵？若不惧，齐人未至，楚人为何先退？"公子更一口气问完，一脸热切地望着孟夫子。

孟夫子笑而不语。

"夫子？"公子更又候一时，见孟夫子仍未解答，急了。

"请问公子，还有何事？"孟夫子问道。

"没……没了。"公子更一脸惶惑。

孟夫子转对万章："公子无事了，送客！"

万章上前揖礼，做出送客姿势。

"夫子，"公子更脸色涨红，"在下……在下之惑……"

"更公子，请！"万章再揖，朝馆门伸手。

公子更一脸尴尬地起身，出门。三个仆从紧跟于后。

待车马离开，公都子一脸不解地盯住孟夫子："滕更问惑，先生为何不答？"

众弟子也都望着他。

"呵呵呵，"孟夫子脸上浮出笑，环视诸弟子，"你们都想知道原因哪！"笑容敛起，"为师有五不答：恃贵而问，不答；恃贤而问，不答；恃勋而问，不答；恃长而问，不答；恃故旧而问，不答。凡此五种，滕更就占两个。"

众人面面相觑，又纷纷点头。

"你们几个可有惑？"孟夫子心情大好，主动求问。

"请问夫子，"公孙丑起立，拱手礼道，"假定由夫子掌柄齐国，能复建管仲、晏子之功吗？"

"哈哈哈哈，"孟夫子指着他大笑，"你真就是个齐国人哪，就知道个管仲和晏子。有人问曾西：'夫子与子路相比，谁更贤能呢？'曾西局促应道：'子路是为我先父所敬畏的人哪，我怎敢与他比呢？'那人又道：'若是与管仲相比呢？'曾西的脸色拉长了：'你怎能拿管仲比我呢？管仲得君，何其宠也；管仲执国，何其久也；管仲之功，却又何其少也。你怎么能拿为师与他相比呢？'"环视诸弟子，目光回到公孙丑身上，"管仲是曾西都不屑一顾的人，为师能与他相提并论吗？"

公孙丑显然不服，辩道："管仲佐其君称霸天下，晏子佐其君名扬四海，功追日月，难道还不值得一比吗？"

"哈哈哈哈，"孟夫子捋须长笑，"什么功追日月？得齐而王天下，反掌而已！"

见孟夫子出此气势，众弟子无不震惊。

"若此，弟子之惑更甚！"公孙丑较上劲了，"以文王之德，享寿百年尚未成功，是武王、周公承继，方才使天下安定。若是王天下易如反掌，文王岂不是也不足以效法了？"

"你怎能扯到文王呢？"孟夫子应道，"由商汤至于武丁，贤明之君不下六七，天下人心归殷，怎么能轻易改变呢？及至武丁，诸侯来朝，天下犹运于掌，达于极盛。由纣王到武丁，时间并不长，流风遗俗仍在，善政犹存，更有微子、微仲、王子比干、箕子、胶鬲等贤人相助，怎么能说失就失呢？相比殷商，文王起于百里僻壤，容易吗？齐人有言：'虽有智慧，不如乘势；虽有镃基，不如待时。'方今之时与昔日迥异，是故王天下易如反掌。"

"怎么迥异？"公孙丑急问。

众学子无不竖耳。

"夏、殷、周极盛之时，"孟夫子侃侃而谈，"诸侯之地没有一家超过千里的，今日之齐方圆千地，鸡犬声闻僻野，道路四通八达，百姓联袂而行。今日之齐，地不用再辟，民不用再聚，只要行施仁政，想不王天下也难。何况王者不行于世久矣，今日尤甚。民者不堪于暴政久矣，今日尤甚。饥不择食，渴不择饮，一切将如孔子所言，'美德流行，快于驿邮传命'。方今之时，只要万乘之齐行施仁政，民心必悦，悦则诚服，是以事半于古人，功则倍之。"

孟夫子一通话说完，众弟子莫不叹服。

公孙丑会心一笑，碰碰万章的胳膊。

万章跨前，拱手："诚如先生之言，弟子以为今日之齐，王者已出矣。"

"你是说田辟疆？"孟夫子显然也想将话引到这儿，倾身问道。

"正是。"万章应道，"先齐王崩天，太子辟疆继立。就弟子所知，新王宽厚仁慈，可行仁政。"

"嗯，"孟夫子点头，"为师也曾听过他不少雅事，若是行仁政，当可成就王业。"

"既是此说，"公都子来劲了，"先生何不至齐，成子牙之功？"

众弟子莫不翘首以望。

"呃，"孟夫子捋须有顷，似乎是决心下定，起身，"启程回邹！"

从客厅出来，公孙丑压住兴奋，朝万章拱手："师兄妙算哪！在下只用寥寥数语，就将先生引往齐国了。我等若能助先生成就千年王业，死无憾耳！"

"非章妙算，"万章压低声音，"是先生早想离开邹地了！"

"早想？"公孙丑愕然，"在下一直以为先生是恋家的呢！"忖一时，声音急切，"快说，先生为何早想？"

"这个，"万章诡诈一笑，摊开两手，"你当去问师母！"

"你是说，"公孙丑打个激灵，"这事儿与师母有关？"又忖一时，恍然有悟，连拍脑门，"是哩！是哩！赴滕之前，先生未曾见过弟子，却闭户闩门，当是与师母相关了。祖师母若是不出面，那道闩不知何时开呢！"

苏秦在芝罘山连点七日烟火，仍旧未能候到孙膑。

苏秦晓得孙膑的脾性，知他不会回来了，候这七日不过是个仪式。

第七日日落时分，苏秦长叹一声，望海长揖，怅然默念："孙兄，在下候你七日了。第一日是为先生候的，第二日是为大师兄候的，第三日是为师姐候的，第四日是为张兄候的，第五日是为庞兄候的，第六日是为在下候的，还有这第七日，是为天下苍生候的！孙兄啊，在下晓得你伤心了，在下晓得你是真心走了，可……在下想你啊！合纵大业离不开你啊！秦国志在一统天下，可天下不能让秦国一统啊！秦国壹民耕战，用奸制良，秦国一统，必是奸民当道，百花凋零，苍生无生啊……"

苏秦心语声声，大海回以安静，唯有星河灿烂，轻风拂面，波涛拍岸。

翌日晨起，苏秦对着大海拜过，吩咐启程，返回临淄。

邹城孟门之外，三辆辎车整装待发，十几名弟子各将起居日用搬到后面两辆车上，空余一辆，是给师父坐的。

孟门内院很大，僻静处留有两间，被孟母用作宗祠，供奉着孟氏始祖孟孙氏庆父及以下孟氏先祖的牌位。

孟夫子不喜欢庆父，尽管庆父是这些孟氏先祖中爵位最高、威势最显赫也最能折腾的一个。早晚入祠，见到庆父的牌位，孟夫子的心底总是响起"庆父不死，鲁难不已"这八个字。作为鲁桓公次子、鲁庄公姬同的同胞兄弟，庆父与庄公夫人哀姜私通，又在庄公之后与哀姜合谋连杀两位鲁君，背负"通嫂、弑君、乱政"三大罪名，且是出逃后被鲁人押回来处死的。庆父之后，孟氏一门再没抬起头来，堪称是掩面做人，日子越过越差，直到他孟轲出生。

孟母却是虔诚，上供时总是庆父最多，之后逐个减少，到她丈夫孟孙激，孟孙氏的第十二世传人，供品反而是最少。

此时此刻，孟轲跪在列祖前面，面对庆父的牌位。

独子孟仲跪在身后。

孟仲弱冠了，每逢大祭，作为孟氏传人，他是不可或缺的。

"列祖列宗英灵在上，"大礼行毕，孟轲叩首祈祷，"孙轲志不在邹，亦不在鲁，而在天下。轲自幼年起即习儒学，以孝悌为本，仁义为宗，日不敢倦，夜不敢怠，迄今已历春秋四十余载，英年无几，然功业未就，壮志未酬。眼见周室式微，礼乐日乱，百姓日苦，仁义不行，王道不通，战祸不断，生灵涂炭，轲忧心如焚，夜不安枕。今有齐君辟疆承继大位，治地千里，御民数以百万计，可兴王业。闻辟疆为人宽仁，异于先君，乃可辅之人，轲决意赴齐，成就姜尚之业，使秩序重归礼乐，诸侯重回和谐，仁政行于四海，王道统御天下。姜尚年八十始治世，率百里之众，成大周基业，轲每每思之，无不心向神往，信心百倍。今日天气晴好，红霞托日，乃是吉兆，轲辞行以酬壮志，敬祷列祖列宗，祈求列祖列宗英灵护佑孙轲，使轲宏愿得偿，壮志得酬！"

祷毕，孟轲再拜起身，拜过孟母，别过夫人，与孟仲一起大踏步出门，在众弟子簇拥下昂然登车，绝尘而去。

苏秦太累了。

一连数月的奔波，夜以继日的思虑，掏空了他壮硕的身躯。

身累，心更累。曾经，谷中四人吵吵闹闹，说说笑笑，一个锅里搅勺把，眨眼间，兄弟反目，阴阳相阻，唯一志同道合的挚友，这又遁去，叫苏秦如何不感伤？

苏秦的府宅位于稷下学宫一个相对僻静的地方，旁边有一家专营书简的店铺。

这个位置是苏秦选的。时隔这么多年，苏秦仍然喜欢竹子，喜欢竹简。早晚听到劈竹子的声音，他就会想到洛阳，想到那条伴他度过十多年成长岁月的书街。苏秦是官场人物，不算先生，也不带弟子，是以房舍不多，院中有房三进，外表不起眼，但里面宽敞舒适，起居用品一应俱全。

府中主房被苏秦辟作书舍，摆着一张黑色的几案，案前铺着一块羊毛毯，作为席子。案上摆着两卷展开的竹简，是孙膑留下的。苏秦一字一字地品读，读完一遍，从头再来。读累了，就闭上眼睛，任思绪飞翔。

从墨迹上看，孙兄早把它们写出了，时间当在两个月前，庞兄自杀之后。显而易见，孙兄写出它们的唯一目的，就是要交给他苏秦，从眼前的喧嚣中遁去。是啊，孙兄与庞兄，一如自己与张仪，谁也明白谁，谁也想着谁，但又总是想不到一块儿，如果一个往东，另一个就一定往西。

想到张仪，苏秦心里一阵难受。此时此刻，张兄在做什么呢？如果他得知孙兄已经漂洋出海，不知何踪，心中该做何想？

想一会儿张仪，又想一会儿仍在鬼谷的先生与师兄、师姐，苏秦的思绪回到眼前，回到齐国的内斗，回到列国的纷争，回到天下的大势。

几乎是出于本能，苏秦从贴身衣袋里摸出师兄给他的锦囊，掏出那块羊皮，盯住先生写给他的偈语："纵横成局，允厥执中，大我天下，公私私公。"

"我晓得，先生是在教我弈棋。"苏秦盯住羊皮，自语，"我成纵，张兄成横，纵横才是棋局。'允厥执中'，是先生示我弈棋之方。'大我天下'，是棋局终于何处。可这'公私私公'呢？"闭目良久，轻叹："先生，您究竟在指点弟子什么呢？"

苏秦正在静室里冥想，院门外面一阵脚步声急。不一会儿，飞刀邹进来，报说稷下学宫的邹先生到访。

苏秦迎出院门，见一溜儿候着十几个学子，为首一人是邹衍。比起前几年初见面时，邹衍多了几分成熟。门下弟子由三人增至近六十人，更给他添加不少气势。

"听闻苏先生回来，衍不胜欢喜，特来拜望！"邹衍揖礼。

在稷下学宫，先生是至尊称呼，即使祭酒也爱别人叫他先生。作为稷下先生，邹衍出口即称苏秦为先生，套近乎是外在，在身价上扯平才是真章。无论如何，稷下先生不是职爵，在齐国不过是相当于大夫，而苏秦在名义上仍旧是六国共相！

"邹先生，久违了！"苏秦拱手回礼，朝他身后弟子拱手，"诸位学子，苏秦有礼了！"

众学子一齐揖礼："邹门弟子见过苏先生！"

苏秦晓得邹衍此来的目的。几年前在彭蒙祭礼上，苏秦主坛，将邹衍驳个哑口无言，此番上门，邹衍想必是为讨回公允。

"邹先生，请。"苏秦伸手礼让。

"苏先生，请。"邹衍回礼。

苏秦、邹衍并肩走进院子，邹门弟子随从于后，但在进门后被飞刀邹拦下，邀入厢房。

邹衍在客席坐下，仆从斟上茶水。

"治学之人贵重光阴，"苏秦拱手，"邹先生不吝光阴，屈身登门，苏秦不才，愿听先生教诲！"

"教诲不敢！"邹衍回礼，发起挑战，"稷下乃治学之地，苏先生居此，必也是为治学。衍知先生饱学，冒昧上门，是想就学术求教一二！"

"承蒙抬爱！"苏秦端起茶杯，示敬，"请用茶，我们喝着茶说！"

邹衍按在茶杯上："喝茶之前，衍有一请！"

"请讲。"

"衍门弟子素慕先生之才，皆欲聆听高论，衍想……"

不待邹衍讲完，苏秦朝外叫道："邹兄，请诸位学子客堂用茶！"

诸弟子来到客堂，却不敢用茶，齐刷刷地站在邹衍身后，如一堵人墙。气氛也于顷刻间紧张起来。

"邹先生，"苏秦淡淡一笑，扬手示意，"敬请赐教！"

"衍不才，欲就天地环宇求教于先生。"邹衍扎起论辩架势，"敢问先生，何为天地？"

"学有所长，术有所擅。"苏秦又是一笑，"在下所擅乃邦交外务，天地环宇当为先生所长，在下正欲求教呢！"

"在下以为，天是圆的，地是方的，天如穹盖，地有四极八荒，天罩地，地撑天，天地交合，金木水火土五行运动其中，相生相克，自始至终！"邹衍一口气说完这一席话，目光挑战般射向苏秦。

"在下完全赞同！"苏秦淡淡一笑，竖起拇指。

苏秦没有应战，反而应和，倒是出乎邹衍意料。他已做好准备来掐架，且还带来弟子，岂料苏秦……

"可数年之前，在彭蒙祭礼上，先生不是这般想的！"邹衍略略一顿，较真了。

"数年之前，在彭蒙祭礼上，在下也是这般想的！"苏秦应道。

"咦！"邹衍先是蒙了，继而如斗鸡一般扎起架势，"那日你分明反驳，强词辩出一个理来，倒将在下……"

"哈哈哈哈，"苏秦笑出几声，拱手，"在下是强词来着，这些年来，在下一直想就此事向先生致歉。"扫一圈他的弟子，"今日倒是机会，在下正式致歉！"起身，朝邹衍鞠躬。

苏秦不仅不辩，反倒致歉，且当着他所有弟子的面，堪称给足了邹衍面子。邹衍紧忙起身，相对鞠躬。

一场备战数日的终极大战竟然以苏秦的不战而降轻松结局，邹门弟子无不喜形于色，跟着先生鞠躬。

气氛立时轻松下来。

致歉礼毕，邹衍招呼弟子："诸位弟子，坐在你们面前的就是天下无人不知的纵亲约长、六国共相苏秦苏大人，大国君王见了也要跣足出迎啊！"

众位弟子跪地叩首。

"嘿嘿嘿，"苏秦扬手，"快快起来，这儿不是官府，是学宫，在下是学子，与诸位一样是学子啊！"

苏秦愈谦卑，众弟子愈叹服，跪地不起。

"起来吧。"邹衍扬手，"你们有所不知，苏大人才是真正学识渊博的人，你们可以就地坐下，洗耳聆听苏大人教诲！"

众弟子忽地直起身子，改跪姿为坐，尊崇的目光齐刷刷地投向苏秦。

"哈哈哈，"苏秦又笑几声，盯住邹衍，"邹先生，你可晓得当年在下为什么强词驳你？"

"在下正有此惑！"邹衍应道。

"因为那场辩论，在下必须赢！"

"这……"邹衍惊诧，"既为论辩，就有输赢，哪有只能赢的理？"

"因为，只要在下输了，先齐王就不会入纵。若是先齐王不入纵亲，也就没有在下这个六国共相了！"

邹衍情不自禁地"哦"出一声。

"今天不同，"苏秦轻松一笑，"在下可论输赢了。"端正身子，正正衣襟，"邹先生，在下……"

苏秦话未讲完，广场上一阵喧嚣，是有新人来了。诸弟子习惯性地伸长脖子，竖起耳朵，眼睛转向门口。

苏秦看在眼里，淡淡一笑："别是有贵宾了。邹兄，出去看看？"

飞刀邹走出，不一会儿，进来禀道："是从邹地来的一群儒者，叫孟轲！"

"是孟夫子了！"苏秦肃然起敬，转对邹衍，"这位夫子先生可知？"

"在下不知。"邹衍面现不屑。

"在下过鲁时，"苏秦看向门外声音传出的方向，"听人说起过孟夫子，说他习学于子思之门，博览群书，是饱学之士，堪称儒学的后起之秀呢！"

"哈哈哈哈！"邹衍大笑几声，愈加不屑，"儒门弟子，在下听到的可就多了！"

"在下还听说，"苏秦顺势推进，"孟夫子口若利剑，气势如虹，是个天生的辩才。孟夫子此来稷下，或可成为先生的对手了！"

"苏大人，"邹衍斗志被激上来，敛住笑，"您乃百忙之身，在下就不多扰了！"拱手，起身。

苏秦笑笑，拱手送出。

学子游齐，稷下是必来之地。

孟夫子一行一入临淄，就各自拿出儒门威仪，衣饰步态无不合礼，无不合仪。进入学宫大门，各人更见端正，马也精神抖擞，引起众学子围观。

入城之前，孟夫子已使公都子先行探过虚实，是以不见慌乱，车马径直驰至稷宫中心广场，在祭酒的大宅子前面停下。

诸弟子侍奉孟夫子下车，环孟夫子站着，观看四周气场宏大的宫舍。

公都子大步走向祭酒门前，向门人递上拜帖。

淳于髡晃着光头迎出。

孟轲迎上，揖礼："邹人孟轲见过祭酒大人！"

"哈哈哈哈，"淳于髡回过礼，指着自己的光头笑道，"什么祭酒不祭酒的，叫我老光头就是！"

众弟子皆笑起来。

"哈哈哈，"孟夫子亦笑起来，再度拱手，"早闻先生趣雅，今日始见哪！"

"世道乱，日子难，不笑笑就得憋死，是不？"淳于髡又是一笑。

轻轻一句话，就将世道人心说尽，孟夫子油然起敬，拱手："先生高论，孟轲受教！"

"光头早就听说邹地有个做大学问的人，人称夫子，今日幸会，不喝一杯茶就对不住好辰光了！"淳于髡伸手礼让，"孟夫子，陋室请！"

"谢先生抬爱！"孟夫子揖过，礼让，"先生请！"

二人并肩入门，步入客堂，一条黑狗迎出来，朝孟夫子脚前裾后一阵乱嗅，之后围着他撒欢儿，发出呜呜咛咛的讨好声。

"伊人，是老光头来客人，你激动个什么？一边儿待着去！"淳于髡指向一侧。

黑狗伊人跑过去，在他腿上脚上各蹭几下，乖乖地蹲在主人指定的地方。然而，尚未蹲完一息，它就又蹭过来，在主人身上胡乱磨蹭。

"呵呵呵，你小子，这是想见礼呀！"淳于髡拍拍它的脑门子，指向孟夫子，"露个丑去，这位夫子可是个尚礼的大家！"

黑狗伊人得到指令，不无快活地跳到孟夫子跟前，开始表演礼仪，拱手、鞠躬、跪叩三个动作一气呵成，孟夫子惊得目瞪口呆。

伊人礼毕，讨好地看向主人。

淳于髡再次指向一侧它的蹲位。

伊人过去，蹲好，姿态甚恭。

孟轲尚未回过味来，淳于髡指着客席："孟夫子，请！"自于主席位坐下。

孟夫子入席，目光仍在伊人身上，良久，揖道："先生能使畜生施礼，仁矣哉！"

"哈哈哈哈，"淳于髡捋一把已是灰白的胡子，"我家这个伊人哪，别无才华，唯独学会了察言观色，见到什么人就做什么事儿。见到儒者，它行礼；见到墨者，它打抱不平；见到辩者，它蹲在对面，汪汪汪直叫；若是见到法者，它上前就是一顿咬啊！"

"为何要咬？"孟夫子震惊。

"不咬不足以立威呀！"淳于髡爽朗地大笑起来。

孟夫子真正领教了淳于髡的厉害，望着黑狗，想笑，笑不出来；想说，不知说什么才好，只好傻傻地坐着。

淳于髡的弟子端着茶水进来，摆在几案上。

"孟夫子，请用茶！"淳于髡端起杯子，致敬。

孟夫子亦端起，致敬，各品一口。

"请问孟夫子，"淳于髡放下茶杯，转入正题，"此来稷下，是做匆匆过客呢，还是想久住一些辰光？"

"听闻天下学问尽在稷下，"孟夫子亦放下杯子，拱手，"在下心向往之。如果可能，在下想住些时日，随时求教于大方之家！"

"甚好！"淳于髡拱手回礼，"夫子光临赐教，实乃光头与稷下学子的福祉！夫子一路劳顿，想必累了，我们改日详谈如何？"

孟夫子拱手："谢先生厚爱！"起身欲走。

"来人！"淳于髡朝外叫道。

方才斟茶的弟子闻声进来。

"夫子一行远道而来，需要安歇，你去接洽学宫令府，暂先安排于馆驿！"

"敬从命！"弟子转对孟夫子，"夫子，请！"

第四章

战稷下亚圣鼓舌　追千里痴子寻辱

最近几年，随着学宫的名头越来越响，几乎每天都有学子纷至沓来，原来的宫舍渐渐不够住了，学宫令田婴奏请齐王额外拨出三百镒足金，向外增扩几条街道。

人气上来了，生意自然也上来了，服务这些学子日用起居的各类商号如雨后春笋般围绕学宫展开，连青楼也多出几家，招揽生意的各色女子，花枝招展地在自家门口或操琴援瑟，或搔首弄姿，生生将稷门内外做成了整个齐国最有生机的地方。

孟夫子一门下榻的客舍位于学宫主大道的左侧，是一长排客栈，由学宫令府统一管理，凡来稷下学子皆可办理登记，免费入住。

孟夫子有弟子二十余，但随他出行的一共十六人。学宫令分配五间客舍，四间弟子住，每四人一间，通铺，孟夫子享受单间，有榻，还有一个会见宾客的大客堂。客舍内的设施也相当不错，有提供热水的公共浴室，比沿途的驿舍舒适多了。

一行人卸车，将行李放好，一些弟子按捺不住兴奋，相约出去巡看稷宫。首席弟子万章没有出去，与公孙丑一起侍奉孟夫子。

孟夫子精气神俱好，看不出疲累，在席位上正襟端坐，给二人讲述方才会见祭酒的事，尤其慨叹那条名叫伊人的黑狗。

正议论间，公都子回来，兴高采烈道："夫子，学宫令府方才照会弟子，说是三日之后拟在学宫广场为夫子开坛立论，让弟子征询夫子意愿！如果夫子无异议，就请给出所立之论的命题。"

万章、公孙丑互看一眼，望向孟夫子。

孟夫子如如不动。

"公都兄，"万章转向公都子，"我们刚到，人还没熟呢，怎么就要开坛立论？"

"万兄，"先到几日而得地利的公都子压抑不住兴奋，"这是超大好事呢！听学子们说，能在学宫开坛立论，这是了不得的事，一般学子根本没这机会。即使学有所长者，也得在学宫里游学数月，由至少两名先生举荐，祭酒认可，方才开坛。可夫子一到，祭酒亲自接待不说，直接传谕学宫令府于三日之后开坛，这是破天荒的，只有夫子有这般待遇！"

万章、公孙丑皆是欣喜。

"若是不能开坛呢？"公孙丑问道。

"稷下规矩，"公都子解释，"只有开坛立论，经过众学子拷问所论成立，祭酒认可，才能成为稷下先生，由学宫令表奏齐王，授予先生名衔，享受齐宫大夫职爵，享食俸禄，衣食无虞。"

"能享什么俸禄？"公孙丑再问。

"俸禄多寡，依据的是弟子数量的多寡。"公都子应道，"以夫子之尊，弟子十六人，年粟人均一石，当有十六石，先生另享五石，为养家待客所用。除粟米之外，衣饰、薪柴等一应物料皆有所供，可按月到学宫令府支领货币，购置于集市。"

公都子说完，万章的心就吊到嗓子眼儿里了，不由自主地看向公孙丑。

夫子向来是言仁义不言利益的，公都子、公孙丑句句不离"利"字，让夫子情何以堪。

然而，就在万章想说句什么制止他们时，一直端坐于席的孟夫子突然发声："公都，转告学宫令府，为师愿意开坛，论就不立了，届时与方家切磋！"

"好嘞！"公都子应过，告退，匆匆走出。

开坛不立论，这在稷下学宫里尚属首次。

不立论即不设论辩的边界，也即开坛者要随时应答任何学者所提出的任何问题。即使学富五车的惠施，也不敢在稷下这么张扬，因为学宫里可谓是方家林立，学术庞杂，除非你真的学问贯通，否则，稍有不慎，面子可就丢到天下了。

在学宫论辩史上，开坛前没有立论的学者只有一人，就是苏秦。

那年苏秦携着成功合纵韩赵魏燕四个天下大国的宏大气场来齐合纵，为打压他的气势，也为试探他的本领，齐威王借助彭蒙葬礼，特意让他在学宫设坛。即使这样，也是有论的，论题叫"天下治乱"，由代祭酒淳于髡现场指定。

一个儒家后学竟敢在稷下开坛不设论，这是公然叫板各门各派，学宫里顿时炸了，几乎所有学子都在议论孟夫子一门。

田婴封相，不适合再任学宫令，齐宣王遂将此职委任给田婴之子田文。

与田婴一样，田文也是一个人精，生而好士、养士，凡有才之人，只要听说，无论远近亲疏，都要设法结交。遇到大才，他还亲自扫房铺褥，关怀备至。对于那些来到稷下却又不愿入住稷宫的士子，他就接到家中供养，因而在正府之外，田文另备一个适合士子的别府。田家的偌大家业，包括封地薛城，全都委任这些士子辖治。

就在孟夫子开坛的前夜，田文叩响苏秦的房门。

"苏子，"田文忧心忡忡，"您说这个孟夫子，他发什么神经呢？别人在下不晓得，还能不晓得他？邹地不过五十里，与在下的薛地毗邻，就在下所知，老夫子一辈子没有出过远门，偶尔游过几处，也不过是滕、鲁，没有见过更大的天！"

苏秦笑笑，示意他继续。

"苏子有所不知，"田文接道，"这个夫子执拗得很，向来认为自己是对的，别人是错的，谁也瞧不起。在他眼里，除他之外，天下学问都是歪学，都不值一驳。他收弟子，还有一个五不教！"

"哦？"苏秦感兴趣了。

"恃贵不教，恃贤不教，恃勋不教，恃长不教，恃故不教。"

"嗯，有味道！"苏秦咂巴几下嘴皮子。

"你说这……"田文急了，"在下刚刚就任学宫令，这是第一次开坛，老夫子就来这一手，如果搞砸了，老夫子被轰下坛，这不是……砸我的场吗？"半是自语，"这两天已有传闻了，有人说老夫子是我请来的，所以才敢这么蛮！"

"蛮有蛮的劲道，"苏秦笑道，"张仪至蛮地，栽了；在下至蛮地，差点儿也栽在'蛮'字上。再说，就在下所知，孟夫子做事一向稳健，他敢这么做，不一定就是蛮呢，或是心里有数！"

"他是有数！"田文辩道，"可这是在稷下呀！哪一个先生是吃素的？哪一个先生不是学富五车？哪一个先生不是口若悬河？不说别的，单是谈天衍，所论无不荒诞，他孟夫子哪能晓得？还有天口骈，能说会道，还善于寻人差错，前番苏子辩胜，是因为有立论，大家都得绕着'天下治理'谈。加上苏子一开场就引到合纵上，在这方面，他们哪有苏子钻得深哪！"

"哈哈哈哈，"苏秦大笑起来，"看来田大人对老夫子是真的没有信心了。不过，在下并不这么想啊！"

"苏子信心，能示在下否？"

"可有二示，一是在鬼谷之时，听先生提过他的名字。能让先生记住名字的人，在下不敢不敬，必事以师礼！二是出山之后在下游于稷下，听到一句话，说是老夫子讲的，在下感受颇深！"

"什么话？"

"民为贵，社稷次之，君为轻。"

"咦，这不像是儒者之言哪！儒者挂在嘴上的尽是君臣之道，君须在民之上！"

"呵呵呵，"苏秦笑道，"对这个邻居，看来田大人所知不多啊！既然所知不多，你又忧虑个什么呢？"

"嘿嘿，"田文笑了，"我这不是……怕他们吵闹吗！听说孟老夫子脾气暴哩，骂人就跟喝凉水似的，一言不合就开骂。在家里骂骂可以，若在这儿骂人，叫在下如何收场？"

"唉，你呀，"苏秦苦笑一下，叹道，"来管学宫了，却还不知学宫。学宫就是做学问的地方，来这儿的人，有许多专为学问而来，而学问呢，就是有学有问，有争有论，你不让争，不让吵，不让闹，只让大家一团和气，你好我好，大家的学问还怎么做呢？"

"咦？"田文不解道，"学问不就是学和问吗？我不解，来问你，你解释给我，我就学到了。"

"嗯，"苏秦应道，"你说的这个叫师徒传授，在门里就可以了，不需要到这学宫来。这些学者不远千里赶到这儿，并不全是为个衣食。还为什么呢？为标新立异。所以学宫里才设论坛，好让学者立论、证论、辩论，最后达成定论。任何人的学问，只有形成定论，得到承认，才算出人头地，才能扬名立万。常言道，旁观者清，当事者迷。无论何人，总是认为自己所论为是、他人为非，但究竟何人为是、何人为非，这就需要论辩，需要切磋琢磨，各方学者就在这个琢磨过程中找到己方漏洞，扬己所长，削己所短，从而使自己的立论成为最终定论，得到弘扬。"

田文释怀，眉开眼笑地辞别而去。

送走田文，苏秦刚要回门，几个人影匆匆过来，走在前面的是飞刀邹。

"主公，"飞刀邹一脸兴奋，压低声禀道，"巨子来了，还有我师父！"

苏秦忙迎上去，与墨门巨子告子、尊者屈将子见礼。

出山之后，全力以赴支持自己的多是墨门弟子。面对巨子，苏秦感慨万千，长揖至地，久久不肯直身。

见面礼毕，三人回到客堂，按宾主坐下。飞刀邹上完茶水，守在门外。

"听飞刀说，"告子直入主题，"孙膑出海去了，苏子仍在伤悲中，不害放心不下，特来探望！"

"谢巨子挂念！"苏秦拱手，"庞兄与太子申之死，伤透了孙兄的心，加上齐国内讧，田忌出走，孙兄就……"止住，轻叹。

"孙膑出走，虽为天下之失，却合孙膑之性。"告子回礼，应道，

"不害与孙膑有过交往，知其秉性，虽学兵法，却见不得杀戮，何况万千生灵，包括他最亲的人，就是在他的眼皮底下成为涂炭呢？"

"咦，"屈将子不解道，"孙膑为什么定要入海呢？若为隐居，天底下到处都是居处，我随便为他寻一道谷，只要他乐意，保证谁也见不到他！这下倒好，大海茫茫，寻也没个寻处！再说，海上风云变幻莫测，万一……"顿住。

"是呀，"告子叹道，"听飞刀说，他还带着夫人与两个孩子呢！"

"就秦所知，"苏秦应道，"孙兄是为寻找瀛洲去的。昔年淳于子前辈出使大梁救他，得知他与梅公主的生死苦恋，甚为动容，随口编出一个公子虚来，说是公子虚是齐国公子，遁世于海上瀛洲，是个仙岛，岛上有仙草可治孙兄疯病。公主欲求仙草，淳于子却说出一个条件，就是她必须嫁给公子虚。为救治孙兄的疯病，使孙兄成为一个正常人，梅公主含泪踏上嫁车，坐在孙兄的头顶来到齐国，成就一段情爱佳话。孙兄由芝罘山出海，必也是信那故事，寻那瀛洲去的！"

"嗯，"告子沉思良久，点头，"听先巨子讲，大海之外可能真的有个仙境。据《周髀》所载，'天象盖笠，地法覆盘'，地由山与海所成。既然山外有山，海外也自然有海了。海外之海，与我中原大地不相往来，是否为仙人所居也未可知。"

"若是此说成立，稷宫倒是有人治此学术。"

"你说的是谈天衍吧？"告子笑问。

"正是。"苏秦笑笑，"真希望邹子不是虚讲！"看向告子，话入正题，"巨子乃百忙之身，此来稷下，可有苏秦效力之处？"

"稷下乃藏龙卧虎之地，"告子盯住苏秦，"天下学子云集，大方之家林立，在下此来是想在学宫里住些辰光，一是求教于大方之家，切磋学问，二是弘扬墨道。"

"若是此说，"苏秦应道，"巨子可先在寒舍屈身一宿，明日秦让田文划出一处宅院安身如何？"

"甚好。"告子拱手。

"巨子来得倒是巧呢！"苏秦回过礼，"邹人孟轲明日午后开坛，稷下震动，想必会有一场热辩，巨子正可一览稷下之学！"

"不害听说过他，也是为讨教而来。"告子略作思忖，"对了，不害此行只为切磋学术，巨子称呼不宜再用，也不想示人以墨者身份，望苏子照顾！"

"秦谨记。"

翌日午后，随着一圈锣响，各路学子成群结伙，纷纷来到广场，各拿席垫，绕坛呈扇状就地席坐。各门派按照人数多寡由学宫令府吏提前划定一块区域，整个广场如七百年前八百诸侯会于孟津伐纣时的各部落阵容一般无二。每一群中打首的是先生，先生前面竖着门派旗帜，上书各自叫得响的名号。矜持的如实书写，如"接子""慎子""詹子""尹子""儿子""孙子""赵子""田子""公孙子"等；放得开的直写绰号，如"天口骈""谈天衍""江水流""河源头""会稽山""贵身门""逍遥谷""顺风耳"等；也有什么名号也不写的，直接写个符号作为门派标志。还有一个打着一面空旗，许是没有弟子，旗下只坐一人，显然是初来乍到、尚未立门但已通过立坛考核的先生。

各门派旗帜五颜六色，有方，有圆，有三角，有长条……奇形怪状，难以形容。

单看旗帜，场上不下四十面，说明稷下先生的数量已过四十，看来祭酒淳于髡是个处事相对宽松的伯乐。

排在最核心位置的是这日开坛的孟夫子一门。

作为新来者，孟夫子一门没立旗帜。

没门没派或新来学子或席坐于左右两侧，或散坐于最后。

第一个程序是祭祀，这是每一次开坛都少不了的。主要是祭天祭地，祭四方神灵。稷下学宫要求，凡入坛之人，在开坛时节都须对四方神祇起誓，无论说出何话，都须出自内心，见证于神灵。

主祭的自然是祭酒淳于髡。

苏秦与飞刀邹赶到时，祭祀已经开始。二人穿着不起眼的士子服饰，在后面站了一会儿，苏秦瞄到角落坐着一个头发稀落、眉毛很长、相貌很像鬼谷子的老丈，遂走过去，挨他坐下。

苏秦施个拱手礼，老丈瞄他一眼，回他个笑，指指坛位，正襟端坐。

飞刀邹没坐，习惯性地站在苏秦身后，远远警戒。

坛正中摆着神祇牌位，牌位前供着八色牺牲。四十多位先生排作一行，代表各自门派，依序向牌位尽礼。

礼毕，学宫令田文宣布开坛，淳于髡晃着光脑壳子走上讲坛，朝各路神祇鞠躬毕，转身面向所有学子，慢悠悠地将光头从左转到右，从右再转到左，如是三轮。在光头转动的过程中，两道光柱从半眯半睁的眼皮里略略泛黄的两只老眼珠子里挤出，如刺般扎向场中的每一个人，因饱食无虞而油光可鉴的老脸上现出某种神秘莫测的表情，那表情说笑不笑，说僵不僵，说严不严，说慈不慈，使人如坠五里雾中。

稷下谁都晓得淳于髡滑稽多智，但凡开坛，看光头主坛、捧腹大笑是所有学子的一大乐事。然而，似今日这般一反常态，老光头非但没有活跃气氛，反倒做出这么多让人不知所措的动作，可以说是前所未有的。

就在所有人莫名其妙、场上鸦雀无声时，淳于髡缓缓收回目光，闭眼有顷，嘴巴未张，面部未动，但一声富有乐感的"唏"及三声抑扬顿挫的"啧啧啧"却不知从何处传出，清晰可辨。

这是期盼已久的时刻，顿时，欢声雷动。

淳于髡摆手，场上安静。

"先生们、学子们，"淳于髡晃几下亮亮的光头，中气十足，"今天是个大阴天，日头让乌云遮住了。然而，你们大可不必忧虑，因为，"动作滑稽地拍拍自己的光头，"有这个物什在呢！"

场上顿时笑翻了。

"这个物什能给你们光，能给你们热——"淳于髡拉出一个声调，环视一圈，就在大家都以为是个肯定句时，才说出最后一个波澜起伏的"吗"字，秒变设问。

场上再笑。

"不能！"淳于髡自我否定，眼珠子瞪起。

又是一阵笑声。

"有什么能给你们光，给你们热呢？"淳于髡恰到好处地引入主题，"有一个人！一个什么样的人呢？一个远道而来的人！此人是谁，老光头不说你们也都猜到了。"朝人堆中伸手，"有请邹地鸿儒孟轲孟夫子上坛，发光散热！"

所有目光聚焦于孟轲。

孟轲站起，正襟扶冠，大步上台，走至神祇前面，行三拜大礼，礼毕，向淳于髡深揖，再向众人揖礼一圈。

"孟夫子，请！"淳于髡还过礼，将他礼让到坛中央，瞪大眼，夸张地盯他一会儿，转对众人，"光头总算是看清楚了，面前这个人，确实有学问，有大学问。"对孟夫子揖礼，"孟夫子，光头将这个坛子交给你了，"指向一排神祇，"有天地诸神护佑，相信夫子能守好坛子，甭让踢倒了。"转对众人，"诸位先生，放旗！"

各门派前面的旗号唰唰唰地平放到地上。

淳于髡朝孟夫子揖过，让出坛场。

孟夫子回过礼，目送淳于髡晃着光头走下坛子，走到他自己的旗号下面，席地坐好，方才朝众人鞠躬一周，清清嗓子。

"诸位先生、诸位学子，"孟夫子开坛，"孟轲世居邹地。邹国乃小国，邹地乃僻壤。小国僻壤之人，自也是孤陋寡闻，不敢张扬学问。稷下乃治学之地，稷下先生来自天下列国，无不是饱学之士，无不是奇能之才，孟轲心向神往久矣。轲早年许下大愿，有朝一日定来宝地，向诸位先生、诸位学子，讨教学问，博采众长，然而，轲上有老母、下有稚子，不敢奢望远足。轲幼年失父，有母贤淑，闻轲心系稷下，遂严辞责轲，曰，宋人有言，人生也有涯，而知也无涯，你今已年过不惑，却依然寡闻如是，抱惑如是，恋窝如是，难道要迷茫一世吗？今有稷下贤人盈道，才子塞门，或可解你万千之惑，还不快快上路去。轲不肖，唯母命是从。慈母既命，轲不敢不从。轲惶惶然踏上衢道，惴惴然赶至稷门，幸蒙祭酒照顾，学宫令为轲设坛，轲方得缘求教于大方之家！"抱拳揖礼，"恳请诸位大贤之才不吝赐教！"

孟轲的开场白语气谦逊，言辞中肯，颇有大儒风范。

前面三天，关于孟夫子的传闻早在稷下沸沸扬扬，什么孟夫子惧母、孟母三迁、孟母断杼、孟夫子妻丑、孟夫子五不教、孟夫子过鲁、孟夫子拒滕公大礼、孟夫子蔑视天下学问等等，全被消息灵通的小说一门抖落出来，加之孟夫子一到稷下就石破天惊地来一个开坛不立论，稷下学子无不期待一个妄自尊大、好让他们痛扁一顿的愚痴夫子，没想到孟夫子上场后这般低调，倒让大家颇为失落。

按照坛规，开坛期间，凡向坛主发问者，须摇动其门派前面的旗帜。没有门派者若要发问，则须走到司坛人跟前，借坛旗提请。讲坛两侧各立一名司坛人，但有旗帜摆动，司坛人就走过去，将发问人引到坛上，面对面向坛主发问。对于所有问题，坛主都须回应，如果不应，则发问者及其所属门派有权向学宫令提请散坛。

这是淳于髡主祭后定下的坛规。

首先摇动的是一面白旗，上书"公孙子"。众目望去，是公孙龙，一身白衣白袍，手持白色羽扇，风流倜傥。白旗下面围坐五个弟子，皆着白衣。

众人笑了。

公孙龙是学宫里出了名的刺头，以名实立旗，以坚白立论，最会较真，在稷下几乎没有人寻他辩论，因他或咬住一点不放，或东扯西拉，不断游移谈论话题，将对手搞晕，不知其所云，活活气死。

孟夫子初战即遇杠头，众人无不抖擞精神，坐观好戏。

在司坛人引领下，公孙龙走到坛前，拱手见礼，劈头就是一问："在下公孙龙求问，稷下学宫自起坛迄今，开坛必立论，夫子开坛却不立论，是学贯百业呢，还是不知深浅？"

真是吊诡之问，因公孙龙在征问的同时，已经给出两个答案，一是学贯百业，一是不知深浅。无论孟夫子承认哪一个，都将掉入陷阱。

"谢公孙先生，"孟夫子回揖，盯住公孙龙，"请问先生，学宫可曾立法，开坛必须立论吗？"

"这……"公孙龙显然没有想到孟夫子不答不说，反而质问，略顿，"这是规矩！"

"敢问祭酒大人，"孟夫子转向淳于髡，"学宫可曾立此规矩？"

"就髡所知，"淳于髡对孟夫子的应对大是满意，缓缓站起，晃着脑袋高声应道，"迄止目前，学宫无此规矩，立论与不立论，由开坛者自定！"

"公孙先生？"孟夫子转向公孙龙，拉高声音，形成问句。

"这是未成文的规矩，稷下之人都懂的，当叫约定习俗！"公孙龙被抵在墙角，依然强辩。

"习者，常也；俗者，行也。常行之事，谓之习俗。一人倡之，众人随之，谓之风；众人常随，谓之俗。先生所言之习俗，实乃风俗。风可变，俗可易，是谓移风易俗。是以自古迄今，风无常风，俗无恒俗。开坛设论乃首次开坛人所倡，渐成稷下风俗。既然有人首倡开坛设论，为什么轲就不能首倡开坛不设论呢？"孟夫子牢牢盯住公孙龙，几乎是质问。

首战失利，公孙龙被孟夫子的博学与气势震住，一时语塞，在坛前踱步。

踱有一个来回，公孙龙重整旗鼓，复杀回来："既然夫子无论，龙有一论，与夫子切磋！"

"先生请讲！"

"邹人非人！"

这是一个更为吊诡的有关名实的论题，也是公孙龙的立身之辩。

公孙龙持名实中的坚白之论，最擅长的是与人论辩坚白石。坚白石即石的两个属性，颜色为白，质地为坚。一块白石，眼观之，白；手触之，坚。公孙龙认为，世上存在白石，存在坚石，却不存在坚白石，因为眼看不到坚，手触不到白。换言之，一块石头，要么是白石，要么是坚石，不能说它是既坚且白的坚白石。此论的结论是，白石非石。

"邹人非人"是从白石非石这个结论顺推而来，直指身为邹人的孟轲。如果承认命题，则可前推，邹人是邹人，邹人不是人，从而辱及自身；如果不承认，孟夫子就得辩出一个所以然来。坚白之论是公孙龙所长，孟夫子治的是儒学，要在他人所长的领域展开论辩，必将捉襟见肘。

显然，孟夫子是有备而来。

"公孙非孙！"孟轲略一思忖，朗声应道。

场上先是一阵安静，继而爆出掌声。孟夫子使用相同的战术、相同的逻辑，不与他正面论辩，而是将问就问，化公孙龙的攻势于无形。"公孙"为姓，是一个概念，等于"邹人"，公孙又是公之孙，等于邹之人。后面的孙，是辈分，是公孙氏的后孙。从所对来看，孟夫子对公孙龙的坚白之论非但熟悉，且还找到了破绽。

然而，破绽在何处呢？

两个回合均失利，公孙龙一时想不明白，又踱一个来回，吸口长气，朝孟夫子拱手："谢夫子妙答！"转身退回旗下。

场上现出少有的静默。

要知道，公孙龙初来稷下，就与声名显赫的名实大家惠施狭路相逢，一个持白石非石的坚白论，一个持天地一体的同异说，连辩三日，各执一端，谁也没有辩过谁。虽说战成平手，但公孙龙年轻气盛，声音高，动作多，幅度大；惠施声音柔，动作少，在气势上略逊一筹。之后，公孙龙上门搦战，惠施又争两日，怒而离开稷下，回乡闷坐一月，才驾起五辆牛车赶到安邑，一举击败陈轸，抱得相印，抵达其人生巅峰。

如此骁勇、善战的坛场斗士，被孟夫子寥寥数语怼下阵去，实在不可思议。

几息之后，场上仍旧是出奇地静寂。

苏秦也在思索"公孙非孙"四字，越琢磨，越觉得是对"邹人非人"的绝杀。咄咄逼人的公孙龙之所以甘拜下风，是因其实在寻不到更好的应对，再战只会更难堪。

就在苏秦闭目沉思之时，耳边响起一声长长的"噫唏"。苏秦抬头，是身边的老丈发出来的。

苏秦看向他。老丈感觉出来了，回他一个笑，依旧正襟端坐。苏秦细审，老丈真还像极了鬼谷先生，一把白胡子长长地挂在胸前，两小撮寿眉如两个弦月从两眼的外侧画出两道漂亮的弧线，刻画出他所历经过的沧桑。

苏秦吸一口长气，调正呼吸，转向论坛。

第二个摇旗的是天口骈。稷下最善辩的坚白龙竟然只有两回合即败下阵来，且论坛冷场不下十息，让盛名远播的天口骈情何以堪！

天口骈也即田骈，是先祭酒彭蒙的首席弟子，早在彭蒙时代已升格为先生，有徒数十人，在彭蒙之后更有发展，门下弟子已过三百，差不多与慎到并列，俨然是稷下豪门了。

"道大，天大，地大，王亦大，"天口骈拱手质问，"域中有四大，王居其一。夫子如何看待此论？"

"在下以为，域中四大，皆不大。"孟夫子回礼，侃侃应道。

在场学者无不震惊。

要知道，域中四大是道门祖师老子的定鼎之论，孟夫子一口否掉，要么出于无知，要么是另起高论，从而超越老子。如果是前者，孟夫子就栽了，因寡闻而中了天口骈预设的陷阱；如果是后者，孟夫子就必须给出一个全新的解释，从而超越老子。在稷下，任何新论与超越都会引起学者们兴奋。

"何为大？"天口骈果然来劲了，逼视孟夫子。

"自然为大。"孟夫子朗声应道，"老子以为，四者之中，人法地，地法天，天法道，道法自然。"

众人叹服。

孟夫子不仅点出此句典出于《老子》，且还引用老子之语来否定四大，回击田骈的预设陷阱，着实让人刮目。

"道法自然为老子所论，"天口骈不依不饶，"在下所问是，夫子如何看待？"

"轲给出一字，"孟夫子略一思忖，盯住田骈，"仁！"

天口骈两眼放光，声音紧逼："夫子是说，仁大于道吗？"

"正是。"

所有人瞠目结舌。

在道门眼里，道乃无上至尊，道法自然为老子确立的定论，孟夫子虽没否定，但又多出一物，实在是开人眼界了。

"请解之！"天口骈追击。

"轲以为，道法自然，自然法仁！"

"夫子是说，"天口骈显然没有料到是这个答案，"仁比自然大喽！"

"正是。"

"这么说，"天口骈神色严峻，逼近一步，拉高声音，"夫子是要否定老子喽！"

"是先生您这么说的，"孟夫子坦然应道，"轲并未否定。再说，对先生之问，轲有一惑，敬请先生解之！"

"请讲。"

"老子是王吗？"

"不是。"

"老子是地、是天吗？"

"不是。"

"老子是道吗？"

天口骈似乎读出孟夫子口中的味道了，思忖有顷："也不是。"

"老子是自然吗？"

天口骈不再应声。

"请问先生，老子既不是四大，也不是自然，他究底是什么呢？"

"是……圣人。"天口骈几乎是嗫嚅。

"圣人也是人哪！"孟夫子看向众人，声音激昂，"老子既然是人，是个像大家一样能吃能喝、有生有死的人，为什么就不能否定呢？"

众人呆了。好半天，没有一人说话。否认权威，另立权威，这是每一个学者的心中梦想，只是都不说出来而已。

"既如此说，"天口骈憋出一句，"请问夫子，何为仁？"

"爱。"孟夫子脱口而出。

爱是关系，既看不见，也摸不到，一如老子的道，恍兮，惚兮，谁也无法给出一个确定的解释。

"谢夫子妙解！"在这个说不清、道不明的解读面前，天口骈一时还真想不出更好的应对，只得拱手谢过，退回本阵。

于转瞬之间连败稷下两员骁将，孟夫子气场十足，昂首立于坛中，势如张弓。

苏秦看向身边老丈，见他气沉心定，嘴角挂着一丝神秘莫测的笑。

与此同时，场地上同时摇起两面旗子，一个是备战数日的谈天衍，另一个是尹文子。许是看到尹文子的旗子先竖起来，司坛人径直走向他，将他引到坛上，与孟夫子对面。

"齐人尹文求教！"尹文子拱手。

"教字不敢当，先生请讲！"孟夫子回揖。

"儒门伦理，子不逆父，臣不逆君，妻不逆夫，是否？"尹文子问道。

"正是。"孟夫子应道。

"子可弑父、臣可弑君吗？"尹文子再问。

"不可。"

"既然不可，武王身为商臣，却弑商君，夫子可有解释？"尹文子发出重击。

这是典型的以子之矛陷子之盾辩术，即以儒门所论反驳儒门所重。儒门所论为伦理，儒门所重为礼。儒门的伦理是三纲，即父子、君臣、夫妻三种人际关系，由此生出儒门之礼，即父为子纲、君为臣纲、夫为妻纲三种制约关系。父为子纲生出仁，孝字当头；君为臣纲生出义，忠字当头；夫为妻纲生出礼，敬字当头。三种制约关系不可逆，逆则不仁、不义、不礼，也即不孝、不忠、不敬，是谓大逆。对大逆之人，人神共击之。然而，武王却伐纣了。这是典型的下逆上、臣逆君，严重违背儒门所倡之伦理，搅乱儒门所尚之礼，而儒门所尚之礼却又是乱礼在先的周公所制！

面对这个难以自圆其说的悖论，众人无不振奋，目光纷纷射向孟夫子，看他如何作答。

"先生好问！"孟夫子敛神，语气郑重，"贼仁者为贼，盗义者为盗，既贼且盗，称作独夫。轲只听说过国人讨伐独夫商纣，未曾听说过武王弑君！"

真是一个精彩的应对，言简意赅，振聋发聩，众人齐声喝彩。

众人喝彩不是因为孟夫子的用词，而是因为孟夫子的观点，即臣可逆君，子可逆父，只要这个君与父不仁不义。这一论断与当下的天下大势契合，因为从三家分晋到田氏代姜，无不是以下犯上，以臣逆君。至于晋君与姜齐是否贼仁盗义，他们已经没有机会去辩了，历史总是由后人书写。

尹文子敬服，拱手退场。

接着上坛的依序是谈天衍。

为这个时刻，谈天衍筹备了整整三天，因而在上坛时目光沉定，每一步都走得很踏实。

谈天衍至其辩位，没有施礼，而是二目如炬，直盯孟夫子。

孟夫子原本准备好在他施礼时回礼的，未料到他上坛即开目战，一时慌乱，几乎是在一息过后，方才整顿精神，仓促应战。

二人就如斗鸡场上的两只斗鸡，各睁大眼，盯住对方，似乎他们眼里射出的不再是光，而是剑、是箭，可将对手洞穿。

十息过去了。

二十息过去了。

三十息过去了。

但交战双方仍未鸣金，继续以目光互射。

显而易见，在这场目战中谈天衍占据上风，因他练就一门绝技，一旦盯准对手，两眼可保持不眨长达三十息。孟夫子完全不行，目光虽也犀利，但每一息都得眨一次，三十息下来，败势显著。

见胜局已定，邹衍方才收目，跨前一步，抱拳揖道："齐人邹衍见过夫子！"

"邹人孟轲见过先生！"孟夫子亦收回目光，抱拳回揖。

"夫子学识渊博，邹衍不才，愿以阴阳之说求教于夫子。"邹衍开问。

孟夫子淡淡一笑："轲愿闻。"

"衍以为，天有五行，相生相克，夫子以为如何？"邹衍祭出本门绝技。

"轲略有所闻，未得其详，请先生赐教！"

"衍以为，五行乃金木水火土。"邹衍侃侃言道，"五行相生，乃金生水，水生木，木生火，火生土，土生金。五行相克，乃金克木，木克土，土克水，水克火，火克金。"

"就轲所闻，"孟夫子淡淡应道，"此乃天道运行，典出于《尚书》之《洪范》篇。就《尚书》所载，天有五行，人有五事。天有五行，一为水，二为火，三为木，四为金，五为土。水可润下，火可炎上，木可曲直，金可从革，土可稼穑。润下生咸，炎上生苦，曲直生酸，从革生辛，稼穑生甘。人有五事，一为貌，二为言，三为视，四为听，五为思。貌宜恭，言宜从，视宜明，听宜聪，思宜睿。恭当肃，从当义，明当哲，聪当谋，睿当圣。"

《尚书》为上古之书，经孔子编纂，孟夫子早已烂熟于心，此时娓娓道来，不仅驳回邹衍将五行归功于己的两个"衍以为"，且又顺道讲出儒门所倡的人之五事，可谓是一气呵成。

场上学子纷纷点头，无不叹服孟夫子的博学。

"呵呵，"眼见处于下风，邹衍深吸一口气，笑出两声，"夫子博览，衍叹服。《尚书》的确言及五行，但《尚书》之五行非衍之五行，《尚书》言及五行，却未言及与之相应的五色与五德，衍之五行则涉之。"

"轲寡闻，敬请赐教！"

"衍以为，"邹衍将话题拉向自己的近期发现，"五行相应于五色，金尚白，木尚青，水尚黑，火尚赤，土尚黄。天有五行，世有五德。五行相克相生，五德相杀相从。五行运于天，五德运于世。"

"请教先生，五德是如何运于世的？"孟轲眯起眼睛，以问捕捉战机。

"帝王将兴，上天必有预兆。黄帝之时，有大螾大蝼现于世，土气胜，是以黄帝尚黄色，以土德治世，土德中和。至大禹时，草木秋冬不枯，木气胜，是以大禹尚青色，立夏朝，以木德治世，木德伸展。及汤之时，水中现金刃，金气胜，是以汤尚白色，立商朝，以金德治世，金德收敛。及至文王，有赤鸟衔丹书会聚于周室社庙，火气胜，是以文王尚赤色，以火德治世，火德炎上。代火者必水，是故……"

邹衍显然意识到什么，不说了。

"哈哈哈哈，"孟夫子爆出几声长笑，"好一个五德运行于世！"敛住笑，盯住邹衍："依先生所述，代火者必水，水色为黑，天下列国，尚黑者唯有秦国，替代大周的当是秦国喽！"

"上天玄机，衍不敢泄露！"

"好一个上天玄机！"孟夫子占到支点，步步紧逼，"黄帝行仁政，以仁德战败炎帝，方才一统天下。及至大禹，天降洪水，民不堪灾，禹治洪水，再以仁德立夏朝。夏桀不修仁义，方为商汤所代。至于商纣，贼仁盗义，贤良或囚或战，终至天下失序，文王遭囚，武王率国人伐之，立大周。周公制礼，天下重归秩序，历数百年至幽王。幽王失信，国人叛而杀之，平王东迁于洛，礼渐崩，乐渐坏，邦国争霸，陷入乱战。先生不察仁义，而以偶见天象诠释朝代更迭，实为牵强，不足论矣！"

"哈哈哈哈，"邹衍报以更长的笑，"周公制礼，以王为天之子。河水出龙马，洛水出神龟，龙马载河图，神龟背洛书，伏羲察之而得八卦，文王演八卦而得《周易》，孔子为之传。凤鸣于岐山，周室遂立。天降祥瑞，王必行庆典；天降灾星，王必察过失。所有这些，难道不是你们儒者所津津乐道的吗？"

邹衍一击重重打在七寸上。孟夫子一时语塞，呼呼直喘粗气。

场上爆出喝彩声，邹衍脸上浮出得意的笑。

"好吧。"孟夫子苦笑一声，抱拳，"子不语怪力乱神，轲亦不语。先生还有何问？"

邹衍见好即收，亦拱手道："承蒙夫子谦让，衍无问矣！"一个转身，趾高气扬，健步下坛。

望着他的后背，孟夫子不失大气，面含微笑，拱手相送。

邹衍获胜激励了更多学者，此后一个时辰里，旗帜摇动，有争有辩，但火力均没达到前面几人，孟夫子尽皆轻松应付。

两个时辰在激辩中过去。孟夫子似乎尿急，却又无法脱身，脸上现出苦色。

淳于髡看在眼里，适时举起旗号。

司坛人款款走到淳于髡处，引他上坛。

见是祭酒登坛，众人晓得论坛结束，压场戏来了，无不兴奋。

淳于髡大步上坛，揖道："夫子果是博学，光头开眼界矣！"

"承蒙先生抬爱，轲得机缘受教，获益匪浅！"孟夫子回以深深一揖。

"光头对儒门的仁义礼乐一直糊涂，尤其是儒门之礼，"淳于髡晃起脑袋，"今朝得遇夫子，正好请教！"

"先生请讲！"孟夫子抖擞精神。

"男女授受不亲，算是礼吧？"淳于髡设问。

"是礼。"孟夫子应道。

"如果阿嫂溺水，阿叔在侧，是否援之以手呢？"淳于髡晃着光头、拖着长音使出撒手锏。

淳于髡问出的是涉及儒门的又一个悖论，众人喝彩。

"先生好问！"孟夫子揖礼，"儒门之礼，下不违人伦，上不违天理。阿嫂落水，阿叔若是袖手旁观，虽合人伦，却违天理，禽兽所不为也。是以阿嫂落水，阿叔应当施以援手，这是特殊情况下的变通。"

孟夫子应对精彩，既解释了礼，又懂变通之道。

众人再度喝彩。

淳于髡却是没完，光光的脑壳子又是一晃："方今天下溺水，夫子却在邹地一躲多年，为什么不施以援手呢？"

"先生难道想以只手施援天下吗？"孟夫子先是反问，继而应答，"阿嫂溺水，援之以手；天下溺水，援之以道。轲在邹地，是为修道。道未修成，不敢擅动。"

孟夫子妙对，众人叫绝。

"呵呵呵呵，"淳于髡笑出几声，轻轻鼓掌，"夫子此番走出邹地，看来是道已修成，可喜可贺啊！"

"轲不敢当！"孟夫子揖道。

"诸位先生、诸位学子，"淳于髡转向坛下，声若洪钟，"辰光不早了，本祭酒宣布，今日论坛结束，邹人孟轲学识渊博，才思睿智，言辞通达，主坛成功！"

场上欢声雷动，众人皆起，旗帜招展。

"贺喜夫子！"淳于髡转对孟夫子，笑意盈盈，"若无意外，要不了几日，夫子就当换个称呼了！"

"敢问先生，轲该换个什么称呼呢？"

"先生呀！"淳于髡晃起光头，"髡将于今晚向学宫令提请聘任夫子为稷下先生，明日就由学宫令府张榜于稷下，三日内若无三名以上稷下先生联署反驳，学宫令就可具表报奏齐王，俟王命下达，夫子就可正式在稷下开馆立旗！"

"诚谢祭酒厚爱！"孟轲拱手应道，"轲有一请，敬望祭酒成全！"

"夫子请讲！"

"轲来稷下，只为与方家切磋学问，取长补短，非为谋取先生虚衔。先生称呼，轲不敢当，祭酒美意，敬请收回！"孟夫子深鞠一躬。

淳于髡倒吸一口气，两只老眼紧盯住他，呆了。

论坛散场，老丈先一步走去。

苏秦追上，不远不近地跟在身后。

老丈越走越远，苏秦不离不弃。苏秦身后约两丈开外是飞刀邹，假作行人。

老丈没有住在稷下，一直走出稷门，走到郊外靠野处，在一个柴扉前面住步，回头看向苏秦。

苏秦趋前，深揖："晚辈叩见前辈！"

"年轻人，你跟着老朽，有什么事吗？"老丈回个揖，看着他，一手扶住柴扉。

"前辈相貌奇伟，断非寻常之人，晚辈仰慕，故而跟从！"苏秦再揖。

"哈哈哈哈，"老丈长笑几声，"老朽度过不少春秋，今日始知自己相貌奇伟。说吧，年轻人，就冲你这句中听话，老朽许你讲三句。"

"谢前辈厚爱！"苏秦又揖。

"一句了。下面该是第二句！"老丈抬手，掰起一根指头。

"这……"苏秦怔了，不知该说什么。

"第二句了。还剩最后一句。"老丈再次掰开一根指头。

"晚辈姓苏名秦，洛阳人，敢问前辈尊姓大名！"苏秦不敢再贻误最后一个机会了。

"晓得了，苏士子，"老丈将一把又长又白的胡须，"你就叫我老不死吧。"推开柴扉，走进，反手关上，挂上绳子，踢踏着老迈的脚步走向堂门，自始至终没有回头。

苏秦长长地"嘘"出一声，望着他将堂门反手关上。

老丈后院，隐约传出群羊"咩咩咩"的叫声。

"是个老羊倌！"飞刀邹走过来，小声说道。

苏秦若有所思。

孟夫子不远千里赶到稷下，煞费苦心开坛，却又拒绝已经到手的稷下先生称号，再一次轰动稷下。要知道，稷下先生不只是一个称号，还享受齐宫拨付的卿大夫待遇，且这待遇将随着门下弟子数量的增加而递增。

苏秦与飞刀邹从郊外返回，见田文守在客堂。

"孟夫子竟然不受先生尊号，你说这……"田文不及寒暄，开门见山。

"祭酒怎么说？"苏秦问道。

"听祭酒话音，老夫子非池中之鱼，稷下是个小鱼塘，盛不下他。"

"是哩！"苏秦点头，"如果只做学问，邹地、鲁地皆可。就开坛所见，孟夫子的学问已经可称方家了。你可禀报相国，听听他的。"

"在禀报之前，在下想会一会他。"田文道。

"可以呀，你会他就是！"

"在下想请苏夫子同去。"

"嗬，把我升格了！"苏秦笑了，盯住他，"说吧，为何要我这个夫子同去？"

"在这世上，无论做官还是做人，文独服苏夫子。"田文回一个笑，给出一顶高帽，"孟夫子是否池中鱼，自当由苏夫子鉴定！不瞒您说，后响开坛，其他都好，在下感觉不足之处只有一个，苏夫子您没有上坛。"

"承蒙学宫令抬爱！"苏秦揖手，笑了。

"嘻嘻，"田文回他个礼，压低声音，"在下甚想知道，若是孟夫子遇到苏夫子，会是个什么场面？"

"学宫令若想看个场面，"苏秦略一思忖，"可以再请一人！"

"何人？"

苏秦笑对飞刀邹："邹兄，有请告老夫子！"

飞刀邹明白苏秦指的是巨子，转身去了。

天色向晚，稷下客舍灯火辉煌。众弟子无不欢欣，爱意浓浓地簇拥在他们愈加尊崇的师父身旁，如众星捧月。

这是一个属于孟门的吉日，尤其是对于孟夫子。大战告捷，当场婉拒稷宫祭酒正式提请的先生尊号，该当是他所度过的四十多年光阴中最最快意的事了。

晚膳过后，万章与众弟子侍奉孟夫子洗过手，漱过口，将几案收拾妥当，围坐在孟夫子周边，纷纷向孟夫子投去期待的目光。

"呵呵呵，"孟夫子正正衣襟，接过万章递来的水盏，轻啜一口，笑眯眯地扫瞄众弟子一圈，神态愈见慈祥，"你们想知道什么，说吧！"

"弟子先说，"公都子乐不合口，一脸叹服，"不瞒夫子，之前弟子敬服您，是敬服您学识渊博，今日不同了，啧啧啧！"

"呵呵呵，"孟夫子听得受用，又笑几声，倾身，"说说，是何不同？"

"夫子气宇轩昂，当关而立，虽有强敌万千，矛戟如林，夫子巍然故我，此诚大丈夫哉！"公都子"啧啧啧"又是几声。

"大丈夫？"孟夫子淡淡重复一句，盯住他，"你所说的，叫匹夫之勇！"

"这……"公都子怔了。

孟夫子转向众弟子："你们有谁晓得什么叫作大丈夫吗？"

众弟子面面相觑。

"率千军万马，战必胜，攻必克，如孙武、吴起之流，能称大丈夫吗？"公孙丑接道。

孟夫子瞄他一眼，没有应声，看向其他人。

"我晓得。"坐在角落的景子朗声叫道，"当世英雄，一怒而诸侯惧，安居而天下熄，苏秦、张仪、公孙衍之流，该叫作大丈夫了！"

孟夫子看他一眼，仍未吱声。

"佐百里之君，率蛮夷之众，筹策妙算，诛伐暴君，建立不世王业，如姜尚、伊尹之流，这个当叫大丈夫吧？"万章试探着问道。

"你们所说这些，能称作大丈夫吗？"孟夫子正色敛神，逐一扫过众人，"你们难道没有学过礼吗？丈夫加冠，从父之命。女子出嫁，从母之命。女子嫁人，母送至门，总要训诫一句：'到自个家后，须听从丈夫，毕恭毕敬！'由此观之，为妇之道，是以顺遂为正。丈夫之道呢？绝不是。什么是丈夫之道呢？居天下之广厦，立天下之正位，行天下之大道。"声音激动，紧紧握拳，"得志，则与民偕行；不得志，则独行其道，独善其身。富贵不能淫，贫贱不能移，威武不能屈，这样的人，才能称得上大丈夫啊！"

在场弟子无不为孟夫子的气概所感染，个个表情刚毅，拳头紧捏，豪情勃发。

孟夫子又要说话，门外传来一阵脚步声，然后是敲门声。公都子出去，见是苏秦、田文、告子、飞刀邹四人。

四人中，公都子只见过田文一人，知他是这儿的学宫令，揖道："孟门弟子公都见过田大人！"

田文回揖："孟夫子在否？"

"在。"

"我这几位朋友诚望拜谒夫子，向夫子讨教学问，请禀报夫子！"

田文说着，指一下苏秦三人。

"田大人稍候，公都这就禀报夫子！"公都子转身进去。

公都子刚一进门，旁边转出一人，朝田文揖道："田大人，在下陈相，奉家师之命，特从滕地赶来，诚望拜谒夫子，在此候有半个时辰了，能否偕行？"

田文打量他，但天色灰蒙，看不真切面容，问道："咦，你候有半个时辰，为什么不自己进去呢？"

"我……"陈相迟疑一下，低下头去，声音木讷，"我恳请来着，可……他们不让我拜见！"

"为什么？"田文奇道。

"他们……"陈相指一下自己的衣装。

田文凑近细看，见他一身粗布，褐衣短装，肩后斜着一个斗笠，一副村野打扮，遂晓得原因了，看向苏秦。

苏秦扯一把陈相袖子，让他站在自己与告子之间。

几人刚刚站定，院中火把亮起来，孟夫子偕众弟子迎出。

相见礼毕，孟夫子与田文并肩走在前面，告子跟后，再后陈相，最后苏秦，飞刀邹守在门外。

因空间不够，孟夫子只留下万章、公孙丑与公都子三人，其余各回房间。

孟夫子主席，田文陪位，告子、陈相、苏秦三人分别坐于客席，万章三位弟子侍立于侧，为客人奉茶。

灯光下亮多了，孟夫子方才看清楚苏秦三人，审视他们的衣着。

苏秦没穿官袍，是士子衣，倒还干净利索；告子衣褐，但墨家的短襟换作长襟了，也还中眼；唯有陈相，一身农家打扮，尤其是背后那个斗笠，像是刚从田里收工似的。

见孟夫子审视，田文逐个介绍，先指向告子："这位是告夫子，与夫子一样，刚到稷下，也是饱学之士。"指陈相，"这位士子叫陈相，慕夫子大名，特从滕地赶来拜谒！"指苏秦，隐去他的身份，"这位是苏子，洛阳人，饱学之士！"

在田文介绍时，孟夫子微笑盈盈，与三人一一打过点头礼，末了看向田文。

"夫子学识渊博，开坛圆满，所恨时光不待，尚有众多学士想与夫子切磋而不能，"田文指三人笑道，"三位学士皆是田文友人，与文议起夫子学问，皆有求教夫子之心。是文性急，候不及明日，直引他们前来拜谒！"

"轲久居僻壤，孤陋寡闻，此来稷下，为的正是向各位学士、各位方家求教学问。"孟夫子逐个看向告子三人，拱手，"孟轲不才，求请诸位方家赐教！"

"在下告不害，"见孟夫子目光落在自己身上，告子拱手，"后晌在论坛上聆听夫子高论，甚是敬服，尤其是夫子所论之天下溺水，援之以道，堪称妙论。在下想求教夫子的是，天下为何溺水？"

"天下溺水，是因为失去人性。"孟夫子应道。

"何为夫子所言之人性？"

"道。"

"何为夫子所言之道？"

"仁义。"

"仁义何以成为道，成为人性？不害愚昧，请夫子详言。"告子倾身问道。

"轲以为，"孟夫子侃侃说道，"人在初生之时，本性良善，皆有四心，分别是恻隐之心、羞恶之心、恭谦之心、是非之心。恻隐之心，发端于仁；羞恶之心，发端于义；恭谦之心，发端于礼；是非之心，发端于智。因而，仁义礼智四德是人与生俱来的本性，也即人性。然而，自春秋以降，礼崩乐坏，人性堕落，善恶不分，人人以征伐为荣，天下是以动荡不安。"

"在下以为不然，"告子应道，"人之本性，犹如杞柳；仁义，犹如桮棬。由人之本性生出仁义，就如用杞柳来做出桮棬，是要靠外力强制的。人生之初，利欲当头。初生婴儿，不利于己则啼，利于己则乐。由此观之，天下之人，生而好利，生而多欲。因有耳目之欲，才有声色犬马。至于仁义礼智之心，实为后天养成。是以圣人治世，必制礼仪、道德、律法，使人性渐渐归化，远离本性。"

"夫子怎么能这么说呢？"孟夫子血气上来了，盯住告子，"您是顺着杞柳之性来制作桮棬呢，还是逆着杞柳之性来制作桮棬呢？杞柳之所以能够制作成桮棬，是因其拥有制作桮棬的本性。假如杞柳没有这些本性，您能将它们制作成桮棬吗？如果是逆着杞柳的本性来制作桮棬，与逆着人的本性来生出仁义有什么两样呢？使天下之人皆来为祸仁义的，必定是夫子您的这些言论！"

在场诸人，包括万章、公孙丑等几个弟子，显然没有料到孟夫子会对告子扣上这么大的帽子，尤其是最后一句，简直是诛心之论。

"夫子息怒，"告子先是震惊，继而淡淡一笑，拱手，"我们就事论事如何？"

孟夫子显然也觉得过分了，回个微笑，拱手回礼："敬请夫子赐教！"

"我们依旧回到这个本性上。"告子揪住原话题不放，"在下以为，人之本性犹如湍水，决于东方则向东流，决于西方则向西流。本性就是本性，不能分作善与不善，就如这湍水一般无二，引之向善，则向善；引之为恶，则为恶。"

"好吧，就说这道湍水。"孟夫子应道，"湍水奔流，的确不分东西，但它难道也不分上下了吗？人性之善，犹如水之就下。人无有不善，水无有不下。今日之水，受击打而溅起，可以过额（额）；若是阻其通道，强力引之，它还可流到山顶。然而，这是水的本性吗？不是！是外力在改变它！人性之所以为恶，之所以变作不善，不是因为本性变了，而是因为有外力强加！"

孟夫子辩出这番话来，告子有点儿头晕，觉得对手似乎跑题了，又似乎没有。

"看来，"沉思良久，告子笑道，"在下与夫子的差异是在对本性的理解上。在下以为本性就是本性，没有善与恶，只有利与欲，导之使善则善，导之使恶则恶；夫子以为本性为善，使外力导其向恶的，是不？"

"就算是吧。"孟夫子应道，"轲想问的是，什么是本性？"

"与生俱来的秉性谓之本性。"

"若此，"孟夫子追问，"白就是白了吧？"

"正是。"

"若此，白羽之白，就是白雪之白，白雪之白，就是白玉之白了，是不？"

"是。"

"若此，犬之本性就是牛之本性，牛之本性，就是人之本性，是不？"

"这……"告子苦笑一声，看向苏秦。

苏秦似乎没有看见，只是二目微闭，专注于聆听。

就争论看，两位夫子各执一端，亦各有所指。在孟夫子看来，告子所谓"性"是先天情欲的论点是不对的，因为，吃与睡既是人的本能，也是牛的本能，如此，人与牛有何不同？人性若是仅停留在本能的情欲上，就显得肤浅了。如同"白羽""白雪""白玉"等物，虽然都有个"白"字，但"白"是外在特征，不足以表达各自的本质属性。换言之，孟夫子认为，在与生俱来的"情欲之性"之外，人"性"中还当包含"道德之性"，也正是由于这个"道德之性"，才是人之所以为人的标志。这个"道德之性"，就是孟夫子之前反复强调的与生俱来的"仁义"二字。

告子显然体悟到了，直入主题："饮食、男女，皆为本性。夫子所言之仁，为内在，非外在；夫子所言之义，为外在，非内在。"

"为什么仁为内在、义为外在呢？"孟夫子盯视告子。

"内在为心生，由内而生，如仁爱；外在为表现，由外而现，如行为。"告子应道，"譬如说，我们尊敬长者，是因其年龄长于我们，而不是我们从内心深处敬重他。我们称白色为白，是因其外表是白色的，而不是指它的内在质地。"

"外表之白与白马之白有什么不同呢？白马之白与白人之白又有什么不同呢？尊重一匹老马与尊敬一位老人的差别又在何处呢？是长者有义呢，还是尊重长者的人有义呢？"孟夫子发出一连串的质问。

"这么说吧，"告子进一步解释，"若是我弟我就爱他，若是秦人之弟我就不爱他。我是否施与爱取决于我自己的内心之情，是故仁为内在。我尊敬年长的楚人，也尊敬我自己的年长亲人。我是否尊重取决于对方是否年长，是故义为外在。"

"爱吃秦国人的烤肉与爱吃自己的烤肉有什么不同吗？以此推说去，难道说爱吃烤肉的心情全都是外在的吗？"孟夫子又是两句反问。

这两句反问显然是在转移论题了。

见孟夫子这般不顾立论，出口就怼，左右皆驳，多有强词夺理之嫌，告子皱下眉头，看向苏秦，见他仍旧是半眯眼睛，似乎在听，又似乎没有。

告子咂巴几下嘴皮子，苦涩一笑，闭上眼睛，不再置言。

孟夫子也不想再与告子交锋了，目光移向陈相。

陈相正在忖摸两位高手的对话，没有注意到孟夫子的目光。坐在他身边的苏秦用脚尖轻轻顶他一下，见他看过来，朝孟夫子努嘴。

陈相抬头，见孟夫子仍在看他，紧忙拱手："晚生陈相，素慕夫子大名，听闻夫子至滕，前往拜谒，不想夫子已回邹地。晚生赶至邹城，又闻先生来这稷下了。晚生遂又赶赴稷下，终于得见夫子，幸莫大焉！"

"呵呵呵，"孟夫子笑出几声，回个揖，语气和蔼，"陈子辛苦了！"趋身，"陈子不远千里追来，可有教轲之处？"

"我……我……岂敢……"陈相一时情急，竟说不出话来。

"呵呵，那就随便聊吧。"孟夫子直起身子，"陈子是怎么晓得我这个老夫子的？"

"先师陈良对夫子甚是敬佩，屡屡提及夫子大名……"

"哦，你是陈良的弟子呀！他可是儒门大家，我与他见过一面，学问、见识在宋国首屈一指，无人可及呀！"孟夫子猛地想到什么，趋身，"方才你说先师，陈良他……"

"先师于五年前过世了。"陈相语气沉痛。

"唉，真是可惜！"孟夫子轻叹一声，看向陈相的褐衣短衫，"哦，对了，你既是陈良的弟子，为什么不着儒服？"

"我……"陈相嗫嚅一句，勾头，"是这样，先师走后，相与弟辛无着落处，听闻滕公为贤君，行圣人之政，遂至滕地，愿为滕民。滕君赐我们田宅，相待甚善，向我二人举荐楚人许行，说是许子由楚地而来，擅长神农之学，善于耒耧耕种。我兄弟拜谒许子，相见甚笃，就……改拜许子为师，事稼穑耕耘了。"

背叛师门是欺师逾礼，大逆不道，孟夫子火气上来了，但有碍于学宫令及两位客人，不便发作，勉强压住，语气转冷："你这寻我，没有什么事吧？"

"有有有……"陈相急切拱手，"晚生是为滕君而来。"

"哦？"孟夫子问道，"滕君怎么了？"

"就晚生所察，滕君确为贤君，可惜仍旧未懂贤君治国理民之道。晚生得知夫子与滕君相善，此来是想请求夫子劝劝滕君，让他明白这些道理，与民同乐。"陈相一脸真诚。

"你且说说，滕君何处不贤了？"

"贤君当与民同耕同食，自食其力。然而，滕公未曾稼穑，却仓满库盈；未曾狩猎，却獾悬鹿陈。这是损民肥己，怎么能称得上是贤君呢？"

陈相千里追来，为的却是这档子事，且一脸真诚。莫说是孟夫子，即使苏秦、告子与田文，也是醉了。

三人不约而同地看向孟夫子，看他如何应对。

孟夫子略一沉思，倾身，盯住陈相："在你眼里，何人为贤？"

"神农氏。"陈相应道。

"轲非问古人！"

"楚人许行。"

"甚好。"孟夫子问道，"许子是自己种粟自己吃吗？"

"是的。"

"许子是自己织布自己制衣然后才穿衣吗？"

"不是。许子着布衣。"

"许子有冠吗？"

"有。"

"什么样的冠？"

"没有染色的冠。"

"许子的衣、冠是他自己所织、自己所缝的吗？"

"不是。是拿粟换来的。"

孟夫子总算绕到点上，倾身："许子为什么不自己织、自己缝呢？"

"顾不过来，许子太忙了。"陈相应道。

"他忙什么？"

"许多事，主要是耕种。"

"许子是用釜、甑烧饭，用铁犁耕种吗？"

"是的。"

"这些釜、甑、犁、铧等物全是他自己制作的吗？"

"不是。拿粟换来的。"

"拿粟来换器械，就不能说损害了陶匠、铁匠；反过来，陶匠、铁匠拿器械来换粟，难道就是损害了农夫吗？许子为什么自己不去做这些陶器、铁器呢？许子为什么不把所有这些制作出来存在家中以备随时取用呢？许子为什么要一件一件地前往百工那儿交换呢？许子为什么不怕这些麻烦呢？"孟夫子发出一连串的质问，气势如虹。

"百工诸事太杂乱了，人不可能既耕作又做百工。"

"这就是了，"孟夫子侃侃而谈，"既然不能同时既事百工又事耕种，难道就能同时既治理天下又耕作田园吗？官员有官员所务，百姓有百姓所务。方今之世，一人之用需要百工之务，如果每一件东西都要自制自用，那就是让天下人疲于奔命！所以说，方今之世，重在协作。

"协作须分工，分工有不同，有人要劳心，有人要劳力。劳心之人要治理劳力之人，劳力之人要接受劳心之人的治理。接受治理的人要供养治理的人，治理的人则自然而然地接受供养，这是天下共识。譬如说，在尧帝时代，天下阻塞，洪水横流，泛滥成灾，草木茂盛，五谷不丰，禽兽逼人，民不聊生。尧帝忧心忡忡，推举舜来治理。舜令益用烈火焚烧山泽林木，驱走禽兽，令禹疏通九条河道，使济水、漯水东流入海，使汝水、汉水、淮水、泗水汇流入江水，从而使中国之地丰衣足食。当其时，禹在外奔波八年，三过家门而不入，即使想耕田，他能耕吗？"

"不……不能……"陈相的声音几乎听不见。

孟夫子越说越激动，不及陈相说完，再度开示："后稷教民稼穑，使民掌握种植五谷的技艺，百姓从此衣食无虞。然而，衣食无虞、居有所并不等于受到教化。人无教化，与禽兽何异？圣人为此忧心，使契为司徒，教民以人伦之道，使父子有亲、君臣有义、夫妇有别、长幼有序、朋友有信。尧帝说：'慰劳他们，安抚他们，纠正他们，辅助他们，庇护他们，使他们得自在，使他们有德行。'圣人为民操劳到这个程度，能有空闲耕种吗？"

陈相勾头，不敢吱声。

孟夫子却是没完，目光从陈相身上移开，望向远方，声音近乎颤抖："尧帝所忧的是得不到舜，舜帝所忧的是得不到禹和皋陶，农夫所忧的，则是种不好百亩稼穑。给人钱财叫惠，教人行善叫忠，为天下物色贤才叫仁。所以，将天下送人，易；为天下觅才，难。孔子说：'尧之为君，伟大啊！只有天是最大的，只有尧能效法天。尧恩之浩荡，百姓难以言表。舜也是个了不起的君哪！巍巍乎拥有天下，却从未想过占有它！'尧、舜治理天下，难道不需要用心吗？他们能把心思用在耕种上吗？"

孟夫子将一连串的大帽子砸在陈相身上不说，这又搬出尧、舜二位圣帝，把在场的几人都砸晕了。尤其是陈相，本为求请夫子而来，不想却动了夫子的肝火，引出一连串的雷霆之问，整个蒙了。

孟夫子却是未完，狠话还在后面。

"轲只听说华夏教化蛮夷，未曾听说蛮夷教化华夏。"孟夫子提高声音，语气改为训示，"陈良本为楚人，北上宋地，习华夏之学，得周公、仲尼之道，精研之深，即使北方学者，也少有超越他的。而你呢，与你兄弟师从于他几十年，师一死就背叛师门，这也未免太过分了吧？当年孔子谢世，众弟子守孝三年，方才收拾行囊，向子贡揖别时，众弟子无不相对悲哭。众弟子走后，子贡返回孔子墓地，又为先师守孝三年，方才离开。后来，子夏、子张、子游等认为曾子有孔子之德，欲以尊敬孔子之礼来尊敬他，曾子婉拒。可你们呢？听信一个饶舌南蛮来诽谤先王的圣贤之道，背叛师门，从他学艺，与曾子是天壤之别啊！轲只听说幽谷之鸟往山顶之上的高树飞，未曾听说它们由山顶高树飞往幽谷。《鲁颂》说：'戎狄是膺，荆舒是惩。'连周公都要惩罚的南国楚蛮，你们兄弟竟然认可他的学问，改拜他为师，这难道不荒唐吗？"

话至此处，众人才算明白，孟夫子说来道去，目的是在数落陈相兄弟欺师叛门、大逆不道之罪，顺便歌颂尧、舜二圣帝，张扬儒门鼻祖孔子的美德。

陈相是个实在人，千里追贤，一腔热诚，未曾料到换来的竟是这般苛责，沉默良久，轻声辩解，声音几乎听不到："从许子之道，则市场买卖无二价，童叟可无欺。布帛定价依据长短，丝麻定价依据轻重，五谷定价依据多寡，鞋子定价依据大小，这些才是真正公平合理呢！"

"唉，"孟夫子长叹一声，"看来你是真正执迷啊！物品之间，质地不同，价格自也不同，或差一倍五倍，或差十倍百倍，或差千倍万倍。你把它们等同起来，难道是想搅乱天下吗？譬如鞋子，若是只按大小论价，怎么交换呢？有谁还会用心花时去做鞋呢？若从许子之道，你们只能引领大家走向虚伪，怎么能治理好国家呢？"

在孟夫子强大的气场面前，原本木讷的陈相越急越不会辩，勾头不再吱声。

孟夫子显然仍未尽兴，二目锁定陈相，正欲乘胜追击，苏秦咳出一声。

场上目光纷纷转向苏秦。

第五章

齐宣王雪宫察贤　纵约长康庄访农

从后晌开坛到这辰光，苏秦一直在听。

说实在的，苏秦对孟夫子极为着迷，早想会一会这个能说出"民为贵，社稷次之，君为轻"的邹地鸿儒。前番赴鲁会陈轸，苏秦本打算拐往邹地的，谁料又未成行。如今孟夫子就在眼皮底下，苏秦的兴奋是必然的。

捭阖有术，揣摩在先。苏秦迟迟没有发问，是他并不了解孟夫子。经过后晌的论坛及方才的争执，此时的苏秦已对孟夫子有个基本判断，胸中有数，见他一味对陈相穷追猛打，不留一丝丝余地，这才不失时机地轻咳一声。

果然，孟夫子的目光转移到他身上。

其实，孟夫子早就注意他了。此番来齐，稷下不是目的，但他必须征服稷下，一则征服稷下就是征服天下学问，这是他此生的志向之一；二则他早知道，若想得到齐国，他就必须通过稷下之考，因而稷下之战他必须取胜，这也是他见谁就怼、不留余地的原因。开坛之战刚刚结束，就有三人上门挑战，且是学宫令亲自带队，孟夫子的斗志自然被点燃，几乎是全神贯注，有一杀一。两战两捷，对告子与陈相之战接连获胜，剩下这个坐在下位的，孟夫子就没有放在心上，目光中透出些许傲慢。

苏秦看到了他的傲慢，也认定必须将其傲慢压制下去，否则，他或就真的以为稷下无人了。

苏秦使出杀器，坚定的目光直射孟夫子。

孟夫子感受到了对方目光的犀利，吃一惊，抖起精神，射出同样犀利的目光。

二人对视。

场上气氛于瞬间紧张起来。

时间流逝，一息接一息。

孟夫子纵有定力，显然没有受过苏秦在鬼谷中的磨炼，首先顶不住了，收回目光，拱手："这位学子是——"看向田文。

这正是田文期待的场面。

田文淡淡一笑，朝苏秦努下嘴。

"洛阳人苏秦见过夫子！"苏秦拱手回礼。

"你……"孟夫子心头一震，盯住苏秦，"不会是那个……合纵六国的苏秦吧？"

"正是在下！"苏秦淡淡一笑。

不仅是孟夫子及其三个弟子，即使陈相也目瞪口呆，难以置信地盯住苏秦，显然没有将他与那个威震列国的六国共相联系起来。

孟夫子倒吸一口凉气，目光移向苏秦的衣冠上，良久，方才渐渐恢复傲慢，略略拱手，语气不屑："邹人孟轲见过苏大人！"

"苏秦久闻夫子大名，今日始见，幸会！"苏秦语气和蔼，拱手。

"苏大人身兼六相，日理万机，堪称百忙之人，今宵易装登门，必有赐教，孟轲洗耳恭听！"孟夫子动作夸张地将两手搭在耳上，搓揉几下，俨然洗耳。

"夫子言过了，"苏秦淡淡一笑，"在下是上门求教来的，且并未易装！"

"你们纵横策士一向说谎吗？"孟夫子扎下搏杀架势，盯住苏秦，气势如虹。

"在下只喜讲理，不喜说谎。"苏秦又是一笑。

“敢问大人，”孟夫子倾身，二目炯炯，“您一直穿着这身衣冠吗？”

“在下还有几套衣冠。”

“呵呵呵，”孟夫子得意地笑出几声，指背轻扣几案，“想必是六国的相服了？”

“在下不曾有过六国相服。”

“不曾有过，敢问大人上朝穿何衣冠？”孟夫子逼视苏秦。

“到齐上朝，穿齐人衣冠；到楚上朝，穿楚人衣冠。近日未曾上朝，就是这身衣冠。”

“哈哈哈哈，”孟夫子眼珠儿一转，长笑几声，语气戏弄，“是了，是了，你们纵横策士，吃的是百家之饭，穿的自然须得百家之衣喽！”

这是公然贬损纵横策士，将他们喻为吃百家饭的名利乞儿。

苏秦敛神，凝视孟夫子：“夫子您吃的难道不是百家之饭吗？”

“你……”孟夫子勃然生气，手指苏秦，“你等纵横策士怎能比我孟轲呢？”

“呵呵，”苏秦嘴角现出一笑，抱拳，“敢问夫子，纵横策士怎么了？纵横策士哪儿比不得夫子您了？”

“纵横策士朝秦暮楚，行无准则，宛如娼妇，为博嫖客一乐，时而淡妆，时而浓抹，见人说人话，见鬼说鬼话，专擅阴诈之术，以机巧之辩攫取高官盛名，怎能比我孟轲呢？”孟夫子几乎是在信口开骂了。

“啧啧啧，”苏秦微微启唇，咂出几声，“有此一人，口必言大道，行必提三圣，然而，遇事思不得一策，从业用不得一术，为政强不得一国，治民富不得一隅，见人说鬼话，见鬼说人话，这会是个什么人呢？”

“你……你说，”孟夫子手指苏秦，全身颤抖，声音哆嗦，“此人指的是谁？”

“呵呵呵，”苏秦笑出几声，“无论是谁，反正不是纵横策士！纵横策士一如夫子所言，见人只说人话，见鬼只说鬼话！”

“好吧！”孟夫子冷静下来，晓得遇到了真正的对手，且是自己过分在先，受辱理所应得，遂正襟危坐，以退为进，"方今天下奸邪当道，纵横驰骋，轲收回所言！"

"敢问夫子，"苏秦再度敛笑，目光如剑，直视孟夫子，"何为奸邪？"

"奸邪就是黑白颠倒、祸国殃民之徒！"

"再问夫子，以何区分某人是否奸邪？"

"不行仁义大道，皆是奸邪！"孟夫子斩钉截铁。

"何为仁义大道呢？"苏秦飙上了。

"就是以天下苍生为念，倡王道，兴王业，消弭战乱，使天下走向大同之道！"孟夫子侃侃言道。

"请问夫子，"苏秦鼓掌，再度倾身，盯住孟夫子，"今有一人不行王道，专事奸邪，从不以百姓为念，穷兵黩武，祸国殃民，若由夫子当政，该当如何去做？"

"灭之。"

"怎么灭之？"

"兴正义之师，灭之。"

"如果对方兵强马壮，士不惧死，夫子又当如何？"

"不行王道者，失道寡助，士怎么会不惧死呢？"

"士不敢惧死！"

"这……士为什么不敢惧死？"

"因为那人制定了严刑苛法，谁若惧死，不仅举家没命，且还株连九族！"

"这……你指的是秦吧？"

"还有，如果那人以威权苛法强加于百姓，驱举国百姓皆上战场，与夫子您的正义之师对阵的有老人，有孩子，有女人，有孤寡，夫子也要辣手灭之吗？"

"这……不可能！"

"如果可能呢？"

"我……"孟夫子支吾。

"这就是方今的天下！"苏秦凝视孟夫子，语气沉重，"夫子若是不信，可到秦国走一遭。如果夫子有兴趣，在下还可推荐夫子一册书简，何为天下，夫子一读即知！"

"何书？"

"秦国权臣商君写的，叫《商君书》。"

"此书何处可阅？"

"夫子若有兴致，在下可以代寻。"

"请问大人，"孟夫子猛然意识到跑题了，自己在不由自主地跟着对手走，急又转头，回到方才的论题上，"这与纵横策士何关？"

"如何制止暴秦祸国殃民，正是我等纵横策士致力之处！"苏秦字字有力，"夫子不问青红皂白，将我等纵横策士视作失节娼妇，有失儒家宽仁大义。再说，即使娼妇，也无可耻、可辱之处。就秦所知，三圣时代，天下亦有娼妇。三圣之所以容纳娼妇，是因为娼妇为人为事，无不合乎三圣所倡。三圣所倡，无非是'仁义礼智信'五字。孤鳏无妻之男苦于欲，娼妇慰之，是为仁；无爱待客，曲意承欢，娼妇为之，是为义；迎来送往，中规中矩，娼妇为之，是为礼；解风月，知琴瑟，通诗书，娼妇为之，是为智；取人钱财，忠人之事，人欲淡妆则淡妆，人欲浓抹则浓抹，娼妇为之，是为信。"

苏秦句句不离娼妇，字字不离三圣所倡，将孟夫子送来的大帽子反手扣在儒门头上，孟夫子臊得面红耳赤，却又反驳不出一句，真正是窘迫至极。

田文却是听得过瘾，情不自禁地拍起巴掌来。

"哦，对了，"苏秦似是想起什么，拱手，"在下此来，非与夫子辩短论长，是有一惑窝心久矣，恳请夫子诠释。"

苏秦此言，显然是在送他台阶。

恃才傲物的孟夫子第一次见识了纵横家的厉害，长吸一口气，就坡下驴，拱手道："孟轲不才，愿闻苏大人之惑。"

"公私私公。"苏秦给出鬼谷子偈语的最后一句。

"公私私公？"孟夫子闭目，沉思良久，抬头看向苏秦，"孟轲不才，愿闻大人高解。"

苏秦苦笑一下，拱手："在下若知，就不会登门求访夫子了。"

略顿，态度诚恳："不瞒夫子，天下礼坏乐崩，失道久矣，在下不才，这些年来一直在苦苦寻求出路。师尊鬼谷先生给出两途，一是列国共治，一是天下一统。在下认为是，初出茅庐即行天下一统之策，至秦之后方改初衷，改走列国共治之道，启动山东列国合纵，遂有今日。然而，纵亲之路并不坦荡，诸侯各存私念，难以撮合，在下苦甚，求请高人指点，此四字乃高人所赠。在下苦思甚久，仍未得解，闻夫子博学，适才登门求教，还望夫子不吝赐教！"

见苏秦确实有惑，态度诚恳，没有恃势、恃尊考问，孟夫子松一口气，闭目思忖，有顷，抬头看向苏秦："大人所惑，只有一字可解。"

"敢问何字？"苏秦精神一振，倾身问道。

"仁！"孟夫子语气笃定。

"在下愚钝，请夫子详解！"苏秦吸一口气，坐直身子。

"能给出大人这四个字的，确为高人！"孟夫子侃侃而谈，"天下纷乱，礼坏乐崩，解决之道，唯有大同。实现天下大同之道，唯有一途，就是天下一统。何以统之？先祖师孔子早就给出一字，仁！人心本善，世俗却恶，私欲横溢，扩张成灾。何以抑'私'？唯有'公'字。高人所给四字，请看顺序，是'公私私公'，外为两个'公'字，内为两个'私'字。而方今世道，刚好相反，是'私公公私'，'公'心归藏，'私'欲张扬。高人所示，乃'公私私公'，即归藏'私欲'，裹以'公心'。'公'为'同'，'同'则'公'，'大公'则'大同'。只有'私私'之欲被'公公'之心包裹起来，天下才能实现大同之道！"

孟夫子所解既合情合理，又别出心裁。三个弟子大是叹服，相视点头，脸上浮出笑意。

"谢夫子高解！"苏秦拱手，"辰光不早了，夫子劳心一日，该当早些歇息。在下改日再来拜谒，向夫子求教！"率先起身。

田文、告子等也站起辞行。

孟夫子送至户外，拱手作别。

望着苏秦的背影，孟夫子脸上现出从未有过的怅惘，倒是万章三人各自欢喜，尤其是公都子，压抑不住内心兴奋，对公孙丑道："啧啧啧，真没看出来，原来那人竟是六国共相苏秦！"

"是哩！"公孙丑应道，"我起初以为他是个学子，后来想到他与学宫令一起来，应当是个先生，没想到他会是……"

"啧啧啧，"公都子看向孟夫子，竖起拇指，"真正没想到的是，六国共相竟然还有解不开的疙瘩，来向咱家夫子求教，夫子给出的解，嘿，真叫一个绝呢，今儿公都子算是真正理解了什么叫作'仁'！"

陈相初到稷下，尚无落脚住处，田文安置他住进馆舍。

翌日晨起，陈相早早来到苏秦府邸，不无激动道："苏大人，昨夜我一宵未睡，一直在琢磨孟夫子的话，觉得他的应答不对，不是苏大人所想听的！"

"咦？"苏秦盯住他，"你怎么知道不对？"

"我……我不知道。"

"那……"苏秦顿了一下，"依你之见，该如何作答？"

"我也不知道，可我知道有一个人一定知道。"

"何人？"

"我的师父，许行！"

"他不是在滕地吗？"

"是的，不算太远。"陈相指向一个方向，"我是步行，走九天，若是车马，顶多五天就到了！"

"你怎么知道你的师父一定知道？"苏秦来兴致了。

"我的师父，"陈相一脸崇敬，"他不只是种地，他天天看书，他心里想的不是他自己，想的是天下的百姓。他是我见过的最最关心百姓疾苦的人，他想让天下的所有人都能公平地活着，都有吃，都有穿，老少无欺，他是一个真正像尧舜一样生活的人。我不晓得如何解释他，我只想让大人去一趟滕地。只要见到师父，相信大人一定不虚一行！"

听到"公平"二字，苏秦的心动了，略做沉思，点头应道："好吧，我答应你。明日鸡鸣动身，如何？"

陈相激动得流出泪水，连连点头。

几个月来，宣王一直未能从失去先王的悲痛中拔出来。威王是齐国的主心骨，更是他田辟疆的主心骨，即使在威王患病之后。

然而，一切都成了过去。上至国家，下至宫室，万千担子全都搁在自己肩上，辟疆深感压力巨大。这种压力在田忌出走、邹忌离职之后骤然增大，重到他缓不过气来。田忌、邹忌治齐多年，各有一派势力。二人争斗，两拨势力各有仗恃，水火不容，突然之间没了主公，全都蔫了，各拨属僚无不惶惶，朝堂之上活力顿失，无人多言，无人做事。

好在有个异母弟田婴。田婴是个务实派，在上大夫位上十多年。

上大夫在名义上辖制所有大夫，是相府手臂，在他国可能是个虚职，在王亲田婴手里却做实了，在朝中渐渐形成势力。挤走邹忌之后，田婴借机更新换旧，将重要席位陆续换成了自己的人。经过数月整顿，吏治一新，宣王但有旨意，田婴即可实施，朝政算是初步稳定下来。

然而，宣王仍未高枕。

让宣王忧虑的是外。

于邦国而言，对外有二，一是邦交，一是用兵。威王时代，邦交有外相苏秦，用兵有军师孙膑，但这二人，却于突然之间一个出走，一个追寻，将宣王的心一下子吊了起来。

宣王不敢想象一个没有苏秦与孙膑的齐国。

就在此时，邹人孟夫子来了，且在论坛上连败公孙龙、天口骈、谈天衍等稷下最善辩的先生，一日之间成为学宫里的风云人物。

次日晨起，当田文与淳于髡将孟夫子开坛论辩及拒受先生等奏报之后，宣王眯起眼睛，半是自语，半是说给二人："志不在先生，他来稷下做什么？"

"其志或在朝堂！"田文接道。

"依先生之见，"宣王心里一动，转向淳于髡，"这位夫子真有治天下之才？"

"身为祭酒，髡只判能否治学；若是判能否治天下，王上可问苏子！"淳于髡拱手，直接踢了皮球。

"苏子？"宣王轻叹一声，"可他不在呀，说是追孙膑去了。"

"回禀王上，"田文拱手，"苏子已经回来了。"

"啊？"宣王既惊且喜，"这么大的事，为何不禀报？"

"这……"田文起身，叩首，"臣知罪。苏子是几日前回来的，回来时已经半夜，稷下无人知晓。之后数日，苏子闭门不出，昨日孟夫子开坛，苏子方才现身，且着的是便服，坐于角落，臣亦不知他在场上。散坛之后，方才有人告知臣，说是看到苏子了。臣遂去苏子府邸，拉他求见孟夫子。见过孟夫子已是深夜，臣是以未及奏报！"

"快，有请苏子！"宣王转对内臣，"还有，请相国也来！"

半个时辰过后，苏秦、田婴觐见。

宣王脱下靴子，迎至殿门外，不让苏秦叩首，携其手入殿，按他坐在陪位首席，方才入坐主席之位。

"苏爱卿，"宣王迫不及待，"你可追回孙爱卿了？"

苏秦摇头。

宣王吸一口冷气，凝视苏秦："孙爱卿他……哪儿去了？"

苏秦将孙膑如何赴海、自己如何追寻等过程详细禀奏，听得宣王并在场诸臣目瞪口呆，只有淳于髡晃晃光头，发出一声长长的"噫吁兮"。

宣王看向他。

"呵呵呵，"淳于髡笑意盈盈，捋一把长须，"是那两口子傻傻地着了髡的道喽！"

"着了先生什么道？"宣王急问。

"当年髡去盗他，拿公子虚来骗梅公主。为医治孙膑的疯病，梅公主舍身出嫁公子虚。孙膑赴海，想必是梅公主深信这个故事喽！"

宣王叹息一阵，转向苏秦："感谢上苍，好歹把苏爱卿送回来了！若是苏爱卿也跟着孙子赴海，寡人可就睡不着了。"

"王上睡不着，必是因为齐国长策！"苏秦应道。

"正是。"宣王倾身，"请爱卿教我！"

"齐国长策，无他，唯有保持合纵！"苏秦目光直看过来，"未来三十年，三晋非齐敌，楚、燕亦非齐敌，齐之大敌，唯有一秦！"

"苏爱卿，你好好想想，除合纵之外，还有没有别的长策？"宣王坐直身子。

"没有。"苏秦语气坚定。

"可秦国远在河水之西，与我相隔千山万水呢！"宣王眉头微皱。

"王上，"苏秦看到了宣王的眉头，略顿，放缓语气，"就秦所知，有心亦有力并吞天下的，只有秦室！秦行商君之法，举国耕战，一有战事，男女老幼无不持械赴死，列国无可匹敌啊！"

"寡人知矣！"宣王沉思一时，移开话题，"听闻爱卿与邹人孟夫子相谈甚笃，依爱卿之见，夫子之才如何？"

"才有多种，夫子多才，王上欲用夫子何才？"苏秦反问。

"这个……"宣王迟疑一下，"就是寡人所需之才！"

"若是此说，王上最好亲自召见夫子，依王上所需，裁夫子之才而用之！"

"爱卿所言甚是！"宣王转对内臣，"传旨，有请邹人孟轲明日觐见！"

"若是请夫子，王上还是躬身为好！"苏秦接道。

"哦？"宣王略一沉思，对内臣，"改旨，寡人本欲躬身求教，不幸惧寒畏风，不可出宫，敬请夫子明日辰时入宫觐见！"

苏秦、淳于子、田文三人退出，田婴独留。

"相国是有话说？"宣王看向田婴，笑问。

"回奏王兄，"田婴正色应道，"苏子的话可听可不听！"

"哦？"

"纵亲为苏子首倡，苏子坚持此策，情有可原。不过，臣弟以为，纵亲于齐既有利，也有弊，眼前有利，长远有弊，总体来说，利少而弊多，利小而弊大。"

"请详言之。"

"所谓利，即六国纵亲。齐国向东是海，若是齐楚无争，三晋与燕皆不足惧，齐民可得休息，我王可得安枕。然而，我王若有远图，若想有所作为，开疆拓土，怕就受到制约了。"田婴故意在"开疆拓土"几个字上加重语气。

宣王大名辟疆，辟即开，此名昭示宣王之志。宣王又将太子取名为"地"，本也含有"拓土"之意。田婴拿此四字说事，宣王的一腔豪气顿时就被激发出来。

"不行纵亲，贤弟可有长谋？"宣王趋身问道。

"臣弟之计是，表纵，里不纵；外纵，内不纵。在内，王上可励精图治，兴本务实，拓鱼盐农桑之利；对外，王上表相可从苏子之言高调合纵，实则争夺实利，南向争楚，北向争燕，至于三晋，让给秦人折腾去。"田婴一股脑儿倒出治齐方略。

"如何兴本务实？"宣王问道。

"循邹忌之策，从兴农做起。仓廪实，国库充，民无饥，君心定。"

"如何兴农？"宣王来兴致了。

"先王养马御魏，占用太多耕地。今庞涓已死，魏势不再，王上可停举国马赛，旨令所有马场退还耕地。"

辟疆沉思有顷，转对内臣："依相国所言，拟旨。"

是日午时，一辆辎车直驰稷下馆驿，在孟夫子舍前停下。

听闻是王使，孟夫子引弟子悉数迎出。

传旨内臣下车，见礼毕，宣读宣王口谕："孟夫子为大贤之才，光临僻壤，实乃寡人之幸。寡人本欲亲往拜访，无奈身有寒疾，不可见风。明日早朝，寡人奢望在朝堂之上恭听教诲，敬请夫子光临赐教！"

孟夫子几乎是未假思索，拱手应道："邹民谢齐王厚遇！轲请使臣转禀王上，轲亦有疾，惧风，明日不能入朝，轲深以为憾！"

传旨内臣略怔，看一下孟夫子脸上气色，弓身上车。

翌日晨起，日上树梢，公都子引乐正子入见孟夫子。

乐正子入门即叩："弟子乐正拜见夫子！"

"你怎么赴齐的？"见他在这个辰光来拜，孟夫子的脸拉起来了，劈头问道。

"从王子敖来。"乐正子应道。

"几时到的？"孟夫子再问。

"前日。"

孟夫子的脸拉得越发长了："你来此地，是要见我吗？"

"先生何说此话？"乐正子怔了。

"王子敖是齐国贵胄，你从他来，难道不是为了吃吃喝喝吗？你前日抵齐，今日才来见师，《礼》是这么教你的吗？"孟夫子连发两炮。

"弟子知罪！"乐正子叩首，几乎是呢喃，"可……弟子另有委屈！"

"你有何委屈？"

"弟子来此，是受母命。母闻外祖父病重，急使弟子探望，弟子无车，疾行赴齐，途遇王子敖车驾，述以急迫，子敖邀弟子同车。驰至临淄，弟子闻夫子在，欲拜夫子，可外祖父之病已入膏肓，弟子代母侍奉左右，不敢擅离片刻。外祖父死于昨夜，舅公治丧，唯恐失礼，弟子言及夫子已在稷下，舅公即遣弟子敬请夫子前去主持礼仪，弟子是以……"

乐正子泣下。

"哎哟哟，"孟夫子紧忙起身，亲手扶起乐正子，"是为师责错了！是为师责错了！"转对万章，"备车，从乐正子，为其先外祖父吊丧！"

"夫子，"公孙丑急切禀道，"昨日王命召请，夫子辞以病，今日却往吊东郭，怕是……不合适吧？"

"昨日有病，今日病好了，为什么不能去吊丧呢？"孟夫子朗声应道。

孟夫子带着万章、公孙丑前往东郭凭吊，留儿子孟仲、弟子公都子等在馆舍待客。孟夫子走有半个时辰，一辆车马停在驿馆外面，是王室御医，说是奉王命为夫子诊病。

出迎客人的孟仲与公都子相视一眼，各现尴尬。

孟仲揖道："夫子之病略略好些，一大早起来就出去了，说是走走转转，或有助于身体。"

"哦，是这样啊！"御医吩咐车子候着，转对孟仲，"在下候他回来！"

"这……使不得呀！"孟仲急道，"大人乃百忙之身，可先回宫。俟夫子回来，我们禀报夫子，就说大人来过了！"

御医拱手："在下不敢有违王命！"

孟仲无奈，礼让御医至孟夫子客厅，奉好茶水，扯公都子出来，急道："你速去东郭，请夫子速回！"

"怎么能回呢？"公都子苦笑，"夫子自说有病，人家派御医来，如果查出没病，就是欺君，欺君是要杀头的！"

孟仲震惊，急道："那就让夫子速去王宫！"

"晓得了。"

公都子召到一车，驰往东郭，在乐正子外祖父家见到孟夫子。

见事情闹大了，孟夫子吩咐公都子转禀御医，只说没有寻到他就是，御医候不到人，或就回去了。

御医却是偏性子，候到后半晌仍然没有要走的意思。孟仲大急，使公都子再去禀报孟夫子。孟夫子不好返回馆舍，又不能住在丧家，正在左右为难，乐正子的舅公带他们前往好友景丑家中借宿。

景丑氏是齐国儒者，在朝为中大夫，司礼仪，听闻公孙丑讲述完过程，轻叹一声，转对孟夫子责道："人伦之大，在家莫过于父子，在外莫过于君臣。父子以恩为上，君臣以敬为上。就丑所见，今日之事，是王上恭敬夫子，而不是夫子恭敬王上！"

"咦，你怎能这么说话呢？"孟夫子反口驳道，"齐人中没有谁向齐王讲述仁义之道，是他们认为仁义之道不好吗？绝对不是！是他们心里在想：'这样的王上怎么配听仁义呢？'这才是对王上最大的不敬啊！于轲而言，要么不讲，讲即尧舜之道，有哪个齐人能如轲这般恭敬王上呢？"

"谬矣！"景丑辩道，"我指的不是这个。《礼》是这么说的：'父亲召唤，不及应答就当到位；君命召唤，不及备车就当动身！'可夫子您呢？本来是准备入朝觐见的，听到王命反而不去了，这不是逾礼又是什么呢？"

"怎么能是逾礼呢？"孟夫子来劲了，声音大了起来，"曾子有言：'晋楚富贵，不可企及；彼有其富，我有我仁；彼有其贵，我有我义，我有什么不如他们呢？'难道曾子说得不对吗？天下至尊有三，一是爵，二是齿，三是德。为官莫贵于爵，为民莫贵于齿，而辅佐君王，治理臣民，莫贵于德。他怎么仅凭一爵之尊就怠慢我的年龄与德行呢？所以，真正有大作为的君主，必定有其召唤不到的臣子。若想图谋大事，他就得登门拜访。这叫尊德乐道，否则，他就称不上有为之君。商汤之于伊尹，先拜师，后以其为臣，是以不劳而王；桓公之于管仲，先拜师，后以其为臣，是以不劳而霸。方今天下，列国土地相近，诸侯德行相当，没有谁能够秀出，原因无他，就是爱用只听其话的臣子，而不爱用教导他们的臣子。对于伊尹，汤不敢召；对于管仲，桓公不敢召。连管仲都是不可召唤的人，何况是我这个不屑于去做管仲的人呢？"

景丑无言以对。

御医候至天色昏黑，见孟夫子仍没回来，只得辞别，回宫奏报宣王。

宣王始知事情闹大了，急召田婴、田文父子谋议。田文讲到孟夫子倨傲，邹、滕、鲁、宋等地皆有传闻，宣王这也想起苏秦让他躬身拜访的话，觉得棘手。若是躬身拜访，孟夫子势必恃宠，未来或不可控；若是不去访他，事情闹大了，稷下学子无不在观望此事呢！

"臣以为，"田婴奏道，"王上不妨折中待客。"

"如何折中？"

"可使王辇迎接夫子至雪宫，王上迎出宫门即可。"

"嗯，"宣王思忖有顷，转对内臣，"依相国吩咐，明日申时迎请夫子至雪宫！"

翌日后晌，齐宫王辇迎接，孟夫子也就坡下驴，乘王辇入雪宫。

宣王跣足迎出宫门。

跣足是礼贤大礼，孟夫子叩首至地回敬。

君臣礼毕，宣王携孟夫子手入殿，分宾主坐定。

客套几句，齐宣王直入主题，拱手道："久闻夫子博学，辟疆不才，愿为后学，敬请夫子赐教！"

"赐教不敢！"孟夫子回揖，"敢问王上欲知何事？"

"齐桓公、晋文公称霸天下的故事，辟疆能听听吗？"宣王倾身问道。

孟夫子应道："仲尼弟子不曾讲过齐桓、晋文的霸业故事，所以没传下来，轲未曾听闻。如果大王一定要柯说些什么，柯想说说王业，可以吗？"

"太好了！"宣王来兴致了，"何种德行可行王业呢？"

"保民而王，天下无敌。"

"像寡人这样，可以保民吗？"

"可以。"孟夫子一口断定。

"夫子由何得知寡人可以保民呢？"宣王脸上出采，再度倾身。

"柯听胡龁讲出一事，"孟夫子侃侃说道，"说王上坐于殿上，有人牵牛路过殿下，王上看到，问左右道，'此牛要牵到哪儿去呢？'左右应道，'牵去宰杀，以其血祭钟。'王上道，'放走它吧，我不忍见它颤抖，就这般无罪而就死地。'左右应道，'王上是要废掉祭钟吧？'王上道，'怎么可以不祭钟呢？换作羊吧！'敢问王上，有这事儿没？"

"有呀！"宣王脱口应道。

"此心足以行王业了！"孟夫子赞道，"百姓听闻此事，无不认为王上是舍不得，柯却忖知王上是出于悲悯之心。"

"是呀！"宣王责怪道，"百姓怎能这么想呢？齐国虽为僻壤，寡人岂能舍不得一头牛呢？我是真的不忍其瑟瑟发抖、无罪而就死地啊，所以才拿一只羊来替换。"

"王上不要责怪百姓们说您舍不得。百姓们只看到王上以小换大，是吝啬，哪里知道个中缘由呢？再说，王上若是因怜其无罪而就死地，牛和羊又有什么区别呢？"

"是呀！"宣王笑了，"寡人真的不是吝啬。寡人确实没搞明白当初怎么会想到拿羊去换牛，这也难怪百姓说我吝啬呢！"

"这个正常呀！"孟夫子应道，"这叫悲悯之心，也就是仁心。王上之所以这么想，是因为您看到的只是牛而不是羊。对于禽兽，君子见其生，则不忍见其死，闻其声，则不忍食其肉，这也是为什么君子远庖厨啊！"

宣王听得高兴，由衷感慨："《诗》云：'他人有心，予忖度之。'说的就是夫子您呀！对自己做过的事，却难讲出个所以然来，经夫子一讲，寡人方才豁然洞明。请问夫子，此心为什么合于王业呢？"

"应该说是王道，兴王业之道。"孟夫子进一步解释，"假定有人对王上说：'我可力举百钧，但举不起一羽；我可明察秋毫，但看不到车薪。'王上信他的话吗？"

"当然不信。"

"王上您的恩惠足可施与禽兽，却未能恩泽百姓，这是为什么呢？举不起一羽，是因为没用力；看不到车薪，是因为没用眼。百姓未能得到大王的恩泽，是因为大王没有施与他们恩惠啊！所以，王上未行王道，非王上不能行，是王上没有去行。"

"不行与不能行，有何区别呢？"宣王问道。

孟夫子侃侃应道："要某人挟持太山跳过北海，那人说'我不能'，是他真的不能；要那人为长者折根树枝用作拐杖，他对人说'我不能'，就是他不肯做，非不能做。由此判之，王上未行王道，真还不是挟太山跳过北海之类；王上未行王道，是折枝之类呀！尊敬自己长者，再推及尊敬他人长者，爱护自己幼稚，再推及爱护他人幼稚，只要王上能够做到这个，天下就握在王上的掌中了。《诗》曰：'刑于寡妻，至于兄弟，以御于家邦。'讲的就是以身作则，以度己之心，忖度他人。子曰：'己所不欲，勿施于人。'由此观之，推恩足以保四海，不推恩无以保妻子。古人之所以成就伟大，原因无他，善于以身作则而已。如今王上之恩足以惠及禽兽，却未能惠及百姓，原因何在呢？权，然后知轻重；度，然后知长短。万物皆如此，何况是心呢？请王上度量！"

盯住宣王，二目炯炯有神，朗声设问："王上难道真的必须兴甲兵、危士臣、构怨于诸侯，才能得到快活吗？"

"不可能呀！"宣王急道，"我怎么会为此快活呢？我不过是想实现心中大欲而已！"

"王上大欲，柯能听听吗？"孟夫子倾身问道。

宣王笑而不言。

"是肥美的食物不够吃吗，是轻暖的衣物不够穿吗，抑或是艳丽的色彩不够看吗？优美的声音不够听吗，还是身边的臣仆不够用呢？"

孟夫子如连珠炮般提出设问："王上应该不会是为这些吧？王上的臣子应该能够足额提供的！"

"当然不是，"宣王乐了，"寡人不为这些。"

"若是不为这些，"孟夫子接道，"王上大欲柯知矣，就是开疆辟土，君临中国，招抚四夷，使秦楚朝贡。"

宣王脸上浮出笑意，手指有节奏地敲动案面，算是认下了。

"然而，"孟夫子话锋一转，"王上可否知晓，以王上所为求王上所欲，真就是缘木求鱼呢！"

"哦？"宣王敛起笑，倾身，"有这么严重吗？"

"远比这个严重！"孟夫子矢口接道，"缘木求鱼，虽不得鱼，尚无后灾。以王上所为，求王上所欲，即使全力而为，也必有灾殃。"

"是何灾殃，能说给寡人听听吗？"宣王的脸拉长了。

"邹人与楚人战，依王上之见，谁能取胜呢？"

"楚人胜。"宣王不假思索。

"是哩！"孟夫子接道，"小不可以敌大，寡不可以敌众，弱不可以敌强，是古今通理。大王请看，海内之地，方千里者九，齐仅据其一。以一服八，何异于以邹敌楚呢？大王为什么舍本求末呢？假使大王推行仁政，使天下官员都想立于大王之朝，耕者都想耕种于大王之野，商贾都想经营于大王之市，行旅都想行走于大王之途，天下恨其国君者都想向大王倾诉，那么，请问大王，普天之下有谁还能抗拒大王您呢？"

"寡人昏昧，达不到这个地步，"宣王由衷叹服，"望夫子能辅佐我，教导我，以遂我大欲。我虽不敏，愿意尝试！"

"谢大王厚爱！"孟夫子拱手，"方今天下，没有恒产却能保有恒心的人，只有士子。于百姓而言，若无恒产，就无恒心；若无恒心，就会胡作非为，无所不用其极，以满足一己之私。待百姓犯罪后再施以刑罚，这是故意布置罗网。仁人志士当政，怎么能做网民之事呢？所以，贤明的君主在施与百姓的产业时，定要上可供奉父母，下可养活妻儿，丰年暖衣足食，凶年免于饿死。在此基础上，驱百姓远恶近善，百姓就会乐于服从。方今君主施与百姓的产业，上不足侍奉父母，下不足养活妻子，丰年日子紧巴巴的，凶年不免于死。世道若此，百姓救死尚且不能，哪有闲暇讲究礼义呢？大王欲行礼义，为什么不从根本上着手呢？五亩之宅，只要种上桑树，五十岁的人就有衣穿；鸡豚狗彘之畜，只要适时繁殖，七十岁的人就有肉吃；百亩之田，只要不误农时，八口之家就有饭吃。此时大王再兴办学校，以孝悌礼义教导百姓，道路上就看不到头发花白的老人肩挑背扛了。老人若能衣帛食肉，黎民若能不饥不寒，大王却不能王天下，这是根本不可能的事！"

孟夫子描绘出的这番美景，想想也是醉了。

齐宣王缓缓闭目，微醺一阵，抬头，拱手："夫子仁义，辟疆受教了！"看看天色，转对内臣，"几时了？"

"回禀王上，"内臣应道，"申时已过，该是酉时了！"

"摆宴，寡人要与夫子共进晚膳！"宣王旨令。

内臣应过，刚要走，宣王又道："还有，请相国、学宫令陪客！"

内臣疾步去了。

"呵呵呵，"宣王冲孟夫子笑笑，拱手，"听夫子譬解大道，竟是着迷了。夫子可到偏殿稍事休息，之后与辟疆共进晚膳，让相国他们也来听听夫子的仁义之教！"

见宣王言辞谦恭，孟夫子也是兴奋，爽快应下。

半个时辰之后，田婴父子赶到，宣王又召来太子地，于雪宫正殿摆开宴席。

为示隆重，宣王旨令歌舞。内宰早已有备，啪啪几声掌响，乐队鱼贯而入，钟石管弦协鸣，美姬舒袖，翩翩起舞；美喉亮嗓，声声绕梁。

有歌舞助兴，宣王鼓动，众人全都放开了。孟夫子初时还算矜持，三巡陈酿下肚之后，豪气陡升，勃然离席，吟诗抒志，歌颂尧舜大仁大义，将场上气氛推向高潮。宣王及时跟进，将仁义高帽一顶接一顶戴在孟夫子头上，一顶劝酒一爵。众臣会意，纷纷跟进仁义酒，孟夫子就喝高了，歪在席上，酣睡不醒。

主角醉倒，宴会也就散了。田文架孟夫子上车，欲送他回馆驿，宣王摆手止住，旨令内臣腾出客房，留孟夫子宿于后宫。

被王上留宿后宫是士子的莫大荣誉，在齐宫历史上仅有一次，就是先威王留宿淳于子，与淳于髡把酒论盏，尽长夜之欢。因而，当田文转告前来接迎孟夫子的万章、公孙丑等弟子时，众弟子无不喜极而泣。

孟夫子睡到半夜，被尿憋醒，睁眼一看黑乎乎的，以为仍在客馆，叫道："万章，掌灯！"

"回禀主人，奴婢掌灯！"一声软语过后，一阵响动，有吹火绳的声音，不一会儿，一盏铜灯亮了。

孟夫子大吃一惊，酒吓醒了，依稀记得是在王宫，眼不敢睁，声音发颤："姑娘，你是何人？"

"回禀主人，"轻柔的声音应道，"奴婢是昨晚宴席上为您献歌的人哪！主人如果高兴，可叫奴婢楚姬！"

"楚……楚姬……"孟夫子的话说不囫囵了。

"是哩！奴婢从楚国来，祖地是姑苏，远祖是吴国人，被楚王作为歌姬赠给齐王……"楚姬的话倒是很多。

"你……你为何……在……在此？"孟夫子打断她道。

"奴婢奉王上之命，侍奉主人，奴婢……"楚姬宽衣解带，声音愈发温柔，几乎是在孟夫子的耳边呢喃，"这都候您小半夜了！"

一阵幽香袭来，楚姬已经偎到身边。

"楚……楚姬？"孟夫子打个惊战，翻身坐起，依旧闭着眼，"快，快走！"

"主人？"楚姬惊道，"您让我去哪儿？"

"去你该去的地方！"孟夫子说道。

"不可以呀！"楚姬哭起来，"王上让奴婢侍奉主人，奴婢若是违旨，可就……就活不成了！"

孟夫子倒吸一口气，两手抱头，揉几下眼，依旧不睁："你……穿上衣服！"

"奴婢……"

"穿上！"孟夫子几乎是在命令。

楚姬迟疑一下，动手穿衣。

听完一阵窸窸窣窣的穿衣声，孟夫子方才睁眼，看向四周。

是个雅致的宫室，室中唯有一榻，除此女子外，并无他人。

孟夫子看向楚姬，心头一颤。

眼前女子，堪称绝色。歌舞场中，孟夫子只顾喝酒，未及观色，再说，众女子个个美色，想观也观不过来。这辰光不同，眼前女子不但绝色，且还能歌善舞。更重要的，她是奉王上旨令来侍奉自己的。

心里紧张，尿更急了。

孟夫子起身欲出。

"主人欲去何处？"楚姬问道。

"净……净室！"

"奴婢陪您！"楚姬打开门闩，回身搀扶孟夫子。

"不……不可！"孟夫子甩开她的手，摇摇晃晃地出门，没走几步，酒劲发作，打个趔趄，若不是楚姬扶得快，差点儿跌倒。

儒门之礼，男女授受不亲。孟夫子被楚姬搀牢，如触电一般，稍一站稳身子，就将她的手再次弹开，指向屋子："你……回去！"

楚姬惊愕，大睁两眼盯住他。

孟夫子再次手指房门。

楚姬退回，轻声："主人，净室在左侧，是蓝色门，里面有净桶，您打开盖子就成了，奴婢给您掌灯！"回房拿出灯，摆在门口。

孟夫子就着灯光，果然看到一个蓝门，摇摇晃晃地摸过去方便。

净室不是密封的，四面透风。酒精随尿而去，又经风一吹，孟夫子的酒劲完全过了。返回途中，孟夫子想明白了眼前的处境及应对的方案，一脸和蔼地回到宫室，吩咐楚姬再掌一灯，拱手道："方才孟轲失礼，敬请楚姬见谅！"

楚姬哪敢受他大礼，跪地叩首："主……主人……"

"请问楚姬，有书册否？"孟夫子走到客厅，坐下，朗声问道。

楚姬翻找一阵，寻到一册竹简，呈送给他。

孟夫子正襟端坐，就灯读书。

楚姬燃起一炷香，跪在他对面，静静地守着他。

孟夫子读有小半个时辰，听到哽咽声，心头一凛，抬眼看去，见是楚姬叩首于地，在哭。

"楚姬？"孟夫子惊道。

"主人！"楚姬叩首。

"你……你哭什么？"孟夫子问道。

"奴婢想向主人求个情，成不？"

"你求何情？"

"求主人对王上说说，将奴婢赐给主人吧！奴婢……奴婢已经二十三了，奴婢不想一辈子守在宫里，奴婢情愿……情愿做牛做马，侍奉主人，只侍奉主人一人，成不？"楚姬泪眼巴巴地望着孟夫子。

"不成！"孟夫子语气决绝，将书合起，闭目端坐。

楚姬低声啜泣。

隔壁，阴暗中，一双耳朵贴在墙上，听着这个房间里的每一个动静。

翌日晨起，宫人将夜间诸事悉数禀报。

宣王略一思忖，探望孟夫子，赏赐黄金百镒。

孟夫子拒受，辞归。

宣王使王孿恭送孟夫子回其馆舍，召来田婴，慨叹道："当今仁义君子，非孟夫子莫属，堪比柳下惠啊！"

"王兄何说此话？"田婴问道。

宣王遂将昨夜之事略述一遍。

田婴心头一凛，对宣王以此奇绝手段测试孟夫子既表叹服，又生寒意，试探问道："如果柳下惠再世，敢问王兄会大用吗？"

"相国意下如何？"宣王反问。

"对于坐怀不乱、拒赏百镒之人，臣弟断不敢用！"田婴矢口否决。

"为什么呢？"

"臣弟不知以何励其志！"

苏秦的驷马之车奔驰四天，进入滕境。

苏秦是第一次入滕，吩咐飞刀邹放缓车速，优哉游哉。

在陈相指点下，车马未入滕国都城，而是在北门外二里许拐向西，行约三十里，拐向南。沿滕水走有二里许，苏秦看到远方有个巨大的绿色拱形物赫然挡道。待车马近前，苏秦才看清是个由巨木搭建的入园标志，上面爬满紫藤，将道路拱起，远看像是一道绿色的虹。虹下大道右侧，竖着一个石碑，上写"康庄大道"。

车入拱门，道路果然平坦，宽阔过一倍，大道两旁是新植的草木，每侧各三层，三层之间由内至外，层次分明，整齐划一，赏心悦目。

一入康庄大道，陈相不再指点，也不再解说，显然是有意让苏秦自己观察。

车马走得更慢。

靠里一层是花卉，五彩缤纷，中药材居多；中间一层是灌木，参差不齐，主要是桑麻等；最外一层是高大乔木，主要是榆、槐、杨、松、柏等。树木新植不过十年，远没有长起来，但前景诱人。

又走二里许，车马驶过一座石拱桥，桥边立一碑，上写"连山康桥"。桥下是滕水，水流清澈，立于桥上可见游鱼。过桥百步，是又一道绿色拱门，更大，更庄严。拱门边有一道绿色屏障，远远望去，如一道长墙，围出一个庄园。拱门两侧各竖一块石碑，碑上各刻四个字，左侧是"大同世界"，右侧是"连山康庄"。连山是神农氏炎帝的字号。

驶入拱门就是庄园了。

在陈相吩咐下，车辆沿正中的大道驰至庄园中心，在一座大房子前停下。房子很大，看起来像是整个庄园里最大的屋舍，同样是夯土墙、草顶。

厅里没人，门半开着。

"苏大人，"陈相指着大房子上面的匾额，"这儿是我们康庄的议事堂。"看看天色，"已过申时，该收后晌工了。大人进去稍坐片刻，我去请庄主来。"

"庄主在哪儿？"苏秦问道。

"上工呀！眼下农闲，庄主当与大家在忙活百工。"陈相应毕，招呼苏秦、飞刀邹入内休息，刚要出去，陈相弟弟收工回来。

陈相吩咐弟弟卸车，自己急步去请许行。

不一时，许行大步流星地赶到议事堂。

得知是六国共相苏秦，或是拘谨，或是不熟，许行并未如苏秦预料的那般讲话太多。寒暄过后，许行直接带他们来到餐厅。

餐厅是个巨大的草厅。与其说是厅，不如说是棚，由竹木搭建，顶棚是草，四周有木板，可遮风挡雨。厅中皆是草席，每个草席前面是个几案，上面可放饭菜。每人一席，席不固定，无论是谁，先来先吃，后来后吃，吃完即走。如果没有席位，就排队等候。

苏秦几人显然来迟了，厅中席位全部坐满。许行对苏秦苦笑一下，自觉排在队尾，有后来者就排在他们后面。有人对许行笑笑，或点个头，整个厅内人人平等，秩序井然，无人喧哗。

苏秦等排到跟前，寻到已经空出的案前坐下。

他们刚一坐定，就有几个女人一人端一个托盘过来，在他们面前的几案上摆上饭菜。所有饭菜皆是一样，一热一冷两碟素菜、一碗稀粥，主客一样，无一特殊，包括许行。厅边另备一个大篮子，里面满是烙饼，再旁边是个超大的釜，里面是稀粥，量不够的自行去取。食毕，餐者自行将餐具拿到外面另一厅里。厅内有两排水槽，槽上是一排竹筒，筒里是自流水，餐者各洗各的餐具。

食不语。整个饭厅尽是咂巴嘴皮子咬嚼的声音。

苏秦、飞刀邹一顿饭吃毕，感叹不已。

餐后没有其他活动，庄里人各回各舍，尽皆睡了。许行也没有如苏秦所期待的与他做彻夜之谈，态度依旧是淡淡的，吩咐陈相安排二人宿于客舍。

客舍与其他农舍一样，一人一间草舍，舍内一榻、一盆、一桶净水、一条巾，枕头、被褥等物齐全。

陈相带二人来到公共浴室，用大盆热水洗过，安顿歇了。

接后三日，陈相作为导游，引带苏秦二人将整个庄园畅游一遍，让他们体验了庄园里的劳作与生活。

在这庄园里，陈相就像是换了一个人，精气神十足，无论看到什么，都要不厌其烦地介绍。从他的介绍里苏秦得知，连山康庄方圆三里，邻近滕水，傍依千亩低洼水泽，原为一片沼泽地与荒地，无人居住，一百多年前曾被公室辟作狩猎游苑，后遭废弃。十年前许行由楚赴滕，相中此地，承诺五年之后上交公室什一所获，滕文公就顺手赐给他了。经过十年拓植，许行由小及大，竟将庄园建成现在这般规模，有人口三百，全是庄主许行理论的信奉者，来自远近各地，多是楚、宋、邹、鲁等国。

庄园依从地势，较高处是错落有致的房舍，舍前舍后树桑种麻。靠近水泽边修有长堤，排灌设施完备，滕水一条支流被截断，聚水成库，引出几条渠道，整个园区基本实现自流灌溉。所有房子皆为夯土墙、草顶，看起来几乎一模一样，前后间距也几乎一致，门前各有一条排水沟，非常整洁。

耕田并未采用周制井形，而是随地就势辟出的自然之形，分水旱两种，耕种严格依循神农之法种植八谷，分别为禾、黍、大豆、小豆、荞麦、小麦、麻、稻，圈中养马牛羊鸡等家畜，舍边植桑，水边植柳，水中养鱼虾鸭鹅等。

庄园里设有庠，也就是学校，但来听讲的多数不是孩子，而是成人，由许行及其主要弟子任教，主要讲授神农之学，时令水旱、五谷种植等无所不包。

苏秦听讲三次，又亲至田中按照课堂所教劳作，感叹自己自幼务农，原来并不知农，真正是行行皆学问。如果是父亲能够有幸到此种地，又该是什么感受？又如果天下之人皆以此法种田，何愁缺吃少穿？

第三日逢集。集市露天，位于康庄大道入庄处右拐三十步，是一片约三十来亩的小高地，赶集者自带帐篷等遮阳和防雨之物。集市每月六次，上中下三旬逢五逢九，日中启市，交申时收市。市集不行钱币，皆是以物易物，所市皆是耕作、日用、衣物等生活必需用品，无奢华、无用之物。由于集市没有商贩，物美价廉，交易公平，只要天气晴好，方圆三十里之内的百姓就会带着自家所产早早赶来，相互交易。

在一个时辰的集贸过程中，苏秦无物可易，全程观察，飞刀邹用一柄飞刀向一个半大男孩换回三双草鞋，陈相则用三袋粮食换回一套犁铧。

相较于庄园的外部环境与集市，苏秦二人更为震惊的是庄园人的生活日常。

连山康庄为大同社会制，所有财产尽皆充公，集体劳作，集体用餐，上工时鸣钟，收工时鸣锣。男主耕，女主织；男主外，女主内；男主力，女主巧。男女混居，女子有屋，无固定配偶，晚上可自主接受男子入住。女子若是已有心上人，就在门外挂一条红巾；若是无人，则挂一条白巾。男子视有白巾之屋登门求请。门上留有视洞，女子若是相中男子，就开门迎入；女子若是不同意，男子不得强求入室。庄中另备大屋，专供无宿之男居住。幼稚随女子居住，由年长女子看管，再大一些，就由庠中长者教育，习六十四艺。男满十八而冠，女满十五而笄。庠中有男大屋和女大屋。男入冠年即可入住女子之屋，女及笄后即可独立起屋。

庄园里一日两餐，鸡鸣即起。日出时分出前晌工，收工后开餐；餐后为日中，有市开市，无市则自由支配，也即歇晌；入申时出后晌工，收工后晚餐，晚餐后进入夜生活，怡情励志。农忙时不分时辰，全力以赴；雨雪时则由学问人上课，讲解内容包括农时、五谷、土肥、培育、家畜、鱼盐、养生、果蔬等庄园生计常识，也讲道德、礼义、纪律等庄园相处之道。

第四日晨起，前来导游的不是陈相，而是一名少女。

看发束，少女已经及笄。少女自报姓名，叫陈蘋。

陈蘋引领苏秦二人参观女子业艺，看她们如何做饭，如何舂米，如何做女红，如何照管桑麻，如何抽丝织布等，之后来到女子庠学，介绍年轻女孩如何学习女子六十四艺。

所谓六十四艺，也即六十四种连山庄园必须掌握的基本农艺，分为男艺与女艺。六十四男艺，几天来陈相多已介绍。

从庠中出来，陈蘋带他们参观女子居所，也是连山农庄最核心也最基本的生活单元。看过几个屋子，陈蘋就带苏秦走进她自己的小屋，待之以茶水、果品。飞刀邹习惯性地守在门外警戒。

屋子宽大，分里外两室，内室有榻，外室有几案，起居设施齐备。

案上摆着一架琴，墙上挂着几件吹管乐器，有箫、笙、笛等。

"你喜欢乐？"苏秦问道。

"嗯。"陈蘋点头，"大人若是想听，今宵可入此室，我为大人演奏。"目光火辣辣地盯住他，无一丝羞涩。

苏秦笑了："这辰光能奏吗？"

"庄中规定，除非节庆、祭祀等重大日子，白日不得奏乐，以免打扰他人务工。"陈蘋应道。

"咦，"苏秦一脸诧异，"听乐怎么会误工呢？"

"在康庄，"陈蘋直视他的眼睛，"乐有不同，可分两种，一种是奏给神听，一种是奏给人听。非庆典之日，非庆典之时，乐不可奏给神，只能奏给人。康庄白日务工，任何人不可奏给人听。奏给人的，只在晚上。"

"是吗？"苏秦笑了，"可音乐是要奏给知音听的！"

"正是，"陈蘋也笑起来，"庄里男女各有各的知音。"

"庄中可有姑娘知音？"

"有呀！"陈蘋笑笑，拢一下刘海儿，"只是，能知吾音者不多，也就五六个人吧，譬如说许子、节子、铜子、清子……"

"铜子？"苏秦对这个名字颇有兴趣。

"就是铜铺里的那个铜匠呀，庄园里的所有铜器都是他打造出来的，手可巧呢！"陈蘋交口赞道。

苏秦见过铜匠，略吃一惊："他……年纪很大，是个长者了！"

"对呀，"陈蘋应道，"他是我的知音之一，我乐意为他奏琴！"

苏秦长吸一口气，缓缓吐出，又问几句闲话，起身告辞。

走至门外，陈蘋还要陪伴，苏秦止住。

"苏子，"陈蘋直盯苏秦，大大方方地将一条红巾挂在门外，指着它，声音很大，一点儿也不顾及他身边的飞刀邹，"今日良宵，这条红巾就留给您了，大人何时登门皆可，小女子只在舍中恭候，也只为大人一人演奏！"

苏秦脸上一阵燥热，连说几声"不可"，匆匆别去。

回到议事堂，苏秦意外看到陈相在候。

"游得开心否？"陈相迎出来，揖道。

"还好。"苏秦拱手回礼，"巧哩，在下正要寻你。"

陈相将苏秦迎到堂中，一边斟茶水，一边笑道："我家小囡陪得可好？"

"你家小囡？"苏秦震惊，盯住他，"你是说，陈蘋是你女儿？"

"是呀！"陈相点头，"苏大人名冠列国，小囡向往久矣，听闻苏大人到来，前日就想见您，只是碍于庄中规矩，未能如愿。今日庄主安排苏大人赏游女舍，在下就安排小囡作陪了！"

苏秦目瞪口呆。

"苏大人？"陈相问道。

"哦哦，没有什么。"苏秦这也回过神来，觉得是自己见识少了，拱手，"在下是想告诉陈子，此来数日，该回临淄了。"

"啊？"陈相惊道，"这怎么能成？"

"请陈子转告庄主，临淄那边，在下还有事情，昨日就说走呢！"

苏秦去意已决。

"苏大人稍候。"陈相飞奔而去，不一会儿，偕许行回来。

见车马备好，飞刀邹坐在驾位，苏秦也已候在车边，许行一脸震惊："这这这……苏子……"

苏秦迎上，拱手："许子百忙，秦不敢多扰，临淄尚有世俗杂务待秦处置，秦是以……"

"抱歉，抱歉！"许行连连拱手，"听陈相说，苏子志在天下，心存百姓，与行志趣相合。陈相诚邀苏子前来康庄，行也期待苏子能为康庄未来指点一二。行闻苏子谋事，重在揣情。苏子初来乍到，尚未揣情，行是以不敢为难，吩咐陈相奉陪苏子各处转转，俟苏子胸中有数，方好赐教。这……行尚未求教呢，苏子却……"

"谢许子款待！"苏秦回以一笑，拱手回礼，"不瞒许子，康庄此行，秦感慨良多，心中诸多困惑，也正欲求教于许子呢！"

"呵呵呵，"许行转对陈相，"陈相，帮邹子卸车，让小蘋陪同邹子钓鱼去吧！"执苏秦之手，并肩入堂。

见苏秦入堂，飞刀邹朝陈相笑笑，跳下车，将缰绳交给陈相，守在堂门处。

当陈相安顿好车马进来时，苏秦、许行已在畅谈。

陈相朝苏秦笑笑，续斟茶水，坐于陪席。

从二人谈话的上下文看，显然不是苏秦在指点康庄未来，而是许子在答问。许子也显然是要借此机缘，向苏秦这样的显赫人物宣扬神农之教。

"……至于田中所获，"许行接着没有说完的话，"什一上贡滕室，什三易货，什四食用，什二储于库房，以备荒乱。"

"划分这些份额可有依据？"苏秦问道。

"神农之法没有记载，是行根据康庄所获，暂时划定的。"

"若遇战乱，康庄有备否？"

"神农之教，不讲战乱。"

"为什么？"苏秦纳闷。

"神农之世，社会大同。大同之世，有战乱吗？"许子不答反问。

许子之言似乎触及了什么，苏秦心底闪起一道亮光，又迅速逝去，倾身再问："许子如何诠释大同之世？"

"财产共享。"

"财产共享？"苏秦眯起眼睛。

"妻子共有。"

"这……"想到近日见闻，苏秦的嘴皮子咂巴几下，合上了。

"上古神农之世，至德至善，财产共享，妻子共有。"许行侃侃而谈，"当其时，民知其母，不知其父，耕而食，织而衣，与麋鹿共处，无相害之心！民与禽兽尚且不相害，能有战乱吗？"

"上古之时，世界大同，财产共享、妻子共有成风成习，民可以无争。方今之世，夫妻有礼，长幼有序，礼乐已成风俗，许子倡导财产共享可以，这若倡导妻子共有……"苏秦苦笑一下，两手一摊，两眼紧盯许行，似乎这是一个难解之题。

许行没有解释，看向陈相。

陈相是儒门出身，最讲究的是礼乐等级、男女之别。财产共享无等，妻子共有无别，这当是陈相所不能容忍的。

"不瞒大人，"陈相尴尬一笑，依旧以儒门尊卑称他大人，"相在初入庄时，亦觉尴尬，求告于师，师许相与妻妾子女同舍，成一家之居。未几，小囡及笄，妻与相与囡谋，为其择婿，岂料小囡豁达，愿从庄俗，自居一舍，择知音而合琴瑟。又未几，妻妾劝相从俗，相与弟谋，遂从庄俗，使妻妾分居迄今。"干笑摇头，"苏子大可称这个为入乡随俗。庄俗如此，人人行之，久而久之，见怪不怪了。"

"秦还有一问！"苏秦吸一口气，转头看向许行。

"苏子请讲！"

"自平王东迁，天下失序，民不聊生。听陈子所言，许子心系黎民，志在天下。许子远志，不会是以一隅之治来救治天下吧？"苏秦问中有答，答中存疑。

"敢问苏子，"许行盯住他，目光犀利，"若是连一隅也治不了，能救天下吗？"

苏秦咂巴几下嘴皮子，竟是答不上来。

许行来劲了，讲起他的大道来，如同在庠中上课，二目放光，手势有力："天下不治，在于人心存私。私则不公，不公则争，争则乱，乱则崩。欲治天下，首治私字。私从何来？私从家来。家之要在于财。财从何来？'家'字从'宀'从'豕'，宀为屋，豕为猪，屋与猪皆是财。有屋有猪，则为有财。财之要在于安。安从何来？'安'字从'宀'从'女'，屋中有女才是安。家与业并举，丁男有屋有猪，可称立业。立业即成家，有家可娶妇，有妇可家安，家安可生子，生子可继业，继业则立家，有家可娶妇，娶妇可生子……由此循环往复，致使私欲横溢，不公丛生，人类方入大争之世！"

"苍天哪！"苏秦压抑住自己狂烈的心跳，内中忖道，"许子所言岂不正是你苏秦苦苦思虑却未得解的困惑吗？不急，不急，且听他如何道来！"

果然，许行胳膊又是一挥，接上续道："若要治世，首要抑私。如何抑私？去家。如何去家？去安。如何去安？去女。去家则无财，无财则无女，无女则无子。大凡男人，只有无子，才能去其私啊！"

苏秦吸入一口长气，缓缓吐出。是呀，人若无子，要财何用？是以抑私必须绝嗣，许子是在从根本上思考天下治乱哪！然而，症结何在呢？许子之道究底错在何处呢？人心不古，大同之世早成过往，存私之心一如溪流出山，奔腾向下，如今已在平川泛滥成灾，许子力图使此泛滥之水逆势回流，归于源泉，这……行得通吗？

苏秦的眉头拧起来。

许行看到了，也显然忖出他心中所想，直接点明："苏子一定以为在下是在犯痴吧？"

"苏秦不敢！"苏秦拱手应道，"苏秦只有一个疑虑。岁月不可回，往事不可追，自神农之世迄今，已历数千年矣。人心早已不古，许子大愿若想实现，怕是难哪！"

"敢问一声，苏子合纵之业可都顺遂？"许行又是不答反问。

苏秦噎住了。

"哈哈哈哈，"许行长笑几声，"世上之路，只有走与不走，没有顺遂与不顺遂。许行不才，愿试此道而已！"盯住苏秦，"在下这就回复苏子之前的一隅之问！"

苏秦拱手："秦恭听！"

"方今之人，夸谈者众，践行者寡，行不屑为之。"许行敛神，正襟，目光从苏秦身上移开，看向堂门之外，却又似看非看，语气凝重，声音激昂，"行之志，从神农之方，践神农之行，使天下之人返璞归真。何以践之？由一隅做起。"看向陈相，又转向苏秦，目光向往，"今日一隅，行有口三百。俟此三百人皆得吾道，行就使他们游走四方，分设康庄，由一而十，由十而百，由百而千，由千而万。届时，山连山，庄挨庄，天下之人无不法神农之教，无不行神农之道，无私产，无定妻，无子嗣，无庙祠，无社稷，无君臣，人人老有所养，幼有所抚，虽欲争，无可争者。"

苏秦肃然起敬，内中却是怅然，两道目光剑一般投向许行，似要看透究竟是什么力量在支撑他那不二的执念。

许行显然感受到什么，苦笑一下，拱手："许行见笑了！"

"许子远志，苏秦诚服！"苏秦回礼，顺势转移话题，淡淡一笑，"方今天下，学者如林，各治其学，各圆其说，亦各践其道，就秦所知，并非都是夸夸其谈之辈。许子皆不屑之，苏秦愚痴，请许子诠释！"

"苏子既问，许行也就妄言了！"许行没有回避，气势如虹，"天下学问，林林总总虽说不少，归结起来，无非是儒墨道法等数门，致学之人，亦无非孔老杨墨等诸子。老子重天道，不管人事；儒者事君，多伪善之徒；杨朱之流贵己惜身，无悲悯之心；墨者不惜己身，与天理相悖；兵者为虎作伥，祸乱天下；法者治标不治本，治人不治己；纵横者滋事生非，唯恐天下不乱；名实者多无用之辩；小说者多无稽之谈；阴阳者臆断山河；巫者多诈，专以鬼神之事渔利；唯有效我神农之学，方得根本。"拱手，"不敬之处，还望苏子见谅！"

见他这般蔑视天下学问，直接贬损纵横之学，苏秦内中不爽，欲辩几句，又强自止住，张开的双唇化作苦涩一笑，转头看向陈相："敢问陈子，此处可有净室？"

陈相笑笑，引他前往净室。

第六章

孟夫子抱憾离齐　老羊倌因羊施教

邹儒孟轲在稷下火了。

连败稷下高手、与齐王抗礼、王辇迎请、雪宫礼宾、跣足出迎、八佾宴乐、留宿后宫……一连串事件在孟夫子高调入齐的数日之内一气呵成，任小说家之流巧舌如簧，也难演绎出此等戏剧情节。

假使孟夫子的后宫艳遇哪怕只漏出一丝丝风，稷下乃至天下又将会是何等热闹？回客舍之后，一旦想到此事，孟夫子的背脊骨就会冒出一阵凉麻。

当然，这也是他孟夫子越想越值得骄傲的事，因为他不但做到了柳下惠的不乱，且还做到了柳下惠未能做到的不亲。柳下惠的故事他从小就听说了，但在成年之后，却疑其真伪来。再说，坐怀不乱没有什么了不起。在那寒雨之夜，孤庙之中，面对一个陌生女子，且那女子是因冷而坐怀御寒，并无他念，莫说是柳下惠，即使寻常士子也不便轻易作乱。而他孟轲的境遇完全不同。齐王留他宿于后宫，旨令那女子侍寝，那女子侍奉他名正言顺，毫不逾礼，且那女子守候他只为侍奉他，与他"乱"是她的唯一职分。即使这样，他孟轲也没有乱。非但没有乱，且还没有目视她的裸身，没有接受她的搀扶，甚至在她求为奴婢时，也未动心，是真的未动心，尽管那女子真的很美，当是他此生所见过的最美的女子了。

然而，这桩值得骄傲的艳遇值得一说吗？

不值！

也不能说！

只要说出，史家就会写他，他孟轲留给天下的就将会是柳下惠第二。他来齐地是为辅佐齐王成就王天下之业，不是为树立一个道德楷模。再说，这事儿若是传给母亲，叫母亲如何去想？母亲会相信吗？母亲若是不放心，命他的妻子赴齐服侍他，岂不是弄巧成拙吗？谁来服侍他母亲呢？母亲年岁大了，若是有个三长两短，他岂不是不孝吗？

一连十日，孟夫子哪儿也没去，只在客舍守着。孟夫子晓得，孟门所有弟子也都晓得，齐宫的王䝙随时会来，齐王随时会接夫子入宫，向他夫子请教仁义，用他夫子在齐地布施仁义，以仁义之道王天下。

孟氏一门连候一十五日，王䝙没有来。莫说是王䝙，即使稷下学者，也没有谁再来客舍向夫子求问。

第十六日，一直候到午时，门前仍无任何动静。孟门弟子急了，小声议论，公都子更是坐不住，一个时辰之内望风三次。

孟夫子端坐于席，不动如山，然而内中却有谷风不时穿过，扰得他气沉不下丹田。

将近申时，一个五大三粗、孔武有力的人走进舍门，求见夫子。

出来迎接的是公都子。公都子不喜来人相貌，盯他一眼，见他衣冠整洁，面相也算和善，遂客气几句，接过拜帖，看也没看，只让他候于门庭之外，反身禀报孟夫子。

孟夫子读帖，见是匡章，大吃一惊。

孟夫子不是一个做死学问的人。赴齐之前，孟夫子对齐国的方方面面都有调研，包括三军，知匡章在与魏之战中是齐军副将，仅居于田忌之下，堪称二号人物。且匡章不姓匡，原名田章，追溯上去，是陈完后裔，正宗的田氏公族传人。其父田鲔为齐国大夫，事过桓公、威王二君，虽说权不倾朝野，却也算是贵人。在齐地儒者眼里，田章因不孝而成为负面传奇，尤其是他连父亲的姓氏也改了。孟夫子曾将田章作为孝与不孝的案例研究过，知悉他的全部故事。章母姓匡名启，是妾室。田章幼时喜舞枪弄棒，与父不合，遭父斥骂，母启因护子而顶撞田鲔，被田鲔于盛怒之下锤杀，埋于马厩，让其阴尸受马溺之苦。田章怒而出走，弃田姓，改作母姓，投入军营，誓不与生父往来，父死也不肯回家尽孝。

让孟夫子吃惊的倒不是匡章的孝与不孝，而是他为什么会于此时登门。是代表齐王来的吗？若是，齐王为什么派他来，而不是派田婴、田文或宫中的其他任何人？若不是，一个将军为什么来登他的门？

无论来意如何，身为三军副将，匡章在齐也算是举足轻重的人，不可小觑。孟夫子思虑妥当，整顿衣冠，带着几大弟子躬身出迎，礼甚恭。

见过礼，匡章说明来意，却是与齐王无关，是他个人慕名拜谒，有惑求教于夫子。

"敢问何惑？"孟夫子以为他要问军事，心里无底，眉头微皱。

"陈仲子！"匡章点出一个人名。

"他怎么了？"孟夫子笑笑，盯住他。

"人人都说陈仲子是个廉士，夫子以为如何？"匡章回视，二目逼人。

"呵呵呵，"孟夫子又笑一声，"人人为何称他廉士，章子可知？"

"居於陵之时，仲子三日不食，饿得目不能视，耳不能听。幸亏井边有棵李树，地上落下不少虫蛀后掉下来的李子，仲子爬过去捡食，连吃三只，方才恢复视听。这个难道不算廉吗？"匡章直勾勾地望着他。

"他为何三日不食？"孟夫子问道。

"家中之粮是其兄长所供。"匡章应道。

"唉。"孟夫子轻叹一声，"这个怎么能称得上廉呢？"

"咦？"匡章眼睛睁大，"夫子是看不上仲子呢，还是觉得他配不上这个'廉'字呢？"

匡章给出一个两难选项。

"还真的都不是。"孟夫子说道，"在轲眼里，齐地士子首屈一指的当属仲子，怎么会看不上他呢？虽说如此，但他远远称不上廉哪！像他这种廉法，只能是条蚯蚓，上食壤，下饮泉，只求于自然，无求于人才是。他不吃兄长之粮，所居之屋呢？他能肯定所居之屋是伯夷建造的呢，还是盗跖建造的？他能确定所食之粟是伯夷所种的呢，还是盗跖所种的？"

"这有什么关系呢？"匡章辩道，"仲子所居之屋，仲子所食之粟，是他夫妻织屦、织布所赚之钱到市场上换来的！"

"怎么能无关系呢？"孟夫子就事说事，怼他道，"仲子出身于齐国世家，其兄陈戴拥有封地，食禄万钟，而仲子以其兄之禄来之不义而不食，以兄之屋来之不义而不居，这才离兄别母，居于於陵。轲听传闻，有一天他回到家，刚好有人送给他兄长一只活鹅，遂蹙眉说：'那东西在呱呱乱叫什么呢？'他母亲宰了那只鹅，给他吃肉。正吃着呢，他哥回来了，见他在吃鹅肉，笑了，对他说：'你所吃的就是那只呱呱的肉啊！'仲子于是跑到门外，抠嗓子吐出鹅肉。母亲的东西不吃，妻子的却吃；兄长的房子不住，於陵的房子却住，这怎么能称得上这个'廉'字呢？像仲子这样的人，若想配得上'廉'字，得先把自己变作蚯蚓才成！"

孟夫子一番话说完，本以为匡章会暴跳如雷，与他再辩，岂料他忽地起身，扑地叩拜，声如洪钟："夫子所言，开章之塞，诚吾师矣！"

"章子！"孟夫子有点儿不知所措。

"夫子在上，请受匡章一拜！"匡章行再拜大礼。

"匡……匡将军！"孟夫子越发诧异，改了称呼。

"章请为弟子！"匡章再拜。

孟夫子这才意识到匡章是真心求拜，也几乎是豁然明白了他为什么求拜，欣然受之，当即让万章设堂，与匡章行了入门师礼。

师礼毕，匡章召来车马，亲自驾驭，邀请师尊至其府中做客，请友人庄暴作陪。

庄暴是齐宫御史，常陪宣王左右。

孟夫子窃喜。

果然，酒至半酣，不待孟夫子咨询，庄暴就趁酒意讲起宫中之事，尤其对齐宣王痴迷于乐舞忧心忡忡。

"王上是怎么个痴迷的？"孟夫子问道。

"王上最喜的是群乐，"庄暴应道，"八佾之乐早已不屑，动辄以百人戏。齐国善乐之人皆在宫中，天下乐手纷至沓来，王上尽皆供养，今日笙箫，明日琴瑟，后日钟石，再后日管弦钟石齐奏，王上迷于乐，幸甚时节不理朝事。"

想到那晚宣王宴请他时所起的八佾舞乐，孟夫子深信其言，不忧反喜，拱手道："大人勿忧，孟轲不才，可以使大王不再沉迷于歌舞！"

"邹忌以琴说先王，齐得治。夫子若能使王上不再沉迷于歌舞，实乃齐人之幸也，请受庄暴一拜！"庄暴起身，叩拜。

孟夫子扶起庄暴，道："大人明朝就可禀报王上，孟轲请为王上言乐！"

翌日晨起，齐宫大朝。

散朝之后，庄暴入见宣王，禀道："昨日良宵，臣至匡章府，得遇邹人孟轲，知其善乐。臣言王好乐，孟轲喜甚，请求为王上言乐！"

乐是作的，不是言的。宣王当即心痒，使王辇召请孟夫子。

相见礼毕，齐宣王急不可待："听闻夫子知乐，寡人不才，愿闻之！"

"敢问王上所爱何乐？是先王之乐呢，还是世俗之乐？"孟轲探身问道。

宣王略显尴尬，脸上微红："寡人所好的只是世俗之乐，非先王之乐。"

"非常好呀，王上！"孟夫子拱手贺道，"王上爱好今日之乐，真还是齐民的福祉呢，因为今日之乐原本就是古时之乐！"

"哦？"齐宣王喜道，"说来听听！"

"乐分两类，一是自娱自乐，一是与人同乐。王上偏爱哪一类呢？"

"与人同乐。"

"王上是偏爱与少数人同乐呢，还是与多数人同乐？"

"与多数人同乐。"

"这就是了，轲请为王上言乐！"孟夫子切入正题，屏气敛神，"假使王上于此鼓乐，百姓听到王上的钟鼓之声、管籥之音，但愁眉苦脸，奔走相告说：'我王好鼓乐，却为什么置我们于此不堪之地呢？父子不能相见，兄弟妻子离散。'假使王上在此田猎，百姓听到王上的车马之音，看到羽旄之美，但并不开心，奔走相告说：'我王好田猎，却为什么置我们于此不堪之地呢？父子不能相见，兄弟妻子离散。'原因无他，王上没有与民同乐啊！"

齐宣王满心期待的是一番高深乐理，没想到却招来一顿训诫，且是当着臣下之面，面上挂不住了，脸面拉长，正要说句什么让孟夫子住口，孟夫子却视而不见，侃侃接道："假使王上鼓乐于此，百姓听闻王上的钟鼓之声、管籥之音，无不喜形于色，奔走相告说：'我王身体康健啊，要不怎么能够鼓乐呢？'假使王上田猎于此，百姓听到王上的车马之音，看到王上的羽旄之美，无不欣然有喜色，奔走相告说：'我王龙体康健啊，要不怎么能够田猎呢？'原因无他，王上与民同乐了啊！"

孟夫子的两番假使，一反一正、一训一赞，宣王始知不是特别针对他的，只不过是孟夫子的惯常说教而已，闷气泄了，面现常色，倾身赞道："此诚寡人之愿也！"

孟夫子听在耳里，心头激动，拱手贺道："只要王上真正能够做到与民同乐，想不王天下也是难哪！"

"呵呵呵，"齐宣王干笑几声，"这个真还不容易做呢。不过，寡人尽力为之。"眼角瞄到孟夫子又要训诫，紧忙转移话题，以攻为守，"对了，方才夫子提及田猎，我们这就说说田猎的事。听说文王之囿方七十里，有那么大吗？"

宣王此问颇为吊诡。孟夫子一上口就提先王之乐，从而引出训诫，宣王这就拿先王游猎的大园子说事，看孟夫子如何解释。

"听说是那么大。"孟夫子略略一想，应道。

"是不是也太大了点儿吧？"宣王身子朝后一仰，表情自得。

"可百姓还觉得它不够大呢！"孟夫子盯住宣王。

"咦！"宣王一脸惊诧，倾身问道，"请问夫子，寡人之囿不过四十里，为什么百姓就认为它过大了呢？"

"用途不同呀！"孟夫子应道，"文王之囿方七十里，是与百姓共享的，刈草砍柴者可以进去，捉鸡捕兔者可以进去，百姓以为不够大，这是理所当然的。初入齐时，轲不问明齐国大禁，不敢入境。就轲所知，王上之囿方四十里，且就设在临淄郊区，凡私人猎其麋鹿者与杀人等罪。王上这么做，如同在国之正中设下一个陷阱，百姓认为它过大，也是理所当然的呀！"

一场稳操胜券的进攻于转瞬间受挫，齐宣王再在臣子的眼皮底下被孟夫子怼了个灰头土脸，场面一时尴尬，干笑几下，轻咳两声，猛地一拍脑门儿："嘿，寡人差点儿忘了，这召夫子来，是有大事请教呢！"

"教字不敢！"孟夫子拱手，"王上但有所问，轲知无不言！"

"泰山顶上有个明堂，是周天子东巡时修建的，"齐宣王真还与孟夫子议起事来，"今朝周室式微，周天子无力东巡，这个明堂也就没有用处了，是以不少臣子进谏拆掉它。请问夫子，寡人是拆掉它好呢，还是不拆为好？"

"明堂是王者之堂，大王若行王政，怎么能拆明堂呢？"孟夫子一口否决。

"夫子能说说什么是王政吗？"齐宣王显然是第一次听说这个名词，趋身问道。

"王政就是王者之政，"孟轲解道，"当年文王治岐，向耕者征九一之税，赐官吏世代俸禄，过往关卡、市集皆不征税，山河湖泽由国民共享，处罚罪犯不连坐家人，对天下四类贫困无助之人——鳏、寡、孤、独，视作施政布仁的优先救助对象，等等等等，这就是王政呀！《诗》云：'哿矣富人，哀此茕独。'说的就是有钱人无须照顾，要照顾的当是孤独无助的人哪！"

宣王交口赞道："夫子讲得真正好啊！"

"大王既然认为王政好，为什么迟迟不推行呢？"

"唉，"宣王苦笑一下，怅然叹道，"寡人有个毛病，爱财。"

"爱财好呀！"孟夫子朗声应道，"当年周室先祖公刘就很爱财。《诗》云：'乃积乃仓，乃裹糇粮，于橐于囊。思戢用光，弓矢斯张。干戈戚扬，爰方启行。'讲的就是他如何爱财的事。王政主张爱财，要求居者有积粟，行者有裹粮，然后才可'爰方启行'，勇往直前。大王只要爱财，就能想到百姓也是爱财的，这与推行王政有什么关系呢？"

再次被孟夫子怼得哑口无言，宣王沉吟良久，似乎是在故意与孟夫子对着干，抬头盯住孟夫子，语气挑衅："寡人还有一个毛病，好色。"

"好色好呀！"孟夫子似乎没有看到宣王的反应，侃侃接道，"当年周太王也很好色，挚爱他的妃子。《诗》云：'古公亶父，来朝走马，率西水浒，至于岐下。爰及姜女，聿来胥宇。'讲的就是太王之时，内无怨女，外无旷夫。大王只要好色，就能想到百姓也是好色的，这个并无碍于推行王政呀！"

"好吧，"宣王实在没招了，哭丧起脸，两手一摊，有气无力，"寡人……散朝！"

不是上朝时间，自然就不存在散朝，宣王说出这两个字，分明是在赶客，且显然有点儿语无伦次了。

庄暴看出苗头，以肘顶一下孟夫子，起身叩道："臣告退！"

见宣王这般态度，孟夫子肝气上蹿，没有叩首，只是微微一拱，朗声叫道："邹人孟轲，告退！"

孟夫子的声音很高，且重音放在"邹人"二字上，音未落定，人已站起，没再多说一句，大踏步出门。

见孟夫子这般使性，宣王气得嘴眼歪斜，恨恨地白庄暴一眼，鼻孔里哼出一声，拂袖起身，转殿后去了。

殿堂里，只剩下里外不是人的庄暴跪在席位上，呆若木鸡。

第二次觐见宣王不欢而散，孟夫子很是郁闷，一连两日茶饭不思。

新收的弟子匡章听闻整个过程，套上驷马之车上门，说是带孟夫子外出散心。

孟夫子跳上匡章的辎车扬长而去，老弟子一个没带。孟夫子一去三日，到第四日天色迎黑才被匡章送回客舍。从气色看，郁闷已去大半。

孟夫子毕恭毕敬地送走匡章，笑容可掬地回到客堂。

众弟子面面相觑，继而一齐入孟夫子客堂问安。孟夫子谈笑风生地讲了过去三日的野外见闻，原来匡章带他遍游了稷山。

"夫子，弟子有惑！"孟夫子话音刚落，公都子随即拱手。

"何惑？"孟夫子笑吟吟地看向他。

"我们打听过了，匡章在齐声名狼藉，都说他是不孝不慈不礼之人。夫子不仅收他为弟子，与他一起出游，且还在他面前未执师礼，弟子敢问为什么吗？"公都子一口气说出心中疑惑。

孟夫子看向众弟子，他们的眼神中皆是此问。

"哈哈哈哈，"孟夫子大笑几声，指着众弟子，"我就晓得你们会有此问。"目光转向公都子，"公都，你且说说，你所听到的章子是怎么个不孝不慈不礼的？"

"他顶撞父亲，不顾父母之养，离家出走，母死葬于马厩，他不迁葬，能算是孝吗？他将子女逐出家门，不去照管，能算是慈吗？他将妻赶走，只顾自己，能算是礼吗？"公都子几乎是一口气讲出。

"你们是只知其一，不知其余！"孟夫子扫视一眼众弟子，"先说不孝。通常而言，不孝有五：四体不勤，不赡养父母，一不孝也；聚赌酗酒，不赡养父母，二不孝也；贪财好物，只顾妻子，不赡养父母，三不孝也；放纵声色犬马，让父母蒙羞，四不孝也；好勇斗狠，危及父母，五不孝也。"盯住公都子，"公都，你且说说，这五不孝中，章子占下哪一种？"

"这……"公都子说不上来了。

"凡此五种，章子一种没占。"孟夫子语气肯定，"至于你所说的顶撞父亲，就我所知，那个不叫顶撞，叫相互责善！责善是朋友之道，父子若是责善，就大伤感情了。"

"请夫子详解！"公孙丑似乎没听明白。

"章子是世家，"孟夫子解释，"其父田鲔因善于逢迎齐君而在朝中如鱼得水，享俸万钟。田鲔教导章子说：'欲利而身，先利而君；欲富而家，先富而国。'又教导他说：'主卖官爵，臣卖智力，故自恃无恃人。'这怎么可以呢？这不是君臣之道啊！这是赤裸裸的利益交换，这样的臣子当称奸佞，是要误国误君的。身为父亲，怎么能以奸佞之道教导儿子呢？这样的父亲不该顶撞吗？章子以人臣之道劝说其父，遭父呵斥，是以父子闹僵，不可同处一室。父亲责难，章子这才痛苦出走，从军报国，这怎么能叫不孝呢？至于说章子不慈不礼，这也是曲解章子啊！难道章子不想享有天伦之乐吗？难道章子不想奉养父母吗？都不是啊！说章子狠心抛妻弃子，这不是抛弃，是他从军野战，生死一瞬，不能携带妻子家小啊！由于得罪父亲，致使父子不亲，父亲终老时，章子不能尽孝。章子刻意抛妻弃子，不受子孙赡养，这是为了亲身品尝父亲的孤苦啊！如果章子不这样做，如果章子享受妻之照料、子之赡养，而不顾其父失妻别子之苦，那不是更大的不孝吗？这就是章子啊，你们是只知其一啊！"

对于孟夫子的这个解释，众弟子无不叹服。

翌日早午，章子复来，众弟子迎出门外，无不施以重礼，热情款待。

"禀报夫子，"匡章见过礼，对孟夫子道，"弟子昨晚回家，途中遇到一人，夫子或感兴趣！"

"何人？"孟夫子问道。

"苏子！"

"嗯，有些辰光没有见他，他何处去了？"

"说是刚从泗下回来。"

"泗下？他去那儿做什么？"

"不晓得呢！得知弟子从夫子这儿回来，且已拜夫子为师，苏子甚喜，托弟子问候夫子，说是得空就来拜访您！"

"苏子客套了。"孟夫子应道，"前番他来拜访为师，让为师颇为感慨，真没想到苏子是个有见识的人，他这回来了，为师当去回访才是。"

"弟子这就与夫子同去，如何？"

"走。"

孟夫子说走就走，与匡章往见苏秦。

因在齐宫失利，对齐地与稷宫也都熟悉起来，加上之前与苏秦有过一战，孟夫子不再对纵横策士持有偏见，此番相会，二人相谈甚笃。

苏秦详细介绍了连山康庄之行，听得几人如闻古人，即使孟夫子，也是唏嘘。

"秦临行时，"苏秦将话题引入孟夫子身上，"齐王召秦，向秦问起夫子，听其话音，有求教之意。敢问夫子，齐王可有召请？"

"唉。"孟夫子苦涩一叹，看向匡章。

匡章将孟夫子两番入宫觐见宣王，但话不投机诸事约略讲了。

苏秦沉思良久，盯住孟夫子："敢问夫子，此来齐国，是想传道授业呢，还是——"顿住话头。

"唉！"孟夫子又是苦涩一叹，"若是只为传道授业，轲又何必来临淄呢？"

"若是不为传道授业，就当是干一番人生大业，一展宏图，对否？"苏秦笑问。

"宏图不敢，不过是欲推仁政而已！"

"齐王欲行仁政否？"

孟夫子摇头，语气悲怆："齐国已无仁义，怎么能行仁政呢？"

"夫子想不想一睹齐国的仁义呢？"苏秦问道。

"若有，轲愿一睹！"

"二位请随我来！"苏秦起身，大步出门。

孟夫子、匡章相视，怔了下，跟着出门。

苏秦与孟夫子、匡章、飞刀邹四人步出稷宫，健步如飞，不一时赶到高昭子府宅，不想却是人去屋空，乐厅的房梁上挂起蛛丝道道。

苏秦呆了。

苏秦跪在积满尘垢的砖地上，失声痛哭。

"苏子？"孟夫子不知所以，小声问道。

苏秦止泣，指着乐厅："夫子可知，此为何处？"

孟夫子摇头。

"此宅乃是高昭子宅第，此厅乃是仲尼闻《韶》处！"

"苍天哪！"孟夫子惊呆了，扑通跪地，震起满室灰尘。

听闻是仲尼闻《韶》处，匡章也是震惊，跪地叩首。

苏秦指着屋子，缓缓讲起那年他合纵齐国时前来拜访的那个老乐师，听得孟夫子师徒涕泪交流。

苏秦正在诉说，在门口守护的飞刀邹引着一个长者进来。

长者认出苏秦了，拱手道："你是苏大人吧？"

苏秦盯住他："您是——"

长者再揖："小人是为先师击磬的！"

"先师？"苏秦心里一揪，"您是说，老乐师他——"

"是哩，"磬师的声音淡淡的，似乎在讲述一个与他完全不相关的故事，"先师是在三年前走的。"指向乐厅一个位置，"就在那儿，先师拿着箫，起《韶》，所有的乐手都在各自的乐器跟前守着，等着先师的箫音。先师吹起来了，先师吹着吹着，箫声弱了，箫声停了。所有的人都惊呆了，所有的目光都看向先师。先师的箫仍在唇边，手仍在箫上，气却没了。先师是站着走的，走在起《韶》之时。葬过先师，乐队散了，所有的人都走了，只有小人无处可去，就守在这儿，每日起《韶》之时来这厅里，为先师击磬！"

"谢磬师了！"苏秦朝他深鞠一躬，"敢问磬师，今日之磬击否？"

"先师于申时起《韶》，小人也于申时为先师击磬，这辰光该当是申时了！"磬师说着话，走到一排编磬前面，从磬架上拿起两个敲磬的棒头，敲三下，望空长揖，"先师，您时常念叨的苏子来了，他没有忘记这儿，他是听《韶》来了！"

苏秦叩地长哭。

"敢问磬师，"孟夫子突然问道，"尊先师的长箫在否？"

磬师看向孟夫子，点头。

"孟轲可得一睹否？"

磬师走到厅的一侧，拨开几道蛛网，拿出一个尘封的盒子，递给孟夫子。

孟夫子打开盒，取出箫，审视有顷，看向磬师："此箫能借孟轲一奏否？"

磬师略觉吃惊，盯他一眼，点头。

孟夫子持箫走到老乐师起《韶》的地方，吹起。

厅中响起《韶》音，是箫的起调。

磬师惊呆了。

箫声响起来，一丝丝、一缕缕，丝丝入音，缕缕中韵，是不折不扣的《韶》乐。

磬师反应过来，热泪盈眶，敲磬协鸣。

一支洞箫，一排挂磬，奏响《韶》乐。

孟夫子奏完九成，掷箫于地，扑通跪于尘埃上，号啕长哭："呜呼哀哉，呜呼哀哉，呜呼……哀哉……呜……"

待孟夫子将憋屈多日的郁闷悉数哭出，匡章不无叹服，由衷赞道："夫子奏得好箫啊！"

"是《韶》！"孟夫子纠正。

"弟子知错！"匡章拱手。

"夫子不仅奏得好《韶》，还有一手好射呢！"苏秦插上一句。

"好射？"匡章震惊，看向孟夫子，"夫子善射？"

"不是善射，是射无敌手！"苏秦又接一句。

"射无敌手？"匡章难以置信，转向苏秦，"怎么个无敌手？"

"夫子之射，秦不敢说是天下无敌，却可敢说在你们齐国当是无敌！"苏秦一本正经。

"夫子，当真如此？"匡章盯住孟夫子。

孟夫子淡淡一笑，没有否认，看向苏秦："区区小技，苏子何以知之？"

苏秦回以一笑："纵横策士也就是这点儿能耐，善于揣情摩意而已。"

孟夫子听出苏秦是在怼他此前蔑视纵横策士的事，脸上略涨，转移话题，语带惆怅："不瞒二位，轲已决定明日离齐，前往他处一游！"

"啊？"匡章急了，"夫子欲游何处？"

孟夫子从地上捡起老乐师的箫，拿袖子轻轻拂去新沾的灰尘，放在唇边做出吹奏的动作，但没有吹出声音："有仁有义之处！"

"弟子这就觐见王上！"匡章略略一顿，目光坚定，"恳请夫子再留数日，恭候佳音！"

话音落处，匡章忽地起身，大步走出高昭子府宅。

翌日午时，王辇上门，再接孟夫子。王辇没像前两次那样直驱雪宫，而是将孟夫子载往齐国的王城正殿。

站在殿门外面迎候的是齐宣王、太子地、田婴、田文和匡章。

孟夫子看得真切，心里一阵激动。

显然，齐王这是要重用他了。

匡章紧前几步，扶孟夫子下车。

孟夫子近前，长揖至地："草民孟轲见过王上！"

"夫子驾到，寡人有失远迎，失敬了！"宣王回礼，伸手礼让，"夫子，殿中请！"

"王上请！"孟夫子礼让一句，见宣王再次伸手，也就不再客套，走过去，与宣王并肩跨上台阶。

"听章子说，"待君臣依序坐定，宣王盯住孟夫子，直入主题，"夫子六艺俱绝，有子牙之文韬武略，能筹策于帷幕，决胜于千里！"

"轲不如姜尚！"孟轲应道。

"呵呵呵呵，"齐宣王微笑点头，显然认可孟夫子的回答，"姜尚乃大周之首辅，齐国之始基，千古之能臣，非寻常人可及。"倾身，"敢问夫子，是文韬不若姜尚呢，还是武略不若？"

"二者皆不是。"孟夫子摇头。

"咦？"齐宣王怔了，"这就奇了，夫子是何处不若姜尚呢？"

"幸。"

"幸？"

"姜尚幸遇贤君，轲无此幸！"

"这……"齐宣王尴尬，"寡人不才，愿意受教！"

"轲两言仁政，可惜王上不受！"

齐宣王尴尬，面呈愠色。

"敢问夫子，"田婴接道，"姜尚是靠仁政打倒纣王、建立万世基业的吗？"

孟夫子看向田婴，淡淡一笑，拱手："相国大人若是细读周史，就不会有此一问了。"

田婴脸色紫涨，嘴巴连张几张，却是想不出一句应对。

"王上，"匡章缓冲局面，小声提示，"用兵在法，筹谋在策，击战在术！"

"哦哦，"齐宣王顺口接道，"是了，是了！"盯住孟夫子，"听闻夫子射艺天下无双，寡人可得一睹乎？"

孟夫子轻叹一声，闭目不语。

"天下无双？啧啧啧，"田婴不无夸张地咂巴几下，看向匡章，"总不会也超过匡将军吧？"

"章不敢与夫子比！"匡章一脸严肃。

"啧啧啧，"田婴语气夸张地又咂几下，看向孟夫子，"没想到夫子有此神技啊！敢问夫子能拉几石的弓？是三石呢，还是五石？"

孟夫子觉得内中一阵反胃，嗓中咕噜几下，想吐吐不出，不吐委实不快，难受一时，看向宣王："齐君召轲，就为观此神技吗？"

孟轲改称呼了，由"王上"变为"齐君"。

"这个，"齐宣王心里咯噔一声，挤出一笑，"寡人原以为夫子只会讲仁政，听闻匡章将军谈及夫子射艺，说是天下无敌，寡人耳目一新。寡人诚望夫子一展神技，好让众卿开开眼界！"

"既为君上所欲，孟轲只有献丑了！"孟夫子将万般苦涩化作一笑，看向匡章，"章子，何处可以引弓？"

匡章看向宣王。

宣王起身，大步出门，引众人走向御花园的草坪。御花园里站着许多守卫，显然是奉命维持秩序的。一名军尉守在那儿，五十步开外插着一个箭靶。

靶很大，且只摆五十步，一看就是平素给齐宣王武训演示时用的。

"换小靶！"孟夫子瞄一眼靶子，命令匡章。

匡章看向宣王，宣王看向内臣，内臣朝军尉努一下嘴，伸出小指。

军尉拿出宫中最小的靶。

孟夫子看向远处的荷花池。

池边有两个亭子，一近一远。

孟夫子指向亭子："插在亭顶！"

众人看向亭子，约百二十步，无不咋舌。

军卒拿着靶子跑到较近的亭子前，还没有插，听到孟夫子的叫声："不是这个亭子，是另一个！"

众人震惊。

另一个亭子位于荷池对面，荷池少说也有五十步，也就是靶距至少也在一百八十步之外。这个距离，莫说是寻常弓手，即使力冠三军的匡章，也无射中把握。

由于距离远，靶子小，待插好时，靶子在众人眼里已是很小的一个点了。

孟夫子瞄一眼，微微点头，看向匡章："拿弓矢来！"

早已有备的军尉亲手呈上弓矢。

孟夫子略略一瞄："换大号！"

军尉连换几张弓，最后拿出一张特别大的弓。

孟夫子没有表态。

军尉看向宣王，小声禀道："这只是五石弓，也是最强的弓了！"

宣王看向孟夫子："此弓如何？"

"回禀君上，"孟夫子拱手，"此为力士之弓，非孟夫子所用！"

在场人物张口结舌。

匡章使人快马至其府，取来他自己的劲弓，呈给孟夫子。

孟夫子审视一眼，道："此为将军之弓，非孟夫子所用！"

在场众人皆震，所有目光投向齐宣王。

"既非力士之弓，亦非将军之弓，"齐宣王敛神问道，"敢问夫子所用何弓？"

"力士之弓可杀人射马，将军之弓可破军立家，孟轲所用，乃取天下之弓！"孟轲字字铿锵。

这简直是在狡辩了。

田婴语气讥讽："夫子是大儒，不是力士，拉不起弓并不丢人，大可不必弄此玄虚呀！"

除匡章之外，场上诸人尽出揶揄之声，七嘴八舌："是啊，拉不动就是拉不动嘛，何必呢？""嘿，有这么说话的？""早就晓得是这结局，果然！"……

孟夫子睁眼看向宣王，嘴角撇出一声冷笑："看来齐国是无取天下之弓了，孟轲告辞！"略略拱手，转身就走。

"哈哈哈哈，"田婴爆出几声长笑，"原来夫子是这么天下无敌的哟！"

众人皆笑出声，场面尴尬。

匡章急了，小声："夫子！"

孟夫子一个转头，看向齐宣王，语气悲怆，声音高亢："国无王器，群小环伺，这就是想王天下的齐国吗？这就是想王天下的齐君吗？"

孟夫子的质问如当头棒喝，所有哂笑尽皆僵住。

齐宣王尴尬。

"王上，臣有奏！"御史趋前，在宣王耳边小声嘀咕几句。

宣王立时来了精神，冷笑一声，转对内臣："请王弓！"

内臣显然不晓得王弓，看向御史。

"臣受命！"御史转身，带着两个军卒碎步退去。

约半炷香过后，御史在前，两个军卒抬着一张长弓在后，走向现场。

"夫子可识此弓？"宣王盯住孟夫子，一脸得意。

"果是取天下之弓也！"孟夫子抚弓，审视良久，转对宣王，"此弓乃昔年武王所用，赐给太公望。"又摸箭矢，"此矢为王弓专用，由上等青铜所铸，可百步穿甲！"

"夫子果然识宝！"宣王不由赞道，"不瞒夫子，此弓乃齐室镇宫之物，就寡人所知，近百年中，没有人动过它，今日夫子来了，当可一试！"

孟轲却将长弓双手奉还宣王。

"咦，"宣王惊讶，"王天下的弓箭有了，夫子怎么不射呢？"

"回禀王上，"孟夫子改回称呼，"既为王弓，轲为一介士子，不敢开之。"

"孟轲，"田婴震怒，"你号称天下第一射手，非王天下之弓不开，王天下之弓来了，你却说不敢开之，这是成心调戏齐国吗？"

宣王的脸色阴沉下去："夫子不会是有意戏弄寡人吧？"

"孟轲不敢！"孟夫子拱手，"王弓当由王者开之，轲为一介士子，不敢逾礼！"

"姜尚不是王者，不是也开了吗？"宣王道。

"姜尚开之，是拜武王所赐！若无王上所赐，轲不敢开！"

"若此，寡人赐夫子今日开之！"

"轲遵王命！"孟夫子跪地，拜过王弓，拿起它，略略一拉，慨叹，"大哉此弓！"

在众目睽睽之下，孟轲运气，搭箭，目视箭靶，开弓如满月。

嗖的一声响，插在亭顶的箭靶应声而倒。

军卒拿过靶子，飞奔过来。

众人视之，铜矢正中箭心。

全场欢声雷动。

"夫子射艺，田婴叹服！"田婴连连拱手，转对宣王，"王上，臣有奏！"

"请讲！"

"夫子射艺，果然名不虚传，天下无双！臣奏请王上任命夫子为三军教习，教练三军射艺！"田婴奏道。

"哈哈哈哈！"孟夫子长笑数声，朝宣王略一揖手，转身就走。

"夫子留步！"宣王扬手。

孟夫子住步。

"拟旨，"宣王转对内臣，"封邹人孟轲为客卿，早晚陪侍寡人，享上卿之爵，食禄万钟！"

"谢王上厚遇！"孟夫子拱手，"敢问王上，愿听轲言、愿施仁政吗？"

"这……"宣王迟疑，看向田婴。

"孟轲告辞！"孟轲再无问话，潇洒转身，扬长而去。

翌日晨起，孟夫子一行整好车辆，准备远行。

苏秦、匡章送行。

苏秦知道，只要田婴任相，就不会容下孟轲。这且不说，在此大争灭国之世，孟夫子所倡仁政显然不合时宜，莫说是在齐国，即使在其他任何国家，也将无所施展。

然而，苏秦更知孟夫子。一如许行，孟夫子是一个不撞南墙不回头的人。一切正如许行所问，他苏秦又何尝不是呢？想到随巢子，想到告子，想到稷下的其他许多士子，大家不都是一样的人吗？不都是一个个怀抱理想，明知不可为而为之吗？

苏秦、匡章一路送至稷门之外十数里方才住脚。

苏秦拱手问道："敢问夫子欲至何地？"

孟夫子望着远远的稷门，长叹一声，黯然神伤。

"回邹地。"公孙丑朗声接道。

孟夫子白他一眼，再次看向稷门。

显然，孟夫子不想走，却又不得不走。

苏秦似已猜透，看往宋国方向："若是不出在下所料，夫子此去，当是往投宋国！"

孟夫子难以置信地看向苏秦："苏子何以知轲欲赴宋地？"

"揣情，摩意！"

"既然苏子说破，"孟夫子承认，"轲就直说了。宋有地方五百里，宋王偃敢为天下先，只要推行仁政，也可王天下！"

"若是宋偃不行仁政，"苏秦接道，"夫子可以赴梁！"

"哦？"孟夫子看向他。

"听闻夫子倡导天时地利人和之说，秦甚认同。魏居中国，交通天下，夫子可得地利；魏卒勇冠列国，魏王雄心不已，夫子可得人和。魏国逞兵革之利、武卒之勇，但连遭败绩，河西败于秦，马陵败于齐，魏王痛定思痛，或听仁义之教，夫子可得天时。"苏秦一连讲出三大利好。

孟夫子眼中闪出亮光，思忖良久，拱手："谢苏子吉言！"

望着孟夫子一行车尘渐去渐远，匡章转对苏秦，言语感伤："苏子有所不知，夫子是不想走啊！"

"是的。"苏秦点头。

"苏子，魏惠王真的能如你所言，行夫子的仁政？"匡章的目光不无疑惑。

苏秦摇头。

"可……"匡章急了，"方才你那么肯定？如果不成，这不是……害了夫子？"

"将军有所不知，夫子一如苏秦，路不走绝，是不会回头的！"

苏秦给他一个苦笑："再说，多走一处，就会多一些见识。夫子在邹地待得太久了，他需要了解天下！"看向匡章，"哦，对了，在下有一事欲问将军。"

"苏子请讲。"

"将军是想碌碌无为一生呢，还是想做一番人生大业？"苏秦盯住他的眼睛。

"这个不用说呀，"匡章摊开手，"人生在世，没有哪个男儿想无为一生！"

"若是此说，将军可随我来！"

苏秦带匡章回到府邸，安排他沐浴，更衣，引他来到一道香案前面，指着供在案上的两个锦盒："将军，请行大礼！"

匡章不知所以，恭恭敬敬地施以三拜九叩大礼。

"请将军拆封！"

匡章拆开锦盒，现出一卷竹简，没有翻看，转望苏秦，目光征询。

"将军可以拆看了！"

匡章拆开。

天哪，为首一简，赫然写着《孙子兵法》。

匡章倒吸一口气，看向苏秦。

"将军可知是何人所写？"

"军师！"

"正是。"苏秦指点其中一卷，"这一册，是军师根据记忆抄录的孙武子兵法，"指向另一册，"这一册是军师自己的用兵体悟。从今日起，它们全部归属将军，望将军细细研读，不负军师所托！"

"军师所托？"匡章眼睛睁大。

苏秦另外摸出一片竹简："这是军师留给将军的，也请将军收下！"

匡章跪地，双手接过孙膑的亲笔竹简，上写一行小字："匡章将军，请收下两卷兵书，体悟兵道，辅助苏子成就合纵大业，安定天下！膑人拜托。"

"军师——"匡章连连叩首,泣下如雨。

"章子,"待匡章哭过一阵,苏秦盯住他,"军师走了,田忌将军也不会再回来了,齐国三军不能没有统帅,将军责无旁贷呀!"

"苏子,"匡章朝苏秦叩首,"军师既将兵书授章,章就是军师弟子。苏子乃军师同门师兄,亦为章之师尊。师尊在上,请受弟子一拜!"

匡章欲行拜师大礼,被苏秦扯住。

"章子不可!"苏秦按他坐下,盯住他笑道,"还是叫我苏子吧,你比我还年长呢!再说,我从未当过师父,一听这称谓,不自在呀!"

"好吧,苏子,"匡章也笑起来,继而敛神,一脸严肃地凝视苏秦,"苏子,章在此承诺,自今日始,谨遵师嘱,研读兵书,助苏子成就合纵大业。苏子但有驱使,章赴汤蹈火,在所不辞!"

"谢章子大义!"苏秦拱手。

得知孟夫子走了,田文不敢怠慢,入宫禀报。

"唉,"宣王轻叹一声,"这个夫子让人头大,走了也好!"

"好倒是好,"田文应道,"只有一点,就是夫子之事在稷下闹得太大了,多少学子都在看着这事儿。夫子走人倒是爽快,但对王上今后取贤怕就——"顿住话头。

"嗯,"宣王捋须,"你说得是!"沉思有顷,抬头看向田文,"爱卿有何良策?"

"臣之意,王上最好派个近臣追寻一程,诚意挽留。若是夫子回来,皆大欢喜;若是夫子仍然要走,就怨不得大王了。"

"甚好!"宣王朝他竖起拇指,"依爱卿之见,使何人为好?"

"太史尹士。"

尹士二十来岁,血气方刚,且刚袭其世爵,任太史。宣王明白其意,遂传旨尹士,使他追回孟夫子。

尹士将行,田文吩咐他如此这般。尹士会意,旗帜招摇,不急不慌,逢人就高调打问孟轲一行,讲述孟夫子如何不辞而别、齐王如何着急如何旨令他追回贤才等等故事。尹士连行三日,于天色迎黑时分赶到齐国的边城昼邑。

过去昼邑就是宋国地界，尹士也就完成使命了。

然而，孟夫子此时并未出昼，滞留在昼邑的一家客栈里，显然是在刻意候他。

尹士来到客栈，求套客房住下，沐浴更衣，入见孟夫子，以王使口气传达宣王口谕，态度倨傲。

孟夫子在昼候有两日了，这是第三日。

尹士以王使自居，态度倨傲，这是孟夫子所不能容忍的。孟夫子正襟危坐，待他宣完王谕，遂以肘撑地，托腮侧躺于案后席上，对尹士不理不睬。

尹士陪坐一时，憋不住了，重重咳嗽一声，起身，声音很大，半是抱怨，半是斥责："晚辈一路追踪，沐浴斋戒，方才入见夫子，抒王之情，宣王之谕，夫子却卧而不听，叫晚辈情何以堪？晚辈之后怕是再也不敢来见夫子了。"

"坐下吧！"孟夫子坐直身子，看向他，慢悠悠道，"既然你说出来了，夫子就给你讲明。鲁缪公时，如果缪公没有使人前往照料子思，就会觉得子思之心不安；如果缪公身边没有子思这样的大贤，泄柳、申详等臣子就会觉得己身不安。你既然代表王上，又在孟轲跟前自称晚辈，无论是王上礼贤，还是晚辈礼敬长辈，你们都远没有做到缪公、泄柳等所曾做过的。你好好想一想，是你拒了长者呢，还是长者拒了你呢？"

尹士遭到孟夫子一顿训斥，悻悻然回其客舍。

翌日晨起，孟夫子、尹士分别备车，各奔西东。

孟夫子使弟子高子礼送尹士，正欲回身，尹士叫道："高子留步，在下有两句话敬请转禀夫子！"

"大人请讲！"高子住步，望着他。

"不识齐王不可以成为商汤王、周武王，是谓不明；识其不可，却又赴齐，或为有所图谋，或为不智。千里见王，一言不合就走，走就走吧，这又滞留于昼，连滞三宿，分明是舍不得！面对这样的人，尹士真真有些郁闷哪！"尹士刻意咂巴几声嘴皮子，将憋了一宿的怨气悉数发出。

高子将尹士之语逐字禀报。

"尹士不知我矣！"孟夫子长叹一声，"千里见王，是我所欲；这般离去，岂是我所欲哉？是不得已！我在此邑滞留三日，但就我心而言，三日仍旧少了。我仍旧期待，万一齐王回请我呢？我原是要再住两日的，为何今日决然离开呢？因为我看到了一个既不知齐，也不知我，更不知天下的无知王使！王若用我，是齐民之福，更是天下人之福！王不用我，是齐民失福，却非天下人失福也！"看向高子，"去，将这些告诉他！"

高子返回时，尹士仍未上车，显然在候孟夫子回话。

俟高子述过孟夫子之言，尹士怫然变色，鼻孔里哼出一声："算是尹士看低了！"纵身跳上辎车，绝尘而去。

送走孟夫子的次日，人定时分，墨门尊者屈将子入访苏子府邸，约略讲了近期天下大事：魏国，张仪仍为相国，魏王似乎更加依赖他了，但对新立太子魏嗣颇有微词；庞涓之妻莲公主怀遗腹子，临盆在即；朱威患重病，卧榻弥留，惠王三番探望，但路也走不稳了；韩国，公孙衍出任相国，整顿吏治，恢复因庞涓伐韩而中断的兵器生产；白虎举家迁往宜阳，经营炼炉；秦国，秦王任命的蜀相陈庄杀死蜀侯，派兵把守石牛道，叛秦自立，秦惠王全力筹划平叛，无暇东顾；秦惠王正式立世子荡为太子，荡年少力大，嗜武好杀；楚国，昭阳班师回郢，陈轸驻留襄陵，襄陵郡守郑克之女郑袖被楚王宠臣靳尚带入郢都，已成怀王嫔妃；赵国，胡地闹灾，胡人攻掠代郡，赵王亲赴代郡御胡……

屈将子言语简明，讲有小半个时辰后辞别。

夜静更深，苏秦却了无睡意。

轰轰烈烈的六国合纵，浩浩荡荡的纵亲队伍，你来我往的唇枪舌剑，貌合神离的六国伐秦，你死我活的纵亲内斗，两败俱伤的孙庞之争……函谷、邯郸、马陵、桂陵……孙膑、庞涓、张仪、秦惠王、魏惠王、齐宣王、陈轸、公孙衍、鬼谷子、大师兄、师姐、姬雪、告子、屈将子、孟夫子、田婴……一桩桩旧事、一个个地名、一副副面孔，随着屈将子的到访，络绎滑过苏秦的心室。

苏秦汇聚心神，将所有这些一缕缕抖出，最终揪出最紧要的一缕——张仪。

是的，张仪，天底下他最看重的师弟，他的所有麻烦的缔造者。

苏秦的心绪回到了张仪身上，从洛阳追起，然后是张邑、鬼谷、邯郸……

想到张仪的种种好，苏秦闭上眼睛，任泪潮湿润眼眶。

想到庞涓之死，想到孙膑之伤，苏秦不想与张仪争了。但不争行吗？秦国，商君之法……如果纵亲不成，秦国就将无可遏止，帝临天下是铁定的事。商君之法唯在壹民，秦国一统，天下之民就将被强行合为一体，合体过程亦必血腥。更加可怕的是合体之后。试想一个由万兆之民合为一体的未来秦人，万众一致，不敢乱想，不敢歌舞，不敢文争，不敢武斗，没有私财，没有隐私，没有主见，不会认字，只耕种，只作战，所有行动唯听孤一人……苏秦不由得打了个寒噤。

对于一个万民合一、只以耕战为务的秦国，天下唯有合为一个协约体，共同遏止，除此别无他法。而天下合纵，于秦国而言，唯有一解，就是连横，这也是他张仪一力倡导的。

想到这儿，苏秦有点儿后悔刺激张仪入秦了。

然而，假使秦国没有张仪呢？秦王会不会连横？

他一定会。苏秦太晓得这个王了。可以说，就横而言，张仪不过是只手，操纵这只手的正是惠文公。张仪不去秦国，这个秦王就会寻出李仪、刘仪，无论如何，横是一定要连的。先生偈语的第一句即是"纵横成局"，他倡了纵，就自然会生出横。张仪不仅谋横，且又如钉子一样牢牢钳入纵亲内部，使天下疲于奔命，秦人却几乎是毫毛无伤。

想到这个宿命，苏秦轻叹一声，现出苦笑。

于苏秦来说，最紧迫的解招也只有一个了，就是驱逐张仪出魏，使合纵列国重结纵亲。从眼前局势来看，逐走张仪不仅可能，且已几乎成为定局。没有庞涓，张仪在魏就是无源之水。两战皆挫，已入暮年的魏惠王也必对独霸天下之业灰心丧气，归纵几乎是他求全企稳的唯一退路。但苏秦晓得，张仪是不会轻易服输的。不到最后一步，他决不会退缩。近些日来，从说服陈轸劝昭阳退兵到促使公孙衍出仕韩国，再到劝孟夫子赴魏，苏秦一直都在为这最后一步谋篇布局。只要秦王续行商君之法，天下就将一统于秦；只要一统于秦，天下就将灾难重重，于民非福；而要制止秦国一统之势，天下列国只有坚守他苏秦提出的纵亲长策，共同制秦；秦国若要破局，只有搅乱纵亲协约，也即行施张仪的连横长策；只要天下纵横对峙，陷入僵持，纵就不敢凌横，横亦不敢欺纵，天下因对峙而息战；只要天下息战，他们师兄弟二人就有机会坐下来，共商天下的长远和平……苏秦的思路渐渐清晰起来。

问题是，天下的长远和平究竟是什么？它在哪儿？又如何达到呢？

苏秦心头再次闪过鬼谷先生的偈语："纵横成局，允厥执中；大我天下，公私私公。"

这四句偈语分明是先生对方今天下及未来时势的点拨。显然，四句话中，第一句是肯定纵横的，也即先生是肯定张仪的。若是没有张仪的横，他的纵也就立不起来，他与张仪当是黑与白、动与静、反与正，一如庞涓与孙膑，本就是一局棋。第二句是先生给出的方法指导，既适合纵策，也适合横策，他与张仪都该遵循。将来某一天，相信张仪与他会面对面地坐在一起，那时，他就把这四句偈说给他听，让他也"允厥执中"，不要走偏了。第三句是先生为他们设定的终极目标，这个不用解说，关键是这最后一句，如何解读"公私私公"呢？在见到张仪之前，苏秦必须搞清楚这个，提供一个合乎道理的解说，否则，他们就会各生猜测，形不成共识，纵横之局也就只能在相抗中互伤，一如庞兄与孙兄那样。

想到庞、孙，苏秦心头一凛。苏秦真的不想走到那一步。苏秦相信，既然纵横有争，也就一定有生。纵中有横，横中有纵。张仪是知他的，只要二人联手，天下就可太平。张仪有秦，他苏秦有六国，只要二人联手，就可让七国之王围坐圆几，共商天下的终极解决方案。关键是，这个终极的解决方案是什么？

苏秦坚信，偈语的最后四字，一定指的是这个！

正如在谷中一样，鬼谷先生是不给答案的，先生只会说出谜底，让他们去悟。

迄今为止，这四个字，苏秦未能悟出，孙膑、告子、孟夫子，还有许行，也全都无解。

谁能解出呢？惠施吗，抑或是淳于子、慎子、邹衍、田骈等稷下先生？

苏秦摇头。诚然，他们个个学识渊博，但所学所重多为因应时政的实战法术，解不开人类未来的终极方案。墨门？墨子的著述他在谷中看过，鬼谷先生所指，显然与墨道不合，否则，墨家巨子随巢前辈也就大可不必频频入山了。

思来想去仍无头绪，苏秦正自发呆，猛地打个激灵，眼前掠过一个人影，是那个貌似鬼谷先生的老羊倌！

苏秦顿觉一阵轻松，美美实实地睡足一场大觉，于日上三竿时起榻，胡乱弄些吃的，与飞刀邹动身赶往郊外的老羊倌家。

苏秦扣门，开门的却不是那日所见的老羊倌，而是另外一个年纪略轻的老丈，看装束，也是羊倌。

"你们是……"羊倌老丈审视他与飞刀邹的衣饰。

"晚生见过前辈！"苏秦深深一揖，"晚生是来拜谒一位……很老很老的前辈！"

"哦？"羊倌盯住他，"士子所说的老前辈，他叫什么？"

苏秦迟疑一下："晚生不晓得老前辈名号，他……"比画胡子，"这么长，"再比画两道眉毛，"是这样的！哦，对了，"指一下眉心，"这儿有个痣！"

"哦哦哦，你说的是夫子呀！"老羊倌两手一摊，做出个怪脸，"士子来得不巧，夫子一大早就闭门谢客了。"

"为什么？"

"这个……"羊倌露出个苦笑，"大概是为一只亡羊。"

"亡羊？"苏秦惊讶，"夫子的羊走失了？"

"走失的不是夫子的羊。"

"这……"苏秦怔了。

"是这样，"羊倌解释，"心都兄昨天走失一只羊，要我们都去帮他寻找，我们追寻大半天，没追回来，夫子就不高兴了！"

"这……"苏秦更加晕乎，"前辈能说详细点儿吗？"

"追羊之前，"羊倌说道，"夫子问心都：'只丢一只羊，需要那么多人去找吗？'心都说：'歧路多。'天黑时我们回来，夫子又问心都：'寻到否？'心都说：'没有。'夫子问，'为什么呢？'心都说：'歧路之中又有歧路，我们分身乏术，只得回来。'然后，夫子就关门闭户，谁也不睬了。"

"哦，"苏秦轻出一声，"没有人劝劝夫子吗？"

"我劝过了。我说：'夫子呀，丢的不是您老的羊，且也不值几个钱，伤了贵体不合算哪！'夫子白我一眼。"

苏秦拱手："晚生若见夫子，或能劝慰夫子，烦请前辈禀报！"

"你呀，"老羊倌斜他与飞刀邹一眼，嘴角浮出一哂，略顿，拱手，"不瞒士子，夫子平素不喜见客，尤其是像士子这般拿着剑的年轻人！"

苏秦正自尴尬，忽听后院传来几声咩咩羊叫，再拱手道："晚生听闻夫子的羊好，此来是想买几只羊！"

"这个倒是成！"老羊倌呵呵一乐，进去禀报，不一会儿又走出来，引苏秦进去。

进入柴扉，破旧的院落里别有洞天，庭院巨大，房舍两进，前面一进当是客堂，后面一进是卧房，后进之后，是一个巨大的院子，有一道栅栏门隔与卧舍隔离，羊叫声正是从那儿传过来的。

老羊倌引领苏秦走进后院。

院中有一个木盘，盘上摆着一个棋盘与几个茶碗，几个年岁不一的长者坐在盘边品茶，时不时地瞥一眼房门。这些长者穿着清一色的羊倌装束，但就其气度而言，显然又远不只是羊倌。

苏秦向几位长者揖礼。几位长者已知他是来买羊的，上下打量他几眼，或朝他笑笑，或朝他点个头，继续品他们的茶了。

引他进来的老羊倌走到房门跟前，轻敲几下，语气甚恭："夫子，买羊的客人到了！"

一阵脚步声响，房门吱呀开了，老夫子走出舍门。

几位长者紧忙起身，迎上，深揖。

老夫子走出来，朝众人摆摆手，目光射向苏秦，显然认出是那日一路跟从他到门口的士子，眉头微皱，没有睬他，顾自在大木盘边席地坐下。

苏秦尴尬，干着脸站在那儿。带他进来的老羊倌扯一下他的衣襟，示意他坐下。

苏秦挨他刚刚坐下，老夫子就说话了，指着一个大胡子羊倌："心都，你们一直坐在这儿叽叽喳喳，是为那只羊的事吗？"

"非也。"心都拱手应道，"弟子有惑，求请夫子解之。"

"何惑？"

"昔有兄弟三人，"心都侃侃说道，"游于齐鲁，学于儒门，各得仁义之道而归。其父考问：'你们这都讲讲，何为仁义之道？'伯说：'仁义使我看重身后之名。'仲说：'仁义使我杀身成名。'叔说：'仁义使我身与名并重。'弟子之惑是，兄弟三人同门同师，同受仁义之道，所得却完全不同。请问夫子，他们之中孰是孰非呢？"

显然，这是一个非同寻常的问题，苏秦为之一振，看向老夫子。

老夫子略一思忖，道："河水之滨有一人，熟识水性，擅长泅渡，靠操舟鬻渡养活百口之家。远近后生纷纷拜他为师，从他习泅，溺死者近半。他们是来习泅的，不是来学溺的，结果却各有不同。"扫视众人，"你们评评，他们之中孰是孰非呢？"

老夫子以问代答，且答非所问，在场人无不怔了。

众人面面相觑。

"呵呵，嘿嘿，"老夫子变着声儿哂笑几下，撑地起身，夸张地拍拍屁股上的灰，瞥一眼苏秦，回舍中去了。

"哐啷"一声，舍门被老夫子反手掩上。

几个老丈面面相觑。

带苏秦进来的老羊倌看向心都子，半是责怪道："心都兄呀，在下好不容易才把夫子请出来，还以为你要问问那只羊的事呢，不想你却曲里拐弯，这都问的什么呀！"

旁边一个长一小撮白胡子的羊倌挠挠头道："心都所问在下还能听懂，夫子所解却是……让人头晕哪！"

"唉，"心都子回以一哂，看向带苏秦进来的老羊倌并其他几人，"孟孙阳呀，还有你们几个，身为弟子，却是半点儿也不解夫子的用心哪！"

"何处不解了？"孟孙阳与其他几人看向他。

心都子又出一声哂笑，看向苏秦，似是第一次注意到他："年轻人，你是何人？"

"晚生乃洛阳人苏秦，见过诸位前辈了！"苏秦抱拳。

"是那个游走天下、叫嚣合纵的人吗？"心都子目光逼视，一把络腮大胡被他缓缓地由上捋到下，一直捋到胸前，随着他的手富有节奏的抖动而抖动。

"正是晚生。"苏秦淡淡应道。

"哈哈哈哈，"心都子爆出一声长笑，松开大胡子，盯住苏秦，"合纵不合纵的，不关心都之事。心都只问你，夫子所示，你解得出吗？"

"前辈面前，晚生不敢造次！"苏秦拱手，客气一句，侃侃解道，"夫子抑或是在类比，大道以多歧亡羊，学者以多方丧生。"

心都子倒吸一口长气，良久嘘出，拱手致礼："后生可畏矣！"

转向众羊倌，改为尊称："洛阳苏子所解正是在下所悟。人生之路曲曲弯弯，歧中有歧，若是做不到归本守一，我们或就是，欲觅羊却入歧路，欲学泅却自溺毙！"

众倌这才明白夫子与心都子方才对话的意趣所在，纷纷向苏秦致以拱手礼。

场面热烈起来。

"苏子，"孟孙阳看向苏秦，"这儿的羊都是夫子的，苏子若要买羊……"朝舍门努了努嘴。

苏秦会意，回他个笑，起身走向舍门，轻敲。

众人的目光追踪着他。

"进来吧！"舍中传出苍老的声音。

苏秦推门走进，非但没有掩门，反而将门开得很大，让光线充满房舍。

房舍是夯土墙，草顶，很厚实，有三间。中堂很大，后墙有个大窗，可以透过窗棂看到后院的羊圈。一股子羊臊味破窗而入，弥漫整个空间。

夫子近窗坐着，似乎颇为享受这股臊味。前面是个几案，案上什么也没有。案对面，摆着几块席片，显然是给客人预留的。

苏秦没有坐席，也没揖礼，而是直接跪下，五体投地："晚辈苏秦叩见前辈！"

"坐吧！"夫子似是没有看见他，指向对面一个席位。

苏秦谢过，在席位上坐下，看向夫子："晚辈……"

"苏秦，苏大人，"夫子打断他，显然知道他是何人，也早洞穿了他的来意，"你不是来买羊的。此来何事，这就说吧！"

苏秦没有料到夫子会这般说话，略略一忖，揖道："前辈慧眼，苏秦见丑了！晚辈冒昧登门相扰，是有四字解不出，特此求教于夫子！"

"是何四字？"

"公私私公。"

"是鬼谷的那个老鬼出给你的谜题吧？"夫子的一双老眼直直地射过两道光来。

"我……您怎么晓得？"苏秦几乎是目瞪口呆了。

"呵呵呵呵，"夫子笑道，"除了他，没人会说出这四个字。"

苏秦长吸一口气，良久，缓缓呼出，双手拱起："此谜确为鬼谷先生所出。晚辈不才，苦悟数年，仍不得解，恳请前辈点拨！"

"师者，授业解惑也。老鬼既然收你为徒，授你术业，这又出谜给你，自当为你解之。苏大人只须备上车马，回谷一趟，寻他解出就是了！"

"唉，"苏秦怅然一叹，"晚辈既已出谷，就再难回去了！"

"是了，是了，"夫子略略一顿，连出两声，"老鬼的弟子不是羊哦！"两手一摊，"只可惜，老朽是个牧羊的，除羊事之外，老朽是一无所知啊！"

苏秦听出话音，灵机一动，再度拱手："晚辈对羊是一无所知呢，恳请前辈赐教羊事！"

"请跟我来！"夫子起身，引苏秦走入偏门，进入左舍，打开后墙栅门，步入院中。

看到夫子，一大群绵羊咩咩叫着跑过来，围住二人。

"这就是羊了！"夫子指着羊群，"苏大人想知道羊的什么呢？"

苏秦盯住羊群，细审良久，看向夫子："羊可有私？"

"你拔它一根毛试试！"夫子揽过一只雄性头羊。

苏秦拔下一小撮羊毛，不解地看向夫子。

夫子不再说话。

苏秦候不到应答，接问："羊可有公？"

"你再拔它一根毛试试！"夫子重复道。

苏秦又拔一撮羊毛，愈加不解，一脸惑然。

夫子打一声呼哨，不知从哪儿嗖地窜出一只如狼一般的大犬，恶狠狠地盯住苏秦。

"你也拔它一根毛试试！"夫子指向狼犬。

看到狼犬凶狠、敌视的样子，苏秦不敢伸手了。

夫子揽过狼犬，拔下一根毛，放在手心里把玩一番，交给苏秦。

苏秦不解其意。

"这是只狼犬，犬之主是老朽，是以犬之毛，你不可拔，老朽可拔。"

夫子转身，指向远方："假使它不是犬，而是一只林中猛虎呢？"

苏秦一头雾水，正自思忖其中奥妙，夫子指向栅门："苏大人，你已见识过羊，也已问过疑了，那儿是门，请便吧！"拍一下狼犬，道，"送客！"

狼犬得令，发出"呜"的一声低吼，冲到苏秦跟前。

"夫……夫子……"苏秦急了。

"送客！"夫子再出一声。

狼犬又呜两声，亮出獠牙，摆出战斗姿势。

苏秦轻叹一声，惶惶然走进栅门。

第七章

遇高师苏秦悟局　解困子张仪使秦

　　见苏秦出舍，几个老羊倌全看过来。

　　"买到夫子的羊没？"孟孙阳问道。

　　苏秦摇头。

　　苏秦知道，孟孙阳之问与买羊无关。由于舍门大开，舍中问对他们自是一清二楚，只有后院羊圈问对，他们或难听到。

　　"是夫子不肯卖吗？"心都子问道。

　　苏秦再次摇头。

　　"咦？"一小撮胡子的羊倌发出一个富含抑扬顿挫的怪音。

　　"夫子让我拔羊毛！"苏秦伸开手，掌中现出两撮羊毛。

　　看到羊毛，众倌不约而同地"哦——"出一声。

　　从表情上看，他们个个恍然有悟。

　　"苏秦愚痴，恳请诸位前辈赐教！"苏秦拱手一圈，态度诚恳。

　　"呵呵呵，"心都子笑出几声，"苏子或想听听六十年前的一桩旧事！"

　　"六十年前？"苏秦大吃一惊，拱手，"苏秦愿闻其详！"

　　"这桩事情，还是让他讲吧！"心都子看向孟孙阳。

　　"当其时，我们与夫子住在宋国，有个叫禽子的墨门弟子寻上门来，"孟孙阳也不客套，接过话头，"考问夫子：'听闻夫子贵己惜身，有这事吗？'夫子说：'有哇！'禽子说：'假使有人拔夫子身上一毛救济天下，夫子肯吗？'夫子说：'一毛怎么能济天下呢？'禽子说：'假使能济，夫子肯吗？'"

"夫子怎么答？"苏秦大睁两眼。

"夫子没有答他，耸耸肩，"孟孙阳耸了耸肩，"就像这般，走人了。"

"那……禽子呢？"苏秦追问。

"禽子哪能肯呢？傻愣愣地硬要追去，被老朽我扯住了。"孟孙阳卖个关子。

"前辈为何扯他？"

"我问禽子：'假如有人割破你的皮肤，给你万金，你肯吗？'禽子应道：'肯哪！'我再问他：'假如有人断你一肢而予你一国呢？'禽子不吱声了。我又问他：'假如有人砍掉你的头而给你整个天下呢？'"

毫无疑问，禽子是禽滑厘，墨门开创者墨子的首徒，方才那个让他拔羊毛的夫子该当是以"贵我"之说而名扬天下的杨子，而眼前的几个羊倌，当是一直追随杨子的几个弟子了。

犹如古人一般的杨子依然活着，且就存在于自己的眼皮底下，苏秦内中一阵激动，但面上尽力保持镇定。

"禽子怎么应对？"苏秦微微一笑，倾身问道。

"禽子初时哑口无言，良久方道：'这个我答不了你。不过，凡事要因人而异。就你所言，若是来问老聃、关尹，他们一定赞赏；如果是问大禹、墨翟，他们一定不会苟同！'"

"嗯，"苏秦点头赞赏，"禽子妙对呀！前辈怎么说？"

"呵呵呵，"孟孙阳轻笑几声，两手一摊，"还能说什么呢？老朽与他，简直就是鸡与鸭谈！"

"是哩。"苏秦应道，"墨门与老前辈就如两个车轮，虽然同为一车，却是沿着不同的辙子滚动！"

"嘿，"孟孙阳竖起拇指，"苏子所喻甚当！"

显然，几个老羊倌皆对苏秦的譬喻表示赞赏，或竖拇指，或示以点头微笑。

"抛开墨门所争，"孟孙阳拱手问道，"敢问苏子，可解夫子一毛不拔之意？"

苏秦抬头，拱手："晚辈无知，恭请前辈指点！"

"于肌肤而言，一毛微不足道；于四肢而言，肌肤微不足道。然而，积一毛以成肌肤，积肌肤以成四肢。一毛虽小，却也是躯体的一个部分，是父母所授，是天地所化，怎么能轻贱它呢？"孟孙阳油然慨叹，"唉，墨门之徒哪能懂得这些啊！"

正说着话，舍门打开，老夫子走出来，跟在他身边的是那只狼犬。

狼犬的凶目再次盯住苏秦。

老夫子走到跟前，看向苏秦，指向整个草舍："苏大人，此舍为老朽所有，大人既然不为买羊而来，老朽就不久留了！"指一下狼犬，"送客！"

狼犬冲苏秦发出呜呜的示威声。

苏秦也不惶急，冲老夫子与众羊倌一一揖别，转身而走。狼犬紧跟于后，一直送到前院，送出栅门，用利齿咬住栅门，关上，守在门内，直到苏秦、飞刀邹走远。

听到苏秦二人的脚步渐远，心都子看向老夫子："苏子好歹也是鬼谷子弟子，天下显达，夫子这般赶他，是不是过了？"

"唉！"老夫子喟然长叹。

"夫子为何而叹？"孟孙阳问道。

"为云梦山谷里的那个老鬼呀！"老夫子眼睛闭起，声音淡淡的，"四十年前，列御寇扯老朽入谷见他，那老鬼东拉西扯，说是在寻什么道道，听他声音，劲头大着呢！老朽劝他贵己惜身，做些实在的事，莫入那虚无缥缈的道道，他不肯听，还笑我。这不，四十年过去了，老朽没有看到他寻到什么道道，倒是看到他教出来这么几个弟子，什么庞将军、孙军师、张横、苏纵，你战我，我斗你，一个比一个能折腾，将一个好端端的天下折腾成这样，唉……"

"夫子，"心都子一脸疑惑，"您这是怎么了？"

"你们还记得那个横鼻子竖眼见谁就怼的邹人吗？"老夫子睁开眼，看向几人。

"嘻，可是你们老孟家的那个孟轲？"心都子看向孟孙阳，"孟孙兄，你们是什么辈？"

"呵呵呵，"孟孙阳将一把胡须，"若论辈分，他该叫我祖爷爷！"

"老鬼的这几个弟子，还有你们孟家的那个轲，"老夫子看向心都子，语重心长，"无不是你所亡的那只羊呀！叹只叹这个苏秦，理是明白的，可他仍然要走在歧路上！"

老夫子点出这个题，众人尽皆不语了。

"什么人在歧路上走哇？"一个声音突然响起。

众人看去，是又一个老丈从前院走来。那只狼犬不无殷勤地在他身边窜前窜后，又是扯袖，又是拱鞋，状态欢实。

是几人的共同友人颜阖。

"他们老孟家的！"心都子朝孟孙阳努嘴。

"呵呵呵，"颜阖笑道，"是孟轲呀，在下有他新的传闻了！"

几人皆看过来。

"前些日，孟轲又被王挈接入宫中，说是射了王弓，说是相国田婴见他射得好，提议他教习三军射艺，夫子觉得是羞辱他，当场甩袖出宫，第二天一大早就愤然离齐了。离就离吧，可这孟夫子又割舍不得，在边邑昼城的客栈里滞留三日，好不容易候到王使，太史尹士，却不是来挽留他的。你们说说，这个夫子累也不累？"

"唉，怎么能不累呢？"孟孙阳轻叹一声，"身心皆疲，不利于性！"

"你们说说，"老夫子突然插话，看向几个弟子，"这个夫子是为何所累？"

"为名利所累！"小撮胡子应道。

"为仁义所累！"孟孙阳应道。

"为天下所累！"心都子应道。

"呵呵呵，"颜阖将须，望着几人，"在我眼里，你们几个才叫累呢！你们这叫狗咬耗子，多管闲事啊！"盯住心都子，"咱们来个实际的，听说心都兄的羊丢了，寻回来没？"

心都子摇头。

"想不想寻回来？"

"想想想！"心都子迭声叫道。

"它在哪儿？"孟孙阳夸张道，"昨儿寻它一整天，走得我这条老腿一直疼到后半夜！"

"被人逮住，拉进宫城里了！"颜阖再捋一把胡须，"若是寻得迟，怕就……"从口指向肚皮，"进到齐王的肚家村喽！"

"老天哪，"心都子叫道，"那是只壮龄母羊，怀着崽呢！"

几人面面相觑。

"这只羊，狼可吃，鹰可吃，齐王不可吃！"老夫子面色刚毅，给出定论。

然而，如何向齐王讨回亡羊，却是个不小的难题。卖羊者非偷非抢，是捡来的。齐宫非偷非抢，是从市场上买来的。几人商量良久，竟没商量出一个可用的点子。

"呵呵呵呵，"颜阖捋须，斜一眼心都子，"你们几个老羊倌啊，遇事就会咋呼。"看向心都子，"把你的羊借我一用！"

"咦，没到剪毛季，你借羊何用？"心都子怔道。

"帮你讨羊啊！"

"借几只？"

"多少只皆可，头羊必须在！"

心都子明白过来，欣然同意，扯颜阖来到他家，赶起他的一大群羊走向王城。

虽然被老夫子放狗赶走，苏秦仍旧压抑不住内心的兴奋，一路哼着小曲儿。

"主公想必是见到老前辈了吧？"飞刀邹觉得纳闷，试探着问。

"见到了，见到了，"苏秦乐呵呵地迭声应道，"这不，他还放狗赶我呢！"

"这……"飞刀邹越发好奇了，"老前辈放狗赶您，您还能这么高兴？"

"是呀，"苏秦笑道，"关键是被什么样的人赶哪！"略顿，"对了，邹兄，方才听到一个有关墨门的旧案，精彩纷呈啊！"

"什么旧案？"飞刀邹来劲了。

苏秦遂将院中见闻与禽子质辩杨朱一毛不拔的旧案细述一遍，飞刀邹既感慨，又感动："禽子是我们的先巨子啊，文经武略、技工器械无所不通，在墨门里地位仅次于先祖师墨子。只是，这桩事儿好像未被写入《墨经》，我这还是第一次听闻呢！"

"邹兄，你晓得为什么杨老夫子让我拔两次羊毛吗？"苏秦问道。

飞刀邹摇头。

"第一次拔，是为私；第二次拔，是为公。初时我在纳闷，这辰光倒是豁然亮堂啊！老夫子是想告诉我，羊就如百姓，无论是天下为公，还是天下为私，只要我想拔它的毛，它就让拔，因为它别无选择。拔完羊毛，老夫子又让我拔狗毛，那狗你也看见了，在它面前，我哪敢伸手啊！"苏秦深有感慨。

"这又代表什么意思？"飞刀邹纳闷道。

"代表的是，无论人畜，都有私，也都有公。拔毛意味着损人。人拔羊的毛做冬衣，意味着损人利己。羊如百姓，是弱者。弱者有私，但弱者没有选择权。无论是谁来拔它的毛，它都无所逃避。狗则不同。狗的毛只能由主人去拔，换言之，狗的公心只对主人。虎豹熊罴又有不同。它们只有私，没有公，即使面对同类。"

飞刀邹若有所思。

庄严、静穆的齐宫正门前面突然涌来百多只羊，场面顿时闹猛起来。人们奔走相告，远近百姓纷纷赶来看热闹。不消半个时辰，整个宫门被围堵，连入宫的官员车马也得远远停下，徒步走进。

由于羊群离宫门尚有一箭的安全距离，宫卫不能用强驱赶，对整个乱象奈何不得。

宫尉上前查询，颜斶自报姓名，求见宫主。

宫尉禀报宣王。

宣王正在殿中听取相国田婴、稷下学宫令田文、太史令尹士等臣子奏报废除养马场、"礼送"孟夫子等国事，闻报震惊。

"颜斶？"宣王眯起眼睛看向田文。

田婴掌管稷宫多年，门下收拢数以百计的才俊志士，统归好士的田文照应。田婴任相之后，田文接掌稷下，对齐国才俊几乎是无所不知了。

"回禀王上，"田文拱手禀道，"颜斶为鲁人，据传是孔丘得意门生颜回之七世孙，非嫡传，三十年前随其父迁至临淄，效法其祖隐居不仕，以加工羊毛为业，近年与几个老羊倌交友，可谓是安贫乐业之人，稷下学者无不敬仰其为人。臣曾去其宅两番访他，诚意邀他至稷下，聘他为先生，皆被他婉言谢绝。今日此人驱羊围堵宫门，求见王上，这是破天荒的事。王上不妨召请，看他是为何事！"

宣王兴奋，转对内宰："传旨，召请大贤颜斶入宫觐见！"

内宰传旨，引颜斶入宫。

行至殿前，颜斶坐在台阶下面，不肯前进一步。

宣王候了一会儿，仍旧不见颜斶上殿，再次传旨："请大贤颜斶入宫觐见！"

内宰传旨，颜斶应道："颜斶请齐王出宫说话！"

前有孟夫子的倨傲之事，宣王对儒者争礼颇伤脑筋，皱眉，看向诸臣。田婴朝太史尹士努嘴。

尹士走出殿门，朗声责道："王上为人君，夫子为人臣。王上请夫子入宫觐见，夫子却叫王上出宫说话，这可以吗？合乎礼吗？"

"请你转告齐王，"颜斶斜他一眼，淡淡说道，"颜斶入宫是慕势，王上出宫是礼士。与其使斶慕势，不如让王礼士！"

尹士转奏，宣王愤然作色："去，问问他，是王之身贵呢，还是士之身贵？"

"当然是士之身贵了！"颜斶回应。

"问问他，可有说辞？"宣王旨道。

"有有有，"颜斶迭口应道，"昔年吴人与楚人战，吴人攻入郢都，占楚王宫，辱楚王妻女，掘楚王墓，鞭其尸，而礼遇贤臣申包胥。

包胥不仕吴，欲走秦，吴人放之。包胥至秦，哭于秦庭凡七日七夜，泪尽，代之以血，终于借得秦师，反败吴师，复兴楚国。”

申包胥哭秦之事版本很多，颜斶这般捏起来，且捏得有鼻子有眼，还鞭打王尸，宣王气得呼哧呼哧直喘粗气。

田婴朝御史努嘴。

御史出去，拱手辩理：“颜夫子呀，是您老太过分了！大王居于九五之尊，拥地千里，有车万乘，天下仁人志士，莫不来役；学子辩士，莫不来语；东南西北，莫敢不服，可谓是想要什么就有什么。反观士子，即使有些身价的，也不过被称作夫子，居住于乡村陋巷；而那些没有什么身价的，或居于鄙野，或做贵人之家的门人，地位卑贱啊！”

“年轻人，过分的是你！”颜斶正色道，“就斶所闻，大禹之时，圣王有诸侯万国。为什么呢？因为王上德厚，天下高士莫不助力。舜出生于野鄙，守四时务农，照样可以贵为天子。及汤之时，有诸侯三千。当今之世，南面称寡者只有二十四人了。由此可知，圣王称圣，为‘得士’之策；寡人称孤，为‘失士’之策。天下混乱，成王败寇，稍稍不慎，宗祠不保。待灭亡无族之时，尊贵的王即使想当一个守门人，怕也是个难哪！是故《易传》有云：‘居上位，未得其实，以喜其为名者，必以骄奢为行。倨慢骄奢，则凶从之。是故无其实而喜其名者削，无其德而望其福者约，无其功而受其禄者辱，祸必握。’故曰：‘矜功不立，虚愿不至。’这就是说，凡骄矜之主，必徒有其名，失道寡助。是以尧有九佐，舜有七友，禹有五丞，汤有三辅，自古迄今，大凡圣王皆得天下高士辅佐，无一人是靠称孤道寡而得天下的。”

“嗟乎，”宣王闻言，对左右苦笑一声，“君子岂可侮哉，寡人自取笑耳！”起身走出殿门，直至颜斶跟前，长揖至地，“闻先生之言，辟疆愧甚。辟疆不才，诚愿执弟子礼侍奉先生，自今日始，先生可与辟疆同游，食必太牢，出必王辇，妻与子皆衣锦绣！”

“谢王厚爱！”颜斶没有起身，仅拱拱手，指一下台阶，“王请坐下！”

宣王稍做迟疑，与他同台阶坐定。

“大王之意虽美，却是于斶不合！”颜斶接道，“璞生于山，雕琢成器则破。雕琢之玉非不贵重，只是于璞则失完全。士生于野，入仕则享厚禄。高官厚禄非不尊崇，只是于士则形神离散。斶之愿，晚食以当肉，安步以当车，无罪以当贵，清静贞正以自虞。管制言论的是王，尽忠直言的是斶。王能出宫听斶，斶之愿足矣，请辞归！"

"那……"宣王不解地盯住颜斶，"先生此来，只为教给寡人这些话吗？"

"哦，不不不，"颜斶轻轻摇头，"斶至宝殿，是受友人之托！"

"敢问先生受何人所托？所托何事？"宣王来劲了。

"友人是个羊倌，听闻大王喜食羊肉，托斶将他的百余只羊全部进献王上，以成王上口舌之欲！"颜斶切入正题。

"这……"宣王纳闷，"辟疆嫌羊肉味膻，并不喜食啊！"

"咦？"颜斶面现诧异，"既然大王并不喜食羊肉，我友人的一只羊何以就被王上的臣仆驱进宫中了呢？"

"请先生详言！"见是为的这档子事儿，宣王乐了。

颜斶遂将心都子之羊如何丢失，有人如何看见此羊在丢失后被人牵到市场，如何被宫人买去，如何被牵往宫中等等诸事悉数讲出。

"这个嘛，"许是觉得好玩儿，宣王故意摊开两手，面现难色，"既然是宫中花钱所买，寡人就难办了。"

"大王真的这般想吗？"颜斶盯住他问。

"当然喽，"宣王捋一把胡须，"此羊为宫役花钱所买，非盗非抢，叫寡人如何归还呢？"

"大王谬矣，"颜斶正色直言，"友人之羊于光天化日之下无故丢失，当为失窃；得羊之人不劳而获，当为盗窃；窃贼将羊拉到市场贱卖，当为销赃；大王宫役以明显低于市价购得此羊，当为购赃，属于不正当获利。根据大王律法，购赃与销赃、盗窃同罪！再说，我的友人以牧羊为业，所牧之羊不为肉食，只为取其毛做冬衣之用。所失之羊为怀身母羊，再过一月当可娩出数胎，或为一家老小衣食之本。大王宫役不问青红皂白，以超低价购去，这不是夺人衣食吗？大王平素就是这般放纵臣僚的吗？"

"哈哈哈哈，"宣王再捋一把胡子，"这般说来，倒是你有理喽！

来人！"

　　已在殿门外侍立的田婴等臣趋至跟前。

　　"田爱卿，查一查是何人于光天化日之下盗了这位贤士友人的羊，以律治罪！"宣王旨令田婴。

　　"臣领旨！"田婴揖礼。

　　"传旨御膳房，"宣王转向内宰，"看所购之羊宰杀否？"

　　内宰传旨，不一时，负责购羊的宫役赶来禀报说，三日之内所购之羊均未宰杀，全都养在圈里，只是不知道哪一只是所失之羊。颜阖应道，只要看到羊，他的友人就能辨出。宣王吩咐宫役将宫中之羊全部赶出，宣王亲往验视，随颜阖一直走到宫门口。

　　当心都子的头羊发出"咩"的一声时，宫中羊群随有响应，一只母羊"咩咩咩"地叫着斜刺里冲出，直入心都子的羊群。

　　宣王大乐，爆出几声长笑。

　　见王欢乐，众臣无不欢乐。

　　围观百姓也都相跟着欢乐。

　　在一片欢天喜地中，心都子验过自己的羊，向宣王长揖致谢。颜阖亦拱手谢过，助心都子赶起羊群，沿大街扬长而去。

　　天气晴好。

　　几个老羊倌一大早就赶羊出门，打头的是老夫子。

　　几个老羊倌中，老夫子的羊最少，不足六十只，几乎是全部交给那条狼犬了。他们赶着几群羊向南走，目的地是淄水滩头。

　　淄水滩头很多，但这些羊倌知道哪儿滩好草茂。

　　他们优哉游哉，羊急狗忙人慢，沿淄水北岸走有十多里，来到一块大滩头，遂各自散开，羊只各自觅草，几只犬负责警戒，几个老羊倌则各寻斜坡，对着初升的日头以各自舒张的姿势躺下，感受来自九天之外的温暖。

　　许是打头的缘故，老夫子的羊群走在最远处。老夫子甩掉草鞋，在河岸一个斜面朝东的土坡上躺下，居高临下，二目微闭，正自享受似睡非睡的惬意，狼犬突然狂吠，由滩头吠叫着直冲上来。

狼犬尚未冲到，一阵脚步声已到跟前。

是苏秦。

这一次，没有飞刀邹，只苏秦一人。

苏秦走到老夫子前面，跪地，叩道："晚辈苏秦叩见夫子！"

老夫子眼睛微睁，眯他一眼，见狼犬已经冲到跟前，就要扑向苏秦。

苏秦心沉气定，一动不动。老夫子重重咳嗽一下，朝狼犬打个手势，指向滩头。

狼犬嘤咛一声，止住吠，窜到他跟前，轻舔几下他的脚指头，得意地摇着尾巴下滩守羊去了。

"鬼谷弟子苏秦叩见杨老夫子！"苏秦再次叩首。

"你这个鬼谷弟子，挡住老朽的日头喽！"老夫子夸张地晃了晃自己的光脚丫子，语气显然已非责怪。

苏秦细审，见自己的影子刚好罩在他的脚丫子上，笑道："晚辈知错！"挪到一侧，灵机一动，"敢问老夫子，晚辈能否也躺在这坡上晒晒日头？"

"日头是天公的，土坡是地母的，只要不挡住老夫子的日头，你有权躺在任何地方！"老夫子懒洋洋地说道。

苏秦距他一步躺下，如他一般踢掉草鞋，眯起眼睛。

正值辰时，日头两竿子高，暖而不毒，正是惬意时。

二人享受一时，老夫子倒是出声了："鬼谷弟子，你跟到此处，想必不是为晒日头的。说吧，刚好老朽有闲，这就唠个嗑儿！"

"谢夫子慈悲！"苏秦应道，"晚辈此来，是为夫子所示的那两撮羊毛！"

"毛者，利也。苏子逐利若此，难道不觉得累吗？"老夫子半是批评。

"利者，众人之所趋也，公私之所界也，晚辈确实为此所累。不瞒夫子，鬼谷先生所示四字'公私私公'，也都与此相关，晚辈为此纠结数年，寝不安眠哪！"

"呵呵呵呵，"老夫子笑出几声，缓缓说道，"你纠结于此，是不知利呀！不知利，怎么能活明白呢？云梦山的老鬼难道就没有教给你们这个吗？"

"这……"苏秦结舌。

"唉，"老夫子长叹一声，"老朽真不明白，你们连自己也没有活明白，怎么能去解救众生呢？"

这几乎是在苛责了。

苏秦坐起，敛神，拱手："这个与先生无关，是晚辈愚痴，敬请夫子指点！"

"呵呵呵呵，躺下来吧！"老夫子笑道，"躺下来，放松听。"

苏秦躺下来，放松。

"要想活明白，就得首先明白何以为人。"老夫子睁开眼睛，仰望苍穹，"人为自然所生，与天地万物一般无二，自然所守之金木水火土五常之性，人一个不缺。论爪牙，人不足以守卫；论肌肤，人不足以捍御；论趋走，人不足以逃离伤害；论毛羽，人不足以抵抗寒暑。然而，自古迄今，人却被奉为万灵之长，凭什么呢？凭的是人恃智而不恃力，资物以为养，仅此而已。智之所贵，是存我；力之所贱，是侵物。身虽非我所有，既然生之，我就不得不保全它；物虽非我所有，既然拥有，我就不能轻易抛弃它。体为我的生命之主，物为我的身体之主。虽以全生为上，但我不可完全占有我身；虽不抛弃外物，但我不可完全占有外物。如果完全占有外物，完全占有身体，我就会蛮横地占有天下之身，蛮横地占有天下之物。能够做到不去蛮横地占有天下之身，不去蛮横地占有天下之物，除了圣人，还会有谁呢？不去占有就是公。能公天下之身、公天下之物的人，难道不是至人吗？"

天哪，老夫子绕来绕去，正是在向他解释"公"与"私"这两个字！

苏秦压抑住内中激动，屏息凝神，全力倾听。

"生民之不得休息，多是为四件事，"老夫子侃侃接道，"一为寿，二为名，三为位，四为货，可称四欲。为寿者畏鬼，为名者畏人，为位者畏威，为货者畏刑，凡是有此四欲之人，均可称作遁民。"

"遁民？"苏秦没有跟上，轻声问道，"遁什么？"

"遁自然之道。"老夫子解释一句，接着往下说道，"对于遁民来说，可杀可活，可辱可刑，制命在外，非他们自身所能掌控。"

"嗯，夫子所言甚是！"苏秦连连点头，"请问夫子，怎么才能做到制命在内呢？"

"顺天应人，契合自然之道。"老夫子不急不缓，如同背书，"不逆命，何羡寿？不矜贵，何羡名？不慕势，何羡位？不贪富，何羡货？"

"如能做到这四个'不'，是否就是顺民呢？"

"正是。"老夫子显然对苏秦的反应非常满意，咧嘴乐了，"对于这些顺民来说，制命在内，天下没有他们的对手。常言道：'人不婚宦，情欲失半；人不衣食，君臣道息。'讲的就是这个。"

是啊，苏秦慨然长叹，如果人人能够做到不结婚，不做官，还有什么私念呢？如果人人能够做到不穿衣，不吃饭，还需要什么君臣之道呢？眼前这个老夫子真正是活明白这个尘世了！然而，怎样才能做得到呢？即便是神农之世，人可不婚不宦，但怎样才能不衣不食呢？显然，老夫子看透了他的心事，就刚才的话题继续解说："人之所欲，无非安身续命之本。屋舍、衣服，可以安身；食物、男女，可以续命。"

苏秦两眼放光，紧盯夫子的一张沧桑老脸，看他如何解释这个"欲"字。"欲"为"私"之属，正是萦绕他心头的难解之题。

"丰屋美服、厚味姣色，"杨朱声色不动，只有苍老的声音从他的两片老嘴皮子里迸出来，嗡嗡作响，"人生在世，凡能得此四者，何求于外？然而，世间之人，譬如你等纵横之辈，四者无一不缺，仍不以为满足，仍在四处奔走，仍在呼吁求取。因为什么呢？因为无厌之性，你可称之为贪婪。无厌之性，是阴阳之气所化生的蛀虫。凡有此性之人，其忠不足以使君主安逸，反倒可能危及君主身体；其义不足以使他人得到外物之利，反倒可能害及他人性命。如果不用尽忠就能使君主得到安逸，这个世界就不会存在忠之名；如果不用施义就能使他人得到物利，这个世界就不存在义之名。君臣皆安，物我兼利，名实契合，这是上古之道。鬻子曾言：'去名者无忧。'庄子亦道：'名者实之宾。'然而，古往今来，趋名避实者络绎不绝。难道虚名就不能去吗？难道名就不是实的宾属吗？方今之人，有名则尊荣，无名则卑辱；尊荣则逸乐，卑辱则忧苦。忧苦，有违本性；逸乐，顺应本性，而顺应本性又是真正实际的，今之人以此道处世，名怎么能去呢？名怎么能成为实的宾属呢？是以人人趋名而避实，守名而累实，这才是值得忧虑的事啊！这样的人早已置自己于危亡之中而不可救赎了，还谈什么逸乐、忧苦呢？"

老夫子戳到了人性的软肋，也是他苏秦的软肋！想到小喜儿，想到玉蝉儿，想到姬雪，想到周天子，想到琴师，想到列国君主，想到天下百姓，想到张仪、庞涓、孙膑几个同门师兄弟，再想到他与张仪的纵横之争……苏秦油然慨叹，思绪万千。是啊，曾经过去的千千万万，哪一个不是因为忠呢？哪一个不是因为情呢？哪一个不是因为义呢？哪一个不是因为利呢？忠、情、义、利，构成的无非是个虚名。谷中四人，庞涓解脱了，孙膑解脱了，剩下他与张仪，仍旧在为这个虚名所累！

好在上天使他遇上了这么一个看破古今的老夫子，苏秦还有万千之惑待问！

"正如夫子所说，"苏秦不失时机，"名利使人尊崇，人得尊崇则逸乐，而逸乐是顺天应性的，是以方今之人追名趋利。然而，方今天下早已失公，百姓皆如夫子之羊，任凭强者拔其毛而获不义之利。假使世人皆如夫子所言，不图名，不谋利，不损一毫，不利天下，只求名实相契，以保护自身之利，那么，天下之乱岂不是无始无终，百姓之苦岂不是无穷无尽了吗？"

"唉，你仍旧未得老朽的真意呀！"老夫子怅然叹道，"老朽之意是，利己之时，不可损人。上古之人，既不损己之一毫而利天下，亦不取天下之一毫利己一身。伯成子高不愿损其一毫以利天下，所以才舍国隐耕。大禹不惜己身而为天下，最终却使天下之身侍奉其一家。你可设想，如果天下之人尽皆为己，各逞其欲，各护其私，人人不损一毫，人人不利天下，就不会出现人君，也就不会出现人臣，这个天下能不治吗？"

苏秦恍然有悟，闭目良久，睁眼问道："如果人人徇私，公从何来？如果天下无禹，洪水泛滥怎么办？如果天下无公，天下大事如何成就？天下长治如何达到？天下大同如何实现？"

"唉，"老夫子再叹一声，"你们这些人哪，心里想的净是世间大事。老朽告诉你，世间只有一件大事，就是守好自己的毛，也不要去拔别人的毛。不惜己身之人，何以惜天下？不顾己利之人，何以顾天下之利？再说，老朽从未说过不做天下大事啊！如果人人营私，私权就会高于一切，公权就没有生存之地。公权不存，也就不可能有禹舜，不可能有君臣。你想想看，营私就要逐利，逐利就要协作。人如蚁，其天性为群体生灵，生于社会，长于社会，也只有社会协作才能遂成大利！"

"对呀，"苏秦不解道，"协作就是公，公怎么会不存呢？"

"协作怎么能是公呢？老朽告诉你，协作从来就不为公，只为私。"

老夫子给出断言："今之协作，是营君主一人之私，而非天下人之私。老朽所说之协作，是营天下人之私，而非君主一人之私。"

"此二者有何不同？"

"不同在于一个，"老夫子一言以蔽之，"利之归属！"

老夫子真正切到了公与私的要害！

苏秦闭目，凝思良久，抬头问道："如何能营天下人之私，还请夫子详言！"

"天下人之私，天下人共营之。"老夫子似乎是备好了答案，"譬如说治水吧。治水是为避害趋利，即避所有人之害，趋所有人之利。其害为百，其利亦为百。治水之时，如果有人出其力百之一，则避其害百之一，得其利亦百之一。如果此人出其力为百之一，避其害为百之二，得其利为百之三，则此人就是损他人之利、拔他人之毛了。事实却是，洪水之时，大禹出其力不足百之一，却使天下之人事其一家，而历世后人竟还争相唱颂他为圣王，这不是咄咄怪事吗？"

"虽然，"苏秦辩道，"就秦所知，大禹治水，当是损私利公，众人讴歌，亦为颂善。至于天下终归夏启，非禹本意。照夫子说来，难道连颂善也不可以了吗？"

"当然不可以。"杨朱语气肯定，"行善则存善之名。存善之名，则有善之利。即使行善之人不为善名，善名仍会远播。成就善名即使不为得其利，其利仍将得来。得利即使不为争夺，争夺仍将发生。是以君子当谨慎行善！大禹治水以利天下人，营就善之名，夏启是以得天下，终又剥损天下人之利！"

夫子之言如醍醐灌顶，直入苏秦心扉，完全颠覆了他的认知。

二人躺在坡上你来我往地聊有至少两个时辰，直到日头过午，老夫子许是累了，呼呼大睡。苏秦候有一时，见他越睡越死，遂下坡为他牧羊，与那条狼犬化敌为友，一人一犬守着数十只羊，在淄水滩头游了个尽兴。

天色黑定，苏秦告别夫子，回到稷下府宅，吩咐飞刀邹搬出一副沉重的棋盘，摆在斋房里。

苏秦吃完晚膳，沐浴熏香，面对空盘坐下，将鬼谷子所赠的四句偈语供在盘上，使出他从大师兄处修来的静定功夫，将这些年来的所历所阅，尤其是近些日来的所见所悟，一一过心，终于在天色将亮时豁然开悟，先生的偈语原来是指点他与张仪如何对弈的。“纵横成局，允厥执中，大我天下，公私私公”讲的当是天下之弈。纵横当是弈盘，捭阖当是对弈之法。没有“纵横”就不能合局，没有捭阖就不能对弈。捭阖所守当是“允厥执中”，“大我天下”当是终盘呈现，“公私私公”当是达到终盘呈现所不可或缺的过程与方式。这个过程是经由“公——私——私——公——”这条路径，也即人类须从大同起步，缓缓进入小康的私欲之道。私欲是一个漫长、连续的过程，因而是二“私”相连，然后，人类会再次进入大同之世，完成一个循环。实现这一循环过程的支点是处理好中间两个“私”的关系，因为第一个“公”已经成为过往，为三圣时代，往事不可追回，后面一个“公”是终极目标，尚未到来。人类当下面对的除了私，仍旧是私。如何处理好这两个私字，才是解决当今天下纷争的要诀。列国诸子尝试从各个角度予以解决，儒门以仁义束私，法门以苛法禁私，名门以明实界私，墨门以大爱化私，农门以无父废私，杨门以天性纵私……综合观之，各有各的妙，也各有各的不到，没有任何一门能够独立达成。那么，他苏秦又该怎么办呢？能不能将所有这些学说融为一体，构建一个新的模呢？

想到构建一个新的模，苏秦为之一振！

朱威死了。

死前一个月，朱威两番捎信给韩相公孙衍，要他务必回梁一趟，他有话要说。公孙衍没有回来，只托来人回给他一片竹简，上面什么内容也没有，只有落款二字，"犀首"。

朱威晓得，公孙衍是对魏国伤透心了。

朱威远行的前一天，惠王在毗人陪同下第五次到榻前望他。

一进房子，惠王就甩开毗人的搀扶，几乎是跌跌撞撞地扑到朱威榻前，握住他的手。

"王上——"望着惠王疲惫、忧心的眼神，朱威挣扎几下，欲坐起，终未成功，泪水出来，"臣……失礼了……"

"朱爱卿——"惠王的眼眶也湿了，紧握他的手微微颤抖。

朱威哽咽："臣要走了，臣……不能服侍王上了……"

"朱爱卿呀，"惠王摸着他已经瘦得不成样子的手，"你不能够犯糊涂，你比寡人还小好几年哩，要走也是寡人先走，寡人还巴望着你来为寡人封棺哩！"

"王上……臣……"朱威说不下去了，只是哽咽。

"寡人糊涂啊！"惠王抖着朱威的手，"寡人悔不该不听白相国的话，不听你的话，赶走惠相国，赶走白虎……寡人……是寡人把祖上的基业搞衰竭了……寡人好糊涂啊……"

"王上……"朱威的老泪哗哗落出。

"好爱卿呀，"惠王擦去泪水，盯住朱威，"往事不可追，悔也无用。从今日起，寡人全听你的，你快说说，眼下这副烂摊子，可有办法收拾？"

"谢王上信任！"朱威含泪，挤出个笑，"魏国还是魏国，王上还是王上，怎么会没有办法收拾呢？"

"快说，是何办法？"惠王急道。

"逐走张仪，与秦绝交，结好韩赵，睦邻齐楚，守好河防，一力抗秦！"

"这不依旧是……苏秦的合纵吗？"

"是的，王上，"朱威应道，"苏秦说得是，三晋本为一家，免不了吵吵闹闹，齐楚虽与王上不睦，却也是彼此知底，互相奈何不得。唯有秦国，是要置魏国于死地啊！"

"为什么呢？"

"秦行商君之法，志在外战。秦国已经征服西戎、巴蜀，若是外战，就不会向西，也不会向北，只能向东。秦若向东，第一个挡住它的就是我们魏国啊！"

"你说得是！"惠王思忖良久，缓缓点头，"可……若是逐走张仪，谁来为相呢？"

"王上可使公孙衍为相，白虎为上卿。由公孙衍主政，白虎主财，王上可高枕矣！"

"唉，"惠王闭目，"寡人……错待他二人了，他们……"

"王上，就臣所知，公孙衍、白虎二人无论走到哪儿，其心都在魏国。只要王上诚意召请，托以国事，公孙衍、白虎必舍韩回魏，为王上效力！"

"惠相国在哪儿？"惠王反口问道。

"听说是回他的宋国了。"

"思来想去，这些年来最合寡人心意的仍然是惠相国，寡人如果再把他请回来，如何？"

"好吧，只要能驱走张仪，行施纵策，王上任用谁都成！"

"治军之才呢？"惠王将话题转向这个。

"龙将军之孙，龙虎。"

"他……是不是过于年轻了？"

"王上，上阵征战本就是年轻人的事，龙虎堪称将门虎子，忠勇可嘉，这些年来跟从庞将军也历练出来了，能胜大任。"朱威坚持荐举。

"还有一事，寡人甚想听听爱卿之意。"惠王望着朱威，一脸期待。

"王上请讲。"

"太子。"惠王无比艰难地吐出两个字。

朱威闭目，良久，眼睛缓缓睁开："王上家事，恕臣……"

老臣朱威的离世犹如压在骆驼身上的最后一根稻草，安放在魏惠王那不再壮硕的身体里的那颗依然雄健的心于一夜之间苍老了。

惠王旨令以公卿之礼厚葬朱威。朱威敦厚，主政多年，一心为国，深得魏人喜爱，朱家更与魏室内外蛛丝密结，安葬那日，大梁百姓几乎是倾城而出，披麻戴孝、自发送行的队伍络绎十数里，其阵容远远超过几个月前送葬庞涓和太子申。

朱威入土后的第三日，惠王传旨，破格提拔龙虎为大梁都尉，实摄当年公子卬的上将军之职，奉旨整合三军，重建大魏武卒。与此同时，惠王让毗人暗派宫使前往宋国，带着惠王的亲书密函，求请惠施返魏，又派密使前往韩国，求请白虎回来。至于公孙衍，魏惠王心里仍旧存着一个结。

所有这些未能逃出秦国黑雕的密线。当公子华将种种迹象一一摆出时，张仪吃惊不小，眉头拧成一个疙瘩。

其实，不用黑雕密报，他早已感觉出来。不知怎么的，自入魏国之后，张仪觉得并不走运。赶走惠施算是一个小成就，但伐赵未成功，伐韩又是功败垂成。说实在话，张仪来魏连横，不是来弱魏的，而是来强魏的。与秦国合作的绝不能是一个弱国，必须是强强连横。没想到事情的发展大大出乎张仪的预料，他与庞涓的两番行动无不以失败告终，且还搭上了庞涓的性命。

更让张仪郁闷的是楚国。张仪放任楚伐襄陵，真意是让楚齐交恶。只要能使楚齐交战，莫说是一个襄陵，十个襄陵也是值得的。然而，这个居然没有发生。昭阳竟然把开到齐国边境线的大军收缩回来，实在出乎他的意料。

当然，不久之后他就从黑雕处得知，昭阳撤军与陈轸有关，而在昭阳撤军之前，苏秦密至宋国，约见了陈轸。

想到自己与庞涓结盟对战苏秦与孙膑，两战两败，听任昭阳争齐，又被苏秦悄无声息地化解，张仪感到一股莫名的震撼与悲凉。震撼在于，结果已经出来，无论是明争还是暗斗，庞涓都抵不过孙膑，而他张仪，也未抵过苏秦。悲凉在于，曾经的兄弟情义，曾经的生死之誓，曾经的鬼谷岁月，全都成为回忆。

如今，庞兄死了，孙膑走了，出谷四人，剩下他张仪独战苏秦。

张仪明白，天下之弈一旦开局，无论是他还是苏秦，都已没有退路。

张仪搬出他所复制的鬼谷子棋盘，对局凝思。

张仪的目光久久地盯在棋局的中盘上。天下之弈，得中盘者得天下，而方今天下，中盘就是韩赵魏，魏国居中！

近几年来，张仪使出浑身解数，凭借其所取得的秦国厚势杀入中盘腹地，好不容易在魏国攻取一块宝地，做好一只眼，看着就要做活，不想却……

张仪知道，如果再不采取行动，做活另一只眼，他的这块棋就将因失气而死，被苏秦的纵子全部吃掉，魏惠王就会于瞬间投入纵亲，几年来他为横棋所做的所有努力也将成为徒劳。

好在眼前情势于他张仪并不算差。虽然失去庞涓，但太子申这个最大的对手没了，朱威也没了，新立太子魏嗣是他的人，朝政基本掌控在他张仪手里，魏王身边除毗人之外，几乎是个孤家寡人。

然而，如果魏惠王真的把惠施与白虎请回来，再加上已经手握军权的龙虎，情况就会不同，天平就将倾向于苏秦。只要苏秦杀回来，赵魏就会结盟，韩国有公孙衍在，也必加入纵子。那时，他的横棋就将在中盘全面溃败，再难落子了。

"陛下，"张仪不敢再拖，当即携太子嗣入宫，问过安好后直入主题，"如果楚王与齐王都坐在这儿，您最想揍他一顿的是哪一个？"张仪显然抓住了魏惠王的脾性，也吃准了他的心事，出口就是解气的一句。

魏惠王两眼顿时睁圆，射出不可思议的光，直逼张仪，庞大的身躯也随着他呼吸的加重而有节奏地颤抖。

张仪一脸严肃，目光中充满热切的期待，似乎他讲的不是如果，而是行将到来的现实！

魏惠王盯他一会儿，呼吸恢复均匀，身体不再颤抖，眼睛也慢慢闭上了。

"陛下，殿下与臣在恭候您的旨意呢！"张仪不失时机地逼进一步。

"你们觉得他们之中谁该挨揍呢？"魏惠王将皮球踢回，嘴角现出不屑。

"儿臣以为，楚王最该挨揍，尤其是昭阳，趁火打劫！"魏嗣气呼呼道。

"相国意下如何呢？"魏惠王眼睛没睁，嘴角依然含着不屑。

"臣听陛下！"

"张仪，从今天开始，你就叫我王上吧，陛下二字是你们秦国的公孙鞅最开始叫的，寡人听起来刺耳！"魏惠王直抒胸臆。

张仪心头一凛。惠王这是将他与公孙鞅划为一体了，且明显地表达了对秦国的不悦。

"王上，"张仪略顿，改过称呼，"臣是臣，公孙鞅是公孙鞅！"

"说说，区别在哪儿？"惠王眼睛睁开了，盯住张仪。

"公孙鞅是秦国大良造，臣是魏国相国！"张仪一字一顿。

显然，这是二人之间的根本不同。

惠王无话了，良久，长叹一声："张仪，说吧，你究竟想做什么？"

"臣之意，"张仪拱手，言辞慷慨，"伐齐，为先太子，为武安君，也为先后为国捐躯的三万虎贲烈士讨个公道！"

张仪的理由不可反驳。

惠王又叹一声，追问："是你张仪去伐吗？"

"不是。"

"那……谁人来伐？"惠王盯住他。

"秦人！"张仪一字一顿。

惠王震了。

惠王长吸一口气，盯住张仪，似乎他在开玩笑。

"陛下，"张仪改回称呼，"臣请使秦！"

"准奏！"惠王盯住他，良久，缓缓闭上眼睛。

张仪奉惠王旨风光使秦，率领副使史举在内的三百人使团，旌旗招展地穿过崤塞，驰入函谷关，驰往咸阳。

秦惠王先是派出由公子疾为首的迎宾团队在咸阳东十里长亭举行盛大欢迎仪式，继而使公子华、甘茂乘王辇迎出东城门，将手持魏国使节的张仪请上王辇，招摇过市，将国与国的邦交仪式做到最隆重。

待这些仪式完成，公子疾将所有使臣安置在馆驿，设国宴招待。

待这一切完毕，夜色已经深重，张仪在公子华陪同下，入宫密见惠王。

站在张仪身后的是公子华，站在惠王身后的是公子疾。

君臣久久相对，至少过有三十息，谁也没出一声，只是彼此凝视。

"你瘦了！"秦惠王终于说出第一句。

"王上壮了！"张仪应道。

秦惠王张臂扩胸，秀出肌肉："是你的肉移到我这儿了！"

"是王上洪福，不关仪事！"张仪拱手。

"叫驷哥！"秦惠王纠正。

"驷哥！"张仪迟疑一下，叫道。

"唉！"惠王美美地应过一声，笑道，"呵呵呵，驷哥最大的福就是得到妹夫你，张仪！"转向公子华，"华弟，你这就去，将你家范厨的好酒借来几爵，让这个酒鬼尝尝！"

公子华笑笑："已经借来了。"

公子华击掌，几名侍从进来，摆好一席宴，范厨出场，端着一个酒壶。

一股沁人心扉的陈年酒香从壶嘴里溢出，弥漫宫室。

张仪深吸一口气，良久方道："好酒啊！"

四人席坐品酒。

惠王持刀割下一块烤肉，递给张仪："妹夫，尝尝！"

张仪尝肉。

"尝出味儿来了吗？"

"鹿脊肉！"

"不是让你尝这个，是让你尝出是何人所烤！"

"这个难了！"张仪摇头。

惠王击掌，一个紫衣女端着托盘走出来，跪地，为他们献上另一块烤肉。

"诸位大人，烤熊掌来了！"紫衣女举案，齐其眉。

"紫云？"张仪惊愕。

"谢妹妹佳肴！"公子华接过托盘，一把拉起紫云，"来来来，陪你家相公喝一爵！"

紫云不无羞涩地抛给张仪一眼，拱手唱喏："几位大人慢用，奴婢告退！"一个转身，款款去了。

"哈哈哈哈，"惠王发出几声长笑，将熊掌推给张仪，"这只熊掌只能是妹夫你吃独食喽！"

君臣四人品酒配肴，嘻嘻哈哈地欢饮小半个时辰。

酒过数巡，秦惠王推过酒爵，朝三人拱手："妹夫，二位贤弟，酒足饭饱，咱哥儿几个该扯几句正事了。"看向张仪，"妹夫，不瞒你说，局势于我不太乐观，尤其是蜀乱，驷哥我这心里是要多烦恼就有多烦恼啊！"

"司马错何在？"

"平蜀去了。"

"除蜀乱之外，君兄还有什么烦恼？"张仪问道。

"还有三个，一是楚得襄陵，二是韩得公孙衍，三是……"惠王止住话头。

"是陈轸真心事楚了！"张仪接道。

"唉。"惠王苦笑一声，叹道，"这人是个人精啊！若是真心事楚，妹夫的麻烦怕就不会小呢！"

"世上万物，"张仪淡淡一笑，"有生就有克。只要君兄在，谅他闹腾不到哪儿去！"

"好吧，"惠王用意显然不在这儿，盯住张仪，"说说魏国之事，下一步该往哪儿走？"

"仪此番回来，正为此事！"张仪拱手，"下一步，臣请王兄出兵！"

"出兵？"惠王怔了，"伐魏吗？"

"伐齐！"

嬴驷三人皆吃一惊，面面相觑。

"怎么伐？"良久，惠王问道。

"召回司马错，借道韩、魏，伐齐！"

"为什么？"公子疾问道。

张仪闭目不语。

惠王也缓缓闭目。

显然，张仪此请远远超出秦惠王所料。在秦惠王的棋局里，当下之弈压根儿就不是伐齐！再说，让秦人越过韩、魏伐齐，任谁听起来都是匪夷所思的天方之谈。然而，张仪既然提出，就必定有他的妙用。

这个妙用何在呢？他须得猜一猜。

足足过有一刻，惠王睁眼抬头，朝张仪苦笑一声："驷哥认输，实在想不出妹夫为何要于此时伐齐！"

"王上，"张仪盯住惠王，一字一顿，"棋子既然杀入中盘，就不能放弃！"

"妹夫是说，弃蜀？"惠王倾身。

"不是。"

"那……如果调回司马错……"

"臣之意，王上可用魏章征蜀，用司马错伐齐！"

惠王再次闭目，良久："同时对两国开战，恐怕……"顿住。

"王上可先伐齐，后征蜀。"

"陈庄岂不是坐大了？"惠王眯起眼睛。

"陈庄坐不大，他不会久长！"张仪语气坚定。

"为什么？"

"德不配位！"张仪应道，"就臣所知，陈庄德才治一郡仍觉不足，要治巴蜀两个大国，他怎么能成呢？再说，他手下的几万秦卒能真心听他的吗？这些秦卒都是老秦人，他们的家人亲戚多在关中，即使他们愿意跟着陈庄，能不顾忌秦法株连吗？还有蜀人与巴人，他们能服一个外来的反叛将军吗？王上可将巴蜀交给汉中魏章，他会联络都尉墨，不出半年，巴蜀必乱，陈庄可擒！"

显然是一个不错的应对。

惠王松出一口气，看向张仪，脸上出笑："说说，魏国怎么了？为何要于此时伐齐？"

"魏国的事，想必王上已经知道了。"张仪看一眼公子华，暗指黑雕当有禀报，"自庞涓殁后，尤其是楚占襄陵之后，魏王不再相信臣了，也不再相信秦人了。魏王厚葬朱威，用龙贾之孙龙虎掌管兵权，又密使人去宋、韩邀请惠施、白虎，下一步当是请回公孙衍与苏秦！魏人本就对秦人存疑，魏王之所以力排众议，是相信两个人，前一个是陈轸，后一个是庞涓。陈轸走了，庞涓死了，臣恐……"

秦惠王眉头拧紧。这些他已经知道，但尚未估计到它们的严重性。

"如果不出所料，"张仪看向三人，"不久之后，苏秦就会回梁，魏国就会回归纵亲，那时，我王再想东出函谷关，将会是十年二十年之后的事。"

惠王倒吸一口凉气，盯住张仪。

公子疾、公子华这也意识到了什么，面部紧绷。

"妹夫的破解之招就是伐齐了吧？"惠王以问代答。

"不是。"张仪应道，"伐齐只是整部大局的第一步落子！"

"哦？"秦惠王身子倾前。

"从长远来看，秦之大敌，非齐、非魏，亦非楚。"

"是什么？"公子华急了。

"是苏秦！"秦惠王接上答道。

"王上英明！"张仪拱手，"苏秦不是合纵六国，而是想合纵天下。苏秦以一人之力聚天下之人与秦为敌，这才是我大秦国的劲敌！"

"快说破策呀！"公子华催道。

"破解依旧是连横。"张仪应道，"魏为天下之枢，不可失之。臣的布局是，逐一连横纵亲之国，搅乱天下，彻底破除苏秦的纵策！"

"怎么破除？"

"就从魏国开始。"张仪侃侃接道，"惠王老矣，雄风不再。如果不出所料，魏王之后当是太子魏嗣执政。仪已掌握魏国权柄，魏嗣身边基本是我们的人，短期内秦魏之盟可确保无虞。魏为三晋之首，我执魏柄，可居中调和三晋，形成一个内环。之后，我王可使燕国争齐，齐国争楚，楚国争秦，从而形成一个外环。无论是内环还是外环，魏国都是环心。我王只要发动环心，就能同时转动内环与外环。只要双环转动，苏秦所布的纵局就会不攻自破！"

显然，这些是张仪长久思考的结果，同时也切中天下时局，堪称上佳应对。秦惠王吸入一口长气，闭目，悠悠呼出，待气呼尽，又吸一口，看向张仪："怎么伐齐，妹夫可有考虑？"

"臣以为，"张仪抛出伐齐方略，"王上可旨令司马错引军五万，借道韩境伐齐，臣可说服魏王出兵三万，上大夫可让燕王出兵两万，共计十万大军，兵分三路压向齐境。孙膑、田忌之后，齐再无良将，田辟疆不比田因齐，齐国技击从未与我大秦锐卒对战过，若是实力相若，我当有胜算！"

"远途奔袭，乃用兵大忌。"惠王眯起眼睛质疑道，"粮草怎么供给？齐国援兵你可考虑过？"

"臣全都考虑过了，"张仪应道，"粮草可以就近解决。前番庞涓伐韩，王上援魏粮草数以万担计，虽有耗费，大多仍在库房存着，我可向魏王暂时借用一些，再慢慢还他。反倒是齐人粮草大多被焚，粮食短缺。至于援兵，魏、燕是我同盟，可以除去，赵或出兵，但他们首先得突破魏人。韩国相国公孙衍或会要求出兵，但局势未明，韩王不敢轻动。至于楚国，昭阳刚在襄陵占到便宜，不会再惹魏国。齐人为襄陵之事使骑卒长途奔袭楚国项城，烧其府库，伤亡数千人，昭阳正窝着火呢！我若伐齐，楚人只会看热闹！"

张仪的分析无懈可击。

秦惠王三人互望一眼，又不约而同地看向张仪。

"王若出兵，还有一个更大的益处！"张仪盯住惠王，目光含笑，两根手指搓起，卖起关子来。

"什么益处？"惠王倾身，目光热切，似乎是迫不及待了。

"敢问我王，"张仪不答反问，"我大秦自有史以来，向东最远征过何处？"

"穆公时伐过郑国，可谓是千里袭远哪！"

"成功没？"

"全军覆没。"

"没于何处？为何人所败？"

"没于崤塞，为晋人所败。"

"正是。"张仪激昂起来，"秦自立国以来，几番东出，皆未成功。穆公伐郑，半途而废，退兵至崤塞，反遭晋人所困，全军覆没，孟明等三将被擒。今朝我王若能出兵伐齐，无论成功与否，都将是一次前所未有的壮举，可壮秦人之心。秦国东出之路，险在函谷、崤塞。函谷在我手中，崤塞在魏手中，而魏是我盟友。平原开战，重在实力，以我大秦锐卒之实力，即使大魏武卒也难匹敌，何况是无将可用的齐国技击呢？"

张仪一番鼓动，惠王显然听进去了，沉思良久，执爵笑道："妹夫，你旅途劳顿，该当早些歇息。来，饮完这一爵，就请回府。"

公子疾、公子华皆笑。张仪脸色微红，举酒喝了。

"至于伐齐之事，乃长途袭远，不可不慎，容驷哥斟酌一二，明日我们再议，如何？"惠王再次举爵。

张仪再次饮毕，与三人举爵辞别。

"妹夫，"公子华送张仪出门，拍拍他的肩诡诈一笑，"前面有个小惊喜哟！"

张仪走下台阶，见有一辆驷马辒车守在殿前。

车中端坐一人，正是紫云。

回府已是深夜，小顺儿与小翠儿一家仍在候着。

"主公——"小顺儿夫妻跪叩于地，喜泪交流。他们身后，并排跪着三个娃子，小翠儿怀里还抱着一个。

不用多问，小顺儿家又喜添新丁了。

张仪扶起他们，一一抚摸几个孩子。

回到主房，紫云一脸喜气，盯住张仪："夫君，奴家有个小惊喜！"

想到公子华曾经提及"小惊喜"三字，张仪笑了："还有什么小惊喜？"

"夫君请跟我走！"紫云扯住张仪，带他走向旁边侧室，掀开帘子，现出一个小小闺房，是临时改造出来的。

靠墙处是一个带有围栏的木榻，榻上罩着帐幔。

"夫君请看！"紫云揭开帐幔，现出一个小生命。

是一张正在酣睡的甜美的脸。

"谁的孩子？"张仪问道。

"夫君的呀！"紫云一脸甜美，轻轻拍着她。

"我的？"张仪惊呆了，盯住她的脸，"我张仪的？"

"是的。"紫云抱起孩子，"她一岁多了，会叫大大了！"

张仪这才记起，孩子该当是他上次回来时所下的种，转眼已经两年多了。

"抱抱！"紫云将孩子递给张仪。

张仪抱起，依旧怔着。

显然，他完全没有料到会有这个孩子，更没有准备好去抱一个属于他自己的孩子。

"夫君，"见他毫无喜悦，紫云急了，轻声啜泣，"臣妾无能，未能为夫君生出一个小公子，夫君别是……不高兴了吧？"

"高……高兴……"张仪这才反应过来。

是的，这是他张仪的孩子！

张仪在她的小脸蛋上轻轻一吻，泪水流了出来。

"夫君，臣妾一定再为你生个公子！"看到他的泪水，紫云一脸幸福，用力捉住他的手。

"叫什么名字？"张仪问道。

"她还没有名字呢！"紫云附他耳边，声音轻柔，"就等夫君回来！"

"那就叫她嬴蔷吧！"张仪略略一想，将孩子放回榻上，在她脸上又吻一下，"嬴蔷，做个好梦哟，阿大明天再陪你玩！"

"夫君，"紫云惊诧，"您不让她姓张？"

"还是姓嬴好！"张仪给她个笑。

"叫她张嬴蔷，成不？"紫云眼皮连眨几下，折中道。

"嬴蔷！"张仪敛住笑，语气断然。

张仪陪女儿耍了一天，就让小顺儿驾车前往河西张邑祭祖。

待他回到咸阳，秦惠王旨令伐齐的诏命就下来了。诏命分别下达四人，一是任司马错为主将引军五万伐齐，二是任魏章为主将筹备伐蜀，三是任公子疾为特使出使燕国，四是命公子华调动所有黑雕配合三路部署。

不知何故，张仪不想再在咸阳多待一天，在得到秦王旨令的次日就引魏国使团回返。

出咸阳走有三十余里，张仪吩咐副使史举率团先行一步，向魏王禀报秦王诏命伐齐的喜讯，自带几个贴身随从悄无声息地驰往终南山方向。

由于需要向山中军营运粮，一条驰道早已修通，沿山谷绕来拐去，直抵寒泉谷外。张仪的车马沿驰道驰至司马错早年训练的军营，在前行无辙时，吩咐随从就地歇足，自向高山攀去。

越过山垭就是寒泉谷了，张仪的腿轻快起来。

又是春暖花开。

一间充满山花的草舍里，香女与林仙姑相对而坐，抵掌行功。

功毕，二人收掌。

"师妹，"林仙姑冲香女淡淡一笑，"贺喜你，你的体内气血充盈，湿寒之毒完全排除，一丝丝儿也没了！"

"谢师姐行功！"香女拱手。

"师妹谢错了，是你自己的功呀！"林仙姑又是一笑。

"师姐天天帮我，怎么会是我自己的功呢？"香女不解了。

"这么说吧，"林仙姑指着舍中一盆正在盛开的兰花，"师姐初见它时，它受了重伤，随泥石流滚下来，根须在外，叶片裹进泥石里，在阳光照射下奄奄一息，已近干枯。师姐拿它回来，什么也没有做，只是将它放进这个盆里，培土，浇水，然后，它就自己活转过来，自己疗好创伤，长成现在这副样子，开出这般漂亮的花，满屋子都是它的香气。"

"可……如果师姐不拿它回来，不把它放进盆里，不培土，不浇水，不呵护它呢？"香女盯住她。

"这是它的缘分！"林仙姑看向兰花，"它生长在一个注定要滑坡的地方，这是它的命。它随着泥石滚下来，又遇到我，被我栽种在这个盆里，这是它的运。它因我而活，我因它而开心，一切都是浑然天成的。我们谁也不欠谁，它不需要谢我，我也不需要谢它，是不？譬如师妹，你遇到张仪，又离开张仪，来这谷里从师父修道，之后才是我们一起修炼，一起行功。你因为用心行功而逼出全身寒气，我因为有师妹陪伴而天天开心。一切皆是你的运、你的遇，也皆是我的运、我的遇。我们谁也不欠谁的，你不需要谢我，我也不需要谢你，是不？"

"香女明白了，师姐！"香女甜甜一笑。

一阵轻快的脚步声在门外停下，贾舍人的声音传进来："香女，张仪来了，在客堂里等你，师父请你过去一下！"

香女的笑脸僵住了。

贾舍人的脚步声远去。

林仙姑起身，走到兰花前，欣赏它的花瓣。

香女缓缓看向林仙姑，声音几乎颤抖："师姐……"

"它完全康复了，它开出花儿了，我得把它移栽到寒泉旁边的石缝里，让它得大自在！"林仙姑端起花盆，给香女一个笑，走向舍外。

香女起身，缓缓走向师父寒泉子的草舍。

香女推开舍门，见寒泉子正襟端坐，正在候她。

"师父——"香女跪下，泪水出来。

"过来！"寒泉子招手。

香女跪前几步，头靠在寒泉子的膝上。

"师父，弟子……不想见他……"香女泣道。

"孩子，"寒泉子轻轻抚摸她的头发，"道法自然，自然就是你的心。你想见他，你就见他；你不想见他，你就不见他。"

"谢师父指点！"香女止住泣，缓缓起身，脚步坚定地走出去。

香女没有回她的草舍，而是径直走向林中小径，直向山林深处走去。

香女走入一块人迹罕至的地方，入林，在一棵大树下面的厚厚落叶上正襟坐下，深吸数次，调匀气息，闭目入静。

光阴寸移，日头西照，林中幽暗下来。

远处传来"嚓嚓……沙沙……"的践踏落叶声。

声音在林中打转。

声音越来越近。

声音在十数步外消失。

香女的呼吸不再均匀，身体微微颤抖。

香女拿出几年来的所有修持之力控制自己，平复自己内中的狂乱。

香女安定下来，身体不再颤抖，呼吸再度均匀。

香女静如一株风干的枯木。

声音再度响起来，一个人在她对面坐下。

一切恢复安静。

鸟儿归林，日头落山，林中一片幽暗。

香女、张仪犹如两段枯木，谁也没动。

将近一更，月上东天，缕缕柔光透过邻近的树梢射进林中，照出斑驳的亮点。

香女动了一下，站起来。

"坐下。"就在香女快要站起时，张仪说话了，声音虽然轻柔，语气却是命令。

香女稍稍哆嗦一下，复坐下来。

又是死一般的寂静。

不知过有多久，香女憋不住了："你……怎么寻到这儿的？"

"我在鬼谷守五年，谷中的每一片树叶都是我的朋友。"张仪说道。

"你……好吗？"

"不好。"

"怎么了？"

"於城君夫人生了个公主，会叫大大了。"

一阵长久的沉默之后，香女柔声道："於城君喜得公主，小女子祝贺了！"

"我给她起了个名字，叫嬴蔷！"

又一阵沉默过后，香女接道："好名字！"

"於城君夫人还想再生个公子！"

香女接得快了，声音平淡下来："有儿有女才是好！"

"於城君不会再让她生了！"张仪的声音阴冷，寒人。

"为什么？"

张仪没有应声，林子里死一般地寂静。

月上头顶，被庞大的树冠实实挡住，四周朦胧。

远处传来一声凄厉的叫声，是某个小动物遭遇猎手了。

香女打个寒噤。

"香……女……"张仪改坐为跪，声音颤抖。

"於城君，有什么你就说吧！"香女正了一下自己的衣襟，声音愈发平淡。

"我……想你……"张仪的声音缓缓出来，几乎听不见，但在这静寂的夜里，在香女的耳边，却如平空炸响的惊雷。

香女显然没有料到会是这几个字，身体剧烈颤动，却没有一丝声音出来。

"一直……一直想你……"

香女颤抖得更厉害了。

"在大梁，在咸阳，在军帐，在车上，在……在这世界上的任何地方……"张仪似是忘记了香女，忘记了是在这林莽里，顾自呢喃他的感受。

香女抽泣起来，抖着身子，强忍着不发出声音。

"多少个夜里，我醒过来，却嗅不到香，我……我傻傻地坐着，坐在空空的榻上，想着你……想着这个世界上除娘之外唯一爱我、将一切都托付给我的女人……"张仪依旧在呢喃。

香女哭出音来。

"多少个夜里，我就这样坐着、坐着、坐着，一直坐到天亮，望着该是你躺的地方，回味着该是你的体香，回听着你曾说过的每一个梦话……"张仪的声音越说越低，连香女也听不见了。

香女里里外外，完全麻酥了。

"我的……夫君哪……"香女一头扑进张仪怀里，泣不成声。

张仪抱住她，抱紧她。

香女回应着他的热烈，阳气充盈的躯体自里而外散发出浓烈而久违的香。

月亮西行，钻入山尖里。

第八章

见梁王孟轲说义　保横棋张仪谋齐

三辆辎车不急不缓地行驶在由睢州通往大梁的衢道上，万章、公孙丑等十几个弟子或驾车，或跟在车后，或走在车侧，将手搭在车身上助行。

三辆辎车中，有两辆是新买的，一辆装着行囊，一辆满载竹简。

在日头就要戳到地上时，车队突然停下了。一直埋首走在最后一辆车子旁侧的陈臻抬起头来，才晓得是要过大沟了。

沟上有座木桥，但桥面只容一辆车，对面刚好也有几辆车驶到。

看双方皆在桥头等候的架势，显然都在礼让对方。

"啧啧啧，"走在车子另一侧的乐正子显然无视桥上的事，拍拍车身赞叹道，"真是好车呀，越看心里越美气。还有这马，倍儿精神！不明白老夫子是咋想的，放着好车好马不坐，偏要坐他那辆老破车，且还走在最前面压路，生生跑不起来！要是让这辆车打头，恐怕昨天就到大梁了！"

陈臻看向车子。车是新车，马是健马，车上装的是干透了的竹简，比前面的行李车还轻，加之走得不快，两匹健马根本不像是长途负重，而像是草场闲步，这辰光又歇下了，隔着车辕碰嘴皮子亲昵，一副若无其事的样儿。

"我还想不通另一件事！"见陈臻没有应腔，乐正子接道，"你且说说，在临淄时，齐王送咱一百金，老夫子为何不要？"

"夫子不是贪金之人，怎么能要呢？"陈臻顺口应道。

"既然不贪，为什么又受宋王所赠的七十金呢？"乐正子盯住他。

"这……"陈臻应不上来，正自思索，对方车辆率先过桥，他们的车辆也启动了。

车过大沟，行有几里，来到一处驿站。

天色已昏。见有空舍，万章禀明孟夫子，吩咐众人卸马安歇。

诸弟子中，陈臻是个憋不住的人，在候餐时，扯乐正子趋前，朝孟夫子揖道："夫子，乐正子与弟子皆有一惑！"

"何惑？"孟夫子一脸是笑，单看脸色并无倦意。

"是非之惑。"

"哦？"孟夫子倾身，笑问。

"夫子曾言，万事皆有是非。"陈臻拱手，"在齐国时，齐王赠金一百，夫子拒而不受。及至宋地，宋王赠金七十，夫子却欣然受之。之前在滕地，夫子亦曾受过滕君所赠之四十金。我二人所惑是，如果不受齐王之赠为是，则受宋王、滕君之赠当为非；如果受宋王、滕君所赠为是，则不受齐王之赠当为非。此二者无可选择，夫子缘何受宋王、滕公所赠而拒齐王之赠呢？"

显然，这是一个大惑，也是众弟子一直搁在心里的谜。

所有目光皆看过来。

"呵呵呵呵，"孟夫子捋须笑道，"是有选择的，因为此二者皆为是呀！"

"是于何处？"乐正子急问。

"是于义。"孟夫子扫视众弟子，加重语气，"在宋之时，我们将要远行。对于远行的客人，主人理当送些盘费，所以宋王赠送七十金，作辞说：'权作盘费吧。'对于这番好意，为师怎能拒绝呢？至于在滕之时，逢楚人攻薛，滕君听说为师有戒备之心，遂赠金四十，作辞说：'防不测。'对于这番好意，为师又怎么拒绝呢？"

"那……齐王之金呢？"

"齐王赠金之时，为师仍在齐国，既未生戒心，亦无远行意，齐王却无端赠金一百。无端赠金，是谓收买。堂堂君子怎么能被收买呢？"

对于如此难解之事，孟夫子竟然讲出这番君子大道，众弟子无不受教，拱手敬服。

外面一阵车子响动，公都子风尘仆仆地从外面进来。

"公都，"待公都子见过礼，孟夫子笑呵呵地看向他，"看你脸色，可有什么好消息？"

"有哩，"公都子拱手，"馆舍订下了，是大梁城里最好的，离王宫近不说，设施也不错，有热水，能洗浴，抢手得很呢！我起初问，小二说是没房，我让他再查查，小二查一圈回来，仍然没房。我一脸失望，就要走时，店家出来，问我是何人所用，我说出夫子大名。听闻是夫子，店家二话没说，让小二安排到一个雅院。小二说，那院子已经有人订下了，是中山国的皮货商，店家臭骂小二一顿，亲自把我领进雅院，当场将钥匙交给我，还不收订金哩！"

众弟子不无钦敬地看向孟夫子。

"呵呵呵，"孟夫子笑笑，转过话题，"魏国可有大事？"

"魏相张仪使秦，说是回来了。"公都子禀道。

听到"张仪"二字，孟夫子的眉头皱起。

大梁城中，入宫奏报使命的不是张仪，而是副使史举。

"嬴驷肯出多少兵？"魏惠王身体前倾，目光如炬。

"五万！"史举应道。

"五万顶个屁用！"魏惠王冷笑一声，坐直身子。

"当年征伐巴、蜀，同样是远征，秦人出兵也是五万，一举灭之。"史举小声辩道。

魏惠王鼻孔里哼出一声："他以为齐国是巴、蜀呀！"

史举不敢出声了，闷头怔在那儿。

"哦，"惠王这也明白他只是来禀事的，指他问道，"还有什么？"

"让我们供应粮草！"

"什么？"惠王老眼圆睁，一拍几案，"他出兵，凭什么让寡人供应粮草？"

"是相国应允的。"

"张仪何时回来？"

"臣不晓得。出咸阳没多远，相国就进终南山了，说是过几天回来。"

"终南山？"惠王闭目有顷，摆手，"辛苦你了，回家将息三日！"

"谢王上！"史举叩首退出。

待史举走远，惠王看向毗人："毗人，你且说说，他姓嬴的打的什么好算盘？"

毗人笑道："他打什么算盘，还能逃得了王上的眼？"

"五万兵？不远万里伐齐？"惠王右掌撑起腮帮子，歪头盯住宫门，犹自气恼，"嬴驷他是在糊弄寡人哩！"

"呵呵呵，"毗人笑道，"管他糊弄不糊弄，五万人也算是兴师动众，万一如史举所说，他们真的能把齐国打败了呢！"

"哼，若能打败，寡人就向他嬴驷称臣！"

"嘻嘻，"毗人笑了，"那他们一定打不败！"

正说话间，武安君府来人报喜，说是瑞莲产了，是个儿子。

惠王喜极，摆驾探望。

当毗人从乳母手中接过赤子递给惠王时，惠王的双手颤动了。

惠王久久地凝视孩子，如同凝视庞涓，泪水止不住地流出来。

"父亲……"依旧虚弱的瑞莲看到了惠王的泪水，声音哽咽。

"瞧这眉眼儿，像庞涓！"惠王将孩子远远地举起，以便看得更清楚些。

"嘴巴、鼻子、耳朵，还有下巴，无一处不像武安君哩！"毗人眼睛更尖。

"父王，"瑞莲盯住惠王，"您的小外孙在候您赐名呢！"

"好好好，"惠王擦掉泪，略略一想，"就叫庞滔吧！"

"庞滔！"瑞莲重复儿子的名字，笑了。

"这名字好！"毗人交口称赞，"父名涓，涓涓细流成就滔滔，小人敢说，再过二十年，大魏武卒又出一位名震列国的大将军！"

"父王，我不要滔滔去做大将军！"瑞莲急道。

"哦?"惠王看向她,"你想让他做什么?"

"就做我的儿子,您的外孙!"瑞莲一字一顿。

"好好好……"惠王于瞬间明白了女儿,抱紧赤子,几乎是喃声。

无论如何,秦国出兵伐齐与庞涓遗腹子出生皆是喜事,惠王心情大好。从武安君府出来,惠王脸上现出近些日难得的笑意,让毗人坐进他的王辇里,绕王城主街巡视一周。

大梁依旧是那个大梁,生活依旧是那个生活。大街两侧,店铺林立,招幡飘摇,依旧现出盛世景象。见王辇巡视,百姓依旧是回避与叩迎,惠王无法看到臣民们的焦虑,臣民们也无缘一睹他的喜悦。

回到宫里,惠王神采飞扬,毫无倦怠,扯毗人沿后花园中的水岸漫步。流经大梁的是两条河水,其中一条在后花园中绕了几弯,形成一个人为的图案,从高处看,像是一条张势待飞的龙,惠王名其为龙水。

龙头是块高地,高约数丈。惠王站在龙头上,望着波浪微动的龙体,久久不语。

"王上看到什么了?"毗人顺眼望过去,见与常日并无异处,遂小声问道。

"看到龙了!"惠王指着河水。

"是哩,是哩,"毗人连声应和,"瞧它这个样儿,是要飞腾呢!"

"唉……"惠王重重一叹。

"王上在叹什么呢?"毗人收回目光,看向惠王。

"在叹一个人。"

"何人?"

"吴起。"

"王上别是又想到庞将军了吧?庞将军自比吴起,小人起初以为他是妄自尊大,后来发现,与吴起相比,庞将军真的不差哪儿呢!小人在想,不定庞将军就是吴起再生!您看,吴起爱兵如子,庞将军亦爱兵如子。吴起创建武卒,庞将军创建虎贲。吴起南征北战,战功显赫,庞将军也是。吴起死于万箭穿心,庞将军也……"毗人顿住。

毗人的话引起了惠王的伤感。叹有一时,惠王却道:"毗人哪,你一千次都知寡人,这一次却是错了,因为寡人所叹的不是这个!"

"王上所叹是什么呢？"毗人一脸好奇。

"叹吴起的一句话啊！"惠王大是感叹，"那年寡人随先君武侯泛舟西河，吴起作陪。舟至河中，先君望着汹涌澎湃的西河之水，慨然兴叹说：'美哉乎山河之固，此乃魏国之宝也！'"

"是呀，如果没有河水之固，秦人岂不……"毗人止住。

"你可晓得吴起将军怎么说？"

"他怎么说？"

"吴起将军说，护国之宝，在德不在险。三苗氏之居，左有洞庭，右有彭蠡，然而，修政不义，终为大禹所灭；夏桀之居，左有河水、济水，右有泰山、华山，伊阙在其南，羊肠在其北，然而，修政不仁，终为商汤所放；殷纣之国，左有孟门，右有太行，常山在其北，大河经其南，然而，修政不德，终为武王所杀。由此观之，大国之固，在德不在险。若是君上不修德行，舟中之人都将为敌国所有啊！"

"啧啧啧，"毗人连声赞叹，"吴起将军真是妙说呀！"

"思来想去，"惠王指着龙水，慨然长叹，"寡人有今日之衰，是未修德政啊！"

"王上……"毗人泪出。

"先君有吴起，吴起走了。寡人有卫鞅，卫鞅走了。寡人有白圭，白圭走了。寡人有公孙衍，公孙衍走了。寡人有惠爱卿，惠爱卿走了。寡人有庞将军、孙将军，他们……也都走了……"惠王说不下去了，闭上眼睛，重重一叹，"唉，寡人……这……成了一个真真正正的寡人了……"

"王上莫忧，"毗人小声道，"小人晓得公孙衍，他的心是在魏国的。还有惠施，小人已经得到音信，他很想回到魏国，为王上效力，只是有碍于……"

"张仪！"

"是哩！"

一切如公都子所述，客栈设施非常好，可以说是孟夫子出游以来所住的最好的一个，价钱也不贵。客栈名叫凤鸣，想是与陈轸搞出的凤鸣龙吟有关。客栈主人姓权名且，与孟夫子年纪相若，年轻时从子贡的一个后世弟子修过几年儒，算是儒门的人。权且早就听说过邹地有个孟夫子，对他敬仰有加，今朝见到真人，遂执以弟子礼，好酒好菜侍奉不说，还额外腾出一处雅致小院，算作他的专用书房。

有宋王的金子在身，有苏秦的提示在心，这又莫名得到权且这个原本不相识的贵人相助，孟夫子的底气足起来，于翌日大朝之后驱车入宫，向宫卫递上拜帖，求见魏惠王。

"邹人孟轲？"魏惠王躺在凉亭下的摇榻上，眯起一双老眼盯住拜帖，似乎没看清楚，又向远处推推，自语，"想起来了，就是那个说出'民为贵，社稷次之，君为轻'的儒生，他的传闻不少哟！"

"咦？"毗人惊诧，"这个怎么能对呢？儒生知乐尚礼，他怎么能倒过来呢？君贵民贱，千古如此！王上，依小人之见，这个夫子不见也罢！"

"还是见见吧！这个夫子好歹是个名士，说不定还是一个治国大才呢！"惠王放下拜帖，"传他觐见！"

"在哪儿见他？"毗人看向凉亭，显然觉得这不是待客之处。

"书房里吧。"惠王说完，迅即改口，"更衣，正殿见他！"伸手给晃他摇榻的妃子。

妃子扶他起来，带他更过衣，径至正殿。

为示隆重，惠王让宫人在殿门外铺上藏红色的毯子，降阶以迎。

大礼毕，主宾携手入正殿，分别落席。

宾主再度客套几句，惠王引入正题："夫子不远千里光临僻壤，必有大利于我国。寡人性急，敬请夫子赐教！"

"大王为什么一定要说这个'利'字呢？"孟夫子拱手应道，"孟轲别无他物，不过是有'仁义'而已。"

"这……"出口即被怼，惠王面上尴尬，不自然地看向毗人。

未及毗人说话，孟夫子做出解释："利字虽好，但非首要。如果大王说'有何大利于我国'时，大夫就会说'有何大利于我家'，士与庶人则会说'有何大利于我身'。上下交相征利，则国必危。"

"上下皆有利，这是好事呀，国怎么会危呢？"惠王不解，倾身问道。

"危于性命！"孟夫子字字铿锵，"于万乘之国，弑其君者必千乘之家；于千乘之国，弑其君者必百乘之家！"

惠王倒吸一口气，有顷，眯眼问道："为什么呢？"

"为贪利。"孟夫子侃侃接道，"于万乘之国中坐拥千乘之车，于千乘之国中坐拥百乘之车，这些人所拥有的不为不多。他们之所以心生弑君，是因为贪利，是不讲义只讲利的必然之果。贪则无餍，有利不夺则食不甘味。然而，观遍古今，没有听说行仁之人遗弃其亲，亦未听闻施义之人不奉其君。所以我说，大王不必言利，只讲仁义就可以了。"

"夫子良言，寡人受教了！"惠王肃然起敬，正襟危坐，朝孟夫子拱手。

"谢大王肯听！"孟夫子拱手回礼。

"唉！"惠王给出长长一叹。

"大王因何而叹？"孟夫子问道。

"曾经，"惠王闭目良久，怅然说道，"天下列国莫强于魏，夫子也都知道了。及至寡人，东败于齐，长子战死；西败于秦，丧地七百里；南辱于楚，痛失襄陵八邑。至于死国之士，数以十万计。寡人……唉，寡人深以为耻啊！寡人有心为这些死者一雪前仇，却又力不从心。所幸夫子来了，寡人该如何复仇，敬请夫子指点一二！"殷切的目光直视孟夫子。

"大王怎么又来说复仇呢？"孟夫子又怼上了。

"这……"惠王皱眉，"魏有如此血仇，于寡人来说，不谈复仇，谈什么呢？"

"可谈行施仁政。"

"这……"惠王不解地看向孟夫子，"仁政能复仇吗？"

"仁政不但能使大王复仇，还能使举世之人臣服于大王！"

"以寡人之力，能够行施仁政吗？"

"只要行施仁政，地方百里也足以王天下。大王有地千里，怎能不可以呢？"孟夫子自信满满，盯住惠王，"试问大王，如果天下之人无不臣服于王，大王还谈什么复仇吗？"

"好吧，"惠王退一步，"寡人无知，请夫子赐教，如何才能行施仁政？"

"大王若想行施仁政于民，就要减轻刑罚，轻薄税赋，重视农时，精细耕耨，使精壮之人有闲暇修其行，正其气，励其志，滋长其孝悌忠信，在家可事其父兄，在外可事其长上。若有这样的精壮来侍奉大王，大王即使只发给他们木棒，他们也照样能够抵御那些披坚执锐的秦楚之兵。而秦楚之王夺取农时，四处征战，使其臣民无暇耕耨，父母冻饿，兄弟妻子离散，怨声载道。对于那些置其民于水火之中的无道之国，大王高举仁义大旗征之伐之，有谁能敌呢？"

惠王闭目，长长嘘出一声。

"仁者无敌啊，大王！"孟夫子加重语气，一脸热切，"此乃千古之道，敬请大王勿疑！"

惠王闭目良久，终于睁眼，看看旁边的滴漏，朝孟夫子拱手："夫子学问高深，教诲醒人，寡人如闻圣贤。"再次拱手，"寡人还有一些俗事，已经约人，今日就不留夫子了。"

孟夫子刚刚打开话匣子，正欲展开，不想却得逐客之令，不免失落，拱手："孟轲告退！"

惠王礼送孟夫子，站在殿门前的台阶上望着夫子走远。

"王上，"毗人小声问道，"这个夫子可是大才？"

"是大才！"惠王应道。

"太好了！"毗人笑了，"眼下朝堂无人，夫子既为大才，王上何不下个旨，让他辅助王上，成就功业？"

"唉！"惠王长叹一声。

"王上叹什么呢？"

"夫子虽为大才，却是迂腐！"惠王遥望孟夫子，见他快要走到宫门口了，几乎是健步如飞。

"咦？"毗人诧异，"夫子是怎么个迂腐的，毗人眼拙，没看出来呢！"

"你呀，"惠王苦笑一声，"若是也能看出来，就不是寡人的毗人了！"

"嘻嘻，是哩，"毗人给出个媚笑，"王上能否譬解几句？"

"就他方才所论，"惠王侃侃言道，"口口声声不离仁政，论高不及庄周，论雅不及惠施，论用不及公孙衍，论实不及陈轸。寡人虽说寡闻，却也算是饱读诗书了，何不晓得什么叫仁政？在这大争之世，生死系于朝夕之间，讲仁政不是迂腐吗？百姓若是饱衣足食、知书达礼，他们肯为寡人打仗吗？"

见惠王的心思弯在这儿，毗人也是怔了。

"王上，"毗人略略一顿，笑道，"听闻卫鞅赴秦时，先秦公见他三次，第一次听他讲王道，第二次听他讲霸道，直到第三次，卫鞅才讲出强秦之道。"

"你说得是！"惠王思忖有顷，"寡人郁闷久矣，近日天气晴好，寡人有心游囿，你可知会夫子，若是有暇，就让他随寡人一游梁囿，如何？"

"臣领旨。"

三日之后，孟夫子陪伴惠王前往梁囿。

梁囿亦名囿田泽，是魏室开辟最早的游猎场所之一，位于大梁之西约数十里处，不消一日也就到了。囿中有泽有山，林木葱郁，花美草肥，是惠王自年轻时代就喜爱的游猎胜地，近年来年岁日衰，气力不济，改作垂钓。定都大梁之后，惠王最爱的休闲就是扯上惠施来此钓鱼。惠施走后，惠王失去钓伴，很少来游了。

这日惠王却无钓兴，携孟夫子登上一座土丘，立于丘顶，眺望远近林泽。

林泽中，无数兵士将猎物从四面八方驱赶入惠王的视野之内，各种飞禽走兽惊慌奔走，一只母鹿竟于慌乱之中闯入惠王的箭矢所及之地。

"听闻夫子箭术无双，可射此鹿否？"惠王指点母鹿。

"不能。"

"哦？"惠王看向孟夫子。

"射猎非时也。"孟轲指鹿应道，"春和景明，动物孕生，伤一及众，大王能忍心吗？"

"夫子说得是，"惠王呵呵笑道，"寡人怎么能忍心呢？不过是看着它们乐一乐而已！"转对毗人，"传旨，不要驱赶了，让它们各归其所吧！"

毗人传旨。

孟夫子笑了，朝惠王拱手："轲贺喜大王！"

"哦，喜从何来？"惠王怔了。

"喜从仁来！"孟夫子指着众鸟兽，一脸喜悦，"大王能对鸟兽施仁，亦必能对臣民施仁，这就是仁政啊！"

"哈哈哈哈，"惠王却似没有听见，看着那些仍在慌乱盘飞、四处奔逃的鸟兽，"请问夫子，贤者亦乐此否？"

"只有贤者才乐此啊！"孟夫子应声接道，"不贤之人虽有此囿，亦不见乐呢！"

"哦，这是何解？"

"《诗》中说：'经始灵台，经之营之；庶民攻之，不日成之。经始勿亟，庶民子来。王在灵囿，麀鹿攸伏；麀鹿濯濯，白鸟鹤鹤。王在灵沼，于牣鱼跃。'说的是昔日文王动用民力筑台造沼，万民欢乐，称此台为灵台，称此沼为灵沼，乐见其中的麋鹿鱼鳖。为什么呢？因为圣王筑台造沼是为与民同乐，所以他们自也欢乐。反之可见《汤誓》：'时日害丧？予及女偕亡。'如果百姓欲生不能，宁愿与大王同归于尽，虽有台池鸟兽，大王能快乐吗？"

"夫子堪为上天赐给寡人的良师啊！"惠王大是感慨，拱手赞道。

"谢大王褒奖！"孟夫子回礼。

"走走走，随寡人别宫叙话！"惠王携孟夫子之手沿坡道走入不远处的别宫，于庭院中就席，再次拱手，"今得良师，于愿足矣！"

"谢王赏识！"孟夫子谢过。

"唉，不瞒夫子，"梁惠王轻叹一声，"对于这个国家，寡人也算是尽心了。河西岁凶，寡人就将河西之民移至河东，将粟米载往河西赈灾。河东岁凶时亦是这般。反观邻国为政，没有一个国君有寡人这般用心的。可让寡人百思不得其解的是，邻国之民并不见少，寡人之民亦不见多，这是为什么呢？"

"大王问得好啊！"孟夫子慨然应道，"大王好战，轲请以战阵喻之。两军阵上，战鼓响起，兵刃相接，一方战败，弃甲曳兵而逃。奔逃之卒，有的逃一百步止步，有的逃五十步止步。如果逃五十步的挖苦嘲笑逃一百步的，大王以为如何？"

"如果是在一百年前，以仁义交兵，这个是要笑的，因为两军交战，按照规矩，胜者追逃不可过五十步。逃五十步已经无忧了，再逃五十步就是多余！"惠王应道。

这个常识是未经战阵的人所不晓得的。

然而，孟夫子就是孟夫子，眼珠儿一转："轲所问的是当下，非百年之前！"

"若是当下，就不可以了。"惠王接道，"没有逃出百步，也是逃呀！"

"大王既然晓得这个，为什么又来奢望自家的子民多于邻国呢？"

"这……"惠王语塞，挠头。

"只要不违农时，五谷会吃不完；只要密结的渔网不撒向池塘，鱼鳖就会吃不完；只要斧斤定时入林砍伐，材木就会用不完。假使五谷与鱼鳖不可胜食，材木不可胜用，子民就能养生葬死，不留遗憾了。大王若使子民养生葬死而无遗憾，就是在开启王道仁政啊！"孟夫子目光殷切地盯住惠王。

惠王亦回以专注的目光，显然是听进去了。

"大王啊，"孟夫子趁热打铁，侃侃接道，"五亩之宅，只要在周围种上桑树，五十岁的人就可以衣帛。鸡豚狗彘之畜，只要饲养繁殖得时，七十岁的人就可以吃肉。百亩之田，只要适节令耕种，数口之家就可以无饥。只要重视乡校之教，申明孝悌之义，头发花白的人就不会负载于道路。试想，年届古稀的人若能衣帛食肉，黎民百姓若能无饥无寒，大王想不王天下，也是难哪！"

惠王听得兴起，呼吸急促，二目射出欲光。

"然而现实呢？"孟夫子目光逼视，"子民已经在吃狗彘之食，国君仍无察觉；道路已有冻馁之人，国君仍不赈济。待子民冻饿至死，国君却说：'是年成不好，不能怪我。'说此话者与持械杀人有什么不同呢？持械杀人，之后说：'是械杀之，不能怪我。'这怎么可以呢？"

孟夫子气势如虹，锋入软肋，惠王额头汗出。

"由是观之，"孟夫子缓和语气，盯住惠王，"大王无须抱怨，只要做到饥荒之时不怪罪老天，天下之民就会比肩接踵，纷至沓来。"

惠王掏出帛绢擦完汗，袖起，拱手："夫子好说辞，寡人受教矣！"

"还有，"孟夫子诲人之兴正浓，乘势陈词，"杀人至死，杖杀与刃杀有不同吗？"

惠王猜不出夫子实意，略略一顿："都是个死，没有不同。"

"用刃杀人与用政杀人，又有什么不同吗？"孟夫子绕到题上。

惠王皱眉："没有不同。"

"大王圣明。"孟夫子拱手，"有此一君，在其宫，庖有肥肉，厩有肥马；而在其野，民有饥色，途有饿莩，这就如同率兽吃人。野兽相食，人且恶之。为民父母，不施仁政，就如同率兽食人。这样的国君怎么能为人父母呢？仲尼说过：'始作俑者，其无后乎！'他为什么这么说呢？因为俑如人形，以陶俑陪死者入葬与以活人陪死者入葬在意念上没有不同。为民父母者，怎么能行此恶政，只管自己丰衣足食，而无视其子民活活饿死呢？"

"痛快！"惠王额头再次出汗，却不顾汗水，起身，深揖，"夫子言辞精辟入里，诚吾师哉！自今日始，寡人将以师礼尊事夫子！"

孟夫子亦忙起身，与惠王对揖。

"来人，摆宴，佳肴、歌舞侍奉师尊！"

"臣领旨！"毗人匆忙安排去了。

宴席上，孟夫子大谈仁政，言必及圣贤，从三皇五帝到魏文侯改制强国，再到白圭治魏，旁征博引，虚中有实，惠王听得如痴如迷，与他促膝相谈至夜半方歇。

翌日晨起，惠王无心游园，也不思钓鱼，传旨摆驾回宫，欲告祭太庙，择吉日礼拜孟夫子为国师，以仁政为立国之本。

回到宫城已近黄昏，惠王仍无倦意，再摆盛宴，起八佾舞乐礼待孟夫子，召太子嗣作陪。

领舞之人叫赵姬，是惠王十多年前纳赵女为妃时作为媵妾陪嫁过来的。此女地位虽贱，但长得俊美，天性善舞，入宫后不甘寂寞，拜乐官为师，日夜苦练，终于修至舞如仙飘，声如莺啼，连宫中乐女也无出其右，迅速得到惠王关注，晋封为妃。宫中大凡举办重大舞乐，惠王都要钦点赵姬出场。

歌舞是《凤鸣》，但讲述的是凤鸣于逢泽，而不是岐山。此舞还有一半，是龙吟，被惠王刻意拿掉了，似乎是觉得它过于狂乱，不适合孟夫子这样的师尊听。

曲绵人曼，舞美声哄，孟夫子眼睛半闭半睁，全身心地沉入乐曲。

领舞的赵姬舞得实在太美了，唱得实在太好了。魏嗣如痴如醉，二目发直，两柱欲光从眶洞里射出，由始至终，片刻不离地聚焦在赵姬身上，好像他是第一次见到赵妃，也是第一次听到她的歌声似的。

《凤鸣》共有三曲。第一曲毕，乐止人静。

孟夫子尚未表态，魏嗣的巴掌率先响起来。

孟夫子微微睁眼，斜睨魏嗣，看到了他的两道欲光，嘴角浮出一笑，微微闭上眼睛。

惠王的老脸挂不住了，重重咳嗽一声。

魏嗣却是全身心地沉浸在赵姬身上，既没有看到孟夫子的反应，也没有听到惠王的咳嗽，顾自盯牢赵姬，看着她摆出一个完美的亮相姿势，在一声酥软的道安之后缓缓退场。

第二曲刚要起舞，毗人匆匆趋进，至惠王跟前小声禀道："王上，相国张大人使秦归来，在门外求见。"

惠王正自窝火，遂借坡下驴，旨道："哦，是张仪回来了呀！"扬手，"舞乐暂停，有请张相国觐见！"

毗人令所有乐手退出，传张仪入见。

张仪早晓得了孟夫子之事，此时入见，也是他特意设计的。

君臣礼毕，率先盯住孟夫子。

孟夫子坐得笔直，目不斜视，连余光也不看张仪。

张仪看向惠王："这位是——"

"寡人正要引见呢！"惠王指孟夫子道，"这位就是邹人孟轲，名传天下的大学问人！"指向张仪，"夫子，这位就是张仪，寡人的相辅！"

孟夫子睁眼，看向张仪，略略拱手："邹人孟轲有礼了！"

张仪却未回礼，只是二目如炬，盯住孟夫子。

孟夫子虽有定力，也仍旧被他盯得大不自在，遂挪挪屁股，晃几晃身子，使自己坐得更直，同时二目闭起，只在右眼皮之间留出一道细缝。

"哈哈哈哈……"张仪于突然间不无夸张地大笑几声。

在场诸人皆被他笑怔了，尤其是孟夫子，晓得这笑是为他发出的，将最后那道细缝也完全闭上，汇聚心神以思考应策。

"张仪，你为何而笑？"惠王摸不着头脑了。

"为那些没有见过世面的莽夫俗子而笑！"张仪近前一步，对孟夫子拱手，朗声说道，"魏人张仪见过夫子！"礼毕，大大咧咧地走到毗人为他备好的席位上，一屁股坐下。

"莽夫俗子怎么了？"惠王大是不解。

"早在鬼谷山中时，仪到宿胥口易货，听到乡野鄙夫传闻说，邹地有个孟夫子，是异人异相，有三只耳朵、三只眼，额前还长一只角……"

张仪故意顿住。

"这这这……"惠王惊呆了，"怎么会有这种传闻？"

"是呀，"张仪摇头，"仪也是不信哪，就与他们争执，还打了一架呢！"长笑，"哈哈哈哈，今朝真人现相，竟是与常人无异，仪沉冤得雪，心情畅快，王上说说，能不大笑几声吗？"

"哈哈哈哈……"魏嗣大笑起来，"真好笑，真好笑！"

惠王亦笑起来，指张仪："呵呵呵，好一个张爱卿呀，你这不会是当真的吧？"

"当真，当真！"张仪看向孟夫子，"夫子，你们邹地可有这等传闻？"

孟夫子全身绷紧，严阵以待，不料张仪讲出这么一段屁话来，绷紧的神经陡然松弛。但无论如何，孟夫子是笑不出来的，内中可谓是五味杂陈，干咳几声，郑重回击："邹人都在忙于礼乐孝悌，无暇扯闲。不过，孟轲在宋时，倒也听过不少传闻。"

"哦？"惠王急问，"什么传闻？"

"传闻张相国舌长三尺，可绕脖一周！"

"嘿？"魏嗣来劲了，二目圆睁，"我怎么不晓得？"

张仪淡淡一笑，使劲伸出舌头。

舌头果真是长，朝下伸展，一直覆盖了整个下巴；朝上伸展，一直覆盖了鼻梁，舌尖直抵二目之间。

"啧啧啧，"惠王看得目瞪口呆，"真长舌也！"

"轲还听到另一些传闻。"孟夫子的话题显然不在这儿。

"夫子快讲！"惠王等不及了。

"说是张相国擅长隐术，于光天化日之中，众目睽睽之下，将楚国至宝和氏之璧隐身于无形，至今还是一个谜呢！"孟夫子声音平静，如同讲述一个平话。

张仪在楚国因和氏璧受辱之事，天底下无人不知。孟夫子在这个场合端出来，显然是被逼急了。

张仪果然脸色红涨，但这涨红迅即消退，于眨眼间变作一声长笑："哈哈哈哈，"压低声，抑扬顿挫，"夫子有所不知，那件事儿不叫隐术，叫偷。夫子没有见过和氏璧吧？"

孟夫子惊呆。显然，他万没料到张仪的反应会是这般。

"和氏之璧有这么大！"张仪两臂张开，夸张地比画，"通身绿中带白，白中透红，红中透紫，紫中有黑，黑中透绿，真叫个绝世之宝啊！"

"可……"不及孟夫子说话，魏嗣叫道，"如此巨宝，相国如何偷呢？"

"是呀！"惠王也是听迷了，"张仪，讲讲你是怎么偷出来的？"

"回禀王上，要是偷出来了，昭阳还能把仪下狱吗？"张仪反问。

"这么说来，那璧还在楚国？"

"在不在楚国，就不是仪所知晓的了。仪所知晓，就是方才夫子所言，天下皆传的隐术。只有一点仪不明白，"张仪眉头一横，目光犀利，"以夫子之智，以孔门之信，竟然相信谣传，还张扬于列国，也是奇闻！"

"你……"见张仪绕到自己头上，且还攻击儒门，孟夫子气结。

"哈哈哈哈，"惠王紧忙救场，长笑几声，"夫子甭听张仪嚼舌头。什么和氏璧呀，不就是一块破石头吗！对了，"盯住张仪，转移话题，"张相国，你这番出使秦国，秦君没捎来什么话吧？"

"回禀王上，"张仪也适时收场，"臣着急入宫，正为向王上奏报使命呢！"

"说吧！"惠王扬手。

"这……"张仪看向孟夫子，"军国大事……"

惠王这也想到孟夫子，看过来。

显然，张仪奏报使命，外人在场确实不妥。

遭此两番挤对，孟夫子算是彻底领教了张仪的刻薄，忽地起身，不瞧张仪，只朝惠王拱手："孟轲告退！"一个转身，大步走出宫门。

孟夫子的反应显然过激。

张仪要的就是这个，遂以指背轻扣几案，拉长声音阴阳怪气道："啧啧啧，这就是儒门的礼仪哟，温良恭俭让！"故意看向魏嗣。

孟夫子连殿下也不打个招呼，显然过分了！

"父王，"魏嗣气呼呼道，"老匹夫……"

魏嗣话没说完，就被惠王喝住："魏嗣！"

魏嗣气呼呼地别过头去。

"说吧，"惠王看向张仪，"都有什么好消息？"

张仪将使秦收获细禀一遍。与副使史举有所不同的是，张仪的禀报增加了与秦王讨价还价的细节及秦国为伐齐形成决策的不易。

"他只出五万人，这不是儿戏吗？"惠王不屑道。

"五万全是锐卒，"张仪应道，"虽说不及庞将军的虎贲，却也是以一当十的。再说，用兵在将，秦王特别从巴蜀调回司马错，反观齐人，孙膑、田忌之后，又有谁还能将兵呢？"

"田婴！"惠王脱口而出。

"一则不是司马错对手，二则臣料定他不肯将兵！"

"为什么？"

"因为田婴为人伶俐，能审时度势。作为相国，他是不肯冒不胜之险的！"

"齐王若求救兵呢？"

"王上掰指算算，有谁能救齐人？"张仪掰起指头，"赵人吗？他们得先越过漳水，打败大魏武卒后再越过河水，是不？韩人吗？韩侯若是敢动，函谷关的秦人就会出兵宜阳，相信秦人早对宜阳的乌金垂涎三尺了。楚人吗？齐人无端偷袭项城，杀人无数不说，还烧了无数库房，昭阳气得吐血，出兵伐齐，若不是忌惮田忌与孙膑，只怕早就打到临淄了。燕人吗？当今燕王是秦王的女婿，女婿能打丈人家吗？能救齐人的只有一人，就是大王您。敢问王上，您愿救齐吗？"

张仪一番口舌合情合理，完全打消了惠王的疑虑。

咚的一声，惠王一拳震几，几乎是吼道："休想！"

"父王，"魏嗣接道，"我们也出兵吧，好事不能让秦人占完，是不？"

"怎么出？"惠王看向他。

"依儿臣之意，我们也出兵五万。秦人打秦人的，我们打我们的。嗯，不对不对，我们为秦人做个底，秦人打前阵，我们打后阵。秦人打赢了，我们管理秦人占下的城池；秦人打不赢，我们也好接应。"魏嗣抛出他的算计。

惠王闭目有顷，看向张仪："张爱卿，你意下如何？"

"臣听王上！"张仪把皮球推回去。

惠王又想一时，看向魏嗣，断然说出二字："不可！"

"为什么呀？"魏嗣急道。

"秦人出兵就是秦人出兵，有好处，自也该秦人去得！"惠王转向张仪，思虑已定，"张爱卿，秦人远道而来，慰劳一下也是该的，万不可殷勤过头，反给人家添乱哪！"重重地打个哈欠，现出困意。

"臣告退！"张仪、魏嗣起身，揖退。

出宫之后，魏嗣颇为郁闷。

"张相国，"魏嗣叫住走在前面的张仪，"你说，王上为什么拒绝出兵，将所有好处白白让给秦人？"

张仪顿住步，扭头，盯住他，良久，苦笑一声，未置一词，转个身，大踏步走去。

"张相国——"魏嗣紧追两步，见张仪没有停下的意思，也就放慢脚步，闷头回到他自己的东宫。

这个宫原本是太子申殁的。在太子申殁后，宫中的一切，除去夫人与几个育有孩子的嫔妃之外，全部被他接管了。

主宰东宫的却不是他的原配夫人，而是天香。

自从陪他嗅了一路尸臭之后，侍妾天香的地位扶摇直上，只差被正式任命为夫人了。

"殿下，"天香一身睡衣迎上来，半是嗔怪，"怎么这么晚才回来？叫人家好等呢！"

"你说，"魏嗣一脸火气，"父王为什么听不进我的忠言？"

"父王怎么了？"天香赶前一步，笑吟吟地为他宽衣解带。

魏嗣将宫中之事详述一遍。

"你呀，"天香笑道，"看来是永远也算不过父王了！"

"咦？"魏嗣看向她。

天香如对待孩子一般将他扯进浴室，按进早已备好的大浴盆里，用一块粗麻布为他搓背："我问你，秦国与齐战，会是什么结果？"

"这还用说，秦人肯定胜呀！"魏嗣应道。

"好吧，"天香停手，"秦人若胜，能有什么好处？"

"这……"魏嗣真还没有想过这个问题。

"秦人的战利品无非是金银财富，土地女人。"天香分析道，"齐人如果败了，金银细软能留给秦人吗？他们或藏起来，或毁掉，是不会留给敌人的。齐地所产，无非是粮食与盐。秦人缺粮吗？关中是粮仓，还有蜀粮可以接应。反观齐人，粮食倒是紧巴。至于食盐，秦有巴盐，吃起来远比齐盐好。至于能生娃子的女人，秦国多的是，秦国差的是男人，是能种地会打仗的男人！可齐国的男人秦国敢要吗？秦国唯一敢要也想要的是土地，可齐地与秦远隔万水千山，秦人能背回去吗？"

魏嗣睁大眼睛。

"秦人如果胜了，土地、女人、盐巴……父王算准了，所有好处，没有去处，全部都是魏人的。既然都是魏人的，父王急什么呢？"

魏嗣长吸一口气。

"我再告诉你，父王盘算的远不只这些。"

"还有什么？"魏嗣急问。

"还有泗下诸国，尤其是宋国。如果秦人把齐人打败了，宋国也是你们父子的，秦国拿不走一寸土地！"

"是哩！"魏嗣一拳砸进水里，溅起数根水柱，将天香的衣服打湿了。

"再说，"天香白他一眼，"秦国若是打败了呢？"

接到旨令，司马错将巴蜀事项一一交代给魏章，昼夜兼程，由汉中地经由终南山栈道驰回咸阳，直入宫城。

惠王正与公子疾、公子华、甘茂、车卫国几人谋议远征之事。几年不见，车卫国已经身心壮实，受命领军一方了。

"王上，"司马错开门见山，盯住秦惠王，"是您要远征齐国吗？"

秦惠王没有回他。

司马错得不到解，看向公子疾，见他也没说话，转向甘茂。

甘茂摊开两手，苦涩一笑。

"是相国！"公子华憋不住了。

听到是张仪的主张，司马错心里咯吱一声，吸进一口长气。这些年来，真正让司马错服气的上司只有两个，一个是商君，另一个就是张仪。至于苏秦、公孙衍等，在司马错眼里皆是大才，也仅此而已。

"相国大人？"司马错看向公子华，一脸不解，"他为什么要伐齐？"

公子华朝惠王努一下嘴。

司马错看向惠王。

"司马将军，"惠王开口了，盯住他，"你且说说，为什么不能伐齐？"

"天哪！"司马错哭丧起脸，"王上您……"

"你是不是想说，我们怎么能放着巴蜀不管，而要穿过崤塞，越过韩、魏、泗下，冒着楚、赵风险，远征与我们向来无涉的齐国？"

惠王的头歪着，半是眯眼，半是笑。

"正是，正是！"司马错叫道，"我们从未东征过呀！"

"司马将军，"惠王敛起笑，神色严肃地盯住司马错，继而转盯公子华三人，声音凝重，"正是因为从未东征过，我们才要征齐！"握紧拳头，晃有几晃："大秦的拳头，也该向山东亮亮了！"

几人感到的不是振奋，而是震惊，面面相觑。

"司马将军，"惠王伸脚，将眼前几案推到一边，在腾出的空地上摆出几册竹简，顺手解下腰中佩剑远远地摆在一侧，指着竹简，"这儿是山东列国，"指剑，"这儿是我等秦国，"再指竹简，"几百年来，山东列国自视为文明之邦，视我——"看剑，"为虎狼蛮戎！"解下腰带，将所有竹简围起来，形成一个圈子，"今有周人苏秦合纵列国，形成一个水泼不进的圈子，专以我大秦为敌！"从腰间拔出一把短刃，嚓地刺破腰带，扎进一捆竹简，"相国张仪以身许国，只身连横魏室，犹如在这圈里插入一把利刃！"扫视众人，"然而，先是桂陵，再是马陵，最后是襄陵，魏国一败再败，"用短刃挑断竹简上的绳子，"魏室气泄，魏王气馁，张相国撑不住了，我们再不出手，"将短刃抽回，将刺破的腰带结牢，"苏秦就会逼来，魏国就会重入纵亲，山东就将再度成为一个圈子，张相国数年心血就将毁于一旦，"指长剑，"我大秦若想再入山东，就将是遥遥无期！"

气氛顿时凝重起来。

"遥遥无期啊，诸位爱卿……"惠王的声音再度响起，字字沉重。

一切无须再说，司马错几人相视一眼，呼吸加重。

司马错打破沉重："王上能给我多少兵马？多少粮草？"

"你想要多少？"惠王反问。

"二十万锐卒，粮草须支一年！"

惠王摇头。

"十万，粮草八个月！"

惠王再度摇头。

司马错震惊："王上，这是最少的数了！"

"寡人只能许你锐卒五万，粮草三个月，且这些粮草中的大部分是在三个月之后才能运抵！"惠王淡淡说道。

"王上！"司马错简直不敢相信自己的耳朵，嘴巴张大。

"呵呵呵呵，"惠王轻笑几声，"瞧把你吓的！"伸手扯回几案，重新摆正，将腰带束上，"你以为真让你打呀？做个姿态给列国看看而已！"

"啊？"司马错的嘴张得更大了。

"司马将军，"惠王盯住他，"秦国一兵一卒，皆是寡人心肝，寡人是不会轻易涉险的。然而，一如方才所言，情势逼人，寡人已无退路，唯有远征。先穆公不顾众臣所谏，一意远征郑国，结果是全军覆没。寡人今又远征，实为迫不得已。好在今非昔比，有强魏在我一侧，崤塞无虞，赵不敢动。有函谷、陕、焦在我手中，可直逼宜阳，韩不敢动。楚有项城之仇，亦必不肯援齐。将军的唯一对手，只有齐人，而齐在孙膑、田忌之后，已无良将。将军只管大胆用兵，长驱直入，在齐国临淄城下小胜一场，齐王必会服软，那时，将军就使人与其讲和，割他几座城池以安抚魏王。"

"如果齐王不肯服软呢？"司马错问道。

"也是见好就收！"惠王显然想过这个，"总之，将军此番出征，不为灭齐，不为战胜，只为张扬军威，壮魏室一个胆子，吓唬一下齐王，顺便也探一探山东列国的底气，可以叫作试征！"

司马错闭目良久，睁眼，盯视秦惠王，一字一顿："王上，臣以为不可！"

"哦？"惠王倾身，目光逼视。

"君无戏言，军无试征。战争不是演戏，出征必为战胜。王上要么不出兵，要么必为战胜，否则，"司马错趋前，跪叩，字字铿锵，"臣冒死罪求请王上另选试征之将！"

依照秦法，不从君命即为死罪，且株连九族。司马错竟然冒此死罪拒不从命，实出惠王意外。

惠王闭目。

气氛死一般凝重，只有几人一气接一气被刻意压抑住的呼吸声。

"司马错！"惠王陡地睁眼，盯住司马错，厉声喝道。

几人皆吃一惊，无不看向惠王。

"臣在！"司马错再叩，声音低沉。

"嬴疾、嬴华、甘茂听命！"

公子疾三人皆起身，叩首："臣听命！"

"拟旨，"惠王看向内宰，"齐王无端兴师伐我约国，以阴计杀我约国魏国太子，又以强力夺我亲国燕国十城，是为不义。寡人应约国魏王、女婿燕王之请，出锐卒五万，替天行道，讨伐不义，特此诏命司马错为东征主将，嬴华、车卫国为副将，择吉日引军东征，与齐决战！钦此。秦王嬴驷。"

司马错、公子华、车卫国叩首："臣受命！"

"诏命甘茂司粮草，备军五万于函谷关，一是接应前方，二是筹备伐韩，只待韩国援齐，即出兵宜阳，取之！"

车卫国叩首："臣受命！"

"疾弟，"惠王看向公子疾，"劳苦你走一趟燕国，顺便过道郑城，给韩王捎个口信，就说他的御妹，秦国夫人，近些日想他了，睡梦里念叨他呢！"

公子疾叩首："臣受命！"

秦国伐齐，事情虽大，却没魏嗣什么事。朝中大事仍由魏惠王决断，支应秦国是张仪的事，三军也各有将帅，留给魏嗣主宰的只有一事，就是他的十几个嫔妃，其中有几个是从前太子申府中截留下来的。

魏嗣是个情种，天生肾好，每天都要御女数人，即使房术功夫了得的天香也受不了他，由着他胡闹，有时甚至让身边宫女替她应差。

男人总是要尝鲜的，魏嗣对身边的女人渐渐乏味，脑海里时不时地闪出赵姬来。

赵姬却不属于他。

这日卫国太子到他殿中造访，魏嗣使其内宰传乐坊令舞乐款待，点名赵姬领舞，结果是其他人来了，赵姬没来。魏嗣问罪，乐坊令回奏说，赵姬是王上嫔妃，要赵姬领舞须禀报毗人，奏请惠王恩准。乐坊令禀报过了，但毗人认为不合宫礼，未予奏报。

魏嗣把毗人恨得牙根痒痒的，心头欲火愈加烈了。得知赵姬每天上午都要到后花园中对着湖水练嗓，魏嗣窃喜，支使得力宫人将她请入一处僻静院落。

在毗人治理下的后宫一向太平，赵姬更以为是王上召请，丝毫未加怀疑，大步入院，趋步入堂。

候在堂中的是魏嗣。

不及赵姬反应，与她同行的宫人将她朝前一推，顺手关上房门并院门。

赵姬惊呆了。

面对坐在主席位上的魏嗣，当今太子，未来魏王，赵姬既不敢动，也不能逃，唯有扑通跪地，连声音也发不出来。

"站起来，舞一曲！"魏嗣举起案上的酒爵。

赵姬却站不起来。

"来，本宫扶你！"魏嗣起身，走到她跟前，将她揽腰抱起。

赵姬挣扎，声如莺啼，不过是在真的啼泣："殿……殿下……不……不能啊……"

魏嗣不再顾及她的挣扎与声音，抱着她走进偏房，搁倒在早已备好的软榻上。

得知秦国出兵伐齐，稷下令田文乐了。

消息是从寄住在稷下的小说门里传出来的。小说门堪称是稷下消息最灵通的门派，先生姓风，在来稷下之前叫风子，立门之后称为风先生。风先生门生极多，单是身边就有七十二位，散在列国的不计其数，多是说唱艺人，耳目最灵，专靠收集天下故事为生，偶尔也做些阴阳之事，为人卜吉凶、看风水，可以说是天底下最受欢迎的人群。

自然，风先生也是稷下令田文府中常客。

当风先生煞有介事地讲出秦国磨刀霍霍、行将远征齐国时，田文"哈哈"长笑数声，根本没有当回事儿。

晚上家宴时，田文将风先生之言当作笑话讲给了父亲田婴。

田婴却不敢当作笑话。

"苏子可在？"田婴支走风先生，转问田文。

田文摇头。

"苏子哪儿去了？"田婴震惊。

"去邯郸了。他的管家使人叫他，好像是有急事。"

田婴几乎是从席位上弹起来，在厅中来回踱步。

"几时走的？"田婴顿住步子，盯住田文。

"三日之前。"

"使快马赴赵，这就安排，请苏子速回！"田婴吩咐。

田文匆匆安排去了。

田婴坐回席位，从袖中摸出一封密函，展开，凝视，头上汗出。

"来人！"田婴袖起密函，朝外面叫道。

家宰进来。

"备车，入宫！"

齐宣王久久凝视密函，上面没有落款。

宣王将密函放下，抬头："何人所写？"

"是臣的一个门人，两个月前，臣使他扮作盐商，前往秦地做生意，此函是他派专人捎回来的。"田婴应道，"臣刚刚收到，未及斟酌，就又听到稷下小说门的传闻，是以不敢怠慢，迅即入宫奏报！"

宣王重新拿起密函，盯住它看。

"臣辨过了，是他的字，不会有错！"田婴道。

宣王的手微微颤抖。

"我们两番出兵，把魏国打趴下了。魏国的相国是张仪，听闻不久前此人奉命使秦，应该是他搬来的秦兵！"田婴接道。

"婴弟可有良策？"宣王盯住田婴。

"外务之事，非苏秦不能解局。臣弟得知此情，使人寻他，不想他在三日前赴赵国去了。臣弟使快马追他，或能在他渡河前赶上。如果不出意外，旬日之内他或能回来。"

"他回来能有什么用？"宣王一脸忧愁，两手按住额头，"常言道，兵来将挡，眼下缺的是御敌之将啊！"

"臣弟所忧亦是此事！"田婴应和，"要是孙军师不走，该有多好！"

"唉，还说这些做啥？"宣王轻叹一声，"依你之见，谁可以带兵？"

田婴连说三个名字，皆被宣王否定。

"要不，就让稷下令田文带兵吧？"田婴言语试探。

宣王没有应声，似是没有听见。

"田文虽说没有带过兵，但也跟从孙军师、田将军有过历练。再说，他结交甚多，稷下人才济济，也都认他，若是由他带兵，至少能做到知人善任。"田婴继续推荐。

见田婴绕来绕去，只为推荐自己儿子，宣王忍不住了，半是奚落："相国以为是伐滕吗？是御宋吗？"加重语气，"统统不是，是虎狼之秦杀上门来！"

"臣……"田婴面色尴尬，"实在想不出更合适的人了。"

"有一个人，"宣王几乎是脱口而出，"田忌！"

田婴苦笑一下，看向远处。

"如果不出寡人所料，"宣王盯住田婴，"秦王伐我，必用司马错为主将。在寡人心里，能敌司马错的只有一人，就是田忌！"

"臣弟也想过田将军，"田婴接道，"只是，经过邹相国两番折腾，田将军的心伤透了，不会回来的！"

"来人！"宣王叫道。

内宰进来。

"使人入楚，无论田忌身在何处，都要给寡人带回来！可转禀田将军，无论他要求什么，寡人全都答应，条件是，他必须回来！"宣王下达旨令，语气沉重。

因赵相肥义所请，也因在齐时间过长，苏秦有点儿想邯郸了，吩咐车马加快脚程，不过三日就到了宿胥口。

也是合该有事。这日宿胥口偏巧起了风浪，所有摆渡皆停。苏秦要求赶路，飞刀邹好说歹说，出高价寻到一个船家，刚刚踏上渡船，风刮得更大了，掀起滔天巨浪，且是顶头风。船工撑出数丈，船体剧烈晃动，在水中打转，马匹受惊，大声嘶鸣。船家死活不肯涉险，撑回码头。苏秦也不好逞强，只得在宿胥口寻客栈住下。

风却一直刮，时大时小，次日竟还下起暴雨来。风雨肆虐三日，于第四日停歇。苏秦他们刚要起渡，田文的家臣快马追到。家臣呈上田文的亲笔书信，说是情势危急，主公请他速回临淄。

苏秦的心揪起来，眉头拧成两只蜈蚣。

考虑到宿胥口是再好不过的信息收集地，苏秦让田文家臣先回齐国复命，说他随后就到。之后，苏秦吩咐返回客栈，使飞刀邹打探情势，自己关门闭户，静心思索应策。

傍晚时分，墨者陆续传来音信，秦国五万征卒已过虎牢关，正在向魏境进发。

毫无疑问，秦人不远万里强征东齐，这是一步匪夷所思的险棋，且也一定是出于张仪之谋。

张仪何以走出这步险棋呢？难道是他无子可下了？

恐怕是。

连横魏国之后，张仪密结庞涓两番折腾，先伐赵后征韩，不料尽皆折戟，且挫败他的皆是齐国。在襄陵陷落之后，于魏而言，向齐报复的机会完全丧失，魏王也必对张仪心存疑虑。张仪求请秦国出面，更多是出于维护他在魏国的地位。

显然，张仪也选择了一个极好的时机，齐宫立新，权臣内乱，三军无首，粮草无继，国库也在与魏国的两番大战之后损耗殆尽。换言之，齐国打不起仗了，齐国也打不动仗了。从某种意义上来说，如果一对一，秦国稳操胜券，因为齐国技击原本就不是大秦锐卒的对手，且没有筹策之将。于齐人而言，唯一的机会是等待援兵。谁是齐人的援兵呢？纵亲列国。纵亲国中，魏人肯定不是。余下四国是楚、韩、赵、燕。楚人吗，抑或是韩人、赵人、燕人？苏秦闭目，一个一个地思考，再一个一个地排除。

思来想去，齐国真还没有合适的帮手，即使有，张仪也一定会将之先行斩断，否则，他不敢也不会来走这步险棋。

就眼前形势判断，张仪完全拥有这个能力。楚人记恨项城，必乐观齐难，不会施以援手。齐国救过赵，赵人最有义务救援。但张仪早已结好中山，在魏与中山的南北夹裹下，赵国动弹不得。

能救援也应该救援的只有欠下齐国大情的韩国，且它又刚好卡在秦人东征的要冲。

关键是，韩王敢吗？

天色微明，一个概念油然而生。既然张仪敢走险棋，他苏秦为什么不敢？

苏秦分别写就几封密函，让飞刀邹使墨者分别转呈韩国公孙衍、赵国肥义、楚国陈轸三人，掉转车头返回临淄。

受命之后，司马错、车卫国紧急动员，选将调兵，筹备出征，公子疾、公子华则先行一步。公子华通知分散于列国的所有黑雕，将他们分作六个大组，分别配合东征行动，自己亲至魏国会合天香，于大梁城内设立黑雕分台，居中指挥。

与此同时，公子疾率领一支逾百人的使团车马，旌旗招展地越过周地，直入韩境，觐见韩宣王。

递呈国书与礼品之后，公子疾将秦惠王的口谕一字不落地复述给韩宣王，请求他允准秦卒借道伐齐。

韩宣王收下国书，安顿好秦使入驻馆驿，急召公孙衍与公仲入宫议事。

二人也已晓得所为何事，尤其是公孙衍，几天前就已接到了苏秦的密函。

"王上，"公仲直抒胸臆，"不知怎么的，一说到借道伐国，臣就会想到虞、虢之事。唇亡齿寒，虞公借道，终归落了个亡国断祠，臣早晚想起来，背脊骨都是凉的！"

公仲没有明说反对，但言外之意是显然的。

韩宣王看向公孙衍。

"王上可以借道。"公孙衍喝一口手中的酒葫芦，夸张地咂巴几下嘴皮子。

身为国相了，公孙衍仍旧是葫芦不离手，时不时就喝上一口。

"哦？"韩宣王身体趋前。

"王上可知不借道的危害吗？"公孙衍再喝一口，放下葫芦，盯住宣王。

"请爱卿详解！"

"若不借道，王上可有三大险处！"公孙衍侃侃说道，"其一，借道伐国，自古有之。既然事不关己，王上有何理由不借呢？其二，韩地与齐地远隔山水，韩地与秦地却是相傍相依。宜阳之南就是商於谷地，宜阳位于洛水之侧，洛水上源是上洛，今为秦人所有，宜阳之北是焦、陕、曲沃，焦、陕、曲沃之西是函谷道。函谷道在秦人手里，焦、陕等在秦之盟友魏人手中。其三，秦人早对宜阳铁炉垂涎三尺，正愁没个借口呢！"

韩宣王打个惊战，看向公仲。

公仲也是一凛。显然，他没想到这么多。

"王上若肯借道，却也有三大益处。"

"哪三大益处？"宣王眼睛大睁，急不可待了。

"其一，成全秦人，封住他的口；其二，不得罪魏人；其三，坐山观虎斗，不定还能捡到什么宝贝呢！"

"什么宝贝？"宣王追问。

"大则虎尾、虎腿，小则几颗虎牙，最不济也可捡拾几撮虎毛！"

宣王吸入一口长气，缓缓嘘出。

"敢问相国，"公仲问道，"秦齐若战，谁能取胜？"

"这个嘛，"公孙衍拿起葫芦，指指天，"要看天老爷喽！"连喝三口，"就战而言，无外乎三种结局，其一是秦胜，其二是齐胜，其三是皆不胜。"看向宣王，"就三个结局来说，无一不利于韩呢！"

"秦胜也利？"宣王听不懂了。

"利呀！"公孙衍应道，"劳师袭远，必旷日持久。持久之战，兵器粮草必定吃紧，单是辎重这笔生意，王上想不赚钱也是难哪！"

"要是他们不打呢？"宣王眉头微凝。

"不打更是好事呀！"公孙衍笑了，"天下苍生少些屠辱，王上难道不高兴吗？"

"哈哈哈哈，"韩宣王长笑几声，竖起大拇指，"听相国论事，真叫个痛快！"

昭阳是在秦卒跨过虎牢关之后才从韩人口中得知秦国伐齐的事的。

昭阳初时不信，以为是韩人谣传。当细作探知秦国锐卒五万、战车千乘并大量器械辎重已经浩浩荡荡地路过郑城，开往大梁方向，昭阳始知所传不虚，哈哈哈哈长笑几声，使人召请陈轸谋议。

"敢问大人是何应对？"陈轸听完情势介绍，冲昭阳问道。

"这个……"昭阳咂巴一下嘴皮，"不是正在与陈兄谋议吗？"

"轸晓得大人已有定策，说出来吧！"陈轸吃准了他。

"好吧！"昭阳拿出列国情势图，指图解道，"秦军东征，劳师袭远，必出全力，就算只出五万人，单是辎重就得另出五万人。齐无良将，不敢硬战，最明智应策当是坚壁重垒，闭门不战，待秦人气竭。若此，秦齐必成僵持。秦齐僵持，大不利于秦，秦必攻坚。攻坚必恃力，是以秦王会加派兵力，砸实前方。前方越实，后方越虚。在下之谋是，趁秦人后方虚弱，我可出重兵一举收复商於！"

啪啪啪，陈轸轻轻鼓掌，嘴角却是莫名一咧。

"陈兄？"昭阳盯住他。

"看来大人是铁心要帮齐人的了！"陈轸的咧化作笑。

"在下怎么会是帮他呢？"昭阳气恨恨道，"项城的闷气我还没出呢！"

"秦人千里远征，必全力以赴，头与屁股不能两顾。大人乘人之虚，踢人屁股，这不是在帮齐人的忙吗？"

"齐人关我屁事！"昭阳辩解，"秦人占我商於，逼我郢都，在下睡不着呀！今日予我这个机缘，千载难逢呢！"

"睡不着觉的当是大楚之王，怎么能是大人呢？"

"陈兄，你……"昭阳猜不透了，直直地盯住他看。

"轸以为，"陈轸和盘托出他的盘算，"商於是战略要冲，于楚来说，一定要收复。以大楚之力，以大人威势，如果大人真正想收，收复它也不是难事。不过，何时收复，怎么收复，由何人收复，于大人，于昭门，可就关系重大喽！"

听到关系昭门，昭阳沉不住气了："快说，关系何在？"

"商地诸邑是先楚王送给秦室的礼品，於地诸邑是商君从景氏口中夺去的，与大人你，还有你们昭氏，八竿子也是打不着。大人心心念念收复商於，收复回来也是人家景氏的地盘。既然是景氏的地盘，就当由景氏去收，大人您急个什么呢？"陈轸端起茶盏，慢悠悠地品啜一口。

"陈兄是说——"昭阳抛砖引玉，盯住他，候他接话。

"就眼前大势，秦国堪称是西部恶虎，齐国乃东方雄狮。一虎一狮，先河西，后马陵，接力按倒了魏国这头笨牛。唉，老魏王这头牛是够笨的，因为他长的是一颗猪的心，伤疤未好就忘了疼，今又听信张仪这个长舌骗子，为虎作伥，促成虎狮斗这场天下大戏。既然是一场天下大戏，大人为什么不像在下一样，拿个厚草垫，寻个好地儿，摆上一盏茶水，摇个芭蕉扇儿，美美实实地看一场热闹呢？"陈轸再啜一口。

这番分析入情入理，昭阳听进去了，沉吟良久，笑道："陈兄看场热闹倒是不错，让在下这个舞枪弄棒的粗人也看热闹，真还憋不住痒呢！"倾身，压低声音，"陈兄，依你所断，这场热闹的结局，是虎咬过狮呢还是狮子咬败虎？"

"这个得看天意了！"陈轸指指空中，诡秘一笑，"大人可请大巫占一卦。"

"呵呵，"昭阳坐直身子，和他一个笑，"若请大巫就轮不上在下喽！不过，陈兄也不能让在下一直看戏吧？再说，这么大个事儿，大王又会怎么想？大王若是问起来——"

"如果不出意外，楚王所想当与将军一样，收复商於！"

"若此，在下如何应对？"

"轸已讲白了呀，平心静气，观虎狮之斗。若是虎胜，楚人可出项城之气；若是狮胜，大王可起精锐之师，在老虎屁股上咬它一口，收回商於。"

昭阳兴奋了，盯住陈轸："如果都不胜呢？"

"那就欣赏一场谁都不胜的好戏喽！"

"哈哈哈哈！"昭阳爆出一声长笑。

"听说郢都发生一件大事，怕是大人要笑不出来喽！"陈轸瞥他一眼，啜茶。

"何事？"昭阳吃一惊，敛住笑，盯住他。

"郑克的女儿郑袖被靳尚献给大王，说是大王形影不离了！"

"那又怎样？"昭阳显然晓得此事，冷冷一笑，"一个女娃子能奈我何？"

"好吧！"陈轸斟茶，将一盏推给昭阳，"来，我俩喝茶。"

在向陈轸问策之后的第三天，昭阳接到怀王召请，由项城驰往郢都。

因有陈轸的提醒，昭阳没有着急入宫，而是先回府中，召集族人问询宫中诸事，尤其是郑袖。楚国后宫甚大，单是别宫就有十几处，几乎每天都有民间女子被选入宫，因而族人中谁也没有将一个入宫女子当回事儿。昭阳问询几句，见一切正常，也就放心，于翌日晨起早朝辰光入宫觐见。

昭阳请求觐见时，怀王正在听琴，是郑袖在弹，琴声呜咽。

许是命运作怪，昭阳选了一个最不该选的日子，襄陵城破一周年，也是郑克父子阵亡周年忌日。

这个日子别人不会记得，即使昭阳也早忘了，但郑袖记得。

非但记得，且是铭刻在她的心上。

早在凌晨时分，鸡还没叫，郑袖就在被窝里哭起来了。怀王被她哭醒，仔细看她，见她仍在熟睡，晓得她是做伤心梦了。

怀王恶作剧起来，不去叫醒她，只在边上观看，希望听到她的梦话，好在她醒时打趣她。但郑袖只是哭，没完没了地哭，眼泪打湿半个枕头，却没一句梦话出来。

怀王大为失望，遂起身穿衣，走到户外练剑。

怀王练有半个时辰，一头大汗回来，见郑袖仍在睡，眼角仍有泪水，且是新流出来的。这就奇了，怀王把她扳起来，将她的头搁在自己的腿上。

显然，郑袖早就醒了。

晓得是怀王，郑袖翻个身，将脸埋进他的腿窝子里。

"袖，"怀王轻轻拍她，"说说，做啥伤心梦了？"

"忘了。"郑袖喃声。

"想起多少是多少，说给寡人听听！"怀王鼓励。

"臣妾真的忘了！"郑袖应道。

"那……给寡人笑一个。"怀王将她翻过来，让她面对自己。

郑袖非但没笑出来，反倒流出泪水。

"袖？"怀王觉得不对了。

"王上，"郑袖挣脱开，走到一边，拿起她带进宫中的琴盒，"臣妾为您弹一曲，好不？"

"弹吧！"怀王坐在榻沿上，盯住她。

郑袖走到琴架前，坐定，抚琴不动，看向怀王。

"弹啊！"怀王催道。

"臣妾斗胆，请王上坐到席位上听！"郑袖求请。

怀王这才觉得失礼，走到席位上，正襟坐下，吩咐宫女点燃几炷香，闭目正念。

郑袖奏琴，奏的正是那日她在襄陵城门楼上所奏的乐音。

郑袖边奏边哭，泪水淌下来，一滴接一滴，滚落在琴弦上，再被震颤的琴弦激飞。

怀王听傻了。

怀王是个知乐的人，但郑袖所奏完全没有曲谱，只有悲怆与绝望。

郑袖弹出的不是琴，是她的心，是她的泪，是她母亲、她父亲和她哥哥的血。

怀王听哭了。

郑袖一直弹，一声声、一遍遍，从太阳升起到日高三竿，一直没有停下手指。

怀王一动没动，泪目，恭听。

早朝的时间到了。

早朝的时间过了。

众臣等不到怀王，使靳尚去请。

靳尚随从当值内臣来到后宫，远远听到这悲怆的琴声，晓得是郑袖弹的，也记起了今天是什么日子。

靳尚紧步趋进。

郑袖仍在弹，怀王仍在听。

靳尚轻轻嘘出一口长气，使当值内臣转告朝臣休朝，自己守在门外，一是防止外人打扰二人，二是防止郑袖因伤悲而过早讲出襄陵之事，反误大事。

第九章
争高下狮虎对阵　　决胜负英雄斗智

　　秦军顺利通过韩境，踏入魏国，在大梁城外指定地点扎下营寨。

　　张仪以魏王名义犒赏秦军生猪三百头、活羊三百只、鲜鱼一百担、粟一千石、马草三百车、马料一千石。张仪又以相府名义，借给秦军粟五千石、草料若干。两项相加，若是用得节省，三军可支一个月。

　　惠王与魏嗣虽然心疼，却也无话可说。一是秦人是为魏国才远征的；二是这些军需，原本就是人家秦国"借"过来的。

　　劳军仪式完毕，张仪才得空闲，吩咐随行魏人先走一步，自与秦军主将司马错携手步入秦国中军大帐，把酒言兵。同席陪酒的是两员副将，公子华与车卫国。

　　酒过三巡，司马错搁下酒爵，朝张仪苦笑道："相国大人，你是把在下放在火上烤啊！"

　　"将军何说此话？"张仪拱手。

　　"不瞒相国，此番远征，在下是心事重重。"

　　"将军是怕打败仗吗？"

　　"非也。在下虽说无知，却也晓得，世上本就没有常胜将军。"

　　"既如此，将军何以心事重重？"

　　"唉，"司马错怅然叹道，"在下心事有三：一是此番出征，王上并无死战之意；二是孤军远征，而对手是两败大魏武卒、击杀庞涓的齐国五都之兵，三军将士口中不言，心存忌惮；三是在下所带来的五万条汉子皆是一等一的锐卒，在下败不起啊！"

"呵呵呵，"张仪倾身，盯住他，"听将军此话，是要完胜齐人喽！"

"既然出征，必须完胜！"司马错收起心事，握拳，运劲。

"呵呵呵呵！"张仪多笑出一个字，直回身子，摇头。

"咦？"司马错急了。

"将军胜不得！"

"这……"司马错目瞪口呆，看向公子华与车卫国，见二人也是愣怔，转盯张仪，"相国大人，难道您是……要在下败吗？"

"也败不得！"张仪再次摇头。

司马错三人再次晕头，面面相觑。

"哈哈哈哈，"望着三人的样子，张仪长笑几声，缓缓举起酒爵，"来来来，诸位将军，为大秦锐卒远征齐国，不胜、不败，干！"

张仪一饮而尽。

三人谁也没端，连知晓内情的公子华也有点儿摸不着头脑了。

"喝呀！"张仪目光鼓励中有催促，一脸胸有成竹的样子。

公子华、车卫国在迟疑中饮尽，只有司马错执爵不动。

"司马将军？"张仪朝司马错亮亮手中的空爵。

"在相国大人说出此番征齐的锦囊妙算之前，这一爵在下不敢喝！"司马错干脆将爵置于案上。

"好吧！"张仪放下空爵，盯住司马错，"在下问你，东方列国无一不视秦国为虎狼，而今，虎狼之师横跨万里征齐，将军敢战胜吗？"

"这……"

"将军若是战胜，战胜的好处一分捞不到不说，将军反将恶名传扬于列国，列国原就视秦为虎狼了，见秦卒又是这般凶狠，连战败庞涓的大齐之师也击败了，只会因恐惧而抱成一个团，结在苏秦的纵麾之下，同仇敌忾。那时，别的不说，单是将军的五万锐卒回归故乡，怕也是个难哟！"

司马错倒吸一口凉气。

"至于将军如何败不得，在下就不多说了！"张仪目光闭起。

司马错服了，抱拳："谢大人指点迷津！"

"诸位将军，"张仪睁眼，看向三人，"此番征齐，不是真征，只是象征。在下不要几位去与齐人决生死，只要几位吓一吓齐人，给魏人，主要是给老魏王，壮个胆。否则，"指指自己鼻子，"在下的日子就不好过喽！"为几个空爵斟酒，"来来来，就算是劳苦几位，为在下帮忙，干！"举爵。

几人释怀，全部饮干。

"说吧，相国的这个忙怎么个帮法？"司马错放下酒爵，笑了。

"诸位请看，"张仪从怀中摸出一张他早已备好的麻布图，摊在案面上，指着一条黑线，"三军可沿这条线行军，过宋境，沿楚国昭阳东进路途，杀奔齐境。不过，不是围薛，而是由鲁地作势向北，锋指临淄。齐人必起三军迎战，双方可在鲁地布阵。"

"为什么选在鲁地？"车卫国不解。

"原因有四，"张仪看向他，"一是做给半途而废的楚人看，让他们瞧瞧大秦锐卒是如何征齐的；二是做给齐人看，让齐人明白大秦之师虽说是伐齐，但并没有踏进他们的国土；三是做给天下看，鲁国是礼仪之邦，大秦之师是出兵过鲁，是征伐不义不礼；四是确保后方无虞。在下已与宋王谈妥，变宋地为我腹地。双方在鲁地对阵，我进可攻齐，退可入宋，而齐人入宋，却要忌惮宋师。"

"咦，"车卫国越发不解了，"鲁地既为礼仪之邦，我们选在礼仪之邦作战，怎么又成了征伐不义呢？"

"哈哈哈哈，"张仪长笑几声，"这个正是在下要求几位的。"

自斟一爵，饮下："此番出兵不同寻常，无论是过宋还是过鲁，你们都要做到法纪严明，显出大秦威仪。山东列国无不视秦为虎狼之国，视秦卒为虎狼之师，此番出征，恰是我们证明自己的机会，你们必须做出样子，让他们看看什么叫作正义之师、礼仪之师！换言之，你们不可扰民，不可失礼，不可失义，行军布阵，皆要循规中矩；营外出行，务要军容整齐。宋君、鲁君在下全都讲妥了。泗下列国无一不受齐人的气，无一不在心底怨恨齐人，也都晓得秦人是不会要他们土地的，也不会要他们草木的。相反，这么多的辎重供养，于他们还是一笔难得的生意呢，所以，他们绝对不会为难诸位。"

见张仪打出此等算盘，三人叹服，抱拳道："相国高谋，末将敬从！"

"韩王可恶！"得知秦人安全越过韩境，抵达魏地，齐宣王恨极，一拳砸在几案上，"魏人伐他，寡人舍死救他；秦人伐我，他非但不救，反倒借道于人，这这这……"

"唉，"田婴半是感叹，半是为韩王开脱，"秦人要借，韩王不敢不借呀！关键是，我们如何御敌？"

"唉，"宣王亦叹一声，"要是晓得如何御敌，寡人就……"

"田忌将军可有音信？"

"你说得是，他不肯回来！"宣王不无懊恼道，"楚王封他君了，在黔西。使臣见他时，他刚要上路。使臣好说歹说，他只是不肯哪！"

"是哩！"田婴接道，看向宣王，"臣已奉王命，令五都之兵计十万人应征，五万赴阿城大营，五万发至临淄，听王命御敌！只是，臣听说，应役兵士寻出各种借口，甚至不惜花钱疏通司徒府，不想应征啊！"

"哦？"宣王惊道，"为什么？"

"风闻秦卒皆是虎狼，一到阵上，不顾一切向前冲，照面就是割耳朵！"

"岂有此理？"宣王震怒，"上战场就是赴死，怕什么割耳朵？"

"是呀！可传言不是这么说，传言说，秦人不是大魏武卒，是什么样的耳朵都割呀！死人的割，活人的割，拿枪的割，没枪的割，战死的割，连投降的也割……他们什么也不要，只要耳朵！"

"这这这……何处来的传言？"宣王震惊。

"是从魏人那儿传来的。河西之战中，不少魏人扔掉兵器，跪地投降，可秦人不管，一手刺人，一手割掉左边耳朵。侥幸活过来的个别士兵，也是只有右边一只耳朵呀！"

"可恶！"宣王一阵恶心，握紧拳头，有顷，盯紧田婴，"婴弟，我们没有退路了。急迫之事是主将人选，稷下会聚天下英才，可发榜征聘！"

"臣受命！"

田婴回府，使人写出榜文，请宣王盖过玺印，张悬于稷下。

稷下沸腾了。

苏秦是在宣王张榜的第三日回到稷下的。

苏秦站在围看榜文的人群里。

榜文是一块木板，做工精致，大意是，凡有治军筹策之才、能主将三军抗御强秦者，必封将赐侯。

立榜三日，阅读者众，却无一人揭榜。非稷下无人，实乃主将三军抗御强秦，实乃天大之事。自己头颅事小，三军数万人马尽皆系于一人，这是谁也不敢轻易担当的事儿。学者们纵有辩天驳地之才，但要他们背负几万生灵，这个压力实在太大。

审看一会儿，苏秦没有回他的小府宅，而是吩咐飞刀邹直驱远在郊外的匡章宅第。

匡章的宅子濒临淄水，有十几亩大，林木茂盛，清静宜人。

苏秦沿小径走到尽头，现出三进院子，俱是土墙草舍。

柴扉掩着。

苏秦敲门，匡章的御者兼仆从走出，认出苏秦，迎进，将他带到匡章书房。

书房位于草舍最后，可以从窗口观赏淄水。

房门大开，苏秦朝仆从摆下手，自行进来。

匡章仍在案前席坐，面前摆着两捆竹简。苏秦打眼一看，就知是孙膑留下的。竹简没有摊开。

匡章显然在冥想状态，对来人视若不见。

苏秦在他对面坐下，良久，轻轻咳嗽一声。

匡章睁眼，见是苏秦，惊喜："苏大人！"

"呵呵呵，"苏秦拱手，"有扰章子了！"

匡章回礼，尴尬一笑："在下……以为是下人送水来呢，慢待了。"

苏秦瞄向他的两捆竹简："看这样子，章子当是烂熟于心了。"

"字字珠玑啊！"匡章慨叹，"可惜在下愚笨，日日研习，也不过是记个词句，离苏大人要求的入心、会意尚差甚远！"

"听到章子说出此话，在下就放心了！"苏秦拿过竹简，摊开，又合上，一脸微笑地盯住匡章。

"苏子可为秦国而来？"匡章直入主题。

"正是。"苏秦目光刚毅，"这一战我们必须打赢！"

"是哩！"匡章点头，"苏子进来那辰光，在下正在思考如何御秦。"

"思考妥否？"

"尚未成熟。"

"说说看。"

"就军师所论，用兵在于奇，在于动，在于攻其必救。无论是孙武子伐楚，还是军师战魏，用的皆是此策。"匡章看向两卷兵书。

"章子欲以此策御秦？"苏秦问道。

"非也。"匡章摇头，"若在下御秦，当反军师之道。"

"哦？"苏秦倾身，盯住匡章。

"因为情势不同。"匡章闭目，似在背诵台词，"孙武子伐楚之时，楚强吴弱；军师战魏之时，魏强齐弱。吴军袭楚，用的是轻车，移动迅速，利于袭远。军师战魏，用的是骑卒，神出鬼没，利于造势。无论是孙武战楚，还是军师战魏，皆是远征他国，战场在境外。远征之军，宜动不宜静。今日战秦，情势迥异，是秦人远途伐我，战场在我境内，军师之策宜为秦人所用。"顿住，似是在寻找说辞。

"说下去！"苏秦听得入神，急切追道。

"在下之策是，与之对阵，拖死秦人。"

"怎么拖？"

"以军师所论，双方对战，强者静，弱者动；静者阵，动者奔；强者正，弱者奇；正者战，奇者避。秦人败魏卒于河西，服巴蜀于一役，拒六国于函崤，欺大楚于商於，今又远途伐我，必恃强。恃强，必静，必正，必阵，必战。秦人若阵，若正，则与我谋暗合，我可布以坚阵，拖其疲累。秦人远离家乡，我拖之愈久，秦人之心愈躁。躁则急，急则不周，不周则洞漏，洞漏则危。"

苏秦敬服，拱手道："听章子此悟，已得军师要领，齐握胜算矣！"起身，"事急矣，你这就随同在下去见王上！"

"谢大人抬举！"匡章拱手。

"将那个带上！"苏秦朝案上的竹简努嘴。

"匡章？"齐宣王眯会儿眼，良久，睁开，盯住苏秦，"远袭项城是不错，打得好，可……统领三军，与秦将司马错对阵……"顿住，又眯会儿眼，"你为什么举荐他？"

田婴也是目光质疑，看向苏秦。

"就秦所知，"苏秦声音淡淡的，如同说家常，"方今世上能对抗司马错与五万秦卒的人，除孙膑之外，就是章子！孙膑已不可求，章子是不二人选！"

苏秦以如此夸张的平静语气举荐一个只做过一次三军副将且在朝野充满争议的将军来主导一场决定齐国未来国运的旷世之战，着实让宣王、田婴吃惊。

换作任何人举荐章子，即使田婴，宣王都会毫不犹豫地否决。然而，举荐之人是苏秦，且语气这般决绝！

齐宣王双手捂头，从头顶揉起，揉到额头、眉毛、眼睛、面颊、耳朵，最后落在耳朵根上，抬头看向苏秦，没有说话，只以目光征询。

"臣之所以举荐，是因为匡章是孙膑弟子，已得孙膑真传！"苏秦讲出原委。

显然，这是一个重大信息。

宣王眼睛放光，但田婴显然不信。

"孙军师的弟子？"田婴半是自语，质疑道，"倒是怪哩！就婴所知，救赵之战，匡章只是普通军将；救韩之时，匡章虽然升为副将，但也都是帐外候命，军师从未教过匡章，也极少与匡章说话，只与田忌将军讨论军事，所有命令也都由田将军颁发，弟子一说……"一脸愕然。

齐宣王看向苏秦。

"是与不是，大王何不召章子一问？"苏秦应道。

"章子何在？"齐宣王看向田婴。

"章子就在殿外，当在候旨厅候旨！"苏秦接答。

"有请匡章！"宣王宣召。

内臣出去，果然在宫门之外看到正在候旨的匡章，引他入见。

匡章提着一个包袱，跪叩时包袱搁在旁边，很是显眼。

齐宣王、田婴的目光齐刷刷地落在包袱上。

"匡章将军，包中何物？"齐宣王忍受不住好奇心，不及让席，指着包袱问道。

匡章打开包袱，现出两捆竹简。

匡章展开竹简，第一捆的第一片竹简上赫然写着《孙子兵法》，另一捆上赫然写着《膑人说战》。

"《孙子兵法》？《膑人说战》？"齐宣王半是自语，半是征询，"可是军师写的？"

"正是！"匡章应道，"军师将用兵精要写作两册，托苏大人赠送末将，叮嘱末将研习，为国效力。"将两册竹简双手呈上，"此为军师手书，请王上审阅！"

内臣接过，呈给宣王。

宣王激动，粗粗翻看一遍，看向匡章："匡章将军，你可都研习了？"

"末将深恐有负军师重托，自得书之时起，日日用功，不敢有一刻懈怠。"

"王上，"田婴笑了，"该给将军让个席位了！"

"是哩！是哩！"齐宣王这才想起礼节，紧忙站起，走到匡章身边，将他扶起来，让到席位上，按住他的肩膀，不无感慨，"不瞒将军，一连三日，寡人睡不安、吃不香，日夜不停地祈祷上苍，"回到席位坐下，"这不，上苍不负寡人，把你给送来喽！"

在场几人皆笑起来。

匡章拱手："王上厚爱，末将粉身碎骨，不足为报！"

"哈哈哈哈，"宣王笑过几声，扫视几人，"寡人文有苏爱卿、田爱卿，武有匡将军，复何忧哉？"拖长声音，"复何忧哉？"

君臣四人笑过一阵，开始就用兵方略、军务粮草诸事，切磋琢磨两个多时辰，宣王、田婴对匡章在言谈中所表达出来的韬略再无疑虑。

见天色将晚，宣王摆宴，君臣尽欢。

酒过三巡，宣王盯住匡章："匡章将军，你若用兵拒秦，十万锐卒可否？"

"听闻秦人是五万，臣若多出，岂不是以众欺寡了？"匡章应道。

"嘿！"宣王盯住他，愕然。

"前有河西败魏，后有函谷挫败纵军，将军不可小觑！"见匡章气盛，田婴现出犹疑，"秦人不是魏人，听闻个个皆是为割耳朵而不怕死的人哪！"

"这个不足取信，"匡章看向田婴，"世界上没有不怕死的人，只有趋利避害之徒。末将审过河西、函谷二战，河西之秦胜在用奸，函谷之秦胜在侥幸。若是秦人未能发现张猛将军的冰桥，以火烧之，函谷道就是魏人的。魏人拥有函谷道，阴晋必破，三晋之兵外加已经袭破河西的魏卒，秦人断无胜机！至于袭破崤塞的司马错偷袭之军，于庞涓来说不值一提！"

"这么说，将军欲以五万锐卒对阵秦卒五万？"齐宣王的目光难以置信。

"正是。"匡章应道，"不过，在下有三个请求，请王上恩准！"

"将军请讲！"

"其一，五万锐卒须由末将选拔，三军将帅须由末将调配，末将有赏罚处置权！"匡章看向宣王，顿住。

"这个依你！"宣王允道。

"其二，"匡章看向案上的竹简，"《孙子兵法》篇九所载：'城有所不攻，地有所不争，君命有所不受。'末将用兵之时，倘若有违王命处，恳请王上勿疑！"

"怎么个有违王命？"宣王眼睛眯起来。

"臣亦不知。战场情势瞬息万变，臣须随机应变，若是事事奏请王命，恐误战机！"

"依你！"宣王朗声应道，看向内臣，"写下来，匡章将军用兵之时，有随机应变之权，不必事事奏请！"

"臣遵旨！"内臣记旨。

"谢王上厚爱！"匡章拱手，"其三，也是最重要的，器械、粮草等辎重军备，要随调随到，足量供给！"

"田——相——国！"宣王看向田婴，一个字一个字说出来，拉长声音。

"臣保证！"田婴握拳。

"匡将军，你还要什么？"齐宣王的指背敲在案面上，响出节奏。

"末将不要什么了！"匡章朗声。

"好好好。"齐宣王收起指头，看向他，"对了，听闻将军的先母迄今仍旧葬于马厩，可有此事？"

"有之。"匡章心头一凛，点头应道。

"这个怎么可以呢？"齐宣王看向田婴，声音提高，"田爱卿，你为将军选一块上好墓地，待将军凯旋，寡人主祭，为将军更葬先母！"

"臣受命！"田婴拱手。

"谢王上厚恩！"匡章起身，叩首，"末将恳请王上收回成命！"

"哦？"宣王倾身。

"非末将不能更葬先母，乃先父在辞世之前未许末将更葬。末将未得先父之命而更葬先母，就是欺先父了。末将不敢为之！"

"原来如此！"宣王看向田婴，慨叹道，"唉，人言可畏，不知情之言，更不足以取信哪！"

翌日，宣王大朝，神清气爽地颁布诏命，任命匡章为主将，田文为副将，太子地为监军，田婴督粮草，精选五都锐卒五万，出征御敌。

依据张仪战略部署，司马错率领三军沿着楚军伐齐所走的线路，越过宋境，向东进发。就在齐人、楚人皆以为秦人要取薛时，秦军转身向北，逼向鲁地。鲁公显然得到承诺，非但没有组织抵抗，反而使人带着猪羊鸡鸭酒等物前往劳军。

与此同时，早已得报的匡章也命令技击五万分路驰往泗下。齐左军一部约三千技击在鲁都曲阜西北部与秦军探道的三百锐卒狭道相逢，一场遭遇战在桑丘展开。

见秦人只有三百，自己十倍于敌，齐将大喜，传令围歼。秦卒无处可逃，遂布成圆阵，殊死抗击。战斗由午时开始，持续近一个时辰，齐卒第一次领教了秦卒的厉害，轮番进攻五轮，仍未撼动秦阵分毫。

眼见秦人援军赶至，齐将鸣金收兵，检点折损，竟达百人，伤者不下两百。

齐将禀报战况，匡章震惊，传令三军在桑丘之北扎寨。三军构成三座方形营盘，互为分离，相隔约两箭之地，远看如一个"品"字。

司马错亦传令秦军在桑丘之南安营，三军亦成三个营寨，但寨不分割，状如一只双翼展开的黑雕，雕头前伸，雕尾散开，南北翼侧应。

双方营寨相距约数里地，旌旗相望，号角相闻，甚至连彼此的叫喊也听得见。双方将士各出工兵，将寨前农田夷为平地，变作数里开阔、适合战车驱驰的沙场。

为避免围梁救韩时的烧粮悲剧发生，齐宣王在粮草辎重的供给线上重点布防，盘查极严。

背后是宋境，泗下为粮仓，更有魏人接济，带足了金子的司马错有恃无恐。

初战显威，尽管无法计点耳朵，司马错仍旧重赏参战的三百将士，人均晋爵一级，领军官大夫则跃升两级，越过公大夫，直升公乘。战死者则列入英烈荣册，按晋爵三级待遇表奏秦王追封并抚恤。

如此超越规格的重赏让所有将士看红了眼，一时间群情激昂，求战之声不绝于耳。司马错使军尉传送战书，历数齐人失义乱礼之处，尤其是齐人以卑劣、阴毒手段诱杀魏国太子申，触及道德底线，是可忍孰不可忍，秦王看不过去，方才应魏王之请，为魏国太子伸张正义，要求齐人要么向魏王赔礼道歉，要么于三日之后摆阵厮杀。

匡章礼貌回书，只问候冷暖，不予应战。

见齐人不应，众将再度求战，司马错令先锋将军单车搦战。

先锋将军连搦三日，齐辕门紧闭，无一人出应。先锋将军求功心切，欲率死士冲寨，被司马错喝止。

在得知匡章为齐国主将之后，孟夫子果断弃魏返齐。

显然，魏非仁政之地。魏惠王无意仁政，太子亦非可辅之材。从街谈巷论中孟夫子闻知河西战场上秦卒的残暴，亲自走访几个经历过战场的老兵，得知一切皆是真的。沙场尽忠为儒门所倡，杀降割耳却是可耻。秦人杀降割耳不说，这又远隔山水，五万甲士在自己的眼皮底下征伐一个与其毫无瓜葛的东方大国，理由牵强，更让孟夫子心底发寒，义气勃然，吩咐众弟子启程离魏回齐。

为防不测，孟夫子一行没走秦人行军之路入宋地，而是北渡济水，经由卫地直赴齐地阿城，以期见到匡章，助其退敌。

至阿城途中，孟夫子听闻秦齐二军尽皆入鲁，震惊。鲁为儒门圣地，两个大国之师入鲁厮杀，于鲁将是一场劫难。孟夫子大急，吩咐众弟子星夜兼程，赶赴鲁地。

一路皆是运送粮草的齐人辎重车马。见运送粮草的车马吃紧，孟夫子下车步行，吩咐弟子将所有辎重集中于一辆辎车，腾出两辆，帮助齐人。众弟子各显身手，随从齐人的辎重车队不急不缓地驶往鲁地前线。

刚入鲁境，一辆轻车从后面赶上，从孟夫子一行的辎重车旁驰过，单从车速上看，是有急事了。

轻车驰过百步，忽然停下，车上跳下一人，往回走来。

万章眼尖，惊道："夫子，是苏大人，他冲您来了！"

孟夫子迎上去，相距十步左右，住步，拱手："苏大人，久违了！"

苏秦回过礼，看向三辆装得满满的辎车及在辎车两侧扶车助力的众弟子，油然而出敬意，朝孟夫子深鞠一躬，握住孟夫子之手，感慨万千："夫子——"

"大人要事在身，就快走吧！"孟夫子指一下前面的车子。

"夫子请乘在下车子，去见匡章将军，共商破秦大计！"苏秦邀请。

孟夫子转对万章："万章，为师乘苏大人高车先行一步，你等送完辎重，可到匡章将军的中军大帐寻我！"

孟夫子随从苏秦上车，二人在厢篷之内相对而坐。

飞刀邹扬鞭催马，辎车启动。

孟夫子盯住苏秦："赶得巧呢，孟轲正有一事求请大人！"

"夫子请讲！"

"前番听闻苏大人提到一册叫什么《商君书》的，轲甚想一阅，不知大人肯出借否？"

苏秦打开身边一个箱子，摸出一卷书，双手递过："夫子请阅！"

孟夫子迫不及待地打开竹简，在车辆的颠簸中读起来。不消一刻，孟夫子的气色变了，呼吸急促起来。

苏秦气沉心定，两眼微微闭合，一丝余光透出，时不时地瞄一眼孟夫子。

孟夫子手不释卷，气色不断变化的面孔随着车子的颠簸而有节奏地晃动。

足足读有两个时辰，在车辆抵近齐国中军辕门时，孟夫子才放下卷册，揉几揉眼睛，看向苏秦。

"夫子看完了？"苏秦睁眼，问道。

"完了。"孟夫子点头。

"夫子看到了什么？"

"苛政。"

"苛政如何？"

"唉，"孟夫子长长叹出一口气，拳头捏紧，"猛于虎也。"

"这只虎的牙口伸向鲁国了！"

"多行不义必自毙，子姑待之。"孟夫子眉头紧拧，搬出《左传》里郑庄公的原话。

"只可惜，叔段不是自毙的！"苏秦淡淡一笑，"没有庄公筹谋以待，锐卒以攻，叔段或就成事，其不义亦为义了。今日之秦亦然。苛政严法驱良民为虎狼，虎狼结群，暴虐成性，以天下弱民为食，是为不义。而我若是无所事事，坐待秦人自毙，以夫子之慧，行得通吗？"

孟夫子长吸一口气，拱手："苏大人良苦用心，在下今日知矣！如何御敌，大人可有妙策？"

车辆停下，齐中军辕门到了。

苏秦指向辕门："在下邀夫子同车，就是为了与匡章将军筹谋妙策啊！"

"敬从命！"

匡章闻报，摆出迎宾仪仗，将苏秦与孟轲隆重迎入中军大帐。

"听说开局不太顺哪！"苏秦开场。

"嗯，"匡章点头，"秦为锐卒，我也为锐卒。我十倍于敌，围之攻之，激战一个时辰，竟然撼敌不得！由此观之，秦卒战力不逊于庞涓的虎贲！"

"初战不顺也好，"苏秦安抚，"一可让将士们见识一下秦人战力，二也可骄敌纵敌！"

"只是，"匡章现出忧色，"将士们原本惧秦，此战该捷未捷，伤亡反而多于秦卒，更是加重了这个气氛。不瞒二位，"忧色益重，"三军将士皆在打探此战详情，相信秦人是不可战胜的。当务之急是如何鼓舞士气，打消秦人不可战胜这个神话！"

"哼，"孟夫子冷笑一声，"不义之师岂有不可战胜之理？"

"夫子可有妙策？"匡章看过来。

"妙策只有一个字！"孟夫子声音铿锵，戛然止住。

见孟夫子迟迟没有说出下文，匡章急了，盯住他："敢问夫子，何字？"

"仁！"孟夫子握紧拳头，咬紧牙齿，拖长节奏，出声雄浑有力，如天边滚雷。

这个字显然不是匡章所想要的，但恩师之言字字如鼎，匡章不敢有怫，抱拳，朗声应道："谢夫子赐策！"

"匡章将军，"孟夫子二目如炬，盯住他，"你这就召集众将，轲有话说！"

"这……"匡章怔了，看向苏秦。

"夫子是要为将士们励志鼓气呢！"苏秦笑道。

匡章看向孟夫子。

"将士惧战，是缺仁义。"孟夫子凝视匡章，"你将所有将军集合一处，为师为他们讲解仁义。仁义之师，永远不会惧战！"

"弟子代众将士谢过夫子！"匡章拱手，"只是夫子一路上车马颠簸，不宜过劳。"转对军尉，"摆宴，为孟老夫子与苏大人接风洗尘！"

翌日晨起，早餐过后，匡章果真召集师帅以上将军二十余名，由夫子主讲仁义之道。

孟夫子开讲之后，匡章脱身，对苏秦笑道："该我们筹谋了！"

苏秦没有笑，只将二目盯住匡章，语气凝重："匡章将军，在下不懂军事，只懂一条，此战，将军没有退路，必须完胜，否则，不仅是齐人之祸，山东列国也再无宁日了！"

匡章凝住笑，吸入一口长气，良久，缓缓吐出："章知矣！"

"至于对秦战略，"苏秦接道，"在下反复想过，将军此前所谋当是上上之策。第一步，拖住秦人，避战；第二步，因敌应变，寻找破绽；第三步，抓住漏洞，一击制敌！"

"章谨听大人！"匡章应道。

"待夫子讲完仁义，将军可请夫子教习三军射艺。夫子神射，无坚不摧。让夫子教射，一为尽其心，二为尽其力，三为鼓舞军心。在下已经安排妥当，三日之内，当有墨者前来，助将军赶制守御利器。有利器在手，军心可稳。军心若稳，良机可待。"苏秦拱手，"相信将军能打赢这一战，在下告辞！"

"大人欲去何处？"匡章急问。

"韩国。"

战事胶着半个月后，张仪走进秦军大帐。

"怎么样？"张仪笑问司马错。

"压不住呀！"司马错苦笑，"将士们不辞辛苦跑到这儿是为建功立业的，早就铆足了劲儿与齐人大战一场，而相国大人的远略在下却不能明说，真正是为难哩！"

"这个是王上诏令，将军可张贴于显赫之处，传示三军！"张仪从袖中摸出一道诏令，递过去。

司马错展开，果然是秦惠王的两道诏令。

诏令一："有敢入柳下季垄五十步而樵采者，死不赦！此诏，秦王嬴驷。"

诏令二："有能得齐王之首者，封万户侯，赐金千镒！此诏，秦王嬴驷。"

司马错不解，盯住张仪："柳下季垄？什么意思？"

"将军不知柳下季吗？"张仪笑问。

司马错摇头。

"将军知道柳下惠不？"张仪再问。

"这个我知道呀，就是那个传说中坐怀不乱的人！他娘的，能坐怀不乱一整夜，我服！"司马错咂巴几下嘴皮子。

"呵呵呵，"张仪笑道，"柳下惠姓展名获，字子禽，居于鲁国柳下，后人叫他柳下惠。因他在家中排行老三，后人又叫他柳下季。"

"可这……垄呢？"司马错眯眼盯住那个"垄"字。

"墓地呀！王上是个雅人，说墓地难听不？"

"这这这……"司马错震惊，"到他坟头上拔根草，就要杀头？"

"将军再看，不是在他的坟头上拔根草，而是在离他坟头五十步处拔根草！"

"老天！"司马错龇牙，"若在坟头上，怕是要诛三族了！"

"依据秦法，还得连坐十家！"

"他的坟在哪儿？"司马错皱眉。

"柳下邑。"

"柳下邑在哪儿？"司马错拿出形势图，摊开，摸出一块画石，作势标示。

张仪指向一个地方。

"这……"司马错又是一怔，"此地离我一百多里，且是在齐人所占地盘，莫说是去拔根草，即使想去乘个凉，怕也得问问齐人许不许呢！"

"呵呵呵，你呀，"张仪又是一笑，"这么快就把王上的另外一道诏令忘了呢！"朝另一诏令努嘴。

司马错看向另外一道诏令，有顷，转望张仪，目光诧异："相国是说，我们真的要打到临淄去？"

"咦？"张仪盯住他，"将士们背井离乡走这么远的路，不打到临淄又为个什么呢？"

"这……"司马错目光错愕，"前番在大梁，相国不是说——"顿住，挠起头皮来。

"司马将军，"张仪挤一下眼睛，诡诈一笑，"不瞒你说，王上的这两道诏令是下给天下人看的，不是下给你并众将士看的！"

"哦？"

"这么说吧，"张仪用指背敲响几案，"柳下惠乃天下大贤，齐王乃负义之君，王令如此，将士守之，其中滋味，将军这下该当品得出来喽！"噘起嘴巴轻轻吹出口哨，与他的指节叩案声相和。

"在下明白了。"司马错苦思一时，抬头，"一是彰显我大秦之德，二是彰显我大秦之威！"

"哎哟哟！"张仪收起指节，竖起两个拇指，"不愧为我大秦第一名将！"

"可这……"司马错盯住张仪，"相国大人，你得给个实底，末将究竟是真打还是假打？"

"在下给你四个字，"张仪恢复敲案，"坐以观变！"

"若是齐人不变呢？"司马错问道。

"匡章乃庸才，齐王使他将兵，可见无人。庸才用兵，不会不变。再说，"张仪淡淡一笑，"如果将军战他不下，华公子那儿不是还有黑雕吗？想想田忌将军是如何奔楚的！"

"战他不下？"司马错冷笑一声，拳震几案，"哼，相国看我明日破他！"

"呵呵呵，"张仪连声笑道，"司马大将军，急切不得，急切不得哟！"

"那……"司马错盯住张仪，"相国要末将何时破他？"

"待其气竭！"

当苏秦的辎车出现在韩国相府门前时，公孙衍吃惊不小。

相见礼毕，公孙衍带苏秦至府中花园，面水坐下，顺手递给苏秦酒葫芦。苏秦谢过，从腰间摸出一个竹筒，拔掉塞子，仰脖饮之。

听到"咕咕咕"的声音，公孙衍晓得是水，笑笑，饮一口酒："苏子是百忙之人，此来可为桑丘之事？"

"是哩！"

"想让韩国出兵吗？"

"不是。"

"哦？"公孙衍略怔，盯住苏秦。

"桑丘之事，有章子就够了。在下此来，只为纵亲。"

"纵亲？"公孙衍喃声重复，又喝一口酒。

"六国自纵亲之日起，裂痕已出，至联军伐秦，裂痕愈大。纵亲之核是三晋。伐秦受挫，张仪入魏，结庞涓舍纵入横，倒向秦国，先伐赵，西伐韩，内核尽破，纵亲名存实亡。"

"是哩！"公孙衍认可，"苏子是要重启纵亲？"

"应该是修复。"苏秦纠正，"纵亲之核在三晋，三晋之核在魏，能制魏者唯有韩、赵。在下有赵，公孙兄有韩，在下此来，是想与兄联手，逐走张仪，逼魏回归纵亲。魏人入纵，三晋核聚，列国纵亲可复，秦人可制矣。"

"苏子想说的是，你我合手，除掉张仪吧？"公孙衍把话挑明。

"就算是吧。"苏秦苦笑。

"好的，在下应了。"公孙衍的话音刚落，相府御史急进，递给他一封密函。

公孙衍拆看。

"嘿，俨然成了仁义之师喽！"公孙衍哂笑一句，将密函递给苏秦。

苏秦接看，是司马错四处张贴的两道秦王诏令。

苏秦眉头凝起，良久，抬头："公孙兄，可有应策？"

"不是有章子吗？"公孙衍反问，"应策也是他出！"

"我是说，在秦人溃退，入你韩境之后！"苏秦眯起眼睛。

"嘿？"公孙衍盯住苏秦，"苏子这是吃准他匡章能赢喽！"

桑丘前线，秦军营寨秩序井然。秦人尚黑，从旗帜到甲胄到装备到栅寨的颜色，无一不黑，整齐划一，远远望去，偌大的营盘就如一个张翅欲飞的黑褐色巨鹰。在秦律的严格约束下，无一秦卒外出扰民。即使有秦卒出寨巡逻，也是成伍成行，军服整洁，装备优良。

不同于寻常外征依靠秦国辎重保障，司马错出征前带足金子，专门成立一个辎重司，以高于市场一至二成的价格向泗下列国购置军需，且是现金交易，买卖公平。为赚这点儿差价，泗下商贾争先恐后，不遗余力。

数里之外，与之相对的齐营则是另一番景象。与秦初对峙时，齐军如临大敌，待营垒建成，秦人不再搦战，遂松下一口气。后见对峙日久，秦人亦如他们一般闭门不出，齐军无不松懈。

齐军来自五都，别的不说，单是军旗，各都有各都的颜色，各将有各将的标志，可谓是五花八门。甲胄多是从魏武卒手中缴获的，相对统一，营帐却如同旗帜一样各成体系。更急火的是，匡章名声不好，邹忌在时一直受到压制，只由于是王族血统，他才成为五都军将之一，主政前番救韩时被提升为副将，军将中就有不服的。此番更是被拜为主将，无一肯服，只因是王命钦点，且赋予他生杀大权，这些军将也就只能把不满压在心中，明则唯唯诺诺，实则我行我素，是以各种散漫充斥军营，匡章三令五申，仍旧收效不大。监军太子地视察军情，大急，要求匡章严明军纪，不服者斩，匡章笑笑，似也没当回事儿。

日光如梭，转眼过去两个月，秦营愈见严整，齐营愈见散乱。司马错探得明白，正欲禀报张仪，求请一战，突接黑雕密报，说是齐人新近造出十多种新型防护兵器，并于昨日起陆续装备到兵营。而关于这些兵器的性能，他们尚未摸清，只听说有种飞器，上有转刃，可如鸟一般在天上盘旋，于百万军阵取人首级。司马错震惊，一面要求黑雕抓紧摸清新兵器的底细，一面快马禀报张仪并秦王。

张仪由大梁飞马驰至军营。

"我查清了，"张仪没看，将密函推到一边，"是墨者。苏秦请到不少墨者帮忙。"

"打吧，"司马错握拳，"甭说将士了，一天一天无所事事，也把我憋得肚子疼。我这就想看看那个飞器是如何在百万军阵中取人首级的！"

"呵呵呵，"张仪笑笑，轻描淡写，"将军放心，是齐人虚张，没那么厉害！"敛笑，盯住司马错，"司马将军，如果你真的想打，就得做到三点。其一，完胜，把齐人彻底打趴下！"

"哟嘿，"司马错来劲了，兴奋地搓着手，"开战自然是要完胜喽，否则，我们大老远地跑到这儿做什么？"

"其二，适可而止，见好即收，万不可穷追，不可割对手耳朵，顶多追至鲁齐边境，所有秦卒不可踏入齐境！"

"这个好办，我先使人探好齐鲁边境，做好标记，谁敢踏入齐境一步，斩其足！至于耳朵的事，一只不割，让将士们各自记下斩敌数目即可，谅他们不敢虚报！"

"还有其三，将军须做到先礼后兵！"张仪盯住他，"以春秋笔法下战书，晓谕对手，我们要进攻了。如果匡章服软请降，愿给我王一个面子，是最好不过的；如果匡章不肯降，将军再用兵不迟！"

"好嘞！"

司马错当即召来参将，草就一封战书，言辞甚恭，差参将为使，赴齐营下战书。

参将临行时，张仪拿出一箱礼品，让他在驰往齐营时放在显眼处，并以司马将军名义赠送匡章将军。

司马错不解，见张仪使眼色，挥手放行。

参将递完战书，赠送礼品，受到匡章盛情款待。翌日，齐营亦出一车，齐国参将回递一书，亦赠司马将军一箱礼品。

司马错拆书，却非战书，所有措辞只为交好。

接后一个月，两大阵营之间，先是使臣往来，继而是军将往来，再后是兵士往来。外出秦卒日益增多，双方兵士甚至在军营之间本该做战场的野地里交换有无，其乐融融，精明的泗下商人趁机在此设摊开店，生生将沙场变作了市集。

与此同时，秦国各类黑雕出动，流言在泗下列国及齐国各地疯传开来，皆说是匡章通秦。对匡章不满的五都军官及地方、朝廷官吏也都纷纷上奏，弹劾匡章的奏章如雪片般飞往临淄，或入田婴府，或直接入宫，无不要求撤匡章的军职，治其通敌之罪。

田婴坐不住了，抱起一摞奏折前往宫中，摆在宣王跟前。

宣王吩咐内臣也抱出一摞，搁在田婴的那摞旁边。

两大摞奏折足有数尺高，不下几十册。

"王上，"田婴苦笑，"苏子怕是荐错人了？"

"哦？"宣王的目光从两摞奏折上转过来，盯住他。

"臣去桑丘两次，一为督粮，二为探视。别的不说，臣只看到秦军营阵整齐如一，而匡将军的营寨是五花八门哪！军中臣也待过，无论是田忌将军，还是孙军师用兵，无一似匡将军这般。"田婴从袖管里摸出一封密函，"这是副将田文的奏章，托臣代奏！"

宣王接过，拆看，眼睛几乎眯成两道缝。

"看来，匡章与秦将真还扯不清了！"田婴的声音小得几乎听不见。

宣王没有抬头："依爱卿之见，当如何是好？"

"臣也不知。"田婴又出一个苦笑，"只是，此战关系甚大，匡将军若是真有通敌……"顿住。

宣王的眼睛仍在田文的奏折上，眼睛突然睁大："咦，孟夫子也在军中？"

"是哩！"

"这是大事，匡章为何不奏？"宣王较真在这桩事上。

"说是夫子不让对外讲，想必是有辱儒门斯文。不过，就臣所知，夫子教射，说起来也是个笑话了！"

"什么笑话？"宣王上劲了。

"田文选出三千人从夫子学射，夫子不教射，只教他们斋心养气，凝神观物，日复一日。起初半月，将士们还都受得了，一个月过去，夫子仍然不让他们摸弓搭箭，想把他们全都训练成后羿那样的神射手，这就急人了。将士们纷纷告状，没人肯听老夫子的。夫子气得吹胡瞪眼，到匡将军那儿告状，匡将军以军法鞭责三十人，方才压住。"

"唉，"宣王轻叹一声，"这个老夫子呀，好好地在稷下治学也就是了，到人家的军营里瞎闹腾个什么呢？"

"王上，此战我们输不起呀！"

"依你之见，该如何办？"宣王看向他。

"臣之意，与秦和谈，撤兵！"

"怎么和谈？"宣王眉头紧拧，"让寡人远隔千山万水，向一个西藩之邦俯首称臣吗？"

"这……"田婴吸一口气，看向两摞奏折，"臣之另一意，撤换匡章，审其投敌之罪！"

宣王闭目。

良久，宣王从袖中缓缓摸出一物，摆在几案上。

田婴拿眼角扫去，正是苏秦带匡章觐见那日宣王向匡章做出的用兵不疑的承诺，由内臣逐字记下。当其时，田婴也在场。

什么也不消说了，田婴告退。

眼见秦军胜利在望，齐人军心涣散，魏嗣急见惠王，禀报情势，要求出兵。

惠王问过每一个细节，捋须良久，看向魏嗣："张相国呢？"

"他刚从秦营回来，说是洗个尘就来觐见。是儿臣候不及，先一步来了！"魏嗣应道。

"你急个什么？"惠王歪头望着他。

"父王，"魏嗣声音急切，"我们不能等了，该出击才是，否则，所有收获全都是秦人的了，我们将坐失良机啊！"

"怎么打？什么收获？"惠王接连反问，"我们总不能隔着卫、宋收取齐人的一块土地吧？"

"襄陵！"魏嗣脱口说道，"让秦人帮我们收复襄陵！"

"嗯，这个可以！"惠王再次捋一会儿须，转对毗人，"传旨，有请张相国！"

旨未传出，张仪已经到了，果然是刚洗过尘，带进一股新浴的清香。

"呵呵呵，"惠王盯住张仪，满口是笑，"听说齐人与秦人非但没有开战，反而结为一家亲喽！"夸张地鼓掌。

"是哩！"张仪应道，"不过，就仪所知，不是真亲！"

"哦？"

"是司马将军的制敌之计！兵不厌诈呀！"

"嗯嗯，"惠王连出两声，捋须，"好计谋！"倾身，"这么说，还是要打哟！"

"当然要打！"张仪握拳，"司马将军说了，开弓就没回头的箭，秦人跑这么远，应该不会空手回去！"

"若是此说，"惠王盯住张仪，"烦请相国给司马将军捎个话，就说寡人有个小小的提议，待将军凯旋路过襄陵时，顺道把襄陵八邑一并收了。当然，寡人不会白让秦人出力，河西的那个七百里，寡人完完全全地送给秦王，也就是说，河西的那个郡，寡人拱手送给秦室。这个当是一笔好买卖哟！"

"买卖是不错，公平合理，只是——"张仪欲言又止。

"只是什么？"惠王庞大的身子倾前。

"王上难道从来没有想过更好的买卖？"张仪卖起关子来。

"爱卿快说！"惠王急不可待了。

"臣之意，"张仪和盘托出自己的妙算，"襄陵八邑由王上派锐卒收复，因为襄陵是魏国的，让秦国人收，就是白送他们一个人情。当然，秦人必须派个用场，就是在其凯旋之后，屯扎于襄陵附近，盯住昭阳。有击败齐人的秦卒在侧，昭阳必不敢动，而我大魏武卒则会士气倍增。至于河西的那个郡——"

"爱卿是说，寡人不必出让喽！"惠王拉长声音，接上。

"臣之意，王上最好是出让，"张仪进一步解释，"河西一郡孤悬于外，早晚都是秦人的，晚给不如早给！"

"可这……寡人总也不能白送他吧？"

"王上可用此郡换取秦人胜齐的所有好处。秦人原本是为王上出兵的，战胜的好处归于王上，想他秦王也无话可说。"张仪略顿，"再说，他不是得了河西的那个郡吗？"

"什么好处？"魏嗣插上一句。

"殿下想要什么好处，提出来就是。作为战败之国，田氏没有资格说不！"

"好！"魏嗣重重吐出，"我什么都不要，只要他田辟疆俯首称臣！"

惠王轻哼一声，白他一眼，闭目，将长长的胡子又捋三次，缓缓睁开眼睛，朝张仪摆手："就依爱卿所言，办理去吧！"

"臣受命！"张仪拱手。

就在张仪调兵遣将、筹划夺回襄陵八邑之时，秦、齐主场发生戏剧性一幕：一连三日，各有一名齐将带着手下亲信叛齐，人数不等。

他们清一色都是前主将田忌的人，因顶撞匡章治军不严而遭到不同惩罚，有一个差点儿被斩首，自忖上告无门，一怒之下干脆投秦。

与此同时，黑雕及其他秦国间者也查实了他们受罚的内情。司马错将不少降者召至大帐，亲自问讯，从他们口中得知五都之兵中不满匡章者不在少数，鬼也不晓得齐王为什么会派匡章为将，还得知匡章为人古怪，顶撞父亲，抛下妻子出走，其母被其父杀死，葬于马厩，还得知他要么住在军营，要么一个人住在临淄城外，在齐没有朋友，等等。就几个月来的对峙看，匡章确实不会用兵，也确实约束不了五都之兵。司马错深信降者之言，为免意外，又将他们分散安置在各处军营，承诺破齐之后，奏请秦王封赏所有降臣。

接后数日，司马错快马禀报张仪，请求攻齐。张仪使飞雕传书，同意他的攻齐计划，再次要求他适可而止。

然而，就在司马错接到张仪密函、传令三军于三日之后与齐决战的当夜，浓云遮月，东北风急。将近黎明时分，秦卒皆在熟睡之时，各处营寨纷纷起火，远近喊杀声疾，秦军重演葫芦谷外公孙衍夜袭之祸，万千齐军四面进攻，从梦中惊醒的秦卒仓促应战，急切之间辨不清东西，或被杀，或自相残杀，火光中一片混乱。齐卒有备，皆着盔甲；秦卒无备，多数是赤膊应战，有的连枪都未及拿，整个现场几乎是一场不对等的屠杀。

中军大帐位于秦营中央，齐人一时尚未攻到。司马错显然完全没有料到齐军的突袭，于混乱中匆匆披挂，挺枪冲出大帐，放眼望去，远近皆是火光，尤其是后营。

司马错晓得是上了匡章的当，烧火的正是所谓"叛逃"而来的齐人。

然而，此时的局面已不堪收拾。司马错二话不说，传令召集秦卒三军，向宋境撤退。

数以千计的秦卒结成一个团块，紧紧护在司马错身边，向宋境方向杀出，边冲边叫喊，以召集秦人。听到叫喊的秦卒不断加入，队伍越冲越大，渐成阵形。齐卒显然也没有把秦人彻底围歼的打算，并未围堵通往宋境的路，只在三面冲杀叫喊，将秦卒朝宋境里赶。

秦军溃退约六十里，至宋境时天色大亮。司马错稳住阵脚，检点兵马，五万大军折损过半，辎重损失殆尽。

与此同时，黑雕来报，更多齐卒赶至齐宋边境，严阵以待，但也无赶尽杀绝之意，甚至有意放走伤残秦卒，可谓是做到了适可而止。

司马错长叹一声，传令守候三日，四处搜寻溃卒，收揽救治伤卒，又得愈万。眼见辎重、装备甚至旗帜、兵器等物皆在溃退中散失，司马错明白无力再战，急报咸阳，陈述战况，请求增援。

秦惠王早从黑雕处得到噩耗，司马错求援的急报刚刚发出，就已收到让他班师回国的旨令。

司马错率领溃卒徐徐越过宋境，向魏境进发，同时向张仪请求接济。

东西两个大国的这场持续近四个月的军事对峙以秦军完败收场。

匡章主持军政后首战大捷，斩敌逾万，伤敌不知其数。

捷报传至临淄，宣王喜得合不拢嘴，笑对田婴道："怎么样，寡人用对人了吧？"

"王上知人善任哪！"田婴由衷赞叹一句，看向宣王，"只是，臣有一惑，还请王上释之！"

"说吧！"宣王笑道。

"二十日前，群情激愤，纷纷上奏，弹劾匡将军，连臣弟也沉不气了，奏请治罪匡将军，唯独王兄气稳心定，对匡将军信任如初，拿出当初的承诺堵塞臣弟之口。臣想知道，五万锐卒、齐室安危系于一人，王兄对匡将军的信任由何而来？"田婴半是恭维，半是求问。

"哈哈哈哈，"宣王长笑几声，"寡人的信任，一半归于苏秦举荐，另一半嘛，当是归于一个女人！"

"女人？"田婴震惊，不由得瞪大眼睛。

"一个在死后被葬在马厩里的女人，叫启。"

"匡将军的生母？"

"正是！"宣王接道，"还记得匡将军出征之前，寡人要你在他凯旋时为他更葬生母之事吗？"

"记得，可他不肯葬呀！"

"是呀！"宣王由衷感慨，"一个连自己所怨恨的死父也不肯去欺瞒的男人，怎么可能有负于寡人呢？"拿起匡章的捷报，欣赏良久，咂嘴，"啧啧啧，有此良将在朝，寡人可无忧矣！"

"臣弟有个奏请，还请王兄恩准！"田婴双手起拱。

"说吧！"

"臣请为匡将军先母更葬！"

"可他……"宣王迟疑了。

"匡将军不肯更葬先母，是因其先父未曾交代就故去了。身为王臣，其先父必听王上的。若是由王上旨令更葬，料其先父在天之灵不敢不听。其先父既已听旨，匡将军就不是欺瞒死父了，自然也就可以更葬其先母了！"

"嗯，"宣王捋须有顷，"你办去吧！不过，既然匡将军的先父与先母不睦，葬在一起也是不妥。你可另选福地，更葬匡将军之母，为其立祠，向天下昭示匡将军孝心！"

"臣领旨！"

秦卒显然没有准备好有此大败，溃退得极是狼狈，不仅拿金子换来的所有粮草、日用等辎重丢失殆尽，部分将士甚至连盔甲也没穿戴，就在一片惊慌中拿着短兵器亡命奔逃了。亡者未及葬，悉数丢给齐人，但数千伤者不能不顾。见齐人没有赶尽杀绝之意，秦人也就放下心来，相互搀扶，络绎行走在宋境的衢道上，远远望去，犹如年成不好时外出逃荒的饥民。

前有大把的金银铜钱，泗上商民争相供给，而今一无所有了，商民们无不躲得远远的。沿途百姓生怕饥饿的秦人抢食吃，纷纷将粮食藏起，没有人出头接济。张仪使尽浑身解数，一面使属下救急，一面入宫求告魏惠王。

听闻是张仪，魏惠王传旨闩门。

眼看着宫门关闭，耳听着闩门声响起，张仪苦笑一声，摇摇头去寻魏嗣。

"你倒是有脸来哩！"魏嗣劈头就是一通挖苦，"父王与本宫听信你的大话，调集勇士五万，连攻城的器械也都备好了，只待秦人凯旋时屯扎在睢水岸边，观赏我大魏铁军收复襄陵八邑。这下倒好，秦人没有观赏成，反倒是被观赏了。"眼睛挤起，嘴角一咧，鼻子拧到一侧，给出一个轻蔑的笑，"什么大秦铁军，什么战无不胜，张大相国，你为什么不去瞧瞧他们的熊样子呢？"

话音落处，魏嗣抽出剑，以剑拄地，就地学起伤卒一瘸一拐走路的样子，口中还发出夸张的呻吟。

张仪火气上冲，真想上前照鼻子揍他一拳，可拳头紧紧，又松开了。

好好的一盘棋下砸了，张仪悔不当初。

是的，一切皆是他张仪的错。伐齐战略是他制定的，进攻路线是他划定的，即使如何与齐对阵，也是他一步一步筹谋的。

然而，他错了。

究竟错在何处呢？

张仪回到府中，痛定思痛，闭目凝神，细细盘想已经发生的每一个步骤。不能责怪司马错。依司马错脾气，一到齐国就会直入齐境，与齐人干上一架。那时，秦势正炽，齐军初聚，匡章尚不服众，胜算多多。是他不让司马错打，非但不让打，还让求战心切的秦卒步步为营，温文尔雅，向天下展示王师风范！

司马错做到了，秦师做到了，但……

纵观这场对峙，齐人胜得完美，无一丝儿瑕疵，前后过程简直就是马陵之战的翻版：先现乱象，再现拙象，再后是窘象，在意想不到处绝地反击，且选准的是最佳时机。

这个匡章，真还是个奇才！可他张仪为什么就没有预判出来呢？

就匡章的过去看，他应当没有这个实力。他的背后究竟是谁？是苏秦吗？可他苏秦怎么会用兵呢？若是会用兵，他就不会寸步离不开孙膑了！再说，整个过程中，就他张仪所知，苏秦没在匡章的帐中，守在帐中的是孟夫子。难道是孟夫子？哼，倘若真是那个愚夫子用的兵，首先得问问他张仪的鼻子信不信!

张仪思来想去,愣是整不明白这局棋输在哪儿。正自忖思,公子华入见,说是情势紧急,秦卒行进甚缓,急需大量辎重增援,尤其是粮食与药物。

"宋王偃呢?"张仪问道。

"缩起来了。"公子华恨道,"在下两番入宫,他都避而不见。这且不说,他还让宋军沿途看护,生怕我们抢他的百姓!"

"在下送去的粮草还能支应几日?"

"基本上没了。退得慌乱,不少将士连烧饭的釜也没带,宋人躲得远远的。这几日在各方筹款,但数量有限,远水不解近渴。"

"王上怎么说?"

"王上正在安排钱粮,出函谷关接应。关键是眼前,照这速度,仅过宋境就得三日,过魏境至少得三日。最难的是韩境,韩人那儿,恐怕得劳烦张兄走一趟。"

"有公孙衍在,在下去了反而坏事!"张仪皱眉,有顷,看向公子华,"还是你去为妥。他落难时,是你陪他赴秦的!"

"成。"

"还有,"张仪盯住公子华,"转告司马将军,越是窘迫,越要保持冷静与克制,约束三军不可乱来,否则,前功尽弃矣!"

公子华苦笑一下,起身走了。

情势火急,公子华快马驰至新郑,拜访韩国相府,递上拜帖。

门人持帖入内,约过一刻,府宰出来,连说抱歉,称公孙衍不在府中。

公子华晓得公孙衍是不想见他,也就辞别,径去宫城,以秦王特使名义向韩宣王借粮。

韩宣王不敢怠慢,将他好生安排在馆驿里,宣公孙衍入见。公孙衍没有奉诏,只托来人捎给他一封密函。

韩王看过密函,候等三日,待公子华再度入宫催问,传召上卿公仲并大夫司农,让他们分别诉苦。司农陈述韩地上党地区连续三年闹旱,多地颗粒未收，府中余粮尽皆赈灾仍然不够，旬日之前已使人赴楚地购粮。

这两年上党确实在闹旱灾，甚至有饥民拖家带口地逃往秦地谋生，这个事实公子华是知道的，因而并无话说。

"唉，"韩宣王轻叹一声，朝公子华连连拱手，"实在抱歉哩！寡人早就听闻关中有粮，原还打算舍个面子向秦王张口讨一些，不料司马将军伐齐，粮草供给是大事，寡人就改求楚王了。楚王答应以粮换兵器，寡人也应下了。第一批楚粮已在路上，说是近些日就到。如果特使愿意守候，待楚粮到时，寡人先不赈灾，悉数交给特使如何？"

"谢大王慷慨！"公子华拱手谢过，"大军就要抵达韩地，楚粮怕是来不及了。嬴华恳请大王以秦韩睦邻关系为重，从现有库粮中拨出少许粮草，接济急需。嬴华承诺，只要度过眼前急难，秦国必以十倍之利相偿！"

"请问特使，"韩宣王盯住公子华，"你所说的少许粮草是多少？"

公子华略一沉思，拱手应道："一千石粟米足矣！"

"仲叔，"韩宣王看向公仲，"库房里还有多少粟米？"

"回奏王上，"公仲拱手应道，"库房之事归司徒辖制，臣不知！"

"召司徒！"韩宣王看向内宰。

内宰传旨，足足候有小半个时辰，方才召来司徒。

"司徒，"韩宣王开门见山，"府库还有多少粟米？"

"回奏王上，"司徒应道，"府库里只剩一个库底了！"

"啊？"韩宣王不无夸张地惊叫一声，敲几案怒道，"粟米呢？你把寡人的粟米藏到哪儿去了？"

"这……"司徒打个惊战，扑地跪叩，声音打结，"臣……数月来连奉三旨赈灾，已将府中粟米悉……悉数调……调往上党了！"

"是吗？"韩宣王收住目光，不无懊悔地连叹几声，给公子华一个苦笑。

不消再说什么了。公子华拱手辞别，走出殿门，步下台阶，回望殿门，如黑雕一般长啸一声，扬长而去。

不消数日，秦军大队人马如同一只受伤的千足虫，动作迟缓地移过魏境边界，一步一步地挪入韩境。

远远望去，秦军旗帜不乱，仍在尽力保持大秦铁军的尊严。在前开道的是步军，打着"秦"字旗，但走得很慢。之后是车辆，所有车辆上或躺或坐着伤卒。再后是伤得轻的人，扶着车走，再后是健壮的汉子。

走在最后的是司马错，没有乘车，扛着自己的枪。与他同行的是几个旗手，轮番扛着主将旗号。

这条齐整的虫子持续蠕动到第三天，越动越缓，终于僵住不动了。

几个将军模样的走到队伍末尾，与司马错围坐在道边一块空地上。

"将军，再不让搞粮，实在撑不住了！"一个年纪稍大的将军率先开口。

司马错晓得这个"搞"字，一路上，他三令五申严禁的，也是这个"搞"字。

"还能撑多久？"司马错看向坐在最边上的一个偏将，他是负责辎重的。

"回禀将军，"那人拱手应道，"绝粮两日了，从昨天晚上起，大伙儿入口的全是水。张相国他们送的粟米只剩一小点儿，全部留给伤卒了。估计到明日，恐怕伤卒都得喝水！"

"这是到哪儿了？"司马错扭过头，看向在前开道的车卫国。

"再过三十里就是氾水和虎牢关！过去虎牢关就是巩地与偃师，该当交接东周公的地界。"车卫国拱手应道。

"三十里？"司马错几乎是轻声呢喃。

"大家实在挪不动了，照眼前速度行进，到虎牢关还得三天，不搞吃的，恐怕……"开头说话的年长将军欲言又止。

司马错看向他。

"恐怕没有多少人能撑到过关！"那人牙关一咬，率性说出。

司马错白他一眼，蹲下去，两手捂在脸上。

是的，没有多少人能撑下去。别的不说，单是他自己，也是一天多粒米没沾牙，凭水撑着肚皮，早就饿得头晕眼花了。

"将军，搞吧！您不必发话，点个头就成！"那将军几乎是恳请，末了追加一句，几乎是嘟哝，"若是王上责怪，将军就……推在末将身上！"

"废话！"司马错睁开眼，狠狠盯他一眼。

那人咂巴几下嘴皮子，看向远处。

司马错就地躺下，二目微闭，眼前浮出张仪的声音："……越是窘迫，越要保持冷静与克制，约束三军不可乱来，否则，前功尽弃矣！"

司马错睁眼，看向车卫国："车将军，甘茂将军可有接应？"

"仍是昨日的，已禀过将军了，说是接应粮草已至崤关，估计今日可抵洛阳。"

"若是昼夜兼程，后日可达虎牢关！"司马错忽地坐起，二目放光。

"将军，"年长将军却是不见任何喜色，"我们的难关是，如何撑到后日？"

"好吧，"司马错轻叹一声，"传令各部，向附近村民借粮！注意，是借，不是抢！还有，派出精干将士，到附近河湖捕鱼狩猎！"转对车卫国，"卫国，搜寻附近乡医，求取草药，救治伤者！"

诸将应声"喏"，兴高采烈地去了。

秦军不再矜持了，不再装样了。不消一刻，但凡能动的无不抖起精神，越过道路，如饿狼般纷纷扑向附近的村庄，方圆十数里的田野里，到处晃动着"借"粮的秦兵。

韩人村落皆有粮食。任凭秦卒说破嘴唇，韩民只是不借。秦兵无奈，只好用强，不管三七二十一，扛起粟米就走。于是，一群群老弱妇幼哭天抢地，各施绝招，或扯胳膊，或拉袍角，或抱大腿，或跪地求告，施尽一切夸张办法，恳请秦人别"抢"他们的"救命粮"。

秦卒被逼得急了，将村民端倒于地，扬长而去。

所有这一切，皆被藏在附近林中的数十名画工描绘下来，标上对白。

一块块的画布被送入韩国相府，呈给坐在雅室品酒聊天的公孙衍。

公孙衍审看几幅，将酒葫芦塞进嘴里，动作夸张地狠喝一口，将一摞子画布推给坐在对面的苏秦。

苏秦审完画布，苦笑一声，复推回去。

"呈送大王，让王上看看他的子民是如何受虐于仁义之师的！"

公孙衍扬手。

来人抱起画布，快步去了。

"呵呵呵，苏兄呀，"公孙衍看向苏秦，"没想到你也够狠的！"

"唉，"苏秦长叹一声，"这也是不得已之法！"不无敬服地看向大梁方向，"张兄下得一盘好棋啊！秦师虽然狼狈，但若真的如此这般文质彬彬地班师咸阳，正义之师、礼仪之邦的美名就将扬于天下；反观齐人，则胜之不武！秦人是虽败犹荣，齐人是虽胜犹败。一正一反，秦人不胜也是胜了。"

"呵呵呵呵，"公孙衍连笑数声，"苏兄与张仪，真是棋逢对手啊！若是张仪看到这些画面，准得气死！"

"说到这个，倒是提醒在下了！"苏秦盯住公孙衍，"相国大人可将部分画作以国书名义送达魏室，让魏王与张兄也都看看！"

"成！"公孙衍用力握拳。

"公孙兄，"苏秦起身，拱手，"在下要告辞了！"

"苏兄欲往何处？"

"楚地。"

"莫不是去找陈轸吧？"

"还有惠施。"

"哈哈哈哈，"公孙衍长笑几声，"苏兄这是要撕吃张仪，收复失地呀！"拿起葫芦，小啜两口，慢悠悠道，"苏兄，折腾他张仪，得把在下与白虎兄弟也算上！"

第十章

生宫乱魏王驾崩　谋纵局群英逐仪

司马错率领残部回到咸阳，将自己反绑起来，膝行入见惠文王。

惠文王急步上前，扶他起来，亲手解去绑缚，执其手，引入一室。

室中，宴席已摆，两片席，几道野菜、一壶温酒。惠文王将他按坐于客席上，自于主席位坐下，执壶斟酒，递给司马错一爵。

"王上，"司马错执爵，改坐为跪，泪出，"罪臣……喝不下呀！"

"不是让你喝的！"惠文王将爵中酒洒向空中，"第一爵是敬酒，你我共同敬献在远方阵亡的将士！"

司马错亦将爵中酒洒向空中。

惠文王自斟一爵，举起："第二爵是罚酒，寡人饮了！"一气饮下。

司马错亦斟一爵，举起欲饮，被惠文王止住："这一爵没有你的份儿。是寡人未听将军，执意伐齐，才会有此结局！不瞒将军，嬴驷已经为此告过太庙了，自罚三月不吃肉，不近女色。今日是为将军接风，"指着两盘肉菜，"那是为将军备下的。"指指自己身边的两盘素食，"这两盘是寡人的！"

"王上……"司马错涕泪交流，叩首于地。

"将军请起！"惠文王端起爵，"这一爵是为你饯行，你与寡人都得喝！"

"饯行？"司马错略吃一惊，起身，坐定，看向惠文王。

"你可在府中休息三日，第四日启程，赶赴汉中，协同魏章收复巴、蜀！"惠文王饮毕，将空爵亮给司马错。

"巴、蜀怎么样？"司马错没有喝，盯住惠文王。

"一切如张仪所料，驻蜀秦卒不服陈庄，多地反叛，魏章一卒未动，已经坐拥苴地与郎中，扼住巴、蜀咽喉，江州在望了。只是，治蜀秦卒多有不服魏章的，只待将军赴蜀，蜀地将不战可平！"

"臣明日启程！"司马错举爵，一饮而尽。

"记住，活擒陈庄，寡人要亲自审他！"

"臣领旨！"

当魏惠王看到韩王使臣特别呈送的秦卒抢粮画面时，心中没有喜，没有悲，可谓是五味杂陈。

五味中最大的一味是苦。

不是为秦人苦，而是为他自己。曾经，尤其是刚继位那些年，惠王也曾风华绝代，拥天下之富，挟武卒之威，北败赵、南凌楚，东欺齐、西挫秦，尤其是少梁之战，不仅使河西七百里寸土未失，还取了秦献公的老命，使秦人十六年不敢东望，他打个喷嚏，天下公侯都要起个哆嗦。

自从西秦崛起，自从白圭过世，他开始踏上了下坡之路，先失河西于秦，再失陉山于楚，之后两败于齐，最后是痛失襄陵八邑。这期间，他指靠过陈轸，指靠过惠施，指靠过苏秦，指靠过庞涓，指靠过张仪，末了更是指靠过秦人。然而，血的事实告诉他，所有他曾指靠过的人，全都不可指靠。到如今，该失去的全都失去了，该过去的也全都过去了。

更悲苦的是，他真切地觉得自己老了，实实在在地老了。

魏惠王叹会儿气，突然想出去遛个弯儿，以手撑地，想站起来。

惠王连试两次，均未站起。

"毗人。"惠王求援，声音很轻。

毗人听到了，急走过来，扶起他。

君臣二人走出书房，走向外面的石径。

深秋了，北风刮起来，呼呼响着，将树上的叶子吹下来，满地乱卷。

惠王习惯性地走向凉亭。

"王上，"毗人小声，"那上面冷！"

惠王止住步子，看看凉亭，轻叹一声，走向围绕荷塘的小径。

没走几步，后宫的宫正迎面走过来，神色慌张，显然是要到御书房来见毗人的，没想碰到了惠王，扑通跪下，慌不成句："奴……奴才……"

"你怎么了？"惠王盯住他。

宫正越发结巴不成句子："内……内……"

毗人晓得是寻他来的，且从其慌乱中忖出是宫中出事了，指向凉亭，语气平缓："宫正，亭子上候着，本宰正陪同陛下兜风儿呢！"

毗人陪同魏惠王绕水塘转有两圈，返回书房，急急出门，走到亭子上，劈头问道："啥事儿？"

"赵姬没了！"宫正也早缓过神来，拱手应道。

"赵姬？"毗人震惊，"怎么没了？"

"自缢！"宫正压低声音，"有这个了！"指指小腹。

毗人倒吸一口冷气。

身为内宰，毗人最担忧的就是宫乱，定下各种规矩防范的也是宫乱。

然而，他越是怕什么，什么偏就来了。

"你怎么知道是身孕？"毗人盯住他问。

"出事后，是我放她下来的，摸过她的身子，她……是舞姬呀！"

宫正指向小腹。

舞姬重在曲线，尤其是赵姬，身段之美在宫中难出其右。

"其他人晓得否？"

宫正摇头："小人晓得事大，就没声张，让他们全到院子里，不可入内，急来禀报内宰。"

毗人略一沉思，快步下亭，与宫正匆匆走向出事的地方。

是赵姬的寝宫，一个独门小院。院中静悄悄地站满人，多是与赵姬相善或相关的宫女与宫人，个个面色凝重。

赵姬是在她自己的寝室里悬梁走的，没有留下只言片字。毗人掀开罩单，摸向她的小腹，果是滚圆。

"召御医！"毗人低声吩咐，"还有，让他们全都出去，赵姬的几个侍女留下！"

宫正急急出去，不一会儿，带着御医进来。

御医掀开罩单，解开赵姬衣服，验过尸身，走出房门，小声禀道："是自缢，看尸斑，当是三个时辰之前殁的，已怀龙胎六个月左右。殁前有恩宠，下身有龙种残留！"

毗人额头汗出。他清楚地知道，因身体与心情原因，惠王久未临幸过后宫的任何嫔妃，自然也包括赵姬。后宫宫禁极严，能够自由出入后宫的只有几个王子，且这些王子的任何出入，也都有专人记载，身边必须跟从宫人。

显然，能让赵姬怀孕的一定是能够随时出入后宫的人。

赵姬是魏惠王最喜爱的舞姬，这事儿是无论如何也隐瞒不住的。

毗人支走御医与宫正，召进赵姬身边的三个宫女。

三女跪叩于地。

"说吧，"毗人盯住她们，"几个月来，谁与赵姬亲近？"

"谁……亲近……"三个宫女面面相觑，身体打战。

毗人目光如剑，挨个扎向三人。

三女不敢与他对视，勾头。

毗人指向中间一个，厉声："中间一个留下，其余出去！"

左右二女站起来，走出。

"说吧，是谁与赵姬亲近？"毗人重复。

"奴……奴婢不知……"宫女嗫嚅道。

"本宰是代大王问话，你说不知，如果本宰查出并非不知，你就是欺君，这个罪是要诛族的，你可想好了？"毗人目光逼视。

"奴……天哪……奴……奴婢……是……是……殿下……"宫女一咬牙，说出事主。

"甚好，说说他是如何亲近的！"

"奴……奴婢……不知，奴婢是在前日看到殿下上门寻她，要她出去……她不肯去，只是哭，殿下……殿下他就……就把她按倒在了榻上……"

"你看见了？"毗人再问。

"是的，我们三人都在场，吓坏了，奴婢……天哪……"宫女捂脸悲泣。

"好了，"毗人闭会儿眼，睁开，看向宫女，"告诉她们几个，这桩事情到此为止，你们不可讲出去，好好陪在赵姬身边，为赵姬守孝，等候赵姬入殓！"

宫女答应一声，出去了。

毗人叫进宫正，安排为赵姬挑选棺木，依礼入殓，之后返回御书房。

由于事涉殿下，毗人不想闹大。事件原本可以结束了，不料东宫节外生枝。

节外生枝的是天香。魏嗣染指赵姬，天香从一开始就知道了。天香晓得魏嗣其人，也根本没有爱上魏嗣，因而也就没当回事儿，视作不见，直到赵姬的肚子大起来。

得知赵姬自杀，毗人往视，审问赵姬的宫女，天香这才急了，逮住魏嗣一顿闹腾。魏嗣偷腥惹祸，理屈在先，任凭天香如何发作，只勾头不语。

"快说呀，究底怎么回事儿？"天香几乎是审问。

魏嗣起初不讲，被她逼得急了，这才悉数讲出，包括闯入赵姬宫中当其侍女之面强暴她的细节。

"天哪，你……你这臭男人，怎么能干出这种大丑事儿呢？"天香的头皮一阵发麻。

翌日晨起，赵姬宫里再出大事，奉毗人之令为赵姬守灵的三个宫女同时步赵姬后尘，以白绫自缢于赵姬灵前，已经入殓待葬的赵姬尸身不见踪影。

这下闹大了。毗人不敢隐瞒，只好将实情禀报惠王。惠王震怒，旨令宫尉、司徒府严查，由毗人总司。

案情的关键是赵姬的尸首。经数日搜查，有人在离大梁十多里的汴水里发现一具无头女尸，腹部被剖开，子宫不见了。

毗人闻报，毛发倒竖，使曾经诊断赵姬身孕的御医前往验尸。由于天气渐寒，尸首并未腐烂，只是被水泡涨了。

"是赵姬！"御医验过，一口咬定。

"何以断出？" 毗人问道。

"这……" 御医迟疑一下，轻声，"赵姬的左腿根内侧，近私密处有颗黑痣，如米粒，与此尸身一般无二。还有私毛形状，错不了。"

毗人不再问话，吩咐将尸身置入棺木，拿冰块镇了，放在郊外一处闲房，使兵士持枪看管，令御医写出尸检奏章，呈报惠王。

惠王看完，全身颤抖，气结："快说，是……是……哪……哪个畜生？"

毗人跪地，叩首，悲泣，不语。

"寡人晓得是谁了！" 惠王缓过几口气，一字一顿，"传旨，召魏嗣！"

在节骨眼上听闻惠王传召，魏嗣的脸上血色全无。

事情闹到这步田地，关系的就不再只是储位，而是他的身家性命。

魏嗣看向天香，目光求助。

许是紧张过度，天香的面孔扭曲了，两只大眼眨也不眨，眼珠子像是僵死在眶里。

"快说呀，要急死人咋的！" 魏嗣急了。

"只有一条路可走！" 天香盯住他，一字一顿，"死不认账！" 略顿，"知情的全都死了，死无对证，只要你不招供，谅谁也没有办法。再说，你是储君，是未来的王，除去父王，谁有胆子硬与你过不去？"

"还有几个人知情！" 魏嗣小声嘟哝。

"谁？"

"我身边的那几个宫人，是他们撺掇我去的。"

"支走他们！"

"支到哪儿？"

"暂到安邑避个风头，余下的你就甭管了！"

"依你。"

"还有，" 天香接道，"如果父王动刑，你非但不能承认，还要大呼冤枉，哭闹他，不要怕，把事情闹大。这是家丑，你闹得越大越好。反正查无实据，谅他们拿你没办法。"

"毗人一定知道！" 魏嗣几乎是嘀咕，"还有那个御医！"

"我晓得他知道，可他没有证据。御医的事，有臣妾处理！"

"你……不会再……"魏嗣顿住话头。

"放心，臣妾不会杀他。"天香瞥他一眼，"他不是有家有口吗？吓他几句，谅他不敢乱说。"

魏嗣得到这个底气，硬起头皮入见惠王。

宫人没有带他去御书房，而是带到王宫前院的偏殿，魏惠王动用家法的地方。

气氛凝滞。

魏惠王端坐在殿中央的高位上，目光冷凝。毗人立于一侧，殿堂两侧各立四个膀大腰圆的卫士，面现杀气。

见到这个阵势，魏嗣的两腿不由自主地打起摆子来。

魏嗣不敢趋前，远远地跪在进门处。

"跪前面来！"魏惠王声音阴冷。

魏嗣膝行几步，叩首。

"架他过来！"惠王低叫。

两个卫士上前，一边拎起他的一只胳膊，将他架到该跪的地方。

魏嗣声音发颤，几乎是哭声："父王，这……这是为何？"

"哼，"魏惠王冷笑一声，"你自己做下的事，还问为何？"

魏嗣晓得再无可退，反倒壮起胆子来，声音也不打战了："父王，儿臣究底做下什么事，委实不知！"

"赵姬！"

"赵姬怎么了？"魏嗣一脸无辜的样子。

"她怎么了，你还能不知道？"魏惠王一震几案。

"儿臣……真的不知道呀！"魏嗣叫道。

"寡人让你死个明白！"惠王看向毗人，"将案宗给他！"

毗人走过去，将卷宗递给魏嗣。

魏嗣翻过几页，叩首抢地，大声号叫起来："父王，儿臣冤枉，儿臣冤枉啊……"

"说，冤枉你什么了？"惠王冷笑。

"儿臣与赵姬向无瓜葛，不过是偶尔在宫中打个照面，怎么可能与她……儿臣冤枉啊，呜呜呜呜……"魏嗣哭得更响亮了。

"看来，不动刑你是不招呀！"惠王一拳震几，"来人，廷杖伺候！"

两个壮汉不由分说，将魏嗣按倒在地，剥去他的袍服，一汉举起廷杖，照他的光腚上打起来。由于是殿下，行刑的汉子自知轻重，虽然用力，却是有意将杖头砸在地砖上，只将杖身擦过光腚。

然而，即使这样，魏嗣也是承受不得，如同被宰杀的猪，接二连三地惨叫不止，一口一个"冤枉"。

杖过四十时，虽然只是擦挂，但远观起来，魏嗣的白屁股已是皮肉模糊。魏嗣假作昏死，不再号叫，也不再哼哼。

"王上，"毗人小声道，"过四十了，若是再打……"

惠王喝叫停杖，卫士扯起袍子，盖上他的屁股。

魏嗣如死猪一般，趴在地上一动不动。

"泼水！"惠王旨道。

一卫士泼水，冰冷的手浇在脸上，魏嗣一下子反弹起来。

"你个孽子，招认吧！"惠王的声音从牙缝里挤出。

"父王啊，"魏嗣挣扎着跪下，涕泪交流，"儿臣与那赵姬实无瓜葛，您要儿臣招认个什么呢？"

"你……你个孽子……"惠王愈加震怒，指着他，全身颤动，"你……给我拉下去，关入死牢！"

几个卫士架起声声哀号的魏嗣朝殿门外拖去。

"王上？"毗人看向惠王，一脸忧急。

"甭再说了，将这孽子打入死牢！"惠王摆手，气狠狠地站起，刚走两步，打个趔趄，眼前一黑，庞大的躯体轰然倒下。

得知魏嗣被打入死牢，天香这才急了，赶至张仪处，将事件详细禀报。整个事件虽说闹得惊天动地，但毕竟是宫中丑闻，除少数当事人外，谁也不敢声张，即使张仪，也是第一次听说。

"唉，"张仪长叹一声，"你们呀，全都是在给我帮倒忙！"

"大人，是奴婢行事操切……"天香叩首。

"当务之急，"张仪略一思忖，"是救出魏嗣！"

"怎么救？"天香一脸急切。

"当然是我这个大人去救喽！"张仪起身，没有理睬天香，踢踏着脚步走到一侧去，换好官袍，扬长出门。

惠王的身子真也是铁打的，经御医扎下几针，竟就没啥了，躺在榻上窝他的心事。

他的心事不是赵姬之死，而是魏国的储君人选。

惠王思考小半日，仍旧没个头绪，正自烦躁，张仪求见。

自秦军败走之后，朝臣中惠王最不想见的人就是这个张仪，但不是眼前的辰光。

"说吧，有何急事？"惠王瞄一眼前来问安的张仪，又合上眼皮。

"王上，"张仪拱手，"臣闻殿下……"顿住。

"既然提到他了，"惠王睁眼，盯住他，"寡人就顺便问问你，几个王子中，哪一个可当大事？"

"殿下。"张仪直截了当。

"你……"惠王脸色阴起，转过头去，"寡人之意是，除了魏嗣，还有何人？"

"没有了。"张仪语气沉定。

惠王被激怒了，坐直身子，拳震榻沿："难道寡人膝下的十几个王子，没有一个中你意的？"

"王上若是不信，就将众王子召来，让臣过一眼！"张仪不卑不亢。

"传旨，所有王子，来此听旨！"惠王转对毗人。

半个时辰之后，十几个王子全被召来，按照年齿排序，跪在榻前问安。许是不晓得发生何事，许是害怕赵姬的事扯到自己头上，众王子无不面色紧张。

惠王看过去。

由于长年养尊处优，十几个王子个个细皮嫩肉，有几个可能是走得惶急，衣冠不整，脸上全无精气神儿。

惠王闭目。

毗人看向张仪。

张仪摆手，朝外努嘴。

毗人支走众王子，回身侍立于惠王榻前。

"王上相中哪个了？"张仪看向惠王，目光征询。

"哪一个也比那个孽子强！"惠王的声音几乎是从牙缝里挤出。

"唉，"张仪轻叹一声，"王上何以一口咬定殿下就是孽子呢？赵姬之事，臣也听说一二。纵观案由，臣以为，王上这般处置殿下，可有三不妥，请王上慎思！"

"是何三不妥？"

"其一是，就仪所知，赵姬私殿下之事，迄今尚无实证，一切皆为传言。若依传言断案，或会冤枉无辜，有损王上英明。其二是，储君乃魏室未来，社稷系之。方今之世，大国争王，小国图存，即使千乘大国，也是一战而弱，三战而危，想必王上更有体悟。魏立于天下之中，居中必四战，臣不敢想象未来储君文不能安邦，武不能拓土。其三是，王上立殿下为储时，已告过宗庙，颁诏天下，若是仅以传言囚之，废之，不仅殿下不服，魏人不服，天下也必不服。"张仪侃侃说出三大理由，闭目而候。

"依你之见，该当如何？"惠王寻不到合适的理由驳他，哑声问道。

"臣之意，"张仪应道，"王上暂且释放殿下，旨令专人查案。如果查实殿下私会赵姬，祸乱宫闱伦常，王上再以王法治其罪不迟！"

惠王沉思良久，转对毗人："好吧，就依相国，暂先放那孽子出来，待查实案情，再让他死个明白！"

张仪走后，惠王越想越伤悲，尤其是张仪竟然要他将所有王子全部召来，而他竟然也没有从中寻出一个堪当大任的。再就是张仪的态度与看他的眼神，那是一种居高临下的蔑视！

"毗人哪，"惠王发有小半个时辰的呆，不无感伤，"思来想去，除你之外，寡人身边真还没有一个可心的人哪！"

"陛下……"毗人抹起泪水来。

"唉，"惠王的眼眶也湿了，"常言道，走在林中不觉木，身在福中不知福。想当年，寡人有白圭在，嫌弃白圭话多；有朱威在，嫌弃朱威话直；有子申在，嫌弃子申话傻；有惠施在，嫌弃惠施话闷，总觉得他们不可心。觉得可心的有一个陈轸，有一个庞涓，可陈轸偏就与庞涓水火不容。为什么他俩会水火不容呢？若是他俩……唉！"复叹一声，似是想到什么，看向毗人，"对了，说起他们，倒想问问你，惠爱卿、陈上卿，还有白虎，可有音信？"

"有音信了。"

"快说。"

"惠相国仍旧在宋，公孙衍、白虎仍旧在韩，他们全都捎来回信，说是……"毗人稍做迟疑，接道，"说是只要张相国在魏，他们就不会回来！"

"唉，"惠王轻叹一声，"寡人早就晓得他们会这么说。"

"要不，"毗人轻声，"陛下干脆下个狠心，让张相国……回到他的秦国去！"

"不可以呀！"惠王凄苦一笑，"寡人已经得罪赵国、齐国、楚国，树下一圈子的仇人，不能没有秦国呀！"长叹，"唉，昔日之仇不共戴天，这却变成友人；昔日之友唇齿相依，这却变成仇人。世间多少荒唐事，全都让寡人遇上了，唉，寡人这一生呀……"两手化掌，一侧一个，重重地拍击在左右额头。

"王上……"毗人心如刀绞，再次涕泣。

"咦，"惠王似是想起什么，抬头盯住毗人，"你只提到惠相国、公孙衍和白虎，没有提到陈轸啊！陈轸在哪儿？他怎么说？他……他不会也……"

"陈轸在楚国，一天到晚守在昭阳府里，"毗人想了想，补充一句，"那昭阳是偷袭我襄陵的奸人哪！"

"去，给他捎个信，就说寡人……想他了！"惠王闭会儿眼，"告诉他，庞涓走了，寡人赦免他的所有过失，只想让他回来，陪寡人说说话！"

"臣……遵旨……"

得知陈轸暂居于楚地项城，苏秦一车出郑城后径投东南。行至安陵，天气骤冷，北风呼号，不一时，落起冷雨来。

由于并不急于赶路，飞刀邹吆马拐入城中，歇足于一家客栈。

冷雨一直下到后半夜，于鸡鸣前方住，及至天亮，阴云散去，天边现出红霞。

苏秦用完早餐，见风和日丽，天气回暖，心情大好，吩咐上路。

飞刀邹禀道："雨下透墒了，眼下上路，怕是伤马力，不如我们看看风景，待日头把路皮晒硬，后晌上路不迟。"

"也好。"苏秦点头，目光征询，"此地有何风景？"

"风景倒是寻常，"飞刀邹应道，"倒是有户人家在办丧事，主公或想前往吊唁？"

苏秦晓得有墨者在他周围，与他时刻保持联络，此时必是话中有话，略一沉思，指向门外："走！"

飞刀邹打开箱子，摸出《商君书》，呈给苏秦。

"这……"苏秦怔了，没有接。

"主公带上，或有用处！"飞刀邹坚持。

苏秦揣在怀里，大步出门。

既然是吊丧，就不能空着手去。飞刀邹与苏秦办好供品，打问到一户人家，却见院门关着，宅中并无一人。单看院落，丝毫见不出办丧事的迹象。

飞刀邹以为走错门了，打问邻居，方才得知正是这家。主人姓冷，原是此地大户，至其父时家道中落，一家人不知何往，十几年前，屋主带着他的瞎母回返，修缮宅院住下来。其瞎母于三日前亡故，昨晚迎黑入的葬。由于屋主向不与人往来，丧事也没张扬，只让他们几家邻居帮忙抬棺，还付了不少抬棺钱。飞刀邹又问葬于何处，邻家指给一个方向。

苏秦二人赶到，抬眼望去，是片陵墓区，已经落寞了，长着不少松柏，通路处立着一碑，上写："安陵冷氏，永垂千古"。

二人走进陵区，绕过几棵大树，看到树后孤零零地立着一座新坟，坟旁跪着一人，披着蓑衣。显然，他在这儿跪守一夜，顶着冷风凄雨。

"他叫冷向，是商君的府宰，"飞刀邹小声禀出真相，"听师尊说，《商君书》就是他交给先巨子的。先巨子抄录数份，持原册入山，给了主公的师尊鬼谷先生！"

听到《商君书》是此来历，苏秦不是惊讶，而是震惊了。

苏秦走到跟前，在冷向身侧跪下。

供案是几块石头砌起来的，工艺很糙，上面并无供品。坟前无碑，亦无任何表示祭典的字文。

飞刀邹走过去，将供品一一摆上，摆毕，朝坟头深深一揖，退后丈许，默立守候。

冷向拉下襄衣，现出花白的头发，转头看向苏秦。

苏秦亦看过来。

二人对视。

"客人是——"冷向止住，只以目光征询。

"在下苏秦，听闻先生令堂仙逝，特此吊唁！"苏秦叩首。

"苏秦？"冷向难以置信地盯住他，"可是六国共相苏秦苏大人？"

"正是在下。"

"在下居此十余年，几与世人无涉，大人何以知晓在下？"

"在下有友是墨者，是他们告知在下的！"

冷向豁然明白，朝苏秦拱手："谢苏子大爱！"

"该受大谢的是先生！"苏秦回礼，从怀中摸出《商君书》，"是先生让此书流传于天下的！"

"唉，也许在下做错了呢，天知道！"冷向慨然长叹。

"如果先生做错了，这个天下真就没救了！"苏秦看向《商君书》，"不瞒先生，在下因为此书才到秦国，又因为此书离开秦国，再因为此书悟出合纵长策以遏止暴秦！"

"在下看到了。"冷向淡淡一笑，"你的师弟悟出连横长策，怕也是因为此书！"

"正是。"苏秦怆然应道，"因为此书，天下为之撕裂，即使墨者！"

冷向吃惊道："墨者怎么也撕裂了？"

"前巨子随巢前辈将此书的副本留给墨者研习，各部墨者各有解读，莫衷一是，一些墨者从在下合纵之策，另一些墨者则赶赴秦国，践行连横之策。"苏秦苦笑一下，"这怕是先生所未曾料到的。"

"合纵也好，连横也罢，"冷向仰天长叹一声，"都是你们年轻人的事了，在下……老矣……"看向西天，良久，转向苏秦，"只是，若是商君在此，得知苏子因此书而举天下之力来抗拒秦国的一统大业，不知该做何想？"

"纵观此书，"苏秦应道，"商君所求，无非是以暴制暴，以力制力，以此应对乱世，或可一统天下。在下所求，却在于一统之后。"

"一统之后，苏子何为？"

"天下共生！"

"何为共生？"

"共生即众生之生，非一人之生。"苏秦侃侃而谈，"共生之世，君行君事，臣行臣事，交通于道，明晰于理，各是其是，各执其执，商业往来，彼此妥协。"

"好吧，"冷向苦笑一声，"苏子可以这般畅想。只是，人性本恶，欲壑难填。若是商君在此，或会笑此。"

苏秦晓得自己与冷向之间尚隔一道鸿沟，遂淡淡一笑，拱手："谢先生点拨。"指向新坟，"在下好奇，敢问先生，令堂新丘为何孤单于此？又为何未立碑文？"

"葬于此地的虽为在下之母，却非先妣。"冷向淡淡应道。

"这……"苏秦晕头了。

"这么说吧，"冷向看向坟头，"躺在下面的是商君生母、先卫君媵妃卫戚氏。商君自入秦之后，恐事败身危，累及亲人，遂与在下结义，将其母托付在下。后来，商君事败身死，将《商君书》并其母一并托付在下，请求秦公赦免在下。在下献该书于秦公，方脱连坐之累，为义母尽孝，直至她数日前寿终正寝。在下晓得商君不想将此事公之于世，是以未立碑文，因苏子问起，在下又不敢虚言，方才道出原委，还望苏子守密。"

"唉，"苏秦长叹一声，"人言商君薄情寡义，其实不然哪！"

苏秦屈膝跪下，朝新坟行过祭礼，别过冷向，与飞刀邹返回城中，驱车入楚。

因赵姬之事，魏嗣挨一顿揍不说，更被下进死牢，在王室里面子扫地，出狱后既不上朝，亦不入宫谢恩。

惠王候等几日，见魏嗣固执依旧，动怒了。

"毗人，"惠王旨道，"寡人想孙子了，召几个过来，一道吃个午宴！"

惠王有孙辈二十余个，但可以立事也符合承位条件的却只有三人，分别是太子申的长子公子稚、公子昂的长子公子推和公子敕的长子公子赦。

听到只召"几个"，毗人晓得惠王决心废储，从孙辈中选人了，遂传旨上述三个公子入宫。晚宴气氛很是轻松，几个公子均不晓得内幕，在惠王的鼓励下放开说话，就国事各出观瞻。午宴过后，惠王让他们比赛射艺，出一个玉如意与两个玉佩作为奖品。比试结果，公子稚三箭全中，得到如意；公子推与公子赦各失一箭，各得一个玉佩。

天香是在当日晚间晓得这事的。

"父王这是铁心废你了！"天香急禀魏嗣。

"让他废去！"魏嗣火冒三丈，"那个席子烧屁股！"

"殿下！"天香嗔他一眼，"坐与不坐不是你一个人的事，奴家还想……"压低声，"尝尝侍奉王上是个啥滋味呢！"

"滋味一个样！"魏嗣没好气道。

"不一样！"天香回嘴。

"哼，看我这就让你尝尝！"魏嗣一把抱起天香，不由分说按到案上，伸手去扯她的腰带。

天香顺势钩住他的脖子，借力弹起，一个反转移到背后，娇嗔道："不嘛！"

魏嗣伸手抓她，二人在殿堂里玩起猫捉老鼠来，魏嗣数次险些抓到她，每次只差那么一小点儿。

守在旁侧的几个侍女哧哧笑了。

"你……敢……"魏嗣面上过不去，颜色涨红，呼哧喘气。

"殿下若是依从奴家一事，奴家这就依你！"天香娇喘吁吁。

"依你何事？"

"做殿下，承继大位！"

"可父王……"

"父王那儿，奴家求请！"

"你……怎么求请？"魏嗣怔了。

"找张仪呀！"天香跳回来，偎入他的怀里，"若不是相国大人，殿下这辰光怕是仍旧在死牢里养虱子呢！"

天香脱身出来，却没有去求张仪，而是写出急报，绑在雕腿上禀报金雕。

公子华震惊，入宫奏报惠文王。

"如果听凭魏王废立，雕台的多年经营就打水漂了。公子稚不同于魏嗣，颇有其父风范，言语不多，主见却大。如果真的由他继魏，我们就得从头来过。无论如何，到目前为止，魏嗣握在天香手里！"

公子华禀道。

惠文王的目光从急报上移开，转向公子华："天香奏请极端手段，这个不妥吧？"

"臣弟思忖良久，没有更好的方式了。"公子华应道，"老魏王放心不下任何人，对魏嗣原本不满，此番赵姬的事，让他伤透了心。魏王早对张仪不满，此番我伐齐失利，张仪在魏也就待不久了。如果张仪离开，魏王再立新储，魏国真就失控了。"

惠文公闭目良久，睁眼："魏国的事，你们定吧。这事儿寡人不知！"

"臣弟遵旨！"

项城闹市区的一处雅致宅院里，张灯结彩，一片喜气。

院门洞开，身材愈见富态的陈轸衣冠楚楚地站在台阶上，一双小眼睛眺望远方。一辆张篷的辎车正在驶向这个方向。

辎车越来越近，在门前停下。

陈轸步下台阶，走到车前。

早有小厮放好垫凳，打开帘门。

一个戴着面罩的女人从车篷里钻出，一双大眼珠子隔着面纱盯住陈轸。

陈轸亦盯住她。

女人慢慢地撩开面纱。

是伊娜。是陈轸多年前送入章华台的西域白姬，伊娜！

伊娜合上面纱，伸给他一只手。

陈轸拉住她的手，牵住她，将她抱下车。

伊娜就势扑进他的怀里，搂住他的脖子呜呜悲泣。

陈轸抱住她，在她的哭声里一步一步走上台阶，走进院门。

院门合上，小厮将马车赶向不远处的马厩。

陈轸身边不缺女人，缺的是伊娜。自将她送进章华台之后，陈轸渐渐后悔，怀念起那些有伊娜在身边的日子，看她跳舞，听她用学会不久的生硬语句讲述他从未听闻的域外传奇。威王崩后，章华台的女人成了多余的，没有人欣赏了。陈轸破费三十镒金，通过昭阳府中家宰邢才疏通章华台内宰，方于半个月前将她赎出，送到他在项城的家里。

伊娜由大门外一直哭至厅堂，哭至后院陈轸早已为她备好的闺房。

单是听其哭声，陈轸就晓得这些年来她受了不少委屈。

"你……恨我吗？"陈轸将她放到榻上，自己坐在榻边，轻轻地拍着她，安抚她。

"恨你一百次。"伊娜含泪点头。

"是哩，"陈轸轻叹一声，抚摸她依旧滑腻的白肤，"你该恨我。"

"从今天起始，我不恨你了，我只谢你！"

"为什么？"

"因为你没有忘记我，因为你肯花钱赎我。"伊娜贴上来，紧紧搂住他，"你肯赎我，你肯花大价钱，说明你在乎我。在这世上，我已经没有亲人了，为什么要恨一个唯一在乎我的男人呢？"

"伊娜！"陈轸眼睛湿润了，紧紧抱住她。

"我的主人，"伊娜抽出身，跪下，两眼盯住他，"从今天开始，伊娜为您跳舞，为您唱歌，为您做任何事，只求主人答应一件事！"

"你说！"

"不要再将伊娜送人！"

"我答应！我起誓不再将你送人了！"陈轸凝视她，郑重承诺，"从今天起始，我陈轸不再多想什么，只想如何过好后半生的日子。伊娜，我要你为我生个孩子，生一个白白胖胖的孩子，你……愿意吗？"

"主人——"伊娜叩首，哽咽，"伊娜……愿意！伊娜这就……这就为您生孩子，为您生许多许多的孩子！"

二人正自缠绵情话，一名婢女入见，小声禀道："有个远道而来的客人求见，家老让奴婢将这个呈送主人！"

陈轸接过一看，老天，是苏秦的拜帖。

"伊娜，"陈轸松开她，"有个老友到访，你先洗尘，歌舞待客，乐手我已配好了！"冲外大叫，"来人！"

几个婢女进来。

"从今日起，"陈轸指着伊娜，"她就是你们的女主人，好生侍奉，为女主人沐浴洗尘，作乐迎客！"

众婢女应诺。

陈轸正正衣襟，大步出迎。

"苏大人，你真是个贵客，来得不早不晚，恰到好处哩！"陈轸拱手。

"恰到好处？"苏秦还个礼，不解地盯住他。

"苏大人请看！"陈轸指向门头的彩球及院子的彩练，"今儿是在下的大喜日子，大人是唯一的客人，这不是恰到好处吗？"

苏秦随陈轸走进院子，果然看到喜气盈院，转对陈轸拱手贺道："贺喜陈兄了！"压低声，"敢问陈兄，是喜得贵子还是——"目光征询。

"呵呵呵，"陈轸轻笑几声，礼让苏秦坐于客席，"我们先说正事，至于这喜事嘛，待会儿喝喜酒时再讲！"于主人席坐下，盯住苏秦，"在下晓得苏大人不是为贺喜来的，说吧，此来所为何事？"

"为张仪。"

"张仪是苏大人同窗，知根知底，大人这寻在下——"陈轸盯住他。

"正因为知根知底，在下不便出面，是以特别请求陈兄出头！"

"呵呵呵，苏大人这是让在下去做恶人了！"陈轸笑道，"说吧，大人想让陈轸如何个恶法？"

"逐走张仪，迫魏国回归纵亲！"

"唉，"陈轸叹道，"若是十几年前，在下一定答应你，可眼下不成！自庞涓入魏，魏王对在下是恨之切切呀！再说，他现在已经与敌为友，离不开张仪了！"

"庞涓死了，朱威死了，惠施走了，白虎也走了，魏王身边没有一个可信的人，孤独得很呢！相信他在念叨陈兄，巴不得陈兄回去呢！"

"有张仪在侧，他容不得轸！"

"陈兄是为张仪而去，他若不在侧，岂不是无趣吗？"

"呵呵呵，"陈轸指着他，笑了，转向外面，"来人！"

家宰进来。

"喜宴备好没？"

家宰点头。

"苏大人，"陈轸看向苏秦，"今儿让您赏个稀奇！"转对家宰，"宴乐！"

不一时，宴席摆好，陈轸击掌，几个乐手鱼贯而入，奏起西域音乐。

乐声中，沐浴一新的伊娜身着西域异服，喜气盈身，边歌边舞，顾盼生情。

一曲舞毕，苏秦鼓掌，伊娜并众乐手退出。

"苏大人，此女如何？"陈轸一脸是笑，轻轻地打起响指。

"天下尤物！"苏秦竖起拇指。

"大人可晓得此女来历？"

苏秦摇头。

"此女名叫扎伊娜，是西戎国十多年前进献秦公的西域舞姬，由秦公赏赐在下。在下嫌那个'扎'字难听，就去掉了，只叫她伊娜。在下奉秦公之命使楚时，带她至楚地，为完成使命，逐走张仪，在下将她献入章华台，歌舞娱乐先楚王。先楚王崩后，章华台败落，在下听闻此女落难，就花三十锾金将她赎出。此女千里迢迢，于一个时辰前始至寒舍，刚刚洗完尘垢，就奉在下之命来娱乐苏大人了！"

"啧啧啧，"苏秦赞叹几句，盯住他，"陈兄所言之喜，当是此女了！"

"哈哈哈哈，"陈轸朗声笑道，"大人既称在下为兄，在下也就托个实底。从今天起始，此女就当是大人的嫂夫人了！"

"苏秦贺喜嫂夫人！"苏秦拱手贺道。

"咦，你不贺喜在下，只贺喜伊娜，可有说辞？"

"听陈兄所言，嫂夫人命运坎坷，身如浮萍，在几欲枯凋之际，得陈兄搭救，陈兄且又不问贵贱，娶她为夫人，岂不是更加可贺吗？"

"伊娜！"陈轸击掌。

候于一帘之隔的伊娜闻声而出，一边走，一边掩着面哭。

显然，苏秦的答话她全部听见了。

伊娜屈膝跪地。

"伊娜，"陈轸指着苏秦，"这位是大名鼎鼎的六国共相苏秦苏大人，也是你与我的贤弟，来，为贤弟敬酒！"

伊娜抹去感恩的泪水，直起身子，舒展袖子，朝二人嫣然一笑，执壶斟酒，将二爵置于一只小托盘上，举盘齐眉。

苏秦饮毕，执壶，斟满三爵，一爵递给伊娜："贺喜陈兄，贺喜嫂夫人！祝陈兄、嫂夫人百年好合，早生贵子！"

"哈哈哈哈，"陈轸长笑数声，"好好好，早生贵子！"转对伊娜，"伊娜，听贤弟的，为我生个黄中透白的小子！"

三人皆笑，举爵饮尽。

魏惠王不再咨询张仪，铁心废掉太子嗣，立公子稚为储。接后数日，惠王不顾龙体老迈，驾临太庙，卜定吉日，又让毗人拟下废立诏书，加印封藏，只待吉日到时，就行大典，诏告天下。

事急矣，天香决定动手。

许是年纪大了，许是肾亏了，近两年来，惠王对后宫女色不再感兴趣，晚上通常歇于书房旁边的寝室，子时入睡。

入睡之前，惠王喜欢喝一碗羹汤，汤中有三十六种补品，是老御医根据他的身体状况，采集天地精华，特别为他调制的食养秘方。

这日夜间，老御医如往常一样调好羹汤，由侍女端入御书房。毗人拿汤匙小舀一点儿，入唇尝过，见热度刚好，就端给惠王。惠王在伏案翻阅一卷奏文，顺手接过，一气饮下，继续翻阅。

不到一刻，惠王腹疼，舌头发麻，嘴巴大张却说不出话来。毗人大惊，急召老御医，却不见老御医踪迹。毗人的第一感觉是出大事了，紧急传召其他御医。

然而，御医尚未寻到，惠王庞大的身躯就在地上抽搐几下，气绝而亡，前后不到一刻辰光。

临崩之前，惠王未能说出一字，只将右手指向汤碗。

毗人瘫坐于地。

毗人的舌头也发麻了，红肿了，与惠王一样，嘴巴张着，却说不出话来。

毗人明白过来，咬破手指，在丝帛上写下"羹汤投毒，魏嗣弑王，毗人"十字，交给一个宫人，指指外面，比画着让他逃出去，将此丝帛交给宫尉龙虎。

宫人拿着帛书飞跑出去，迎头撞上宫人装饰的天香一众黑雕，被他们控制。

天香从宫人身上搜出毗人的血书，将他拖回书房，控制住毗人并另外两个宫人，搜出惠王的废立诏书，当着他们的面将诏书并毗人的血书全部烧毁。

天香令人将三名宫人带走，只留下万念俱灰的毗人，在梁上挂起一条白绫，将毗人推上去，踢掉他脚底下的案子。

做完这一切，天香令人将现场恢复原样，熄灯，关门，退出。

一切发生得无声无息。

翌日是大朝。

天色破晓，鸡啼鸟鸣。众臣如往常一样络绎入宫，正欲上殿，忽然丧钟长鸣，哀乐响起，号哭声起。

众臣呆了，纷纷看向排在首位的张仪。

张仪显然也不知情，目光错愕。

主管东宫事务的内宰孝服出迎，引领众臣步入正殿。魏嗣一身孝服，已经端坐于惠王的大位，王室几代公子，包括公子稷，凡是能来的全都缟素在身，齐齐跪在殿中。惠王的老御医哽咽宣布惠王于昨夜子时突患中风驾崩、毗人自缢殉情等噩耗，大巫祝则按照惯例主持了魏嗣承继大位的仪式，接着是新王与众臣互动，新王册封，臣子叩首，宣誓效忠。

新王史称魏襄王。

登基礼毕，魏襄王颁诏举国赴丧，在逢泽择吉地为先王修陵，谥号惠，同时颁诏封毗人为逢泽君，使葬于惠王墓侧。

是日，北风呼号，冷气笼罩，天寒地冻。

惠王驾崩，襄王继统，一切发生在突然之间，即使襄王魏嗣也不适应。魏嗣环顾左右，身边竟无可用又可靠之人，只能依靠张仪，旨令他主持大丧。

为惠王正尸时，张仪揭开盖在惠王头上的面罩，打个惊战，伸手在死者脸上抹一下，忙又盖上，急急回府，使人召来天香。

见张仪一脸怒气，天香已知端底，勾头不语。

"说，先王是怎么死的？"张仪直入主题。

"我……"天香嗫嚅。

"你们怎能这么干？"张仪拳震几案，"这么大的事，在我眼皮之下，怎不向我禀报？你……你们把我张仪当成什么人了？"

天香吓呆了，扑通跪下。

"你们是在冒我张仪的险，晓得不？"张仪指着她，手指发颤，"是要把我张仪置于死地，晓得不？"

"我……我……"天香带着哭腔。

在张仪粗重的喘气声与天香小得几乎听不到的哽咽声中，气氛压抑得令人窒息。

"唉，你们呀，"张仪晓得此事不是天香所能决定的，强力平息住愤怒，长叹一声，看向她，"即使用毒，也得寻个毒种，做得神不知鬼不觉的，这个倒好，将魏王全身搞成紫黑……"

"是……是我的错……"天香嗫嚅，"他们说……这个是……是从终南山的十几种毒液里提炼出来的，一滴致命，我怕意外，就多用了几滴，没想到会……"

"作假也是粗糙，涂色土妆经不起细审，到处是破绽，粉也太差，一抹就掉，还有指头，那指甲里……"张仪止住。

"是粗心了，辰光太急，"天香眨巴几下眼皮，"大人放心，我们今夜就请专人再为先王上妆，保证看不出来！"

"快去，"张仪挥手，"再出意外，任谁也兜不住！"

天香急急辞别，于夜深时寻个缘由支走所有守灵的人，将惠王尸体移至他处，全身上下涂上调好颜色的脂粉，粗看起来真就如惠王活着时一样。

按照周室王制，天子驾崩，七日入殡，再七日出殡，再七月入葬于陵墓。

深怕夜长梦多，张仪力谏魏嗣改革周制，创立魏制，三日入殡，七日出殡，三月入葬陵墓，以减少繁礼，节俭费用。魏嗣虽然不知先王是因为自己而遭天香毒死，但也隐约感知其中有猫腻，也就顺水推船，准允张仪奏请。

无论是大丧还是新立，都是天下大事。按照通例，魏国新王诏告天下，邀请列国政要前来致丧。

消息尚未传至列国，公孙衍、陈轸、白虎三人已应苏秦之约赴魏逐仪来了，且于同一天抵达大梁，住在同一个驿馆。

当年的冤家对头，陈轸、公孙衍与白虎，应同一个人的邀约为同一件事于同一日住进同一个馆驿，这绝不是一般的巧合。陈轸、公孙衍、白虎三人相视良久，各出一笑。陈轸大度地伸手，礼让公孙衍到其客舍品酒，公孙衍欣然应允。宴席中，三人饮酒追忆往事，忆及魏王，忆及白家财产，忆及戚光、元亨楼、庞涓与赌局，无不感慨万千，恍若隔世。

次日上午，公孙衍、陈轸、白虎分别以韩王、楚王使臣身份入宫觐见，请求吊唁先王，得到允准。

这是魏王驾崩的第五日，北风呼号，冷气加剧，至日出时分，大雪飘落。

魏王尸身已于两日之前被隆重殡入一口巨大的楠木棺椁里，虽未上钉，却是盖棺了。

他们是前来吊唁的第一批外邦客人，也都是与魏惠王有着特殊交际的臣子，尤其是陈轸，一看到棺木，泪水哗哗哗就流下来了，几乎是扑到前面，号啕大哭。

陈轸哭得真，哭得恸，哭得撕心裂肺，在场的所有人都被他感染了，包括魏嗣，场上哭声一片。

张仪没有哭，只是站在一旁，冷冷地看着。

陈轸哭有小半个时辰，起身，走向魏襄王，跪叩道："臣有一求，请王上恩准！"

"楚使何求？"襄王问道。

"先王于臣有知遇大恩，先王恩宠，比天高，比海深，臣铭记于心，至死不敢忘。自大梁一别，臣未曾再见先王一面，一十三年来，臣……"

陈轸再度哽咽，抹下泪水："臣对先王的思念只在梦中！此番来使，只为借楚王之面，求见先王，岂料……岂料臣来迟一步，先王他……呜呼哀哉，痛杀臣也……呜呜呜……臣求王上恩准，打开棺，让臣一睹先王尊容，臣……"再次叩首，"死无憾矣！"

"这……"襄王被感染，抹泪，看向张仪。

"先王宝棺，是能随便开启的吗？"张仪淡淡说道。

"陈轸是楚使，又与先王……"襄王几乎是在求请了。

"王上，"张仪趋近一步，"据巫师所言，人亡七日之内，灵肉若即若离，须臾惊扰不得。开棺必扰先王之灵，而楚使口口声声，言必及先王知遇之恩，执意求请开棺，臣就不懂了！再说，如果每一个前来吊唁的都要开棺，都要见先王最后一面，敢问王上，是准呢，还是不准呢？"

"这……"襄王迟疑一下，看向陈轸，面色略是尴尬，"楚使，棺既已封，不宜常开，否则，惊扰了先王在天之灵，寡人……"

"楚使告退！"陈轸再看一眼棺椁，叩首，起身，大步走出。

公孙衍、白虎静静地站着，目睹整个过程。

按照张仪所定的魏国丧葬新制，再过一日就要出殡，惠王的棺椁就要被运送至他亲自选定、远在逢泽的陵园。

惠王是魏国的第一代国王，规格自然也是参照王制。这在魏国是件超大的事，魏国各郡县、封邑的臣子无不星夜兼程，赶到大梁为他们的先王送行。

然而，苍天偏不凑巧。

一场百年不遇的大雪在惠王驾崩的第五日上午开始飘落，一直落到天黑，夜间更大，及至黎明，已经封门堵窗，积至深腰，大街上厚达三尺多，个别地方积雪逾五尺。

与大雪并行的是严寒，刀子一样的寒气沁人肺腑，直入骨髓。

出殡日期却是不改。随着魏襄王一声旨令，大梁百姓无不冒着严寒，带着五花八门的铲雪工具走上大街，试图铲出一条通往陵园的出殡之道来。

远近百姓苦不堪言。

更苦的是负责此事的吏员。要在如此深厚的积雪中限时铲出一条可供数以万计送殡人出行的大道，无疑是件难以完成的事。众臣纷纷到张仪府抱怨，或直接入宫进谏，要求更改出殡日期。魏襄王也是头大，召张仪谋议。

"王上，"张仪淡淡应道，"这是您承继大统之后的首道诏令，若自改之，臣以为不妥，请王上慎行！"

襄王遂下旨道："先王殡日乃天意决出，有再敢妄议更期者，斩无赦！"

诏令一出，群臣皆惧，不遗余力地驱赶全城臣民铲雪开道，连妇孺老幼也须出工。然而，由于积雪太深，收效甚微。数以十万计的百姓奋战一日，只开出一条不到五里的通道，且只有六尺来宽，仅能通过一辆辎车。铲出的积雪堆在大道两旁，宛如两堵高墙。车辆走在道中，顶多露出个车顶，道外的人甚至看不见。

眼见无法如期完成铲雪任务，张仪灵机一动，想到伐蜀时在终南山与蜀山中开出的栈道，吩咐从人拿来木板铺在积雪上，传令驱车过板。

当真管用。

张仪喜甚，奏报襄王，旨令全城臣民奉献木板，无论是门板、棺木板、楼板、夹墙隔板等，凡能禁得起人践马踏的全部拿出。一时间，全城鸡飞狗跳，到处都是拆木板、送木板的声音，老人们珍藏多年的棺材板尤其受到官家欢迎。

是日天黑，一行三人深一脚、浅一脚地跋涉在大梁大街的雪地上。

与大梁臣民一样，三人皆着粗麻孝服，头戴兽皮帽，脖颈上裹着厚厚的围巾。

从装束上看，这是一家主仆，在前开路的是个仆人，背着包袱，主人显然过于疲累，被另一仆人搀扶着跟后。

三人沿街寻找客栈，每每敲开一家，又退出来，因为几乎所有的客栈都被纷至沓来的各邑送殡人员住满了。

三人寻遍几条主街，终于在一条偏巷的小栈里觅到两间空舍。

客舍燃着炭火，热气扑面。

主人扯下围脖、皮帽，现出面孔。

是惠施。

两个仆从，搀扶他的是乔扮仆从的苏秦，背包袱的是飞刀邹。

入夜，陈轸躺在木榻上，心里存事，正自辗转反侧，一阵烤肉味隐隐袭来。陈轸穿衣起来，循着香味寻去，果然是公孙衍的房门。

陈轸没有敲，直接推门，见公孙衍正与白虎饮酒吃鸡，嘴皮子在炉火前泛着油光。

公孙衍一手拿一块烤鸡腿，一手拿着铜葫芦，啃一口烤肉，喝一口老酒，吃完喝足就咂巴几下，见闪进来的是陈轸，嘴皮子咂巴得越发响了。

"二位好惬意哟！"陈轸也咂巴几下嘴皮子，就地坐下，眼睛瞄向案上的烤鸡。盘中只余下一条带鸡头的脖子和一块带屁股的肉。

公孙衍朝盘中努嘴："是白兄弟烤来下酒的，陈兄来得迟了！"

递过酒葫芦。

"呵呵呵，"陈轸笑笑，一手拿过鸡屁股，啃一口放下，伸手拿过鸡脖子，另一手接过公孙衍的葫芦，"先占住再说！"

"哈哈哈哈……"公孙衍、白虎皆笑起来。

"甭笑，"陈轸啃会儿鸡脖子，腾出口来，"你俩真正是不会吃呀！"

将嘴皮子故意咂巴得更响。

"此话怎讲？"公孙衍看过来。

"全鸡之宴，最好吃的是屁股，其次是脖，再后是头！"陈轸又啃一口脖子，将鸡头甩得扑扑直响，眼睛瞄向盘中的鸡屁股，"这不，三者皆是在下的口腹之物喽！"

公孙衍、白虎再笑起来。

"白兄弟，公孙兄，"陈轸没笑，盯住他们，"你们不觉得今日之事有点儿诡异吗？"

"何处诡异，请陈兄指点！"

"祭礼呀！"陈轸拉长声音，"在下思念先君，求请一睹先君尊容，这个一点儿也不过分，可那张仪……他凭什么不让看？按照旧制，天子七日而殡，七月而葬，先君既已称王，当行王制，为何三日就殡了？殡葬公侯也需五日，这是对先君的大不敬呀！"

"陈兄说得是！"公孙衍从他手中拿过酒葫芦，塞进自己口中，嗞嗞吸一大口，"还有，这么大的雪，理当更期出殡，可张仪执意不更，定要劳民伤财，在雪地上搭起栈道？当真是匪夷所思呢！"

"不知你们看到不，"陈轸接道，"在下求请时，观王上脸色，当是应允的，只是张仪不肯！张仪他凭什么不肯，这事儿看来得撕扯个明白！"

"怎么撕扯？"白虎问道。

"那厮不是急于出殡吗？"陈轸阴阴一笑，"我们偏不让他出！"

"可这……怎么能不让他出呢？"白虎抓耳挠腮。

"这个恐怕得公孙兄出面喽！"陈轸看向公孙衍，"就在下所知，先王虽有成见，当今王上却是对公孙兄大为敬服呢！"

"在下当不得此任，不过，"公孙衍淡淡一笑，又啜一口老酒，"有一个人当得！"

"谁？"

"惠公！"

惠公就是惠施，陈轸急道："他没在这儿呀！"

"呵呵呵，"公孙衍仰脖长饮一口，笑道，"这辰光在了！"

许是觉得当年逐走惠施一事有失厚道，在一身孝服的惠施觐见襄王时，张仪选择避开。

在魏十数年，惠施没有得罪任何人，自然也没有得罪王室公子，尤其是魏嗣，对他印象极好，礼貌甚恭。

相见礼毕，惠施嗟叹一声，用他惯常的语气慢悠悠道："唉，世间之事，最是难料。数日之前，老臣午休打盹儿，梦见先王，他兴致高得很，说是想念庄周了，要老臣去寻他来。老臣说，庄周在外逍遥，没个谱的，王上乃百忙之身，魏国更是离不开王上，与他要不来。王上说，寡人老矣，魏国之事早晚都得交给后人，晚交不如早交。见先王这般想，老臣着实高兴，正要拉他去寻庄周，被一阵呼噜声吵醒。老臣睁眼一看，这不是庄周吗？靠住一棵歪树，睡得正美哩！老臣揪住他的耳朵，将他弄醒，讲给他方才的梦，庄周说，你这就去大梁，看看你的王去。我说，大冷的天，路上不好走，再说，是个梦而已。庄周说，你若不去，只怕此生再也见不上你的王了。说完，庄周就又睡了。见他睡得美，老臣又想打会儿盹儿，却再也没能盹儿去，一直在忖思庄周的话，越想越是心悸，于是就起身回家，喊上仆从，套上车就走，紧赶慢赶，眼见就到大梁，遇上这场大雪，车走不动了。寻到一户人家借宿，才听说先王崩了。唉，"抹泪，"老臣……老臣将车马托给庄户人，与两个仆从冒雪赶来，不料那雪越下越大，把道路盖了，差点儿把老臣埋在野外……"

很少说话的惠施一见面就唠唠叨叨这么多，情真意切，听得襄王心里酸酸的，不由得落下泪来。

"说是出殡的日子已经定了，"惠施看向襄王，"是哪一天？"

"定了，是明日。"

"是大巫祝卜出的吗？"惠施再问。

"是……是相国定的。"

"唉……"惠施长长一叹。

"先生？"襄王盯住他。

"魏国无人矣。"惠施摇头。

"哦？"襄王倾身。

"相国欲陷王上于大不仁、大不义，魏国却无一人提醒大王，难道不是无人吗？"

襄王压低声音："敢问先生，此言何解？"

"先王平生之志，在于称王，在于号令天下。先王既已称王，当行王制，七日而殡，相国却让王上三日而殡，岂不是陷王上于大不仁吗？三日而殡，是士之丧，五日而殡，是公侯之丧，王之大丧是七日而殡。出殡之日更需讲究。王乃天之子，天之子乃上天所命，替天行义，是以王之殡日当由大巫祝卜而定之，以奉天命。相国却让王上乾纲独断，不承天命，岂不是陷王上于大不义吗？"

襄王心头一凛，眉头拧起来。

"再说，王上也有百年之期，待大限之日到来，未来新王是效先王之法治王上以庶民之礼呢，还是遵依大周王制，治王上以天子之礼？"

襄王气血上涌，额头沁出细细的汗珠。

"老臣诚请王上更日出殡，以正王命！"惠施目光恳切。

"可……"襄王想到张仪的话，嗫嚅，"这是寡人下的第一道诏令，若是更之——"

"这个却是易事，"惠施几乎是不假思索，侃侃说道，"昔年周王季历驾崩，葬于楚山之尾，大水啮其墓，棺木露出。文王获报，亲往视之，对群臣说：'这是先君想再看看他的臣子们啊！'于是，旨令挖出棺材，搭起灵堂，让臣民百姓皆来朝见。大朝三日，文王旨令移地更葬，成就天地大义！今先王驾崩，在出殡约期天降大雪，盈门塞户，至于牛目，此非寻常，实乃先王不舍百姓，欲诀别臣子，故而求请上天之故。王上何不秉承天意，设立灵堂，令群臣百姓络绎朝见，待大雪化日，王上可使大巫祝择吉日出殡，上不负先王，不逆天命；下不苦百姓，不伤库府，向天下布施文王大义呢？"

"好！"襄王一捏拳头，转向内宰，"传旨，秉承天意，更日出殡，凡先王旧臣，皆可入太庙，瞻仰先王灵柩！"

惠施拱手："老臣还有一请！"

"先生请讲！"

"王上于老臣有知遇之恩，大行之时，特别托梦于老臣，老臣……"

冒雪而来，只为见先王一面，与先王诀别！老臣求请与先王一诀！"

"准先生所请！"襄王伸手礼让，"先生，请！"

襄王陪同惠施来到惠王灵堂，惠施行过大礼，起身走到棺前，目视襄王。

襄王吩咐守灵卫士移开棺盖。

惠施站上一个高凳，看向棺中。

惠施的泪水流出来。

惠施伸手入棺，摸住惠王的手。极度的严寒下，惠王已经成为一块冻实的僵尸。

惠施紧紧捏住，泪水落下。

不知过有多久，惠施松开捏住惠王的手，从棺中抽出来。

就在这一刻，惠施惊骇了。

他的手心里全是脂粉！

惠施看看自己的手心，又看看惠王的手，伸进去，使劲拉起来，弯下腰，凑近审视。

被捏掉脂粉的地方是紫黑的。

惠施面无血色，呆若木鸡。

"先生，怎么了？"襄王觉得异样，盯住他。

惠施放下惠王的手，在身上擦一把，伸出去，摸向惠王的额头。

照旧是脂粉。

惠施号啕大哭，悲恸欲绝。

"先生？"见他哭得伤悲，襄王只以为他是伤情，伸手扶他下来。

惠施从垫凳上跳下来，打个趔趄，若不是襄王搀扶，就摔倒在地了。

"先生……要紧不？"襄王一脸关切。

"盖……盖棺！"惠施指向棺木。

襄王吩咐合上棺顶，扶惠施走出。

惠施再无一语，甚至未与襄王辞别，就如喝醉一般，摇摇晃晃地走出灵堂。

惠施所住的小客栈里，气氛压抑、紧张。

惠施席坐于主位，二目微闭，如他在魏国上朝时一般无二。陈轸、公孙衍、白虎则呈扇形围坐于前面的客席，无不义愤填膺，面现悲情，呼呼喘气。尤其是白虎，全身运劲，拳头握起，骨节咯咯作响。

"惠相国，"陈轸盯住惠施，"您可看得真切？"

"真真切切！"惠施眼睛没睁，吐出四字。

"张仪那厮，他……竟敢弑君！"白虎忽地站起，气恨恨道，"我们这就面君，陈明详情，诛他九族！"

公孙衍轻轻咳嗽一声，白虎猛一跺脚，复又坐下。

"先生，"公孙衍盯住惠施，"你看出异样时，魏王是何态度？"

"魏王似不知情，否则，他不会让老夫观瞻先王的！"

"难道真是张仪干的？"公孙衍眯起眼睛，将酒葫芦放到唇边，小品一口，半是自语，半是说给他人，"照张仪性情，不该做出此事！"

"公孙兄，"陈轸来劲了，盯住公孙衍，"你且说说，张仪是何性情？"

"就在下所知，"公孙衍缓缓应道，"张仪是有道之人，谋事是有底线的，似这般拿不到台面上的伎俩，有道之人不屑为之！"

"哈哈哈哈，"陈轸爆出一声长笑，"有道之人！他张仪也是有道之人！哈哈哈哈……"

陈轸笑得突然，声音也响，好在是白日，客栈里人声嘈杂，前厅还有一个说小说的，时不时传来听众的喝彩，陈轸的笑声被迅速淹没。

"公孙兄、陈上卿，"白虎压住声音，"如果在下查出是张仪所为，该如何办他？"

"白兄弟，你怎么查？"陈轸问他。

"在下在刑狱待过，熟知司刑，略知法医，可有一百种办法验明正身，查出实情！"白虎捏拳应道。

"如果查出，就是灭门之罪，当依王法诛他！"陈轸回过他的问话，转向公孙衍，"公孙兄，以下作手段弑主之人，不可饶恕，是不？"

"如果真是，他就是作死！"公孙衍应道。

"好，"白虎站起来，"在下这就去查！"大步走到门口，开门就要跨出。

"白兄弟，去不得！"角落里飘出一个声音。

白虎一惊，回头看向角落。

公孙衍、陈轸也都看过去。

一人缓缓站起，走过来。

众人定睛一看，是惠施的仆从。

仆从拉下胡子，摘去皮帽，现出尊容，是苏秦。

"苏子！"几人既惊且喜，异口同声。

苏秦走到惠施跟前，坐下，压低声音："惠先生、陈兄、公孙兄、白兄弟，就在下所知，先魏王确系被人下毒，但正如公孙兄所言，下毒者不是张仪！"

"那就是魏……魏太子了！"陈轸的声音轻得几乎听不出，且不称王，而改称太子。

"如惠先生所言，"苏秦应道，"也不是魏国太子！"

"是谁？"白虎急了。

既不是魏王，也不是张仪，刺客是何人是不言而喻的事。陈轸、公孙衍意会，但没有谁应声。

"先魏王既崩，是谁都不重要了，"苏秦看向白虎，缓缓说道，"于我们而言，重要的只有一个，魏国不能乱！"

"苏子是说，将此事压起？"公孙衍问道。

"不完全是。"苏秦看向公孙衍，"在下之意是，我们可借此事逐走张仪，而后晓谕当今魏王，促其回纵。至于先魏王，既有此难，也是其命中注定。魏国已有不少事，不能再节外生枝了！"

众人面面相觑。

然而，一是苏秦所请，二是他们早已讲好，此来只为逐仪，非为杀仪，因而谁也不好再多话。

"公孙兄，"苏秦看向公孙衍，拱手，"这个恶人，由你做为好！"

"敬受命！"公孙衍回礼。

当公孙衍喝着葫芦走进相府时，张仪坐在案边，没有起迎。公孙衍也不客气，一屁股坐在客位。

"公孙兄，"张仪苦笑一下，拱手，"在下恭候多时了！"

公孙衍扬起葫芦："喝一口！"扔过去。

张仪伸手接过，欣赏："啧啧啧，这个葫芦名声响哩，在下得好好品味一番！"审视有顷，小品一口，"葫芦不错，酒不咋的！"抬头，看向公孙衍，"这一口不咋地的酒算是公孙兄来饯行的吗？"

公孙衍轻轻鼓掌："看来张兄早已备好了！"

张仪从身边摸出一个包裹，摆在案上，指它道："烦请公孙兄将此物转呈魏王陛下。至于府中其他杂物，皆在府宰手中，你可问他！"

击掌。

府宰进来。

"车马备好没？"张仪问道。

"备好了。"

张仪指向公孙衍："府中一应物件并事务，请与这位大人交接！"

转对公孙衍："公孙兄，劳烦了！"起身，大踏步走出房门，走向院中，走出府门，跳上早已停好的一辆驷马之车，绝尘而去。

公孙衍拆开包裹，是大魏相印。

咸阳秦宫，白雪覆盖，寒气袭人。

张仪一身裘衣，一步一步地走上登殿的台阶。

殿前静悄悄的，只有内宰候在殿门处，见他上来，哈腰迎接。

内宰引领张仪步入殿门，趋入殿中。

秦惠王于主位正襟危坐，案上摆满酒肴。

张仪跪下，叩首："罪臣张仪叩见王上！"

"坐！"惠王没有应他，指向几案对面，语气冷冷的。

张仪心底发凉，不由得打个寒噤，再叩："罪臣张仪不敢坐！"

"好吧，"秦惠王盯住他，语气依旧冷冷的，"说说，你都犯下何罪了？"

"臣……"张仪略略一顿，细细数落，"一不该动议伐齐，劳师袭远；二不该干预军事，捆住司马将军手脚；三不该……"

"相国大人，"惠王摆手止住他，接道，"后面的不该还是让寡人替你说吧！你可听好。"清清嗓门，掰起指头，"三不该制定连横长策，只身赴大梁横魏，逐走魏国贤相惠施，挑动庞涓伐赵，致使中原大战，赵魏角力，魏破邯郸，齐魏大战于桂陵，田忌差点儿生擒庞涓；四不该使间用计，使齐人失和，孙膑诈死，田忌出奔；五不该唆使庞涓伐韩，致使苏秦奔救，齐魏再战于马陵，庞涓饮剑；六不该放任楚人伐魏，袭取襄陵八邑，致使楚魏失和，齐楚起争，昭阳差点儿打到临淄；七不该力劝寡人，伐齐挺魏，以一己之力坚守我大秦插入中原的唯一利刃；八不该……"

"王上……"听到惠王一口气讲出这么多的不该，桩桩件件，皆是他相魏之后所做出的有利于秦的功绩，张仪感动，失声叫道。

"哈哈哈哈，"惠王一改冰冷语气，爆出长笑，"妹夫，你该叫我驷哥哟！"

"驷哥——"张仪拱手。

惠王从身边摸出一个盒子，啪地摆在案上："妹夫的相印，物归原主！"朝外击掌。

公子华走进，坐在张仪身边。

"华弟，斟酒。"惠王看向二人，将三个空爵推到公子华身边，"今宵乃良宵，此辰乃良辰，我们兄弟三人同心协力，不醉不休！"

（第四季完）

· 读客® 知识小说文库 ·

读小说　学知识

《清明上河图密码》

1-6册大全集

冶文彪 著

隐藏在千古名画中的阴谋与杀局

· 读 客 知识小说文库 ·

读小说 学知识

珍藏版大全集

《藏地密码》

何马 著

一部关于西藏的百科全书式小说

《侯大利刑侦笔记》

小桥老树 著

一部集侦查学、痕迹学、社会学、尸体解剖学、犯罪心理学之大成的
教科书式破案小说

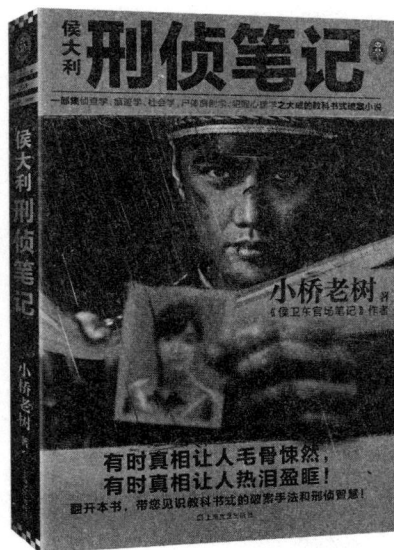

《反骗案中案》

常书欣 著

64场精密骗局、58种设局手法、9种诈骗话术、5个连环套，全面揭秘网络诈骗，教你防范最新骗局。

激发个人成长

　　多年以来，千千万万有经验的读者，都会定期查看熊猫君家的最新书目，挑选满足自己成长需求的新书。

　　读客图书以"激发个人成长"为使命，在以下三个方面为您精选优质图书：

1. 精神成长
熊猫君家精彩绝伦的小说文库和人文类图书，帮助你成为永远充满梦想、勇气和爱的人！

2. 知识结构成长
熊猫君家的历史类、社科类图书，帮助你了解从宇宙诞生、文明演变直至今日世界之形成的方方面面。

3. 工作技能成长
熊猫君家的经管类、家教类图书，指引你更好地工作、更有效率地生活，减少人生中的烦恼。

每一本读客图书都轻松好读，精彩绝伦，充满无穷阅读乐趣！

认准读客熊猫

读客所有图书，在书脊、腰封、封底和前后勒口都有"**读客熊猫**"标志。

两步帮你快速找到读客图书

1. 找读客熊猫

2. 找黑白格子

马上扫二维码，关注"**熊猫君**"

和千万读者一起成长吧！

图书在版编目（CIP）数据

鬼谷子的局. 第4季, 鏖战中原 / 寒川子著. —— 郑
州：河南文艺出版社，2021.5（2022.9重印）
ISBN 978-7-5559-1149-4

Ⅰ．①鬼… Ⅱ．①寒… Ⅲ．①长篇小说 – 中国 – 当代
Ⅳ．①I247.5

中国版本图书馆CIP数据核字（2021）第058221号

著　　者	寒川子
责任编辑	梁素娟
责任校对	王　静
特约编辑	谢梓麒　高　旭
策　　划	读客文化　021-33608320
版　　权	读客文化
封面设计	章婉蓓
出版发行	河南文艺出版社
印　　刷	三河市龙大印装有限公司
开　　本	787mm×1092mm　1/16
印　　张	40.25
字　　数	560千
版　　次	2021年5月第1版　2022年9月第2次印刷
定　　价	99.00元